Sherlock Holmes

THE RETURN OF SHERLOCK HOLMES

[**이 경 아**

—

한국외국어대학교 러시아어과와 같은 대학 통역번역대학원 한노과를 졸업했다. 현재 한국외국어대학교 통역번역대학원에서 강의하면서 전문 번역가로 활동중이다. 옮긴 책으로 『탐정 매뉴얼』, 『제인 오스틴 왕실 법정에 서다』, 『오시리스의 눈』, 『영국식 살인』, 『붉은 머리 가문의 비극』, '탐정 글래디 골드' 시리즈 외 다수가 있다.]

*

이 도서의 국립중앙도서관 출판예정도서목록(CIP)은
서지정보유통지원시스템 홈페이지(http://seoji.nl.go.kr)와
국가자료공동목록시스템(http://www.nl.go.kr/kolisnet)에서 이용하실 수 있습니다.
CIP제어번호 : CIP2016026572

—

이 작품의 한국어판은 영국 Penguin Books의 'THE PENGUIN SHERLOCK HOLMES COLLECTION'의 『The Return of Sherlock Holmes』(2011)을 번역 저본으로 삼았으며, 영국 Oxford University Press의 'THE OXFORD SHERLOCK HOLMES'(1993)를 참고하였습니다.

셜록 × 홈스

Arthur Conan Doyle

아서 코넌 도일 지음 / 이경아 옮김

Sherlock Holmes

THE RETURN OF SHERLOCK HOLMES

셜록 홈스의 귀환

엘릭시르

*

빈집의 모험

1894년 봄, 런던의 모든 사람들이 촉각을 곤두세우고 사교계는 경악에 휩싸인 사건이 일어났다. 귀족 자제인 로널드 어데어 공이 도무지 말이 안 되는 기이한 상황에서 살해된 것이다. 경찰의 수사로 사건의 진상은 이미 세상에 공개되었다. 하지만 공개된 내용은 여전히 일부에 불과하다. 검찰이 제시한 증거들이 워낙 확실해서 굳이 홈스가 수사한 정보를 공개할 필요가 없었기 때문이다. 이 놀라운 사건이 일어난 지 십 년이 다 되어가는 지금에서야 나는 진상이라고 공개된 이야기에서 빠져 있던 연결 고리들을 공개해도 좋다는 허락을 받았다. 로널드가 살해당한 일은 자체로도 흥미로운 사건이었지만 후에 일어난 기절초풍할 사건에 비하면 아무것도 아니다. 로널드 어데어 공 살인 사건에는 속편이 있다. 속편 격인 또 다른 사건은 모험으로 가득찬 내 인생에 무엇과도 비교할 수 없는 엄청난 충격과 놀라움을 안겨주었다. 오랜 시간이 흐른 지금도 그 속편을 생각하면 다시금 피가 끓고 마음을 가득채웠던 기쁨과 경이가 차오르는 것만 같다. 내가 가끔 전하는 비범한 남자의 생각과 활동을 흥미롭게 지켜보았던 사람들에게 먼저 양해를 구해야겠다. 아는 사실을 전부 털어놓지 않았다고 나를 비난하지 않기를 바란다. 그가 비밀을 지키라고 하지만 않았던들 나는 내가 아는 사실을 대중과 공유했을 것이다. 그걸 나의 으뜸가는 의무라고 생각하기 때문이다. 그런데 그가 내린 함구령이 지난달 3일에 비로소 풀렸다.

셜록 홈스와 친밀한 관계였던 나는 범죄에 관심이 많았다. 그의 실종 후에도 각종 범죄 기사를 언제나 꼼꼼하게 읽었으리라는 사실은 독자들도 쉽게 짐작할 것이다. 나는 기사를 단순히 읽는 선에서 그치지 않고 개인적인 즐거움을 위해 홈스가 쓰던 방법들을 적용해 사건을 요모조모 뜯어보기도 했다. 결과는 대개 신통치 않았다. 그런 사건 중에서도 로널드 어데어 공에게 닥친 비극은 흥미를 자극했다. 검시 배심에서는 한 명 혹은 여러 명이 고의로 저지른 살인이라는 평결이 나왔다. 평결을 이끌어낸 증거를 소개하는 기사를 읽다 보니 셜록 홈스가 살아 있으면 좋았겠다는 생각이 들어 어느 때보다 안타까웠다. 이 기묘한 사건에는 분명 셜록 홈스가 흥미로워할 특이한 점들이 있었다. 경찰은 유럽에서 둘째가라면 서러운 범죄 전문가의 노련한 관찰력과 치밀한 지성에 큰 도움을 받았을 것이고, 그런 도움을 고대했을지 모른다. 하루 종일 왕진을 다니느라 마차에 앉아 있으면 어느새 이 사건이 떠올라 생각에 빠져들었다. 하지만 아무리 생각해도 수수께끼를 풀 열쇠가 보이지 않았다. 모두 아는 이야기일지도 모르겠지만 검시 배심의 판결문에서 공개된 사실을 다시 정리해보자.

로널드 어데어 공은 당시 오스트레일리아 식민지의 총독이던 메이누스 백작의 차남이었다. 백작 부인은 백내장 수술을 받기 위해 오스트레일리아에서 돌아와 아들 로널드와 딸 힐다와 함께 파크 레인 427번지에서 지냈다. 사교계를 드나들던 로널드는 알려진 바로는 적은커녕 구설수에 오른 적도 없었다. 그는 카스테어스의 이디스 우들리 양과 약혼하기도 했지만 비극이 발생하기 몇 달 전 합의하에 파혼을 했다. 그러므로 파혼으로 심각한 앙금이 남지는 않았다. 로널드의 인간관계는 지극히 평범하고 좁았다. 성격이 조용하고 감정을 드러내는 일이 드문 사람이었기 때문이다. 모난 곳 없던 이 젊은 귀족에게, 죽음은 1894년 3월 30일 밤 10시에서 11시 20분 사이에 갑작스레 기묘한 모습으로 찾아왔다.

카드 게임을 좋아했던 로널드는 내기를 하기 일쑤였지만 문제가 될 정도로 큰돈을 걸지는 않았다. 그는 볼드윈과 캐번디시, 바가텔 카드 클럽 세 곳의 회원이었다. 사건 당일, 저녁을 먹은 후 바가텔 카드 클럽에서 삼세판으로 휘스트 게임을 하는 그의 모습이 목격되었다. 그는 같은 날 오후에도 같은 클럽에서 카드를 쳤다. 함께 카드를 쳤던 머리 씨와 존 하디 경, 모런 대령의 증언에 따르면 그들은 그날 휘스트 게임을 했고 카드 운은 모두 비슷했다. 로널드는 돈을 잃긴 했지만 5파운드를 넘지 않았다. 주머니가 넉넉한 사람이라 그 정도 돈을 잃는다고 문제가 되지도 않았다. 그는 거의 매일 이 클럽 저 클럽에서 카드를 쳤다. 신중하게 게임을 했기 때문에 대개는 돈을 따는 편이었다. 몇 주 전에 모런 대령과 한편이 되어 고드프리 밀너와 밸모럴 경을 상대로 한 게임에서 420파운드가량 딴 것도 확인되었다. 검시 배심에서 밝혀진 그의 마지막 행적은 이 정도로 정리해볼 수 있다.

사건이 일어난 날 그는 밤 10시 정각에 집에 도착했다. 그의 어머니와 누이는 친척을 만나러 외출했다. 하녀는 로널드가 평소 자신의 응접실로 쓰는 3층 방으로 들어가는 소리를 들었다고 증언했다. 하녀는 응접실 벽난로에 불을 미리 피워뒀는데,

연기가 나서 창문을 열어두었다. 11시 20분에 레이디 메이누스와 딸 힐다가 귀가할 때까지 방에서는 아무 소리도 나지 않았다. 레이디 메이누스는 아들에게 잘 자라는 인사를 하려고 방으로 들어가려고 했다. 그런데 문이 안에서 잠겨 있었다. 큰 소리로 부르고 문을 두드렸지만 대답이 없었다. 하는 수 없이 사람을 불러 문을 억지로 열었다. 들어가보니 로널드는 탁자 근처에 쓰러져 있었는데, 살상력을 최대화하기 위해 특별하게 만들어진 총알에 머리가 무참하게 훼손된 채였다. 하지만 방에서는 어떤 종류의 무기도 발견되지 않았다. 탁자 위에는 십 파운드짜리 지폐 두 장과 십칠 파운드 십 실링어치의 금화와 은화가 있었는데, 지폐와 동전이 특정 액수별로 정리되어 있었다. 동전과 지폐 앞에 있는 종이 한 장에 클럽 친구들의 이름과 숫자가 적혀 있었다. 죽기 전에 카드 게임에서 잃거나 딴 돈을 계산한 모양이었다.

현장을 면밀하게 조사할수록 사건은 꼬여만 갔다. 우선 젊은 귀족이 문을 안에서 잠가야 할 이유가 없었다. 살해범이 안에서 문을 잠근 후 창문으로 도주했을 가능성도 제기되었지만 창문의 높이는 최소 육 미터는 되었다. 창문 아래는 크로커스꽃이 만개한 화단이었다. 밟히거나 짓이겨진 꽃도 없고 발자국도 없었다. 집과 집 앞의 길 사이에 난 좁은 풀밭에도 사람이 지나간 흔적은 전혀 없었다. 그러므로 그 방문은 죽은 로널드가 직접 잠근 것이 분명하다. 그렇다면 그는 어떻게 죽었을까? 아무 흔적도 남기지 않고 창문을 기어오를 수는 없다. 밖에서 열린 창문으로 총을 쏘았을까? 그랬다면 범인은 대단한 명사수일 것이다. 권총으로 그런 치명적인 상처를 냈으니 말이다. 파크 레인은 통행이 잦은 도로이고 그 집에서 일 킬로미터도 못 가서 마차 승강장이 있다. 그날 밤 총성을 들었다는 사람은 아무도 없었다. 한 사람이 죽었고 총알도 발견되었는데 말이다. 총알은 앞부분이 연한 재질이라 탄착하면 납작해져서 큰 피해를 입도록 만들어진 것이었다. 피해자는 총알이 낸 상처로 즉사한 것으로 보인다. 여기까지가 파크 레인의 로널드 어데어 살인 사건이 발생했을 당시의 상황이다. 그런데 범행 동기로 짐작되는 것이 없어 사건은 미궁으로 빠져들었다. 앞에서도 밝혔다시피 이 젊은 귀족에게는 적이라고 할 사람이 없었다. 게다가 방에서 돈이나 귀중품을 훔쳐가려고 한 흔적도 없었다.

나는 하루 종일 이렇게도 생각하고 저렇게도 생각하며 모든 의문을 설명할 수 있는 가설을 세우려고 애를 썼다. 불쌍한 내 친구가 모든 수사의 시작점이라고 이야기했던 최소 저항선을 찾아내려고 한 것이다. 솔직히 털어놓자면 머리를 열심히 굴렸지만 별 성과는 없었다. 그날 저녁 나는 공원을 산책했다. 문득 정신을 차리니 6시경이었고 파크 레인에서 옥스퍼드 스트리트가 시작되는 곳에 와 있었다. 인도의 구경꾼들이 쳐다보고 있는 창문에 나도 눈길을 주었다. 키가 크고 마른 체구에 색안경을 낀 사복 경찰 같은 남자가 사건의 진상에 대한 자신의 생각을 떠벌리고 있고 그 주위로 구경꾼들이 몰려들어 이야기를 듣고 있었다. 사람들을 비집고 가까이 다가가서 들어봤는데 터무니없는 주장에 불과했다. 나는 넌더리를 내며 그곳에서 빠져나가려고 하다 그만 몸이 불편한 노인과 부딪혔다.

내 바로 뒤에 서 있던 노인은 나와 부딪히는 바람에 들고 있던 책 몇 권을 떨어뜨렸다. 책을 주워줄 때 제목이 얼핏 보였는데, 『나무 숭배의 기원』이었다. 제목을 본 순간 가난한 애서가인 노인이 생계 수단인지 취미 생활인지는 몰라도 특이한 책을 수집하는구나 싶었다. 나는 방금 부딪힌 일에 대해 사과를 하려고 했다. 그런데 노인은 떨어뜨린 책들을 귀하게 여겼던 모양인지 탓하는 말을 퉁명스럽게 내던지고 홱 돌아서서 가버렸다. 나는 등이 굽고 허연 구레나룻을 기른 노인이 사람들 사이로 사라지는 모습을 멍하니 지켜보았다.

사건 현장인 파크 레인 427번지를 살펴보았지만 내 고민은 해소되지 않았다. 철책이 달린 낮은 담장이 인도와 사건이 발생한 집 사이에 있었다. 담의 높이는 철책까지 포함해도 1.5미터 정도밖에 되지 않았다. 마음만 먹으면 누구라도 가뿐하게 넘어 정원으로 들어갈 수 있다. 하지만 3층의 창문은 난공불락이었다. 붙잡고 올라갈 만한 것이 전혀 없어 운동신경이 뛰어난 사람이라도 창문으로 들어가기는 불가능해 보였다. 하다못해 배수관도 보이지 않았다. 오기 전보다 머릿속이 더 뒤죽박죽이 되어 켄싱턴으로 발길을 돌렸다.

집에 도착해 서재로 들어간 지 오 분도 지나지 않았는데 하녀가 들어와 손님이 찾아왔다고 알렸다. 손님을 본 나는 깜짝 놀랐다. 좀 전에 마주친 괴짜 애서가 노인이었기 때문이다. 턱이 뾰족하고 쪼글쪼글한 얼굴에 백발이 성성한 노인은 소중히 여기는 책을 오른쪽 겨드랑이에 잔뜩 끼고 있었다. 못해도 열 권은 넘어 보였다.

"저를 보고 많이 놀라셨나 봅니다, 박사님."

노인이 이상하고 쉰 목소리로 말했다.

나는 순순히 인정했다.

"저도 양심이 있는 사람입니다. 박사님 뒤를 절뚝이면서 따라가다가 집으로 들어가시는 모습을 보았습니다. 문득 들어가서 아까의 친절한 신사분을 뵈어야겠다는 생각이 들더군요. 제가 퉁명스럽게 굴기는 했지만 무슨 감정이 있어서 그런 건 아니라고 해명하고 책을 주워주신 데에 감사를 드리자고 말입니다."

"별일도 아닌데 너무 대단하게 생각하시는군요. 그런데 절 어떻게 아셨는지 여쭈어도 되겠습니까?"

"이런 말이 주제넘는다고 생각하실지 모르지만, 실은 저는 박사님 이웃이랍니다. 처치 스트리트의 모퉁이에서 작은 서점을 운영하고 있습니다. 언제 한번 서점에 들러주시면 기쁘겠어요. 보아하니 박사님도 책을 수집하시는군요. 제가 가진 책들은『영국의 새』와『카툴루스』,『성전』입니다. 모두 헐값에 팔고 있죠. 다섯 권 정도 사시면 두 번째 책장 빈 공간에 딱 맞겠습니다. 저래서는 어째 정리가 안 되어 보이지 않습니까?"

내가 뒤에 있는 책장을 보려고 고개를 돌렸다가 다시 정면을 바라보니 탁자 맞은편에 셜록 홈스가 미소를 지으며 서 있었다. 그를 본 순간 나는 놀라 벌떡 일어났다. 앞에 있는 남자를 잠시 뚫어져라 바라보다 내 평생 처음이자 마지막으로 기절을 한 것 같다. 일순 눈앞이 잿빛 안개로 자욱하게 뒤덮인다 싶었는데 정신을 차리니 입술에 브랜디의 알싸한 맛이 남아 있고 옷깃은 풀어져 있었다. 홈스는 술병을 손에 든 채 내가 등을 기댄 의자에 몸을 숙이고 나를 지켜보고 있었다.

"왓슨, 정말 미안하네. 자네가 이 정도로 놀랄 줄은 꿈에도 몰랐다네."

익히 아는 목소리였다.

나는 그의 팔을 움켜쥐었다.

"홈스! 정말 자네인가? 어떻게 살아 있는 거야? 설마 그 무시무시한 낭떠러지에서 올라온 건가?"

"잠깐! 그 이야기를 해도 괜찮은가? 내가 쓸데없이 요란하게 나타나는 바람에 자네가 심한 충격을 받은 것 같은데."

"나는 괜찮네, 홈스. 도저히 눈을 믿을 수가 없군. 세상에, 자네가, 다름 아닌 자네가 지금 내 서재에 이렇게 있다니!"

나는 또다시 그의 소매를 움켜쥐었다. 근육으로 다져진 마른 팔이 만져졌다.

"유령은 아니군. 이 친구야, 자네를 다시 만나서 지금 얼마나 기쁜 줄 아는가! 어서 앉아보게. 그 끔찍한 폭포에서 어떻게 살아 돌아왔는지 얼른 말해달란 말일세."

내가 그를 재촉했다.

홈스는 맞은편에 앉더니 예나 다름없이 차분한 태도로 담배에 불을 붙였다. 서점 주인으로 위장하려고 입었던 지저분한 프록코트는 여전히 걸치고 있었지만 흰머리 가발과 고서들은 탁자 위에 내려놓았다. 홈스는 예전보다 더 마르고 날카로운 모습이었다. 매부리코가 도드라진 창백한 얼굴을 보니 한동안 고생을 한 듯했다.

"몸을 쭉 펴니 이제 살 것 같군, 왓슨. 키도 큰데 몇 시간 동안

한 자나 구부리고 있는 게 보통 힘든 일이 아니거든. 그간의 일을 털어놓으라고 하니 말인데, 날 좀 도와주겠나? 오늘밤 일은 고되고 위험하기까지 할 거라네. 그게 끝난 후에 전부 이야기하는 게 나을 것 같은데, 어떤가?"

"나는 궁금해죽을 지경이야. 지금 당장 듣고 싶네."

"오늘밤, 나와 함께 갈 텐가?"

"언제 어디든 자네가 원한다면 가야지."

"이러니까 예전으로 되돌아간 것 같군. 출발하기 전까지 저녁 한술 뜰 시간은 있어. 그리고 폭포에 대해서 말인데, 나는 그 구렁텅이에서 간단하게 빠져나왔다네. 이유는 간단해. 애초에 떨어지지 않았거든."

"애초에 떨어지지 않았다고?"

"그래, 왓슨. 나는 떨어진 적이 없어. 물론 자네에게 남긴 편지는 진짜였다네. 안전한 곳으로 갈 수 있는 좁은 길을 가로막고 서서 사악한 기운을 뿜어내고 있는 모리아티 교수를 본 순간 내 탐정 인생의 마지막 때가 왔구나 싶었거든. 그의 잿빛 눈동자를 보고는 단번에 냉혹한 계획을 알아차렸지. 일단 그와 몇 마디 나누고 양해를 얻어서 나중에 자네가 받아보았던 짧은 편지를 썼다네. 다 쓴 편지를 담뱃갑으로 눌러놓고 등산용 지팡이도 옆에 세워뒀지. 그리고 길을 따라 걷기 시작했어. 모리아티가 뒤를 바짝 따라오더군. 막다른 곳에 도착하자 더이상 도망칠 곳이 없었지.

그는 무기를 꺼내지 않았어. 달려들더니 기다란 팔을 뻗어 나를 붙잡았다네. 그는 자신의 게임이 끝났다는 사실을 알고 내게 복수를 해야겠다는 생각으로 머리가 가득찬 듯했어. 우리는 절벽의 가장자리에서 한동안 몸싸움을 벌였어. 나는 레슬링과 비슷한 일본 무술 바리츠를 배운 적이 있고 실제로 몇 번이나 무척 유용하게 써먹었지. 그때도 바리츠 기술로 모리아티의 손아귀에서 빠져나왔어. 그 바람에 중심을 잃은 모리아티가 끔찍한 비명을 지르면서 미친듯이 발버둥치고 양손을 마구 휘저어 뭐든 붙잡으려고 했지만 끝내 균형을 잃고 낭떠러지에서 떨어져 버렸지. 절벽 끝에서 고개를 내밀고 아래를 보니 모리아티는 떨어지면서 바위에 부딪혔다가 물속으로 풍덩 빠지더군."

나는 놀라움을 감추지 못한 채 홈스가 이따금 담배 연기를 뿜으며 하는 말을 들었다.

내가 놀라 소리쳤다.

"하지만 발자국은! 내 눈으로 똑똑히 봤단 말일세. 두 사람이 길을 걸어간 흔적은 있었지만 누구도 폭포에서 되돌아 나온 흔적은 없었어!"

"그건 이렇게 된 거라네. 모리아티가 시야에서 사라진 순간 운명이 다시 없을 기회를 줬다는 생각이 퍼뜩 떠오르더군. 나를 죽여버리겠다고 맹세한 사람이 모리아티만은 아닐 테니까. 내가 그 사실을 모를 리 없지. 두목이 죽으면 나를 향해 복수심을 더욱 불태울 자들을 적어도 세 명은 떠올릴 수 있었어. 조직에서도 가장 위험천만한 자들이지. 그들은 나를 없애려고 총력을 다할 텐데, 온 세상이 내가 죽었다고 믿는다면 어떤 일이 생기겠나? 대적할 상대가 사라졌다고 생각하고 신나게 활개를 치겠지. 그렇게 놈들이 모습을 드러내면 내가 그들을 해치울 기회가 생길 게 분명했어. 일단 놈들부터 해치우고 나서 내가 멀쩡히 살아 있다는 사실을 밝히면 되지 않겠나? 이런 생각들이 순식간에 떠오르더군. 모리아티가 라이헨바흐 폭포 바닥에 닿기도 전에 머릿속에서 모든 계획이 섰다네.

나는 일어나서 뒤에 있는 절벽을 살펴봤어. 몇 달 후 자네의 생생한 기록을 나도 흥미롭게 읽었지. 그 기록에서 자네가 이렇게 강조를 하지 않았나. 절벽이 깎아지른 듯했다고. 실은 꼭 그런 것만은 아니었다네. 발을 디딜 만한 곳이 몇 군데 있었고 바위가 튀어나온 부분도 있었지. 절벽이 까마득하게 높아서 꼭대기까지는 도저히 기어오를 수가 없겠더군. 그렇다고 젖은 길에 발자국을 남기지 않고 되돌아갈 수도 없겠고 말이야. 다른 때였다면 구두를 거꾸로 신고라도 그곳을 빠져나갔을 걸세. 전에도 그런 적이 있지. 하지만 그렇게 하면 한 방향으로 난 발자국이 세 줄이 되잖아. 의심을 살 게 틀림없었지. 그러니 위험을 무릅쓰고라도 절벽을 기어오르는 편이 최선이었던 거라네.

결코 즐거운 경험은 아니었다네, 왓슨. 아래를 보면 폭포수가 굉음을 내며 떨어지고 있었지. 내가 환상에 잘 빠지는 사람은 아니지만 깊은 못 속에서 모리아티가 나를 부르는 소리가 들리는 것만 같더군. 한 번만 삐끗하면 죽은 목숨이었어. 손으로 붙잡은 풀이 한 뭉텅이씩 빠지거나 젖은 바위에서 발이 미끄러지는 바람에 죽었구나 하고 생각한 적이 한두 번이 아니었다네. 하지만 이를 악물고 올라간 끝에 절벽 중간에 툭 튀어나온 바위에 도착했지. 부드러운 녹색 이끼로 덮인 꽤 넓은 바위였어. 바위 위에 편안히 누워 있으면 완벽하게 모습을 감출 수 있겠더군. 자네를 비롯한 다른 사람들이 보기 안쓰러울 정도로 서툴게 내가 사망한 사고 경위를 조사할 때 나는 실은 그곳에 드러누워 있었던 거라네.

자네와 사람들은 착각에 불과한 결론에 도달한 채 호텔로 되돌아갔지. 마침내 나 혼자 남았어. 내 모험도 막을 내렸구나 싶었다네. 바로 그때 생각지도 못한 일이 일어났어. 아직도 놀랄 일이 남아 있더군. 위에서 거대한 바위가 요란한 소리를 내며 굴러오더니 나를 지나쳐서 좁은 길에 떨어졌다가 그대로 심연

속으로 추락하지 뭔가. 처음에는 단순한 낙석이라고 생각했네. 그런데 고개를 들어 위를 보니 시커먼 하늘을 배경으로 사람 머리가 눈에 들어오더군. 게다가 또 다른 돌덩이가 내가 누워 있는 바위를 향해서 곧장 떨어지고 있었어. 바위는 머리를 아슬아슬하게 비켜서 지나갔지. 그게 무슨 뜻이겠는가? 모리아티는 혼자가 아니었던 거야. 조력자가 있었던 거지. 잠깐 본 것만으로도 얼마나 위험한 자인지 알겠더군. 교수가 나를 공격하는 동안 근처에서 망을 보아준 짝패가 있었던 거야. 시야가 미치지 않는 곳에 몸을 숨긴 채 자신의 동료가 목숨을 잃고 내가 그곳을 빠져나가는 모습을 지켜본 게 분명했어. 그자는 잠시 상황을 살폈겠지. 그리고 빙 둘러서 절벽의 꼭대기까지 올라가 동료가 실패한 임무를 대신 끝내려고 한 거야.

순식간에 어떤 상황인지 이해했지. 그즈음 그자가 다시 절벽 위에서 음울한 얼굴을 내밀었어. 바위 공격이 곧장 이어지겠다는 예감이 들더군. 간신히 기어 올라온 절벽을 다시 내려가기 시작했어. 제정신이었다면 절대 그러지 못했을 거야. 올라오는 것보다 내려가는 게 백 배는 더 힘들었거든. 하지만 그런 생각을 하고 있을 겨를이 없었다네. 튀어나온 바위의 끄트머리를 양손으로 잡고 매달리는 동안 또다시 커다란 돌덩어리가 스쳐지나갔지. 길까지 반쯤 내려왔을까. 그만 미끄러졌어. 온몸이 찢기고 피가 나기는 했지만 천만다행으로 좁은 길로 무사히 떨어졌지. 나는 그 자리에서 당장 달아났어. 그날 밤 칠흑같이 어두운 산길을 십오 킬로미터 넘게 걸었다네. 일주일 후에 피렌체에 도착했지. 세상 어느 누구도 내가 어떻게 되었는지 모를 거라는 생각을 하니 그제야 안심이 되더군.

믿을 사람은 한 사람뿐이었다네. 마이크로프트 형 말일세. 왓슨, 자네에게 뭐라 사과를 하면 좋을지 모르겠군. 하지만 세상 사람들이 나를 죽었다고 생각하게 만드는 게 너무나 중요했다네. 자네가 내 죽음을 믿게 만들어야 했다네. 그러지 않으면 내 최후에 대해 설득력 있는 글을 쓰게 할 재간이 없었어. 지난 삼 년 동안 자네에게 편지를 쓰려고 펜을 든 게 한두 번이 아니라네. 하지만 그때마다 자네가 내 안부를 너무 걱정한 나머지 어리석은 행동을 해 비밀이 새어 나갈지도 모른다는 두려움에 펜을 내려놓을 수밖에 없었어. 아까 자네가 책을 떨어뜨렸을 때도 그런 이유로 자리를 얼른 피했던 거야. 왜냐하면 나는 지금 위험에 처해 있거든. 자네가 조금이라도 놀라거나 감정을 드러냈다가는 사람들의 이목이 쏠릴 수도 있었어. 그랬다가는 돌이킬 수 없는 무서운 결과를 낳을 게 분명했지.

형에게는 비밀을 털어놓지 않을 수 없었어. 도피 자금을 마련해야 했기 때문이네. 런던의 상황은 내 바람대로 돌아가지 않더군. 무엇보다 모리아티의 부하들에 대한 재판 결과, 가장 위험한 부하 두 명이 풀려났잖아. 그들이야말로 내게 누구보다 큰 복수심을 품은 채 이를 갈고 있을 게 분명했어. 나는 이 년 동안 티베트를 여행했어. 라사를 방문해 며칠 동안 달라이라마와 시간을 보내기도 했지. 자네라면 시게르손이라는 노르웨이인이 쓴 놀라운 탐험기를 읽었을 거야. 그 글이 친구가 멀리서 전하는 소식이라는 생각은 꿈에도 못 했겠지. 티베트에서 이 년을 머무른 후에는 페르시아를 통과해 메카로 향했어. 그곳에서는 하르툼의 칼리프를 접견하여 흥미진진한 시간을 가졌지. 접견의 결과에 대해서는 외무부에 보고를 해뒀어. 이후 프랑스로 가서 남부에 있는 몽펠리에 연구소에서 몇 달 동안 콜타르 유도체를 연구했어. 연구도 성에 찰 때까지 했고 런던에 남은 숙적이 단 한 명뿐이라는 정보를 입수하자 돌아갈 때가 되었다는 생각이 들더군.

그때 파크 레인 살인 사건을 듣고 부랴부랴 돌아온 걸세. 사건 자체도 내 흥미를 끌었지만 그게 다가 아니야. 생각해보면 이 사건이 내가 돌아올 계기를 마련해준 것 같아. 나는 단숨에 런던으로 돌아와 베이커 스트리트의 옛집으로 갔어. 허드슨 부인은 나를 보자마자 격렬한 히스테리를 일으킬 정도로 충격을 받았지. 형이 내 방과 서류를 건드리지 않고 그대로 남겨뒀더군. 그렇게 해서 나는 오늘 2시에 옛 방 옛 의자에 앉았어. 자네가 정든 의자에 다시 앉은 모습을 보면 좋겠다는 생각이 간절하게 들던 참이네."

사월 어느 저녁에 내가 들은 놀라운 모험담은 이렇게 끝났다. 나는 키가 크고 호리호리한 체형에 예리하고 진지한 표정의 이 친구를 두 번 다시 보지 못하리라 생각했다. 내 눈으로 보지 못했다면 이 이야기도 결코 믿지 못했으리라. 홈스는 내가 최근에 상을 당했다는 소식도 알고 있었다. 홈스가 그 사실에 얼마나 마음 아파하는지 말을 하지 않아도 태도를 통해 느낄 수 있었다.

"왓슨, 슬픔을 치유하는 데 일만 한 것이 없지. 그래서 오늘 밤 꼭 함께 해결해야 할 일을 가지고 온 거라네. 우리가 이 일을 제대로 매듭지어야만 한 남자의 새 삶이 정당하다고 말할 수 있지."

나는 사건에 대해 좀더 설명해달라고 했지만 소용이 없었다.

"내일 아침까지 실컷 보고 들을 거라네. 그것보다 우리에게는 지난 삼 년간 못다 한 이야기가 있잖아. 시간도 때울 겸 그간의 이야기를 하세나. 그러다가 9시 30분에 빈집으로 놀라운 모험을 떠나보자고."

홈스가 말한 시각에 우리는 2인승 마차에 올랐다. 주머니에는 권총이 한 자루 들어 있고 가슴은 새로운 모험이 곧 시작된다는 생각에 쿵쾅거리니 마치 예전으로 돌아간 것 같았다. 말없이 앉아 있는 홈스의 얼굴이 냉정하고 단호해 보였다. 가로등 불빛에 홈스의 진지한 옆모습이 언뜻언뜻 보였다. 깊은 생각에 잠겨 눈썹을 찌푸리고 얇은 입술을 꾹 다문 얼굴이었다. 범죄로 물든 컴컴한 정글 같은 런던에서 우리가 추적하는 인물이 어떤 무시무시한 야수인지 나는 몰랐다. 하지만 전문 사냥꾼인 홈스의 분위기를 보니 얼마나 위험한 모험을 앞두고 있는지 실감이 났다. 한편으로는 홈스가 침울할 정도로 진지한 표정을 하고 있다가도 때때로 냉소적인 미소를 지을 때면 우리가 추적하는 인물에게 결코 좋은 일이 기다리고 있지 않을 거라는 확신이 섰다.

나는 베이커 스트리트가 행선지인 줄 알았다. 하지만 홈스는 마차를 캐번디시 스퀘어의 모퉁이에 세웠다. 그는 걸어가면서 좌우를 샅샅이 살피며 다른 거리로 이어지는 모퉁이가 나올 때마다 미행을 당하지 않는지 사방을 꼼꼼하게 둘러보았다. 우리는 무척 특이한 경로로 움직였다. 런던의 뒷골목에 대한 홈스의 지식은 어마어마했다. 있는 줄도 몰랐던 마구간과 창고가 복잡하게 자리잡은 지역을 홈스는 망설이지 않고 단숨에 빠져나갔다. 우리는 낡고 우중충한 건물이 양쪽으로 늘어선 작은 길에서 걸음을 멈췄다. 그 길은 맨체스터 스트리트와 블랜드퍼드 스트리트로 이어졌다. 작은 길에 도착하자 홈스는 재빨리 방향을 돌려서 좁은 골목으로 들어갔다. 그리고 어느 집 나무 대문을 지나 인적 없는 마당으로 들어가더니 열쇠로 집의 뒷문을 열었다. 우리는 안으로 들어간 후 문을 꼭 닫았다.

집안은 칠흑같이 어두워서 뭐가 뭔지 잘 보이지는 않았지만 빈집이 분명했다. 우리가 발을 내디딜 때마다 나무 마룻바닥이 삐걱거리고 우지직거렸다. 손을 뻗자 벽이 만져졌는데, 떨어진 벽지가 덜렁거리고 있었다. 홈스는 차갑고 가느다란 손가락으로 내 손목을 쥐더니 긴 복도로 이끌었다. 마침내 문 위에 달린 탁한 채광창이 흐릿하게 눈에 들어왔다. 그곳에서 홈스가 갑자기 오른쪽으로 방향을 틀었다. 주위를 살펴보니 우리는 커다란 빈방에 들어와 있었다. 구석은 시커멓게 그림자가 졌지만 가운데는 거리에서 불빛이 들어와서 흐릿하게나마 분간할 수는 있었다. 거리에 가로등도 없고 창문도 먼지가 두텁게 쌓여 있어서 우리는 서로의 형체만 분간할 수 있었다. 홈스가 내 어깨에 손을 얹고 귓가에 바짝 다가와 속삭였다.

"우리가 어디에 있는지 알겠나?"

그가 목소리를 잔뜩 낮춰 물었다.

"베이커 스트리트인 것 같은데."

나는 흐릿한 창문으로 밖을 내다보며 대답했다.

"맞았네, 여기는 캠던 하우스야. 옛집 바로 맞은편에 있는 집 말이야."

"왜 우리가 여기에 온 건가?"

"왜냐하면 여기서 저 그림 같은 건물이 잘 보이기 때문이라네. 왓슨, 밖에서 안 보이게 각별히 조심하면서 이 창가로 가까이 와보게. 거기서 우리 옛 하숙집을 보게나. 그동안 우리가 함께한 소소한 모험들의 시작점이잖아. 내가 이곳을 떠나 있던 삼 년 동안 자네를 놀라게 하는 솜씨가 녹슬지 않았는지 한번 볼까."

나는 살그머니 창가로 다가가 맞은편의 낯익은 창을 바라보았다. 그 순간 나는 놀란 나머지 소리를 지르고 말았다. 커튼이 내려진 환한 방안에는 웬 남자가 의자에 앉아 있었다. 빛나는 스크린 같은 창문에 남자의 실루엣이 또렷하게 비쳤다. 고개를 든 모습과 각진 어깨, 날카로운 얼굴선을 보니 누구인지 모르려야 모를 수가 없었다. 반쯤 옆으로 돌리고 있는 얼굴이 우리 조부모님이 좋아하셨던 그림자 초상화를 보는 듯했다. 옆모습은 누가 봐도 홈스였다. 놀란 나는 한 손을 뻗어 홈스가 아직도 옆에 있는지 만져보기까지 했다. 그런데 그는 어깨를 들썩이며 소리 죽여 웃는 것이 아닌가.

"어떤가?"

그가 물었다.

“세상에! 믿을 수가 없군!”

“세월이 흘러도 나의 무한한 재주는 케케묵은 상식에 매몰되지 않을 거야. 나랑 똑 닮았지?”

홈스의 목소리에서 자신의 창조물을 목전에 둔 예술가가 느끼는 기쁨과 자부심이 느껴졌다.

“저 그림자가 자네라고 맹세할 수 있을 정도라네.”

“모든 공은 프랑스 그르노블에 사는 므시외 오스카 뫼니에에게 돌아가야 할 걸세. 그 사람이 상당한 시간을 들여 틀을 제작했거든. 저건 밀랍으로 만든 반신상이야. 오늘 오후에 베이커 스트리트에 들러서 설치했다네.”

“도대체 왜?”

“왜냐하면 내가 저 방에 있다고 철석같이 믿게 만들어야 하기 때문이지. 실제로 나는 다른 곳에 있지만 말이야.”

“설마 누가 저 방을 감시하고 있다는 말인가?”

“감시하고 있다네. 나는 알지.”

“도대체 어떤 자들이 말인가?”

“나의 숙적들이지, 왓슨. 자신들의 두목을 라이헨바흐 폭포에서 잃은 매력적인 조직 말이야. 생각해보게. 내가 살아 있다는 사실을 세상에서 오직 그들만 알고 있다고. 그자들은 조만간 내가 옛집으로 돌아오리라고 확신했기에 줄곧 저곳을 감시한 거라네. 덕분에 내가 오늘 아침에 도착하는 것도 다 지켜봤지."

"그걸 자네가 어떻게 아나?"

"아까 창밖을 보다가 그들이 세워둔 감시자를 알아봤으니까. 별 위협거리도 안 돼. 파커라고 교살이 전문이고 구금口琴 연주 실력이 뛰어난 자야. 물론 그런 인간에게는 눈곱만큼도 신경 안 써. 하지만 파커의 배후에 있는 무시무시한 자라면 이야기가 다르지. 모리아티 교수의 절친한 친구인 그자는 절벽에서 내게 돌덩어리를 굴려 떨어뜨렸어. 런던에서 가장 교활하고 위험한 범죄자지. 왓슨, 오늘밤 그자는 나를 쫓고 있지만 정작 자기가 우리에게 쫓기고 있는다는 사실은 몰라."

내 친구의 계획이 조금씩 모습을 드러냈다. 이렇게 안성맞춤인 은신처에서 감시자들을 감시하고 추적자들을 추적하려는 심산이었던 것이다. 건너편 창가에 드리워진 뾰족한 그림자는 미끼이고 진짜 사냥꾼은 바로 우리였다. 입을 꼭 다물고 어둠 속에 가만히 선 우리는 집 앞 거리를 지나가며 발걸음을 재촉하는 사람들을 지켜보았다. 홈스는 미동도 않고 서 있었다. 하지만 그가 얼마나 정신을 바짝 차리고 행인들의 물결을 예의 주시하고 있는지 말하지 않아도 알 수 있었다. 암울하면서도 어수선한 밤이었다. 길게 뻗은 거리를 바람이 요란하게 훑고 지나갔다. 수많은 사람들이 이쪽에서 저쪽으로 혹은 저쪽에서 이쪽으로 지나갔다. 대부분 코트를 단단히 껴입고 목도리를 두르고 있었다. 이미 지나갔던 사람을 또 본 듯한 느낌이 한두 번 들었다.

유난히 시선을 끄는 남자 둘이 있었다. 그들은 어느 집의 문간에서 바람을 피하는 것처럼 보였다. 나는 홈스의 눈길을 그들에게 돌리려고 했지만 그는 초조한 티를 내며 뚫어져라 창밖만 내다볼 뿐이었다. 몇 번이나 발을 꼼지락거리고 손가락으로 벽을 빠르게 두드리는 것으로 보아 홈스는 불안해하고 있었다. 상황이 생각했던 대로 풀리지 않는 게 분명했다. 마침내 자정이 다가오자 거리의 인적이 뜸해졌다. 홈스는 도저히 견딜 수가 없는지 방안을 서성거리기 시작했다. 그에게 말을 걸려는 찰나, 눈을 들어서 불이 밝혀진 창문을 보는데 아까만큼 기절초풍할 일이 일어나 있었다. 나는 홈스의 팔을 움켜쥐고 위를 가리켰다.

"그림자가 움직였어!"

내가 소리쳤다.

그림자는 더이상 옆모습을 보이지 않고 우리를 향해 등을 돌리고 있었다.

홈스는 자기보다 지적 능력이 낮은 사람을 못 견디거나 야멸치게 대하는 면이 있었다. 삼 년이라는 시간도 그 성격을 누그러뜨리기에는 짧았던 모양이다.

“물론 움직였다네. 그럼 내가 멍청하게 누가 봐도 허수아비가 뻔한 물건을 세워놓고 유럽에서 제일 똑똑한 악당들이 속아넘어가주기를 바랐을까 봐? 우리가 이 방에 도착한 지 두 시간이 지났네. 그동안 허드슨 부인이 벌써 여덟 번, 그러니까 십오분마다 한 번씩 방향을 살짝살짝 바꿨지. 인형 바로 앞에서 방향을 바꾸고 있기 때문에 부인의 그림자는 절대 보이지 않아. 앗!”

그가 뭔가를 보고 흥분한 듯 헉하고 숨을 들이쉬었다. 희미한 불빛에 홈스가 머리를 앞으로 살짝 숙이는 모습이 보였다. 어찌나 집중하고 보는지 온몸이 그대로 얼어붙은 것 같았다. 아까의 두 남자는 문간에 여전히 몸을 웅크리고 있는지 모르겠지만 내게는 더이상 보이지 않았다. 맞은편에서 환하게 빛나는 창문과 그 중앙에 또렷하게 드러난 검은 실루엣을 제외하면 주위는 온통 조용하고 깜깜했다. 쥐죽은듯이 고요한 방에서 이번에는 가늘게 식식거리는 홈스의 숨소리가 들렸다. 강렬한 흥분을 억누르는 듯한 소리가 분명했다.

잠시 후 홈스가 나를 방에서 가장 깜깜한 곳으로 끌고 갔다. 그는 손가락을 내 입술에 대고 조용히 하라고 신호했다. 나를 꽉 잡은 손가락이 떨리고 있었다. 이보다 감정이 격해진 홈스를 본 적이 없었다. 우리 앞으로 난 어두운 거리는 여전히 텅 비어 움직이는 것이 전혀 없었다.

나는 홈스가 날카로운 감각으로 포착한 것이 무엇이었는지 그제야 알아차렸다. 소리 죽여 살며시 움직이는 소리가 내게도 들렸다. 베이커 스트리트에서 들리는 소리가 아니었다. 문제의 소리는 우리가 숨죽인 채 숨어 있는 집에서 들렸다. 집의 뒷문이 열렸다 닫혔다. 잠시 후 복도를 걸어오는 발소리가 들렸다. 살금살금 걷고 있었지만 휑하니 빈집이라 발소리가 크게 울렸다. 홈스는 몸을 잔뜩 웅크려 벽에 기댔고 나도 한 손으로 권총 손잡이를 움켜쥐며 벽에 몸을 바짝 붙였다. 어둠 속에서 시커먼 사람의 형체가 흐릿하게 보였다. 열린 문틈으로 보이는 어둠보다 더 시커먼 그림자였다. 그는 잠시 서 있다가 이내 몸을 숙이고 천천히 방안으로 들어왔다. 그 모습이 사뭇 위협적이었다. 흉악한 인물과 우리 사이의 거리는 삼 미터도 되지 않았다. 덤벼들 때를 대비해서 마음을 단단히 먹었지만 우리가 있는 줄 꿈에도 모르는 것 같았다. 바로 우리 옆을 지나쳐 창가로 간 그는 소리 나지 않게 십오 센티미터가량 창문을 들어올렸다. 그는 열린 창문으로 밖을 보기 위해 몸을 낮추었다. 그러자 먼지 낀 창문을 거치지 않고 그대로 쏟아져 들어오는 거리의 불빛이 그의 얼굴을 환하게 밝혔다.

남자는 흥분으로 제정신이 아닌 것 같았다. 두 눈은 별처럼 빛났고 얼굴은 경련이 이는지 연신 씰룩거렸다. 얼굴을 보니 나이가 지긋했다. 툭 튀어나온 코는 콧날이 좁았고 이마는 높고 훤했으며 희끗희끗한 콧수염이 거대했다. 오페라해트를 살짝 젖혀 쓴 남자의 열린 오버코트 앞섶 사이로 야회복 셔츠 앞부분이 반짝거렸다. 수척한 얼굴의 피부는 거무스름했으며 주름이 깊고 거칠게 파여 있었다. 쥐고 있는 지팡이 같은 것을 바닥에 내려놓을 때 어째서인지 금속이 부딪히는 소리가 났다. 그는 코트 주머니에서 커다란 물건을 꺼내 뭘 하는지 한동안 꼼지락거렸다. 잠시 후 용수철인지 볼트가 딸그락하며 제자리를 찾아가는 소리가 요란하게 나자 비로소 작업이 끝난 듯했다. 여전히 바닥에 무릎을 댄 그는 몸을 앞으로 숙이더니 어떤 레버에 온 체중과 힘을 실었다. 그러자 뭔가가 회전하면서 갈리는 소리가 길게 났다. 곧이어 또다시 요란한 딸그락 소리가 나더니 마침내 조용해졌다.

몸을 펴고 자리에서 일어난 그는 개머리판이 여느 총과는 다른 신기하게 생긴 총을 쥐고 있었다. 그는 총의 약실을 열어 뭔가를 집어넣더니 딸깍하고 약실을 닫았다. 다시 한번 몸을 낮추어 창문턱에 총신을 받쳤다. 콧수염이 개머리판 위로 서서히 내려오고 조준기로 목표물을 바라보는 눈이 번득였다. 그가 어깨에 개머리판을 딱 붙이는 순간 입에서 새어 나온 만족스러운 탄성을 나는 놓치지 않았다. 그리고 맞히기 좋아 보이는 노란 창문 속의 시커먼 실루엣이 가늠쇠의 끝에 정확하게 위치한 모습을 보았다. 온몸에 힘을 준 채 꼼짝도 하지 않던 그가 방아쇠를 당겼다. 핑 하는 유난히 큰 소리가 들리더니 유리가 와장창 깨지는 소리가 들렸다. 그 순간 홈스가 호랑이처럼 펄쩍 뛰어 뒤를 덮쳐 명사수를 쓰러뜨렸다. 명사수는 순식간에 다시 일어나 괴력을 발휘해 홈스의 목을 움켜쥐었다. 그때 내가 권총의 개머리판으로 그의 머리를 내려쳤다. 그는 마룻바닥에 그대로 쓰러졌다. 그를 덮쳐서 꼼짝 못하게 잡고 있는 동안 홈스는 호루라기를 세게 불었다. 인도를 요란하게 달려오는 구둣발 소리가 들리나 싶더니 경관 두 명과 사복형사 한 명이 현관문을 열고 들어와 방으로 뛰어올라왔다.

“레스트레이드 형사님이시군요?”

홈스가 물었다.

“그렇습니다, 홈스 씨. 제가 이 건을 맡았습니다. 런던에서 다시 뵙게 되어 정말 반갑습니다.”

“형사님께 비공식적인 도움이 필요해 보이더군요. 경찰도 모르는 살인 사건이 일 년에 세 건이라니 안 될 말이죠, 레스트레이드 형사님. 그래도 몰지 사건을 평소보다 수월하게 해결하셨던데요. 그 정도면 상당히 잘 처리하셨습니다."

우리는 모두 일어섰다. 우리가 잡은 사내는 양쪽으로 건장한 경관에게 팔을 붙잡힌 채 힘겹게 숨을 몰아쉬었다. 구경꾼들이 거리에 모여들기 시작했다. 홈스는 창가로 가서 창문을 닫고 커튼을 쳐버렸다. 레스트레이드가 양초 두 개에 불을 붙였고 다른 경관들도 등불의 덮개를 벗겼다. 나는 비로소 우리가 붙잡은 남자를 제대로 볼 수 있었다.

우리를 바라보는 남자는 사내다우면서도 동시에 사악해 보이는 외모였다. 철학자의 이마와 호색가의 턱을 가진 이 남자는 선행이든 악행이든 마음먹기에 따라 무슨 일이든 할 수 있어 보였다. 비꼬듯 축 처진 눈꺼풀 아래로 잔인하게 빛나는 푸른 눈동자, 날카롭게 앞으로 튀어나온 코와 위협적으로 깊게 파인 이마의 주름을 본다면 누구라도 조물주가 보내는 확실한 위험신호를 감지할 수 있으리라. 그는 다른 사람에게는 눈길도 주지 않고 오로지 홈스의 얼굴만 증오와 경탄이 뒤섞인 표정으로 뚫어지게 노려보았다.

"악마 같은 자식! 교활한 악마 새끼!"

그는 계속 이렇게 중얼거렸다.

"아하, 대령. '연인과의 만남으로 여행은 끝난다네.' 옛 연극에서는 이렇게 말하죠. 라이헨바흐 폭포 위 바위에 누워 있는 내게 그토록 관심을 보여주신 후로 처음 뵙는 거죠?"

홈스가 구겨진 옷깃을 바로 펴며 말했다.

대령은 최면에 걸린 사람처럼 홈스를 빤히 바라보았다.

"교활한 악마 새끼."

그는 이 말밖에 하지 못했다.

"아직 당신을 소개하지 않았군요. 여러분, 이 신사는 여왕 폐하의 인도 육군에 복무했던 서배스천 모런 대령입니다. 동인도제도가 배출한 최고의 맹수 사냥꾼이기도 하고요. 아직도 당신이 잡은 호랑이의 수를 따라올 자가 없다고 하던데, 내 말이 맞습니까?"

험악한 분위기의 노인은 아무 말도 하지 않고 홈스를 매섭게 노려볼 뿐이었다. 무시무시한 눈빛과 뻣뻣한 콧수염을 보면 놀랍게도 그 스스로가 호랑이 같았다.

"이렇게 단순한 계략에 당신처럼 노련한 사냥꾼이 걸려들 줄 몰랐습니다. 당신은 이런 작전이 매우 익숙하겠죠. 나무 아래에 새끼 염소를 묶어놓고 장총을 든 채 나무 위에 올라가서 호랑이가 미끼를 물러 오기만을 기다리지 않았습니까, 그렇죠? 이 빈집이 나무였고 당신은 나의 호랑이였습니다. 당신은 호랑이가 여러 마리일 때나 만에 하나라도 잘못 겨눌 때를 대비해서 총을 여러 자루 준비했겠죠."

홈스는 여기까지 단숨에 말한 후 주위를 가리키며 말을 이었다.

"여기 이분들이 내가 예비로 준비한 총입니다. 비유가 딱 들어맞는군요."

모런 대령은 분노를 참지 못하고 홈스를 향해 그대로 달려들었지만 양쪽의 경관들에게 제지당했다. 격분한 표정이 어찌나 살벌한지 오금이 저릴 정도였다.

"솔직히 나도 당신에게 놀랐습니다. 당신이 이 빈집이며 편리한 맞은편 창문을 정말로 활용할 줄은 몰랐어요. 내 친구 레스트레이드 형사와 그의 유쾌한 동료들이 당신을 기다리고 있었던 길거리에서 거사를 치를 거라고 생각했거든요. 그 부분만 빼면 모든 게 예상대로군요."

홈스가 말했다.

모런 대령이 레스트레이드를 향해 고개를 돌리며 말했다.

"나를 체포할 근거가 있을 수도 있고 없을 수도 있소. 하지만 일방적으로 이자의 조롱을 받아야 할 이유는 없지 않소이까. 내가 법의 손에 있다면 모든 절차를 법적으로 진행하도록 하시오."

"합당한 요구군요. 홈스 씨, 우리가 가기 전에 더 하실 말씀은 없습니까?"

레스트레이드가 물었다.

홈스는 바닥에서 위력적인 공기총을 집어 들고 어떻게 작동하는지 꼼꼼하게 살폈다.

“감탄이 절로 나올 정도로 뛰어나고 독특한 무기군. 총성이 거의 나지 않고 위력 또한 엄청나죠. 죽은 모리아티 교수가 독일의 맹인 기계공인 폰헤르더에게 제작을 의뢰했다는 사실은 알고 있었어요. 오랫동안 존재만 알았던 총을 직접 만지고 있으니 감개무량하군요. 레스트레이드 형사님, 이 총을 제대로 조사해주십시오. 총에 들어가는 총알도 함께요.”

“책임지고 조사하도록 하겠습니다, 홈스 씨.”

레스트레이드는 경관들과 모런 대령을 문으로 데리고 가며 다시 물었다.

“더이상 하실 말씀은 없습니까?”

“질문이 있습니다. 그자를 무슨 혐의로 기소하실 겁니까?”

“혐의요? 그거야 당연하지 않습니까. 셜록 홈스 씨를 살해하려고 한 혐의죠.”

“그러지 마십시오, 형사님. 저는 이 사건에서 모습을 드러내고 싶지 않습니다. 이번 체포 작전을 성공으로 이끈 공은 오로지 형사님에게만 돌아가야 합니다. 그래요, 레스트레이드 형사님. 축하합니다! 평소처럼 기민함과 대담함을 적절하게 발휘한 덕분에 진범을 검거하셨군요."

"진범을 잡았다고요? 무슨 진범 말입니까, 홈스 씨?"

"경찰 병력이 총동원되어 찾고 있는 사건의 진범이지요. 지난달 30일 파크 레인 427번지 3층 응접실의 열린 창문을 향해 공기총으로 특수한 총알을 발사해 로널드 어데어 공을 사살한 서배스천 모런 대령이지 누구긴 누구겠습니까. 이게 바로 이자의 죄목입니다, 레스트레이드 형사님. 자, 왓슨, 깨진 창문으로 들어오는 한기를 견딜 자신이 있다면 내 서재로 가겠나? 담배 한 대 피우면서 자네에게 유익한 이야기를 들려줄 수 있을 것 같네만. 삼십 분이면 될 거야."

우리가 한때 같이 지냈던 방들은 예전 모습 그대로였다. 마이크로프트 홈스의 배려와 허드슨 부인의 꼼꼼한 관리 덕분이었다. 솔직히 말하자면 다른 점이 없지는 않았다. 방은 전보다 훨씬 깔끔했다. 하지만 홈스의 물건들은 모두 자리에 그대로 있었다. 화학 실험을 하던 방 한구석과 산성 용액으로 얼룩진 송판 탁자가 있었다. 선반에는 보자마자 당장 태워버리고 싶어 하는 사람들이 꽤 많을 엄청난 양의 스크랩북과 참고 서적들이 줄줄이 꽂혀 있었다. 주위를 둘러보니 각종 도표와 바이올린 케이스, 파이프 받침대는 물론 담배를 넣어두던 페르시아 실내화도 여전히 자리를 지키고 있었다.

그 방에는 우리보다 먼저 온 사람이 둘이나 있었는데, 한 사람은 방으로 들어서는 우리를 노려보는 허드슨 부인이었고 다른 한 사람은 이번 모험에서 범상치 않은 역할을 담당했던 밀랍 인형이었다. 채색까지 된 밀랍 인형은 내 친구와 놀랍도록 똑같이 생겼다. 작은 탁자에 올려놓았는데, 홈스의 낡은 실내복을 둘러놓은 덕분에 밖에서 실루엣만 봐서는 착각하지 않을 수 없었다.

"제가 말씀드린 주의 사항을 철저하게 따르셨겠죠, 허드슨 부인?"

홈스가 물었다.

"홈스 씨 말대로 무릎걸음으로 다녔어요."

"훌륭합니다. 임무를 훌륭하게 수행해주셨어요. 총알이 어디로 날아갔는지도 보셨습니까?"

"그럼요. 홈스 씨의 멋진 흉상을 다 망가뜨려놓았지 뭐예요. 머리를 뚫고 나갔거든요. 그러고는 벽에 부딪히더니 납작해졌죠. 양탄자 위에서 총알을 주웠어요. 이것 보세요!"

홈스는 내게 그 총알을 내밀며 말했다.

"보다시피 특수한 총알이야. 이게 바로 천재적인 부분이지. 어느 누가 이런 물건이 공기총에서 발사되었다고 생각하겠나? 이제 다 끝났습니다, 허드슨 부인. 도와주셔서 정말 감사합니다. 자, 왓슨, 정든 의자에 앉은 모습을 다시 보여주게. 자네와 함께 나누고 싶은 이야기가 한두 가지가 아니라네."

그는 지저분한 프록코트를 벗어던지고는 밀랍 인형에서 벗긴 낡은 잿빛 실내복을 입었다.

"사냥꾼 영감은 배짱도 날카로운 시력도 그대로군."

홈스는 박살이 난 인형의 이마를 살펴보면서 껄껄 웃음을 터뜨렸다.

"총알이 뒤통수의 한가운데로 들어와서 머리를 박살내고 빠져나갔군. 대령은 인도 최고의 명사수였다네. 런던에도 이만한 실력을 갖춘 사수는 별로 없을 거라네. 혹시 대령에 대해서 들어보았는가?"

"아니."

"이런, 이런, 명성이란 게 그런 거지. 하지만 내 기억에 자네는 제임스 모리아티 교수의 이름도 들어본 적이 없었지. 금세기 최고의 두뇌를 자랑했던 사람 중 한 명이었는데도 말이야. 책꽂이에서 내 인명록 좀 갖다주게나."

의자에 등을 편히 기댄 그는 담배 연기를 뭉게뭉게 뿜어내며 느긋하게 책장을 넘겼다.

"내가 모은 신상 정보 가운데 M 항목이 가장 알차지. 모리아티Moriarty만 있어도 충분히 알찰 텐데. 여기에 독살가 모건Morgan

이 있군. 엄청난 기억력의 소유자 메리듀Merridew, 채링크로스의 대기실에서 내 왼쪽 송곳니를 부러뜨린 매슈스Mathews도 있고. 어디 보자, 그래, 여기 있군. 오늘밤의 주인공."

나는 그가 펼쳐서 내민 부분을 읽기 시작했다.

서배스천 모런, 예비역 대령. 무직. 제1벵골 공병대 소속. 1840년 런던 출생. 페르시아 주재 영국 공사를 역임한 제3급 바스 훈위자 오거스터스 모런 경의 아들. 이튼 칼리지와 옥스퍼드 대학에서 수학. 조아키전투와 아프간전투에 참전. 차라시아브(파병), 셰르부르, 카불에서 복무. 『히말라야 서부의 맹수 사냥』(1881)과 『정글에서 보낸 석 달』(1884)의 저자. 주소 : 콘듀잇 스트리트. 가입한 클럽 : 앵글로 인디언 클럽, 탱커빌 클럽, 바가텔 카드 클럽.

여백에는 홈스의 꼼꼼한 필체로 이렇게 적혀 있었다.

런던에서 두 번째로 위험한 인물.

"정말 놀랍군. 경력만 보면 명예로운 군인이잖아."

내가 책을 홈스에게 건네며 말했다.

"그렇지."

홈스가 맞장구를 치며 말을 이었다.

"어느 시점까지만 해도 그는 훌륭한 경력을 쌓으며 살았다네. 무쇠 같은 의지력의 소유자였지. 인도에서는 모런 대령이 부상당한 식인 호랑이를 배수로를 따라 추적한 무용담이 아직도 회자되고 있을 정도라네. 왓슨, 나무 중에는 일정 높이에 도달하면 그때부터는 돌연 기형으로 변하는 종류가 있다고 하네. 사람들 중에도 가끔 그렇게 변하는 자들이 있지. 그래서 나는 이렇게 생각해봤어. 개인의 성장 중 어느 시점에 과거 조상들의 여러 특징이 발현되는 건 아닐까. 누가 불현듯 선인이나 악인으로 변한다면 그것은 혈통에서 면면히 전해진 기질이 강력하게 드러난 결과일지도 몰라. 그 사람은 한 가문이 지금까지 일구어온 역사를 그대로 보여주는 완벽한 표본인 걸세."

"황당한 소리로 들리는군."

"그냥 내 가설일 뿐일세. 원인을 알 수 없지만 어느 시점에 모런 대령은 악인의 길로 접어들고 말았네. 명백하게 드러난 악행은 없었지만 더이상 인도에서 지낼 수는 없게 되었지. 결국 그는 제대하여 런던으로 돌아왔어. 그리고 이곳에서 사악한 명성을 떨치게 된 거야. 모리아티 교수가 그를 자기편으로 끌어들인 것도 바로 이 시기였어. 한동안 그는 모리아티 교수의 참모로 활약했지. 교수는 대령에게 돈을 아끼지 않았어. 그리고 평범한 범죄자들이 할 수 없는 최상류층을 대상으로 한 범죄를 한두 건

맡겼지. 1887년에 로더의 스튜어트 부인 사망 사건을 혹시 기억하나? 뭐? 모르겠다고? 나는 그 사건의 배후에 모런 대령이 있었을 거라고 확신하네. 물론 짐작일 뿐 증명할 수는 없어. 모리아티의 조직이 와해된 후에 모런 대령은 교묘하게 모습을 감췄기 때문에 그를 고발조차 할 수 없었다네.

그 당시 내가 자네 집을 찾았을 때를 기억할 걸세. 내가 공기총이 두렵다며 덧문을 닫았었잖나? 자네는 내가 지나친 상상을 한다고 생각했을 거야. 하지만 나는 그렇게 생각할 만한 현실적인 이유가 있었네. 무시무시한 공기총의 존재를 알고 있었거든. 게다가 공기총 뒤에는 세계 최고의 명사수가 있다는 것도. 우리가 스위스로 갔을 때 대령은 모리아티와 함께 뒤따라왔어. 라이헨바흐 폭포 위 바위에 몸을 숨긴 내게 오 분 동안 죽음의 공포를 맛보게 했던 자도 틀림없이 대령이었을 거야.

프랑스에서 머무르는 동안 혹시라도 대령을 감옥에 집어넣을 수 없는지 확인하려고 늘 신문을 꼼꼼하게 읽었어. 그 모습이 상상이 가지 않나? 그가 런던을 자유롭게 활보하는 한 나는 살아도 사는 게 아니었다네. 밤낮으로 무서운 그림자가 내게 드리워진 것 같았지. 언제가 됐든 그에게 기회가 찾아올 게 틀림이 없었어. 그런 상황에서 뭘 할 수 있겠나? 내가 먼저 총을 쏠 수는 없었어. 그랬다간 오히려 내가 피고석에 서야 할 테니까. 경찰의 보호를 요청해봐야 소용이 없었지. 경찰에서는 근거 없는 의심에 기반해서 개입할 수는 없으니. 나는 아무것도 할 수 없었어. 하지만 언젠가는 그를 잡을 수 있으리라는 확신이 있었다네. 그래서 범죄 소식을 예의 주시했지.

바로 그때 로널드 어데어 공이 살해당했다는 소식을 듣게 된 거야. 마침내 찾아온 기회였지! 그를 잘 아는 나 같은 사람의 눈에는 그 죽음에 모런 대령이 관련되어 있다는 사실이 한눈에 보였다네. 그는 그 젊은 귀족과 카드 게임을 했어. 그리고 클럽에서 집까지 미행해서 열린 창문으로 그에게 총을 쏘았어. 의심의 여지가 없지. 총알만으로도 대령을 교수대로 보내기에 충분했어.

나는 당장 런던으로 돌아와서 감시하는 자에게 일부러 모습을 드러냈어. 그 소식이 곧장 대령에게 들어가리라는 사실을 잘 알았거든. 모런 대령은 갑작스러운 내 귀국이 자신이 저지른 살인과 관련이 있을 거라고 생각할 게 분명했어. 아마 숨이 넘어갈 정도로 경악했겠지. 나를 해치우기 위한 행동에 당장 나설 거라는 확신이 들더군. 그러기 위해서 이번에도 그 무서운 무기를 사용하리라는 것도. 나는 그를 위해 창가에 완벽한 목표물을 만들어두었다네. 그리고 경찰에게 도움이 필요할지 모른다고 미리 알려뒀어. 그러고 보니 왓슨, 자네는 문간에 잠복해 있던 경찰을 정확하게 알아보더군. 나는 이 상황을 관찰하기에 가장 적당해 보이는 곳에 자리를 잡았지. 하지만 모런 대령이 나를 죽이려고 같은 장소를 고를 줄은 꿈에도 몰랐다네. 자, 왓슨. 더 설명할 게 남았나?"

"그래. 모런 대령이 로널드 어데어를 죽인 동기는 아직 말하지 않았네."

"자, 왓슨. 그 부분은 가장 논리적인 두뇌를 가진 사람도 실수를 할 수 있는 상상의 영역이라네. 지금까지 밝혀진 증거들만 가지고 누구나 가설을 세워볼 수 있을 거야. 자네 가설도 내 가설만큼 신빙성이 있을 수 있지."

"그렇다면 자네의 추리는 뭔가?"

"사실관계를 설명하는 건 그리 어렵지 않을 것 같군. 모런 대령이 로널드 어데어와 한편이 되어서 카드 게임에서 상당한 액수를 땄다는 사실이 단서라네. 그 과정에서 모런 대령은 속임수를 쓴 게 분명해. 오래전부터 나는 그 사실을 알고 있었어. 로널드 어데어는 살해되던 날 모런 대령이 부정행위를 한다는 사실을 알았을 거야.

단둘이 있을 때 그걸 따졌겠지. 자발적으로 클럽을 탈퇴하고 다시는 카드 게임을 하지 않겠다고 약속하지 않으면 모든 사실을 폭로하겠다고 협박도 했을 테고. 사실 로널드 어데어 같은 청년이 유명 인사인데다 자신보다 훨씬 연상인 사람의 치부를 공개적으로 폭로해서 추문을 일으킬 리 만무해. 단둘이 있을 때 이야기했을 거란 내 짐작이 맞을 거야. 한편 모런 대령에게 클럽 제명은 파멸을 의미하지. 속임수로 벌어들인 돈으로 생활했으니까. 그래서 로널드 어데어를 죽였지. 그때 로널드는 자신이 딴 돈 중 돌려줘야 하는 금액을 계산중이었어. 파트너의 부정행위를 뻔히 알면서 이득을 취할 수는 없었으니까. 문은 직접 잠갔을 걸세. 어머니와 누이가 갑자기 들어와서 종이에 적힌 이름과 액수를 궁금해하면 곤란해질 테니까. 이제 이해가 되었나?"

"자네가 진상을 정확하게 파악한 것 같군."

"시시비비는 법정에서 가려지겠지. 어떻게 되든 앞으로 모런 대령이 우리를 성가시게 할 일은 없을 거야. 폰헤르더의 유명한 공기총도 런던 경찰청 박물관을 장식할 일만 남았군. 그리고 나 셜록 홈스는 복잡다단한 런던의 삶이 넘치게 제공해주는 흥미진진하고 소소한 문제들을 파헤치는 데 남은 인생을 바칠 수 있게 되었고 말일세."

노우드의 건축업자

"범죄 전문가의 눈으로 보면 모리아티 교수가 애석하게 세상을 떠난 후 런던은 놀라울 정도로 무미건조한 도시가 되고 말았어."

셜록 홈스가 말했다.

"이 도시에는 그 말에 동의하지 않을 건실한 시민이 많을걸."

내가 대꾸했다.

"그래, 맞아. 내 생각만 하면 안 되지."

홈스는 아침 식사를 하던 식탁에서 앉아 있던 의자를 뒤로 밀며 웃었다.

"지금 런던 시민들은 모두 행복해. 일거리가 없어서 실업자 신세가 된 불쌍한 범죄 전문가만 빼면 불행한 사람은 어디에도 없지. 교수가 한참 활약할 때는 신문만 펼치면 무한한 가능성이 펼쳐졌어. 가능성이 아무리 무한하다 한들 기사에서는 가장 시시해 보이는 흔적, 다시 말해 아주 희미한 범죄 징후만 드러나는 경우가 종종 있었어. 하지만 나는 그것만으로도 런던 어딘가에 사악한 지성이 도사리고 있다는 사실을 알아냈네. 거미줄의 가장자리가 미세하게 떨리는 것만 보아도 한가운데 웅크리고 있는 사악한 거미를 떠올리기에는 충분하니까. 사소한 절도, 이유 없는 폭행, 동기를 알 수 없는 잔혹한 범죄 사건 들이 실마리를 쥐고 있는 사람에게는 모두 하나로 연결지을 수 있는 사건들이었어. 고차원적인 범죄를 연구하는 사람에게는 유럽의 어느 수도를 가도 런던만 한 곳은 없었다네. 하지만 지금은…….”

홈스는 런던이 영 마음에 안 드는지 익살스럽게 어깨를 으쓱했다. 바로 자신이 그런 런던을 만든 장본인이면서 말이다.

이런 대화를 나눈 건 홈스가 런던으로 돌아온 지 몇 달 후였다. 그 무렵 나는 홈스의 제안으로 병원을 팔고 베이커 스트리트의 옛집으로 다시 들어와 있었다. 버너라는 젊은 의사가 켄싱턴의 내 작은 병원을 샀는데, 밑져야 본전이라는 생각으로 부른 비싼 가격을 놀랍게도 흥정도 하지 않고 받아들였다. 몇 년 뒤에 속사정을 들어보니 버너는 홈스의 먼 친척이었다. 병원을 구입한 자금도 실은 홈스에게 받은 돈이었다.

홈스는 그렇게 투덜거렸지만 몇 달 동안 우리가 일이 없어 놀기만 한 건 아니었다. 기록을 뒤져보니 전직 대통령 무리요의 어떤 문서와 관련된 사건을 해결한 게 이 시기였다. 게다가 네덜란드 증기선인 프리슬란트호에 관한 충격적인 사건도 해결했는데, 수사중에 홈스와 나는 목숨을 잃을 위기에 처하기도 했다. 천성이 차갑고 오만한 홈스는 대중의 환호를 불러일으킬 만한 것은 뭐든 반감을 품었던데다가 나로 하여금 자신이나 수사방식, 거둔 성공 등에 대해 더이상 글로 남기지 못하게 했다. 이러한 빗장이 최근 들어 풀렸다.

번덕을 부리며 툴툴거리던 셜록 홈스가 의자에 편히 기대 느긋하게 신문을 펼쳐 들었을 때였다. 요란하게 울린 벨소리에 우리는 깜짝 놀랐다. 벨소리가 울리기 무섭게 이번에는 쿵쿵거리며 문을 두드리는 소리가 들렸다. 밖에서 누가 현관문을 사정없이 두드리는 것 같았다. 곧이어 문이 열리자 뛰어들어와 다급하게 계단을 올라오는 발소리가 연이어 들렸다. 잠시 후 이글이글 타오르는 눈빛의 청년이 거실로 뛰어들었다. 안색은 창백하고 머리가 심하게 헝클어졌으며 숨을 가쁘게 몰아쉬는 모습을 보니 경황이 없어 보였다. 청년은 나와 홈스를 번갈아 보았다. 의아해하는 우리와 눈이 마주친 후에야 이런 거친 등장을 사과해야 한다는 사실을 깨달은 모양이었다.

"홈스 씨, 죄송합니다. 이런 행동을 비난하지는 말아주세요.

미치기 일보 직전이거든요. 홈스 씨, 제가 바로 존 헥터 맥팔레인입니다."

그는 이름만 말하면 들이닥친 이유가 모두 설명이 되기라도 한다는 듯 자기소개를 했다. 하지만 홈스의 무표정한 얼굴을 보니 그도 나만큼 무슨 일인지 모르는 모양이었다.

"일단 담배 한 대 피우시죠, 맥팔레인 씨."

홈스는 자신의 담뱃갑을 그의 앞으로 밀며 말을 시작했다.

"증상을 보니 왓슨 박사가 진정제를 처방해야 할 것 같군요. 최근 날씨가 유난히 후텁지근하기는 했죠. 자, 좀 진정이 되셨으면 의자에 앉아서 차분하게 당신이 누구고 여기는 왜 오셨는지 들려주시면 기쁘겠습니다. 당신은 방금 자신의 이름을 내가 알고 있으리라는 듯이 말씀을 하시더군요. 하지만 나는 독신 사무 변호사, 프리메이슨 단원, 천식 환자라는 빤한 사실 외에 당신에 대해 조금도 아는 바가 없습니다."

나야 홈스의 추리법을 익히 아는 터라 어떤 추리 과정으로 그런 결론을 도출했는지 금방 알아차렸다. 흐트러진 옷매무새와 법률 서류 다발, 시계 장식물, 숨쉬는 모습을 보고 추리했을 터였다. 의뢰인은 깜짝 놀라 어리둥절한 표정을 지었다.

"네, 홈스 씨. 말씀하신 대로입니다. 게다가 이 순간 런던에서 가장 불행한 사람입니다. 제발 저를 내치지 마세요. 사정을 다 들려드리기도 전에 경찰이 저를 체포하러 올 수도 있습니다. 그러면 부디 잘 이야기해서 시간을 벌어주세요. 진실을 전부 들려드릴 수 있도록 말입니다. 홈스 씨가 밖에서 저를 위해 수사를 해주신다는 사실만으로도 감옥에서 안심이 될 겁니다."

"체포를 하러 온다고요! 이보다 기쁜, 아니 흥미로운 일이 없군요. 경찰이 무슨 혐의로 당신을 체포한다는 겁니까?"

홈스가 반색을 하며 물었다.

"로워노우드에 사는 조너스 올데이커 씨의 살해 혐의입니다."

홈스는 그 말을 듣고 겉으로는 동정하는 표정을 지었지만 흡족해하는 기색을 숨기지 못했다.

"저런! 방금 전 아침을 먹을 때만 해도 왓슨 박사에게 신문에 더 이상 충격적인 사건이 실리지 않는다는 이야기를 주고받았는데 말입니다."

홈스가 말했다.

의뢰인은 떨리는 손을 앞으로 내밀더니 홈스의 허벅지 위에 놓인 《데일리 텔레그래프》를 집어 들었다.

"이 신문을 보셨다면 제가 찾아온 이유를 한눈에 알아차리셨을 겁니다. 제 이름과 제게 닥친 불운에 대해 세상 사람들이 수군대고 있거든요."

그는 이렇게 말하며 중간 부분을 펼쳐 홈스에게 보여주었다.

"여기 있군요. 괜찮으시다면 직접 읽어드리겠습니다. 잘 들어주십시오, 홈스 씨. 기사의 제목은 이렇습니다.

'로워노우드에서 일어난 수수께끼의 사건. 저명한 건축업자 실종. 살인 후 방화 가능성. 범인에 대한 실마리 확보.'

경찰이 실마리를 추적하고 있습니다. 그 실마리는 분명 제게 닿겠죠. 런던브리지 역에서부터 미행을 당했습니다. 경찰은 지금 체포 영장이 발부되기를 기다리고 있을 겁니다. 제가 체포되면 어머니 가슴이 미어지십니다. 찢어지실 거예요!"

그는 불안을 이기지 못하고 맞잡은 양손을 마구 비틀고 의자에 앉은 몸을 앞뒤로 흔들었다.

나는 살인죄로 곧 기소될 것이라는 의뢰인을 유심히 관찰했다. 그는 금발머리의 미남이었지만 안색이 좋지 않고 피곤해 보였다. 말끔하게 면도를 했고 푸른 두 눈은 겁에 질려 있으며 얇고 섬세한 입술을 가지고 있었다. 나이는 대략 스물일곱 살 정도로 보였고 옷차림과 행동거지는 신사다웠다. 얇은 여름용 코트 주머니에서 튀어나온 서명된 서류 뭉치가 직업을 짐작케 했다.

"남은 시간을 최대한 활용해야겠군요. 왓슨, 신문에 실린 문제의 기사를 읽어주겠나?"

방금 의뢰인이 읽은 요란스러운 기사 제목 아래로 놀라운 내용의 기사가 실려 있었다.

어제 늦은 밤부터 오늘 이른 새벽 사이에 흉악 범죄로 추정되는 변고가 로워노우드에서 일어났다. 유명한 지역 유지인 조너스 올데이커 씨는 오랫동안 건축업을 해왔다. 52세의 독신인 그는 시드넘 스트리트가 끝나는 지점에 위치한 딥 딘 하우스에서 살았다. 주변 사람들은 그가 괴짜이며 내성적이고 남과 잘 어울리지 않았다고 증언했다. 건축업으로 상당한 부를 쌓았다고 알려진 올데이커 씨는 몇 년 전부터 사실상 은퇴한 상태이다. 그런데 지난밤 자정 무렵 그의 집 뒷마당에 남아 있던 야적장에 쌓아둔 목재에 불이 났다는 신고가 들어왔다. 신고를 받은 즉시 소방차가 현장에 도착했지만 마른 목재가 엄청난 기세로 타올라 도저히 불길을 잡을 수가 없었다. 결국 쌓여 있던 목재는 전소되었다. 이때까지만 해도 화재는 평범한 사고로 보였으나 새로 드러난 사실로 범죄의 가능성이 대두되었다. 불이 났는데도 집주인이 나타나지 않아서 이를 의아하게 생각한 사람들이 주변을 살펴봤다. 그 결과 올데이커 씨가 사라졌다는 사실이 밝혀졌다. 그의 방 침대에는 잠을 잔 흔적이 없었고 금고가 열려 있었다. 방안에는 중요한 서류 여러 장이 흩어져 있었으며 격렬한 몸싸움의 흔적이 곳곳에 남아 있었다. 또한 혈흔이 발견되었으며 떡갈나무 지팡이 손잡이에도 피가 묻은 것이 확인되었다. 알려진 바에 따르면 조너스 올데이커 씨는 그날 밤 늦게 손님을 침실로 들였다. 그 손님은 런던의 젊은 변호사 존 헥터 맥팔레인 씨로, 런던 이스트센트럴 지구 그레셤 빌딩 426번지에 위치한 그레이엄 앤드 맥팔레인 변호사 사무실에서 일한다. 방안에서 발견된 지팡이는 맥팔레인 씨의 것으로 밝혀졌다. 경찰은 범죄의 동기를 입증할 확실한 증거를 확보했다. 이런 사실들을 종합해볼 때 사건은 충격적인 양상으로 전개될 것으로 보인다.

속보 – 존 헥터 맥팔레인 씨가 조너스 올데이커 씨의 살해 혐의로 체포되었다는 소문이 있다. 적어도 영장이 발부된 것은 확실하다. 현장을 조사한 결과 불길한 정황이 속속 드러났다. 실종된 건축업자의 1층 침실은 몸싸움 흔적이 발견되었고 프랑스식 창문까지 열려 있었다. 게다가 뭔지 모를 커다란 물체를 창문에서 목재가 쌓인 야적장까지 끌고 간 흔적도 남아 있었다. 전소되어 숯이 된 목재 사이에서 발견된 유해 잔해가 결정적이다. 경찰은 유례없는 흉악한 범죄가 발생했다고 추정하고 있다. 범인이 피해자를 침실에서 둔기로 때려 살해한 후 서류를 샅샅이 뒤지고 시신을 끌고 야적장까지 가 범죄의 흔적을 지우기 위해 불을 질렀다는 것이다. 사건의 수사는 런던 경찰청의 유능한 레스트레이드 형사가 담당하게 되었다. 레스트레이드 형사는 평소와 다름없이 적극적이고 기민하게 실마리를 추적하고 있다.

셜록 홈스는 두 눈을 감고 양 손가락 끝을 마주댄 채 이 놀라운 기사에 귀를 기울였다.

"흥미로운 사건이군요."

홈스는 특유의 나른한 어투로 툭 뱉고는 말을 이었다.

"맥팔레인 씨, 우선 질문에 대답해주십시오. 어떻게 아직까지 체포되지 않았습니까? 지금 상황으로 봐서는 충분히 체포될 만한데요."

"저는 부모님과 함께 블랙히스의 토링턴 로지에 살고 있습니다. 그런데 어젯밤은 조너스 올데이커 씨와 밤늦게까지 처리해야 할 일이 있어서 노우드에 있는 호텔에 묵었습니다. 오늘은 호텔에서 곧장 출근하려고 했죠. 방금 전 들으신 기사를 기차에서 읽기 전에는 이런 일이 벌어졌을 줄 꿈에도 몰랐습니다. 제가 얼마나 끔찍한 상황에 처했는지 두 번 생각할 것도 없었죠. 홈스 씨에게 의뢰를 드리기 위해 곧장 여기로 왔습니다. 안 그랬다면 저는 벌써 시티에 있는 사무실이나 집에서 체포되었겠죠. 런던브리지 역에서부터 어떤 남자가 계속 따라왔습니다. 그러니 분명…… 세상에, 지금 그 소리는 뭐죠?"

초인종이 울리더니 계단을 올라오는 육중한 발소리가 들렸다. 잠시 후 오랜 친구인 레스트레이드가 문가에 나타났다. 그의 어깨 너머로 복도에 서 있는 경관 한두 명이 얼핏 보였다.

"존 헥터 맥팔레인 씨."

레스트레이드가 불렀다.

우리의 불행한 의뢰인이 하얗게 질린 얼굴로 자리에서 일어났다.

"당신을 로워노우드의 조너스 올데이커 씨를 고의 살해한 혐의로 체포합니다."

맥팔레인은 절망에 찬 몸짓으로 우리를 돌아보더니 그대로 무너져 내리듯 의자에 털썩 앉았다.

바로 그때 홈스가 끼어들었다.

"잠깐만 기다리십시오, 레스트레이드 경위님. 삼십 분 정도 지체되더라도 괜찮지 않을까요. 그동안 저 신사분이 흥미진진한 사건을 들려줄 겁니다. 우리가 사건을 해결하는 데 도움이 될 이야기겠죠."

"해결하기 그리 어렵지 않은 사건 같습니다만."

레스트레이드가 단호한 어조로 말했다.

"양해해주신다면 저분의 이야기를 꼭 들어보고 싶습니다."

"음, 홈스 씨, 당신의 부탁은 거절하기 힘들군요. 과거에 우리 경찰에게 몇 번이나 도움을 주신 적이 있으니 이번에는 런던 경찰청이 홈스 씨의 호의에 보답을 하죠. 저도 여기 있겠습니다. 맥팔레인 씨가 하는 말은 모두 자신에게 불리한 증거로 쓰일 수 있다는 사실을 미리 경고합니다."

의뢰인이 대답했다.

"더 바랄 나위 없습니다. 제 이야기를 들으시고 그 속에서 한 점의 티끌도 없는 진실을 봐주세요."

레스트레이드가 시계를 보며 말했다.

"삼십 분 주겠소."

"먼저 드리고 싶은 말이 있습니다. 저는 조너스 올데이커 씨에 대해서 전혀 몰랐습니다. 물론 이름 정도는 들어보았습니다. 오래전에 부모님이 그분과 교분이 있으셨다더군요. 얼마 안 되어 사이가 소원해지시긴 했지만요. 그랬기 때문에 어제 오후 3시에 그분이 시티에 있는 사무실로 찾아오셨을 때는 놀랐습니다. 찾아온 이유를 듣고 난 후에는 더더욱 놀라게 되었죠. 그분은 공책에서 뜯어낸 종이 몇 장을 들고 계셨습니다. 뭔가가 잔뜩 적힌 종이였어요. 바로 이겁니다. 올데이커 씨는 이 종이들을 제 책상에 펼쳐놓으며 말씀하셨습니다.

'이건 내 유언장이오. 맥팔레인 씨가 이 내용을 법적으로 유효한 문서로 꾸며주면 좋겠소. 그동안 여기서 기다리겠소.'

저는 일단 내용을 받아적었습니다. 몇 가지 유보 조항을 붙여 전 재산을 제게 남긴다는 유언장의 내용을 확인하고 얼마나 놀랐던지요. 체구가 작고 속눈썹까지 하얗게 센 그는 마치 흰담비처럼 묘한 생김새였습니다. 고개를 들어 그를 보니 날카로운 눈빛의 회색 눈동자로 저를 뚫어지게 바라보고 있더군요. 게다가 재미있어하는 표정을 짓고 있었습니다. 저는 유언장을 읽고도 믿을 수 없었습니다. 올데이커 씨는 당신이 독신에 친척도 거의 없다고 하셨습니다. 젊은 시절에 저희 부모님과 친했는데, 제가 뛰어난 아이라는 말을 자주 들었다면서 자격이 있는 사람에게 재산을 남기고 싶다고 하셨습니다. 그저 감사하다는 말밖에 나오지 않더군요. 유언장은 법적으로 유효하게 작성하고 제 사무원을 증인으로 삼아 서명도 했습니다. 이게 유언장을 작성한 푸른 종이입니다. 그리고 이것들은 아까 말씀드린 초안이고요. 올데이커 씨는 제가 보고 파악해두었으면 하는 서류가 여럿 있다고 하시더군요. 건물 임대 계약서며 부동산 권리증, 주택 담보 대출 증서, 영수증 같은 것요. 그분은 유언장 문제를 완전히 매듭짓지 않으면 마음이 편치 않다고 하셨습니다. 그러니 노우드에 있는 자기집에서 유언장 문제를 마무리짓자고 하시더군요.

'내 말 잘 들으시오. 모든 문제가 해결될 때까지 부모님에게는 아무 말 마시오. 두 분을 위한 작은 깜짝 선물로 남겨두는 거요.'

올데이커 씨는 꼭 비밀로 하라고 강하게 권유하셨습니다. 비밀을 지키겠다는 다짐도 받으셨고요.

홈스 씨, 상상이 되실 겁니다. 그런 상황에서 제가 어떻게 거절할 수 있었겠습니까. 그분은 제 후원자가 되셨습니다. 그러니 그분이 원하시는 대로 해드려야겠다 싶더군요. 저는 당장 처리해야 할 업무가 있어서 언제 들어갈지 알 수 없다고 집에 전보를 쳤습니다. 올데이커 씨는 자기집에서 9시에 함께 저녁을 들자고 하셨습니다. 9시전까지는 집에 없을 거라고도 하셨죠. 그런데 제가 길을 헤매는 바람에 삼십 분 가까이 늦었습니다. 그 분이……."

"잠깐! 문은 누가 열어줬습니까?"

홈스가 질문했다.

"중년 부인이었습니다. 가정부 같더군요."

"그러면 그 여자가 당신의 이름을 알았겠군요?"

"그렇습니다."

"계속하시죠."

맥팔레인은 땀이 송글거리는 이마를 훔치고는 다시 이야기를 시작했다.

"저는 응접실로 안내되었습니다. 검소한 저녁 식사가 차려져 있더군요. 식사 후 올데이커 씨가 나와서 침실로 안내했습니다. 침실에 커다란 금고가 있었죠. 그분은 금고 문을 열고 서류를 한 무더기 꺼냈습니다. 우리는 그것들을 함께 검토했죠. 다 끝났을 때는 11시에서 12시 사이였습니다. 올데이커 씨는 가정부를 깨우지 말자고 하시면서 침실에 있는 프랑스식 창문으로 나가라고 하셨습니다. 그 창문은 줄곧 열려 있었어요."

"블라인드는 내려져 있었나요?"

홈스가 물었다.

"잘 기억이 안 납니다. 반 정도 내려져 있었던 것 같군요. 맞아요, 올데이커 씨가 창문을 열려고 블라인드를 마저 올리시던 게 기억나네요. 나가려는데 제 지팡이가 보이지 않았습니다. 그러자 올데이커 씨가 이러시더군요.

'걱정 말게. 이제부터 자주 자네를 만나게 되지 않겠나. 금방 다시 만나겠지. 지팡이는 자네가 찾으러 올 때까지 내가 맡아두지.'

저는 그길로 그분과 헤어졌습니다. 그때 금고는 열려 있었고 서류들은 탁자에 가지런히 정리되어 있었습니다. 블랙히스로 돌아가기에는 늦었더군요. 그래서 애널리 암스에서 하룻밤을 묵었습니다. 아침에 이 끔찍한 사건을 신문에서 읽고 나서야 무슨 일이 벌어졌는지 알았습니다."

"질문이 또 있습니까, 홈스 씨?"

레스트레이드가 물었다. 놀라운 이야기를 듣는 동안 그의 눈썹이 치켜 올라가는 것을 나는 몇 번 보았다.

"블랙히스에 다녀오기 전까지는 없습니다."

"노우드겠죠."

레스트레이드가 지적했다.

"오, 맞습니다. 그렇게 말하려던 거였어요."

홈스는 특유의 수수께끼 같은 미소를 지으며 대답했다. 레스트레이드는 면도날처럼 날카로운 홈스의 두뇌가 자신은 결코 알아차릴 수 없는 것들을 꿰뚫는다는 사실을 인정하고 싶지 않아 했지만 경험으로 알고 있었다. 나는 그가 내 친구를 호기심 어린 눈빛으로 바라보는 모습을 놓치지 않았다.

"홈스 씨와 이야기를 나누고 싶군요. 맥팔레인 씨, 방문 밖에 경관 두 명이 있고 하숙집 밖에는 호송 마차가 대기중입니다."

절망에 빠져 있는 의뢰인은 레스트레이드의 말을 듣고 자리에서 일어났다. 그는 필사적인 눈빛으로 우리를 둘러본 후 방을 걸어나갔다. 경관들이 그를 마차로 데리고 갔다. 레스트레이드는 거실에 남았다.

홈스가 유언장의 초안이라는 종이를 살피기 시작했다. 그의 얼굴에 어느 때보다 깊은 관심이 떠올라 있었다.

"눈여겨보아야 할 부분이 많은 서류군요, 레스트레이드 경위님. 안 그렇습니까?"

홈스는 서류를 슬쩍 내밀었다.

경위는 어리둥절한 표정으로 서류들을 바라보았다.

"처음 몇 줄과 두 번째 페이지의 가운데 몇 줄, 마지막의 한두 줄을 읽을 수 있습니다. 그 부분은 인쇄한 것처럼 또박또박 썼으니까요. 하지만 나머지 부분은 글씨가 엉망이군요. 아예 읽을 수 없는 부분이 세 군데나 됩니다."

레스트레이드가 대답했다.

"왜 그렇다고 생각하십니까?"

홈스가 물었다.

"글쎄요, 홈스 씨는 왜 그렇다고 생각하십니까?"

"기차에서 썼을 겁니다. 또박또박 쓴 부분은 역에서 썼을 테고, 나머지는 기차가 달릴 때 썼죠. 제일 엉망인 부분은 선로 전환기 위를 지날 때였을 겁니다. 전문가라면 분명 이 유언장은 교외선에서 작성했다고 할 겁니다. 왜냐하면 대도시에 인접한 지역을 제외하면 선로 전환기들이 이렇게 짧은 간격으로 이어지는 곳이 없거든요. 기차에 탄 채 유언장을 작성했다면 아마 기차는 노우드와 런던 브리지 사이에 딱 한 번 정차하는 특급이었을 겁니다."

레스트레이드가 웃음을 터뜨렸다.

"홈스 씨가 가설을 늘어놓기 시작하면 따라가기 벅차군요. 그 사실이 사건과 무슨 관계가 있습니까?"

"조너스 올데이커가 어제 기차를 타고 오면서 유언장을 작성했다는 사실이 젊은이의 이야기와 일치합니다. 수상하지 않습니까? 중요한 서류를 얼렁뚱땅 작성하다니 이상하잖아요. 어쩌면 올데이커는 유언장을 중요하게 생각하지 않았을지도 모르겠군요. 법적으로 효력을 발생하게 할 생각이 없던 터라서 이런 식으로 작성한 게 아닐까 짐작해볼 수도 있죠."

"스스로 작성한 사형 집행 영장인 셈이군요."

레스트레이드가 말했다.

"오, 그렇게 생각하시나요?"

"아닙니까?"

"그랬을 가능성도 꽤 높습니다. 하지만 아직 정황이 명확하지 않군요."

"명확하지 않다고요? 이 사건이 명확하지 않다면 도대체 뭐가 명확합니까? 갑자기 어떤 노인의 재산을 전부 물려받게 된 젊은이가 있습니다. 그가 어떻게 할까요? 그는 누구에게 이야기를 하는 대신 그날 밤 그럴싸한 구실을 꾸며 노인을 방문했죠. 그리고 집안의 다른 사람이 잠자리에 들 때까지 기다렸습니다. 마침내 노인의 침실에 단둘이 있게 되자 노인을 살해하고 시신을 목재 더미와 함께 불태웠습니다. 그리고 근처에 있는 호텔로 갔죠. 방과 지팡이에 남은 혈흔은 매우 적습니다. 그는 피를 보지 않고 범행을 저질렀다고 생각했겠죠. 그러니 시신만 태우면 살인 방법을 감출 수 있다고 생각한 겁니다. 자신을 범인으로 지목하는 흔적이 시신에 남아 있을 수도 있으니까요. 여기까지 모든 게 명백하지 않습니까?"

"레스트레이드 경위님, 모든 게 너무 뻔하지 않습니까. 그 점이 마음에 걸리는 겁니다. 경위님은 장점이 많지만 상상력은 부족하군요. 한순간만이라도 젊은이의 입장이 되어보세요. 유언장을 작성한 그날 밤에 덜컥 살인을 저지르겠습니까? 두 가지 사건에 인과관계가 있다는 건 위험한 발상 아닙니까? 안내해준 가정부가 당신이 그 집에 있다는 사실을 아는데 굳이 그날 살인을요? 마지막으로, 시신을 없애기 위해 불까지 지르고선 정작 본인을 범인으로 지목하는 증거인 지팡이를 두고 갈 수 있을까요? 경위님, 솔직히 나는 모든 게 이해가 안 됩니다."

"지팡이를 두고 간 이유는 홈스 씨도 짐작이 되지 않으십니까? 범인들은 범행 후 당황한 나머지 이성적으로는 하지 않을 행동을 하곤 하죠. 맥팔레인은 그 방에 되돌아가기가 두려웠을 겁니다. 그럼 지금까지 밝혀진 사실을 설명할 수 있는 다른 가설을 알려주시지요."

"그런 가설은 당장 여섯 개라도 드릴 수 있습니다. 가능성도 있고 개연성도 꽤 높은 가설을 하나 말씀드리죠. 공짜로 말이죠. 가령, 올데이커가 중요한 서류를 변호사에게 보여주는 중이었다고 합시다. 지나가던 부랑자가 창문으로 그 모습을 봤습니다. 블라인드는 반만 쳐져 있었으니까요. 이후 변호사가 떠나고 부랑자가 침입합니다! 그는 봐두었던 지팡이부터 집어 듭니다. 그리고 노인을 죽이고 시신을 불태운 후 도주합니다."

"부랑자가 시신을 태우는 이유가 뭡니까?"

"맥팔레인은 왜 그래야만 했을까요?"

"증거를 숨기려고 그랬겠죠."

"부랑자는 애초에 살인 사건 자체를 감추고 싶었을지도 모릅니다."

"부랑자였다면 왜 아무것도 가져가지 않았습니까?"

"그가 어떻게 할 수 없는 서류들뿐이었으니까요."

레스트레이드가 고개를 가로저었다. 하지만 내 눈에는 아까만큼 강경한 태도는 아니었다.

"좋습니다, 홈스 씨. 당신은 부랑자를 찾아보십시오. 그러는 동안 경찰은 용의자를 구류하고 있겠습니다. 어느 쪽이 옳은지는 두고 보면 알겠죠. 우리가 아는 한 서류는 단 한 장도 없어지지 않았다는 점을 명심하십시오. 세상에서 서류를 가져갈 이유가 없는 사람은 용의자뿐입니다. 법정상속인인 그가 어떤 경우에든 서류들을 다 물려받을 테니까요."

홈스는 살짝 동요하는 것 같았다.

"지금까지 드러난 증거가 당신의 가설과 들어맞는 부분이 있다는 점까지 부인하지는 않겠습니다. 다만 다른 가설들도 가능하다는 사실을 이야기하고 싶을 뿐이죠. 말씀하신 대로 두고 보면 알겠죠. 안녕히 가십시오! 수사가 어느 정도 진척되었는지 보러 오늘 중으로 노우드에 들르겠습니다."

경위가 돌아가자마자 홈스는 벌떡 일어나 수사에 착수할 준비를 했다. 마치 마음에 쏙 드는 일을 앞둔 사람처럼 들떠 보였다.

"이제부터 나는 블랙히스로 갈 거라네. 아까 말한 것처럼."

홈스가 프록코트를 서둘러 입으며 말했다.

"왜 노우드로 안 가고?"

"이 사건에서는 희한한 일이 연달아서 벌어졌기 때문이야. 경찰은 두 번째 사건에 수사를 집중하고 있어. 실제로 범죄는 두 번째 사건에서 발생했으니까. 하지만 그건 잘못하는 거야. 내가 보기에는 우선 첫 번째 사건의 진상을 밝히는 게 이 사건의 논리적인 접근법이라네. 거기에는 다급하게 작성한 이상한 유언장이 있고 유산상속인 또한 완전히 의외의 인물이지. 첫 번째 사건을 살펴보면 후에 이어진 상황은 의외로 단순하게 정리될지 몰라. 아니, 친구, 자네가 도울 일은 없을걸세. 위험한 일은 없어. 위험해질 가능성이 있다면 자네 없이 나설 생각도 않겠지. 저녁에 돌아오면 도움을 청한 불쌍한 젊은이를 위해 내가 무엇을 했는지 들려줄 수 있을 거야."

그날 홈스는 늦은 시각에 돌아왔다. 초췌한 얼굴에 불안한 표정의 그를 보자마자 집을 나설 때 품었던 기대가 물거품이 되었나 보다고 직감했다. 한 시간 동안 홈스는 바이올린을 아무렇게

나 켜면서 흐트러진 정신을 가다듬으려고 애썼다. 마침내 바이올린을 휙 던지더니 하루 동안 일어난 자잘한 불운을 시시콜콜 들려주기 시작했다.

"뭐 하나 되는 일이 없더군. 이렇게 안 될 수 있나 싶을 정도로 말이야. 레스트레이드 앞에서는 아무렇지 않은 척했지만 실은 불안했다네. 이번만큼은 그가 옳은 길에, 우리는 잘못된 길에 서 있는 것 같더라고. 내 본능은 한쪽을 가리키는데 모든 사실은 반대쪽을 가리키고 있잖아. 영국 배심원들의 지능이 레스트레이드가 가진 증거보다 내 가설에 더 높은 점수를 줄 수준에 미치지 못하는 점이 애석해."

"블랙히스에는 갔었나?"

"그래, 왓슨. 갔었다네. 피살자인 올데이커가 상당한 불한당이었다는 사실을 알아냈지. 그 집의 아버지는 아들 때문에 나가고 없고 어머니 혼자 있더군. 자그마한 체구에 기운이 하나도 없고 푸른색 두 눈은 주체할 수 없는 분노와 두려움에 휩싸여 있었어. 당연한 말이지만 그녀는 아들이 절대 죄를 지을 리가 없다더군. 그런데 올데이커가 죽었을지도 모른다는 사실에는 유감스러워하거나 놀라지 않는 거야. 오히려 그자에 대해 어찌나 악담을 하는지 자기도 모르게 경찰 측 주장에 엄청난 힘을 실어줄 정도였다네. 그 남자에 대한 부모의 악담을 아들이 늘 들으며 자랐다고 생각해봐. 그러면 무의식적으로 아들도 그를 증오하고 폭력을 행사할 수 있지 않겠나.

'악랄하고 교활한 인간. 아니, 인간이라는 말도 아까워요. 원숭이 같은 자예요.'

그 어머니가 말하더군. 이게 다가 아니야.

'젊었을 때나 지금이나 조금도 달라지지 않았어요.'

'젊었을 때부터 고인을 아셨습니까?'

'네, 잘 알았죠. 예전에 청혼을 받은 적이 있어요. 그때 판단을 잘해서 그자 대신에 가난해도 착한 남자와 결혼했으니 얼마나 다행이었는지 모르겠군요. 올데이커와 저는 약혼한 사이였어요. 그런데 그가 고양이를 새장에 풀어놓은 끔찍한 짓을 하고는 아무렇지도 않게 이야기하는 걸 들었지 뭐예요. 그 사람의 잔인한 성정에 질려서 더이상 얼굴도 보고 싶지 않았어요.'

그녀는 책상 서랍을 뒤져서 여자 사진을 한 장 보여줬어. 얼굴 부분을 칼로 끔찍하게 그어서 훼손한 사진이었지.

'제 사진이에요. 결혼식 아침에 그가 저주를 담은 사진을 보냈더군요.'

'그렇다면 적어도 지금은 부인을 용서했나 봅니다. 전 재산을 아드님에게 물려주겠다고 한 걸 보면요.'

'조너스 올데이커가 죽었든 살았든 저와 아들은 그에게 아무것도 원하지 않습니다. 홈스 씨, 저 하늘에는 신이 계십니다. 사악한 인간을 벌주신 바로 그 신께서 때가 되면 제 아들이 결코 그자의 피를 손에 묻히지 않았다는 사실도 보여주실 겁니다.'

그녀의 말투는 차분하면서도 단호했어.

한두 가지 실마리를 따라가봤지만 가설에 도움이 될 만한 게 통 나오지 않더군. 오히려 해가 될 사실들만 나타났지. 결국에는 다 포기하고 노우드로 향했어.

딥 딘 하우스는 최근에 지은 저택이라네. 요란한 색의 벽돌로 지은 으리으리한 집이더군. 부지 앞쪽은 월계수들이 빽빽히 서 있는 풀밭이고 그 뒤에 저택이 있었어. 화재가 발생한 야적장은 저택 오른편, 길에서 멀찌감치 떨어진 위치에 있지. 내 수첩에 대충 도면을 그려보았네. 왼쪽의 프랑스식 창문으로 뜰에서 올데이커의 침실로 곧장 들어갈 수 있다네. 길에서도 창유리로 방 안을 들여다볼 수 있어. 이 사실이 그나마 오늘 수사로 얻은 유일한 위안거리라네. 레스트레이드는 없더군. 대신 지서장이 수사를 지휘하고 있었어. 거기서 경찰은 숯제 보물찾기를 한 모양이네. 다 타버린 숯을 오전 내내 파헤쳐서 여러 물증을 찾아냈더라고. 까맣게 탄 유기물 잔해 외에도 변색된 동그란 금속 물체 몇 개를 찾아냈는데, 자세히 보니 바지 단추였어. 그것들 가운데 하나에는 '하이엄스'라는 이름이 새겨져 있는 걸 알아냈지.

올데이커의 단골 재단사 이름이라네. 혹시 무슨 흔적이나 발자국이 있을까 싶어서 풀밭을 꼼꼼하게 살펴봤지만 요즘 가물었던 탓에 흙이 쇠처럼 단단하게 말라붙어 있었어. 뭔가 혹은 누가 야적장까지 한 줄로 나 있는 야트막한 쥐똥나무 울타리를 뚫고 질질 끌려간 흔적 외에 아무것도 알아낼 수 없었다네. 정황이 경찰의 주장과 딱 들어맞아. 나는 팔월의 뙤약볕을 등에 고스란히 받고 풀밭을 여기저기 기어다니면서 조사를 했지만 결국 한 시간 만에 손 털고 일어났지. 빈손으로 말일세.

집밖에서 낭패를 당하고 이번에는 침실로 들어가서 꼼꼼하게 살펴봤지. 살짝 문지른 정도로만 희미하게 남은 혈흔은 색깔이 변했어. 그렇지만 최근에 흘린 피가 분명했다네. 지팡이는 경찰이 가져가서 못 봤지만 거기에도 핏자국이 희미하게 남아 있다고 들었지 않나. 그 지팡이가 우리 의뢰인의 물건이라는 점에는 의문의 여지가 없어. 그도 순순히 인정했고. 양탄자에서 두 사람의 발자국을 알아볼 수 있었지만 제삼자의 흔적은 없었다네. 이번에도 경찰의 승리였어. 그들은 계속해서 점수를 쌓고 있는데 우리는 현상 유지만 하고 있는 거야.

와중에 한줄기 희망을 찾기는 했는데 너무 희미해서 없는 거나 다름없다네. 금고의 내용물 말일세. 금고 안에 있던 서류들을 대부분 꺼내서 탁자 위에 두었더군. 봉투에 담겨 봉인되어 있던 서류들 중 몇 개를 경찰이 개봉했는데, 살펴보니 딱히 중요한 서류는 없었네. 통장을 보니 올데이커가 알려진 만큼 부자도 아니더군. 그런데 보면 볼수록 서류에서 뭔가 빠진 것 같더란 말이지. 내가 찾아내지 못했지만 어쩌면 더 중요한 서류가 있을 거라고 추측할 만한 흔적이 여기저기 눈에 띄었어. 우리가 이 추측을 입증할 수 있다면 레스트레이드에게 한 방 먹일 수 있을 거야. 조만간 상속받을 물건을 일부러 훔칠 사람이 어디에 있겠나?

서류를 구석구석 살폈지만 소득은 없었다네. 그래서 마지막으로 가정부에게 희망을 걸어보기로 했지. 렉싱턴이라는 이름의 가정부는 체격이 작고 그을린 피부에 말수가 없어. 가정부는 의심이 뚝뚝 떨어지는 눈으로 나를 곁눈질하더군. 마음만 먹으면 분명 쓸 만한 이야기를 해줄 수 있을 텐데 좀처럼 이야기를 들려줄 생각이 없는 것 같았네. 그녀가 맥팔레인에게 문을 열어준 건 9시 30분이었어. 차라리 손이 비틀어져 문을 열어주지 않았더라면 좋았을 거라고 한탄하더군. 그리고 그녀는 10시 30분에 잠자리에 들었다네. 그녀 방은 집의 한쪽 끝에 있어서 아무 소리도 못 들었다고 하고. 맥팔레인이 집에 들어왔을 때 홀에 모자를 벗어놓는 걸 보았고 지팡이는 그 근처에 세워뒀을 거라더군. 그녀는 화재경보기 소리에 잠이 깼어. 불쌍한 주인님이 살해되었을 거라고 확신했네. 그에게 혹시 적이 있었는지 물었더니 적이 없는 사람이 어딨느냐는 거야. 올데이커는 다른 사람과 어울리지 않았다고 해. 사업과 관련된 사람들과만 교류했다네. 가정부는 화재 현장에서 발견된 단추들을 본 적이 있다며 전날 밤 올데이커가 입었던 옷에 달려 있었다고 확신했다네. 야적장에 저장된 목재는 한 달 동안 비가 오지 않았기 때문에 무척 건조했네. 불쏘시개처럼 활활 타올랐지. 그녀가 화재 현장에 달려갔을 무렵에는 불길밖에 보이지 않았어. 그녀와 소방관들은 불길 속에서 살이 타는 냄새를 맡았다고 증언했네. 그녀는 서류에 대해서 아무것도 몰랐고 올데이커의 개인사에 대해서도 아는 게 없다더군.

자, 왓슨. 오늘의 실패 보고는 여기까지야. 하지만, 하지만 말일세."

홈스는 앙상한 두 손을 꼭 쥐고 대단히 확신하면서 말을 이었다.

"나는 뭔가 잘못되었다는 걸 알아. 뼛속 깊이 느껴지거든. 아직까지 밝혀지지 않은 것이 있어. 가정부는 그것을 알고 있고. 그 여자의 눈에서 수상쩍은 음모를 꾸미는 이의 음침한 반항의 기색이 느껴졌거든. 하지만 지금 이런 이야기를 해봐야 무슨 소용이 있겠나, 왓슨. 행운이 찾아오지 않는 한 노우드 행방불명 사건은 대중들이 애타게 기다리는 우리의 성공 연대기에는 등장하지 못할 걸세."

"그 젊은이를 보면 배심원들이 호감을 느끼지 않을까?"

"그건 위험한 발상이네, 왓슨. 악랄한 살인자였던 버트 스티븐스를 잊은 건가? 1887년에 우리에게 혐의를 벗겨달라고 했었지. 생각해봐. 주일학교에 착실하게 나갈 것같이 착하게 생긴 젊은이였잖아."

"맞아. 그랬었지."

"그럴듯한 가설을 제시하지 못하면 맥팔레인은 끝장이네. 그에게 제기된 혐의에서 미심쩍은 부분이 없지 않나. 조사를 진행하면 할수록 혐의는 확고해질 거라네. 그건 그렇고 우리가 수사의 발판으로 삼아야 할지도 모르는 올데이커의 서류 말일세. 사소하지만 흥미로운 점이 있어. 통장을 살펴봤다고 했잖아. 작년에 코닐리어스라는 사람에게 고액 수표를 여러 차례 발행했기 때문에 잔고가 별로 남아 있지 않더군. 이 사람은 누굴까? 도대체 누구기에 은퇴한 건축업자와 대단한 금액의 거래를 여러 건 했을까? 그 사람이 사건에 관련되었을 가능성이 있지 않을까? 코닐리어스는 건축업 중개인일까? 이렇게 큰 금액을 몇 번이나 지급했는데 영수증이 한 장도 없다는 건 이상하지 않나. 증거가 될 만한 것을 못 찾았으니 은행에서 이 수표를 돈으로 바꾼 사람이 누구인지 알아보는 쪽으로 수사 방향을 틀어야 해. 애석하게도 이대로라면 레스트레이드가 우리 의뢰인을 교수대로 보내는 걸로 사건이 종료되겠지. 그렇게 된다면 분명 런던 경찰청의 승리로 역사에 남을걸세."

그날 밤 홈스가 과연 잠을 얼마나 잤는지 모르겠다. 아침 식사를 위해 나가보니 그는 초췌하고 창백한 얼굴로 앉아 있었다. 눈 색깔이 평소보다 더 밝아 보였는데, 눈 주위에 시커멓게 그림자가 진 탓이었다. 그가 앉은 자리의 양탄자에는 꽁초가 여기저기 떨어졌고 그 주위로 조간신문 초판도 몇 부 널브러져 있었다. 탁자에는 홈스가 먼저 뜯어본 전보가 놓여 있었다.

"이걸 보게. 어떻게 생각하나, 왓슨?"

홈스는 전보를 내게 건네주며 말했다.

노우드에서 온 전보의 내용은 아래와 같았다.

중요한 증거물이 새로 나타남. 맥팔레인의 유죄가 밝혀짐. 사건에서 손떼기를 충고함.

레스트레이드

"이거 큰일났군."

내가 대답했다.

그러자 홈스가 씁쓸한 미소를 지으며 말했다.

"레스트레이드가 승리감에 젖어서 덮어놓고 잘난 척부터 하는 거라네. 사건에서 손을 떼기는 시기상조야. 새로 발견한 중요 증거물이 양날의 검일수도 있으니까 말일세. 레스트레이드의 생각과 완전히 다른 쪽을 베어버릴 수도 있어. 일단 아침부터 들게, 왓슨. 그리고 같이 나가서 뭘 할 수 있는지 알아보세나. 오늘은 자네가 곁에서 기운을 북돋워주면 좋겠군."

정작 홈스는 아침 식사에 손도 대지 않았다. 그는 평소보다 더 치열하게 생각하는 때에는 음식을 입에 대지 않는 버릇이 있다. 강철 같은 정신력만 믿고 영양실조로 쓰러질 때까지 버틴 적도 있었다. 의사로서 잔소리를 할 때면 그는 이렇게 대꾸하곤 했다.

"지금은 소화에 체력과 정신력을 허비할 수 없다네."

그러므로 그날 아침에 그가 식사를 그대로 두고 노우드로 출발해도 그다지 놀라지 않았다. 딥 딘 하우스 주위에는 할 일 없는 구경꾼들이 아직도 한 무리 모여 있었다. 그 집은 내가 생각했던 여느 교외의 주택과 똑같았다. 대문으로 들어가자 레스트레이드가 우리를 맞았다. 승리감으로 붉게 상기된 얼굴에 의기양양한 태도였다.

"아하, 홈스 씨, 우리가 틀렸다는 증거는 찾으셨습니까? 범인이라는 부랑자는 찾으셨고요?"

레스트레이드가 소리쳤다.

"아직은 아무 결론도 내리지 않았습니다."

홈스가 대꾸했다.

"우리는 어제 결론을 내렸습니다. 지금 그게 옳았다고 증명되었고요. 이번에는 경찰이 홈스 씨를 앞섰다는 사실을 인정하셔야겠습니다."

"말씀하시는 걸 들으니 뭔가 있나 봅니다."

홈스의 말에 레스트레이드가 껄껄 웃음을 터뜨렸다.

"홈스 씨도 지고 싶지 않으시군요. 그렇지만 사람 일이 항상 뜻대로 되지는 않죠. 안 그렇습니까, 왓슨 박사님? 이쪽으로 오시지요. 잠시 후면 존 맥팔레인이 범인이라는 사실을 납득시켜 드릴 수 있습니다."

그는 복도를 지나 그 너머에 있는 어두운 홀로 우리를 인도했다.

"맥팔레인은 범행을 저지른 후 모자를 챙기기 위해 바로 이곳으로 왔을 겁니다. 자, 여기를 보십시오."

레스트레이드가 성냥불을 켜자 무대를 비추는 조명 같은 불빛에 새하얀 벽에 남은 핏자국이 보였다. 성냥을 가까이 가져가자 단순한 핏자국이 아니라는 사실을 한눈에 알 수 있었다. 그것은 또렷하게 찍힌 엄지손가락 지문이었다.

"가지고 계신 돋보기로 한번 보시지요, 홈스 씨."

“네, 그러려고 합니다.”

“사람마다 지문이 다르다는 사실은 아시죠?”

“그렇단 이야기를 들었습니다.”

“그러시군요. 오늘 아침에 제 명령으로 밀랍에 찍어둔 맥팔레인의 오른손 엄지손가락과 자국을 비교해보시지요.”

형사가 맥팔레인의 지문을 핏자국 옆으로 가져가자 두 개가 같은 지문이라는 사실을 육안으로도 알 수 있었다. 우리의 불운한 의뢰인은 이걸로 끝장이었다.

“결정적이죠.”

레스트레이드가 말했다.

“그래요, 결정적이군요.”

내가 마지못해 맞장구를 쳤다.

“결정적이네요.”

홈스의 어조가 어딘지 이상했다. 나는 고개를 돌려 그를 바라보았다. 그의 표정은 놀랄 만큼 아까와 달랐다. 기뻐서 어쩔 줄을 모르면서 겉으로는 드러내지 않으려고 애쓰는 표정이었다. 두 눈은 별처럼 빛났다. 터져 나오려는 웃음을 필사적으로 참는 것 같았다.

“이것참! 이것참!”

홈스가 마침내 말문을 열었다.

"누가 이러리라 생각이나 했겠습니까? 역시 사람은 겉만 봐서는 알 수가 없군요! 그렇게 선하게 잘생긴 젊은이가! 이 일로 내 판단을 과신해서는 안 된다는 교훈을 얻었습니다. 그렇지 않습니까, 레스트레이드 경위님?"

"그렇습니다. 우리 중에 누구는 지나치게 스스로를 믿는 경향이 있죠, 홈스 씨."

레스트레이드가 대답했다. 잘난 척해대는 모습을 보자니 화가 치밀었으나 그에게 화를 낼 수는 없었다.

"젊은이가 걸이에서 모자를 집어 들면서 벽에 오른손 엄지를 꾹 눌렀다니, 이것도 하늘의 뜻이겠죠. 생각해보세요. 얼마나 자연스러운 행동입니까."

홈스는 겉으로는 침착해 보였다. 하지만 말을 하는 내내 그의 몸은 속에서 끓어오르는 흥분을 참느라 들썩였다.

"레스트레이드 경위님, 누가 이렇게 놀라운 흔적을 찾아냈습니까?"

"가정부인 렉싱턴 부인이었습니다. 불침번을 서고 있던 경관에게 알려줬죠."

"그때 경관은 어디에 있었습니까?"

"그는 범행이 일어난 침실을 지키고 있었습니다. 아무도 못 건드리게 하려고요."

"왜 어제는 지문을 못 봤을까요?"

"복도를 꼼꼼하게 조사할 이유가 없었기 때문이겠죠. 게다가 보시면 아시겠지만 눈에 잘 들어오는 자리도 아니잖습니까."

"그렇죠, 그래요. 물론 그렇습니다. 그렇다면 핏자국이 어제도 분명히 이 자리에 있었겠지요?"

레스트레이드는 홈스를 빤히 바라보았다. 홈스가 미친 사람이기라도 한 듯 말이다. 솔직히 나도 그의 들뜬 태도와 터무니없는 질문이 놀라웠다.

"설마 맥팔레인이 혐의를 확고히 하기 위해 한밤중에 감옥을 빠져나왔다고 생각하십니까? 세상 어떤 전문가에게 물어봐도 이 자국이 그의 엄지손가락 지문이라고 할 겁니다."

"맥팔레인의 지문이라는 사실은 확실합니다."

"그래요. 그것으로 충분합니다. 저는 합리적인 사람입니다, 홈스 씨. 수집한 증거에 따라 결론을 내리죠. 이제 응접실에서 보고서를 쓸 테니 볼일이 있으면 그쪽으로 오시죠."

레스트레이드가 말했다.

홈스는 평정을 되찾았다. 표정에서 여전히 유쾌한 기색이 보였지만 말이다.

"이런, 사건이 애석하게 돌아가는군, 왓슨. 하지만 아직 의뢰인이 희망을 품을 여지가 있어."

"그 말을 들으니 마음이 놓이는군. 이제 다 끝장인가 싶어서 걱정스러웠는데."

나는 진심을 담아 말했다.

"나라면 그런 말은 하지 않을 걸세, 왓슨. 사실 우리 친구가 그렇게 애지중지하는 증거에는 한 가지 심각한 문제가 있거든."

"정말인가, 홈스? 그게 뭔가?"

"어제 내가 여기를 조사했을 때 지문은 결코 없었다네. 자, 왓슨. 이제 밖으로 나가서 주위를 잠시 산책하세나."

머리는 복잡했지만 의뢰인을 구할 수 있다는 희망을 가지고 조금은 가벼워진 마음으로 나는 친구와 함께 정원을 산책했다. 홈스는 집의 사면을 모두 돌아보면서 면밀히 살피기 시작했다. 그러더니 다시 집안으로 들어와 지하실에서부터 다락방까지 샅샅이 살폈다. 방은 대부분 비어 있었다. 그런데도 홈스는 모든 방을 꼼꼼하게 조사했다. 마침내 꼭대기 층 복도까지 왔다. 복도에는 사용하지 않은 침실이 세 개 있었다. 홈스는 기분이 좋아 보였다.

"이번 사건에는 독특한 특징이 몇 가지 있다네. 이제 우리 친구 레스트레이드에게 비밀을 알려줄 때가 되었군. 그는 우리를 비웃었지. 내가 수수께끼를 제대로 풀었다는 것을 증명해 보이면 우리도 똑같이 비웃어줄 수 있을 걸세. 그래, 맞아. 이 사건을 어떤 식으로 풀어야 할지 이제 감이 잡히는군."

런던 경찰청의 경위는 여전히 응접실에서 보고서를 작성하는 중이었다. 그에게 홈스가 말을 걸었다.

"보고서를 쓰고 계시는군요."

"그렇습니다."

"보고서를 쓰기에는 이르지 않습니까? 증거가 다 모인 것 같지 않은데요."

레스트레이드는 내 친구를 잘 알았기에 그의 말을 선뜻 무시하지 못했다. 그는 펜을 내려놓고 홈스를 호기심 어린 표정으로 바라보았다.

"무슨 뜻입니까, 홈스 씨?"

"당신이 만나지 못한 중요한 증인이 있다는 뜻이죠."

"그 사람을 데려올 수 있습니까?"

"아마도요."

"그럼 데려오시죠."

"최선을 다하겠습니다. 지금 경관이 몇 명이나 있습니까?"

"부르면 들리는 곳에 경관이 세 명 정도 있습니다."

"훌륭해요! 모두 목청이 좋고 건장하고 힘도 좋겠지요?"

"목청이 무슨 관계가 있는지는 모르겠지만 말씀하신 조건에 맞을 겁니다."

"무슨 관계가 있는지 곧 알려드리겠습니다. 다른 사실들도 한두 가지 더해서 말이죠. 부하들을 불러주십시오. 그러면 증인을 데리고 오겠습니다."

오 분 후 경관 세 명이 복도에 모였다.

"별채에 가면 짚이 잔뜩 있습니다. 거기서 짚을 두 단만 가져와주시오. 우리에게 필요한 증인을 불러내는 데 큰 도움이 될 겁니다. 고맙습니다. 왓슨, 주머니에 성냥이 있겠지? 자, 레스트레이드 형사님, 꼭대기 층으로 올라가죠."

앞에서도 언급했지만 꼭대기 층의 폭이 넓은 복도에는 빈 침실 세 개가 나란히 늘어서 있었다. 우리는 셜록 홈스의 지휘에 따라 복도 한쪽 끝으로 몰려갔다. 경관들은 싱글거리며 웃었고 레스트레이드는 놀라움과 기대감, 비웃음이 교차하는 표정으로 홈스를 지켜보았다. 홈스는 마술을 부리려는 마술사처럼 우리 앞에 섰다.

"경관 한 명에게 물을 두 양동이 길어오라고 해주시면 감사하겠습니다. 여기 바닥에 짚단을 내려놓으십시오. 양쪽 벽에 닿지 않도록 하고요. 자, 이제 준비가 끝났습니다."

레스트레이드의 얼굴이 분노로 붉게 달아올랐다.

"무슨 장난을 치시려는지 모르겠군요, 셜록 홈스 씨. 뭔가를 알고 있다면 이런 바보 같은 짓 대신 말씀을 해주시면 되지 않습니까."

"형사님, 제가 하는 일에는 모두 이유가 있습니다. 몇 시간 전, 사건의 정황이 형사님의 주장과 마침 맞게 보일 때 저를 비웃으신 거 기억하시죠. 그러니 제가 유난을 떨더라도 원망하시면 안 됩니다. 왓슨, 저 창문을 열고 짚단 가장자리에 불을 붙여주겠나?"

나는 홈스가 시킨 대로 했다. 마침 바람이 불어와 구불구불 올라오던 회색 연기가 복도를 휘감으며 흐르기 시작했다. 마른 짚단이 타닥타닥 소리를 내며 활활 타올랐다.

"형사님을 위한 증인이 나타날지 한번 볼까요? 이제 모두 한꺼번에 '불이야'라고 소리쳐주십시오. 자, 하나, 둘, 셋."

"불이야!"

우리가 동시에 소리쳤다.

"고맙습니다. 한 번 더 수고를 해주시지요."

"불이야!"

"한 번만 더요. 자, 모두 입을 모아서!"

"불이야!"

노우드 전역을 울렸을 듯한 고함이었다.

그 소리가 잦아들기도 전에 기절초풍할 일이 벌어졌다. 복도가 끝나는 지점에 단단한 벽이라고 생각했던 곳이 문처럼 활짝 열리더니 주름이 자글자글한 자그마한 남자가 튀어나왔다. 마치 굴에서 튀어나오는 토끼 같은 모습이었다.

"훌륭해! 왓슨, 양동이 물을 짚단에 끼얹어주게. 그러면 될 거야! 레스트레이드 경위님, 소개드리죠. 이쪽은 자취를 감추었던 주요 증인 조너스 올데이커 씨입니다."

놀란 표정의 레스트레이드는 눈앞에 나타난 남자를 바라보았다. 그 남자는 갑자기 환한 복도로 나온 탓에 눈을 깜박거리며 우리와 불 꺼진 짚단을 번갈아 힐끔거렸다. 켕기는 데가 있는 듯한 눈빛의 혐오스러운 얼굴이었다. 연회색 눈동자에 속눈썹이 하얗게 센 남자의 얼굴에는 교활함과 잔인함, 악의가 뒤엉켜 있었다.

"이게 어떻게 된 일입니까? 지금까지 여기서 뭘 한 겁니까, 예?"

마침내 레스트레이드가 말문을 열었다.

올데이커는 화가 머리끝까지 난 경위로부터 슬금슬금 뒷걸음질을 치면서 불안한 듯 헛웃음을 터뜨렸다.

"나쁜 짓은 안 했습니다."

"나쁜 짓을 안 했다고? 무고한 사람을 교수대로 보내려고 갖은 짓을 다 했잖소! 여기 이 신사분이 아니었다면 당신의 계획은 분명히 성공했을 거요."

끔찍한 꼴이 된 남자가 훌쩍이기 시작했다.

"짓궂은 장난을 쳤을 뿐입니다."

"뭐요? 장난, 장난이라고요? 이제부터의 당신 처지를 생각하면 웃음이 나오지 않을 거요, 내 장담하지. 이자를 응접실로 데려가서 내가 갈 때까지 잘 감시하도록."

경관들이 올데이커를 데리고 가자 레스트레이드는 말을 이었다.

"경관들 앞에서는 말할 수 없었지만 왓슨 박사님 앞이라면 괜찮을 것 같군요. 이번 사건을 어떻게 해결하셨는지는 도무지 알 수 없지만 지금껏 본 중 가장 영리한 계획이었습니다. 당신은 무고한 사람의 목숨을 구했어요. 게다가 심각한 추문까지 막아주셨습니다. 하마터면 경찰 내에서 제 명성이 곤두박질칠 뻔했습니다."

홈스는 미소를 지으며 레스트레이드의 어깨를 탁 쳤다.

"경위님, 곤두박질이라뇨. 앞으로 당신의 이름은 날개를 단 듯 훨훨 날아갈 겁니다. 방금 전까지 쓰던 보고서에서 몇 군데만 고치면 됩니다. 그러면 사람들은 레스트레이드 경위님의 눈을 속이기가 얼마나 힘든지 똑똑히 알게 되겠죠."

"이름이 공개되기를 원치 않으십니까?"

"그렇습니다. 제게는 사건 자체가 보상입니다. 먼 훗날 열정적인 전기 작가에게 사건을 기록하도록 허락하는 때 공을 되찾겠습니다. 그렇지, 왓슨? 자, 쥐새끼 같은 자가 몸을 숨기고 있었던 은신처를 둘러봅시다."

복도 끝에서 이 미터가량 깊이의 공간을 욋가지와 회반죽으로 만든 칸막이가 가로막았다. 그리고 그 칸막이에는 안쪽 공간으로 들어가는 문이 교묘하게 감추어져 있었다. 처마 아래에 난 틈새로 빛이 들어와 그 안은 꽤 밝았다. 가구 몇 점과 음식, 물과 함께 책 여러 권, 신문이 있었다.

그곳에서 나오는데, 홈스가 불쑥 말했다.

"건축업자면 이런 점이 좋죠. 다른 사람의 도움 없이 직접 은신처를 만들 수 있었을 겁니다. 물론 소중한 가정부의 도움은 받아야 했겠지만요. 저라면 서둘러 그 여자도 체포하겠습니다, 레스트레이드 경위님."

"충고를 받아들이겠습니다. 그나저나 이런 장소를 어떻게 알아내셨습니까, 홈스 씨?"

"아무래도 그자가 집안 어딘가에 숨어 있을 거라는 생각이 들었습니다. 이 복도를 걷는데, 아래층 복도보다 이 미터가량 짧더군요. 그것으로 은신처의 위치를 확신했죠. 코앞에서 불이 났다는 소리를 듣고도 쥐죽은듯 숨어 있을 배짱은 없을 자였죠. 들어가서 끌어낼 수도 있었지만 제 발로 튀어나오게 하면 더 재미있을 것 같았어요. 오늘 아침에 경위님이 나를 비웃은 일에 대한 작은 복수를 하는 의미에서도 잠깐 동안 어리둥절한 상황을 연출해봤죠."

"복수는 확실히 성공하셨습니다. 그런데 집에 숨어 있을 줄은 대관절 어떻게 알아내셨습니까?"

"엄지손가락 지문입니다, 레스트레이드 경위님. 당신은 결정적인 증거라고 하셨죠. 확실히 결정적이었어요. 정반대의 의미였지만요. 어제 왔을 때 그 흔적은 없었습니다. 경위님도 아시겠지만 나는 원래 세부를 눈여겨보지 않습니까. 물론 복도도 조사했죠. 그때만 해도 벽은 깨끗했어요. 그러니 분명 밤중에 생긴 지문이죠."

"무슨 수로 말입니까?"

"간단합니다. 서류 봉투를 봉인하기 위해 조너스 올데이커는 맥팔레인에게 말랑말랑한 밀랍에 엄지손가락을 누르게 만들었거든요. 자연스럽게 한 행동이라 젊은이는 기억하지도 못할 겁니다. 올데이커도 처음부터 봉인을 그런 식으로 쓸 생각은 없었을 겁니다. 은신처에서 사건을 곰곰이 생각하다가 엄지손가락 지문을 이용하면 맥팔레인을 옭아맬 결정적인 증거를 만들 수 있다는 생각이 퍼뜩 들었겠죠. 눈감고도 할 수 있었을 거예요. 밤중에 봉인용 밀랍을 봉투에서 떼어낸 후 바늘로 찔러서 짜낸

피를 최대한 발랐어요. 그리고 벽에 지문을 찍었죠. 그가 직접 했을 수도 있고 가정부에게 시켰을지도 모릅니다. 은신처에 숨겨둔 서류를 조사해보세요. 그러면 엄지손가락 지문이 찍힌 봉인이 나올 테니까요."

"대단합니다! 대단해요. 당신의 말을 들으니 모든 게 명확하군요. 그자가 이렇게까지 사람들을 감쪽같이 속인 이유는 뭘까요?"

조금 전까지 거만하기 짝이 없던 경위의 태도가 순식간에 선생님에게 질문을 하는 학생처럼 변한 모습을 보자니 절로 웃음이 나왔다.

"그 이유는 쉽게 대답할 수 있습니다. 지금 아래층에서 우리를 기다리고 있는 남자는 악의와 복수심으로 똘똘 뭉친 자입니다. 그가 예전에 맥팔레인의 어머니에게 파혼을 당한 사실을 아십니까? 모르셨군요! 그래서 제가 블랙히스부터 갔다가 노우드로 가라고 하지 않았습니까. 파혼의 상처는 그의 사악하고 교활한 머릿속을 파고들었습니다. 평생 복수를 꿈꾸며 살았지만 좀처럼 기회가 나지 않았죠. 그런데 작년이나 재작년부터 상황이 좋지 않게 돌아가기 시작했습니다. 아마도 비밀리에 투기라도 하다가 어려운 상황에 처했다는 사실을 자각했겠죠. 그는 채권자들에게 사기를 치기로 결심했습니다. 그래서 코닐리어스라는 사람에게 거액의 수표를 몇 차례에 걸쳐 발행했죠. 제 짐작이지만 코닐리어스가 바로 올데이커 본인일 겁니다. 가명을 쓴 거죠. 수표를 추적해보지 않았습니다만, 분명 어느 작은 마을 은행에서 코닐리어스라는 사람의 계좌에 들어가 있을 겁니다. 올데이커는 지금까지 그 마을을 몇 차례 찾아가서 다른 신분으로 생활했을 테고요. 그는 이름을 아예 바꾸고 돈을 찾아서 사라지려고 했습니다. 다른 곳에서 새 출발을 하는 거죠."

"그랬을 가능성이 농후하군요."

"모습을 감춰서 추적을 피해야겠다는 생각이 들었을 겁니다. 게다가 옛 연인의 외동아들에게 살해당한 것처럼 꾸민다면 그녀에게 확실하고 철저한 복수도 할 수 있죠. 이 계획은 대가의 사악한 걸작이었어요. 대가 올데이커는 계획을 실행에 옮겼죠. 범죄의 명백한 동기로 보인 유언장의 작성, 부모님에게 알리지 말고 혼자 오라고 한 것, 지팡이를 두고 가게 한 것, 혈흔, 재 속에서 발견된 동물의 유해와 단추까지 모두 사전에 계획되어 있었습니다. 감탄을 금할 수가 없어요. 몇 시간 전만 해도 도저히 빠져나갈 구멍을 찾을 수 없는 그물처럼 보였죠. 하지만 그자에겐 예술 같은 범죄를 완성하기 위해 꼭 필요한 최고의 재능이 없었습니다. 그만둬야 할 때를 몰랐던 거죠. 그는 그대로도 완벽했던 범죄에 손을 대고 싶어졌습니다. 불운한 피해자의 목에 걸린 올가미를 좀더 단단하게 조이고 싶었던 거죠. 그 욕심에 모든 게 와르르 무너졌습니다. 어서 내려갑시다, 레스트레이드 경위님. 그에게 물어보고 싶은 게 몇 가지 있으니까요."

응접실에 악의로 똘똘 뭉친 남자가 있었고 양쪽에 경관이 한 명씩 붙어 있었다.

"형사님, 모두 장난이었어요. 짓궂은 장난이었을 뿐 다른 뜻은 없었습니다. 제가 사라지면 어떻게 될지 궁금해서 그랬던 겁니다. 정말이에요. 불쌍한 맥팔레인 청년에게 해코지를 할 속셈이었다고 생각하시면 저는 억울합니다."

그는 계속해서 우는소리를 했다.

"배심원들이 알아서 판단할 거요. 살인미수가 아니라면 살인 모의를 한 혐의로라도 당신을 체포하겠소."

레스트레이드가 말했다.

"당신의 채권자들은 코닐리어스의 은행 계좌를 압수할 겁니다."

홈스가 말했다.

자그마한 노인은 움찔하더니 악에 받친 눈으로 내 친구를 노려보았다.

"고마워서 눈물이 다 나는군. 언젠가는 빚을 꼭 갚아주지."

홈스가 너그럽게 미소를 지었다.

"앞으로 몇 년 동안은 그럴 시간이 없을 겁니다. 그건 그렇고 목재에 낡은 바지하고 같이 태운 게 뭡니까? 죽은 개나 토끼, 뭐 그런 거죠? 말하지 않겠다고요? 내 참, 야박한 분이군! 핏자국과 숯처럼 타버린 유해를 만들려면 토끼 두 마리는 잡았겠군요. 왓슨, 이 사건 기록에는 토끼였다고 쓰면 될 거야."

춤추는 사람들

홈스는 몇 시간째 말없이 길고 앙상한 등을 구부정하게 숙인 채 앉아 있었다. 그의 앞에는 몹시 역한 냄새가 나는 화학 용액이 부글거리며 끓고 있었다. 머리를 푹 수그린 그의 모습은 칙칙한 회색 깃털에 시커먼 볏이 달리고 몸통은 볼품없이 죽 뻗은 묘한 새 같았다.

"그래, 왓슨. 남아프리카 유가증권에 투자하지 않을 생각이군?"

그가 갑작스레 말을 걸었다.

나는 깜짝 놀랐다. 홈스의 신기한 능력에는 이골이 났지만 이렇게 내밀한 생각에까지 불쑥 끼어드는 능력은 언제 봐도 불가사의했다.

"도대체 어떻게 알아냈나?"

등받이 없는 의자에 앉은 그가 김이 올라오는 시험관을 한 손에 쥔 채 빙그르르 돌았다. 푹 들어간 두 눈은 재미있는 것을 보는 듯 반짝거렸다.

"자, 왓슨, 놀랐다는 사실을 인정하게."

"그래, 놀랐네."

"정말 놀랐다고 종이에 써서 서명이라도 받아야겠군."

"왜?"

"오 분 후면 자네는 어처구니없을 정도로 간단하다고 할 테니까."

"장담하는데 그렇게 얘기할 일은 없을 걸세."

"잘 들어보게, 왓슨."

홈스는 들고 있던 시험관을 시험관대에 꽂고는 강의를 시작하는 교수 같은 분위기로 일장 연설을 시작했다.

"모든 추론은 바로 직전의 추리에서 비롯되는데 각각의 추리가 단순하기 때문에 일련의 추론을 구축하기는 그다지 어렵지 않다네. 그렇게 추리를 한 후 중간 과정을 생략하고 시작점과 결론만 말하면 모두 깜짝 놀라지. 실은 겉보기에만 요란할 뿐이지만. 나는 자네의 왼손 엄지와 검지 사이를 살펴본 후 자네가 얼마 안 되는 재산을 금광에 투자하지 않을 거라고 확신했다네."

"그게 무슨 관계가 있는지 전혀 모르겠는데."

"그렇겠지. 이제부터 그 둘이 얼마나 밀접한 관계인지 간단하게 보여주겠네. 이 간단한 추리에서 빠진 부분은 이렇다네. 첫째, 어젯밤 클럽에서 돌아온 자네의 왼손 엄지와 검지 사이에 초크 가루가 묻어 있었다. 둘째, 자네는 당구를 칠 때 큐가 흔들리지 않도록 초크를 거기에 끼우곤 한다. 셋째, 자네는 항상 서스턴하고만 당구를 친다. 넷째, 사 주 전 자네는 내게 서스턴이 한 달 후면 만기가 되는 아프리카 채권의 옵션을 가지고 있으며 자네에게 공동투자를 제안했다고 말했다. 다섯째, 자네의 수표책은 잠가놓은 내 서랍에 들어 있지만 열쇠를 달라고 한 적이 없다. 여섯째, 이런 사실들을 죽 이으면 자네는 투자를 할 의향이 없다."

"어처구니없을 정도로 간단하잖아!"

내가 소리쳤다.

"역시나! 어떤 문제든지 자네에게 설명을 하면 터무니없을 정도로 유치해지고 마는군. 여기 설명되지 않는 문제가 있네. 한번 보게. 무슨 생각이 드는가, 왓슨."

홈스는 짜증이 난 얼굴로 탁자에 종이 한 장을 던졌다. 그러고는 등을 돌려 다시 화학분석에 빠져들었다.

나는 괴상한 그림이 그려진 종이를 흥미롭게 살펴보았다.

"홈스, 이건 아이가 그린 그림이잖아!"

내가 말했다.

"그게 자네의 의견이로군!"

"그게 아니면 뭔데?"

"노퍽 주의 라이들링 소프 매너에 사는 힐턴 큐빗이란 사람도 그게 몹시 궁금한 모양이더라고. 이 희한한 수수께끼가 아침 일찍 우편물로 도착했어. 그는 다음 기차로 온다더군. 벌써 초인종 소리가 나는데, 왔슨. 보나마나 큐빗이겠지."

계단을 올라오는 육중한 발걸음 소리가 들리나 싶더니 잠시 후 혈색이 좋고 말끔하게 면도를 한 키 큰 신사가 거실로 들어왔다. 맑은 눈과 발그레한 두 볼을 보니 공해에 찌든 베이커 스트리트와는 전혀 다른 곳에서 생활하는 게 분명했다. 그가 들어올 때 신선하고 상쾌한 동해안의 공기가 따라 들어온 기분이 들었다. 그런데 우리와 악수를 나눈 후 자리에 앉으려던 남자는 내가 막 탁자에 올려놓은 기묘한 그림이 그려진 종이에 시선을 빼앗겼다.

"저, 홈스 씨. 그림을 보시고 무엇을 알아내셨습니까? 사람들이 그러더군요. 홈스 씨는 기묘한 일들을 좋아하신다고요. 이 그림만큼 기묘한 것은 어디에도 없습니다. 제가 도착하기 전에 살펴보시라고 그림을 먼저 보내드렸습니다."

"확실히 묘하더군요. 그냥 봐서는 유치한 장난으로밖에 안 보이는데요. 종이 위에 일렬로 춤추는 괴상한 사람들이 잔뜩 그려져 있을 뿐이니까요. 이 괴상한 그림에는 왜 신경을 쓰십니까?"

"제가 아닙니다, 홈스 씨. 신경을 쓰는 사람은 제 아내입니다. 그림을 보자마자 아내가 기겁을 하더군요. 뭐라 말을 하지는 않았지만 저는 그녀의 눈에서 공포를 읽었습니다. 그래서 자세하게 알아보고 싶은 겁니다."

홈스는 종이를 들어 햇빛에 비쳐 보았다. 수첩에서 찢어낸 종이에 연필로 그림이 그려져 있었다.

홈스는 잠시 종이를 살펴보더니 조심스럽게 접어 수첩에 끼워 넣었다.

"흥미진진하고 독특한 사건이 될 것 같군요. 제게 보내신 편지에서 몇 가지 특이한 점들을 말씀해주셨죠. 제 친구 왓슨 박사를 위해 다시 한번 들려주시면 감사하겠습니다."

"저는 이야기에 재주가 없습니다."

손님은 두툼하고 튼튼한 양손을 초조한 듯 쥐었다 폈다 하면서 말문을 열었다.

"그러니 이해가 안 되면 서슴지 말고 물어봐주세요. 이야기를 하려면 우리가 결혼을 한 작년으로 거슬러 올라가야 합니다. 그 전에 이 말씀부터 드리겠습니다. 저는 부자는 아닙니다만 우리 가문은 라이들링 소프에 정착해 산 지 오백여 년이나 되었습니다. 노퍽에서 우리만큼 유명한 가문도 없죠.

작년에 저는 여왕 즉위 기념 축제를 보려고 런던에 방문해서 러셀 스퀘어에 있는 하숙집에 머물렀죠. 우리 교구의 파커 목사님이 그곳에서 지내고 계셨기 때문입니다. 그곳에는 미국에서 온 젊은 숙녀가 묵고 있었습니다. 성은 패트릭이었죠, 엘시 패트릭. 어쩌다 보니 우리는 친구가 되었습니다. 그러다가 런던에서 지내기로 계획한 한 달이 지나기도 전에 저는 세상의 누구보다도 그녀를 사랑하게 되었죠. 우리는 등기소에서 조촐하게 식을 올렸습니다. 그리고 함께 노퍽으로 내려갔죠. 홈스 씨는 이런 제가 미쳤다고 생각하실지 모르겠습니다. 유서 깊은 가문의 남자가 처가 식구들이나 아내 될 사람의 과거에 대해 조금도 모른 채 결혼을 했으니까요. 하지만 그녀를 만나서 이야기를 해보시면 이해하실 겁니다.

제 아내는 과거에 대해 솔직하게 이야기했습니다. 혹시라도 제가 결혼을 하지 않으려 했다면 그녀는 기꺼이 절 보내줬을 겁니다.

'나는 예전에 안 좋은 사람들과 알고 지냈어요. 이제는 그들과 관계된 것은 다 잊고 싶어요. 절대 내 과거를 입에 올리지 않겠어요. 그것마저도 고통스러우니까요. 당신은 지금껏 한 점 부끄럼 없이 산 사람을 아내로 맞는다는 사실만 알아주세요. 내가 하는 말을 온전히 믿고 당신의 아내가 되기 전에 있었던 일에 대해서는 결코 묻지 않기로 약속해요. 이 조건을 지키기 어렵다면 노퍽에는 혼자 돌아가세요. 나는 처음 만났을 때처럼 혼자 살게 내버려두고요.'

결혼하기 바로 전날 그녀가 한 이야기입니다. 그녀의 말대로 하겠다고 약속을 했죠. 그리고 지금까지 약속에 충실했습니다.

우리가 결혼한 지 일 년이 되었습니다. 그동안은 정말 행복했습니다. 그런데 한 달 전, 그러니까 유월 말에 처음으로 불행의 전조를 보게 되었습니다. 어느 날 아내가 편지를 한 통 받았습니다. 미국 우표가 붙어 있더군요. 아내는 그걸 보자마자 얼굴이 하얗게 질리더니 편지를 읽고 그대로 벽난로에 던져버렸습니다. 그녀가 아무 말도 하지 않았기 때문에 저도 이야기를 꺼내지 않았죠. 약속을 했으니까요. 그녀는 그 후로 한순간도 맘편히 있지 못했습니다. 항상 얼굴에 두려움이 배어 있었어요.

무슨 일이 일어나리라 각오한 표정이었죠. 저를 믿어주면, 제가 신뢰할 수 있는 동반자라는 사실을 알아주면 좋을 텐데 말이죠. 하지만 그녀가 먼저 이야기를 꺼내지 않는 한 저도 그 이야기를 할 수 없습니다. 이것만은 알아주세요, 홈스 씨. 아내는 진실한 사람입니다. 과거에 그녀에게 무슨 문제가 있었는지 모르겠지만 결코 그녀의 잘못이 아닙니다. 저는 노퍽의 일개 지주에 불과하지만 영국에서 저만큼 가문의 명예를 중시하는 사람도 없습니다. 아내는 그 사실을 잘 알아요. 결혼하기 전부터 알고 있었죠. 그러니 가문의 명예를 더럽힐 일은 하지 않을 겁니다. 저는 그렇게 확신합니다.

이제부터가 제 이야기에서 가장 기묘한 부분입니다. 일주일 전, 지난주 화요일쯤이었군요. 이 종이에 있는 것처럼 춤추는 사람들이 창틀에 백묵으로 그려져 있는 걸 발견했습니다. 처음에는 마구간지기 소년이 그렸나 보다 싶었습니다. 그런데 그 아이는 그림에 대해서 아무것도 모른다고 펄쩍 뛰지 뭡니까. 누가 전날 밤에 그려놓은 게 분명했습니다. 저는 물로 지워버리라고 지시하고는 아내에게는 그런 일이 있었다고 지나가듯이 이야기를 했어요. 그런데 아내가 이 일을 심각하게 받아들이는 겁니다. 혹시 그림을 또 보면 꼭 보여달라고 시정을 하디군요. 그 후로 일주일 동안 아무 일 없었습니다. 그런데 어제 아침 정원에 있는 해시계 위에서 이 종이를 발견했습니다. 아내에게 보여줬더니 그대로 기절해버렸어요. 지금은 정신을 차렸지만 반쯤 넋이 나가 있죠. 눈빛만 봐도 그녀가 얼마나 두려워하는지 알겠더군요. 그래서 홈스 씨에게 편지를 쓰고 그림을 보낸 겁니다. 경찰에 신고를 할 만한 문제가 아닙니다. 신고해봤자 비웃음이나 사겠죠. 하지만 홈스 씨라면 어떻게 해야 할지 조언을 해주시겠죠. 저는 부자는 아닙니다만 아내를 불안하게 만드는 무언가가 존재한다면 전 재산을 들여서라도 그녀를 지키겠습니다."

그는 선한 사람이었다. 잉글랜드의 옛 땅에서 자란 단순하면서 올곧고 상냥한 남자였다. 유난히 크고 진실해 보이는 푸른 눈동자와 반듯한 넓은 얼굴이 인상적이었다. 얼굴을 보고 있자니 아내를 얼마나 사랑하고 신뢰하는지 절절히 느껴졌다. 홈스는 집중해 이야기를 듣더니 말없이 생각에 잠겼다.

"큐빗 씨, 부인에게 마음속 비밀을 알려달라고 하는 게 제일 좋은 방법이라는 생각은 안 드십니까?"

홈스가 물었다.

힐턴 큐빗이 육중한 머리를 가로저었다.

"홈스 씨, 약속을 했습니다. 아내가 털어놓고 싶었다면 벌써 했겠죠. 원하지 않는데 억지로 비밀을 말하게 할 수는 없습니다. 하지만 제가 혼자 알아본다면 상관없겠죠. 그럴 작정입니다."

“그렇다면 전력을 다해 도와드리겠습니다. 우선, 동네에 낯선 사람이 나타났다는 소문을 들은 적이 있습니까?”

“그런 이야기는 못 들었습니다.”

“사시는 곳은 무척 한적한 동네 같은데요. 낯선 얼굴이 보이면 금세 소문이 나겠죠?”

“집 근처라면 그렇죠. 하지만 멀지 않은 곳에 작은 해수욕장이 몇 개 있습니다. 농부들도 민박을 하곤 하죠.”

“이 그림들은 분명 의미가 있습니다. 아무렇게나 그린 거라면 의미를 해독할 수 없겠지만 체계가 있다면 의미를 파악할 수 있죠. 그런데 이것만으로는 너무 짧아서 당장은 아무것도 할 수 없군요. 방금 말씀해주신 사실들도 확실하지 않아서 수사 근거로 삼을 수 없고요. 이러면 어떨까요. 일단 노퍽으로 돌아가세요. 주위를 잘 살피다가 그림이 나타나면 똑같이 그려두십시오. 창틀에 백묵으로 그린 그림을 베껴두지 않은 게 참으로 애석하군요. 그리고 동네에 낯선 사람이 나타나지 않았는지 조심스럽게 알아보십시오. 새로운 증거가 모이면 다시 오세요. 제가 해드릴 수 있는 조언은 이 정도입니다, 큐빗 씨. 혹시라도 상황이 긴박하게 돌아가면 그곳으로 달려가겠습니다.”

의뢰인과의 면담을 끝낸 홈스는 깊은 생각에 잠겼다. 이후 며칠 동안 그가 수첩에 끼워둔 종이를 꺼내서 그림을 뚫어지게 바라보는 모습을 몇 번이나 보았다. 그는 두 주 정도 지난 어느 오후에 비로소 사건에 대해 말문을 열었다. 마침 외출을 하려던 참이던 나를 홈스가 붙잡았다.

"밖에 안 나가는 게 좋겠네, 왓슨."

"왜?"

"아침에 힐턴 큐빗이 보낸 전보를 한 통 받았거든. 춤추는 사람들 그림을 보내준 힐턴 큐빗 기억하나? 그 사람이 1시 20분에 리버풀스트리트 역에 도착한다더군. 거기서 여기까지는 금방이야. 전보를 보니 노퍽에서 심상치 않은 일이 일어난 것 같아."

오래 기다릴 필요도 없었다. 노퍽의 지주는 역에 도착하자마자 이륜마차를 타고 쏜살같이 달려왔기 때문이다. 그는 우울해 보였고 수심에 잠긴 표정이었다. 이마에 주름이 지고 눈에도 피로가 가득했다.

"이게 제 신경을 갉아먹고 있습니다, 홈스 씨."

그는 피곤에 찌든 사람처럼 의자에 털썩 주저앉았다.

"보이기는커녕 알지도 못하는 사람들이 꿍꿍이를 가지고 당신을 감시하고 있다면 얼마나 끔찍하겠습니까. 그것도 모자라서 그런 상황이 당신 아내의 생명을 조금씩 갉아먹고 있다면요. 평범한 사람이라면 도저히 견딜 수 없을 겁니다. 아내는 생기를 잃어가고 있어요. 제 눈앞에서 죽어간다고요."

"부인이 아직 아무 말씀도 하지 않았습니까?"

"네, 홈스 씨. 묵묵부답입니다. 뭔가 말하고 싶어 하는 기색이 느껴질 때도 있었어요. 하지만 쉽사리 속내를 드러내지 못하더군요. 그녀에게 말할 용기를 주려고 했습니다만 제가 서투르게 겁을 줘서 입을 닫게 만들었습니다. 아내는 저의 선조, 노퍽에서 우리 가문이 지닌 명성, 한 점 얼룩도 없는 가문의 명예에 대한 자부심 이야기를 꺼냈어요. 뭔가 중요한 내용을 이야기하려는 것 같았는데 정작 중요한 부분에 가기도 전에 입을 닫고 말았습니다."

"그래도 뭔가 알아내셨겠죠?"

"많은 걸 알아냈죠. 홈스 씨가 살펴보시도록 새로 나타난 그림들을 베껴 왔습니다. 그보다 더 중요한 일도 있었습니다. 그 자를 목격했습니다."

"뭐라고요? 그림을 그린 사람을요?"

"네, 그림을 그리는 모습을 봤습니다. 어떻게 된 일인지 순서대로 들려드리죠. 지난번에 이곳을 찾아왔다가 집으로 돌아간 다음날 아침 춤추는 사람들 그림을 발견했습니다. 집의 전면 창문에서 훤히 보이는 풀밭 옆에 공구 창고가 있는데, 그림은 창고의 검은색 나무문에 분필로 그려져 있었죠. 그대로 베껴 왔습니다."

그는 펼친 종이 한 장을 탁자에 내려놓았다. 종이에는 그림이 있었다.

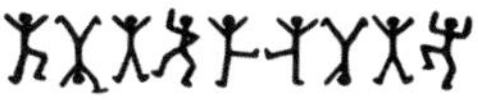

"훌륭해요! 훌륭하군요! 계속 말씀하십쇼."

홈스가 말했다.

"그림을 베낀 후 문질러서 지웠습니다. 그런데 이틀 후 아침에 새로운 그림이 나타났어요. 그것도 베껴 왔습니다."

홈스가 양손을 비비며 좋아서 껄껄 웃었다.

"추리의 재료가 순식간에 쌓이는군요."

"사흘 후에는 그림이 그려진 종이가 해시계 위에 조약돌로 눌려 있더군요. 여기 있습니다. 보시다시피 이전 그림과 똑같습니다. 이 일이 있은 후 저는 숨어서 지켜보기로 하고 권총을 챙겨서 서재에 자리를 잡았습니다. 서재에서는 풀밭과 정원이 잘 보이거든요. 새벽 2시경에 창가에 앉아 있을 때였습니다. 창밖에는 달빛을 제외하면 불빛이라고는 없었죠. 뒤에서 발걸음 소리가 들려 돌아보니 실내복 차림의 아내가 있더군요. 그녀는 그만 자라고 간청했습니다. 저는 누가 말도 안 되는 장난을 치는지 확인하고 싶다고 솔직하게 말했죠. 그러자 아내는 별 의미도 없는 못된 장난인데 왜 그렇게 신경을 쓰느냐고 하더군요.

'여보, 이 일이 그렇게 신경쓰이면 차라리 여행이라도 가면 어때요? 성가신 일은 피해버리면 되잖아요.'

'그럴 수는 없어. 못된 장난꾼 때문에 내 집에서 쫓겨나듯 떠날 수는 없어. 사람들이 우리를 비웃을 거야!'

'일단 방으로 가요. 아침에 다시 이야기해요.'

아내가 말했습니다.

그런데 달빛에 비치는 아내의 안색이 점점 창백해졌습니다. 게다가 제 어깨를 잡은 손에 힘이 들어가더군요. 공구 창고의 그림자에서 뭔가가 움직이는 게 보였습니다. 시커먼 형체가 살금살금 기어서 모퉁이를 돌아 나오더니 문 앞에 쪼그리고 앉더군요. 저는 권총을 꼭 쥐고 뛰쳐나가려고 했죠. 하지만 아내가 저를 끌어안고는 놀라운 힘으로 붙잡았습니다. 어떻게든 뿌리치려 했지만 필사적으로 매달리더군요. 마침내 아내를 떼어내고 창고로 갔지만 괴한은 사라진 후였습니다. 하지만 다녀간 흔적은 남겨뒀더군요. 창고 문에 또 춤추는 사람들이 있었습니다.

두 번이나 봤던 그림과 일치했지만 그것 역시 베꼈습니다. 샅샅이 돌아다니며 살펴보았는데 괴한이 주변에 있는 기색은 없더군요. 그런데 놀랍게도 그자는 그 후로도 계속 그곳에 있었던 모양입니다. 다음날 아침에 창고 문을 다시 살펴봤는데 제가 본 그림 아래로 새로운 그림이 있었거든요."

"그 그림도 베꼈습니까?"

"그럼요. 짧았지만 그려두었습니다. 여기 있습니다."

그는 종이를 한 장 더 꺼냈다. 새로운 그림은 이런 식이었다.

"이 그림은 먼저 그렸던 그림과 이어져 있었습니까? 아니면 따로 그려진 그림이었습니까?"

질문하는 홈스의 눈빛을 보니 흥분한 기색이 역력했다.

"이전 그림과는 다른 위치에 있었습니다."

"훌륭해요! 그림을 해독하는 데 결정적인 단서가 되겠군요. 이제야 희망이 보입니다. 자, 큐빗 씨, 이 흥미진진한 이야기를 계속해주시죠."

"덧붙일 이야기는 없습니다. 다만 그날 밤 저는 아내에게 몹시 화가 났습니다. 만류하지만 않았으면 우리 곁을 맴도는 괴한을 붙잡을 수도 있었으니까요. 그녀는 제가 다칠까 봐 겁이 났다더군요. 순간 아내가 실은 그 남자가 다칠까 봐 두려워하는지도 모른다는 생각이 들었습니다. 왜냐하면 그자가 누구며 기묘한 그림이 무엇을 의미하는지 아는 게 분명했으니까요. 하지만 아내가 말하는 어조와 저를 보는 눈빛에 의심은 연기처럼 사라졌습니다. 그녀는 진심으로 제 안전을 염려하고 있었습니다. 지금까지의 상황은 이렇습니다. 이제 제가 어떻게 할지 조언해 주시면 좋겠군요. 마음 같아서는 농장의 젊은 일꾼 여섯 명더러 근처 관목 숲에 잠복하게 했다가 괴한이 다시 나타나면 흠씬 두들겨 패서 다시는 주변에 얼씬 못 하게 만들고 싶습니다."

"이 사건에는 깊은 내막이 있는 듯합니다. 단순한 방법으로는 해결되지 않을 겁니다. 런던에는 얼마나 계실 예정입니까?"

홈스가 물었다.

"오늘 당장 돌아가야 합니다. 밤에 아내를 혼자 둘 수 없습니다. 아내는 불안해하며 바로 돌아오라고 신신당부를 했습니다."

"지당하신 말씀입니다. 만약 런던에 하루이틀 머무르신다면 저와 함께 갈 수도 있을 텐데요. 종이들은 여기 두고가시죠. 조만간 댁으로 찾아가서 사건 전모를 밝힐 수 있을 겁니다."

홈스는 의뢰인이 돌아갈 때까지 전문가다운 침착한 태도를 유지했다. 하지만 홈스를 잘 아는 내 눈에는 그가 얼마나 흥분했는지 빤히 보였다. 힐턴 큐빗의 넓은 등이 문밖으로 사라지자마자 홈스는 서둘러 탁자로 돌아가 춤추는 사람들이 그려진 종이들을 펼쳤다. 그러더니 복잡하고 정교한 계산에 빠져들었다.

두 시간 동안 지켜보니 그는 종이 여러 장에 쉴 새 없이 숫자와 문자를 적으며 내가 있다는 사실조차 잊은 듯이 생각에 골몰했다. 뭔가 진전이 있으면 휘파람을 불거나 노래를 흥얼거렸다. 어딘가에서 막히면 눈썹을 모으고 멍한 눈빛으로 한참 동안 앉아 있었다. 마침내 홈스가 만족스러운 듯 탄성을 질렀다. 자리에서 벌떡 일어난 그는 양손을 비비며 방안을 서성였다. 그러다가 자리에 앉아 전보용지에 꽤 긴 전보문을 작성했다.

"답장 내용이 예상대로라면 자네는 기록으로 남길 만한 사건을 얻을 거야, 왓슨. 내일이면 노퍽에 내려가 우리 친구에게 그를 괴롭히는 것의 정체를 알려줄 수 있겠지."

궁금해서 견딜 수가 없었지만 홈스는 때가 무르익은 후에야 자신만의 방식으로 진상을 들려주기를 선호했다. 홈스가 털어놓아야겠다고 생각할 때까지 묵묵히 참고 기다리는 수밖에 없었다.

하지만 전보 답장은 예상보다 늦어졌다. 이틀이 속절없이 지나갔고 홈스는 초인종이 울릴 때마다 귀를 쫑긋 세우며 애타게 기다렸다. 둘째 날 저녁에 힐턴 큐빗이 보낸 편지가 도착했다.

그동안 별다른 일은 없었는데, 그날 아침 해시계 받침대에 먼젓번 그림들보다 긴 그림이 발견되었다는 내용이었다. 그는 그것을 베껴 편지에 동봉했다.

홈스는 몸을 숙이고 기괴한 장식 같은 그림을 살펴보았다. 그러더니 놀라움과 경악에 찬 탄식을 내뱉으며 몸을 바로 세웠다.

"우리가 손을 쓰지 못한 동안 일이 심각해졌군. 오늘밤에 노스 월셤으로 가는 기차가 있을까?"

홈스가 물었다.

나는 기차 시간표를 찾아보았다. 마지막 기차가 좀 전에 떠난 후였다.

"내일 아침을 일찍 먹고 첫 기차를 타고 가야겠어. 한시바삐 가야만 해. 아, 기다리던 전보가 이제야 도착했군. 아직 가지 마십시오, 허드슨 부인. 답장을 보내야 할지도 모릅니다. 아, 안 보내도 되겠군요. 내 예상대로야. 전보까지 받았으니 지체 없이 힐턴 큐빗에게 상황을 알려줘야 해. 순진한 노퍽의 지주는 위험천만하고 범상치 않은 거미줄에 걸려들었다네."

홈스의 예상은 적중했다. 유치하고 기괴하게만 보였던 사건의 울적하기 짝이 없는 결말을 소개할 때가 되었다. 지금도 그때 느꼈던 경악과 공포가 생생하게 느껴진다. 독자들에게 밝은 결말을 들려줄 수 있다면 좋으련만 나는 사실을 기록할 수밖에 없다. 그러므로 한동안 잉글랜드 방방곡곡에서 라이들링 소프 매너를 유명하게 만든 기묘한 사건의 자취를 따라 음울한 결말을 전달해야만 한다.

노스 월섬 역에 내려서 행선지를 말하자마자 역장이 우리에게 황급하게 달려왔다.

"두 분은 런던에서 오신 형사님이시군요?"

홈스의 얼굴에 언짢은 표정이 휙 스쳤다.

"왜 그렇게 생각하시죠?"

"노위치의 마틴 경위님이 방금 도착하셨거든요. 아니면 의사 선생님이신가요? 부인은 돌아가시지 않았습니다. 마지막으로 들은 소식으로는 그랬습니다. 아직은 살릴 수 있을지 모르죠. 그래봤자 교수대행이지만요."

홈스가 불안한 기색으로 이마를 찌푸렸다.

"라이들링 소프 매너를 찾아온 건 맞습니다. 하지만 그곳에서 무슨 일이 있었는지 전혀 모릅니다."

역장이 말했다.

"끔찍한 사건이 벌어졌습니다. 힐턴 큐빗 씨와 큐빗 부인이 총에 맞았어요. 하인들 말로는 큐빗 부인이 남편을 쏘고 자살을 시도했다더군요. 큐빗 씨는 돌아가셨어요. 부인도 목숨이 경각에 달려 있죠. 어떻게 이런 일이! 노퍽의 유서 깊고 명망 있는 가문 중 하나였는데."

홈스는 대꾸하지 않고 곧장 마차에 올랐다. 십일 킬로미터나 되는 먼길을 가는 동안 그는 한마디도 하지 않았다. 나는 그렇게 낙담한 그의 모습을 오랜만에 보았다. 런던에서 기차를 타고 오는 동안에도 역력하게 불안해하는 기색으로 조간신문을 계속 뒤적거렸더랬다. 가장 두려워했던 것이 현실이 되어버리자 그는 침통한 표정으로 멍하니 있을 뿐이었다. 의자에 기댄 그는 바깥의 풍경을 음울하게 바라보았다.

사실 창밖으로 보이는 풍경은 음울하기는커녕 관심을 끄는 것들로 가득했다. 지금은 사람이 얼마 살지 않는다는 것을 보여주듯 얼마 안 되는 작은 집들이 흩어져 있었지만 좌우로 드넓게 뻗은 녹색 평원에 자리잡은 우뚝 솟은 거대한 사각형의 교회 탑들은 영광스러운 시절을 구가하며 번영을 누렸던 잉글랜드 동부의 역사를 들려주었다. 마침내 노퍽의 초록색 해안선 너머로 북해의 보랏빛 해수면이 조금씩 모습을 드러냈다. 이윽고 마부가 숲 위로 불쑥 솟아나온 벽돌과 통나무로 만든 오래된 박공지

붕 두 개를 채찍으로 가리켰다.

"저기가 라이들링 소프 매너입니다."

마부가 알렸다.

마차가 주랑현관으로 다가가자 테니스 잔디밭 옆으로 시커먼 공구 창고와 받침대가 달린 해시계가 보였다. 이상한 그림들이 발견된 장소였다. 높다란 이륜마차에서 막 어떤 남자가 내렸다. 키가 작고 말쑥했으며 콧수염에 밀랍을 발라 모양을 낸 남자였다. 기민하고 민첩해 보이는 인상의 그는 노퍽 지방경찰청 소속의 마틴 경위라고 자신을 소개했다. 내 친구의 이름을 듣고는 깜짝 놀라는 눈치였다.

"홈스 씨, 사건은 오늘 새벽 3시에 일어났습니다! 그런데 저와 엇비슷하게 현장에 내려오시다니 런던에서 어떻게 사건 소식을 들으신 겁니까?"

"사건이 일어나리라 예상했습니다. 그래서 막으려고 내려왔죠."

"우리가 모르는 중요한 사실을 알고 계신가 봅니다. 이 부부는 누구보다 금슬이 좋았다고 하거든요."

"'춤추는 사람들'밖에 모릅니다. 나중에 설명하죠. 너무 늦어 비극을 막는 데는 실패했으니 이제는 정의 실현을 위해 어떻게든 가진 단서를 잘 이용해야겠다는 생각뿐입니다. 경위님과 수사를 함께 해도 되겠습니까? 아니면 내가 독자적으로 움직이는 쪽이 좋습니까?"

"함께 수사를 한다면 영광이겠습니다, 홈스 씨."

경위가 진지하게 대답했다.

"그렇다면 지체 없이 증거를 확인하고 현장을 조사하고 싶습니다."

분별력이 있는 마틴 경위는 내 친구가 독자적인 방식대로 조사하도록 배려해주었다. 자신은 홈스의 수사 결과를 꼼꼼하게 기록하는 것으로 만족했다. 마침 큐빗 부인의 방에서 나오던 백발 성성한 마을 의사는 부인의 총상이 심각하지만 목숨은 건질 수 있겠다고 했다. 하지만 총알이 두뇌 앞부분까지 들어갔기 때문에 의식을 되찾으려면 시간이 걸릴 거라고 했다. 그는 부인이 다른 사람이 쏜 총에 맞았는지 자신이 쏜 총에 맞은 건지에 대해서는 단정을 짓지 않았다. 아주 가까운 곳에서 총이 발사되었다는 사실만 확인해주었다. 방에서 발견된 권총은 한 자루뿐이었고, 탄창에는 실탄이 두 발 비어 있었다. 총알은 큐빗의 심장을 관통했다. 그가 아내를 쏜 후 자살했을 수도 있고, 그 반대도 충분히 가능했다. 왜냐하면 권총은 두 사람 사이에 떨어져 있었기 때문이다.

"시신을 옮겼습니까?"

홈스가 물었다.

"부인을 다른 방으로 옮긴 것 외에는 아무것도 건드리지 않았습니다. 부상을 입은 부인을 내버려둘 수는 없으니까요."

"여기에 오신 지 얼마나 되셨습니까, 박사님?"

"4시부터 여기에 있었습니다."

"다른 사람은요?"

"다른 사람도 있었습니다. 여기 있는 경관요."

"당신 역시 아무것도 안 건드렸죠?"

"그렇습니다."

"신중하게 행동하셨군요. 박사님을 부르러 온 사람은 누구였나요?"

"하녀인 손더스였습니다."

"그녀가 경찰에 신고를 했습니까?"

"손더스와 요리사인 킹 부인이 했습니다."

"두 사람은 지금 어디에 있습니까?"

"부엌에 있을 겁니다."

"두 사람의 이야기부터 들어야겠군요."

우리는 창문이 높이 달리고 벽은 떡갈나무로 마감한 오래된 홀을 조사실로 쓰게 되었다. 커다란 구식 의자에 앉은 홈스의 얼굴은 초췌했고 두 눈은 냉정하게 번득였다. 나는 그의 눈빛에

서 인생을 걸고서라도 자신이 지키지 못한 의뢰인의 억울함을 풀어주겠다는 굳은 의지를 읽었다. 말쑥한 마틴 경위, 백발의 시골 의사, 건장한 시골 경관과 내가 이 기묘한 수사대를 구성했다.

두 사람의 증언은 상당히 구체적이었다. 그들은 자다가 총소리에 잠을 깼다. 그 소리가 나고 일 분쯤 후 또다시 총소리가 들렸다. 그들의 침실은 바로 붙어 있었다. 킹 부인이 허겁지겁 건너가서 손더스를 깨웠고 두 사람은 서둘러 계단을 내려가 서재 문이 열린 것을 발견했다. 책상 위의 초 하나가 서재를 밝히고 있었다. 서재 한가운데에 쓰러진 그들의 주인은 숨이 끊어진 후였다. 창가에는 부인이 머리를 벽에 기대고 웅크리고 있었는데 부상이 심했고 옆얼굴은 피에 젖어 있었다. 숨이 끊어지지 않은 그녀는 힘겹게 버텼지만 말을 할 상황이 아니었다. 서재뿐 아니라 복도에도 연기가 자욱하고 화약 냄새가 코를 찔렀다. 창문은 분명히 안에서 잠겨 있었다고 두 여자가 입을 모아 증언했다. 두 사람은 의사와 경관을 불렀다. 그리고 마부와 마구간지기의 도움으로 다친 부인을 침실로 옮겼다. 부부의 침대에는 잠을 잔 흔적이 있었는데 부인은 평상복 차림이었고 큐빗 씨는 잠옷 위에 실내복을 걸친 차림이었다. 서재의 물건은 그대로였다. 그들이 알기로 부부는 싸운 적도 없고 세상에서 그들만큼 금슬 좋은 부부도 없었다고 했다.

이상이 하인들이 들려준 중요 증언이다. 마틴 경위의 질문에 두 사람은 문은 모두 안에서 잠겨 있었고 집에서 나갈 수 있는 사람은 없었다고 못을 박았다. 홈스가 질문하자 두 사람은 꼭대기 층에 있는 자기들 방에서 나오자마자 화약 냄새가 났다는 사실을 기억해냈다.

"화약 냄새에 대한 증언을 심사숙고해야겠습니다. 자, 이제 서재를 철저하게 조사해봅시다."

홈스가 경위에게 말했다.

서재는 삼면이 책으로 가득찬 작은 방이었다. 책상에서 창문을 통해 정원이 보였다. 우리는 제일 먼저 비명횡사한 힐턴 큐빗의 시신부터 살폈다. 거대한 체구의 시신이 사지를 뻗고 방 한가운데에 쓰러져 있었다. 흐트러진 옷매무새를 보니 자다 깨서 황급하게 나온 것이 분명했다. 총알은 정면에서 발사되었고 심장을 뚫고 몸에 남았다. 고통을 느낄 겨를조차 없이 즉사했음이 분명했다. 실내복과 손에 화약 흔적이 없었다. 노의사에 따르면 부인의 얼굴에는 화약 흔적이 있지만 손은 깨끗했다.

"손에 화약 흔적이 남아 있지 않다는 사실은 별 의미가 없습니다. 흔적이 남아 있었다면야 온갖 상황을 생각해볼 수 있지만요. 탄창을 잘못 끼워 화약이 뒤로 뿜어져 나가는 일만 피하면 흔적을 남기지 않고도 여러 번 발사할 수 있으니까요. 이제 큐빗 씨 시신을 내가도 될 것 같습니다. 박사님, 부인의 상처에서 아직 총알을 적출하지 않았죠?"

"총알을 빼내려면 대수술을 해야 합니다. 권총에 총알이 네 발 남았고 두 발이 발사되었으며 총상도 두 개인 이상 총알 하나에 총상 하나로 보아도 되지 않겠습니까?"

"그럴 수도 있지만 그 경우 박사님은 창문의 가장자리를 맞힌 총알에 대해서도 설명할 수 있으십니까?"

홈스가 별안간 몸을 돌려서 가늘고 긴 손가락으로 내리닫이 창의 아래쪽 창틀을 가리켰다. 창턱에서 2.5센티미터 올라온 지점에 구멍이 나 있었다.

"이럴 수가! 어떻게 찾으셨습니까?"

경위가 놀라 소리쳤다.

"이 흔적을 찾고 있었으니까요."

홈스의 대답에 의사가 질문을 퍼부었다.

"대단하군요! 당신 말대로입니다. 세 번째 총알이 발사되었다는 증거가 있으니 세 번째 인물이 있었던 게 틀림이 없습니다. 도대체 누구였을까요? 여기서 어떻게 도주했을까요?"

"이제부터 그 질문에 대한 해답을 찾아봐야죠. 마틴 경위님, 하인들이 방을 나서자마자 화약 냄새를 맡았다는 사실을 기억하시겠죠. 그 점을 심사숙고하자고 했던 말도요?"

홈스가 물었다.

"네, 기억합니다. 솔직히 그게 어떻다는 건지 모르겠지만요."

"그 증언을 바탕으로 총이 발사될 당시에는 서재의 문은 물론 창문도 열려 있었다고 추측할 수 있죠. 문과 창문이 닫혀 있었다면 어떻게 화약 냄새가 순식간에 집안에 퍼졌겠습니까. 서재에 바람이 통하지 않고서야 불가능하죠. 또한 문과 창문은 잠깐 동안만 열려 있었습니다."

"그걸 어떻게 확신하십니까?"

"촛농이 흘러내리지 않았으니까요."

"대단해요! 대단해!"

경위가 감탄을 했다.

"사건이 일어나는 동안 창문이 열려 있었다고 가정하면 이 사건에 한 명이 더 관련되었다고 확신할 수 있습니다. 그자는 저택 외부에서 열린 창문 안으로 총을 쏜 겁니다. 그 경우 방안에 있는 누군가가 그자를 향해서 총을 쏘았다면 창틀에 맞았을지 모르죠. 그렇게 가설을 세우고 부근을 살폈더니 이 자국이 있었습니다. 살펴보니 총알 자국이 확실했죠."

"어쩌다가 창문이 닫히고 자물쇠까지 채워졌을까요?"

"부인이 본능적으로 창문을 닫고 잠갔겠죠. 그런데, 이상하군! 이게 왜 여기에 있지!"

서재의 책상 위에는 여성용 핸드백이 있었다. 은으로 장식한 작고 깔끔한 악어가죽 핸드백이었다. 홈스는 가방을 열어 내용물을 꺼냈다. 내용물이라고는 고무줄로 묶어둔 오십 파운드짜리 잉글랜드중앙은행권 지폐 스무 장이 전부였다.

"잘 보관해두세요. 재판에서 증거물로 쓰일 테니까요."

홈스는 내용물을 온전히 가방에 담아 경위에게 건네며 말했다.

"세 번째 총알이 어디서 나온 건지 알아봐야겠군요. 나무 창틀이 쪼개진 모습으로 볼 때 총알은 분명히 방안에서 발사되었습니다. 요리사인 킹 부인과 다시 이야기를 해야겠군요. 킹 부인, 총소리가 요란하게 나서 깼다고 증언하셨죠. 그 말은 처음 들었던 총소리가 두 번째 소리보다 더 컸다는 뜻인가요?"

"글쎄요, 잠결에 들은 소리라서요. 정확하게 말씀드리기 어렵네요. 어쨌든 엄청나게 큰 소리였어요."

"두 총성이 동시에 들리지는 않았습니까?"

"모르겠어요."

"나는 동시에 두 발이 발사되었다고 확신합니다. 마틴 경위님, 방에서 알아낼 수 있는 사실은 모두 알아냈군요. 괜찮으시다면 함께 밖으로 나가서 정원에서 무슨 증거를 찾아낼 수 있을지 볼까요."

화단은 서재의 창문까지 이어져 있었다. 화단에 다가간 모두의 입에서 놀라움 섞인 탄성이 터져 나왔다. 화단의 꽃들이 여기저기 짓밟혔고 부드러운 지면에는 발자국이 찍혀 있었다. 모두 큼지막한 남자의 발자국으로 앞코가 유난히 길고 뾰족했다. 홈스는 풀밭과 나뭇잎 사이에서 상처 입은 새를 찾는 리트리버 사냥개처럼 돌아다녔다. 그러더니 만족스러운 탄성을 내지르며 몸을 숙여 작은 원통형 황동색 물체를 집어 들었다.

"그럴 줄 알았어. 권총에서는 탄피가 배출되죠. 이게 세 번째 탄피입니다. 마틴 경위님, 이 사건을 조만간 마무리할 수 있겠군요."

홈스가 말했다.

거침없이 노련하게 수사를 이어가는 홈스를 지켜보던 시골 경위는 놀라워하며 얼굴을 환히 빛냈다. 처음에는 자신의 지위를 의식해 반발을 하기도 했지만 지금은 홈스를 존경하는 듯했다. 홈스가 가자고 하면 행선지를 묻지도 않고 따를 기세였다.

"의심 가는 사람이 있습니까?"

경위가 물었다.

"그 이야기는 나중에 하겠습니다. 이 사건에는 아직 경위님에게 설명할 수 없는 사항들이 있습니다. 여기까지 조사를 밀어붙였으니 계속 제 방식대로 밀고 나간 후 한꺼번에 상황을 정리하는 게 좋겠습니다."

"원하시는 대로 하십시오, 홈스 씨. 범인만 잡는다면 아무래도 괜찮습니다."

"비밀로 할 생각은 없습니다. 나가서 수사를 해야지 구구절절 설명을 할 때가 아닐 뿐이죠. 사건의 실마리는 모두 확보했습니다. 큐빗 부인이 끝내 의식을 되찾지 못한다고 해도 지난밤에 일어난 일을 재구성해서 법의 심판을 내릴 수 있습니다. 혹시 근방에 엘리지라는 여관이 있습니까?"

하인들에게 질문을 했지만 아무도 그런 여관은 몰랐다. 그러다 마구간지기 소년이 단서를 제공했다. 이스트러스턴 방향으로 몇 킬로미터 떨어진 곳에 그런 이름의 농부가 산다는 사실을 기억해낸 것이다.

"농장 주위에 아무것도 없니?"

"네, 그 농장밖에 없어요."

"그렇다면 농장 사람들은 지난밤에 여기서 일어난 사건에 대해서 아직 못 들었겠지?"

"그럴 거예요."

홈스는 잠시 생각에 잠기더니 얼굴에 수상쩍은 미소를 지었다.

"말에 안장을 얹어라. 그리고 편지 한 통을 농장에 전해주려무나."

홈스는 주머니에서 춤추는 사람들이 그려진 종이들을 꺼내서 서재의 책상에 늘어놓고 들여다보며 한동안 생각에 골몰했다. 마침내 홈스는 마구간지기 소년에게 편지 한 통을 건넸다. 그러면서 편지의 수신인에게 직접 전해야 하며 무슨 질문을 받아도 대답하지 말라는 당부를 덧붙였다. 편지의 겉면을 언뜻 보니 비뚤비뚤하고 제멋대로인 글씨가 씌어 있었다. 평소 필체가 단정한 홈스가 썼다고 믿기지 않았다. 편지의 수신인은 노퍽 주 이스트러스턴, 엘리지 농장의 에이브 슬레이니였다.

"경위님, 당장 전보로 지원을 요청해야 합니다. 제 예상대로라면 경위님은 조만간 위험한 흉악범을 노퍽 주 감옥으로 호송하셔야 할 테니까요. 편지를 전하러 가는 소년에게 전보를 보내라고 하면 될 겁니다. 왓슨, 오후에 런던행 기차가 있다면 우리는 그걸 타고 돌아가야겠어. 흥미로운 화학분석 실험이 있는데 얼른 끝내야 하거든. 이 사건도 곧 끝날 거야."

마구간지기가 편지를 가지고 출발하자 홈스는 이번에는 하인들에게 지시 사항을 일렀다. 누가 찾아와 큐빗 부인의 상태를 물으면 아무것도 알려주지 말고 응접실로 안내하라고 말이다. 홈스는 어느 때보다 진지했다. 그러더니 이제 사건은 우리 손을 떠났다고 선언하고는 결정적인 상황이 올 때까지 최대한 시간을 알차게 보내야 한다며 응접실로 발걸음을 옮겼다. 의사는 환자에게 돌아갔고 경위와 나만 덩그러니 남았다.

"앞으로 한 시간 동안 유익하고 흥미진진한 시간을 갖지요."

홈스는 의자를 탁자로 끌고 오더니 우리 앞에 춤추는 사람들이 그려진 종이들을 펼쳐놓았다.

"왓슨, 자네의 당연한 의문을 해결해주지 않고 애태웠지. 이제 털어놓겠네. 경위님, 이 사건은 처음부터 끝까지 범죄 수사 재료로 손색이 없을 겁니다. 일단 경위님에게는 일전에 베이커 스트리트에서 큐빗과의 면담으로 시작된 흥미로운 정황부터 차근차근 말씀을 드리겠습니다."

홈스는 말문을 열며 내가 기록한 사실들을 경위에게 간략하게 설명했다.

"지금 제 앞에는 이상한 그림들이 있습니다. 이것이 끔찍한 비극을 알리는 경고장이었다는 사실이 밝혀지지 않았다면 그저 재미있는 그림으로 치부되었겠죠. 저는 온갖 형태의 암호문을 속속들이 알고 있습니다. 그 주제로 가벼운 논문을 쓴 적도 있는데, 그 논문에서 독립적인 160가지의 암호를 분석했습니다. 그런 저도 이 암호는 난생처음 봤습니다. 이걸 만든 사람은 그림으로 은밀하게 메시지를 전달하면서 모르는 사람의 눈에는 아이들 장난으로 보이게 하고 싶었겠죠.

저는 그림이 각각 알파벳을 의미한다는 사실을 깨달았습니다.

각각의 그림이 어떤 철자를 의미할 거라고 가정하고 모든 형태의 암호에서 길잡이가 되는 규칙을 적용했습니다. 그 결과 의외로 간단하게 해석이 되더군요. 처음 입수한 암호문은 너무 짧았어요. 그래서  그림이 알파벳 E일 가능성이 높다는 사실 외에 더이상 알아낼 수 없었습니다. 아시다시피 E는 영어 단어에 가장 자주 등장하는 알파벳이죠. 아무리 짧은 단어라도 E가 없는 단어는 드뭅니다. 첫 번째 메시지에는 사람 그림이 열다섯 개인데, 그 가운데 네 개가 중복이었습니다. 그래서 그걸 E라고 보아도 무방했죠. 그런데 그림을 보면 깃발을 든 사람과 그렇지 않은 사람이 있습니다. 제가 보기에 깃발은 문장 내에서 한 단어가 끝나는 곳을 표시하려고 사용한 것 같더군요. 일단 이렇게 가설을 세우고 바로  그림이 E라고 가정했습니다.

진짜 난관은 이제부터였죠. E보다 적은 빈도로 나오는 알파벳의 순서는 두드러지는 특징이 없습니다. 보통 출판물에 종종 나오는 단어에서 특정 알파벳이 자주 쓰인다 해도 단문일 경우 꼭 그러라는 법은 없죠. E 다음으로는 T와 A, O, I, N, S, H, R, D, L이 자주 쓰입니다. 저 순서대로 T가 가장 자주, L이 가장 드물게 나오죠. 그런데 T와 A, O, I는 나오는 빈도가 엇비슷합니다. 그러므로 조합을 이리저리 바꿔서 특정한 의미를 도출하려 들면 작업에 끝이 없습니다. 하는 수 없이 저는 새로운 암호문이 나타나기를 기다렸습니다. 큐빗 씨는 두 번째 찾아왔을 때 암호문 두 개와 깃발이 없는 것으로 봐서 한 단어일 것이라고 추측할 수 있는 그림을 주셨죠. 바로 이 그림입니다.

자, 한 단어로 된 이 암호는 철자가 다섯 개이고 두 번째와 네 번째가 E입니다. 그러므로 암호문의 단어는 SEVER(자르다)나 LEVER(지렛대), NEVER(절대 안 됨) 등 여러 가지로 해석할 수 있었죠. 그런데 앞선 메시지에 대한 대답이라면 'NEVER'가 가장 그럴싸하다는 건 의문의 여지가 없죠. 게다가 정황상 이 메세지는 큐빗 부인이 쓴 답장일 수밖에 없었습니다. 그렇게 생각하면 E를 제외한 나머지 그림 세 개는 각각 N과 V, R이라고 짐작할 수 있습니다.

여기까지 왔지만 여전히 쉽지 않았습니다. 그런데 기발한 발상 덕분에 철자 몇 개를 더 알아내는 성과를 거뒀습니다. 문득 이런 생각이 들었습니다. 부인이 과거에 친밀하게 지낸 사람이 보낸 메시지라면 E 두 개와 다른 철자 세 개로 조합된 그림은 부인의 이름인 엘시(ELSIE)일지도 모르죠. 그림을 살펴보니 역시나 그런 그림이 메시지의 마지막에 있었습니다. 그것도 세 번이나요. 확실히 ELSIE에게 보내는 메시지가 틀림없었습니다. 이렇게 해서 저는 L과 S, I를 찾아냈습니다. 그렇다면 메시지는 무슨 내용일까요? ELSIE 앞에 나오는 단어는 철자가 고작 네 개였습니다. 그리고 E로 끝이 났죠. 그렇다면 그 단어는 COME(오다)이 될 수밖에 없습니다. 저는 E로 끝나고 철자가 네 개인 온갖 단어를 떠올려봤지만 이보다 더 사건에 들어맞는 단어를 찾지 못했습니다. 이제 C와 O, M을 확보했죠. 이 정도 알아냈으니 맨 처음에 나타난 메시지를 해독할 수 있겠더군요. 일단 단어들로 분리한 후 여전히 의미를 알 수 없는 그림은 점으로 두었죠. 그랬더니 이렇게 나왔습니다.

. M . ERE . . E SL . NE .

이걸 보시면 제일 첫 번째 철자는 A가 될 수밖에 없습니다. 그걸 알아낸 게 가장 유용한 발견이죠. 왜냐하면 A는 이 짧은 문장에서 무려 세 번이나 등장하거든요. 두 번째 단어에는 H가 들어가는 게 분명했어요. 그래서 이런 문장이 되었습니다.

AM HERE A . E SLANE .

아니면 빈칸이 있는 부분이 이름이라고 생각하면 채워보면 이렇게 되죠.

AM HERE ABE SLANEY (여기에 있다 에이브 슬레이니)

이제 꽤 많은 알파벳을 확보했으니 자신만만하게 두 번째 메시지를 해독할 수 있었습니다. 그 메시지는 이랬죠.

A . ELRI . ES

이 메시지에서는 빠진 부분에 T와 G를 넣어야만 말이 되겠더군요. 메시지를 쓴 사람이 머무르고 있는 집이나 여관의 이름이 아닐까 싶었으니까요."

홈스는 어려운 문제를 완벽하게 풀어낸 과정을 충실하고 명료하게 설명해주었다. 마틴 경위와 나는 하나라도 놓칠세라 그의 설명을 귀를 쫑긋 세우고 들었다.

"그래서 어떻게 하셨습니까?"

경위가 물었다.

"모든 사실을 종합해볼 때 에이브 슬레이니라는 자는 미국인으로 짐작됩니다. 에이브는 에이브러햄의 미국식 애칭이지 않습니까. 분란의 시발점이 된 편지는 미국에서 왔고요. 이 사건에 범죄와 관련한 모종의 비밀이 있다고 생각할 근거도 충분했습니다. 부인이 과거에 대해 한 말이나 남편에게 한사코 과거를 털어놓지 않은 점을 보면 그렇게 추정할 수밖에 없었죠. 그래서 저는 친구인 윌슨 하그리브에게 전보를 쳤습니다. 그는 뉴욕 경찰청의 경찰인데, 런던에서 발생하는 범죄를 두고 제게 여러 차례 신세를 진 적이 있답니다. 저는 그에게 에이브 슬레이니라는 이름을 아는지 물었습니다. 이런 답신이 왔습니다.

시카고에서 가장 위험한 악당.

답신을 받은 날 저녁에 큐빗이 슬레이니가 보낸 마지막 메시지를 제게 보냈습니다. 그때까지 알아낸 철자들을 바탕으로 해독해보았습니다.

ELSIE . RE . ARE TO MEET THY GO.

(네 하느님 만나기를 준비하라, 엘시.)

P와 D를 더하니 메시지가 완성되었죠. 설득이 통하지 않자 협박을 시작했다는 사실을 금세 알아차렸습니다. 저는 시카고에서 활동하는 악당들이 어떤지 압니다. 그가 머지않아 자신의 말을 실행에 옮길지도 모른다는 생각이 들더군요. 그래서 제 친구이자 동료인 왓슨 박사와 노퍽으로 달려온 겁니다. 하지만 안타깝게도 최악의 상황이 발생해 있었죠."

마틴 경위가 따뜻한 어조로 말했다.

"홈스 씨와 함께 수사하게 되어 대단히 영광입니다. 하지만 솔직히 말씀드려도 될까요. 홈스 씨는 본인의 의구심만 해소하면 되지만 저는 상관에게 상황을 설명해야 합니다. 에이브 슬레이니라는 자가 엘리지라는 농부의 농장에 묵고 있고 짐작대로 진범이라면, 지금 이러고 있는 동안 그자가 도주를 해버렸을 때 저는 굉장히 곤란한 처지가 됩니다."

"걱정은 접어두셔도 됩니다. 도망가지 않을 테니까요."

"어떻게 아십니까?"

"도주를 하면 죄를 인정하는 셈이 되니까요."

"그렇다면 어서 그자를 체포하러 갑시다."

"곧 여기로 올 겁니다."

"왜 여기로 오겠습니까?"

"제가 그러기를 요청하는 편지를 보냈거든요."

"도무지 믿을 수가 없군요, 홈스 씨. 그자가 오란다고 순순히 오겠습니까? 그런 요청에 의심이 생겨서는 도주해버리지 않을까요?"

"저는 편지를 어떻게 써야 할지 알고 있습니다. 그리고 제 착각이 아니라면 그 사람이 지금 진입로로 들어오고 있군요."

홈스의 말대로 웬 남자가 문으로 향하는 좁은 길을 성큼성큼 걸어오는 중이었다. 키가 크고 피부가 그을린 미남자로 회색 플란넬 양복에 파나마모자를 걸치고 있었다. 새까만 턱수염은 숱이 많았고 커다란 매부리코는 공격적인 인상이었다. 걸을 때마다 과장되게 지팡이를 흔들었다. 스스럼없이 걷는 모습이 마치 자기집으로 들어오는 듯했다. 이윽고 요란하고 자신만만하게 울리는 초인종 소리가 들렸다.

홈스가 목소리를 낮추어 말문을 열었다.

"여러분, 일단 문 뒤에서 대비를 하는 게 좋겠습니다. 저런 자를 상대할 때는 최대한 조심해야 합니다. 경위님, 수갑을 준비해두세요. 이야기는 제게 맡기시고요."

우리는 숨을 죽이고 잠시 기다렸다. 그때가 평생 잊을 수 없는 순간 중 하나이다. 잠시 후 문이 열리고 남자가 들어왔다. 그 순간 홈스가 권총을 그자의 머리에 겨누었고 마틴 경위는 손에 수갑을 채웠다. 어찌나 일사불란하고 순식간에 진행되었던지 그는 기습을 당했다는 사실을 깨닫기도 전에 저항할 수 없는 상태가 되었다. 그는 분노로 불타는 검은 눈으로 우리를 차례로 노려보더니 씁쓸하게 웃음을 터뜨렸다.

"당신들 내게 덫을 놓은 건가? 이거 한 방 맞고 꼴좋게 나자빠져버렸군. 난 큐빗 부인의 편지를 받고 왔을 뿐이오. 그녀가 이 일에 가담한 건 아니겠지? 함정을 파는 일을 거들었다는 말은 하지 마시오."

"힐턴 큐빗 부인은 심각한 부상을 입고 사경을 헤매고 있습니다."

남자는 그 말을 듣자마자 온 집안에 쩌렁쩌렁 울릴 정도로 비탄에 찬 고함을 질렀다.

"헛소리하지 마! 다친 사람은 남자였어. 그녀가 아니었다고.

불쌍한 엘시를 감히 누가 다치게 했다는 거야? 내가 협박은 조금 했지만 엘시의 사랑스러운 머리에 난 머리카락 한 올조차 건드린 적 없어! 이봐! 그 말 당장 취소해! 엘시가 다치지 않았다고 말하란 말이야!"

"부인은 죽은 남편 옆에서 중상을 입은 채 발견되었소."

그는 신음 소리를 내며 소파에 무너지듯 주저앉아 수갑을 찬 양손에 얼굴을 파묻었다. 족히 오 분 동안 그는 아무 말도 하지 않았다. 그러더니 고개를 들고 깊이 절망한 나머지 냉정한 목소리로 말문을 열었다.

"여러분에게 숨길 게 없소. 내가 그 남자를 쏜 이유는 그자가 먼저 쏘았기 때문이오. 살인이 아니라 정당방위요. 하지만 내가 그녀를 상처 입혔다고 생각한다면 당신들이 나와 그녀의 관계를 모르기 때문일거요. 이 세상에 나만큼 그녀를 사랑하는 남자는 없으니까. 나는 그녀를 얻을 권리가 있소. 오래전 그녀는 내게 맹세를 했소. 그 영국인이 뭐라고 우리 사이를 갈라놓느냐는 말입니까? 당신들에게 말하겠는데, 나야말로 그녀를 얻을 권리가 있는 남자였소. 내 권리를 주장하는 것뿐이오."

"부인은 당신의 됨됨이를 알고 달아났습니다. 당신을 피하려고 미국을 떠났고 영국에서 명예로운 신사를 만나 결혼까지 했어요. 당신은 그녀를 괴롭히고 여기까지 뒤따라와서 그녀의 삶을 지옥으로 만들었습니다. 그녀가 사랑하고 존경하던 남편을 버리고 증오하고 두려워하는 당신과 함께하자고 말이죠. 당신 때문에 고귀한 남자가 목숨을 잃었고 그의 아내가 자살을 시도했습니다. 이게 당신의 죄목입니다, 에이브 슬레이니 씨. 법에 따라 행동에 책임을 지십시오."

홈스가 준엄하게 말했다.

"엘시가 세상에 없다면 목숨 따위 어떻게 되든 상관없소."

미국인이 말하며 한 손을 펼치더니 구겨진 편지를 쳐다보았다. 그러고는 의심에 찬 두 눈을 번득이며 소리쳤다.

"이걸 보시오. 설마 이게 있는데도 나를 겁주려는 거요? 당신 말처럼 엘시가 심하게 다쳤다면 편지를 누가 썼습니까?"

그는 쥐고 있던 편지를 탁자 위로 던졌다.

"내가 썼지. 당신을 여기로 부르려고."

"당신이? 춤추는 사람들에 관한 비밀은 우리 조인트단밖에 몰라. 그런데 당신이 어떻게 편지를 써?"

"비밀을 만드는 사람이 있으면 푸는 사람도 있지 않겠습니까? 당신을 노위치로 호송할 마차가 오는 중입니다, 슬레이니 씨. 마차가 도착할 때까지 당신이 입힌 피해를 조금이나마 보상할 시간은 있군요. 큐빗 부인이 남편을 살해했다는 의심을 받고 있다는 사실을 아십니까? 내가 여기까지 오지도 않고 암호를 해독하는 법을 알아내지도 못했다면 부인이 그 의혹을 벗지 못했을 거라는 사실을 아느냔 말이오! 조금이나마 그녀에게 마음의 빚을 갚고 싶다면 그녀가 어떤 식으로든 남편의 비극적인 최후에 책임이 없다는 사실을 확실하게 밝혀야만 합니다."

"내가 뭘 더 바라겠소. 지금 상황에서 사실을 있는 그대로 밝히는 것이 최선이겠군요."

미국인이 선선히 대답했다.

"지금부터 하는 말은 당신에게 불리하게 적용될 수 있음을 미리 경고합니다."

경위가 영국 형법의 위대한 페어플레이 정신을 잊지 않고 상기시켜주었다.

슬레이니는 어깨를 으쓱할 뿐이었다.

"운에 맡기죠. 먼저 이 이야기부터 하겠소. 나는 엘시를 어릴 때부터 알았소. 일곱 명으로 구성된 조인트라는 시카고 갱단 두목이 엘시의 아버지였소. 우리 사이에서는 패트릭 영감이라고 불렀지. 머리가 비상하신 분이셨소. 춤추는 사람들 암호를 만든 분이 바로 두목이오. 암호 해독법을 모른다면 아이들 낙서처럼 보일 거요. 크면서 갱단의 일에 대해서 알게 된 엘시는 범죄와 관련된 자신의 출신을 견딜 수 없었다오. 그녀는 정직하게 일을 해서 번 돈이 조금 있었는데, 그 돈으로 우리를 따돌리고 런던으로 도망쳐버렸지. 그때 엘시는 나와 약혼을 한 상태였소. 나는 다른 직업을 가지면 엘시와 결혼할 수 있다고 믿었소. 하지만 그녀는 범죄와 조금이라도 관련이 있다면 무엇이든 멀리하고 싶어 했지. 나는 백방으로 수소문한 끝에 그녀를 찾아냈지만 이미 영국 남자와 결혼을 한 후였소. 편지를 보냈지만 답장이 없더군. 그래서 직접 왔다오. 편지가 소용이 없었으니 그녀가 볼 수 있겠다 싶은 곳에 직접 메시지를 남겼고.

여기에 온 지는 한 달가량 되었소. 농장에서 지냈는데 아래층 방 하나를 빌려서 밤마다 여기저기 나다녔지. 아무도 눈치채지 못합디다. 나는 엘시를 설득하기 위해 온갖 수를 다 썼소. 내가 남긴 메시지들을 그녀가 읽고 있다는 사실을 알았지. 한번은 내 메시지 아래에 답장을 적기도 했으니까. 결국 나는 성질을 못 이기고 그녀를 협박하기 시작했소. 그랬더니 제발 떠나달라는 편지를 보내더군. 남편이 추문에 휩싸이기라도 하면 자신은 괴로움을 견디지 못할 거라고 말이오. 결국 그녀가 남편이 잠이 들 시각인 새벽 3시경에 아래층 제일 끝에 있는 창문에서 이야기를 하자고 연락을 해 왔소. 단, 이야기를 한 후에 영원히 떠나겠다는 약속을 하라더군. 엘시가 말한 약속 장소에 시간 맞춰 왔더니 돈을 쥐여주며 그걸 받고 떠나라는 게 아니겠소. 나는 눈이 뒤집히고 말았지. 홧김에 그녀의 팔을 잡고 창문으로 끌어

내려고 했소. 그때 남편이라는 자가 권총을 들고 뛰어든 거요. 엘시는 쓰러지고 남자와 나는 얼굴을 마주보고 섰소. 총이라면 나도 있으니 얼른 빼들었소. 겁만 주고 틈을 봐서 얼른 도망치자 싶었거든. 그런데 그가 나를 향해 총을 쏘기에 나도 거의 동시에 방아쇠를 당겼소. 나는 맞지 않았지만 그는 쓰러지더군. 그 길로 정원을 가로질러 도망쳤소. 그때 분명히 창문이 닫히는 소리를 들었지. 지금까지 한 말은 한 점 거짓 없는 사실이오. 그런데 어떤 꼬맹이가 나를 찾아왔고 이렇게 아무것도 모르고 제 발로 걸어와 여러분 손에 잡힐 때까지 무슨 일이 있었는지 전혀 몰랐소."

미국인이 이야기를 하는 동안 경관 두 명이 탄 마차 한 대가 도착했다. 마틴 경위가 일어서서 체포된 남자의 어깨를 건드렸다.

"이제 가야 할 시간이군."

"그전에 엘시를 볼 수 있소?"

"안 돼. 부인은 지금 의식이 없어. 셜록 홈스 씨, 나중에 중요한 사건을 맡는다면 그때도 함께 수사를 하고 싶습니다."

우리는 창가에 서서 떠나가는 마차를 지켜보았다. 마침내 돌아서자 아까 미국인이 탁자에 던진 쪽지가 눈에 들어왔다. 홈스가 유인하려고 쓴 편지였다.

"자네가 편지를 읽을 수 있는지 볼까, 왓슨."

홈스가 미소를 지었다.

쪽지에 글자는 단 한 자도 없었다. 춤추는 사람들만 그려져 있었다.

"내가 아까 설명한 방법으로 해독하면 간단해. 이런 뜻이라네. 당장 여기로 와요Come here at once. 이 편지를 보면 반드시 올 거라고 확신했어. 부인이 아닌 다른 사람이 썼으리라고는 꿈에도 생각 못 할 테니까. 악행의 도구로 이용되었던 춤추는 사람들을 선하게 사용한 덕분에 사건이 해결되었군. 특별한 사건을 기록하게 해주겠다는 약속은 지킨 것 같은데. 기차는 3시 40분에 출발한다네. 그걸 타면 저녁 시간에 맞춰 베이커 스트리트에 도착할 거야."

마지막으로 한마디를 덧붙이겠다.

에이브 슬레이니는 그해 겨울에 열린 노위치 순회심판에서 사형을 언도받았다. 하지만 힐턴 큐빗이 먼저 발포를 했으므로 정상참작이 되어 징역형으로 감형되었다.

큐빗 부인은 부상에서 완전히 회복되었다. 지금은 남편의 재산을 관리하고 가난한 사람들을 보살피면서 홀로 살고 있다고 한다.

홀로 자전거 타는 아가씨

1894년부터 1901년까지 셜록 홈스는 무척 바빴다. 팔 년 동안 세상에 공개된 사건 가운데 조금이라도 난해한 점이 있는 사건이라면 전부 홈스가 전문가로서 의견을 제시했다고 해도 과언이 아니다. 같은 기간 개인적으로 의뢰받은 사건은 수백 건에 다다랐는데, 개중 무엇과도 견줄 수 없을 정도로 복잡하고 특이한 사건을 수사할 때 홈스는 명성에 어울리는 활약을 펼쳤다. 쉬지 않고 일에 매달린 기간 동안 홈스는 눈부신 성공을 수도 없이 거뒀지만 실패의 고배를 맛본 경우도 간간이 있었다. 나는 당시 홈스가 맡은 사건들을 충실하게 기록했을 뿐만 아니라 수사에 참여한 적도 많기 때문에 어떤 사건을 공개해야 할지 결정하기가 쉽지 않았다. 독자들도 그 어려움을 짐작할 수 있을 것이다. 결국 예전 기준을 따라 사건의 잔혹성이 아니라 해결하는 과정이 독창적이고 극적이라서 흥미를 자극하는 사건 위주로 골랐다. 이런 이유로 나는 지금부터 독자들에게 '홀로 자전거 타는 아가씨'인 찰링턴의 바이얼릿 스미스 양의 사연을 이야기하려고 한다. 이 기묘한 수사는 예상 못 한 비극으로 끝나버린다. 사실 이 사건에서 홈스는 자신에게 유명세를 가져다준 비범한 능력을 화려하게 선보일 기회가 없었다. 하지만 내가 이야기들을 쓰기 위해 모아놓은 방대한 범죄 기록 사이에서 시선을 잡아끄는 특징이 있는 사건이었다.

1895년의 내 기록을 살펴봤더니 바이얼릿 스미스 양을 처음 만나 이야기를 들은 날은 4월 23일 토요일이었다. 내가 기억하기로 스미스 양은 홈스에게 문전박대나 다름없는 취급을 받았다. 하필 홈스가 난해하고 복잡한 문제와 한창 씨름중이었기 때문이다. 담배 사업으로 백만장자가 된 것으로 유명한 존 빈센트 하든이 기묘한 괴롭힘을 당하던 사건이었다. 홈스는 문제를 해결해야 하는 때에는 온 정신을 집중하고 한 치의 오차도 없이 정확하게 사고를 하려고 애쓰기 때문에 당면한 문제에서 관심을 돌리게 만드는 일은 뭐든 질색했다. 그럼에도 천성이 모질지 못한 홈스는 큰 키에 우아하고 여왕처럼 당당한 태도를 지닌 아름다운 아가씨를 이야기조차 듣지 않고 물리칠 수는 없었다. 그녀는 늦은 저녁 베이커 스트리트를 찾아와 도움과 조언을 간청했다. 홈스가 지금 맡고 있는 사건이 있어 시간을 낼 수 없다고 보내려고 했지만 소용없었다. 아가씨는 사정을 다 털어놓을 작정으로 찾아왔기 때문이다. 분위기를 보니 힘으로 쫓아내지 않는 한 무슨 말로도 그녀를 내보낼 수 없을 것 같았다. 홈스는 체념한 듯 씁쓸한 미소를 지으며 미모의 불청객에게 의자를 권했다.

"건강 문제는 아니겠군요. 열심히 자전거를 타는 걸 보면 기운이 펄펄 넘칠 테니까요."

홈스가 날카로운 눈빛으로 그녀를 힐끔 보더니 한 말이었다.

스미스 양은 깜짝 놀라며 고개를 숙여 자신의 발을 바라보았다. 나도 덩달아 그녀의 시선을 따라 자전거 페달에 거칠거칠하게 닳은 것이 분명한 구두 밑창 옆 부분을 바라보았다.

"맞아요, 홈스 씨. 저는 자전거를 자주 탄답니다. 오늘 탐정님을 찾아온 이유도 자전거와 관련이 있어요."

홈스는 장갑을 벗은 아가씨의 한 손을 잡더니 과학자가 실험 표본을 보듯 유심히 손을 관찰했다.

"양해해주실 거라 믿습니다. 이런 게 제 일이니까요."

홈스는 손을 내려놓더니 말을 이었다.

"하마터면 아가씨의 직업이 타자수라고 착각할 뻔했습니다. 다시 보니 악기를 다루시는군요. 왓슨, 여기 끝이 눌린 듯한 손가락이 보이나. 이건 연주자와 타자수에게 공통적으로 나타나는 특징이지. 하지만 이 아가씨의 얼굴에서 속세에 찌들지 않은 분위기가 느껴지잖아."

홈스는 그녀의 얼굴을 빛이 들어오는 쪽으로 살짝 돌렸다.

"타자수는 이런 분위기가 없어. 이분은 음악가군."

"네, 홈스 씨. 저는 음악을 가르쳐요."

"안색을 보아 하니 시골에서 지내시는군요."

"네, 그렇습니다. 서리 주의 경계에 있는 파넘 근처예요."

"아름다운 곳이죠. 재미있는 단체들이 잔뜩 몰려 있는 곳이기도 하고요. 왓슨, 기억하나? 우리가 위조범인 아치 스탬퍼드를 그 근처에서 붙잡았지. 그나저나 바이얼릿 양, 서리 경계에 있는 파넘에서 무슨 일을 겪으셨습니까?"

홈스의 말에 바이얼릿 스미스 양은 침착하고 일목요연하게 흥미로운 이야기를 들려주었다.

"저는 아버지가 돌아가시고 안 계십니다. 옛 임피리얼 극장에서 오케스트라를 지휘하셨던 제임스 스미스가 제 아버지예요. 아버지가 돌아가신 뒤 어머니와 저는 단둘이 남겨졌죠. 랠프 스미스라는 삼촌이 계시기는 하지만 이십오 년 전에 아프리카로 가신 후 소식이 끊어졌습니다. 우리는 생활이 몹시 어려웠어요. 그러던 어느 날 《타임스》에 우리를 찾는 광고가 실렸다는 이야기를 들었습니다. 그때 어머니와 제가 얼마나 흥분했을지 상상이 되실 거예요. 누가 우리에게 재산을 남겼을지도 모른다는 생각이 들었지요. 어머니와 저는 당장 신문광고에 언급된 변호사에게 연락을 했습니다. 그리고 캐러더스 씨와 우들리 씨라는 분을 만났어요. 남아프리카공화국에서 잠시 귀국하셨다더군요. 제 삼촌과 친구였던 두 분은 삼촌이 요하네스버그에서 가난하게 살다 몇 달 전에 돌아가셨다는 소식을 전해주셨습니다. 그리고 그분이 돌아가시기 직전에 영국에 있는 가족을 찾아서 잘살고 있는지 알아봐달라고 부탁을 하셨다는 겁니다. 어머니와 저는 유언을 듣고 의아했어요. 생전에 연락 한번 없으셨던 분이 돌아가실 때가 되어 우리 걱정을 하셨다는 거잖아요. 삼촌은 제 아버지가 돌아가신 소식을 얼마 전에야 들어서 우리 형편에 책임을 느끼셨다고 캐러더스 씨가 말하시더군요."

"잠깐만요, 그 사람들은 언제 처음 만나셨습니까?"

홈스가 불쑥 물었다.

"넉 달 전인 지난 십이월입니다."

"계속하시죠."

"저는 우들리 씨를 보자마자 혐오감이 치밀었어요. 그 사람은 줄곧 제게 눈독을 들이더군요. 얼굴이 통통하고 야비하게 생긴 젊은 남자입니다. 붉은 콧수염을 기르고 머리는 양쪽으로 갈라서 이마에 딱 붙였죠. 저는 보자마자 그 남자가 싫었어요. 시릴은 제가 그런 사람을 아는 것조차 싫어할걸요."

"오, 남자친구의 이름이 시릴이군요."

홈스가 미소를 지으며 말했다.

스미스 양이 얼굴을 붉히며 웃음을 터뜨렸다.

"네, 홈스 씨. 시릴 모턴이라고 전기 기사죠. 우리는 여름이 끝날 즈음에 결혼하려고 해요. 어머나, 어쩌다가 제가 그이 이야기를 하고 있죠? 제가 하고 싶은 말은 우들리 씨가 끔찍한 사람이었다는 겁니다. 하지만 우들리 씨보다 나이가 많은 캐러더스 씨는 좋은 분이었어요. 피부가 까무잡잡하고 병색이 도는 듯한 안색에 수염은 기르지 않는 분이죠. 말수는 적지만 예의 바르고 미소가 보기 좋더군요. 캐러더스 씨는 가정 형편을 물어보셨어요. 우리가 쪼들린다는 사실을 듣고 열 살짜리 자기 외동딸에게 음악을 가르쳐주면 어떻겠느냐고 하시더군요. 저는 어머니를 혼자 두고 싶지 않다고 했어요. 그랬더니 주말마다 집에 다녀올 수 있는 조건에 봉급은 일 년에 백 파운드를 주시겠다는 거예요. 그 정도면 후한 대우지요. 저는 그분의 제안을 받아들여서 파넘에서 십 킬로미터가량 떨어진 칠턴 그레인지 저택으로 내려갔어요. 부인과 사별한 캐러더스 씨는 딕슨 부인이라는 가정부에게 살림을 맡기고 계십니다. 딕슨 부인은 나이가 지긋하고 친절하세요. 아이도 착해요. 앞날이 밝아 보였죠. 캐러더스 씨는 친절하셨고 음악에도 관심이 많으신 터라 저녁 시간이 늘 유쾌했어요. 그리고 주말마다 저는 어머니가 계신 런던에 다녀왔죠.

그런데 붉은 콧수염의 우들리 씨가 그 집에 드나들면서 행복에 금이 가기 시작했습니다. 그 사람이 머무르다 간 일주일은 석 달같이 길었어요! 난폭한 행동으로 주위 사람들에게 겁을 주는, 정말이지 끔찍한 사람이었어요. 하지만 제게 보인 태도는 더 끔찍했습니다. 그는 구역질나는 태도로 사랑을 고백하며 재산을 자랑했어요. 결혼하면 런던에서 제일 좋은 다이아몬드를 줄 거라나요. 제가 상대도 않았더니 어느 날 저녁을 먹은 뒤에 저를 억지로 껴안고는 입을 맞춰주기 전에는 절대 풀어주지 않겠다더군요. 그 사람은 힘도 세고 무지막지했어요. 마침 들어온 캐러더스 씨가 억지로 그를 떼어냈어요. 그러자 우들리 씨는 캐러더스 씨를 쳐서 넘어뜨리고는 얼굴에 상처까지 냈습니다. 그 일이 있은 후로는 집에 오지 않았어요. 캐러더스 씨가 다음날 사과하시고는 다시는 그런 모욕을 당하지 않게 하겠다고 하셨죠. 그 후로 우들리 씨를 못 봤어요.

홈스 씨, 오늘 조언을 청하러 온 건 지금부터 들려드릴 기묘한 일 때문입니다. 저는 매주 토요일 오전에 자전거를 타고 파넘 역으로 가요. 12시 22분에 런던으로 출발하는 기차를 타기 위해서죠. 칠턴 그레인지에서 역으로 가는 길은 하나고 인적이 드문 외진 길이에요. 그 길에서도 길 한쪽으로는 찰링턴 히스라는 황야가 펼쳐져 있고 한쪽으로는 찰링턴 홀이라는 저택을 에워싼 숲이 있는 구간이 유난히 사람이 없죠. 그러기도 힘들 정도로 한적한데, 크룩스버리 힐 근처 중심가에 갈 때까지는 수레나 농부를 만나는 일도 드물어요. 두 주 전 토요일이었어요. 말씀드린 구간을 지나다 무심결에 뒤를 돌아보았는데 한 이백 미터 떨어진 곳에서 어떤 남자가 자전거를 타고 오고 있었어요. 중년인 듯했고 짧고 검은 턱수염을 길렀어요. 역에 도착하기 전에 다시 돌아봤는데, 그때는 보이지 않더군요. 크게 신경을 쓰지 않았죠. 월요일에 런던에서 떠나 파넘 역에 도착해서 칠턴 그레인지로 돌아가는데, 같은 구간에서 그 남자를 또 봤어요. 제가 얼마나 놀랐겠어요. 다음 토요일과 월요일에 전주와 똑같은 일이 또 일어났습니다. 그때는 처음과 비교도 안 될 정도로 놀랐답니다. 그 사람은 항상 저와의 거리를 일정하게 유지해요. 저를 괴롭히거나 하지는 않아요. 하지만 꺼림칙한 느낌이 드는 건 피할 수 없죠. 하는 수 없이 그 이야기를 캐러더스 씨에게 털어놓았더니 그분은 제 이야기를 귀기울여 들으시고는 말과 이륜마차를 주문하겠다고 하셨어요. 앞으로는 한적한 길을 혼자서 다니지 않아도 되도록요.

원래는 이번 주에 주문한 말과 마차가 올 예정이었는데 무슨 일이 생겼는지 오지 않았어요. 그래서 이번에도 자전거를 타고 역으로 향했죠. 그게 오늘 아침이었습니다. 짐작하셨겠지만 찰링턴 히스에 도착하자마자 주위를 살폈더니 역시 그 남자가 지난 두 주 동안과 마찬가지로 그곳에 나타났어요. 저와 멀찌감치 거리를 두기 때문에 얼굴은 잘 보이지 않지만 분명 제가 아는 사람이 아니에요. 검은 양복에 납작한 모자를 쓰고 검은 턱수염이 눈에 띄는 남자죠. 오늘 아침에는 전처럼 놀라지 않았어요. 대신 호기심이 발동했습니다. 그가 누구고 왜 그런 짓을 하는지 알아내자고 생각했어요. 제가 자전거의 속도를 늦추니 그도 따라 했어요. 제가 멈추면 그 사람도 멈췄고요. 그래서 꾀를 냈죠. 길이 크게 굽는 부분이 한 군데 있어요. 전속력으로 모퉁이를 돈 후 멈춰서 그 사람이 나타나기를 기다렸어요. 당연히 모퉁이를 돌아서 나를 지나가겠거니 생각했거든요. 그런데 기다려도 남자가 나타나지 않았습니다. 온 길을 되돌아가서 모퉁이를 돌아 직선으로 뻗은 길을 살펴봤지만 모습이 어디에도 보이지 않았어요. 더 놀라운 일은 거기까지 오는 동안 남자가 도망쳤을 법한 갈림길이 전혀 없다는 거예요."

홈스가 껄껄 웃으며 손을 마주 비볐다.

"꽤나 호기심을 자극하는 사건이군요. 숨어서 남자를 기다리다가 모퉁이를 돌아 길에 아무도 없다는 사실을 확인할 때까지 시간이 얼마나 걸렸습니까?"

"이삼 분 정도입니다."

"그사이에 길을 되돌아갈 수는 없었겠군요. 갈림길도 없다고 하고."

"네, 갈림길은 없어요."

"어느 쪽으로든 좁은 샛길로 들어가 몸을 숨겼을 수도 있죠."

"히스 황야 쪽은 아니었을 거예요. 그랬다면 제 눈에 들어왔을 테니까요."

"하나씩 가능성을 제거하다 보면 결국 찰링턴 홀로 갔다는 말이 되겠군요. 찰링턴 홀이 길 한쪽에 펼쳐진 숲속에 있다고 하셨죠. 하실 이야기는 더 없습니까?"

"없어요. 황당한 일을 겪으니 탐정님을 직접 뵙고 조언을 듣기 전에는 마음이 편치 않을 것 같았다는 이야기밖에는요."

홈스는 한동안 가만히 앉아 있었다.

"약혼자는 지금 어디에 있습니까?"

홈스가 마침내 말문을 열었다.

"그 사람은 코번트리에 있는 미들랜드 전기 회사에 근무하고 있어요."

"혹시 그분이 깜짝 놀래주려고 찾아온 건 아닐까요?"

"오, 홈스 씨! 제가 시릴을 못 알아보겠어요?"

"다른 구혼자들이 있나요?"

"시릴을 만나기 전에 몇 사람이 있었어요."

"시릴 씨와 교제한 후로는?"

"우들리라는 끔찍한 사람이 있죠. 그런 사람도 구혼자라고 부를 수 있다면요."

"그 외에는 없나요?"

홈스의 질문에 아름다운 의뢰인이 당혹스러운 표정을 지었다.

"누가 더 있군요?"

홈스가 캐물었다.

"그냥 상상일지도 몰라요. 가끔 고용주인 캐러더스 씨가 제게 관심이 많다고 느낄 때가 있어요. 그분과 같이 있는 시간이 꽤 많거든요. 저녁에 그분이 노래를 하시면 피아노로 반주를 해드리죠. 물론 한 번도 제게 관심이 있다는 식의 이야기를 한 적은 없어요. 그분은 완벽한 신사니까요. 하지만 여자의 감이라는 게 있잖아요."

"하! 그 사람은 뭘 해서 먹고살죠?"

어쩐지 홈스의 표정이 진지했다.

"캐러더스 씨는 부자예요."

"마차도 말도 없는데 말입니까?"

"음, 적어도 유복한 것만은 확실해요. 그러고 보니 일주일에 두세 번은 시티에 가시더군요. 남아공 금광 주식에 관심이 많으세요."

"새로운 일이 생기면 꼭 알려주세요, 스미스 양. 뭐든 상관없습니다. 지금은 제가 바쁩니다만 이 문제를 조사해볼 짬을 내겠습니다. 그동안은 꼭 제게 알리고 행동을 취하십시오. 안녕히 가십시오. 당신에게 좋은 일만 있으리라 믿습니다."

아가씨가 떠난 뒤 홈스는 생각에 잠겨 파이프를 빨며 말을 이었다.

"저런 아가씨를 여러 남자가 흠모하는 건 자연의 순리지. 그렇다고 해도 사람 없는 길에서 자전거로 뒤를 따르면 안 되지만. 분명히 남몰래 스미스 양을 흠모하는 자가 있는 모양이야. 그건 확실해. 그런데 사건을 자세히 살펴보니 신경쓰이는 구석이 있군."

"남자가 늘 같은 지점에서 나타나는 것 말인가?"

"그래. 일단 찰링턴 홀에 누가 사는지부터 알아봐야겠네. 그런 다음에는 캐러더스와 우들리가 무슨 사이인지도 조사하고. 스미스 양의 이야기로는 둘 사이에 공통점이 전혀 없어 보이잖아. 두 사람이 무슨 인연으로 랠프 스미스의 유족을 함께 찾아온 걸까? 한 가지 더. 도대체 어떻게 된 집이 말 한 마리 없이 역에서 십 킬로미터 떨어진 곳에 살면서 가정교사에게는 다른 집의 두 배 봉급을 주는 걸까? 이상해, 왓슨. 정말 이상하네."

"내려가볼 생각인가?"

"내가 아니라 자네가 갈 거야. 음모가 있다고 해봐야 대단치는 않겠지. 그런 사건 때문에 중요한 조사를 중단할 수는 없어. 자네는 월요일 오전까지 파넘에 가게. 도착해서는 찰링턴 히스에 몸을 숨기고 스미스 양이 방금 한 이야기를 직접 확인해줘. 어떻게 확인할지는 알아서 생각하고. 그 후 저택에 사는 사람을 알아보고 돌아와서 알려줘. 그리고 왓슨, 해결책에 닿을 수 있는 확실한 디딤돌을 찾을 때까지 이제부터 사건에 대해서는 아무 말도 하지 말게."

스미스 양은 월요일 아침에 워털루 역에서 9시 50분에 출발하는 기차를 타고 파넘으로 내려간다고 연락했다. 그래서 나는 일찍부터 준비해 9시 13분 기차를 타고 먼저 출발했다. 파넘 역에 내려서 찰링턴 히스로 가는 길은 힘들이지 않고 찾을 수 있었다. 스미스 양이 모험을 펼치는 무대는 잘못 알 수가 없었다. 그녀가 말한 길은 한쪽에는 탁 트인 들판이 펼쳐져 있고 다른 한쪽에는 아름드리나무가 울창한 사유지가 오래된 주목나무 산울타리로 둘러싸인 길을 따라 이어져 있었다. 사유지에서는 찰링턴 홀의 이끼가 잔뜩 낀 석조 대문을 볼 수 있었는데 대문 양쪽 기둥 위에 새겨진 그 가문의 문장은 삭아가는 중이었다. 마차가 드나드는 중앙의 진입로 주변 산울타리에는 사람이 다닐 만한 틈이 여기저기 나 있었다. 길에서 찰링턴 홀까지는 보이지 않았지만 주변은 쇠락의 흔적이 완연해 분위기가 음울했다.

다른 쪽 들판은 봄날의 찬란한 햇빛을 받아 금색으로 빛나는 가시금작화 덤불로 군데군데 치장되어 있었다. 나는 덤불 뒤에 몸을 숨겼다. 죽 뻗은 길과 저택의 대문이 잘 보였다. 내가 도착해 덤불에 몸을 숨길 때까지 길을 지나간 사람은 한 명도 없었다. 그런데 얼마 후 역 쪽에서가 아니라 반대쪽에서 자전거를 타고 오는 사람이 보였다. 그는 검은색 양복을 입고 있었다. 얼굴의 검은 턱수염도 잘 보였다. 남자는 찰링턴 홀의 숲이 끝나는 지점에 도착하자 자전거에서 내리더니 자전거를 끌고 산울타리에 난 틈으로 들어갔다. 그 바람에 남자의 모습은 시야에서 사라졌다.

십오 분쯤 지났을까. 자전거를 탄 사람이 또 나타났다. 이번에는 역 쪽에서 오는 젊은 아가씨였다. 찰링턴 홀의 산울타리에 가까워지자 여자가 주위를 두리번거렸다. 잠시 후 좀 전에 본 남자가 나타나 자전거에 훌쩍 올라타더니 그녀를 뒤따랐다. 탁 트인 황야에서 움직이는 사람이라고는 두 사람밖에 없었다. 우아한 기품이 느껴지는 아가씨는 허리를 꼿꼿이 세운 채 자전거를 몰았다. 그녀를 뒤따르는 남자는 상체를 자전거 핸들 위로 숙인 상태였는데, 시종일관 영문을 알 수 없는 엉큼한 느낌을 풍겼다. 그녀는 고개를 돌려 따라오는 남자를 보더니 속도를 늦췄다. 그러자 남자도 속도를 늦췄다. 그녀가 아예 자전거를 세우자 남자도 자전거를 세워 두 사람 사이의 거리는 여전히 이백 미터로 유지되었다. 다음 순간 그녀는 아무도 예상하지 못한 용감한 행동을 감행했다. 느닷없이 자전거를 홱 돌리더니 남자를 향해 달려갔다! 하지만 남자도 그녀만큼 빨랐다. 그는 필사적으로 도망쳤다. 그러자 그녀는 자전거를 다시 돌려 원래 가던 방향으로 달리기 시작했다. 고개를 도도하게 든 채 남자는 안중에도 없는 모습이었다. 남자도 다시 자전거를 돌렸다. 그렇게 그녀와의 거리를 일정하게 유지하다가 모퉁이를 돌아 시야에서 사라졌다.

나는 계속 덤불 뒤에 숨어 있었는데, 잘한 일이었다. 문제의 남자가 자전거를 천천히 몰며 다시 나타났기 때문이다. 그는 찰링턴 홀의 대문으로 가더니 자전거에서 내렸다. 잠깐 동안 나는 남자가 서 있는 모습을 나무 사이로 지켜보았다. 그는 양팔을 들고 있었다. 자세히 보니 넥타이를 고쳐 매는 것 같았다. 그러더니 다시 자전거에 올라타서 내가 있는 위치에서 멀어져 진입로를 따라 찰링턴 홀 저택으로 달렸다. 나는 서둘러 황야를 가로질러 나무 사이로 상황을 살폈다. 여기저기에 튜더 양식의 굴뚝이 달린 오래된 잿빛 저택이 힐끔 보였다. 하지만 진입로가 빽빽한 숲으로 둘러싸이는 바람에 그를 놓치고 말았다.

나는 오전을 꽤나 알차게 보냈다는 생각이 들었다. 그래서 한껏 들뜬 기분으로 파넘까지 걸어갔다. 현지의 부동산 중개인은 찰링턴 홀에 대해서 아는 게 별로 없었다. 그러더니 런던 폴 몰에 있는 유명한 임대 회사를 알려주었다. 나는 집으로 오는 길에 그 회사에 들렀다. 나를 공손하게 맞이한 그곳 직원은 안타깝게도 이번 여름에는 찰링턴 홀을 빌릴 수 없다고 했다. 한발 늦었다는 것이다. 이미 한 달 전부터 저택이 임대중이라고 했다. 임대한 사람은 윌리엄슨이라는 점잖은 중년 신사였다. 예의 바른 직원은 고객의 개인 정보는 함부로 입에 올릴 사항이 아니라며 더이상은 말해주지 않았다.

홈스는 그날 저녁 내 보고를 주의깊게 들었다. 하지만 내가 기대한 홈스 특유의 퉁명스러운 칭찬은 해주지 않았다. 그 정도는 들을 수 있을 줄 알았는데 말이다. 오히려 내 행동에 대해 이런저런 잔소리를 하는 것도 모자라 안 그래도 매정한 얼굴이 점점 심각하게 변했다.

"왓슨, 자네는 은신처를 완전히 잘못 골랐다네. 산울타리 뒤에 숨었어야지. 그랬다면 이 흥미로운 자를 가까이에서 볼 수 있었을 거 아닌가. 자네는 남자에게서 몇백 미터나 떨어져 있었으니 스미스 양보다 아는 게 없잖아. 그녀는 전혀 모르는 남자라고 했지만 그렇지 않다네. 분명히 아는 남자야. 그게 아니라면 남자는 왜 가까이 와서 얼굴을 보지 못하도록 필사적으로 피하겠나? 자네가 말했지? 그자가 자전거 핸들 위로 몸을 숙였다고. 다 얼굴을 가리려는 수작이라네. 일처리가 형편없군. 남자가 저택으로 되돌아갔다면서? 그렇다면 그자가 누구인지 알아내야지. 그런데 런던의 임대 회사를 다녀왔다는 말인가?"

"그럼 내가 뭘 했어야 하는가?"

내가 발끈해서 소리쳤다.

"제일 가까운 술집을 찾아갔어야지. 그런 시골에서는 온갖 소문이 술집으로 모인단 말일세. 술집 손님들에게 수소문을 했다면 저택의 임차인에서부터 식기 닦는 하녀에 이르기까지 몽땅 알아냈을 거야. 윌리엄슨? 그런 이름을 들어봐야 뭘 알 수 있나! 그 남자가 정말 중년이라면 젊은 아가씨의 추격에 냉큼 자전거를 몰아 도망칠 정도로 팔팔하겠나. 거기까지 다녀왔는데 우리가 손에 넣은 정보는 뭔가? 스미스 양의 이야기가 거짓이 아니라는 사실을 확인한 것밖에 없잖나. 나는 그녀의 이야기를 조금도 의심하지 않았어. 자전거 타는 남자와 찰링턴 홀 사이에 분명 무슨 관계가 있다는 사실? 물론 이것도 의심하지 않았지. 윌리엄슨이라는 자가 찰링턴 홀을 빌렸다고? 그런 걸 알아봐야 어디에 쓰겠나? 이런, 친구, 그렇게 풀죽은 표정을 짓지는 말게. 어차피 다음 토요일까지 우리가 할 수 있는 일은 없으니까. 그동안 내가 한두 가지는 더 알아낼 수 있겠지."

우리는 다음날 아침 스미스 양으로부터 내가 직접 목격한 일을 간략하지만 일목요연하게 설명하는 편지를 한 통 받았다. 추신에 정말 중요한 내용이 있었다.

홈스 씨라면 지금부터 제가 털어놓는 비밀을 지켜주시리라 믿습니다. 실은 고용주인 캐러더스 씨에게 청혼을 받았어요. 그래서 이 집에서 지내기가 힘들어졌어요. 저를 향한 그분의 감정이 무엇보다 깊고 진실하다는 사실을 알아요. 하지만 저는 약혼자가 있습니다. 캐러더스 씨는 제가 청혼을 거절하자 크게 실망하시면서도 차분하게 대응하셨어요. 그렇다고는 해도 입장이 난처해요. 이해하시겠죠.

"아가씨의 상황이 점점 곤란해지고 있군. 처음 생각했던 것보다 사건이 훨씬 흥미진진하고 의외의 국면으로 전개될 것 같네. 하루 정도는 시골에서 조용하고 평화롭게 보내도 괜찮겠군. 오늘 오후에 그곳에 가서 머릿속에 떠오른 한두 가지의 가설을 확인해봐야겠어."

그는 편지를 읽더니 의미심장한 표정으로 말했다.

홈스가 말한 시골의 평화로운 하루는 묘하게 끝이 났다. 밤늦게 돌아온 그는 입술이 터지고 이마에는 흉한 색깔의 혹까지 나 있었다. 온몸에서 어찌나 사고친 사람 같은 분위기를 뿜어대는지 런던 경찰청에서 그를 조사하러 나온다고 해도 믿을 지경이었다. 그런데도 홈스는 한낮의 모험이 어지간히 재미있었는지 내게 들려주면서 껄껄 웃기까지 했다.

"평소에 운동을 별로 하지 않으니 가끔 이런 일을 겪으면 유난히 즐겁다니까. 자네도 알다시피 내가 영국의 전통적인 운동을 꽤 잘하잖나. 권투 말일세. 살다 보면 권투 실력이 유용할 때가 많아. 예를 들면 오늘 같은 경우지. 권투를 배워두지 않았다면 체면을 구기고 이만 갈고 있었을 걸세."

나는 무슨 일이 있었는지 말해달라고 청했다.

"자네에게 찾아가라고 했던 술집을 다녀왔다네. 그곳에서 조심스럽게 탐문 조사를 했지. 바에 자리를 잡았다가 수다스러운 주인장 덕분에 원하는 정보를 잔뜩 들었어. 윌리엄슨은 턱수염이 허옇게 센 남자라더군. 하인 몇 명과 함께 저택에 산다나 봐. 인근에는 윌리엄슨이 현재, 혹은 한때 성직자였다는 소문이 떠돌고 있어. 저택에서 얼마 지내지도 않고 벌써 사고를 한두 건

쳤다는데. 들어보니 성직자가 칠 만한 사고가 아니더라고. 일단 성직자 단체에 문의를 해봤더니 예전에 경력이 지저분한 윌리엄슨이라는 성직자가 한 사람 있었다는 거야.

술집 주인 이야기를 들어보니 주말마다 찾아오는 손님들도 있다더군. '기분 나쁜 작자들이죠, 손님' 이러던데. 붉은 콧수염의 우들리라는 사내는 아예 저택에 눌러앉았다는 이야기를 듣는데 화제의 주인공 우들리가 불쑥 대화에 끼어들었네. 바에서 맥주를 마시다가 우리 이야기를 다 들었지 뭔가. '너 누구야? 뭘 하려는 수작이야? 꼬치꼬치 캐물어서 어쩌려는 거냐고?'라면서 다짜고짜 시비를 걸더군. 입에서 쏟아내는 말도 어찌나 지저분하던지. 한참 욕설을 퍼붓더니 주먹을 들어 갑자기 나를 공격하지 않나. 결국 제때 피하지 못하고 몇 대 얻어맞았네. 하지만 그 후로 몇 분은 신나게 싸웠지. 연신 팔을 휘두르는 악당에게 레프트스트레이트를 먹이고 싸움이 끝났네. 나는 지금 이 꼴이 되었고, 우들리는 마차에 실려서 돌아갔어. 내 시골 여행은 그렇게 막을 내렸지. 솔직히 털어놓자면 서리 경계에서 한바탕 신나게 놀았는데 정작 소득이 없기는 자네와 다르지 않군."

그 일이 있은 후 목요일에 의뢰인으로부터 편지가 또 한 통 도착했다.

홈스 씨, 제가 캐러더스 씨 댁을 나오기로 했다는 소식을 들어도 놀라지 않으시겠죠. 아무리 급료를 많이 받아도 마음이 불편해서는 견딜 수가 없어요. 이번 토요일에 런던으로 돌아가 그대로 일을 그만둘 생각입니다. 캐러더스 씨가 이륜마차를 주문하셔서 이제는 음침한 길에서 어떤 위험한 상황이 생기든 걱정할 필요가 없어요.

제가 이 댁을 떠나는 구체적인 이유를 말씀드리죠. 캐러더스 씨와의 관계가 불편해진 것도 있지만 그게 다가 아니랍니다. 불쾌한 우들리 씨가 또 왔어요. 예전에도 흉측했지만 지금은 더 끔찍해 보여요. 무슨 사고를 당했는지 몰골이 몹시 흉하더군요. 유리창으로 그 사람을 봤어요. 천만다행으로 마주치지는 않았답니다. 캐러더스 씨와 한참이나 이야기를 나누던데, 그 후 캐러더스 씨는 감정이 격해지신 것 같았어요. 우들리 씨는 이 집에 묵지는 않습니다. 근처에 머무르고 있는 것 같아요. 오늘 아침에 그가 근처 관목림을 살그머니 돌아다니는 모습을 언뜻 보았는데 사나운 야생 짐승이 돌아다닌다고 한들 이보다 무서울까요. 그가 얼마나 혐오스럽고 두려운지 글로는 다 쓸 수 없을 지경이에요. 캐러더스 씨는 어떻게 한순간이라도 저런 짐승 같은 자를 견딜 수 있을까요? 어쨌든 저의 고통은 이번 토요일이면 끝날 거예요.

"이럴 줄 알았어, 왓슨. 이렇게 될 줄 알았다고. 그 아가씨를 둘러싸고 음흉한 음모가 진행되고 있는 게 틀림없어. 그녀가 외딴길을 마지막으로 지나가는 동안 아무도 해코지를 못 하도록 우리가 책임지고 지켜야 해. 왓슨, 토요일 아침에 시간을 내서 그곳에 가보세. 뭐가 뭔지 알 수 없는 이 기묘한 사건이 뜻밖의 결과로 치닫지 않도록 손을 써야 하니까."

홈스가 진지한 어조로 말했다.

사실 나는 그때까지만 해도 상황을 심각하게 보지 않았다. 위험하다기보다 기묘하고 개운치 않은 사건이라고만 여겼다. 남자가 숨어 있다가 아름다운 여자의 뒤를 쫓는다는 이야기는 처음 듣는 것도 아니지 않은가. 하물며 숫기가 없어서 좋아하는 여자에게 말을 걸기는커녕 다가오자 도망쳐버리는 위인이라면 위협적인 존재일 리도 없었다. 악당 우들리는 의문의 미행자와는 질이 달랐지만 의뢰인에게 위협적인 행동을 한 건 한 차례뿐이며 지금은 캐러더스의 집을 방문할 때 그녀와 마주치지 않는다잖은가. 자전거를 탄 남자는 동네 사람들이 저택에 주말마다 모인다던 패거리 중 한 명이 분명했다. 그가 누구이며 무슨 꿍꿍이일지 짐작이 되지 않았다. 하지만 홈스의 태도가 비장했고 그가 주머니에 권총을 슬쩍 챙기는 모습까지 보니 이 기묘한 사건 뒤에 비극이 도사리고 있을지 모르겠다 싶었다.

밤새 비가 내리더니 다음날 아침 하늘이 화창하게 개었다. 우중충한 잿빛과 단조로운 회갈색으로 뒤덮인 런던 풍경에 지친 눈에는 곳곳에 가시금작화가 만발한 들판이 세상 무엇보다 아름답게 보였다. 홈스와 나는 모래가 깔린 넓은 길을 걸으며 상쾌한 아침 공기를 마음껏 들이마시고 지저귀는 새들의 노랫소리와 봄의 신선한 숨결에 흠뻑 빠져들었다. 크룩스버리힐을 따라 올라가다 보니 오래된 떡갈나무 사이로 불쑥 솟아오른 음울한 분위기의 저택이 눈에 들어왔다. 떡갈나무들은 고목이었지만 자신들이 에워싼 저택에 비하면 아직 어렸다. 홈스는 언덕 아래 갈색 들판과 파릇파릇하게 새싹이 돋은 숲 사이로 적황색 리본처럼 구불거리며 뻗은 문제의 길을 가리켰다. 멀리서 움직이는 검은 점이 보였다. 자세히 보니 우리 쪽으로 마차 한 대가 달려오고 있었다. 홈스가 조급하게 소리쳤다.

"삼십 분이나 서둘러 왔는데. 저 마차에 스미스 양이 타고 있다면 평소보다 빨리 기차를 타려는 걸 거야. 우리와 만나기도 전에 그녀가 먼저 찰링턴 홀을 지나갈까 봐 걱정이네, 왓슨."

우리가 언덕을 내려가는 동안 마차는 어느새 시야에서 사라졌다. 우리는 발걸음을 재촉했다. 하지만 앉아만 지내는 삶에 익숙해진 나는 급기야 한참 뒤로 처지고 말았다. 하지만 정신력이 대단한 홈스는 힘이 펄펄 넘쳤다. 용수철처럼 튀어 오르는 그의 발걸음은 잠시도 속도를 늦추지 않았다. 그러다가 나보다 백 미터 앞서간 지점에서 우뚝 멈췄다. 홈스가 실망과 절망이 담긴 몸짓을 하는 것이 보였다. 동시에 텅 빈 이륜마차가 시야에 들어왔다. 말은 고삐를 땅에 질질 끌며 모퉁이를 돌아 우리를 향해 달려왔다.

"늦었네, 왓슨. 너무 늦었다고."

비통하게 소리치는 홈스 곁으로 나는 숨을 헐떡이며 달려갔다.

"기차를 일찍 타지 않게 했어야 했는데, 내가 어리석었어! 이건 납치야, 왓슨. 납치 사건이라고! 살인이 벌어질지도 몰라! 무슨 일이 벌어질지 하늘만 알겠지! 길을 막고 말을 잡게! 그래. 좋아. 이제 마차에 타. 내가 어설펐던 탓에 벌어진 일들을 바로잡을 수 있을지 알아보자고."

우리는 마차에 훌쩍 올라탔다. 홈스는 말머리를 돌리며 채찍을 짧게 후려쳤다. 우리는 날듯이 마차가 달려온 길을 되돌아갔다. 모퉁이를 돌자 저택 사유지와 들판 사이의 길이 트여 있었다. 나는 홈스의 팔을 잡았다.

"저자야!"

내가 숨가쁘게 소리쳤다.

자전거를 탄 남자가 우리를 향해 오고 있었다. 그는 어깨를 웅크리고 고개를 숙인 채 있는 힘껏 페달을 밟았다. 자전거 선수라도 된 것처럼 미친듯이 달렸다. 남자는 수염이 덥수룩한 얼굴을 들어 바로 앞까지 온 우리를 보고는 그대로 자전거를 세우고 용수철처럼 훌쩍 뛰어내렸다. 석탄처럼 새까만 수염이 핏기 없는 얼굴과 또렷하게 대조를 이루었다. 열이라도 나는지 눈이 번득였다. 그는 우리와 마차를 번갈아 보았다. 다음 순간 놀라움이 얼굴에 퍼졌다.

"이봐! 마차를 세워!"

남자는 자전거로 길을 가로막으며 소리쳤다.

"그 마차는 어디서 났나? 이봐, 어서 마차를 세우라고!"

그는 주머니에서 권총을 꺼내 들어 위협했다.

"내가 말하잖나, 어서 세워. 안 그러면 말에 총알을 박아줄 테니까. 농담 아니야!"

홈스가 고삐를 내 허벅지에 내려놓더니 마차에서 뛰어내려서는 단도직입적으로 물었다.

"이제야 만났군요. 바이얼릿 스미스 양은 지금 어디에 있습니까?"

"내가 묻고 싶은 말입니다. 당신이 그녀가 탈 마차를 몰고 있지 않소. 그렇다면 그녀가 어디에 있는지도 안다는 것 아닙니까?"

"우리는 오는 길에 마차를 발견했을 뿐입니다. 텅 비어 있더군요. 그래서 스미스 양을 구하려고 마차를 되돌려서 가는 중입니다."

"세상에! 이럴 수가! 이제 어쩌면 좋지?"

남자는 절망에 차 탄식하더니 말했다.

"그 녀석들이 스미스 양을 데려갔어요. 악마 같은 우들리와 불한당 목사 말입니다. 어서 갑시다. 두 분이 그녀의 친구라면 어서요. 찰링턴 홀 숲에서 내 숨이 끊어져도 좋습니다. 그녀를 함께 구합시다."

그는 권총을 쥔 채 넋이 나간 듯 산울타리에 난 구멍으로 서둘러 들어갔다. 홈스가 뒤를 따랐다. 나도 길가에서 풀을 뜯는 말을 남겨두고 두 사람을 따라갔다.

"그자들은 저곳을 지나갔습니다."

남자가 진창인 길에 남은 발자국들을 가리키며 말했다.

"이런! 잠깐만요! 여기 덤불에 누가 있어요!"

열일곱 살 정도 되어 보이는 소년이 덤불에 쓰러져 있었다. 가죽끈을 들고 각반을 찬 모습이 마부 같았다. 소년은 무릎을 구부리고 하늘을 보며 쓰러져 있었는데, 머리에 심한 부상을 입었다. 의식은 없었지만 숨은 붙어 있었다. 상처를 재빨리 살펴보니 두개골에 손상을 입지는 않았다.

"마부인 피터입니다. 이 아이가 마차를 몰았어요. 짐승 같은 놈들이 아이를 끌어내리고 곤봉으로 내리쳤나 봅니다. 일단 어찌할 수 없으니 여기 눕혀두지요. 하지만 아가씨는 우리가 도울 수 있을지도 모릅니다. 무서운 운명에 처하기 전에요."

우리는 미친듯이 나무 사이의 길을 달렸다. 마침내 집을 에워싼 덤불에 다다르자 홈스가 발걸음을 멈췄다.

"그자들은 저택으로 가지 않았습니다. 여기서 발자국이 왼쪽으로 향했습니다. 여기, 월계수 나무들 근처로! 아, 확실하군요."

그 순간 여자의 새된 비명소리가 우리를 가로막은 무성한 녹색 덤불 너머에서 터져 나왔다. 비명소리는 공포에 물든 듯 심하게 떨리다가 갑자기 뭔가에 목이 막혔는지 가래가 끓는 소리로 바뀌고 말았다.

"이쪽이에요! 이쪽! 그자들은 볼링 앨리 길에 있어요."

남자가 덤불을 뚫고 들어가며 소리쳤다.

"아, 비겁한 자식들! 두 분, 어서 저를 따라오세요! 늦었군요! 너무 늦었습니다! 나쁜 놈들!"

덤불을 뚫고 들어가니 고목에 둘러싸인 아름다운 작은 풀밭이 불쑥 나타났다. 공터의 끝부분에 있는 거대한 떡갈나무 아래에 묘한 분위기의 세 사람이 있었다. 한 사람은 우리의 의뢰인인 스미스 양으로 손수건으로 입이 막힌 채 힘없이 축 늘어져 있었다. 그녀의 앞에는 얼굴이 크고 흉악하게 생긴 붉은 콧수염의 젊은 남자가 서 있었다. 그는 각반을 찬 다리를 넓게 벌리고 한 손으로 허리를 짚고 다른 손으로는 채찍을 휘두르는 중이었다. 어딜 보나 승리감에 도취된 모습이었다. 두 사람 사이에는 밝은색 트위드 양복 위로 짧은 성직자 옷을 걸친 수염이 허옇게 센 늙은 남자가 서 있었는데, 결혼식 주례를 갓 끝낸 모양이었다. 우리가 그곳에 나타났을 때 그는 기도서를 주머니에 넣고 흥분해서는 축하한다며 악랄한 신랑의 등을 탁 쳤기 때문이다.

"결혼식을 올렸어!"

내가 소리쳤다.

"어서 오세요! 어서요!"

우리를 안내한 낯선 남자가 소리쳤다. 그가 앞장서서 풀밭을 가로질러 달렸고 홈스와 내가 뒤를 따랐다. 우리가 다가가자 스미스 양은 쓰러지지 않으려고 비틀거리며 나무에 몸을 기댔다. 한때 성직자였던 윌리엄슨이 야유하듯 우리를 향해 정중하게 인사했다. 악당 우들리는 좋아죽겠다는 듯 잔인한 웃음을 터뜨리며 걸어나왔다.

"수염이나 떼, 밥. 딱 보니 알겠네. 우들리 부인을 모두에게 소개할 수 있게 때맞춰서 친구들을 데리고 잘 왔어."

우리를 데리고 온 남자는 의외의 행동을 했다. 그는 변장에 썼던 검은 수염을 잡아 뜯어 땅바닥으로 내동댕이쳤다. 그러자

수염이 없는 말끔하고 갸름한 얼굴이 나타났다. 그는 곧장 권총을 들어, 위험천만한 채찍을 마구 휘두르며 다가오는 젊은 악당에게 겨누었다.

"그래, 나는 밥 캐러더스다. 설령 이 일로 교수형을 당한다고 해도 아가씨를 안전하게 구해줄 거야. 그녀에게 못된 짓을 하면 가만있지 않을 거라고 이미 경고했어. 헛말이 아니라는 걸 보여주지!"

"너무 늦었어. 여자는 이제 내 아내야!"

"아니, 남편을 잃은 과부겠지."

그 순간 그의 총이 발사되었고 우들리의 조끼에서 피가 뿜어져 나왔다. 우들리는 비명을 지르고 빙그르르 돌더니 그대로 뒤로 나자빠졌다. 혈색 좋던 흉악한 얼굴에서 순식간에 핏기가 사라졌다. 여전히 성직자복 차림인 나이든 남자는 한 번도 들어본 적 없는 상스러운 욕설을 한바탕 퍼붓더니 권총을 꺼냈다. 하지만 총을 제대로 들기도 전에 홈스가 겨눈 총구를 내려다보는 신세가 되었다.

"이 정도면 충분해."

홈스가 차갑게 말하더니 뒤이어 소리쳤다.

"총을 버려! 왓슨, 어서 바닥의 총을 줍게! 그리고 이자의 머리를 겨누게! 고맙네. 캐러더스 씨! 당신도 총을 내게 주시오.

폭력은 더이상 쓰지 맙시다. 어서요, 어서 총을 내놓으시오!"

"당신은 누구십니까?"

"나는 셜록 홈스요."

"뭐라고요!"

"내 이름을 들어본 모양이군요. 경찰이 도착할 때까지 내가 경찰을 대신하겠습니다. 여기다, 얘야!"

홈스는 겁에 질린 마부 소년을 불렀다. 의식을 회복한 소년이 풀밭 가장자리에 와 있었다.

"이쪽으로 오너라. 편지를 가지고 최대한 빨리 말을 달려서 파넘으로 가다오."

홈스는 수첩에서 종이 한 장을 찢어서 급하게 뭔가를 썼다.

"이걸 파넘 경찰서에게 전해라. 경찰이 올 때까지 당신들은 내가 감시하겠습니다."

홈스는 강인하고 압도적인 태도로 비극이 벌어진 현장을 지휘했다. 나머지 사람들은 그가 조종하는 꼭두각시 인형 같았다. 윌리엄슨과 캐러더스는 총을 맞은 우들리를 어느새 집으로 옮겨 침대에 눕혔다. 나는 놀라고 겁에 질린 아가씨를 한 팔로 부축했다. 그리고 홈스의 요청으로 우들리의 상처를 살펴보고 소견을 말해주었다. 낡은 태피스트리가 걸린 거실에서 홈스는 체포한 두 남자 앞에 앉아 있었다.

"목숨에는 지장이 없겠네."

"뭐라고요! 당장 위층으로 가서 제가 끝장을 보겠습니다. 천사 같은 아가씨가 악마 같은 잭 우들리와 평생 부부로 살아야 한다는 말씀이신가요?"

캐러더스가 소리를 질렀다.

"그 점에 대해서는 걱정할 필요가 없습니다. 스미스 양이 어떤 상황에서도 그자의 아내가 될 수 없는 확실한 근거가 두 개나 있거든요. 먼저 여기 윌리엄슨 씨가 결혼식을 집전할 권리가 있는지부터 볼까요."

"나는 서품을 받았어!"

늙은 악당이 고래고래 소리를 질렀다.

"그리고 박탈당했지."

"한번 성직자는 영원한 성직자야!"

"아니라고 생각하는데. 결혼 허가증은 어떻고?"

"내 주머니에 잘 들어 있다고."

"강제로 받아낸 거잖아. 강제 결혼은 무효야. 게다가 심각한 중죄에 해당되지. 조만간 똑똑히 알게 되겠지만 말이야. 앞으로 그 점에 대해서 곰곰이 따져볼 시간은 충분해. 내가 틀리지 않았다면 십 년 정도 시간이 있겠지. 그리고 당신, 캐러더스, 총을 꺼내지 않는 게 좋았을 거요."

"저도 그런 생각이 들던 참이었습니다, 홈스 씨. 하지만 아가씨를 지키기 위해 온갖 방법을 강구하던 차에 그녀를 사랑하고 사랑이 어떤 감정인지 처음으로 느낀 제가 그녀가 남아공에서 가장 잔인하고 사악한 악당의 손아귀에 들어갈지 모른다는 생각이 들자 미쳐버릴 것만 같더군요. 킴벌리에서 요하네스버그에 이르는 지역을 무시무시한 공포로 몰아넣으며 악명을 떨치는 악당요. 홈스 씨, 믿지 못하시겠지만 아가씨를 가정교사로 들인 후로 저는 단 한 번도 그녀 혼자 이 저택을 지나가도록 하지 않았습니다. 악당들이 몸을 숨기고 있는 것을 알았으니까요. 자전거로 늘 뒤를 따르며 그녀가 무사한지 확인했죠. 저는 일정하게 거리를 유지한 채 뒤를 따랐습니다. 가짜 수염을 달아서 얼굴을 알아보지 못하게도 했죠. 스미스 양은 정직하고 당찬 사람이라 시골길에서 자기를 뒤쫓는 남자의 정체를 알면 제 집에 머물지 않을 게 뻔했어요."

"왜 그런 위험이 있다고 털어놓지 않았습니까?"

"그렇게 해도 제 곁을 떠날 테니까요. 그 사실을 견딜 수가 없었습니다. 설령 저를 사랑하지 않는다고 해도 집에서 그녀의 사랑스러운 모습을 볼 수 있고 목소리를 들을 수만 있다면 그걸로 좋았습니다."

내가 말했다.

"캐러더스 씨, 당신은 사랑이라고 하지만 나는 이기심이라고 생각합니다."

"어쩌면 그 두 가지는 한몸일지도 모르죠. 어쨌든 저는 그녀를 보내줄 수 없었습니다. 게다가 악당들이 주위에 도사리고 있으니 당연히 그녀를 가까이서 지켜보아줄 사람이 필요했죠. 마침내 전보가 도착해서 그들이 행동에 나서겠다고 직감했습니다."

"무슨 전보 말입니까?"

캐러더스가 주머니에서 전보를 꺼냈다.

"이겁니다."

그가 보여준 전보의 내용은 간결했다.

노인이 사망함.

"흠. 어떻게 된 일인지 알겠습니다. 당신 말대로 저치들이 전보를 보고 거사를 치르려고 한 것도 이해가 되는군요. 경찰이 올 때까지 전부 털어놓는 게 어떻습니까."

홈스가 말했다.

그러자 성직자복을 입은 늙은 악당이 큰소리치며 위협을 했다.

"젠장, 밥 캐러더스, 불기만 해봐. 네가 잭 우들리에게 했던 그대로 갚아주마! 여자 이야기라면 실컷 징징거려. 그건 네 맘이니까. 하지만 저 짭새에게 동료를 팔아넘기면 네 인생 최악의 실수를 저지르는 거라고!"

"목사님은 그렇게 흥분하지 않아도 됩니다."

홈스가 담배에 불을 붙이며 말했다.

"어차피 이 사건으로 당신은 끝났으니까. 나는 그저 개인적인 호기심을 채우기 위해 몇 가지 사실을 들려달라는 거요.

당신들이 이실직고하기 곤란하다면 나부터 먼저 해보지. 그러면 더이상 비밀을 감추기 어렵다는 사실을 똑똑히 알게 될 거야. 먼저 당신들 세 사람은 이번 계획을 위해 남아공에서 왔을 테고. 윌리엄슨 당신과 캐러더스, 우들리 이렇게 셋 말이지."

"첫 번째 헛소리군. 나는 두 달 전까지 저 두 사람을 알지도 못했어. 아프리카 땅을 밟은 적도 없단 말이지. 헛소리는 파이프에 넣고 태워버리시지, 머저리 홈스 씨!"

"저자의 말은 사실입니다."

캐러더스가 대답했다.

"아하, 그렇군요. 그렇다면 두 사람만 여기로 건너왔군요. 목사는 고국에서 나고 자란 토종 악당이었고요. 당신들은 남아공에서 알고 지낸 랠프 스미스가 오래 살지 못할 거라는 걸 알았습니다. 그가 죽으면 영국의 조카딸이 재산을 물려받게 되리라는 사실도 알았어요. 어떻습니까?"

캐러더스가 고개를 끄덕였고 윌리엄슨은 욕설을 퍼부었다.

"그녀가 가장 가까운 친척이었겠죠. 게다가 당신들은 노인이 유언장을 작성하지 않으리라는 사실도 알았습니다."

"글을 읽지도 쓰지도 못했거든요."

캐러더스가 말했다.

"그래서 당신들 두 사람은 여기로 건너와서 아가씨를 수소문했습니다. 둘 중 한 사람이 그녀와 결혼을 하고 나머지와 재산을 나눈다는 계획이었죠. 이유는 모르겠지만 우들리가 남편으로 정해졌습니다. 어떻게 정한 겁니까?"

"배에서 카드 게임으로 누가 결혼할지 정했습니다. 그가 이겼죠."

"그랬군요. 당신은 아가씨에게 일자리를 마련해줬어요. 우들리가 구애할 수 있는 자리를 마련해준 거죠. 하지만 스미스 양은 주정뱅이 악당의 본색을 꿰뚫어 봤습니다. 당연히 그와 어떤 식으로든 인연을 맺을 생각이 없었어요. 거기다 우들리가 결혼을 하고 당신이 재산의 반을 나눠 받는다는 계획에 문제가 생겼습니다. 당신이 아가씨에게 반해버렸기 때문이죠. 당신은 불한당이 그녀를 차지하게 된다는 사실을 참을 수가 없었습니다."

"그래요. 제길, 도저히 두고 볼 수 없었어요!"

"당신과 우들리 사이에 다툼이 생겼습니다. 우들리는 불같이 화가 난 당신을 내버려두고 독자적으로 계획을 밀어붙이기로 했죠."

"대단하십니다. 이봐, 윌리엄슨, 이 신사분에게 우리가 털어놓고 말고 할 것도 없겠어."

캐러더스가 씁쓸한 웃음을 터뜨리며 말했다.

"맞습니다. 우리는 싸웠어요. 우들리가 저를 때려눕혔죠. 결국은 비긴 셈이군요. 그 후로 그가 보이지 않았습니다. 모습을 감춘 동안 파문당한 성직자에게 줄을 댔던 겁니다. 저는 스미스 양이 역을 가려면 반드시 지나야 하는 이 저택에서 두 사람이 함께 지내기 시작했다는 사실을 알았습니다. 그 후로 스미스 양에게서 눈을 떼지 않았죠. 조만간 악랄한 짓을 할 게 분명했으니까요. 가끔씩 두 사람을 만났습니다. 무슨 꿍꿍이인지 알아내고 싶었거든요. 이틀 전 우들리가 전보를 가지고 집에 찾아왔습니다. 전보를 보니 랠프 스미스가 결국 죽었더군요. 그는 제게 예전에 세운 계획을 지키겠느냐고 물었습니다. 그럴 생각 없다고 딱 잘라 대답했습니다. 그럼 스미스 양과 결혼해서 자기 몫을 떼어줄 건지 묻더군요. 그러고야 싶지만 스미스 양이 제게 관심이 없다고 했습니다. 우들리가 대뜸 이랬습니다.

'일단 결혼을 하고 한두 주 시간이 흐르면 그 여자도 생각이 바뀔걸.'

저는 추호도 폭력을 행사할 생각이 없다고 말했습니다. 그러자 상스러운 불한당 아니랄까 봐 우들리는 온갖 욕을 다 퍼붓고는 자신이 그녀를 가지겠다고 엄포를 놓더군요. 스미스 양은 이번 주말이면 이곳을 떠날 예정이었죠. 저는 그녀가 안전하게 역까지 가도록 마차를 마련했습니다. 그렇게까지 조치를 취했건만 불안해서 견딜 수가 없더군요. 그래서 자전거로 뒤를 따르기로 했습니다. 그런데 예정보다 일찍 출발한 그녀를 따라잡기도 전에 그런 일이 벌어진 거죠. 두 분이 그녀가 타고 떠난 마차를 몰고 돌아오시는 모습을 본 순간 알아차렸습니다."

홈스가 일어서서 담배꽁초를 벽난로에 휙 던졌다.

"왓슨, 내가 어리석었네. 자네가 여길 다녀온 후 그랬잖은가. 자전거를 타던 남자가 덤불에서 넥타이를 다시 고쳐 매는 모습을 봤다고. 그 이야기만 귀담아들었어도 모든 상황을 이해했을 텐데. 신기하기도 하고 어떤 면에서는 특이하기 짝이 없는 사건을 해결했으니 자축을 해야겠네. 경찰 세 명이 진입로로 들어오는군. 경찰들과 함께 올 수 있을 정도로 마부 소년의 부상이 심하지 않아서 다행일세. 마부도, 신랑도 오늘 아침의 모험으로 목숨을 잃지는 않겠어. 왓슨, 의사로서 솜씨를 발휘해서 스미스 양이 깨어날 때까지 보살펴주게나. 그리고 몸이 충분히 회복되면 우리가 그녀를 어머니 집으로 데려다주겠다고 말해주게. 기운을 차릴 기미가 보이지 않거든 우리가 미들랜드의 젊은 전기 기사에게 전보를 보내겠다고 운을 떼기만 해도 금방 완전하게 회복될 걸세. 그리고 캐러더스 씨. 저는 당신이 가담한 악랄한 계획에서 당신 몫의 죗값을 이미 치렀다고 생각합니다. 제 명함입니다. 재판에서 증언이 필요하다면 언제든지 도와드리겠습니다."

독자들도 알겠지만, 긴박하게 꼬리를 물고 이어지는 사건들의 소용돌이에 있다 보면 이야기를 제대로 마무리짓고 혹시라도 독자들이 궁금해할지 모르는 후일담을 자세하게 기록하기가 쉽지 않다. 사건 하나가 종료되면 바로 다음 사건이 이어지는데다가 일단 위기가 물러가면 배우들은 홈스와 나의 정신없는 일상에서 영원히 퇴장해버린다. 그런데 다행히도 사건을 기록한 원고의 끝부분에 짧은 메모가 남아 있었다. 메모에는 바이얼릿 스미스 양이 막대한 유산을 물려받았다는 기록이 있었다. 지금 그녀는 웨스트민스터의 유명한 전기회사인 모턴 앤드 케네디의 공동 경영자 시릴 모턴의 아내가 되었다. 윌리엄슨과 우들리는 납치와 폭행으로 재판을 받아 각각 칠 년과 십 년 형을 언도받았다. 캐러더스의 운명에 대해서는 기록이 없다. 우들리가 워낙 위험천만한 악당으로 악명을 떨쳤기 때문에 법정은 캐러더스의 죄를 그리 무겁게 여기지 않았으리라. 아마 정의를 바로잡았다는 명분 때문에 몇 개월 형만 받았을 것이다.

프라이어리 학교

베이커 스트리트에 있는 우리의 작은 무대에는 등장인물이 극적으로 입장했다 퇴장하는 경우가 꽤 있다. 하지만 나는 소니크로프트 헉스터블 박사가 처음 우리를 찾았을 때보다 갑작스럽고 놀라운 입장은 떠오르지 않는다. 문학 석사, 철학박사 등등 그가 이룬 이런저런 학문적 성취를 다 담기엔 너무 작은 게 아닌가 싶은 명함을 받아보기가 무섭게 본인이 불쑥 나타났다. 어찌나 풍채가 좋고 당당하고 위엄이 있는지 그야말로 냉정함과 신뢰의 현신처럼 보이는 사람이었다. 하지만 그는 안으로 들어와 문을 닫자마자 비틀거리다 탁자에 부딪히더니 그대로 미끄러지듯 쓰러지고 말았다. 난로 앞에 깔아놓은 곰 가죽 깔개 위로 의식을 잃고 뻗어버린 것이다.

우리는 자리에서 튀어오르듯 벌떡 일어섰다. 그리고 너무 놀라 아무 말도 못 하고 쓰러진 박사를 바라만 보았다. 그의 모습은 마치 육중한 배가 인생이라는 바다에서 갑작스럽고 끔찍한 폭풍을 만나 난파한 것 같았다. 이내 정신을 차린 홈스는 허겁지겁 쿠션을 가져와 그의 머리를 받쳤고 나는 브랜디를 입술에 흘려 넣었다. 핏기가 사라져 허옇게 질린 커다란 얼굴은 고통으로 깊은 주름이 패었고 눈 아래 축 처진 살은 잿빛으로 칙칙했다. 힘없이 축 늘어진 입꼬리에는 비통함이 맴돌았고 턱은 면도를 하지 않아 거칠했다. 옷깃과 셔츠는 먼길을 왔는지 지저분했고 잘생긴 두상을 뒤덮은 머리카락은 잔뜩 헝클어져 있었다. 우리 앞에 누운 남자는 극심한 고통을 받고 있었다.

"왜 이런 것 같나?"

홈스가 물었다.

"탈진한 것 같네. 못 먹고 피곤이 쌓여서 그렇겠지."

나는 여린 맥박을 짚으며 대답했다. 남자의 맥은 가늘고 희미했다.

"잉글랜드 북부의 매클턴에서 왕복표를 끊었군. 아직 12시도 안 되었으니 아침 일찍 출발한 모양이야."

홈스가 남자의 시계 주머니에서 표를 꺼내 살펴보며 말했다.

주름 잡힌 눈꺼풀이 떨리기 시작했다. 이윽고 초점을 잃은 잿빛 눈동자가 우리를 올려다보았다. 남자는 순식간에 수치심으로 얼굴을 붉히며 허둥지둥 일어섰다.

“약한 모습을 보여드려 죄송합니다, 홈스 씨. 조금 지쳤나 봅니다. 우유 한 잔과 비스킷 하나를 먹으면 괜찮아질 겁니다, 고맙습니다. 홈스 씨를 모셔 가고자 이곳에 왔습니다. 얼마나 화급을 다투는 일인지 전보로는 도저히 전할 수 없을 것 같더군요.”

“몸이 회복이 되시면…….”

“이제 괜찮습니다. 제가 어쩌다 이렇게 약해졌는지 모르겠네요. 홈스 씨, 제발 다음 기차로 저와 매클턴으로 가주십시오.”

홈스는 고개를 가로저었다.

“제 동료인 왓슨 박사에게 물어보셔도 우리가 얼마나 바쁜지 들으실 수 있을 겁니다. 저는 지금 퍼러스 문서 사건 때문에 꼼짝도 못 합니다. 애버게이브니 살인 사건의 공판도 곧 열릴 예정이죠. 정말 중요한 사건이 아니라면 지금은 도저히 런던을 떠날 수 없습니다.”

“중요하다마다요!”

손님이 양손을 휘둘렀다.

“혹시 홀더니스 공작님의 외동아들이 납치된 사건을 모르십니까?”

"뭐라고요! 전임 장관인 공작님 말입니까?"

"그렇습니다. 이 사건이 언론에 새어 나가지 않도록 갖은 애를 썼습니다만 어제저녁 《글로브》에 그런 소문이 돈다는 기사가 실리고 말았습니다. 홈스 씨라면 아실 거라 생각했습니다."

홈스가 늘씬한 팔을 쭉 뻗어 직접 만든 인명록에서 H 항목을 꺼냈다.

"'홀더니스, 6대 공작, K.G.■, P.C.■■.' 죄다 알파벳 약어군. '비벌리 남작, 카스턴 백작', 이런, 길기도 해! '1900년부터 핼럼셔의 주지사. 1888년 찰스 애플도어 경의 딸 이디스와 결혼. 상속자이자 외동아들, 솔타이어 경. 약 일만 제곱킬로미터의 영지 소유. 랭커셔와 웨일스의 광산. 주소는 런던의 칼턴하우스 테라스, 핼럼셔의 홀더니스 홀, 웨일스 뱅고어의 카스턴 캐슬. 1872년 해군 장관. 내무부 장관 역임.' 이런, 이런. 어쨌든 폐하의 어마어마한 충신 중 한 분이 분명하군!"

"가장 대단하실뿐더러 가장 부유하실 겁니다. 저는 홈스 씨가 일을 맡으실 때 고결한 태도를 견지하신다는 것과 사건 자체에 헌신할 준비가 되어 계시다는 사실을 잘 압니다만, 이 말씀을 드리고 싶군요. 공작님께서 아드님의 소재를 알려주는 사람

■ 가터 훈작사. 에드워드 3세가 만든 가터 기사단의 일원임을 증명하는 훈장을 수여받은 사람.
■■ 추밀 고문관.

에게는 보상금으로 오천 파운드, 그리고 납치범이나 그 패거리의 신원을 알려주는 사람에게는 일천 파운드를 더 주겠다는 의사를 표명하셨습니다."

"그것참 후한 제안이군요."

홈스는 대꾸한 후 내게 말했다.

"왓슨, 우리가 헉스터블 박사님과 함께 잉글랜드 북부로 가야 할 것 같군. 박사님은 우유를 드시고 무슨 일이 일어났는지 소상하게 설명해주시죠. 무엇이, 언제, 어떻게 일어났는지 다 말입니다. 매클턴 근처 프라이어리 학교의 소니크로프트 헉스터블 박사님이 사건과 무슨 관계가 있으며 왜 사건이 일어난 지 사흘째 되는 날에야 도움을 요청하려고 여기까지 오셨는지까지도요. 사흘이라는 건 박사님의 수염 상태를 보니 짐작되더군요."

의뢰인은 우유와 비스킷을 말끔히 해치웠다. 그제야 눈에 총기가 돌아왔고 두 볼에도 혈색이 돌았다. 박사는 이내 열의를 띠고 명료하게 지금까지의 상황을 설명하기 시작했다.

"제가 설립했고 현재 교장으로 있는 프라이어리 학교부터 설명해야겠군요. 우리 학교는 예비 학교입니다. 『헉스터블의 호라티우스 해설』이라는 책 제목을 들으면 제 이름이 기억나실 겁니다. 프라이어리 학교는 상류층을 위한 영국 최고의 예비 학교입니다. 레버스토크 경과 블랙워터 백작님, 캐스카트 솜스 경 같은 분이 제게 자녀를 맡겨주셨습니다. 하지만 삼 주 전 홀더니스 공작님께서 비서인 제임스 와일더 씨를 보내 올해 열 살인 유일한 상속자이자 외동아들인 솔타이어 경을 맡기시겠다고 알리신 순간에야 우리 학교는 명실상부한 최고의 명문교가 되었다고 저는 자부합니다. 하지만 그때는 미처 몰랐습니다. 솔타이어 경의 입학이 제 인생을 무너뜨릴 비극의 서막이 될 줄은 말이죠.

솔타이어 경은 5월 1일에 입학을 했습니다. 여름 학기가 시작할 즈음이었죠. 호감 가는 소년이었습니다. 학교생활도 쉽게 적응했습니다. 저는 원래 경솔하게 떠벌리는 사람은 아닙니만 이런 상황에서 감추는 게 있어서는 안 된다고 생각하기에 말씀드립니다. 제가 보기에 소년은 집에서 그리 행복하지 않았던 것 같습니다. 공작님의 결혼 생활이 순탄치 않았다는 사실은 공공연한 비밀이죠. 결국 별거하기로 합의해서 현재 공작 부인은 남프랑스에서 지내고 계십니다. 아이가 저희 학교에 들어오기 직전에 결정된 일이었죠. 알려진 바로는 소년이 아버지보다 어머니를 많이 따랐다고 합니다. 어머니가 홀더니스 홀을 떠난 순간부터 아이는 실의에 빠졌죠. 공작님이 아들을 저희 학교로 보내기로 결심하신 것도 바로 이런 사정 때문입니다. 학교에 온 지

두 주 만에 솔타이어 경은 꽤 적응한 듯했고 확실히 처음보다 더 행복해 보였죠.

소년을 마지막으로 목격한 건 5월 13일입니다. 지난 월요일 밤이었죠. 소년의 방은 3층인데, 다른 학생 둘이 사용하는 큰 방을 지나야 들어갈 수 있습니다. 큰 방에서 잤던 두 학생은 아무 소리도 못 들었고 아무것도 못 봤다고 증언했습니다. 그러니 솔타이어 경은 그 방을 지나가지 않았습니다. 한데 방 창문이 열려 있더군요. 창문에서 지면까지는 굵은 담쟁이덩굴이 늘어져 있습니다. 창문 아래의 지면을 살펴보았지만 발자국 같은 흔적은 없었습니다. 그러나 방에서 나갔다면 통로는 창문뿐입니다.

아이가 없다는 사실은 이튿날인 화요일 아침 7시에 알려졌습니다. 침대에 잠을 잔 흔적은 있었습니다. 밖으로 나가기 전에 교복으로 갈아입었더군요. 교복은 검은색 이튼칼라 재킷과 짙은 회색 바지입니다. 다른 사람이 방에 들어온 흔적은 없었습니다. 비명소리나 몸싸움을 하는 소리가 전혀 나지 않은 것도 확실하고요. 큰 방의 두 학생 중에 솔타이어 경보다 나이가 많고 잠귀가 밝은 콘터라는 학생이 증언해주었지요.

솔타이어 경이 사라졌다는 사실을 확인하자마자 저는 학교 내에 있는 인원을 점검했습니다. 학생과 교사, 하인 전부 말입니다. 그제야 사라진 사람이 솔타이어 경만이 아니라는 사실이 드러났습니다. 독일어 교사인 하이데거도 자취를 감춘 겁니다. 그의 방도 3층이었고 솔타이어 경의 방과 같은 복도에 있죠. 그의 침대에도 잠을 잔 흔적은 있었습니다. 그런데 나갈 때 옷을 갖춰 입지 않았더군요. 셔츠와 양말이 바닥에 떨어져 있었습니다. 그도 담쟁이덩굴을 타고 건물을 빠져나간 것이 분명했습니다. 살펴보니 그가 다 내려와서 발을 디뎠을 풀밭 위에 발자국이 남아 있었어요. 교사는 자전거를 풀밭 옆에 있는 작은 창고에 보관해두었는데, 자전거도 보이지 않았습니다.

하이데거 선생님은 우리 학교에 부임한 지 이 년이 되었습니다. 추천장들은 매우 훌륭했습니다만 실제로는 말수가 적고 뚱해서 학생과 교사 사이에서 인기가 없었죠. 지금까지 사라진 두 사람의 흔적을 전혀 발견하지 못했습니다. 목요일 아침인데 저희는 여전히 어떻게 된 일인지 갈피를 못 잡고 있습니다. 물론 실종을 확인한 직후 홀더니스 홀에 연락해 솔타이어 경이 거기에 갔는지 물었습니다. 저택은 학교에서 몇 킬로미터밖에 떨어져 있지 않거든요. 갑자기 집이 그리워진 소년이 아버지를 찾아갔을지도 모른다고 생각했습니다. 하지만 저택에서도 소식을 듣지 못했더군요. 공작님은 몹시 긱징하고 계십니다. 저는 두 분이 보신 대로 긴장감과 책임감을 주체하지 못하고 정신적으로 완전히 지쳐버렸죠. 홈스 씨, 당신의 능력을 모두 발휘하고 싶으시다면 제발 사건을 맡아주십시오. 이 일만큼 가진 능력을 쏟아부어야 할 사건은 앞으로도 만나기 힘드실 겁니다."

셜록 홈스는 침통한 교장의 이야기를 하나도 놓치지 않고 집중해서 들었다. 미간에 깊은 고랑이 파인 것을 보니 홈스에게 능력을 다해 사건에 집중해달라고 애원할 필요도 없어 보였다. 어마어마한 액수의 보상금이 아니더라도 복잡하고 불가사의한 문제라면 사족을 못 쓰는 홈스의 취향에 꼭 들어맞는 사건이기 때문이었다. 그는 수첩을 꺼내서 급하게 몇 가지를 적었다.

"왜 좀더 일찍 저를 찾아오지 않고 늑장을 부리셨습니까. 그 때문에 불리한 여건에서 수사에 착수하게 되었습니다. 아무리 전문가라고 해도 이만큼이나 시간이 흘렀다면 담쟁이덩굴과 풀밭에서 어떤 흔적도 찾아낼 수 없습니다."

홈스가 쌀쌀맞게 쏘아붙였다.

"제 탓이 아닙니다. 공작님께서 이 일이 항간에 떠도는 추문이 되는 것만은 무슨 일이 있어도 피하고 싶어 하셨습니다. 그 분은 불행한 가정사가 세상에 드러날까 두려워하고 계십니다. 공포에 질리셨다고 보아도 무방할 겁니다."

"그래도 경찰은 정식으로 수사를 했을 것 아닙니까?"

"그렇습니다. 수사를 하기는 했지만 실망스럽기 짝이 없었습니다. 사건 직후 확실한 실마리가 나타났죠. 근처 역에서 이른 아침에 출발하는 기차를 타고 떠나는 어떤 소년과 젊은 남자가 목격되었습니다. 지난밤에 소식을 들었는데, 두 사람을 추적해 리버풀에서 찾았지만 사건과는 관계가 없었습니다. 저는 너무나 절망한 나머지 한숨도 못 자고 새벽같이 기차를 잡아타 곧장 여기로 왔습니다."

"엉터리 단서를 추적하는 동안 현지 조사는 중단되었습니까?"

"완전히 중단되었죠."

"사흘을 허비하고 말았습니다. 사건 처리가 어찌나 형편없는지 눈물이 날 정도군요."

"저도 그렇게 생각합니다. 인정해요."

"하지만 사건은 반드시 해결해야죠. 기꺼이 수사를 맡겠습니다. 혹시 사라진 소년과 독일어 교사 사이에 어떤 관계가 있는지 알아내셨습니까?"

"전혀 못 찾았습니다."

"사라진 소년은 그 교사의 수업을 들었나요?"

"아뇨, 제가 아는 한 둘은 말 한마디 나누지 않았습니다."

"그것참 신기하군요. 소년은 자전거가 있습니까?"

"없습니다."

"사라진 자전거가 또 있습니까?"

"없습니다."

"확실합니까?"

"그렇습니다."

"한밤중에 독일어 교사가 소년을 품에 안은 채 자전거로 도주했다고 생각하시는 건 아니시죠?"

"물론 아니죠."

"그날 밤에 무슨 일이 있었을 거라고 짐작하십니까?"

"자전거는 눈가림용일지 모릅니다. 자전거를 어디에 숨기고 두 사람은 걸어서 빠져나간 거죠."

"그럴지도 모릅니다. 하지만 눈가림용치고는 어처구니없는 방법이군요. 창고에 다른 자전거는 없습니까?"

"몇 대 있습니다."

"자전거를 타고 도망친 것처럼 보이게 하고 싶었다면 자전거를 두 대 숨기지 않았을까요?"

"그럴 것 같군요."

"분명 그랬을 겁니다. 눈가림용이라는 추측은 말이 안 됩니다. 하지만 사라진 자전거를 찾는 일은 수사의 출발점으로 더할 나위가 없겠군요. 자전거는 숨기거나 부수기 쉬운 물건이 아니니까요. 질문이 또 있습니다. 혹시 사라진 날 낮에 아이를 보러 온 사람이 있었습니까?"

"없었습니다."

"편지가 오지는 않았나요?"

"왔습니다. 한 통이 왔죠."

"누가 보낸 편지였습니까?"

"공작님이 보내신 편지였습니다."

"학생들의 편지를 열어보십니까?"

"그럴 리가요."

"공작님이 보낸 편지인 줄 어떻게 아셨습니까?"

"봉투에 가문의 문장이 있었습니다. 게다가 공작님 특유의 뻣뻣한 필체로 수신인이 적혀 있었죠. 공작님도 그날 편지를 보낸 사실을 확인해주셨습니다."

"그전에는 언제 편지를 받았습니까?"

"며칠 전입니다."

"프랑스에서 온 편지는 없었습니까?"

"네, 한 통도 없었습니다."

"질문의 의도를 알아차리셨겠죠. 소년은 강제로 끌려갔을 수도 있지만 자기 의지로 모습을 감추었을 수도 있습니다. 자발적으로 학교에서 나갔다면 소년이 그런 행동을 하기까지 외부에서 부추긴 정황이 있을 겁니다. 누가 소년을 찾아온 게 아니라면 편지를 보내 꼬드겼겠죠. 그래서 편지를 보낸 사람을 여쭤본 겁니다."

"도움을 드리지 못하겠습니다. 제가 아는 한 그 아이가 편지를 주고받은 사람은 공작님뿐입니다."

"공작님이 소년이 실종된 날 편지를 보냈다고 하셨죠? 부자 관계는 돈독했습니까?"

"공작님은 누구에게도 살갑게 대하지 않으십니다. 중요한 나랏일에 몰두해 계시니까요. 평소에도 감정을 드러내시지 않으시죠. 하지만 아드님에게는 나름대로 상냥하셨습니다."

"하지만 아이는 어머니를 더 좋아했고요?"

"그렇습니다."

"아이가 말했습니까?"

"아뇨."

"그렇다면 공작님이?"

"설마, 그럴 리가요!"

"박사님은 어떻게 아십니까?"

"공작님의 비서인 제임스 와일더 씨와 비밀리에 이야기를 나눴습니다. 솔타이어 경의 감정에 대해 이런저런 이야기를 해준 사람이 바로 와일더 씨입니다."

"알겠습니다. 그건 그렇고 실종 당일 공작님이 보내셨다는 편지는 소년이 없어진 후에 침실에 있었습니까?"

"아뇨, 편지는 가져갔더군요. 홈스 씨, 이제 유스턴 역으로 출발해야 합니다."

"사륜마차를 부르겠습니다. 십오 분 후에 기차를 탈 수 있을 겁니다. 헉스터블 씨, 학교로 전보를 보내실 때는 인근 주민들이 사건 수사가 진행중이라고 여기게끔 작성하십시오. 리버풀이나 어디 다른 곳에서 수사를 하고 있다는 식으로요. 사람들의 주의를 돌릴 수 있는 곳이라면 어디든 좋습니다. 그동안 우리는 조용히 학교 주변에서 수사를 진행하겠습니다. 아마 냄새가 완전히 사라지지는 않았을 테니 왓슨과 저 같은 노련한 사냥개라면 쫓을 수 있을지 모르죠."

그날 저녁 우리는 공기가 쌀쌀하지만 상쾌한 잉글랜드 북부의 교외에 도착했다. 그곳에 바로 헉스터블 박사의 유명한 학교가 있었다. 학교에 도착했을 무렵 주위는 어느새 어두워진 후였다. 홀의 탁자 위에는 명함이 한 장 놓여 있었다. 집사가 헉스터블 박사에게 귓속말로 뭐라고 전했다. 박사는 침통하고 불안한 표정으로 우리를 돌아보았다.

"공작님이 와 계십니다. 비서인 와일더 씨와 함께 서재에 계시다는군요. 두 분, 어서 가시죠. 소개해드리겠습니다."

나는 몇 번 사진으로 본 덕에 그 저명한 정치가의 얼굴을 알고 있었다. 하지만 실제로 보니 사진과는 느낌이 달랐다. 키가 크고 풍채가 당당한 그는 옷차림이 근사했고, 핼쑥하고 핏기 없는 얼굴에 괴상하게 구부러진 기다란 코가 인상적이었다. 창백한 안색은 뾰족하고 긴 붉은 턱수염과 대조되었다. 턱수염은 눈처럼 새하얀 조끼 위로 늘어져 있었고 수염 사이로 반짝이는 시곗줄이 드문드문 보였다. 그렇게 위엄 넘치는 인물이 헉스터블 박사의 난로 앞 깔개 한가운데에 서서 우리를 차가운 눈으로 바라보고 있었다. 공작의 옆에 선 젊은 남자는 비서인 제임스 와일더 같았다. 키가 작고 표정이 풍부한 얼굴에 영리해 보이는 연한 푸른 눈이 인상적인 남자였다. 경계를 늦추지 않는 모습이 어딘지 불안해 보였다. 우리가 들어가자마자 새되고 밝은 목소리로 말문을 연 사람이 바로 그였다.

"오늘 아침에 연락드렸습니다만 박사님의 런던행을 막기에는 늦었더군요. 박사님이 셜록 홈스 씨에게 조사를 의뢰하기 위해 런던으로 가셨다고 들었습니다. 공작님께서는 의논도 하지 않고 조치를 취하신 점에 놀라셨습니다."

"경찰의 수사가 소득 없이 끝났다는 사실을 듣고는……."

"공작님께서는 결코 경찰의 수사가 실패했다고 생각하지 않으십니다."

"하지만 와일더 씨, 분명……."

"헉스터블 박사님, 잘 아시다시피 공작님께서는 사건 이야기가 새어 나가 추문으로 번질까 봐 걱정하고 계십니다. 따라서 이 일에 대해 아는 사람도 최대한 줄이고 싶어 하시고요."

"그 문제는 해결할 수 있습니다. 셜록 홈스 씨가 곧장 아침 기차를 타고 런던으로 돌아가시면 되니까요."

주눅이 든 교장이 대답했다.

"그건 힘들 것 같군요, 박사님. 그렇게는 안 되겠습니다."

홈스가 무미건조한 목소리로 대꾸했다.

"북쪽 지방의 공기를 맡으니 힘이 펄펄 솟고 몸이 가뿐하군요. 황무지를 둘러보며 마음 가는 대로 며칠 묵을까 합니다. 박사님 댁에서 묵을지 아니면 마을 여관에서 지낼지는 박사님의 결정에 맡기겠습니다."

난처해진 박사가 이러지도 저러지도 못하고 쩔쩔매는 모습이 보였다. 박사를 구해준 사람은 붉은 턱수염의 공작이었다. 깊고 성량이 풍부한 그의 목소리는 저녁 식사 시간을 알리는 종소리처럼 울려 퍼졌다.

"현명하게 먼저 상의를 했다면 좋았을 거라는 비서의 의견에 나도 동의하오, 헉스터블 박사. 하지만 홈스 씨가 사건에 대해 다 들으셨을 터, 도움을 받지 않을 이유가 없군. 여관에 묵다니 말도 안 되는 생각이오, 홈스 씨. 홀더니스 홀에서 지내시면 어떻겠소?"

"공작님, 말씀은 고맙습니다. 하지만 수사를 위해서 사건의 무대에 머무르는 편이 나을 거라 생각합니다."

"편하신 대로 하시오, 홈스 씨. 와일더 씨도 나도 원하는 정보는 모두 알려드리겠소."

"홀더니스 홀로 찾아가 뵐 일도 있을 것 같습니다. 지금 당장은 이것만 여쭤보겠습니다. 이번 사건에 짚이는 구석이 있으십니까?"

"없소, 그런 건 없소."

"제 질문에 마음이 상하실 수도 있으니 미리 양해를 구하겠습니다. 하지만 여쭙지 않을 도리가 없군요. 이 일에 공작 부인이 관련되었을 거라는 생각은 안 하십니까?"

공작은 눈에 띄게 대답을 머뭇거리다가 대답했다.

"그런 생각은 하지 않소."

"또 하나 생각해볼 수 있는 가설은 누가 막대한 몸값을 노리고 아드님을 납치했을 가능성입니다. 몸값을 요구하는 연락은 없었습니까?"

"없었소."

"한 가지만 더 여쭙겠습니다, 공작님. 사건이 일어난 날 공작님이 아드님께 편지를 쓰셨다고 들었습니다."

"아니오! 편지를 쓴 건 그 전날이오."

"그렇군요, 하지만 아드님이 편지를 받은 건 실종 당일이었죠?"

"그렇소."

"편지 내용 중에 아드님이 평정을 잃거나 학교를 뛰쳐나갈 계기가 될 만한 부분이 있었습니까?"

"아니오, 그런 내용은 전혀 없었소."

"편지는 직접 부치셨습니까?"

공작이 대답하려는데 비서가 끼어들었다. 어조를 들어보니 어쩐지 감정이 격해져 있었다.

"공작님은 평소 편지를 직접 부치지 않으십니다. 편지는 다른 우편물들과 함께 서재 탁자 위에 놓여 있었고 제가 우편물 행낭에 넣었습니다."

"편지도 행낭에 넣은 게 확실합니까?"

"그럼요, 제가 그 편지를 봤습니다."

"그날 공작님께서는 편지를 몇 통이나 쓰셨습니까?"

그러자 공작이 말했다.

"스무 통이나 서른 통 정도 썼을 거요. 서신을 많이 주고받으니까. 그게 사건과 관련이 있소?"

"꼭 그런 건 아닙니다."

홈스가 대답했다.

"경찰에게 남프랑스 쪽으로 수사 방향을 돌려보라고 조언했소. 아까도 말했다시피 아내가 이런 끔찍한 행동을 부추겼다고는 생각하지 않소. 하지만 아이의 머릿속은 터무니없는 생각으로 가득했겠지. 그래서 독일어 교사의 도움과 부추김에 넘어가 제 어머니를 찾겠다며 도망을 쳤을 가능성도 배제할 수 없소. 헉스터블 박사, 우리는 집으로 돌아가겠소."

홈스는 질문이 더 있는 것 같았지만 공작은 퉁명스러운 태도로 대화가 끝났음을 알렸다. 뼛속까지 귀족인 그는 내밀한 가족의 문제를 생판 남에게 털어놓는 상황이 불쾌하고 견디기 힘들었을 것이다. 홈스가 질문을 할 때마다 어둠 속에 철저하게 감췄던 삶 구석구석이 환하게 드러날까 두려웠을지도 모른다.

공작과 비서가 돌아가자마자 홈스는 특유의 진지한 태도로 수사를 시작했다.

우리는 먼저 소년의 방을 철저하게 조사했다. 방을 빠져나갈 통로는 창문밖에 없다는 사실을 확인한 것 외에는 소득이 없었다. 독일어 교사의 방과 소지품도 조사해봤지만 아무런 단서도 나오지 않았다. 교사의 방 창밖의 담쟁이덩굴이 그의 체중 때문에 끊어져 있었다. 등불로 풀밭을 비추니 구둣발 자국이 찍혀 있었다. 키가 작은 풀 사이로 움푹 들어간 자국 하나가 영문을 알 수 없는 한밤의 도주극이 남긴 유일한 물적 증거였다.

그 후 홈스는 혼자 집을 나서더니 11시가 넘어서 돌아왔다. 그는 마을 인근이 담긴 커다란 육군 측량 지도를 구해와서 내 방 침대 위에 펼쳤다. 지도 가운데에 등불을 올려놓더니 지도를 살펴보며 담배를 피우기 시작했다. 불빛이 비쳐 호박색인 연기를 파이프에서 뿜어내며 간간이 관심이 가는 지점을 손가락으로 짚기도 했다.

"이 사건에 점점 흥미가 생긴다네, 왓슨. 관심을 자극하는 요소들이 분명히 있어. 일단 수사 초기 단계니까 주변 지형을 잘 알아두게. 우리의 수사에 큰 도움이 될 거야. 여기 지도를 봐. 검은 네모가 바로 프라이어리 학교일세. 학교에 핀을 꽂아두지. 그리고 학교 아래 선이 동쪽에서 시작해 학교를 지나 서쪽으로 가는 도로라네. 학교 양쪽으로 이 킬로미터 남짓의 도로에는 샛길이 하나도 없어. 두 사람이 도로로 이동했다면 이 선을 따라 갔다는 얘기겠지."

"그렇겠군."

"천만다행으로 그날 밤 도로를 누가 지나갔는지 여부는 알 수 있네. 내 파이프가 놓여 있는 지점에서 경관이 밤 12시부터 아침 6시까지 불침번을 섰지. 동쪽으로 가면 나오는 첫 번째 갈림길이 보이나? 경관은 밤새 그 사리에서 꿈쩍도 하지 않았다더군. 소년이든 성인 남자든 그곳을 지나갔다면 못 봤을 리 없다

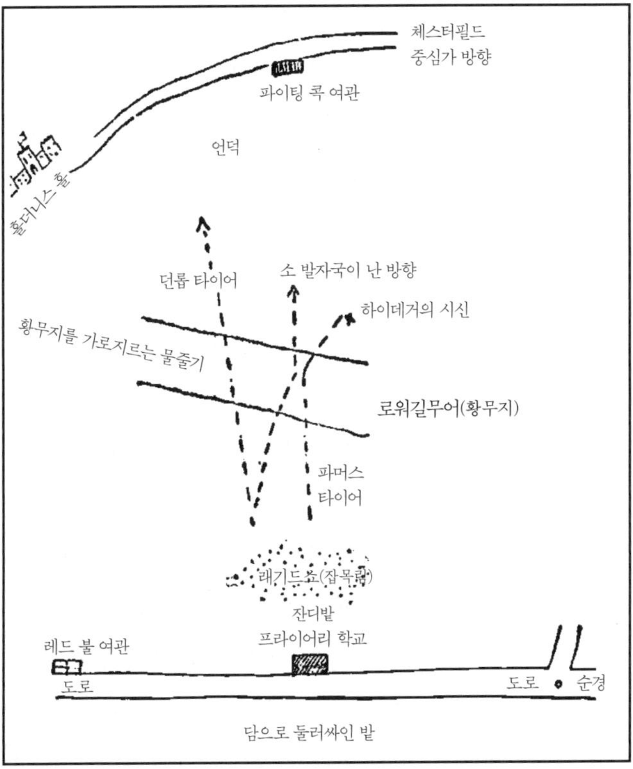

는 거지. 방금 경관과 이야기를 해봤는데 믿을 만한 사람이더군. 덕분에 그쪽은 조사할 필요가 없어. 그렇다면 반대 방향을 살펴봐야지. 여기에 레드 불이라는 여관이 있네. 그날 안주인 몸이 아팠다고 해. 그래서 매클턴에 의사를 부르러 사람을 보냈

는데 의사가 다른 환자 집에 왕진을 가는 바람에 아침이 되어서야 온 거야. 여관 사람들은 의사를 기다리느라 깨어 있었고 몇 사람은 의사가 오는지 밤새 길을 살폈어. 그래서 그날 밤에 아무도 지나가지 않았다고 장담할 수 있다더군. 그들의 증언을 믿는다면 서쪽도 차단된 상황이니 소년과 교사가 아예 그 도로를 지나간 적이 없다고 봐도 무방하겠지."

"그렇지만 자전거는?"

내가 반론을 제기했다.

"그게 있었지. 이제 자전거를 살펴보겠네. 추론을 계속 이어나가볼까. 두 사람이 도로로 가지 않았다면 학교의 북쪽에 있는 황무지나 남쪽에 있는 들판을 지나갔을 걸세. 그건 확실해. 일단 양쪽부터 비교해보지. 학교 남쪽은 보다시피 상당히 넓은 농지야. 중간중간 돌담을 쌓아서 구역을 나눠놓았으니 자전거로 통과하기는 무리지. 이쪽은 생각하지 않아도 될 거야. 그렇다면 북쪽을 살펴봐야지. 래기드쇼라고 부르는 이쪽은 잡목림일세. 그 너머로 구릉지가 펼쳐져 있어. 로워길무어라는 황무지인데 십오 킬로미터가량 뻗어 있고 점점 경사가 높아지지. 여기, 이 황무지 한쪽에 홀더니스 홀이 있네. 학교에서 도로를 따라가면 십오 킬로미터지만 황무지를 가로지르면 십 킬로미터밖에 되지 않아. 이쪽은 유난히 황량하더군. 황무지에서는 몇 안 되는 소작농들이 소작지를 조금씩 가지고 양과 소를 친다네. 농가들을 제외하면 체스터필드 중심가가 나올 때까지 물떼새와 마도요밖에 살지 않아. 보이지? 중심가 근처에는 교회가 있고 집이 몇 채 있어. 여관도 한 곳 있고. 그곳을 지나가면 경사가 급해져. 우리가 조사해야 할 곳은 북쪽이야."

"그러니까 자전거는?"

내가 계속 묻자 홈스가 성마르게 대답했다.

"이런, 이런! 자전거를 잘 탄다면 잘 닦인 길로만 갈 필요가 없잖나. 황무지에는 오솔길이 여러 갈래로 퍼져 있네. 게다가 그날 밤은 보름달이 환하게 떠 있었지. 어라! 무슨 일이지?"

다급하게 문을 두드리는 소리가 들리더니 헉스터블 박사가 방으로 들어왔다. 그는 챙에 하얀 V 자 무늬가 있는 푸른색 크리켓 모자를 들고 있었다.

"마침내 단서를 찾았습니다! 사라진 학생을 찾을 실마리가 나왔어요! 하느님, 감사합니다. 학생의 모자입니다."

"어디에서 찾았습니까?"

"황무지에서 야영을 했던 집시의 포장마차에서요. 그들은 화요일에 황무지를 떠났습니다. 오늘 경찰이 뒤쫓아서 포장마차를 수색했더니 이 모자가 나오더랍니다."

"집시들은 모자에 대해서 뭐라고 했습니까?"

"그 작자들은 아무렇게나 거짓말로 둘러댔죠. 화요일 아침에 황무지에서 주웠다고 했다더군요. 그자들은 아이가 어디에 있는지 알고 있어요! 나쁜 놈들! 감옥에 잡아두었으니 불행 중 다행이죠. 법이 무서워서든 공작님의 돈이 탐이 나서든 조만간 아는 걸 털어놓을 겁니다."

헉스터블 박사가 방을 나가자 홈스가 불쑥 말을 내뱉었다.

"지금까지는 좋군. 우리가 수확을 거둘 만한 곳이 로워길무어라는 가설과 들어맞아. 여기 경찰은 집시들을 체포한 것 말고는 아무것도 한 게 없군. 여길 보게, 왓슨! 황무지를 가로지르는 물줄기가 있네. 지도에 표시된 거 보이나? 어떤 부분에서는 물줄기가 꽤 넓어서 습지가 형성되어 있다네. 홀더니스 홀과 학교 사이에서 특히 그렇군. 요즘처럼 건조한 날씨에는 발자국을 찾겠다고 여기저기 뒤져봐야 소용이 없지만 방금 말한 습지 부근에는 흔적이 남아 있을 확률이 높아. 내일 아침 일찍 자네를 깨우겠네. 수수께끼를 풀 수 있는 단서를 찾을 수 있을지 같이 찾아보세."

동이 틀 무렵 눈을 뜨니 키가 크고 비쩍 마른 홈스가 침대 옆에 서 있었다. 외출복을 입고 있는 걸로 보아 벌써 나갔다 온 모양이었다.

"방금 풀밭과 자전거 창고를 살펴보고 왔다네. 래기드쇼 잡목림을 돌아다니기도 했고. 자, 왓슨, 옆방에 코코아를 타놓았다네. 서둘러주게. 오늘 할 일이 산더미니까."

홈스의 두 눈은 총기로 반짝였고 두 볼은 일감을 코앞에 둔 장인답게 흥분으로 붉게 상기되어 있었다. 베이커 스트리트에서 핼쑥한 얼굴로 멍하니 생각에 잠겨 있는 사람과 같은 사람이라고는 생각되지 않았다. 그는 생기가 넘치고 완전히 깨어 있었다. 온몸에 기합이 들어간 홈스의 모습을 보니 오늘 하루가 힘들겠다는 예감이 들었다.

그런데 시작부터 실망스러운 일이 우리를 기다리고 있었다. 우리는 실마리를 찾을 수 있으리라는 기대감으로 적갈색 토탄 황무지로 나갔다. 양떼가 다니는 길이 무수히 나 있는 황무지를 지나가니 마침내 연초록색의 넓은 땅이 나타났다. 바로 우리와 홀더니스 홀 사이에 있는 습지였다. 소년이 집으로 가려면 습지를 건너야만 했다. 습지를 건넜다면 분명 흔적이 남았을 것이다. 하지만 아무 흔적도 없었다. 홈스는 침울한 표정으로 이끼가 덮인 땅의 진흙 부분을 샅샅이 확인하며 습지 가장자리를 돌아다녔다. 사방에 양의 발자국이 찍혀 있고 몇 킬로미터 떨어진 지점에는 소떼 흔적이 있었다. 그게 다였다.

"첫 번째 확인 완료."

홈스가 눈을 들어 멀리까지 펼쳐져 있는 황무지를 음울한 눈빛으로 바라보며 말했다.

"저 너머에 습지들이 더 있다네. 그리고 습지 사이에 물줄기가 좁아지는 곳이 있지. 어라! 어라! 이게 뭐지?"

우리는 검은 띠처럼 가느다랗게 이어진 오솔길로 접어들었다. 물기로 질퍽한 길 한가운데에 또렷하게 남은 자국이 보였다. 자전거 타이어 흔적이었다.

"만세! 우리가 찾았어!"

내가 소리쳤다.

하지만 홈스는 고개를 가로저었다. 그의 얼굴에서는 증거를 찾아낸 기쁨이 아니라 당혹스러움과 함께 기대감이 엿보였다.

"확실히 자전거 바퀴자국이기는 하지만 우리가 찾는 자전거가 아니야. 나는 마흔두 가지 종류의 타이어 자국을 구별할 수 있다네. 이 자국은 던롭 타이어 자국이야. 바깥쪽에 덧댄 자국이 있군. 그런데 하이데거의 자전거 타이어는 파머스 타이어야. 기다란 홈이 여러 줄 있지. 수학 교사인 에이블링 씨가 확인해 줬어. 이건 하이데거의 자전거 흔적이 아닐세."

홈스가 말했다.

"그렇다면 소년의 자전거인가?"

"그럴지도 모르지. 소년이 자전거를 가지고 있다는 사실을 입증할 수 있다면 말이네. 하지만 입증할 수 없는 사실일세. 보다시피 이 자국은 학교 쪽에서 오는 자국이군."

"학교로 가는 걸 수도 있잖아?"

"그건 아니네, 왓슨. 뒷바퀴 자국이 더 깊지 않은가. 여기에 체중이 실리니까. 바큇자국이 겹쳐져 있는 부분을 살펴보면 앞바퀴의 얕은 자국이 지워져 있어. 학교로부터 멀어지는 자전거가 분명해. 우리 수사와 관계가 있는지 없는지 지금은 알 수가 없군. 앞으로 나가기 전에 자전거가 온 방향을 되짚어 살펴봐야겠어."

우리는 홈스의 말대로 자전거가 온 방향을 살피며 걸었다. 그렇게 몇백 미터를 걸어가자 자전거 흔적은 사라지고 또 다른 습지가 나타났다. 우리는 자전거가 온 방향을 되짚어가다가 샘이 솟아 나오는 지점을 발견했다. 여기에서 또다시 찾은 자전거 바큇자국은 소의 발굽에 거의 뭉개져 있었다. 그 후로는 아무 흔적도 찾을 수 없었다. 하지만 오솔길은 곧장 학교로 이어지는 잡목림인 래기드쇼로 이어졌다. 자전거를 탄 사람은 잡목림을 통과해서 온 게 틀림없었다. 홈스는 둥근 바위에 걸터앉아 양손에 턱을 괴었다. 내가 담배를 두 대나 피우고 나서야 그가 비로소 몸을 움직였다.

홈스가 말했다.

"그래, 그래, 교활한 자라면 다른 타이어 자국을 남기기 위해 자전거 타이어를 교체했을 수도 있겠군. 그 정도의 묘수를 떠올릴 범죄자라면 상대할 맛이 나는걸. 일단 이 문제는 잠시 치워두고 습지로 돌아가야겠어. 아직도 살펴보지 않은 곳이 많으니까."

우리는 황무지에서 습지 가장자리를 꼼꼼하게 조사했다. 이윽고 우리의 끈기가 보상을 받았다.

습지 바로 아래쪽으로 진창 같은 좁은 길이 나 있었다. 홈스는 그 길로 다가가다가 기쁨에 찬 탄성을 질렀다. 길 한가운데에 찍힌 가느다란 전화선 묶음 같은 자국은 분명 파머스 타이어 자국이었다.

"하이데거가 이 길을 지나갔다네, 틀림없어! 내 추리가 썩 훌륭했던 모양이야, 왓슨."

홈스가 기쁨에 들떠서 말했다.

"축하하네."

"아직 갈 길이 멀다네. 미안하지만 길 가장자리로 걸어주게. 이제 이 자국을 따라가봐야겠어. 길게 이어지지 않을까 봐 걱정이군."

그 부근은 부드러운 지면이 여기저기 나왔다. 그래서 홈스의 걱정과 달리 바큇자국을 놓쳐도 걷다 보면 금세 흔적을 찾아낼 수 있었다.

"자전거를 탄 사람이 이제 속도를 낸 것 같지? 의심의 여지가 없네. 여기 보게. 바퀴 두 개가 선명하게 찍혔어. 앞바퀴나 뒷바퀴나 땅에 남은 자국의 깊이가 비슷해. 손잡이에 체중을 실어서 그렇다고밖에 해석할 수 없네. 전력 질주를 할 때 그러잖나. 세상에! 여기서 넘어졌나 보군."

몇 미터에 걸쳐서 넓고 불규칙하게 지면을 짓누른 자국에 자전거 바큇자국이 다 뭉개지고 말았다. 그리고 발자국이 몇 개 나오더니 다시 자전거 바큇자국이 이어졌다.

"옆으로 미끄러졌나 보군."

내가 말했다.

홈스는 꽃이 만발한 가시금작화 덤불에서 부러진 가지를 들어올렸다. 그 가지를 본 나는 깜짝 놀랐다. 샛노란 꽃송이들이 온통 붉게 물들어 있었다. 길 위에도 히스꽃 사이에도 뚝뚝 떨어진 피가 시커멓게 굳어 있었다.

"불길하군! 불길하기 짝이 없어! 가만히 있게, 왓슨! 쓸데없는 발자국을 만들어서는 안 돼! 내가 여기서 뭘 읽어내야 할까? 그는 부상을 당하고 쓰러졌네. 하지만 다시 일어나 자전거에 올라타 앞으로 달렸지. 그 외에 다른 자국은 없어. 샛길에는 소떼 발자국뿐이야. 황소에게 들이받힌 걸까? 그럴 리 없지! 하지만 다른 사람의 발자국이 보이지 않는군. 왓슨, 일단 더 가야겠네.

바퀴자국을 따르듯이 핏자국을 따라가면 그를 놓칠 리 없을 걸세."

수색은 의외로 금방 끝났다. 바퀴자국은 질퍽이고 번들거리는 길 위에서 삐뚤빼뚤 곡선을 그렸다. 앞의 무성한 가시금작화 덤불 사이에서 금속이 번쩍하고 빛났다. 우리는 덤불을 헤쳐 자전거를 끌어냈다. 타이어는 파머스의 제품이었으며 자전거는 한쪽 페달이 휘었다. 게다가 자전거 앞쪽은 끔찍할 정도로 피범벅이었다. 덤불 한쪽을 보니 구두 한 짝이 튀어나와 있었다. 허겁지겁 덤불을 돌아가니 자전거를 타고 온 남자가 쓰러져 있었다. 키가 크고 턱수염이 덥수룩한 남자였다. 쓰고 있는 안경은 알 하나가 빠지고 없었다. 머리를 세게 얻어맞아 사망한 것이 분명했다. 얼마나 무지막지한 공격이었던지 두개골 일부가 박살나 있었다. 이런 부상을 입은 후에도 자전거를 타고 달릴 수 있었다니 얼마나 용기 있고 활력 넘치는 사람이었을지 짐작되었다. 그는 맨발에 구두만 신고 열린 재킷 아래엔 잠옷만 걸쳤다. 사라진 독일어 교사가 분명했다.

홈스는 신중한 태도로 시신을 뒤집은 후 꼼꼼하게 살피기 시작했다. 그 후엔 주저앉아 깊은 생각에 잠겼다. 찌푸린 이마로 미루어보아 홈스는 이 섬뜩한 발견도 수사에 큰 도움이 안 된다고 여기는 듯했다.

마침내 홈스가 말문을 열었다.

"지금 무엇부터 해야 할지 갈피를 못 잡겠다네, 왓슨. 솔직히 수사를 계속하고 싶어. 안 그래도 시간을 많이 잃은 상태라 한시도 지체할 수 없으니까. 하지만 시신을 찾았다고 경찰에 신고를 해야 하네. 이 가여운 교사의 시신이 제대로 수습되도록 말일세."

"내가 신고를 하러 가겠네."

"자네는 내 곁에서 도와줬으면 좋겠어. 잠깐! 저기에 토탄을 캐는 농부가 있군. 저 사람을 여기로 데리고 와주게. 저 사람에게 경찰을 데려오라고 하면 되겠어."

나는 홈스가 말한 농부를 현장으로 데리고 왔다. 홈스가 혼비백산한 농부에게 쪽지를 주며 헉스터블 박사에게 보냈다.

"자, 왓슨. 오늘 아침에 벌써 단서를 두 개나 확보했네. 하나는 파머스 타이어를 단 자전거일세. 그 자전거가 무엇으로 우리를 이끌었는지 잘 보았지. 다른 하나는 덧댄 흔적이 있는 던롭 타이어를 단 자전거야. 던롭 타이어 흔적을 조사하러 가기 전에 우리가 정확하게 뭘 아는지부터 따져보자고. 그래야 어떻게 정보를 이용할지 판단하고 알짜배기 정보와 부수적인 정보를 구별할 수 있을 테니까.

소년은 자신의 의지로 학교를 떠났다는 사실을 잊지 말게. 그

애는 창문으로 방을 빠져나가 학교를 떠났어. 혼자였거나 동행이 있었겠지. 그건 확실하네."

나는 홈스의 가정에 동의했다.

"이제는 비명횡사한 독일어 교사를 생각해볼까. 소년은 도망칠 때 옷을 제대로 입고 있었네. 앞으로 무슨 일이 있을지 알았기 때문이지. 하지만 교사는 양말도 신지 않은 채였어. 무슨 일이 벌어지는지 알아차리자마자 곧바로 행동에 나선 걸세."

"그렇겠지."

"교사는 왜 나갔을까? 침실 창문으로 학교를 빠져나가는 소년을 보았기 때문이야. 뒤따라가서 다시 학교로 데리고 오려고 했겠지. 그는 자신의 자전거로 다급하게 소년을 뒤따랐어. 그러다가 결국 목숨을 잃었지."

"그렇게 된 것 같군."

"자, 이제부터가 내 가설에서 중요한 부분일세. 보통 성인 남자가 어린 소년을 뒤쫓을 때는 뛰어가는 게 자연스럽지. 아이를 따라잡을 수 있을 거라고 생각하니까. 그런데 교사는 그러지 않았어. 자전거를 타고 뒤따랐지. 사람들 말이 하이데거는 자전거를 잘 탔다더군. 아이에게 신속한 도주 수단이 있는 걸 보았기 때문에 그도 자전거로 뒤쫓은 거야."

"다른 자전거가 있었군."

"상황을 계속 재구성해보자고. 그가 사망한 지점은 학교에서 팔 킬로미터 정도 떨어진 곳이야. 자네도 봤다시피 어린애라도 발사할 수 있는 총에 맞아 죽은 게 아닐세. 억센 팔이 머리를 뭔가로 호되게 때렸지. 그렇다면 아이가 도주할 때 동행이 있었다는 말이 되네. 게다가 도주는 매우 빨랐어. 자전거를 잘 타는 사람도 그들을 따라잡는 데 팔 킬로미터나 걸렸을 정도니까. 그런데 우리는 사건이 벌어진 현장을 조사해서 무엇을 찾았나? 소들이 지나간 흔적 외에는 아무것도 없었어. 내가 주위를 크게 빙 두르면서 살펴봤지만 오십 미터 반경에 다른 길은 없다네. 던롭 타이어의 자전거를 탄 사람은 살인과 관계가 없을 수도 있지. 더이상 사람 발자국이 없을지도 모르네."

"홈스, 그건 말이 안 돼!"

내가 소리쳤다.

"존경스럽군! 이보다 일목요연한 요약은 없겠어. 그래, 내가 말한 내용은 말이 안 돼. 어느 부분에서인가 잘못되었다네. 자네도 직접 보았지. 어느 부분이 잘못된 건지 알겠나?"

"넘어지는 바람에 두개골이 골절된 건 아니겠지?"

"이런 늪지에서?"

"뭐가 뭔지 모르겠군."

"쯧쯧, 우리는 이보다 더 까다로운 문제도 풀었던 적이 있잖은

가. 지금은 수사의 재료가 잔뜩 있네. 물론 재료를 쓸 수 있어야 의미가 있지만. 자, 어서 가세. 파머스 타이어 쪽은 끝났으니 이제 덧댄 자국이 있는 던롭 타이어가 우리에게 무슨 이야기를 해줄지 살펴보자고."

우리는 타이어 흔적을 따라 한동안 걷다가 이내 황무지 지대가 높아지면서 나온 히스가 무성한 언덕을 지났다. 마침내 우리는 물줄기를 뒤로 한 채 습지를 완전히 벗어났다. 타이어 흔적에서는 쓸 만한 단서를 더 얻지 못했다. 자전거는 던롭 타이어 흔적이 끊어진 지점에서부터 우리가 서 있는 위치에서 왼쪽으로 몇 킬로미터 떨어진, 탑처럼 웅장하게 솟은 홀더니스 홀로 향했을 수도 있다. 하지만 우리 앞의 우중충한 마을로 갔을 가능성도 배제할 수 없었다. 그 마을이 체스터필드 중심가를 끼고 있다는 점도 잊어서는 안 되었다.

우리는 음산한 분위기의 불결한 여관으로 다가갔다. 여관 문 위에는 싸움닭(파이팅 콕) 그림이 있었다. 여관에 거의 다 왔을 무렵 홈스가 갑자기 신음 소리를 내더니 내 어깨를 움켜쥐며 간신히 균형을 잡았다. 한쪽 발목을 심하게 삐끗한 듯 제대로 걷지 못했다. 그는 절뚝거리며 힘겹게 문으로 걸어갔다. 문가에서 땅딸막하고 피부가 거무스름한 중년 남자가 검은색 사기 파이프를 피우고 있었다.

"안녕하십니까? 루번 헤이스 씨?"

홈스가 말을 걸었다.

"당신 누구요? 그리고 내 이름을 어떻게 아는 거요?"

되묻는 남자의 교활해 보이는 두 눈에는 의심하는 기색이 역력했다.

"머리 위에 붙은 간판에 이름이 적혀 있지 않습니까. 집주인은 어딘지 남달라 보이는 법입니다. 마구간에 마차 같은 탈것은 없나 보군요?"

"그렇소, 마차는 없소."

"도저히 발로 땅을 디딜 수가 없어서요."

"디디지 마쇼."

"그러면 걸을 수가 없지 않습니까."

"한 발로 뛰든가."

루번 헤이스의 태도는 점잖다고는 할 수 없었다. 하지만 홈스는 탄복할 만한 유머 감각으로 무례한 태도를 받아넘겼다.

"이것 보세요, 주인장. 내가 지금 꽤나 곤란합니다. 상황이 상황인 만큼 뭐라도 탈것이 있으면 됩니다."

"나도 그렇소."

뚱한 여관 주인이 대꾸했다.

"다급한 상황입니다. 자전거를 빌려주면 주인장에게 일 파운드 금화를 드리리다."

그 말에 여관 주인이 귀를 쫑긋 세웠다.

"어디로 갈 거요?"

"홀더니스 홀입니다."

"공작 나리의 친구분들이쇼?"

여관 주인은 진흙투성이인 우리의 옷을 비꼬듯 위아래로 훑어보면서 되물었다.

홈스가 사람 좋게 너털웃음을 터뜨렸다.

"우리를 보면 반기실걸요."

"어째서 말이오?"

"실종된 아드님의 행방을 알려드릴 테니까요."

그 말에 집주인이 놀란 표정을 감추지 못했다.

"뭐요? 아이를 찾았소?"

"리버풀에서 목격되었다더군요. 곧 아드님을 찾을 수 있을 거랍니다."

수염이 아무렇게나 난 험악한 남자의 낯빛이 순식간에 바뀌었다. 태도도 돌연 살가워졌다.

"나만큼 공작의 행복을 빌어줄 이유가 없는 사람도 없지. 예전에 나는 그 댁 수석 마부였는데 형편없는 취급을 받았소. 잡곡상의 거짓말 한마디에 추천장도 안 주고 날 잘라버리더군. 하지만 어린 주인님이 리버풀에서 목격되었다는 소식을 들었다니 기쁘구려. 당신이 그 소식을 홀더니스 홀에 전해줄 수 있도록 도와주겠소."

"고맙습니다. 일단 배부터 채워야겠습니다. 그런 다음에 자전거를 빌려주십시오."

"나는 자전거가 없는데."

홈스가 일 파운드 금화를 들어 보였다.

"이보시오, 방금 말했잖소. 나는 자전거가 없소이다. 대신 홀더니스 홀까지 말 두 필을 빌려드리리다."

"오, 그렇군요. 뭘 좀 먹고 나서 다시 이야기를 해봅시다."

홈스가 말했다.

우리는 판석이 깔린 주방에 남겨졌다. 그러자 삐끗한 홈스의 발목은 언제 아팠냐는 듯 순식간에 멀쩡해졌다. 어느새 해거름이 다 된 시각이었다. 우리는 이른 아침부터 아무것도 못 먹었기 때문에 느긋하게 식사를 했다. 홈스는 깊은 생각에 잠겼다. 그러다가도 몇 번이나 자리에서 일어나 창가로 다가가더니 창밖을 열심히 내다보았다. 창은 우중충한 마당으로 나 있었다. 마당 한구석의 대장간에서는 지저분한 꼴의 청년이 한창 작업중이었다. 다른 쪽에는 마구간이 있었다. 홈스는 창가에 갔다가 다시 자리에 앉았다. 그러다가 큰 소리로 탄성을 내며 일어났다.

"세상에, 왓슨, 해답을 찾은 것 같네! 그래, 맞아, 분명히 그럴 걸세. 왓슨, 오늘 봤던 소떼가 지나간 흔적을 기억하지?"

"그래, 몇 번이나 봤잖나."

"어디에서?"

"글쎄, 사방에서 봤지. 습지에도 있었고 오솔길 위에도 있었지. 불쌍한 하이데거가 목숨을 잃은 지점 근처에서도 봤고."

"맞아. 생각해보게, 왓슨. 황무지에서 소를 몇 마리나 봤나?"

"소는 한 번도 보지 못했군."

"이상하지 않은가? 하루 종일 황무지를 돌아다니면서 소 흔적은 잔뜩 봤는데 정작 소는 어디에서도 못 봤지. 정말 이상하지 않은가?"

"그래, 이상하네."

"자, 왓슨. 머리를 굴려보게. 기억을 더듬어보라고! 오솔길 위의 소들이 지나간 흔적이 어땠는지 떠오르나?"

"그래, 기억나."

"소 발자국이 가끔 이런 모양이었던 걸 기억하나?"

홈스는 말하면서 빵 조각을 늘어놓았다.

: : : : :

"그리고 가끔 이런 모양이있지."

: . : . : . : .

"가끔은 이렇게 보이기도 했고."

. . . . . .

"기억할 수 있겠나?"

"아니, 기억 안 나는군."

"나는 기억하네. 맹세할 수도 있어. 이 문제는 한가할 때 다시 확인하도록 하지. 지금까지 이 생각을 못 했다니 난 정말 어리석었군!"

"도대체 어떤 결론을 내린 건가?"

"이 소가 어찌나 똑똑한지 걷고, 구보를 하고, 전력 질주를 할 줄 안다는 결론이지. 세상에, 왓슨. 어수룩한 시골 여관 주인이 진실을 은폐하기 위해 그런 묘수를 생각해냈을 리 없어! 지금 밖에는 대장간에서 일하는 저 청년 말고는 아무도 없는 것 같아. 살짝 나가서 뭘 하는지 봐야겠군."

금방이라도 무너질 것 같은 마구간에는 털을 손질해주지 않아 꼴이 엉망인 말 두 마리가 있었다. 홈스가 말 한 마리의 뒷발을 들어 살피더니 웃음을 터뜨렸다.

"편자를 최근에 갈았는데 새 편자가 아니야. 편자는 낡았지만 못은 새거군. 걸작인 사건일세. 저기 대장간에 가보세나."

청년은 우리를 신경쓰지 않고 계속 일했다. 나는 홈스의 시선이 바닥에 어지럽게 흩어진 쇳조각과 나뭇조각을 따라 바쁘게 움직이는 것을 보았다. 그런데 뒤에서 발소리가 들렸다. 여관 주인이었다. 잔인해 보이는 두 눈 위로 짙은 눈썹을 찌푸린 그는 화가 치미는지 거무스름한 얼굴을 씰룩거리고 있었다.

그는 손잡이가 금속으로 된 짧은 지팡이를 쥐고 있었다. 우리를 향해 성큼 다가오는 모습이 어찌나 위협적인지 내 주머니에 권총이 들어 있다는 사실이 다행스러울 정도였다.

"이 빌어먹을 염탐꾼들아! 여기서 뭘 하는 거야?"

그가 소리를 질렀다.

"왜 그러십니까, 루번 헤이스 씨. 누가 보면 우리가 뭘 찾아낼까 봐 전전긍긍하는 줄 알겠습니다."

홈스가 아무렇지 않게 대답했다.

그 말에 여관 주인은 성질을 간신히 죽였다. 그러더니 음침한 표정으로 마음에도 없는 웃음을 터뜨렸다. 인상을 쓰고 있을 때보다 더 위협적이었다.

"대장간에서 뭘 보든 상관없소이다. 하지만 생각해보슈. 모르는 사람들이 허락도 없이 여기저기 쑤시고 다니면 어느 누가 좋아하겠소? 빨리 돈이나 주고 떠나쇼. 빨리 나갈수록 좋소."

"알았습니다, 헤이스 씨. 불쾌하게 할 의도는 없었습니다. 주인장의 말들을 한번 보고 싶었을 뿐입니다. 생각해보니 그냥 걸어가도 되겠습니다. 여기서 멀지 않으니까요."

홈스가 말했다.

"홀더니스 홀의 대문까지 삼 킬로미터 정도 될 거요. 왼쪽으로 가시오."

그는 우리가 떠날 때까지 우리에게서 음울한 시선을 떼지 않았다.

우리는 그리 멀리 가지 않았다. 왜냐하면 모퉁이를 돌아 여관 주인이 우리를 더이상 볼 수 없게 되자마자 홈스가 걸음을 멈췄기 때문이다.

홈스가 말했다.

"애들 술래잡기 같군. 거의 다 잡았는데 다시 멀어지고 있어. 안 돼, 안 돼. 여관을 이대로 떠날 수는 없네."

"루번 헤이스라는 작자가 사건의 진상을 아는 게 분명해. 그렇게 얼굴에 빤히 드러나는 악당은 처음 봤군."

"오호라! 그자에게 그런 인상을 받았군? 그곳에는 말들이 있어. 대장간도 있지. 그래, 그 파이팅 콕이라는 여관은 확실히 흥미로운 곳이야. 그곳을 다시 조사해봐야 할 것 같아. 이번에는 은밀하게."

우리 뒤편으로는 잿빛 석회석 바위가 군데군데 있는 언덕이 길게 뻗어 있었다. 우리는 길에서 벗어나 언덕을 오르기 시작했다. 그러다가 홀더니스 홀 방향으로 시선을 돌렸는데 자전거 한 대가 빠른 속도로 달려오고 있는 게 보였다.

"왓슨, 몸을 낮추게!"

홈스가 소리치며 내 어깨를 꽉 눌렀다. 우리가 몸을 숨기자마자 자전거 한 대가 곁을 지나갔다. 자욱하게 피어오르는 흙먼지 속에서 길을 따라 자전거를 모는 창백하고 불안한 얼굴이 언뜻 보였다. 두 눈을 부릅뜨고 입을 벌린 채 공포에 물든 표정의 남자가 앞을 노려보고 있었다. 지난밤에 보았던 말쑥한 제임스 와일더를 기묘한 만화 캐릭터로 그려놓은 것 같았다.

"공작의 비서잖아! 왓슨, 따라가서 저 사람이 뭘 하는지 확인해야겠어."

홈스가 소리쳤다.

우리는 이 바위에서 저 바위로 몸을 숨기며 이동해 여관의 정문이 보이는 곳까지 갔다. 와일더의 자전거가 여관 정문 옆에 기대세워져 있었다. 여관 주위는 이미 인적이 끊어졌고 창문에도 사람 그림자가 비치지 않았다. 홀더니스 홀의 높은 탑들 너머로 해가 지자 어둠이 내려앉았다. 이윽고 어둠 속에서 여관 마구간에 세워놓은 이륜마차의 등 두 개가 켜졌다. 불이 켜지자마자 마차는 발굽 소리를 요란하게 내며 체스터필드 대로로 나가 전속력으로 체스터필드 마을 방향으로 달렸다.

"저자들이 뭘 하는 것 같나, 왓슨?"

홈스가 물었다.

"도망치는 것 같은데."

"내가 본 바로는 마차에 탄 사람은 남자 한 명뿐이었어. 제임스 와일더는 아니겠군. 그 사람은 지금 문간에 있으니까."

어둠 속에서 네모난 붉은빛이 솟아오르듯 나타났다. 빛 한가운데에 비서의 검은 형체가 보였다. 그는 머리를 앞으로 내밀고 어두운 주변을 주의깊게 살폈다. 누군가를 기다리는 게 분명했다. 이윽고 길을 걸어오는 발소리가 들리더니 불빛에 잠깐 두 번째 사람이 보였다. 문은 이내 닫혔고 다시 주위는 새까만 어둠에 파묻혔다. 오 분 후 2층의 한 방이 환해졌다.

"파이팅 콕에는 묘한 손님들이 머무르는 것 같군."

홈스가 말했다.

"술집은 저쪽에 있는데."

"맞아, 이 사람들은 비밀리에 방문하는 손님들인 모양이야. 야심한 시각에 제임스 와일더는 저기서 무엇을 하고 있을까? 그를 만나려고 여기까지 온 사람은 누굴까? 왓슨, 위험을 무릅쓰더라도 가까이 가서 안을 살펴봐야겠어."

우리는 살그머니 대로로 들어가서 여관 문까지 기어갔다. 자전거는 여전히 벽에 기대어 있었다. 홈스는 성냥을 켠 후 뒷바퀴로 가져갔다. 불빛에 덧댄 자국이 있는 던롭 타이어가 보이자 홈스가 소리를 죽이고 웃었다. 우리는 불 켜진 창 바로 아래에 있었다.

"아무래도 창문을 들여다봐야겠군, 왓슨. 자네가 등을 구부리고 벽에 기대주게. 그러면 내가 올라타보겠네."

잠시 후 내 어깨에 그의 발이 올라왔다. 그는 올라가기가 무섭게 다시 내려왔다.

"친구, 이제 가세. 오늘 하루는 정말 길었군. 알아낼 만한 사실은 다 알아냈다네. 학교까지는 한참 걸어야 하니 서둘러 출발하는 게 좋을 거야."

지친 몸을 이끌고 터덜터덜 황무지를 걷는 동안 홈스는 한마디도 하지 않았다. 마침내 학교에 도착했지만 그는 들어가지 않고 매클턴 역으로 가서 전보를 몇 통 보냈다.

늦은 밤 헉스터블 박사를 위로하는 홈스의 목소리가 들렸다. 박사는 교사의 죽음에 망연자실해 있었다. 이윽고 홈스는 아침 일찍 방을 나설 때처럼 힘이 펄펄 넘치는 모습으로 내 방으로 들어왔다.

"모든 일이 잘되고 있네, 왓슨. 내일 저녁 전에 수수께끼는 모두 풀릴 거야."

홈스가 말했다.

이튿날 오전 11시에 홈스와 나는 주목나무가 늘어선 유명한 홀더니스 홀 진입로를 걸었다. 우리는 엘리자베스 여왕 시대 양식의 웅장한 현관으로 들어가 공작의 서재로 안내되었다. 그곳에는 제임스 와일더가 있었다. 그의 태도는 공손하고 점잖았다. 하지만 의뭉스러운 눈동자와 씰룩거리는 얼굴에는 지난밤 그가 느낀 공포의 흔적이 남아 있었다.

"공작님을 만나러 오셨습니까? 죄송합니다만 공작님은 지금 누굴 만나실 수 있는 상태가 아닙니다. 비보를 전해 들으시고는 상심해 계십니다. 어제 오후에 헉스터블 박사로부터 전보를 한 통 받았습니다. 전보로 두 분이 무얼 찾으셨는지 알게 되셨죠."

"당장 공작님을 뵈어야 합니다, 와일더 씨."

"하지만 지금은 침실에 계십니다."

"그러면 제가 그곳으로 가야겠군요."

"아직 침대에 계실 겁니다."

"그곳에서 뵙겠습니다."

홈스의 냉정하고 굽힐 줄 모르는 태도는 말려봐야 소용없다는 사실을 똑똑하게 보여주었다.

"알겠습니다, 홈스 씨. 공작님에게 오셨다고 말씀드리겠습니다."

삼십 분 후 공작이 서재에 모습을 나타냈다. 그의 얼굴은 어느 때보다 창백했고 어깨는 구부정했다. 전날 아침에 보았을 때보다 훨씬 늙은 것 같았다. 그는 위엄을 잃지 않은 채 예의를 갖춰 우리에게 인사를 한 후 책상 의자에 앉았다. 붉은 수염이 책상 위로 흘러내렸다.

"무슨 일입니까, 홈스 씨?"

공작이 물었다.

홈스는 대답 대신 공작의 옆에 있는 비서를 뚫어지게 바라보았다.

"공작님, 와일더 씨가 자리를 비워주시면 좀더 편하게 이야기를 할 수 있을 것 같습니다."

그 말을 듣고 얼굴에 핏기가 싹 가신 비서는 홈스를 무시무시한 눈빛으로 노려보았다.

"공작님께서 원하신다면……."

"그래, 그래. 자네는 가보게. 자, 홈스 씨, 내게 무슨 말을 하려는 거요?"

홈스는 비서가 문을 닫고 나갈 때까지 아무 말 않고 기다렸다.

"사실은 말입니다, 공작님. 왓슨 박사와 저는 헉스터블 박사님으로부터 사건을 해결하면 사례금을 받을 수 있다는 말을 들었습니다. 공작님께서 직접 확인해주시면 좋겠습니다."

홈스가 말했다.

"사실이오, 홈스 씨."

"제가 정확하게 들었다면 아드님이 어디에 있는지 알려주는 사람에게 오천 파운드를 주신다죠?"

"그렇소."

"아드님을 납치해간 자 혹은 그 패거리의 신원을 알려주는 사람에게 일천 파운드를 주시고요?"

"그렇소."

"패거리라는 건 아드님을 데려간 사람들뿐 아니라 감금된 장소에 아드님을 데리고 있는 사람까지 포함하는 거겠죠?"

"그래요, 그래. 셜록 홈스 씨, 당신이 제대로 사건을 해결해준다면 대접을 섭섭하게 받았다고 불평할 일은 없을 거요."

공작이 성마르게 대답했다.

홈스는 탐욕스러운 사람처럼 앙상한 양손을 마주 비볐다. 나는 평소에 돈 욕심이 없다고 생각했던 그에게서 의외의 모습을 보고 놀라지 않을 수 없었다.

"지금 공작님의 수표책이 책상에 있겠죠. 육천 파운드 수표를 발행해주시면 대단히 감사하겠습니다. 수표에 횡선■을 긋는 게 좋겠죠. 제 거래 은행은 캐피털앤드카운티스뱅크, 옥스퍼드 스트리트 지점입니다."

■ 수표에 두 줄로 긋는 선으로, 횡선이 그어져 있는 수표는 해당 은행의 거래자만 현금으로 바꿀 수 있다.

공작은 엄한 표정으로 꼿꼿하게 앉아 홈스를 차갑게 쏘아보았다.

“이걸 농담이라고 하는 겁니까, 홈스 씨? 시시한 소리나 하고 있을 때요?”

“농담이라뇨, 공작님. 제 평생 지금만큼 진지한 적은 없습니다.”

“하고 싶은 말이 뭐요?”

“제가 사례금을 받을 자격이 있다는 말입니다. 아드님이 어디 있는지 알고 있습니다. 그리고 아드님을 감금한 자들이 누구인지도 압니다.”

공작의 얼굴이 유령이라도 된 듯 하얗게 질리자 붉은 수염이 무시무시하게 붉어 보였다.

“아들은 어디 있소?”

공작이 다급하게 물었다.

“아드님은 지금, 아니 적어도 지난밤에는 파이팅 콕 여관에 있었습니다. 저택의 대문에서 삼 킬로미터가량 떨어진 곳이죠.”

공작이 의자 등에 그대로 몸을 기댔다.

“범인은 누구요?”

홈스의 대답은 놀라웠다. 그는 빠르게 앞으로 나아가 공작의 어깨를 짚으며 이렇게 말했다.

"공작님입니다. 자, 공작님, 어서 수표를 발행해주시지요."

그 순간 자리에서 일어나 심연으로 가라앉는 사람처럼 양손을 허우적거렸던 공작의 모습을 나는 결코 잊지 못할 것이다. 다음 순간 그는 귀족의 품위를 지키기 위한 초인적인 자제력을 발휘해 자리에 앉은 후 양손에 얼굴을 파묻었다. 몇 분이나 흘렀을까. 마침내 공작이 말문을 열었다.

"얼마나 알고 있소?"

그는 고개도 들지 않은 채 물었다.

"어젯밤에 공작님을 봤습니다."

"친구분 외에 또 아는 사람이 있소?"

"아무에게도 말하지 않았습니다."

공작은 떨리는 손으로 펜을 들고 수표책을 펼쳤다.

"홈스 씨, 나는 내가 한 말을 그대로 지킬 것이오. 당신이 알아낸 사실이 내게 반갑든 아니든 수표를 써주겠소. 사례금 이야기를 꺼냈을 때만 해도 이런 상황이 될 줄은 꿈에도 몰랐소. 홈스 씨, 당신과 당신의 친구분을 믿어도 되겠소?"

"무슨 뜻이신지 잘 모르겠습니다."

"단도직입적으로 말하리다, 홈스 씨. 사건의 진상을 아는 사람이 당신 둘뿐이라면 일을 크게 만들 이유가 없지 않소. 두 분에게 내가 일만 이천 파운드를 지급하면 되겠소?"

홈스는 미소를 지으며 고개를 가로저었다.

"공작님, 상황을 간단히 정리할 수는 없습니다. 무고한 교사가 목숨을 잃게 만든 책임도 물어야 하니까요."

"제임스는 그 일에 대해서는 아무것도 몰랐소. 그러니 그에게 책임을 물을 수는 없을 거요. 불행하게도 제임스가 고용한 잔악무도한 악당이 제멋대로 저지른 일이란 말이오."

"공작님, 저는 이렇게 생각합니다. 어떤 범죄를 저지른 사람은 그 범죄에서 파생된 다른 범죄에 대해서도 도덕적으로 책임이 있다고 말입니다."

"도덕적이라, 홈스 씨. 물론 당신의 말이 옳소. 하지만 법의 시각은 다르오. 범행 현장에 있지도 않았던 사람에게 살인죄를 물을 수는 없소. 하물며 그 사람이 당신만큼이나 살인을 혐오하고 두려워한다면 말이오. 그 소식을 듣는 순간 제임스는 내게 모든 것을 털어놓았소. 공포와 후회로 어쩔 줄을 모르고 있소. 즉시 살인자와의 관계도 끊었소. 오, 홈스 씨, 당신이 제임스를 구해줘야 하오. 당신이 구해줘야 한단 말이오! 이렇게 부탁하니 어떻게든 구해주시오!"

공작은 결국 자제력을 잃고 방안을 서성거렸다. 감정을 주체하지 못해 얼굴을 씰룩거리며 주먹을 꽉 쥔 채 허공에 소리를 질러댔다. 마침내 자제력을 되찾은 공작이 다시 의자에 앉았다.

"다른 사람에게 말하기 전에 나를 먼저 찾아와줘서 정말 고맙소. 적어도 추문이 몰고 올 난장판을 얼마나 줄일 수 있을지 의논할 수 있을 테니 말이오."

"그렇습니다. 공작님, 저도 공작님도 숨기는 것 없이 절대적으로 솔직하게 의논을 해야 합니다. 최선을 다해서 도와드리겠습니다. 그러기 위해서는 제가 지금까지의 상황에 대해 빠짐없이 알아야 합니다. 일단 공작님이 말씀하신 제임스는 비서인 제임스 와일드 씨이고 그가 살인을 저지르지 않았다는 사실은 잘 압니다."

"맞소, 살인자는 벌써 도주했다오."

셜록 홈스는 점잖게 미소를 지었다.

"공작님은 저에 대해 잘 모르시는 것 같군요. 그게 아니라면 제 손아귀를 빠져나가기가 그렇게 쉽다고 생각하지 않으실 테니 말입니다. 루번 헤이스는 제가 제공한 정보로 지난밤 11시에 체스터필드 마을에서 체포되었습니다. 오늘 아침에 학교에서 출발하기 전에 현지 경찰서장으로부터 전보를 받았습니다."

공작은 의자에 털썩 기대며 어안이 벙벙한 표정으로 홈스를 바라보았다.

"사람의 능력이라고는 믿을 수가 없군요. 그러니까 루번 헤이스가 잡혔단 말이오? 그 일이 제임스의 앞날에 아무런 영향을 미치지 않는다면야 나도 매우 기쁠 거요."

"비서로서의 앞날 말씀이십니까?"

"아니오, 내 아들로서의 앞날 말이오."

이번에 홈스가 어안이 벙벙한 표정을 지을 차례였다.

"금시초문이군요, 공작님. 어떻게 된 일인지 구체적으로 말씀해주시겠습니까?"

"당신에게는 아무것도 숨기지 않겠소. 정말 고통스럽지만 제임스의 어리석음과 질투가 초래한 절망적인 상황에서, 모든 것을 사실대로 털어놓는 것이 최선이라는 당신의 의견에 동의하오. 나는 젊었을 때 평생 단 한 번밖에 찾아오지 않을 사랑을 했소. 그 숙녀에게 청혼했지만 그녀는 내 미래에 걸림돌이 될 거라는 이유로 청혼을 거절했다오. 만약 그녀가 죽지 않았다면 나는 결코 결혼하지 않았을 거요. 그녀는 제임스를 남기고 세상을 떠났고 나는 그녀를 위해서라도 그 아이를 아끼고 사랑했소. 세상에 떳떳하게 부자 관계를 밝힐 수는 없었지만 최고의 교육을 받게 해주었고 성인이 된 후로는 비서로 삼아 곁에 가까이 두었죠. 그러던 중 제임스는 이 비밀을 우연히 알게 되었소. 그 이후로 자신이 내 약점을 알고 있으니 언제든지 내가 질색하는 추문을 일으킬 수 있다고 은근히 암시하곤 했나오. 따지고 보면 아내와의 불화도 그 아이를 곁에 둔 탓도 있을 거요. 무엇보다 제임스는 후계자인 솔타이어 경을 증오했소. 일이 그 지경이 되도록 왜 제임스를 계속 곁에 두었는지 궁금할 거요. 그건 그 아이의 얼굴에서 제 엄마의 모습을 볼 수 있었기 때문이었소. 사랑했던 그녀를 위해서라면 어떤 고통도 참을 수 있었소. 그녀의 아름다웠던 모습도 떠올랐지. 그 아이가 어떤 행동을 하든 옛 추억이 떠올랐던 거요. 나는 아이를 떠나보낼 수 없었소. 하지만 혹시라도 아서, 그러니까 솔타이어 경에게 해코지를 할지 모른다는 걱정을 떨칠 수가 없었지. 그래서 아서의 안전을 위해 헉스터블 박사의 학교로 보낸 거요.

한편 제임스는 루번 헤이스라는 사내와 알게 되었소. 한때 그자는 내 소작농이었고 제임스는 내 대리로 소작인들을 상대했기 때문이지. 헤이스는 뼛속까지 막돼먹은 불한당이오. 놀랍게도 제임스는 어느새 그자와 친밀해졌소. 그 아이는 항상 신분이 낮은 친구들과 잘 어울리더군. 제임스가 솔타이어 경을 납치하기로 마음먹었을 때 그 아이가 믿는 구석이 바로 헤이스였소. 아서가 납치된 날 내가 편지를 썼던 걸 기억하시오? 제임스는 그 편지를 몰래 열어 메모를 집어넣었소. 학교 뒤에 있는 래기드쇼 잡목림에서 만나자는 내용이었소. 제임스가 아내의 이름을 사칭해서 메모를 썼지. 아서는 아무 의심 없이 그곳으로 나갔소. 여기서부터는 제임스가 고백한 대로 말하겠소. 그날 저녁

제임스는 자전거를 타고 래기드쇼로 가서 아서와 만났소. 어머니가 몹시 그리워하고 있으며 황무지에서 기다리고 있다고 했다 하오. 자정에 래기드쇼로 다시 나오면 한 남자가 말 한 필을 끌고 와 기다리고 있을 텐데, 그 남자가 어머니에게 데려다줄 거라고 했다오. 아무것도 모르는 아서는 덫에 걸려들었지. 그 시각 래기드쇼에는 헤이스가 말을 끌고 와 기다리고 있었소. 아서가 말에 올라타자 두 사람은 함께 황무지를 달리기 시작했지. 제임스는 어제야 비보를 전해 들었소. 헤이스와 아서를 뒤쫓던 독일어 교사를 헤이스가 지팡이로 공격했고 부상을 입은 추격자는 목숨을 잃었소. 헤이스는 아서를 파이팅 콕으로 끌고 가 2층 방에 감금해놓고 자기 아내에게 돌보게 했다오. 헤이스 부인은 마음씨 좋은 사람이지만 포악한 남편에게 꼼짝도 못하지.

자, 홈스 씨. 여기까지가 이틀 전 당신을 처음 만났을 때의 상황이오. 그때는 나도 당신이 아는 정도밖에 몰랐소. 제임스가 이런 짓을 꾸민 동기가 뭔지 묻고 싶을 거요. 내 생각은 이렇소. 그가 내 후계자에게 느꼈던 불합리하고 광적이기까지 한 증오가 가장 큰 원인일 거요. 제임스는 자신이 재산을 물려받아야 한다고 생각했소. 그걸 불가능하게 만든 사회 법규를 마음 깊이 증오했지. 좀더 구체적인 동기도 있소. 제임스는 내가 적자에게만 유산이 상속되도록 하는 지금의 상속제도를 폐지하는 데에 힘을 쓰기를 원했소. 나라면 폐지할 수 있다고 믿었지. 나와 협상을 할 속셈이었소. 아서를 되찾고 싶으면 상속제도를 폐지해서 모든 재산을 자신이 물려받을 수 있게 하라고 말이오. 제임스는 무슨 일이 있어도 내가 경찰에 신고하지 않으리라는 사실을 잘 알았던 거요. 제임스는 협상을 제안할 생각이 있었지만 실제로 하지는 않았소. 갑자기 상황이 급박하게 전개되었거든. 계획을 실행에 옮길 시간이 없었던 거요.

제임스의 사악한 계획은 당신이 하이데거 씨의 시신을 찾은 덕분에 실패로 끝났소. 제임스는 사람이 죽은 걸 알고 공포에 사로잡혔다오. 어제 이 서재에 제임스와 같이 있는데 헉스터블 박사의 전보가 도착했소. 전보를 받은 후 비통함과 불안으로 어쩔 줄 몰라 하는 제임스의 모습을 본 순간 마음 한구석에 어렴풋하게 있었던 의심이 확신으로 변했다오. 나는 그 아이를 압박했소. 그러자 제임스는 모든 사실을 자발적으로 털어놓더군. 그리고 사흘만 비밀을 지켜 시간을 벌어달라고 애원을 했소. 공범에게 목숨을 부지할 기회를 주어야 한다고 말이오. 나는 녀석의 간청을 들어주고 말았소. 언제나 그랬듯이. 제임스는 즉시 파이팅 콕 여관으로 달려가서 헤이스에게 소식을 전하고 도주 방편을 마련해주었소. 낮에는 무슨 말이 나올지 모르니 내가 직접 갈 수 없었소. 하지만 밤이 되자마자 아서를 보러 달려갔죠. 아이는 안전하게 잘 지내고 있었지만 그날 밤 끔찍한 일을 목격한 후 이루 말할 수 없을 정도로 겁에 질려 있었다오. 한시바삐 아서를 데려오고 싶었지만 약속을 지키기 위해 아이를 헤이스 부인에게 사흘만 더 맡기기로 했소. 경찰에게 아이를 찾았다고 알리려면 누가 교사를 죽였는지도 이야기를 해야 하는데, 도저히 그럴 수는 없지 않소. 살인자가 처벌을 받으면 불쌍한 제임스의 인생도 끝장이고 말이오. 홈스 씨, 당신은 우리가 서로에게 솔직해야 한다고 했소. 나는 그 말을 지켰다오. 그래서 지금까지 숨기거나 에두르지 않고 솔직하게 털어놓았소. 이제 당신이 솔직해야 할 차례요."

"네, 그러겠습니다. 무엇보다 법의 관점에서 볼 때 공작님은 난처한 입장을 자초하셨습니다. 흉악범의 범행을 눈감아주셨습니다. 게다가 도주를 돕기까지 하셨죠. 제임스 와일더가 공범에게 도주 자금으로 얼마를 줬는지는 모르겠지만 분명 공작님의 주머니에서 나온 돈이겠죠."

공작은 그렇다는 듯 고개를 끄덕였다.

"하지만 심각한 문제는 따로 있습니다. 제 생각에 가장 큰 과실은 공작님이 둘째 아드님에게 취하는 태도입니다. 아드님을 범죄자들의 소굴에 사흘이나 더 방치해두실 작정입니까?"

"엄숙하게 약속을……."

"그런 자들과 한 약속이 무슨 의미가 있습니까? 아드님이 또 다시 유괴되지 않으리라 장담할 수 있습니까? 범죄를 저지른 큰아들을 배려하기 위해 아무 죄도 없는 아이가 고통을 겪을 이유는 없습니다. 또한 언제 현실이 될지도 모르는 위험에 고스란히 노출시키신 겁니다. 이 행동은 변명의 여지가 없습니다."

긍지 높은 홀더니스 공작은 자신의 저택에서 평생 단 한 번도 그런 비난을 듣지 못했을 것이다. 그는 순간 머리끝까지 피가 솟구친 듯 보였지만 이내 양심의 가책으로 할말을 잃었다.

"공작님을 도와드리겠습니다. 하지만 조건이 있습니다. 하인을 불러주십시오. 그리고 제가 알아서 지시를 내릴 수 있게 해 주십시오."

공작은 말없이 하인을 부르는 버튼을 눌렀다. 잠시 후 하인이 서재로 들어왔다.

"기쁘게도 어린 주인님을 찾았다네. 공작님이 당장 파이팅콕 여관으로 마차를 보내 솔타이어 경을 집으로 모셔 오라고 하셨네."

홈스가 지시를 내렸다.

하인이 희소식에 크게 기뻐하며 물러나자마자 홈스가 말했다.

"자, 앞으로의 문제를 해결했으니 과거를 보다 관대하게 처리할 수 있을 것 같군요. 저는 법의 집행자는 아닙니다. 정의만

지킬 수 있다면 제가 아는 정보를 털어놓을 이유는 없습니다. 헤이스에 대해서는 어떤 장담도 할 수 없습니다. 살인자인 그를 기다리는 것은 교수대입니다. 저는 그를 교수대에서 구하기 위해 힘쓸 생각이 없습니다. 그가 경찰에게 무슨 말을 할지 알 수 없습니다만 공작님이라면 살인에 대해서는 입을 다무는 편이 이롭다는 점을 이해시킬 수 있으리라 생각합니다. 경찰에게 그 자는 몸값을 받기 위해 아이를 납치한 납치범일 뿐입니다. 경찰이 직접 사건의 진상을 알아내지 않는 한 제가 주제넘게 나서서 넓게 보라고 등 떠밀 이유는 없죠. 하지만 공작님, 이 점만큼은 꼭 경고를 해두어야겠습니다. 제임스 와일더가 이 집에 머무르는 한 불행을 피할 수 없습니다."

"나도 알고 있다오, 홈스 씨. 제임스는 영원히 이곳을 떠날 거요. 오스트레일리아에서 자신의 운을 시험해보기로 했소."

"아까 말씀처럼 삐걱거린 결혼 생활도 제임스 와일더가 이곳을 맴돌았기 때문이었다면, 이제 그도 이곳을 떠날 테니 공작 부인에게 지금까지의 행동을 가능한 한 보상해주시면 어떻겠습니까? 불행했던 과거 때문에 흔들렸던 관계를 회복할 수 있도록 말입니다."

"그 점도 생각해두었다오, 홈스 씨. 오늘 아침에 아내에게 편지를 썼소."

"그러셨군요. 저와 제 친구는 여기 머물면서 만족할 만한 결과를 이끌어냈으니 자축을 해야겠습니다. 그런데 소소하지만 궁금한 점이 하나 있습니다. 헤이스라는 자가 말이 지나간 자국을 소가 남긴 흔적으로 보이게 하려고 편자를 바꿔 달았더군요. 그렇게 기발한 묘안을 귀띔해준 사람은 와일더였습니까?"

공작은 잠시 생각에 잠겼다. 그러다 얼굴에 놀라워하는 표정이 스쳐지나갔다. 공작은 박물관처럼 꾸며진 커다란 방으로 우리를 안내했다. 그는 구석에 있는 유리 진열대로 가더니 그곳의 설명문을 가리켰다.

이 편자들은 홀더니스 홀의 해자에서 출토되었다. 이것들은 땅에 닿는 부분이 소의 발굽 모양으로 만들어졌기 때문에 말의 발굽에 달아 추격자들을 따돌릴 수 있었다. 이것들은 중세 시대 약탈을 자행한 홀더니스 가문에서 대대로 사용한 것으로 추정된다.

홈스는 진열대를 열었다. 그리고 손가락에 침을 묻힌 후 편자를 손끝으로 훑었다. 그의 손끝에 최근에 묻은 진흙이 얇게 묻어났다.

"고맙습니다. 북쪽 지방에서 본 두 번째로 흥미로운 물건이로군요."

홈스가 진열대를 닫으며 말했다.

"가장 흥미로운 건 뭐였소?"

공작의 질문을 들으며 홈스는 수표를 접어서 수첩에 잘 끼워 넣었다.

"저는 가난한 사람이거든요."

홈스는 수첩을 토닥이더니 안쪽 주머니에 깊숙하게 집어넣었다.

블랙 피터

홈스를 만난 이래로 1895년만큼 그가 정신적으로나 육체적으로 최고의 상태였던 적은 없었다. 홈스의 명성이 날로 높아지자 사건 의뢰도 셀 수 없이 들어왔다. 사건을 의뢰하기 위해 우리의 소박한 거처를 찾은 유명 인사들에 대해 혹시 내가 조금이라도 실명을 알 수 있는 단서를 흘렸다면 그건 내 지각 없는 행동이다. 홈스는 위대한 예술가답게 예술을 위해서 살았다. 그렇다 보니 홀더니스 공작이 관련된 사건을 제외하면 가치를 따질 수 없는 귀한 도움을 주고도 걸맞는 보상을 요구하는 모습을 거의 못 봤다. 세속적인 욕심에 초연한 동시에 까다로운 성격 때문에 홈스는 권력을 지닌 사람이 요청해도 사건이 매력적이지 않을 때는 의뢰를 거절했다. 같은 논리로 사건이 기묘하고 극적인 면모가 감추어져 있어서 상상력을 자극한다면 의뢰인이 가난하더라도 사건 해결에 전력을 기울여 몇 주가 걸리든 자신의 능력을 시험했다.

1895년은 세상에 둘도 없을 기묘하고 독특한 사건들이 연속으로 발생해 기억에 남는 해다. 이 시기 홈스는 끊임없이 이어지는 사건들을 수사하느라 눈코 뜰 새가 없었다. 교황 성하의 부탁으로 급사한 토스카 추기경 사건을 수사해 명성을 떨치는가 하면, 악명 높은 카나리아 조련사 윌슨을 체포해 런던의 이스트엔드에서 골치를 썩이던 범죄 소굴을 소탕하는 쾌거를 올렸다. 유명한 사건을 연속으로 해결하자 뒤를 따르기라도 하듯 우드먼스 리 살인 사건이 일어났다. 피터 캐리 선장의 죽음을 둘러싼 정황이 몹시 기묘한 사건이었다. 그러므로 지금부터 밝히려는 이 독특한 사건은 셜록 홈스의 활약담에 반드시 포함되어야 한다.

칠월 첫 주, 홈스는 걸핏하면 집을 비웠고 한번 나가면 한참이나 돌아오지 않았다. 무슨 사건을 맡은 게 틀림없었다. 특히 이 무렵 우리집에는 배질 선장을 찾는 우락부락한 남자들의 발길이 이어졌다. 그것만 보고 나는 홈스가 가공할 정체를 숨기고 수많은 가짜 신분 중 하나로 위장해 어딘가에서 수사를 하고 있다고 짐작했다. 그는 신분을 위장할 수 있도록 런던의 곳곳에 작은 은신처를 최소 다섯 곳은 두고 있었다. 그는 무슨 사건을 수사중인지 말하지 않았다. 물론 나도 홈스에게 비밀을 털어놓으라고 강요하지 않았다. 홈스가 어떤 방향으로 수사중인지 처음으로 입을 연 계기는 기묘한 행색 때문이었다. 아침을 들기도 전에 외출했던 홈스가 성큼성큼 방으로 들어왔다. 막 아침을 먹으려고 내가 자리에 앉았을 때였다. 모자를 벗지도 않고 갈고리가 달린 커다란 창을 우산처럼 겨드랑이에 낀 모습이었다.

"세상에, 홈스! 설마 지금까지 그걸 든 채로 런던을 돌아다녔나?"

내가 깜짝 놀라 소리쳤다.

"마차를 타고 푸줏간에 다녀왔어."

"푸줏간이라고?"

"아침부터 힘을 썼더니 시장해죽을 지경이야. 왓슨, 역시 식전에 하는 운동이 좋다네. 자네 얼굴을 보니 내가 무슨 운동을 하고 왔는지 짐작도 못 한다는 쪽에 돈을 걸고 싶은걸."

"짐작하고 싶은 마음도 안 드네."

홈스는 껄껄 웃으며 커피를 따랐다.

"자네가 앨러다이스의 가게 안쪽을 슬쩍 들여다봤다면 말일세. 천장 갈고리에 걸린 죽은 돼지를 이 창으로 열렬하게 푹푹 찌르는 셔츠 차림의 신사를 목격했을 거네. 그 힘이 넘치는 신사가 바로 나였지. 덕분에 내가 아무리 용을 써도 돼지를 한 방에 꿰뚫을 수는 없다는 사실을 똑똑하게 확인하고 오는 길이네. 자네도 한 번 해볼 텐가?"

"생각 없네. 왜 그런 짓을 하는가?"

"우드먼스 리에서 벌어진 살인 사건과 간접적으로 관계가 있을 것 같거든. 아, 홉킨스 경위, 어젯밤에 전보를 받고 기다리고 있었습니다. 들어와서 함께 식사를 하시죠."

우리를 찾아온 손님은 빈틈이 없어 보이는 남자였다. 나이는 서른 정도였고 차분한 트위드 정장 차림이었는데, 제복에 익숙한 사람처럼 자세가 꼿꼿했다. 나는 손님이 누군지 단숨에 알아보았다. 스탠리 홉킨스라는 젊은 경위였다. 홈스가 큰 기대를 걸고 있는 홉킨스 경위는 저명한 탐정의 과학적인 수사 기법에 대해 존경과 찬탄을 보여왔다. 그는 수심이 가득하고 풀이 잔뜩 죽은 모습으로 의자에 앉았다.

"아뇨, 괜찮습니다. 오기 전에 아침을 먹었습니다. 지난밤은 런던에 있었습니다. 보고할 일이 있었거든요."

"무슨 보고를 하셨습니까?"

"실패죠, 철저한 실패요."

"아무 진척이 없습니까?"

"네, 없습니다."

"저런! 그 사건을 살펴봐야겠군요."

"꼭 그렇게 해주십시오, 홈스 씨. 이 사건은 제게 처음으로 찾아온 큰 기회입니다. 그래서 더욱 어떻게 해야 할지 모르겠습니다. 제발 사건을 살펴보고 손을 빌려주세요."

"마침 사건에 대해서 손에 넣을 수 있는 모든 증거를 꼼꼼하게 살펴보았습니다. 검시 배심 보고서도 다 읽었죠. 그건 그렇고 사건 현장에서 발견된 담배쌈지에 대해서 어떻게 생각하십니까? 담배쌈지에는 아무 단서도 없습니까?"

홉킨스가 깜짝 놀란 표정을 지었다.

"그 쌈지는 피살자의 물건이었습니다. 그의 이름 머리글자가 안쪽에 있죠. 바다표범 가죽으로 만들었습니다. 피살자는 전직 바다표범 사냥꾼이었어요."

"하지만 소지품에 파이프는 없었습니다."

"그렇습니다. 파이프는 나오지 않았습니다. 사실 그는 담배를 안 피웠습니다. 친구들을 만날 때를 대비해서 가지고 다닌 담배일지도 모릅니다."

"그렇겠죠. 사건 수사에 참여한다면 담배쌈지에서 수사를 시작할 요량으로 이야기를 꺼냈을 뿐입니다. 그나저나 내 친구 왓슨 박사는 사건에 대해 아무것도 모릅니다. 저도 사건을 순서대로 다시 들어두면 좋겠군요. 중요한 내용만 추려서 간단하게 들려주시죠."

스탠리 홉킨스는 주머니에서 종이 한 장을 꺼냈다.

"죽은 피터 캐리 선장의 이력을 짐작할 수 있을 만한 연도들을 몇 개 추려 적어두었습니다. 죽은 선장은 1845년생입니다. 올해로 쉰 살이죠. 훌륭한 바다표범과 고래 사냥꾼으로 이름난 성공한 사람이었습니다. 1883년에 던디에서 바다표범을 포획하는 증기선인 시 유니콘호의 선장이 되었습니다. 그해에 몇 차례나 바다로 나가 큰 수확을 올렸죠. 이듬해인 1884년에 은퇴했습니다. 그 후 몇 년 동안은 이곳저곳으로 여행을 다니다가 마침내 서식스 주의 포리스트로 마을 근처에 있는 우드먼스 리라는 작은 집을 구입했습니다. 그곳에 산 지 육 년이 되었고 오늘로부터 꼭 일주일 전에 그곳에서 사망했습니다.

죽은 선장에게는 특이한 점이 몇 가지 있었습니다. 평소에 그는 엄격한 청교도처럼 생활했죠. 말수가 없고 음울한 분위기를 풍겼습니다. 가족으로는 아내와 스무 살인 외동딸이 있고 하녀 두 명이 집에서 같이 살았습니다. 하녀들은 툭하면 바뀌었죠. 일할 맛이 나는 집안이 아니었거든요. 도저히 견딜 수 없을 때도 있었다더군요. 선장은 고주망태가 되도록 술을 퍼마셨는데 술에 취해 날뛸 때는 악마나 다름없었습니다. 한밤중에 아내와 딸을 집에서 쫓아내고도 모자라서 정원에서 그 둘을 따라다니며 두들겨 패는 바람에 근처 주민들이 비명소리에 잠에서 깬 적도 있었죠.

한번은 늙은 목사를 잔인하게 폭행해 법정에 소환된 적도 있었어요. 선장의 행동에 항의하기 위해 찾아간 목사를요. 홈스 씨, 한마디로 피터 캐리보다 위험한 사람은 좀처럼 찾을 수 없을 겁니다. 듣자 하니 배를 탈 때도 똑같았더군요. 그 바닥에서 선장은 블랙 피터로 불렸습니다. 피부가 거무스름하고 검은 턱수염을 덥수룩하게 길러서 붙은 별명이기도 하지만 가는 곳마다 공포로 물들여놓는 성격도 한몫을 했죠.■ 당연히 이웃도 하나같이 그를 혐오하고 피했습니다. 그가 끔찍한 최후를 맞이했다는 소식에 애석해하는 사람이 아무도 없을 정도입니다.

홈스 씨는 선장의 별채에 대한 검시 배심 보고서를 읽으셨을 겁니다. 왓슨 박사님은 금시초문이시겠죠. 죽은 선장은 집에서 몇백 미터 떨어진 곳에 목재로 별채를 지었습니다. 가로가 오 미터 세로가 삼 미터밖에 안 되는 방 하나짜리 오두막이었습니다. 선장은 선실이라고 부르며 늘 그곳에서 잠을 잤습니다. 열쇠는 항상 몸에 지녔고 잠자리도 직접 준비하고 청소도 스스로 했습니다. 아무도 들이지 않았죠. 별채의 양쪽에 하나씩 난 작

■ 검은색을 뜻하는 영어 단어 black에는 악마와 관계되었다는 뜻도 있다.

은 창문에는 전부 커튼이 쳐져 있고 걷힌 적이 없습니다. 창문 하나는 큰길로 나 있어요. 밤에 창문에 불이 들어오면 마을 사람들은 그곳을 가리키며 블랙 피터가 무엇을 하고 있을지 궁금해했죠. 홈스 씨, 검시 배심에 제출된 몇 가지 증언 가운데 하나는 바로 그 창문 때문에 나왔습니다.

슬레이터라는 석공을 기억하시죠. 그는 살인이 일어나기 이틀 전, 새벽 1시경에 포리스트로에서 걸어오다가 나무 사이로 별채의 창에서 나온 불빛을 보고 발걸음을 멈췄습니다. 그때 맹세코 창문으로 어떤 남자의 옆모습 실루엣이 비치는 걸 봤다더군요. 실루엣이 커튼에 또렷하게 비쳤는데, 선장 모습이 아니더랍니다. 그 석공은 선장을 잘 알았거든요. 짧은 턱수염이 앞으로 툭 튀어나온 모습이 선장의 수염과는 완전히 달랐다고 증언했습니다. 하지만 술집에서 두 시간이나 노닥거리다 돌아오는 길이었던데다가 큰길에서 창문까지는 꽤 거리가 있어서 신뢰할 만한 증언이라고 하기에는 무리가 있어요. 게다가 그가 의문의 남자를 본 건 월요일이었습니다. 사건은 수요일에 발생했죠.

화요일에 피터 캐리는 어느 때보다 기분이 저조했습니다. 술을 마셔 얼굴은 붉었고 야생 맹수만큼 포악했다더군요. 그는 집을 이리저리 돌아다녔습니다. 집안의 여자들은 그가 오는 소리만 들리면 도망치기 바빴죠. 밤늦게 그는 별채로 갔습니다. 새벽 2시경, 창문을 열어두고 자던 그의 딸이 별채 방향에서 무시무시한 고함소리를 들었습니다. 아버지가 술을 마시면 소리를 지르고 난동을 피우는 건 흔히 있는 일이라 신경쓰지 않았다고 합니다. 아침 7시에 하녀 한 명이 일어나 별채 문이 열려 있다는 사실을 알아차렸습니다. 하지만 평소에 선장을 얼마나 무서워했던지 정오가 되도록 무슨 일이 일어났는지 아무도 가볼 엄두를 못 냈습니다. 정오까지도 선장이 보이지 않아서 그들은 열린 문으로 안을 들여다봤습니다. 그 순간 얼굴이 하얗게 질려서 마을까지 도망치듯 달려갔죠. 저는 신고를 받고 한 시간도 안 돼 현장에 도착했습니다. 그리고 사건을 맡았습니다.

홈스 씨도 아시겠지만, 저는 담력이라면 어느 누구에게 뒤지지 않습니다. 하지만 별채 내부를 살짝 들여다보고 얼마나 충격을 받았는지 모릅니다. 파리들이 몰려들어서 풍금처럼 윙윙 소리를 냈고 바닥과 벽은 도살장처럼 피바다였습니다. 안을 보니 왜 선장이 그곳을 선실이라고 불렀는지 알겠더군요. 마치 배 안에 있는 듯한 느낌이 들었거든요. 한쪽에 침대가 있었습니다. 선원이 쓰는 사물함이며 각종 지도와 해도가 있었고 시 유니콘호 사진도 있었습니다. 선반에는 항해일지들이 가지런히 꽂혀 있었습니다. 사람들이 생각하는 선장실의 모습 그대로였습니다. 그 가운데 선장이 있었습니다. 얼굴이 지옥에 떨어져 고통

받는 영혼처럼 뒤틀렸더군요. 그가 극심한 고통을 겪으며 고개를 든 탓에 얼룩덜룩한 거대한 턱수염도 위로 들렸습니다. 작살이 넓은 가슴을 뚫고 들어가 벽까지 깊숙하게 박혀 있었죠. 종이에 고정된 딱정벌레 같았습니다. 마지막 순간에 단말마의 비명을 지르고 죽었겠지요.

저는 탐정님의 수사법을 잘 압니다. 그래서 저도 적용해봤죠. 아무것도 건드리지 못하게 한 뒤 별채 밖의 지면은 물론이고 별채 안의 바닥까지 샅샅이 훑었습니다. 하지만 발자국은 없었습니다."

"하나도 못 봤다는 뜻입니까?"

"그렇습니다. 발자국은 전혀 없었습니다."

"홉킨스 경위, 나는 지금까지 수많은 범죄 사건을 수사했습니다. 하지만 날개 달린 생물이 저지른 사건은 못 봤어요. 범죄자가 두 다리로 서는 존재라면 분명히 사건 현장에는 움푹 들어간 흔적이나 쓸린 자국, 미세하게 위치가 바뀐 흔적이 남습니다. 그리고 과학수사로 이런 흔적을 찾아낼 수 있죠. 사방이 피투성이인 방에 도움이 될 만한 흔적이 전혀 없다니 믿어지지 않는군요. 그런데 검시 배심 보고서를 보니 경위님이 몇 가지 물건을 눈여겨보셨더라고요?"

젊은 경위는 내 친구의 빈정대는 듯한 말에 인상을 찌푸렸다.

"곧장 홈스 씨를 부르지 않은 제가 바보였습니다. 이제 와서 후회해봤자 늦었지요. 네, 그 방에는 관심을 끄는 물건이 몇 가지 있었습니다. 하나는 살인 도구로 쓰인 작살입니다. 벽에 걸어두었던 작살 세 개 중 하나였죠. 두 개는 제자리에 있었고 한 자리가 비어 있었습니다. 자루에는 'S.S. 시 유니콘, 던디'라고 새겨져 있었고요. 정황상 극도로 흥분한 범인이 우발적으로 저지른 살인 같습니다. 아무거나 손에 잡고 찌른 거죠. 사건이 새벽 2시에 일어났으며 피터 캐리가 옷을 갖춰 입고 있었다는 사실로 미루어 볼 때 그는 살인자와 만날 약속을 했을 겁니다. 탁자 위에 있던 럼주 한 병과 더러운 잔 두 개만 봐도 능히 짐작할 수 있죠."

"알겠습니다. 두 가지 추론이 모두 그럴듯하군요. 그 방에 럼주 외에 다른 술이 있습니까?"

홈스가 물었다.

"네, 사물함 위에 브랜디와 위스키가 진열된 술병 진열장이 있었습니다. 하지만 별로 중요해 보이지 않습니다. 디캔터에 술이 꽉 차 있었고 진열장은 건드린 흔적이 없었거든요."

"그곳에 있었다면 뭐든 의미가 있습니다. 어쨌든 지금은 경위님이 사건과 관계가 있다고 생각하는 물건에 대해서 듣기로 하죠."

"담배쌈지가 탁자 위에 있었습니다."

"탁자 어디에 있었습니까?"

"한가운데 놓여 있었습니다. 바다표범 가죽으로 만든 조잡한 것이었습니다. 거친 가죽에 아가리를 조이는 가죽끈이 달려 있죠. 안쪽을 보니 덮개에 P.C.라는 머리글자가 있었습니다. 쌈지에는 독한 담배 십오 그램이 들어 있었습니다."

"훌륭합니다! 또 뭐가 있었죠?"

스탠리 홉킨스는 주머니에서 칙칙한 황갈색 표지의 수첩을 꺼냈다. 표지는 낡아 너덜거리고 속지도 변색되어 있었다. 첫 페이지에 J.H.N.이라는 머리글자와 1883이라는 연도가 적혀 있었다. 홈스는 수첩을 탁자 위에 내려놓고 꼼꼼하게 조사했다. 나와 홉킨스는 그의 양쪽에 서서 어깨 너머로 지켜보았다. 두 번째 페이지에 C.P.R.이라는 철자가 씌어 있고 그 후로는 몇 장에 걸쳐 숫자만 있었다. 페이지 상단에 아르헨티나, 코스타리카와 상파울루라는 지명이 기재되기도 했다. 각각의 제목 아래로 몇 페이지에 걸쳐 다양한 표식과 숫자가 줄을 이었다.

"이게 뭐 같습니까?"

홈스가 물었다.

"증권거래소 증권 목록 같습니다. J.H.N.은 주식 중개인의 철자고 C.P.R.은 중개인의 고객이 아닐까 싶습니다."

"캐나다 퍼시픽 철도 회사Canadian Pacific Railway는 어떻습니까?"

홈스가 불쑥 말했다. 그러자 스탠리 홉킨스가 나지막이 욕설을 내뱉으며 주먹으로 자신의 허벅지를 내리쳤다.

"이렇게 멍청할 수가! 홈스 씨 말씀대로입니다. 그렇다면 J.H.N.이 무엇의 머리글자인지만 알아내면 되겠군요. 과거의 증권거래소 목록을 조사해봤습니다만 1883년에는 증권거래소든 외부 중개인이든 머리글자가 일치하는 사람을 전혀 찾을 수 없었습니다. 하지만 제가 쥐고 있는 가장 중요한 단서입니다. 홈스 씨도 이 머리글자가 그 자리에 있었던 두 번째 인물, 다시 말해서 살인자의 이름일 가능성을 인정하시겠죠. 대량의 유가증권과 관련된 문서를 조사해보면 사건이 발생한 후 처음으로 범죄 동기를 짐작해볼 수 있을 것 같습니다."

홈스는 새로운 전개에 완전히 뒤통수를 맞은 듯한 표정을 지었다.

"경위님의 이야기에서 두 가지 부분에 동의합니다. 검시 배심에 증거로 제출되지 않은 이 수첩 덕분에 좀 전까지 생각해둔 가설을 수정해야 할 것 같군요. 처음 세웠던 가설은 수첩이 나타난 이상 사건에 들어맞지 않아요. 방금 말씀하신 증권들은 추적을 해보셨습니까?"

"지금 경찰이 조사중입니다. 하지만 남아메리카 기업의 주주

명부는 현재 남아메리카에 있습니다. 그러니 주주들을 모조리 추적하려면 몇 주는 걸립니다."

홈스는 돋보기로 수첩의 표지를 조사했다.

"여기 변색된 부분이 있군요."

"네, 혈흔입니다. 말씀드렸다시피 바닥에서 주웠거든요."

"수첩이 떨어진 상태에서 혈흔이 윗면과 바닥면 어디에 묻어 있었습니까?"

"아랫면요."

"수첩은 범행이 일어난 후에 떨어졌겠군요."

"그렇습니다, 홈스 씨. 저도 그렇게 생각했습니다. 범인이 급하게 도주하다가 떨어뜨린 게 아닐까요? 문가에 떨어져 있었거든요."

"고인의 소지품에서 증권은 전혀 나오지 않았죠?"

"그렇습니다."

"강도 사건이라고 추측할 근거는 없습니까?"

"없습니다. 아무것도 건드리지 않았습니다."

"아, 흥미진진하군요. 거기에 칼은 있었습니까, 없었습니까?"

"칼집에 들어 있는 단도가 한 자루 있었습니다. 단도는 죽은 선장의 발치에 있었습니다. 부인이 남편 물건이라고 확인해주었고요."

홈스는 한동안 생각에 골몰하다가 말문을 열었다.

"음, 사건 현장을 둘러봐야 할 것 같군요."

스탠리 홉킨스는 기뻐서 어쩔 줄을 몰랐다.

"고맙습니다, 탐정님. 가슴에 얹힌 돌을 내려놓은 기분입니다."

홈스가 손가락을 들어 경위를 향해 흔들었다.

"일주일 전에 방문했다면 훨씬 간단했을 겁니다. 어쨌든 지금이라도 가보면 뭐라도 소득이 있겠죠. 왓슨, 시간이 된다면 나와 함께 가지 않겠나. 경위님, 일단 사륜마차부터 불러주시겠습니까. 십오 분 후에 포리스트로로 출발합시다."

도로변의 작은 역에 도착해 기차에서 내린 우리는 마차를 타고 나무가 드문드문 들어선 드넓은 숲을 몇 킬로미터나 달렸다. 오랫동안 색슨족 침입자들을 막아준, 아무도 통과할 수 없는 울창한 삼림의 일부였던 이 숲은 육십 년 동안 브리튼 섬의 방어벽 역할을 했고 지금은 상당 부분 벌목되었다. 왜냐하면 그곳에 잉글랜드 최초의 제철소들이 들어섰기 때문이다. 숲은 광석을 녹일 땔감이 되었다. 세월이 흘러 제철소는 숲이 더 울창한 북쪽으로 이동했다. 황폐해진 숲과 땅에 남은 거대한 흉터들이 아니라면 아무도 과거를 떠올리지 못할 것이다. 녹색 언덕에 길고 낮은 석조 저택이 한 채 서 있었다. 저택 진입로가 들판을 구불구불 지났다. 진입로에서 가까운 곳에 관목 숲으로 삼면이 둘러싸인 작은 오두막이 한 채 있었다. 창문 하나와 문이 우리가 있는 큰길 쪽으로 나 있었다. 그곳이 바로 살인 현장이었다.

스탠리 홉킨스는 우리를 저택으로 안내했다. 저택에서 흰머리가 성성하고 얼굴이 수척한 여자를 소개받았다. 살해당한 선장의 아내였다. 초췌하고 주름진 얼굴과 충혈된 두 눈 깊은 곳에 은밀하게 자리잡은 공포는 그녀가 오랜 세월 학대당해왔음을 보여주었다. 그녀와 함께 창백한 얼굴의 금발머리 딸도 자리해 있었다. 아버지가 죽어서 기쁘며 아버지를 죽인 손에 축복을 내리고 싶다고 거침없이 말하는 딸의 눈이 이글이글 타올랐다. 블랙 피터 캐리의 가정은 끔찍했다. 해가 비치는 밖으로 나와 망자가 생전에 꼭꼭 다져놓은, 들판을 가로지르는 오솔길을 걸을 때는 안도감마저 느껴졌다.

별채는 구조가 매우 단순했다. 나무 벽 위에 지붕을 얹었고 창문은 문 옆과 그 맞은편에 하나씩 달려 있었다. 스탠리 홉킨스는 주머니에서 열쇠를 꺼냈다. 문을 열려고 자물쇠로 몸을 숙였다가 깜짝 놀라며 심상치 않은 표정을 지었다.

"누가 건드렸어요."

그가 말했다.

누가 봐도 분명했다. 문에는 칼자국이 있고 긁힌 부분들은 페인트가 벗겨져 하얗게 보였다. 마치 방금 전에 긁힌 것처럼 말이다. 홈스는 창문을 살펴보았다.

"창문으로도 들어가려고 했군요. 누군지 몰라도 실패했고요. 강도라면 실력이 형편없군요."

"정말 이상합니다. 어제저녁만 해도 전혀 보지 못한 흔적입니다."

경위가 말했다.

"호기심을 참지 못한 마을 사람의 짓이 아닐까요?"

내가 의견을 냈다.

"그럴 리는 없습니다. 마을 사람 중에는 별채에 몰래 들어오기는커녕 근처를 얼씬거리는 사람도 없습니다. 이 사실을 어떻게 생각하시나요, 홈스 씨?"

"행운은 우리 편인 것 같군요."

"그자가 다시 올 거라는 말씀이신가요?"

"가능성이 높죠. 그자는 문이 열려 있을 줄 알고 왔습니다. 잠겨 있으니 주머니칼 같은 걸로 자물쇠를 쑤셔서 억지로 열어보려고 했지만 그런 칼로는 어림도 없었고요. 이제 어떻게 할까요?"

"쓸 만한 도구를 들고 밤에 다시 찾아오겠죠."

"내 말이 그 말입니다. 그자를 기다렸다가 잡지요. 우선 안을 보여주시죠."

비극의 흔적은 말끔히 치워져 있었다. 그러나 가구며 물건들은 사건이 있었던 날 모습 그대로였다. 홈스는 두 시간 동안 한눈팔지 않고 그곳에 있는 물건을 빠짐없이 조사했다. 그의 표정을 보니 결과가 영 신통치 않은 듯했다. 홈스는 끈질긴 조사 도중 딱 한 번 조사를 멈추고 홉킨스에게 질문을 했다.

"선반에서 뭔가 가져갔습니까, 홉킨스 경위님?"

"아뇨, 저는 아무것도 건드리지 않았습니다."

"누가 여기에서 뭔가를 가져갔어요. 옆쪽에 비해 선반 이쪽 구석이 먼지가 더 적군요. 눕혀놓았던 책이거나 상자겠어요. 이런, 더이상 할 수 있는 일이 없군요. 왓슨, 나가서 아름다운 숲을 산책하며 몇 시간 동안 꽃과 새를 감상하지 않겠나. 홉킨스 경위님, 잠시 후에 만납시다. 지난밤에 이곳에 왔던 자와 만날 수 있을지 시험해봅시다."

우리는 밤 11시가 지나 매복을 시작했다. 홉킨스 경위는 별채의 문을 열어두자고 했지만 홈스는 문을 열어두면 침입자에게 의심을 살지도 모른다고 반대했다. 자물쇠는 단순하게 만들어진 것이라 칼날 같은 것으로 뒤로 세게 밀기만 하면 열렸다. 홈스는 우리가 별채 안이 아니라 밖에서 대기해야 하며 문의 맞은편에 달린 창문 주위의 무성한 관목 사이에 몸을 숨겨야 한다고 했다. 그 위치에서 매복을 해야 침입자가 불을 켰을 때 그자를 똑똑하게 볼 수도 있고 어둠을 틈타 별채에 몰래 숨어든 목적도 똑똑하게 확인할 수 있다는 것이다.

기약 없이 밤을 새며 기다리자니 울적했지만, 사냥꾼이 물웅덩이 옆에 몸을 숨기고 엎드려 목마른 맹수가 찾아오기만을 기다리는 순간처럼 전율도 느껴졌다. 어둠 속에서 우리를 향해 다가오는 맹수는 어떤 자일까? 포악한 호랑이 같은 범죄자여서 그자의 번득이는 송곳니와 발톱에 맞서 죽기 살기로 싸워야 할까? 아니면 살금살금 돌아다니는 자칼 같은 자라 힘없고 호신용 무기조차 없는 사람들에게만 위협적인 존재일까? 우리는 쥐 죽은듯이 고요한 어둠을 배경으로 관목 사이에 웅크리고 앉아 누군지 모를 침입자를 기다렸다. 처음에는 밤늦게 다니는 주민들의 발소리나 주위 민가에서 들리는 목소리가 들려 잠복의 분위기는 그리 무겁지 않았다. 하지만 간간이 들리던 소리가 뜸해지더니 마침내 무거운 정적이 우리를 덮쳤다. 저멀리서 들려오는 밤이 깊어진다고 알리는 교회 종소리와 머리 위를 덮은 나뭇잎들이 부슬부슬 내리는 가랑비를 맞고 바스락거리는 소리만이 드문드문 무거운 정적을 깨뜨릴 뿐이었다.

2시 30분을 알리는 종소리가 울렸다. 새벽을 앞두고 가장 어두운 시간을 막 지난 순간 대문 쪽에서 난 작고 날카로운 딸깍 소리에 우리는 화들짝 놀랐다. 누가 진입로로 들어온 게 분명했다. 이내 주위는 다시 조용해졌다. 잘못 들었겠거니 생각할 무렵 별채의 맞은편에서 소리를 최대한 죽인 발소리가 들렸다. 잠시 후 금속이 여기저기 긁히고 부딪히는 소리가 들렸다. 어떤 사람이 자물쇠를 열려고 애를 쓰는 중이었다! 실력이 좋아진 건지 좋은 도구를 준비해온 건지 금세 자물쇠가 열렸고 문의 경첩이 삐걱거리는 소리가 났다. 성냥을 긋는 소리가 나더니 은은한 촛불빛이 별채 안을 가득채웠다. 우리는 망사 커튼이 쳐진 창문으로 눈에 불을 켜고 별채 안을 살펴보았다.

한밤의 방문객은 깡마르고 비실비실해 보이는 젊은 남자였다. 검은 콧수염 때문에 가뜩이나 핏기 없는 얼굴이 숫제 시체 같았다. 스무 살을 갓 넘긴 청년이었는데 불쌍할 정도로 겁에 질려 있었다. 그는 딱딱 소리가 날 정도로 이를 맞부딪히고 온몸을 떨었다. 옷차림을 보니 멀쩡한 신사로, 허리에 벨트가 있는 재킷에 무릎 아래에서 여미는 반바지를 입었고 머리에는 납작한 모자를 썼다. 겁에 질린 눈빛의 남자는 주위를 둘러보았다. 그는 양초를 탁자에 올려놓더니 우리에게는 보이지 않는 한쪽 구석으로 사라졌다. 다시 나타난 그는 커다란 책을 들고 있었다. 선반에 꽂혀 있던 항해일지 가운데 한 권이었다. 그는 탁자에 몸을 기댄 채 빠른 속도로 페이지를 넘기더니 마침내 찾던 부분을 발견한 듯 보였다. 그러더니 분노가 치밀었는지 주먹을 휘두르며 일지를 구석자리에 꽂아두고 촛불을 껐다. 홉킨스 경위가 별채를 막 빠져나오려는 그의 멱살을 잡았다. 붙잡혔다는 사실을 깨달은 순간 그가 공포에 사로잡혀 토해낸 비명소리가 귓전을 때렸다. 양초에 불을 붙이니 꼴사납게 된 우리의 포로가 형사의 손아귀에 꼼짝없이 잡혀 벌벌 떠는 모습이 보였다. 그는 무너지듯 사물함에 주저앉아 무기력한 눈빛으로 우리를 한 사람씩 바라보았다.

"이봐, 대답해. 당신 누구야? 여기는 왜 왔어?"

스탠리 홉킨스가 물었다.

남자는 간신히 정신을 차리고 어떻게든 침착함을 잃지 않으려고 애쓰며 우리를 바라보았다.

"형사님들입니까? 제가 피터 캐리 선장의 죽음에 관련이 있다고 생각하시겠죠. 저는 결백합니다."

"이제부터 조사해보면 알겠지. 이름이 뭐요?"

홉킨스가 신문을 시작했다.

"존 호플리 넬리건입니다."

나는 홈스와 홉킨스가 눈빛을 주고받는 잠깐의 순간을 놓치지 않았다.

"여기서 뭘 하고 있었소?"

"비밀로 해주실 수 있습니까?"

"안 되오. 그렇게는 할 수 없소."

"그럼 왜 대답을 해야 하죠?"

"대답을 하지 않았다는 사실이 재판에서 당신에게 불리하게 작용할 테니까."

젊은 남자가 인상을 썼다.

"음, 그렇다면 말하겠습니다. 말 못 할 이유가 어디 있겠습니까? 케케묵은 추문을 끄집어내야 한다니 치가 떨리지만 할 수 없죠. 혹시 도슨과 넬리건이라는 이름을 들어보셨습니까?"

나는 홉킨스의 표정으로 그는 금시초문이라는 사실을 알아차렸다. 하지만 홈스는 깊은 관심을 드러냈다.

"잉글랜드 서부의 은행가들이죠? 두 사람이 백만 파운드를 날리는 바람에 콘월 지방의 가구 반이 파산을 했죠. 그 후 넬리건은 자취를 감추었고요."

"그렇습니다. 넬리건이 바로 제 아버지입니다."

마침내 우리는 사건의 실마리라 할 만한 것을 손에 넣었다. 하지만 도주한 은행가와 작살로 목숨을 잃은 피터 캐리 선장 사이에 어떤 연결 고리가 있는 걸까? 우리는 청년의 이야기에 주의를 기울였다.

"실제로 그 일에 관여한 사람은 제 아버지뿐이었습니다. 도슨 씨는 이미 은퇴한 상태였죠. 당시 저는 고작 열 살이었지만 공포와 수치를 느끼기엔 충분한 나이였습니다. 세간에는 아버지가 증권을 훔쳐서 달아났다고 알려져 있는데 사실이 아닙니다. 아버지는 증권을 팔 수만 있으면 모든 일이 잘 풀려서 채권자들에게 채무를 상환할 수 있으리라 믿었습니다. 아버지는 체포 영장이 발부되기 직전에 당신 소유의 작은 요트를 타고 노르웨이로 떠나셨죠. 아버지가 어머니에게 작별 인사를 하던 마지막 밤을 잊을 수가 없습니다. 아버지는 당신이 가지고 가는 증권 목록을 우리에게 남겼습니다. 돌아오는 날에는 치욕을 씻고 아버지를 믿었던 사람들 모두가 고통에서 벗어날 거라고 장담하셨어요. 하지만 두 번 다시 아버지의 소식을 듣지 못했습니다. 요트도 아버지도 영원히 사라졌죠. 어머니와 저는 아버지와 요트는 물론 가지고 가신 증권도 모두 바다에 가라앉았다고 생각했어요. 그런데 우리 가족과 사이가 돈독한 분이 몇 해 전에 아버지가 가지고 가신 증권 일부가 런던 주식시장에서 팔렸다는 사실을 알려주셨습니다. 그 소식을 듣고 우리가 얼마나 놀랐을지 상상이 가십니까. 저는 몇 달에 걸려서 증권을 추적했습니다. 갖은 고생 끝에 증권 판매자가 이 별채 소유자인 피터 캐리 선장이라는 사실을 알아냈습니다.

당연히 선장이 어떤 사람인지 조사했습니다. 그 과정에서 그가 아버지가 노르웨이로 출발했던 바로 그 무렵 북극해에서 돌아오던 포경선의 선장이었다는 사실을 알게 되었습니다. 그해 가을은 폭풍우가 잦았고 남쪽에서 강풍이 쉬지 않고 몰려왔죠. 아버지의 요트는 남풍을 받아 북쪽으로 향하던 중 피터 캐리 선장의 포경선과 마주쳤을 수도 있습니다. 만약 그랬다면 아버지에게 무슨 일이 생겼을까요? 어찌되었든 피터 캐리의 설명을 듣고 싶었습니다. 어떻게 증권이 시장에서 팔렸는지 증명하면 아버지가 그 증권을 판매하지 않았으며 증권을 가져간 것도 개인적인 이득을 취할 의도가 아니었다고 입증할 수 있으리라 생각했습니다.

저는 선장을 만나려고 서식스로 왔지만 잔인하게 살해된 후였습니다. 검시 배심 보고서를 읽었는데, 거기에 별채를 묘사한 부분이 있었습니다. 죽은 선장이 탔던 배의 낡은 항해일지가 보관되어 있다고 나와 있더군요. 1883년 8월에 시 유니콘호에서 무슨 일이 있었는지 알면 아버지 행방의 비밀도 풀 수 있을 것 같았죠. 저는 어젯밤에 일지들을 손에 넣으려고 왔습니다만 문을 열 수 없었습니다. 오늘밤에 다시 시도해서 마침내 성공했죠. 일지를 뒤져봤지만 하필 그 시기의 기록이 뜯겨나가고 없었습니다. 그걸 확인한 순간 이렇게 여러분의 손에 잡히고 말았습니다."

"하고 싶은 말은 그게 다요?"

홉킨스가 물었다.

"네, 이게 답니다."

대답하는 청년의 눈이 불안함으로 떨렸다.

"다른 건 없소?"

청년은 잠시 망설이더니 대답했다.

"그렇습니다. 더이상 없습니다."

"이곳에 온 건 어젯밤이 처음이었소?"

"그렇습니다."

"이건 어떻게 설명하겠나?"

홉킨스는 첫 페이지에 청년의 이니셜이 적혀 있고 표지에 핏자국이 묻은 지저분한 수첩을 들며 윽박질렀다.

불쌍한 청년은 그대로 무너졌다. 그는 두 손에 얼굴을 파묻고는 사시나무 떨듯 떨기 시작했다.

"그걸 어디서 찾으셨습니까? 저는 모르는 일입니다. 호텔에서 잃어버렸다고 생각했습니다."

그가 신음 소리를 내며 대답했다.

"이 정도면 충분하오. 무슨 증언을 하든 이제 법정에서 해야 할 거요. 당장 경찰서로 갑시다. 홈스 씨, 여기까지 오셔서 도움을 주신 점 감사드립니다. 왓슨 박사님께도 감사드리고요. 굳이 오시지 않아도 될 뻔했네요. 저 혼자서도 사건을 해결할 수 있었겠어요. 그래도 두 분에게 감사드립니다. 브램블타이 호텔에 두 분의 방을 예약해두었습니다. 마을로 가시지요."

홉킨스가 말했다.

"왓슨, 이 사건을 어떻게 생각하나?"

다음날 아침 런던으로 돌아가는 길에 홈스가 불쑥 질문했다.

"자네는 결과가 마음에 들지 않는 모양이군."

"오, 그럴 리가. 왓슨, 나는 더할 나위 없이 마음에 드네. 스탠리 홉킨스 경위의 방식은 마음에 들지 않지만. 그 사람에게 실망했네. 좀더 나은 모습을 기대했는데 말이지. 형사라면 항상 다른 가능성을 찾아보고 그것을 대비해두어야 하는 법이지. 그게 바로 범죄 수사의 첫 번째 규칙이거든."

"자네가 생각하는 다른 가능성은 뭔가?"

"내 나름으로 하고 있는 수사가 있다네. 헛수고일지도 몰라. 지금은 아무 장담도 할 수 없어. 하지만 적어도 그 끝에 뭐가 있는지 확인해볼 생각이야."

집에 도착하니 홈스 앞으로 편지가 몇 통이나 와 있었다. 그는 편지 한 통을 다급하게 집더니 봉투를 뜯었다. 이윽고 승리의 기분에 도취되어 웃음을 터뜨렸다.

"훌륭해, 왓슨. 또 다른 가능성이 움직이기 시작했어. 전보용지 있나? 전보 몇 통 작성해주게.

'내일 오전 10시까지 세 사람을 보내줄 것. 배질. 래트클리프 하이웨이 섬너 해운 중개소.'

거기서는 내 이름을 배질로 알거든.

'내일 아침 9시 30분에 아침 식사를 같이 합시다. 중요한 용무. 올 수 없으면 전보 요망. 셜록 홈스. 스탠리 홉킨스 경위. 브릭스턴, 로드 스트리트 46번지.'

지난 열흘 동안 이 끔찍한 사건에 발이 묶여 있었네. 진절머리가 나. 이제 사건에서 벗어날 수 있겠군. 내일이면 결말을 볼 걸세."

스탠리 홉킨스 경위는 전보로 요청한 시각에 딱 맞춰서 도착했다. 우리는 허드슨 부인이 차려준 훌륭한 아침을 앞에 두고 자리에 앉았다. 젊은 형사는 사건을 성공적으로 해결했다는 생각에 한껏 들떠 있었다.

"사건을 제대로 해결했다고 확신하십니까?"

홈스가 물었다.

"이보다 완벽한 해결은 상상도 못 하겠습니다."

"저는 사건이 끝나지 않았다고 생각합니다."

"무슨 말씀이십니까? 모든 게 해결된 마당에 또 뭐가 필요하다는 겁니까?"

"경위님은 이번 사건의 모든 부분을 낱낱이 설명할 수 있습니까?"

"그럼요. 넬리건은 사건 당일 브램블타이 호텔에 도착했더군요. 골프를 친다는 핑계를 대고요. 그의 방은 1층이었습니다. 그러니 언제든지 드나들 수 있죠. 그날 밤 넬리건은 우드먼스리를 찾아갔습니다. 그곳에 있는 피터 캐리를 봤죠. 그와 말다툼을 벌이다 끝내 작살로 그를 살해했습니다. 그리고 자신이 저지른 짓에 덜컥 겁을 먹고 증권에 대해 물어보려고 가져갔던 수첩을 도망치다 흘린 겁니다. 보셨겠지만 증권 이름 몇 개에는 표시가 되어 있었습니다. 나머지는 그런 표시가 없었죠. 표시가 있는 증권들은 런던 주식시장에 풀린 것들이라 추적이 가능합니다. 하지만 나머지는 여전히 캐리의 수중에 있겠죠. 넬리건은 아버지의 채권자들에게 돈을 갚기 위해 그것을 되찾으려고 했다고 진술했습니다. 별채에서 도주한 후 한동안 그곳에는 감히 얼씬도 하지 않았습니다. 하지만 필요한 정보를 손에 넣기 위해 다시 오지 않을 수 없었죠. 모든 게 확실하고 단순명료하지 않습니까?"

홈스는 미소를 지으며 고개를 가로저었다.

"홉킨스 경위님, 그 가설에서 문제가 한 가지 있습니다. 물리적으로 불가능하단 사실이죠. 혹시 작살을 어디에 꽂아보셨습니까? 없다고요? 쯧쯧, 경위님, 이런 세부 사항에 꼭 신경을 쓰셔야 합니다. 왓슨에게 물어보시면 아시겠지만 제가 얼마 전에 오전 내내 작살 꽂는 운동을 한 적이 있죠. 어렵더군요. 무엇보다 단련된 강인한 팔뚝이 필요하니까요. 이번 사건에서는 작살 앞부분이 벽에 깊이 박힐 정도의 무시무시한 힘으로 공격을 했습니다. 경위님, 비실비실한 청년이 그 정도로 위력적인 공격을 할 수 있을까요? 살인 사건이 일어난 밤 블랙 피터와 물 탄 럼주를 마시며 어울린 사람이 그 청년일까요? 사건 이틀 전 밤 커튼에 어른거린 옆모습의 주인공이 그라고요? 아니요, 아닙니다, 홉킨스 경위님. 우리가 찾아야 할 사람은 훨씬 무서운 상대입니다."

홈스의 이야기가 길어질수록 형사의 얼굴은 어두워졌다. 그의 희망과 야망이 와장창 무너지고 말았다. 하지만 그는 순순히 입장을 포기하려 들지 않았다.

"홈스 씨, 넬리건이 그날 밤 현장에 있었다는 사실을 부정할 수는 없겠죠. 수첩이 증거입니다. 설령 탐정님이 제 설명에서 맹점을 찾아내셨다고 해도 지금까지 확보한 증거만으로 배심원들을 충분히 납득시킬 수 있습니다. 저는 범인을 확보했습니다. 홈스 씨가 방금 말씀하신 무서운 상대는 어디에 있습니까?"

"계단을 올라오고 있습니다."

홈스는 차분하게 대답했다.

"왓슨, 권총을 손에 닿는 곳에 두는 게 좋겠네."

그러더니 일어서서 작은 탁자에 뭔가가 적힌 종이를 내려놓고 말했다.

"자, 준비가 다 되었군요."

밖에서 여러 남자의 걸걸한 목소리가 들리는가 싶더니 허드슨 부인이 들어와 남자 세 명이 배질 선장을 찾아왔다고 전했다.

"한 명씩 차례로 들여보내주십시오."

홈스가 말했다.

제일 먼저 들어온 남자는 두 볼이 불그레하고 하얀 구레나룻이 보송보송한 자그마한 체구의 남자였다. 홈스는 주머니에서 편지 한 장을 꺼냈다.

"성함이 어떻게 되십니까?"

홈스가 물었다.

"제임스 랭커스터요."

"죄송합니다, 랭커스터 씨. 인원이 다 찼군요. 수고해주신 보답으로 반 파운드 금화를 드리겠습니다. 저 방에서 기다려주십시오."

두 번째 남자는 키가 크고 비쩍 마른 사람이었다. 곱슬기 없는 머리를 길게 길렀고 볼이 홀쭉했다. 이름은 휴 패틴스였다. 그도 채용이 되지 않았고 반 파운드 금화를 받은 후 기다려달라는 부탁을 받았다.

세 번째 구직자는 용모가 무척 인상적이었다. 불도그처럼 우락부락한 얼굴 주위로 머리카락과 턱수염이 덥수룩했다. 숱이 많고 앞으로 툭 튀어나온 눈썹 아래 두 개의 검은 눈동자는 도전적인 눈빛으로 우리를 쏘아보고 있었다. 그는 선원식으로 경례를 하고 똑바로 서서 손에 쥔 모자를 빙빙 돌렸다.

"성함이?"

홈스가 물었다.

"패트릭 캐언스입니다."

"작살잡이죠?"

"그렇습니다. 스물여섯 차례나 항해를 했습니다."

"던디에서였죠?"

"그렇습니다."

"탐사선에 탈 준비가 되어 있습니까?"

"그렇습니다."

"급료는 어느 정도 받으시죠?"

"한 달에 팔 파운드입니다."

"당장 배를 탈 수 있습니까?"

"장비만 받으면 바로 탈 수 있죠."

"서류를 가지고 오셨나요?"

"네, 여기 있습니다."

선원은 주머니에서 기름이 덕지덕지 묻은 낡은 서류 다발을 꺼냈다. 홈스는 서류를 훑어보더니 돌려주었다.

"당신이 제가 찾는 사람이군요. 여기 작은 탁자에 계약서가 있습니다. 계약서에 서명을 하면 결정됩니다."

선원은 어슬렁어슬렁 맞은편으로 가서 펜을 집었다.

"여기에 서명을 하면 됩니까?"

그가 탁자로 몸을 숙이며 물었다.

홈스가 그의 뒤편에서 몸을 숙이더니 그의 앞으로 양손을 내밀었다.

"이렇게 하면 되겠군요."

홈스가 말했다.

다음 순간 금속이 딸깍하는 소리와 분노에 휩싸인 황소가 울부짖는 소리가 방안에 울렸다. 눈 깜짝할 사이에 홈스와 선원이 뒤엉켜 바닥을 뒹굴기 시작했다. 선원은 무시무시한 괴력의 소유자였다. 홈스가 솜씨 좋게 그의 손목에 수갑을 채웠지만 나와 홉킨스 경위가 허겁지겁 달려들어 힘을 보태지 않았다면 홈스가 오히려 제압당했을 것이다. 내가 관자놀이에 권총의 차가운

총구를 갖다 대자 선원은 저항이 소용없다는 사실을 깨달았다. 노끈으로 그의 발목을 묶은 후에야 우리는 갑작스레 벌어진 몸싸움에 기진맥진해 숨을 헐떡이며 일어섰다.

"일단 사과부터 해야겠군요, 홉킨스 경위님. 스크램블드에그가 다 식겠어요. 그래도 사건을 무사히 종결지었다고 생각하면 남은 아침을 맛있게 드실 수 있겠군요, 그렇지 않습니까?"

홈스가 말했다.

스탠리 홉킨스는 너무 놀라 말문이 막혔다가 얼굴을 홍당무처럼 붉히며 말했다.

"무슨 말씀을 드려야 할지 모르겠군요, 홈스 씨. 처음부터 바보 같은 짓만 잔뜩 한 것 같습니다. 저는 학생이고 탐정님은 스승인데, 이제야 그 사실을 잊지 말았어야 했다는 걸 알았습니다. 심지어 직접 보고도 탐정님이 뭘 하신 건지 어떻게, 왜 하셨는지 짐작도 못 하겠어요."

그의 말에 기분이 좋아진 홈스가 말했다.

"이런, 이런. 우리 모두 경험에서 배우는 거죠. 경위님이 새겨두셔야 할 이번 사건의 교훈은 다른 가능성을 배제하지 말라는 겁니다. 당신은 넬리건에게 집착한 나머지 피터 캐리의 진짜 살인범인 패트릭 케언스에 대해서 생각할 여유가 없었던 거죠."

바로 그때 선원의 걸걸한 목소리가 대화에 끼어들었다.

"여기 좀 보시오, 선생. 나를 이런 식으로 대접한다고 불평하지는 않겠지만 죄목은 제대로 말해야지. 지금 내가 피터 캐리를 죽인 살인자라굽쇼? 나는 피터 캐리를 어쩌다 보니 죽게 한 거요. 이 두 가지는 엄연히 달라. 내 말을 믿지 않겠지. 다 헛소리라고 하려나."

"그럴 리가요. 당신 이야기를 들어봅시다."

홈스가 말했다.

"당장 얘기하지. 내 이야기는 한 점 거짓 없는 진실이야. 나는 블랙 피터를 전부터 잘 알았어. 그가 칼을 꺼내 들기에 나는 작살을 휘둘러 그를 찔렀지. 왜냐하면 둘 중 하나가 죽을 판이었거든. 결국 블랙 피터가 뒈졌고. 당신네들은 그걸 살인이라고 부를 수도 있겠지. 아무튼 간에 나는 블랙 피터의 칼에 맞아 죽든지 교수되어 죽든지 어쨌든 죽게 되었잖아."

"거기는 무슨 일로 갔습니까?"

홈스가 물었다.

"처음부터 말하지. 날 좀 앉혀줘봐. 이야기하기 쉽게. 1883년의 일이었어. 그해 팔월이었지. 피터 캐리는 시 유니콘호의 선장이었고 나는 예비 작살잡이였어. 우리는 북극에서 귀항중이었이. 일주일째 남쪽에서 불어오는 맞바람을 받으면서 말이야. 그러다 북쪽에서 밀려온 작은 배 한 척을 구조했지. 배에는 한 명만 타고 있더군. 딱 봐도 뱃사람이 아니었어. 배에 탔던 다른 사람들은 배가 침몰할 것 같아서 배에 달린 작은 배로 노르웨이 해안으로 갔다던데, 다 바다에 빠져 뒈졌겠지, 뭐. 우리는 그 사람을 구해줬어. 그 남자와 선장은 선실에서 오랫동안 이야기를 나눴지. 남자에게서 받은 짐이라고는 함석 상자 하나가 다였어. 내가 아는 한 남자는 한 번도 이름을 말하지 않았어. 그런데 이틀째 되던 밤 그가 사라진 거야. 애초에 있지도 않았던 사람처럼 말이야. 물속으로 몸을 던졌거나 기후가 워낙 안 좋았으니 사고로 바다에 떨어진 게 아니냐는 말이 나왔어. 그런데 남자의 행방을 아는 사람이 딱 한 명 있지. 바로 나야. 두 눈으로 똑똑히 봤어. 별도 없는 밤에 선장이 난간 너머로 남자를 밀어서 떨어뜨리는 모습을. 그 일이 있고 이틀 후 우리는 셰틀랜드의 불빛을 볼 수 있었지.

이야기를 아무에게도 하지 않고 무슨 일이 일어나는지 지켜봤지. 스코틀랜드로 돌아왔지만 실종 사건은 유야무야되고 묻는 사람도 없더군. 모두 그가 사고로 죽었다고 생각했으니 누가 조사를 하려고 하겠어. 직후에 선장은 뱃일을 관뒀더라고. 그 자식이 있는 곳을 알아내는 데 이렇게 오래 걸렸어. 선장은 함석 상자의 내용물이 탐나서 그 짓을 한 게 분명해. 그러니 지금까지 입을 다물어준 대가로 섭섭지 않게 챙겨줘야 하는 거 아냐?

나는 런던에서 그를 만났다는 선원을 통해서 사는 곳을 알아내고 돈을 쥐어짜려고 거기까지 내려갔지. 첫째 날은 꽤 말이 통하더군. 내가 뱃일을 그만둘 수 있을 만큼 돈을 준다고 했어. 이틀 후에 다시 만나서 문제를 정리하기로 했지. 약속한 날 찾아가보니 술을 진탕 퍼마시고 분위기가 험악하더군. 우리는 자리잡고 앉아서 술을 마시며 옛이야기를 나눴어. 그런데 술이 들어가면 들어갈수록 선장의 표정이 변하는데, 영 찜찜한 거야. 마침 벽에 작살이 걸려 있더군. 여기서 끝장나지 않으려면 작살이 필요할지도 모르겠다 싶었지. 결국 선장이 내게 침을 뱉고 욕설을 퍼부으며 달려들었어. 눈에는 살기가 등등했고 손에는 커다란 접이식 주머니칼이 들려 있지 뭐야. 하지만 그 자식은 칼을 칼집에서 뺄 새도 없었지. 내가 작살을 그대로 꽂아버렸거든. 젠장, 어찌나 돼지 멱따는 끔찍한 소리를 질러대던지. 그때 본 면상 때문에 지금도 잠을 못 자! 온몸에 피를 뒤집어쓴 채 잠시 서서 주위의 기색을 살폈는데 밖은 조용하더군. 그래서 용기를 얻어 주위를 둘러보니 선반에 그 상자가 있었어. 그 상자는 나도 피터 캐리만큼 권리가 있잖아. 그래서 그걸 챙겨서 별채를 나왔어. 그러다가 멍청하게 담배쌈지를 탁자에 놓고 나왔고.

이제부터가 이야기에서 제일 묘한 부분이야. 별채에서 막 빠져나왔는데 누군가 다가오는 소리가 들리더란 말이지. 그래서 관목 사이에 얼른 숨었어. 어떤 녀석이 비틀거리면서 오더니 별채로 들어가더군. 잠시 후 귀신을 본 것처럼 비명을 지르더니 있는 힘껏 달려서 이내 사라졌어. 그 사람이 누구였는지 무슨 목적으로 왔는지는 몰라. 나는 그길로 십육 킬로미터가량 걸어 턴브리지웰스 역으로 가 기차를 잡아타고 런던에 도착했지. 물론 아무한테도 안 들켰고.

마침내 상자에 뭐가 있나 봤더니 돈이 아니라 어디 가서 팔지도 못하는 서류만 잔뜩 들었지 뭐야. 돈을 쥐어짜낼 블랙 피터도 죽고 없고 수중에 돈 한푼 없이 런던에서 오도 가도 못하는 신세가 된 거야. 남은 건 몸뚱이뿐이지. 그때 작살잡이를 모집한다는 광고를 봤어. 급료도 많이 준다고 하고. 해운 중개소를 찾아갔더니 여기로 가보라고 하더군. 이게 내가 아는 전부야. 다시 한번 말하지만, 블랙 피터를 죽였다면 법이 내게 고마워해야 하잖아. 교수대 밧줄 살 돈을 아껴줬으니까."

"명료한 진술이군요."

홈스는 자리에서 일어나서 파이프에 불을 붙이며 말했다.

"홉킨스 경위님, 이자를 한시바삐 안전한 곳으로 호송하는 게 좋겠습니다. 이 방은 감방으로는 적당하지 않으니까요. 게다가 패트릭 케언스가 양탄자를 너무 많이 차지하는군요."

"홈스 씨, 무슨 말로 감사를 드려야 할지 모르겠습니다. 지금도 어떻게 이런 결과를 이끌어내셨는지 모르겠습니다."

경위가 감탄을 했다.

"천만다행으로 처음부터 제대로 된 실마리를 찾은 덕분이죠. 이 수첩에 대해서 먼저 알았다면 경위님처럼 저도 분명 엉뚱한 쪽을 파고들었을 겁니다. 하지만 내가 들은 사실은 모두 한 방향을 가리키고 있었어요. 어마어마한 힘과 작살 기술, 물을 탄 럼주, 바다표범 가죽으로 만든 담배쌈지에 싸구려 담배까지 전부 선원을 가리키죠. 그것도 포경선 선원 말입니다. 담배쌈지에 새겨진 P.C.는 단지 우연의 일치일 거라고 생각을 했어요. 누군지 몰라도 피터 캐리는 아니죠. 그는 담배도 안 피우고 별채에는 파이프도 없었으니까요. 별채에 위스키와 브랜디가 있는지 물어본 걸 기억하실 겁니다. 있다고 했죠. 다른 술이 있는데 굳이 럼주를 마신다면 뱃사람 아니고 누구겠습니까? 그래서 나는 뱃사람이라고 확신한 겁니다."

"이자는 어떻게 찾아내셨습니까?"

"그 문제는 간단하죠. 선원이라면 과거에 시 유니콘호에 승선했던 사람일 겁니다. 알아보니 블랙 피터는 다른 배를 탄 적이 없었어요. 그래서 던디에 전보를 보내고 기다렸죠. 꼬박 사흘 만에 1883년에 그 배에 탑승했던 승무원 명단을 손에 넣었습니다. 포경선 작살잡이 중에 패트릭 케언스를 찾아낸 순간 수사는 막바지에 다다랐습니다. 그는 분명히 런던에 있을 테고 당분간은 이 나라를 떠나 있고 싶겠죠. 그래서 며칠 동안 이스트엔드에서 시간을 보내며 북극 탐사대를 꾸리는 척했습니다. 탐사대에 참가할 작살잡이들이 혹할 만한 조건을 내걸었고요. 그래서 이런 결과를 얻었습니다!"

"놀랍습니다! 훌륭해요!"

홉킨스가 감탄했다.

"최대한 빨리 넬리건 씨를 석방해주셔야 합니다. 그에게 사과도 하셔야겠군요. 함석 상자를 돌려주시고요. 물론 피터 캐리가 팔아치운 증권은 찾을 길이 없겠죠. 경위님, 마차가 왔으니 이 남자를 데려가십시오. 재판에 제가 참여해야 할까요? 재판이 열릴 즈음이면 저와 왓슨은 노르웨이의 어딘가에 있을 겁니다. 주소는 나중에 알려드리죠."

찰스 오거스터스 밀버턴

Sherlock Holmes
THE RETURN OF SHERLOCK HOLMES

지금부터 털어놓으려는 사건은 오래전에 끝난 일이다. 그런데도 좀처럼 말문이 떨어지지 않는다. 아무리 신중을 기하고 말을 조심한들 이 사건은 오랜 세월 동안 공개할 수 없었다. 하지만 이제 사건의 주요 등장인물은 인간의 법이 미칠 수 없는 곳에 있으니 문제의 소지가 될 부분을 피해 요령껏 편집한다면 아무도 상처 입지 않는 선에서 사건을 공개할 수 있을 것이다. 이 사건에서 셜록 홈스와 나는 세상에 둘도 없을 특이한 경험을 했다. 독자들이여, 내가 실제 사건을 유추할 수 있는 구체적인 날짜나 진실을 숨겨도 용서해주기를 바란다.

서리가 내리고 추웠던 어느 겨울날, 우리는 산책을 나갔다가 저녁 6시경에 돌아왔다. 홈스가 등불을 켜 방안이 환해지자 탁자 위의 명함이 눈에 들어왔다. 그는 명함을 힐끔 보더니 혐오스럽다는 듯 바닥으로 던져버렸다. 나는 명함을 주워 살펴보았다.

찰스 오거스터스 밀버턴

애플도어 타워스

햄스테드

중개인

"이 사람이 누군가?"

내가 물었다.

"런던에서 가장 형편없는 작자지. 혹시 명함 뒷면에 남긴 말은 없나?"

홈스는 자리에 앉아 벽난로 쪽으로 두 발을 주욱 뻗었다.

나는 명함을 뒤집어 적힌 말을 읽어주었다.

"'6시 30분에 방문하겠음. C.A.M.'"

"흠! 곧 오겠군. 동물원의 뱀 우리 앞에 서 있으면 뱀이 징그러워서 몸이 움츠러들지 않나? 무시무시한 눈에 납작한 얼굴을 하고 스르르 미끄러지는데다 미끈거리고 독까지 품은 뱀을 보면 말일세. 나는 밀버턴이 앞에 있으면 뱀을 보는 느낌이 드네.

지금껏 상대한 살인자가 오십 명이나 되지만 그중 가장 악랄한 살인마도 밀버턴만큼 혐오스럽지는 않았어. 하지만 거래를 할 수밖에 없는 상대지. 사실 내가 불러서 오는 거라네."

"도대체 뭐 하는 작자인가?"

"말해주지, 왓슨. 이자는 대단한 협박범이야. 신이시여, 밀버턴에게 자신의 비밀과 사회적지위를 담보로 잡힌 남자들, 그보다 더 많은 여자들을 지켜주소서. 미소 짓는 얼굴과 달리 대리석처럼 차가운 심장을 가진 이자는 먹잇감의 돈줄이 말라버릴 때까지 짜고 또 짜내지. 이자는 천재일세. 만약 다른 좋은 일을 했다면 온 세상에 명성을 떨쳤을지도 몰라.

그의 수법을 알려주겠네. 먼저 특정인의 부나 지위를 위태롭게 만들 수 있는 편지를 가져오면 비싸게 사준다고 소문을 낸다네. 그는 이런 물건들을 충성심 없는 하인이나 하녀뿐만 아니라 순진한 여자의 신뢰와 애정을 얻은 상류층의 한량에게서도 입수하지. 그는 거래에 절대 인색하지 않아. 달랑 두 줄밖에 안 되는 메모를 손에 넣으려고 하인에게 무려 칠백 파운드를 준 적도 있다더군. 그 거래로 귀족 가문 하나는 끝내 몰락해버렸지. 매물로 나오는 이런 종류의 편지는 모두 밀버턴에게 흘러 들어가네. 그래서 이 대도시에는 그의 이름만 들어도 하얗게 질리는 사람이 수백 명이나 있지. 아무도 언제 누가 그의 표적이 될지 모르네. 먹고살기 위해 협박을 하는 부류가 아니기 때문이야. 그러기에는 지나치게 부유한데다 끔찍할 정도로 교활하지. 그자는 몇 년이고 패를 쥐고 있다가 판돈이 최고로 높아졌을 때 그 패를 활용한다네. 아까 런던에서 가장 형편없는 작자라고 했지? 자네라면 제 성질을 못 이겨서 친구를 두드려 팬 악당과, 안 그래도 터질 것 같은 돈 자루를 더 불리겠다는 욕심에 차근차근 다른 사람의 영혼을 고문하고 신경을 비틀어대는 악당을 어떻게 똑같이 놓고 비교할 수 있겠나?"

나는 홈스가 이렇게 격앙해서 열변을 토하는 모습은 처음 보았다.

"법의 처벌을 받지 않는가?"

내가 물었다.

"이론적으로야 그렇지. 하지만 현실은 다르네. 협박당하는 여자의 입장에서 생각해보게. 당장 패가망신할 지경인데 그자가 감옥에 몇 개월 들어가 있는 게 무슨 도움이 되겠나? 그의 먹잇감들은 절대 반격을 하지 않는다네. 그가 켕기는 게 없는 사람을 협박했다면 진작에 체포됐겠지. 하지만 그는 악마처럼 교활해서 절대 그러지 않아. 그래, 그래. 그와 싸우려면 다른 방법을 찾아야만 하네."

"그런 작자를 왜 불렀나?"

"곤경에 처한 지체 높으신 분이 의뢰를 했거든. 실은 레이디 이바 블랙웰이 의뢰인일세. 지난 시즌 사교계에 데뷔한 아가씨 중에 가장 아리따웠지. 보름 후면 도버코트 백작과 결혼식을 올릴 예정이야. 그런데 레이디가 시골의 무일푼인 젊은 지주에게 쓴 편지 몇 통을 이 작자가 가지고 있었던 거야. 경솔한 내용을 담고 있지만, 물론 경솔함 이상도 이하도 아니라네. 하지만 그 정도라도 파혼을 이끌어내기에는 충분하거든. 밀버턴은 어마어마한 액수를 뜯어내지 못하면 편지들을 당장 백작에게 보낼 걸세. 나는 그를 만나 합의금을 최대한 유리하게 조정해달라는 의뢰를 받았어."

그 순간 집밖에서 포장도로를 달리는 말발굽 소리가 들렸다. 창밖을 내려다보니 으리으리한 쌍두마차가 보였다. 당당하게 선 암갈색 말들의 허리와 엉덩이가 환한 등불에 반들반들 빛이 났다. 시종이 마차 문을 열자 아스트라한 모피 코트를 입은 땅딸막한 남자가 내렸다. 잠시 후 그는 우리 방으로 들어왔다.

찰스 오거스터스 밀버턴은 머리가 크고 지적인 인상의 오십대 남성이었다. 수염을 기르지 않는 얼굴은 둥글고 포동포동했으며, 예리해 보이는 잿빛 눈이 커다란 금테 안경 뒤에서 번득였다. 그의 외모에는 디킨스 소설에 나오는 자비로운 인물인 픽윅을 연상시키는 구석이 있었다. 다만 얼굴을 떠나지 않는 가식적인 미소와 사람을 꿰뚫어 보는 듯하면서도 쉬지 않고 이리저리 살피는 눈동자가 어쩐지 거슬렸다. 그는 통통하고 작은 손을 내밀며 먼젓번 왔을 때 마침 우리가 집을 비워 유감스러웠다는 말을 우물거리며 건넸다. 외모와 잘 어울리는 부드럽고 정중한 목소리였다.

홈스는 상대가 내민 손을 무시하며 화강암처럼 냉담한 표정으로 바라보았다. 밀버턴의 미소가 사근사근해졌다. 그는 어깨를 으쓱하더니 코트를 벗고 의자 등받이에 꼼꼼하게 걸쳐 놓은 후 비로소 자리에 앉았다.

"이 신사분은 입이 무겁습니까? 믿을 만한가요?"

그는 내 쪽을 가리키며 말했다.

"왓슨 박사는 내 친구이자 동료입니다."

"알겠습니다, 홈스 씨. 당신 의뢰인을 생각해 물어봤을 뿐입니다. 미묘한 문제이지 않습니까."

"왓슨 박사도 다 알고 있습니다."

"그렇다면 곧장 본론으로 들어갈 수 있겠군요. 당신은 레이디 이바를 대리한다고 하셨죠. 레이디로부터 제 요구액을 수락할 권한을 받으셨습니까?"

"얼마를 요구하실 작정이죠?"

"칠천 파운드입니다."

"하한선은요?"

"홈스 씨, 저라고 이런 협상을 하는 게 좋겠습니까? 14일까지 돈을 받지 못하면 18일에 결혼식은 열리지 않을 겁니다."

가뜩이나 보기 싫은 그의 미소가 더욱 환해졌다. 홈스는 잠시 생각하더니 말문을 열었다.

"협상이 당연히 당신 뜻대로 되리라 생각하는 것 같군요. 나도 편지의 내용을 압니다. 의뢰인은 당연히 내 충고를 따를 것이고요. 약혼자의 관대함을 믿고 사실대로 털어놓으라고 충고할 생각입니다."

밀버턴이 낄낄거렸다.

"백작을 전혀 모르시는군요."

일순 당황하는 홈스를 보니 백작이 어떤 사람인지 정말 모르는 모양이었다.

"문제가 될 만한 내용은 없지 않습니까?"

홈스가 되물었다.

"내용이 발랄하죠. 아주 발랄해요. 레이디는 참 재치 있게 편지를 잘 쓰죠. 하지만 도버코트 백작은 그런 재주를 이해하지 못할 겁니다. 저와 의견이 다르시다면 이야기는 여기서 끝냅시다. 철저하게 사업상 문제로 만났으니까요. 이 편지들이 백작의 손에 들어가는 편이 의뢰인에게 가장 낫다고 생각하신다면 돈을 들여 편지를 되찾는다는 게 어리석어 보이겠죠."

밀버턴이 일어나서 코트를 들자 홈스의 얼굴은 분노와 당혹감에 납빛으로 변했다.

"잠깐만요. 너무 앞서나가시는군요. 이런 문제에 있어서 추문이 돌지 않도록 나는 최선을 다할 생각입니다."

밀버턴은 다시 자리에 앉았다.

"당신도 그렇게 생각하실 거라고 짐작했습니다."

그가 흡족한 듯 말했다.

"그런데 레이디 이바는 부유하지 않습니다. 지금은 이천 파운드 정도가 최선입니다. 밀버턴 씨가 제시한 금액은 만들어낼 재간이 없어요. 그러니 액수를 원만하게 조정해봅시다. 내가 제시하는 가격에 편지를 돌려주시길 부탁드립니다. 말씀드린 액수가 드릴 수 있는 최고액입니다."

홈스의 제안에 밀버턴의 미소는 더욱 밝아지고 눈이 장난스럽게 빛났다.

"레이디만의 재산이라면 그렇다는 사실을 저도 압니다. 하지만 아시다시피 결혼은 친지들이 그녀를 위해 약간의 성의를 보일 절호의 기회 아닙니까? 친지들이 적당한 결혼 선물을 고르지 못해 쩔쩔매는 중일지도 모르죠. 레이디는 런던에서 제일 좋은 촛대나 버터 접시보다 자그마한 편지 꾸러미에 더 기뻐할 거라는 사실을 제가 귀띔해주면 어떨까요."

"그건 안 될 말씀입니다."

"이런, 이런. 이렇게 안타까울 수가!"

밀버턴은 소리치며 두툼한 수첩을 꺼냈다.

"숙녀들은 항상 잘못된 충고만 듣는다는 생각이 드는군요. 어떤 문제가 생겨도 개선하려고 노력할 필요가 없다는 식으로요. 이것 좀 보십쇼!"

밀버턴은 문장이 새겨진 편지 봉투에서 작은 쪽지를 하나 꺼냈다.

"이 편지는 누가 쓴 것일까요? 아, 내일 아침이 되기 전에 이름을 발설해서는 안 되겠군요. 아무튼 그때쯤이면 이 편지는 그 숙녀의 부군 손에 들어가 있을 겁니다. 그게 누구 탓일까요? 숙녀의 자업자득이죠. 그깟 푼돈, 다이아몬드 몇 개만 모조품으로 바꾸면 한 시간 안에 만들 수 있지 않습니까. 참으로 안타깝고 딱한 일입니다. 혹시 귀족가 자제인 마일스 양과 도킹 대령의 파혼을 기억하십니까? 결혼을 고작 이틀 앞두고《모닝 포스트》에 한 단락짜리 파혼 기사가 실렸죠. 도대체 왜 그랬을까요? 일천이백 파운드만 마련했으면 행복하게 결혼할 수 있었을 텐데. 믿기 힘든 일 아닙니까? 안타깝지 않습니까? 의뢰인의 미래와 명예가 위기에 처했는데 당신처럼 분별력 있는 분이 고작 그 금액에 주춤하시는 겁니까? 의외인데요, 홈스 씨."

"나는 사실을 말했을 뿐입니다. 제시하신 금액은 도저히 마련할 수 없습니다. 한 여인의 인생을 망가뜨리는 것보다 내가 제안한 액수를 받아들이는 편이 당신에게 낫지 않습니까? 여인의 인생이 망가져 당신에게 이로운 일이 뭐가 있겠습니까."

홈스가 대답했다.

"이해를 못 하시는군요, 홈스 씨. 이러한 폭로는 제게 간접적으로 큰 이익을 가져다줍니다. 지금 한창 유사한 거래가 여덟 건에서 열 건 정도 무르익고 있습니다. 저 때문에 레이디 이바가 무슨 꼴이 났는지 소문이 나면 어떨까요. 그 사람들도 더욱 지각 있는 모습을 보여줄 겁니다. 이해가 되십니까?"

홈스가 자리를 박차고 일어섰다.

"왓슨, 저자의 뒤를 막게. 절대 이곳에서 내보내면 안 되네! 자, 수첩의 내용물을 좀 봅시다."

밀버턴은 쥐새끼처럼 한쪽으로 도망치더니 등을 벽에 대고 섰다.

"홈스 씨, 홈스 씨!"

밀버턴은 코트 자락을 열어 안주머니에서 툭 튀어나온 커다란 권총의 손잡이를 보여주었다.

"당신이라면 참신한 계획을 준비할 줄 알았더니만. 이런 일이 한두 번인 줄 아십니까? 그래봐야 무슨 이득이 있습니까? 나도 확실하게 무장을 하고 왔어요. 어차피 법은 내 편이니 언제든지 총을 뽑을 준비도 되어 있습니다. 게다가 편지들을 수첩에 끼워 다닌다고 생각했다면 오산입니다. 내가 그렇게 어리석은 짓을 할 것 같습니까? 자, 신사 여러분. 저는 오늘 저녁에 면담이 한두 건 더 잡혀 있습니다. 햄스테드까지는 갈 길도 멀고요."

그는 코트를 집어 들고는 한 손은 권총을 쥔 채 문 쪽으로 몸을 돌렸다. 나는 의자를 집어 들었지만 홈스가 고개를 저으며 제지해서 다시 내려놓았다. 밀버턴은 눈을 반짝이고 환하게 미소를 지으며 정중하게 고개 숙여 인사한 후 방을 나섰다. 잠시 후 밖에서는 마차의 문이 쾅하고 닫히더니 바퀴가 달그락거리며 굴러가는 소리가 들렸다.

홈스는 난롯가에 앉아서 미동도 하지 않았다. 양손을 바지 주머니에 푹 집어넣고 머리를 푹 숙이고는 이글거리는 호박색 불꽃을 뚫어지게 바라볼 뿐이었다. 삼십 분 동안 입을 꼭 닫은 그는 가만히 앉아 있었다. 그러더니 뭔가 결단을 내린 듯이 자리에서 일어나 침실로 들어갔다. 잠시 후 방에서 염소수염을 기르고 한껏 멋을 부린 한량 같은 젊은 일꾼이 나왔다. 그는 등불로 도기 파이프에 불을 붙이고 인사를 툭 내뱉었다.

"어디 좀 다녀오겠네, 왓슨."

홈스는 계단을 내려가 순식간에 거리로 사라졌다. 나는 홈스가 찰스 오거스터스 밀버턴에게 반격을 시작했다는 사실을 짐작할 수 있었다. 하지만 이 반격이 기이한 전개로 이루어질 줄은 그때는 꿈에도 몰랐다.

며칠 동안 홈스는 같은 행색으로 집을 드나들었다. 주로 햄스테드에 있으며 알차게 시간을 보낸다는 말만 했다. 무슨 짓을 하고 다니는지는 짐작할 길이 없었다.

비바람이 매섭게 몰아치는 추운 저녁이었다. 강풍이 사정없이 소리를 지르며 창문을 흔들어대던 때 마침내 그가 마지막 탐색을 마치고 돌아왔다. 그는 변장을 지우더니 불 앞에 앉아 소리를 죽여 킥킥 웃기 시작했다.

"내가 결혼할 사람으로 보이는가?"

"아니, 전혀."

"그럼 내가 약혼했다는 말을 들으면 기절초풍하겠군?"

"뭐라고! 축하……."

"밀버턴의 하녀와 약혼했다네."

"뭐? 홈스!"

"정보가 필요했거든."

"아무리 그래도 너무 심한데."

"어쩔 수가 없었네. 나는 에스콧이라는 이름의 벌이가 좋은 배관공으로 위장했어. 그 집 하녀와 저녁마다 만나서 이야기를 잔뜩 했지. 세상에, 온갖 이야기를 다 했네! 덕분에 원하는 정보를 얻었지. 나는 이제 밀버턴의 집을 손바닥처럼 훤히 안다네."

"그 아가씨는 어떻게 할 건가, 홈스?"

홈스는 어깨를 으쓱하며 대답했다.

"왓슨, 자네라도 어쩔 수 없었을 걸세. 이 정도로 판돈이 걸린 게임이라면 가진 패로 최선을 다해야지 않겠나? 내가 등을 돌리자마자 그녀를 데려가려고 호시탐탐 노리는 경쟁자가 있으니 천만다행이지. 아, 정말 근사한 밤일세!"

"이런 날씨를 좋아하는가?"

"내가 하려는 일에 딱 어울리거든. 왓슨, 오늘밤 밀버턴의 집을 털 거라네."

굳은 결의를 담아 또박또박 내뱉은 홈스의 말에 나는 그만 말문이 턱 막히고 온몸의 피가 차갑게 식었다. 어두운 밤하늘을 가르는 번개 한줄기에 눈앞의 풍경이 환하게 보이듯 순식간에 그의 행동이 가져올 결과가 눈앞에 펼쳐졌다. 남의 집을 뒤지다가 잡히기라도 하면 지금껏 쌓아올린 명예로운 경력이 되돌릴 수 없는 실패와 치욕 속에서 끝장날 것이다. 그리고 홈스는 혐오스러운 밀버턴의 자비를 구걸해야 하는 신세로 전락할 터였다.

내가 기겁을 하며 소리쳤다.

"홈스, 지금 무슨 짓을 하려는지 아는가?"

"왓슨, 나는 모든 상황을 심사숙고했어. 앞뒤 가리지 않고 마구 덤비는 게 아닐세. 다른 수가 있다면 이렇게 성가시고 위험한 작전은 시작하지도 않았을 거야. 이 일을 객관적으로 보게나. 이론적으로야 범죄지만 도덕적으로 본다면 정당한 행위 아닌가? 집에 몰래 들어가는 것과 수첩을 억지로 뺏는 것이 뭐가 다른가? 그날 자네도 날 도와서 수첩을 빼앗으려고 했잖은가."

나는 홈스의 말을 곰곰이 따져보다 마침내 말했다.

"그래, 우리가 불법적으로 쓰이는 물건만 가지고 나오면 도덕적으로는 정당하네."

"내 말이 그 말이야. 도덕적으로 정당한 일이기 때문에 잡히지만 않으면 돼. 간절히 도움을 바라는 숙녀가 있는데 위험하다고 몸을 사리면 신사가 아니지."

"자칫하면 난처하게 될 수도 있어."

"그 정도는 감수해야지. 편지를 되찾으려면 다른 수가 없지 않은가. 불행에 빠진 숙녀는 협박범이 요구하는 금액도 준비하지 못했고 주위에 믿고 의지할 사람도 없지. 내일이면 밀버턴이 준 시간도 끝나네. 오늘밤 편지를 회수하지 못하면 악당은 내뱉은 말을 그대로 실행에 옮길 테고 그러면 그녀는 몰락하겠지. 그러니 나는 의뢰인을 운명에 맡기든지 쓸 수 있는 마지막 패를 꺼내든지 해야 해. 자네에게만 하는 말이지만 이건 나와 밀버턴이 벌이는 정정당당한 결투일세. 자네가 봤듯 첫판은 그가 이기지 않았나. 나는 내 자존심과 명성을 위해서 반드시 이번 결투에서 승리하겠네."

"영 마음에 들지 않는 계획이지만 다른 수가 없군. 그래서 우리는 언제 출발하나?"

"자네는 안 되네."

"그렇다면 자네도 못 가네. 나는 평생 약속을 한 번도 깬 적이 없는 사람이야. 지금 약속을 하나 하지. 이 일에서 나를 빼놓는다면 당장 마차를 잡아타고 경찰서로 가서 자네를 신고할 걸세."

"가봤자 나를 도울 수도 없어!"

"가보지도 않고 어떻게 알겠나? 무슨 일이 생길지 자네라고 다 안단 말인가? 어쨌든 나도 함께하기로 마음을 정했어. 자존심과 명성은 자네만 가졌나?"

홈스는 화가 난 표정을 지었다가 곧 풀더니 내 어깨를 툭툭 치며 말했다.

"알았어, 알았네. 이 친구야. 그럼 그렇게 하지. 오랫동안 같이 살았으니 감옥에서도 같이 지내면 재미있겠군. 왓슨, 이런 때이니 솔직히 털어놓겠네. 나는 전부터 나라면 뛰어난 범죄자가 될 수 있다는 생각을 했어. 그런데 이번에 범죄에 발을 들일 천금같은 기회가 찾아온 거야. 이걸 보게!"

홈스는 서랍에서 작고 깔끔한 가죽 상자를 꺼내더니 뚜껑을 열어 번쩍번쩍 빛이 나는 물건들을 보여주었다.

"최고급으로만 모은 최신식 빈집털이용 도구 세트야. 니켈로 도금한 지렛대, 다이아몬드 촉을 단 유리 커터, 만능열쇠 꾸러미까지 있어. 쉴 새 없이 진보하는 문명에 발맞춘 최신식 연장들이라네. 이걸 보게. 이건 뚜껑 달린 각등이야. 모든 게 완벽하게 준비되어 있어. 발소리가 안 나는 신발 있나?"

"고무 밑창을 단 테니스화가 있어."

"좋아. 복면은?"

"검은색 실크로 자네 것까지 두 개를 만들 수 있네."

"자네도 이 방면에 재능이 있는 것 같은데. 아주 좋군. 당장 복면을 만들어주게나. 출발하기 전에 간단한 저녁이라도 먹어 둬야 해. 지금이 9시 30분이니까. 11시에 처치 로까지 마차를 타고 갈 걸세. 그곳에서 애플도어 타워스까지 십오 분가량 걸어야 하지. 자정 전에는 작업을 시작해야 해. 밀버턴은 잠을 깊이 잔다네. 게다가 칼같이 10시 30분 정각에 잠자리에 들지. 운이 좋으면 새벽 2시에는 돌아올 수 있을 걸세. 그때면 레이디 이바의 편지는 우리 주머니에 잘 들어 있겠지."

홈스와 나는 극장에 갔다가 집으로 돌아가는 사람처럼 보이도록 옷을 갈아입었다. 우리는 옥스퍼드 스트리트에서 마차를 잡아타고 햄스테드로 향했다. 목적지에 도착해 마차에서 내린 후 코트 단추를 끝까지 채웠다. 살을 엘 듯 추운 날씨인데다 우리를 날려버릴 기세로 바람이 불었기 때문이다. 우리는 히스 파크 가장자리를 따라 걷기 시작했다.

"조심스럽게 움직여야 하네. 편지들은 서재의 금고에 보관되어 있어. 서재는 침실의 곁방이지. 사치를 부리는 통통하고 작은 남자들이 그렇듯이 그자도 잠을 깊이 잔다더군. 나와 약혼한 애거사 말로는 하인들끼리 주인을 어느 누가 깨우겠냐고 농담을 할 정도라나. 그에게는 헌신적으로 보좌하는 비서가 있는데 하루 종일 절대 서재를 떠나지 않는다네. 그래서 이 시간을 노리는 걸세. 또 그 집에서는 사나운 개 한 마리를 정원에 풀어놓고 키우는데, 지난 이틀 동안 저녁 늦게 애거사가 나를 만나느라 내가 무사히 다니도록 개를 묶어놓았어. 바로 이 집일세. 정원이 딸린 대저택이지. 대문을 통과해서, 그래, 오른쪽의 월계수 사이로 들어가세. 여기서 복면을 쓰지. 봤지, 불빛이 어른거리는 창문조차 없어. 모든 조건이 더할 나위 없이 완벽하군."

우리는 준비한 복면으로 얼굴을 가렸다. 그것만으로도 우리는 런던에서 가장 흉악한 남자들이 되었다. 우리는 살금살금 음산한 분위기의 저택으로 다가갔다. 여러 창문과 문 두 개가 달린 저택 한쪽에 만들어진, 타일 깔린 베란다처럼 보이는 구조물이 보였다.

"저쪽이 밀버턴의 침실이라네. 베란다 문을 열면 바로 서재고. 저 문으로 들어가면 간단하겠지만 자물쇠에 빗장까지 쳐져 있으니 억지로 들어가려고 하면 요란한 소리가 날 걸세. 이쪽으로 돌아가야 해. 응접실과 이어진 온실이 이쪽에 있어."

온실은 잠겨 있었다. 하지만 홈스가 유리를 동그랗게 잘라낸 후 손을 집어넣어 열쇠를 돌렸다. 잠시 후 우리는 안으로 들어가 조용하게 문을 닫았다. 마침내 법적으로도 강력범이 된 것이다. 온실에 고인 후텁지근한 공기와 이국 식물이 뿜어내는 진한 향기에 숨이 막혔다. 홈스는 어둠 속에서 팔을 잡아끌며 얼굴을 쓸어대는 관목 사이로 재빠르게 안내했다. 홈스는 세심하게 훈련된 시력으로 어둠 속에서도 사물을 잘 알아볼 수 있었다. 그는 내 손을 잡고 다른 손으로 문을 열었다. 커다란 방 같다는 느낌이 어렴풋이 들었다. 아무래도 방금 전까지 누가 이 방에서 담배를 피운 것 같았다. 홈스는 느낌만으로 가구들을 요리조리 피해 지나가 다른 문을 열었다. 우리는 잽싸게 방을 나와 문을 닫았다. 벽에 걸린 코트 몇 벌이 손에 닿은 것으로 보아 통로로 나온 모양이었다. 통로를 지나던 홈스가 오른쪽에 있는 문을 조심스럽게 열었다. 그 순간 뭔가가 와락 달려들었다. 나는 놀라서 심장이 튀어나올 뻔했지만 고양이라는 걸 알고 헛웃음이 터졌다. 새로 들어간 방에는 벽난로에 불이 피워져 있었다. 이곳에서도 담배 냄새가 코를 찔렀다. 발끝으로 살그머니 들어간 홈스는 내가 따라 들어가자 조심스럽게 문을 닫았다. 마침내 서재에 도착했다. 맞은편에 쳐진 칸막이 커튼이 밀버턴의 침실로 들어가는 문인 듯했다.

벽난로에서 활활 타오르는 불빛이 온 방을 환하게 밝혔다. 문 근처에 전기 스위치가 보였고 불을 켜도 상관없을 것 같았지만 굳이 그럴 필요가 없었다. 벽난로의 한쪽에는 두꺼운 커튼이 드리워져 우리가 밖에서 본 창을 가렸다. 다른 쪽에는 베란다로 통하는 문이 있었다. 서재 중앙에는 책상과 반들거리는 붉은색 가죽을 덮은 회전의자가 놓여 있었다. 책상 앞에 서 있는 커다란 책꽂이 꼭대기에 아테나 여신의 대리석 반신상이 있고, 책꽂이와 벽 사이 구석에 높다란 녹색 금고가 있었다. 벽난로 불빛을 받아 금고 앞에 달린 반들거리는 청동 손잡이가 반짝거렸다. 홈스는 금고로 다가가 유심히 살피다가 침실 문으로 살그머니 다가가서 고개를 기울이고 기척을 살폈다. 침실에서는 아무 소리도 나지 않았다. 그동안 나는 베란다로 난 문을 이용해 탈출하는 편이 좋을 것 같아 살펴보았다. 놀랍게도 문은 잠겨 있지도 빗장이 걸려 있지도 않았다. 내가 홈스의 팔을 건드리자 복면을 한 홈스가 고개를 돌렸다. 그가 움찔하는 모습을 보니 무방비 상태의 문을 보고 그도 나만큼 놀란 것이 분명했다.

홈스가 내 귀에 바짝 입을 대고 소곤거렸다.

"어딘지 찜찜하네. 왜 열어뒀는지 모르겠군. 어쨌든 지금은 그런 걸 생각할 때가 아니지."

"나는 뭘 하면 되겠나?"

"베란다 문 옆에서 대기해주게. 누가 오는 소리가 들리면 빗장을 걸게. 그러면 왔던 길로 빠져나가면 돼. 혹시 볼일을 다 봤을 때 서재 문으로 누가 들어오면 베란다 문으로 도망치세나. 아니면 퇴창의 커튼 뒤에 숨고, 알겠나?"

나는 고개를 끄덕인 후 베란다 문 옆에 섰다. 처음에 느꼈던 두려움은 어느새 자취를 감추고 법을 수호할 때 느낀 흥분보다 더 강렬한 긴장감에 도취되었다. 우리 임무에는 숭고한 목적이 있으며 우리는 기사도를 발휘한 이타적인 행동을 하고 있고, 악랄하기 짝이 없는 인물과 대적하고 있다는 생각이 모험을 더 즐겁게 했다. 나는 죄책감 따위는 멀리 날려버린 채 위험을 만끽하며 상황을 즐기기 시작했다. 홈스는 정교한 수술을 하는 외과의사처럼 챙겨 온 연장 중에서 침착하고 정확하게 필요한 연장을 골랐다. 나는 그 모습을 지켜보며 연신 감탄했다. 금고 열기는 그의 특별한 취미였다. 그러니 녹색과 황금색이 어우러진 괴물을 앞에 두고 얼마나 기쁨에 몸을 떨었을지 알 만했다. 그의 눈에는 금고가 수많은 숙녀들의 명예를 집어삼킨 용으로 보였으리라.

홈스는 코트를 의자 위에 올려놓고 연미복의 소매를 걷어올린 후 드릴 두 개와 지렛대 하나, 만능열쇠 몇 개를 늘어놓았다. 나는 문에 서서 연신 양쪽을 살피며 언제 벌어질지 모를 위급 상황에 대비했다. 그렇기는 해도 훼방꾼이 나타나면 나도 뾰족한 수는 없었다. 삼십 분 동안 홈스는 금고를 여는 일에 온 정신을 집중했다. 능숙한 기계공처럼 정교하면서도 거침없는 손놀림으로 연장을 다루었다. 이 연장을 썼다가 내려놓고 다른 연장을 집어 들기를 반복했다. 마침내 딸깍 소리가 나더니 커다란 녹색 문이 활짝 열렸다. 안을 힐끔 보니 끈으로 묶이고 이름이 적힌 서류 묶음이 잔뜩 있었다. 그중 하나를 집어 들었던 홈스는 일렁거리는 난롯불로는 글자를 읽을 수가 없자 가져온 뚜껑 달린 각등을 꺼냈다. 밀버턴이 바로 옆방에 있으니 불을 켜는 건 위험했다. 다음 순간 홈스가 꼼짝도 않고 기척을 살폈다. 그리고 순식간에 금고 문을 닫고 코트를 들고 연장을 모두 주머니에 쑤셔넣은 후 따라오라는 손짓을 하며 퇴창 커튼 뒤로 쏜살같이 숨었다.

커튼 뒤로 몸을 숨기자마자 그의 예민한 청각이 포착한 소리가 내게도 들렸다. 집안 어딘가에서 소리가 났다. 멀리서 문을 닫는 소리였다. 잠시 후 빠르게 다가오는 육중한 발소리와 함께 당황한 듯한 속삭임이 들렸다. 방밖의 복도에서 나던 발소리가 문 앞에서 멎고는 곧이어 문이 열리고 딸깍하며 전기 스위치를 켜는 소리가 났다. 다시 문이 닫히더니 자극적이고 독한 담배 냄새가 코를 찔렀다. 이윽고 우리가 있는 위치에서 몇 미터 떨어지지 않은 곳을 왔다갔다하며 서성이는 소리가 들렸다. 마침내 의자가 삐걱하는 소리가 나면서 발소리가 멎었다. 자물쇠에 열쇠가 꽂히고 돌아가는 소리에 이어 종이가 바스락거리는 소리가 들렸다. 나는 그때까지 감히 밖을 내다볼 엄두가 나지 않았지만 커튼 사이를 살짝 벌려서 잠시 밖을 내다보았다. 내 어깨를 홈스의 어깨가 짓누르는 것으로 보아 그도 나처럼 밖을 내다보는 모양이었다. 우리 바로 앞에 손만 뻗으면 닿을 곳에 밀버턴이 넓고 구부정한 등을 뒤로 돌린 채 앉아 있었다.

우리가 그의 일과를 잘못 안 게 틀림없었다. 그는 아예 침실에는 가지도 않고 저택의 다른 구역에 있는 당구실이나 흡연실에 있었던 것이 분명했다. 그 방의 불을 미처 보지 못했던 모양이다. 희끗희끗해지는 머리카락이 빠져 반들거리는 육중한 머리가 바로 우리 눈앞에 있었다. 붉은 가죽 의자에 편하게 기대

앉은 그자는 다리를 쭉 뻗고 가느다란 검은색 담배를 삐딱하게 입에 물고 있었다. 그는 암적색에 검은 벨벳 옷깃이 달린 군복 분위기가 나는 실내용 재킷 차림이었다. 기다란 법률 서류를 들고 고리 모양으로 담배 연기를 연신 뿜어대며 느긋하게 읽었다. 차분한 태도와 편안한 자세로 보아 금방 자리를 뜰 것 같지 않았다.

홈스가 슬며시 내 손을 잡고 걱정 말라는 듯 흔들었다. 마치 자신이 상황을 장악하고 있으며 안심해도 된다고 말하려는 듯 말이다. 나는 홈스도 금고를 봤는지 확신할 수 없었다. 내 자리에서는 금고 문이 제대로 닫히지 않은 게 보였다. 밀버턴이 언제 그쪽을 돌아볼지 몰랐다. 만에 하나라도 밀버턴의 눈빛이 변하면 그가 금고 문을 봤다고 확신하고 커튼 밖으로 튀어나가 코트로 그의 머리를 덮어씌워 제압한 후 나머지는 홈스에게 맡기자고 마음을 먹었다. 하지만 밀버턴은 고개를 들지 않고 들고 있는 서류에만 집중했다. 변호사의 논거를 따라가듯 한 장씩 서류를 넘기는 모습으로 보아 읽고 담배만 다 피우면 그곳을 나갈 것 같았다. 하지만 담배도 서류도 끝나지 않은 순간에, 생각을 수정할 수밖에 없는 의외의 상황이 전개되었다.

나는 밀버턴이 몇 번이나 시계를 들여다보는 걸 알아차렸다. 한번은 초조한 몸짓을 하며 자리에서 일어났다가 다시 앉기도 했다. 누군가를 만나기에 적당한 시간이 아니라 약속이 있으리라고는 생각하지 못했는데 베란다에서 희미한 발소리가 들렸다. 밀버턴이 서류를 내려놓고 등을 꼿꼿이 세워 앉았다. 발소리가 들리나 싶더니 누가 베란다 문을 살며시 두드렸다. 밀버턴이 일어나서 문을 열었다.

"삼십 분이나 늦었군."

그가 퉁명스럽게 말했다.

베란다 문이 잠겨 있지 않고 밀버턴이 이 시각까지 잠자리에 들지 않은 이유가 비로소 밝혀졌다. 방안에서 드레스 자락이 사락거리는 소리가 났다. 밀버턴이 고개를 우리 쪽으로 돌리는 바람에 나는 살짝 벌렸던 커튼을 얼른 모았다가 용기를 내어 조심스럽게 커튼을 다시 벌렸다. 밀버턴은 의자에 앉아서 담배를 비뚜름하게 꼬나물고 있었다. 환하게 켜진 전깃불에 그의 앞에 선 키가 크고 날씬한 여자가 잘 보였다. 머리부터 발끝까지 드러난 부분은 검은 머리카락뿐 얼굴은 베일로 가렸고 턱 아래로는 망토를 두르고 있었다. 호흡이 거칠고 빠른 여자의 나긋나긋해 보이는 몸은 감정을 주체하지 못하는지 부르르 떨고 있었다.

"그쪽 때문에 잠도 못 자고 있잖소. 그럴 만한 가치가 있겠지? 그나저나 다른 시간에는 올 수 없었던 건가?"

여자는 고개를 끄덕였다.

"그렇다면 그런 거겠지. 피도 눈물도 없는 백작 부인에게는 이 기회에 보기 좋게 복수를 할 수 있을 거요. 이봐요, 아가씨. 뭘 그렇게 벌벌 떨고 있소? 그래! 마음 단단히 먹어! 자, 이제 일 이야기로 들어가볼까."

그는 책상 서랍에서 쪽지 한 장을 꺼냈다.

"달베르 백작 부인을 곤란하게 만들 편지를 다섯 통 가지고 있다고 했지? 그것들을 팔고 싶다고도 했고. 그 편지를 사고 싶소. 여기까지는 좋군. 가격만 정하면 되겠어. 물론 그전에 편지부터 살펴봐야겠지. 쓸 만한지 확인을 해야 하니까."

여자는 아무 말 없이 베일을 들고 망토를 풀어 떨어뜨렸다.

"세상에, 부인이셨습니까?"

밀버턴 앞에 서 있는 여자의 얼굴은 어두운 피부에 이목구비가 뚜렷하고 아름다웠다. 살짝 휘어진 코에 검고 진한 눈썹, 반짝이는 깊숙한 눈이 인상적이었다. 굳게 다문 얇은 입술은 미소를 짓고 있지만 그 모습이 여간 섬뜩하지 않았다.

"그래, 네가 파멸시킨 바로 그 여자."

밀버턴은 웃음을 터뜨렸지만 목소리에는 두려워하는 기색이 역력했다.

"고집불통이시더군요. 그러게 왜 저를 막다른 골목으로 몰아붙이셨습니까. 말씀드렸다시피 저는 파리 한 마리도 못 죽입니다. 하지만 남자라면 마땅히 일을 해서 먹고살아야 하지 않겠습니까. 제가 뭘 어떻게 했어야 합니까? 저는 부인이 충분히 마련할 수 있는 선에서 가격을 제시했습니다. 그런데 부인이 돈을 안 내셨잖아요."

"그래서 편지를 남편에게 보냈나? 남편은 이 세상 누구보다 고귀했던 신사였어. 나 같은 여자는 발끝도 못 따라갈 그이가 충격으로 세상을 떴어. 예전에 내가 저 문으로 들어와 자비를 베풀어달라고 애원했던 일을 기억하지? 너는 나를 보며 웃음을 터뜨렸지. 지금도 이죽거리고 싶은데 오금이 저려서 입술을 떠는 게 고작인 모양이군. 그래, 여기서 다시 볼 줄은 꿈에도 몰랐겠지. 너와 단둘이 대면할 수 있는 방법을 알려준 것도 그날 밤이었잖아. 자, 찰스 밀버턴, 하고 싶은 말이 있으면 어디 해봐."

"이 정도로 내가 겁을 먹을 거라고 생각하지 마."

밀버턴이 자리에서 일어섰다.

"내가 소리를 지르면 하인들이 일어나고 당신은 바로 경찰에 넘겨질 거야. 하지만 화가 날 만도 하다는 사실을 고려해주지. 당장 왔던 길로 나가. 그러면 입을 다물 테니까."

여자는 한 손을 가슴에 대고 가만히 서 있었다. 얇은 입술에는 아까처럼 섬뜩한 미소가 걸려 있었다.

"내 인생은 망쳤지만 앞으로 두 번 다시 다른 사람의 인생을 망칠 수는 없을 거다. 내 심장은 갈가리 찢어놓았지만 앞으로 다른 사람의 심장은 찢어놓을 수 없을 테고. 나는 이 세상의 해충을 없애는 거야. 개 같은 자식, 이거나 받아, 이것도! 이것도! 이것도! 그리고 이것도!"

그녀는 옷의 가슴께에서 번쩍이는 작은 권총을 꺼내 밀버턴의 몸에 연속해서 쏘았다. 총구와 몸은 오십 센티미터도 떨어져 있지 않았다. 그는 몸을 웅크리더니 격렬하게 기침을 하고 서류를 움켜쥐며 책상으로 고꾸라졌다. 다음 순간 비틀거리며 일어섰다가 한 방을 더 맞고 바닥으로 털썩 쓰러졌다.

"네가 감히……."

밀버턴은 이 말을 한 후 조용해졌다. 여자는 그를 뚫어지게 바라보더니 천장을 보고 있는 얼굴을 구두굽으로 짓밟았다. 그리고 밀버턴의 기척을 살폈다. 하지만 밀버턴은 끙끙거리거나 신음하거나 몸을 움직이지 않았다. 다음 순간 옷자락이 바스락거리는 소리가 나더니 차가운 겨울 공기가 따뜻한 방으로 훅 밀려들어왔다. 복수를 마친 여자가 떠난 것이다.

우리가 개입해도 운명으로부터 밀버턴을 구할 수는 없었다. 사실 그 여자가 밀버턴에게 총알을 퍼부을 때 튀어나가려고 했지만 홈스의 차갑고 억센 손이 손목을 잡았다. 나는 그가 내 손목을 쥐며 제지하는 이유를 이해했다. 그 일은 우리가 어쩔 수 있는 문제가 아니었다. 정의가 악을 물리쳤으며 우리에게는 포기할 수 없는 의무와 목적이 있었다. 여자가 방에서 나가기가 무섭게 홈스는 발소리를 죽인 채 재빨리 방문으로 다가가 자물쇠에 꽂힌 열쇠를 돌렸다. 그 순간 집에서 사람들이 웅성거리는 소리와 서둘러 달려오는 발소리가 들렸다. 총성에 하인들이 잠에서 깬 것이 분명했다. 홈스는 조금도 당황하거나 서두르지 않고 곧장 금고로 가 안에 든 편지 묶음들을 양팔 가득 안고 나와서 그대로 벽난로에 던졌다. 몇 번이나 들고 옮기고 나서야 간신히 금고가 텅 비었다. 누가 문손잡이를 돌리고 문을 두드리기 시작했다. 홈스는 재빨리 주위를 둘러보았다. 밀버턴에게 죽음을 가져다준 피가 튀어 얼룩덜룩해진 편지가 책상 위에 놓여 있었다. 홈스는 그 편지마저 불길에 휩싸인 다른 편지들을 향해 던졌다. 그러고 나서 베란다로 난 문에서 열쇠를 뽑아 나를 내보낸 후 따라 나와 밖에서 문을 잠갔다.

"왓슨, 이쪽이야. 이쪽으로 가면 정원의 담을 넘을 수 있어."

순식간에 온 집안사람들이 일어난 모습을 보았지만 이 상황이 믿기지 않았다. 뒤를 돌아보니 저택은 불이 모두 켜져 환했다. 현관문이 열리고 사람들이 진입로로 달려나왔다. 정원이 떠들썩했다. 베란다에서 뛰어나가는 순간 누가 "저기 있다!"라고 소리쳤고 사람들이 우르르 쫓아왔다. 홈스는 정원의 구조가 완벽하게 머릿속에 들어 있는지 작은 나무들 사이를 능숙하게 빠져나갔고 나는 그런 그의 뒤를 따랐다. 제일 먼저 추적에 나선 남자가 뒤에서 숨을 헐떡이며 따라왔다. 높이가 이 미터 가까운 담장이 앞을 가로막고 있었지만 홈스는 훌쩍 뛰어 담장 위로 올라가 뛰어내렸다. 내가 담장으로 뛰어오르는 순간 추적자가 발목을 움켜쥐었다. 발을 마구 차서 손을 뿌리친 후 풀이 듬성듬성 난 담 꼭대기를 기어 넘었다. 덤불에 얼굴을 박으며 떨어진 나를 홈스가 재빨리 일으켜 세웠다. 우리는 드넓은 햄스테드히스 파크를 가로질러 허둥지둥 달렸다. 삼 킬로미터 넘게 정신없이 달린 것 같았다. 홈스가 발걸음을 멈추고 추적해 오는 사람이 있는지 살폈다. 우리 뒤로 모든 것이 정적에 잠겨 있었다. 마침내 추적자를 따돌리고 안전한 곳에 온 것이다.

놀라운 경험을 한 다음날 아침이었다. 홈스와 내가 아침을 다 먹고 담배를 피우고 있는데 런던 경찰청의 레스트레이드 형사가 우리의 수수한 응접실로 들어왔다. 그날따라 근엄하고 무거운 표정을 하고 있었다.

"안녕하십니까, 홈스 씨. 요즘 많이 바쁘십니까?"

"형사님의 이야기를 못 들을 정도로 바쁘지는 않습니다."

"특별한 일이 없다면 지난밤에 햄스테드에서 일어난 놀라운 사건과 관련해서 저를 도와주시겠습니까?"

"뭐라고요? 무슨 사건입니까?"

홈스가 물었다.

"살인 사건입니다. 이렇게 특이하고 극적인 사건이 또 있을까 싶습니다. 이런 사건에 촉각을 곤두세우고 계신 것 압니다. 그러니 애플도어 타워스에 함께 가셔서 실마리를 잡을 수 있도록 조언을 해주시면 대단히 감사하겠습니다. 이 사건은 평범한 살인 사건이 아닙니다. 경찰은 어젯밤 살해당한 밀버턴을 주시해왔습니다. 우리끼리 이야기지만 악랄한 자였거든요. 이런저런 편지를 손에 넣어 협박을 하며 돈을 벌었던 것 같습니다. 편지는 살인자들이 어제 몽땅 태워버렸습니다. 귀중품은 전혀 손대지 않았고요. 범인들은 신분이 높은 사람들이지 않을까 싶습니다. 치부가 드러나는 걸 막으려고 벌인 일 같아요."

"범인들이라고요? 여러 명입니까?"

홈스가 놀란 목소리로 대꾸했다.

"그렇습니다. 이인조였습니다. 현장에서 검거할 수도 있었죠. 그자들의 발자국을 찾았습니다. 인상착의도 알고 있고요. 십중팔구 잡을 수 있을 겁니다. 한 놈은 몸놀림이 재빨랐지만 다른 놈은 정원사 보조에게 잡혔다가 간신히 빠져나간 모양입니다. 중키에 체격이 좋았다고 하더군요. 각진 턱에 목이 굵고 콧수염을 길렀고요. 복면을 쓰고 있었답니다."

"인상착의가 모호하군요. 그런 설명이면 왓슨이라 해도 되겠습니다!"

"그렇군요. 왓슨 박사님과 인상착의가 딱 들어맞네요."

레스트레이드 형사가 재미있다는 듯 맞장구를 쳤다.

"아무래도 저는 도움을 드리지 못할 것 같습니다, 형사님. 저도 밀버턴이라는 자를 잘 압니다. 런던에서 손꼽히는 위험천만한 인물이라고 생각하고 있었죠. 지금껏 그자는 법이 처벌하지 못하는 범죄를 저질러왔습니다. 그런 점을 생각하면 개인적인 복수도 어느 정도는 정당화할 수 있습니다. 아뇨, 말씨름을 해봐야 소용없습니다. 저는 마음을 정했습니다. 이 경우에는 피해자보다 범인에게 더 마음이 쓰이는군요. 그런 이유로 이 사건에 관여하지 않겠습니다."

홈스는 우리가 목격한 비극에 대해서 한마디도 꺼내지 않았다. 하지만 오전 내내 한 가지 생각에 몰두한 눈치였다. 멍한 눈빛에 얼이 빠진 태도를 보아 하니 뭔가를 기억해내려고 정신을 집중하는 것 같았다. 점심을 먹던 중 홈스가 별안간 자리에서 일어서며 소리쳤다.

"왓슨! 기억났네! 얼른 모자를 챙기게! 나랑 어딜 좀 가세나!"

홈스는 빠른 걸음으로 베이커 스트리트 끝까지 걸어가 옥스퍼드 스트리트로 접어들더니 리전트 스퀘어에 도착해서야 비로소 멈추었다. 진열창을 유명 인사와 사교계 미인 사진으로 장식해놓은 가게가 왼쪽에 있었다. 한곳에 멈춘 홈스의 시선을 따라가니 위엄 있고 당당해 보이는 여자 사진이 있었다. 여자는 궁중에서 입는 드레스를 입고 머리에는 커다란 다이아몬드 보관을 쓰고 있었다. 나는 사진 속 여자의 섬세하게 휜 콧날과 유난히 진한 눈썹, 곧게 다문 입매, 그 아래로 작지만 강인해 보이는 턱을 찬찬히 들여다보았다. 다음 순간 그녀가 유서 깊은 귀족 가문의 일원이자 대단한 정치가의 아내라는 설명을 읽고 숨이 턱 막혔다. 홈스와 나는 의미심장한 눈빛을 주고받았다. 홈스가 손가락을 입술에 댔고 우리는 그대로 몸을 돌려 자리를 떠났다.

여섯 개의
나폴레옹 석고상

런던 경찰청의 레스트레이드 형사가 저녁 시간에 우리를 찾아오는 일은 별스러울 것도 없었다. 홈스는 늘 그의 방문을 환영했다. 그를 통해서 경찰청의 상황과 분위기를 전해 들을 수 있기 때문이다. 홈스는 레스트레이드가 수사중인 사건의 정보를 듣는 대신 직접 수사를 돕지 않더라도 머릿속에 든 방대한 지식과 경험을 바탕으로 사건의 실마리나 수사에 대한 의견을 들려주곤 했다.

그날 저녁도 레스트레이드 형사는 날씨며 뉴스거리에 대해 이런저런 이야기를 했다. 이윽고 그는 말문을 닫고 생각에 잠겨 담배만 뻐금뻐금 피웠다. 홈스는 날카로운 눈빛으로 그를 바라보며 물었다.

"신경쓰이는 사건이라도 맡으셨습니까?"

"오, 아닙니다, 홈스 씨. 대단한 사건은 아닙니다."

"한번 들려나 주시죠."

레스트레이드가 웃음을 터뜨렸다.

"이런, 홈스 씨. 당신에게는 마음에 걸리는 게 있다는 사실을 숨겨봐야 소용이 없군요. 황당한 일이라 굳이 이야기를 해야 할지 망설여집니다. 소소하면서도 묘한 사건입니다. 홈스 씨가 좋아하실 만큼 상궤를 벗어난 사건이고요. 한편으로는 탐정님이나 내가 아니라 왓슨 박사님이 담당할 사건이 아닌가 하는 생각을 떨칠 수가 없습니다."

"병입니까?"

내가 물었다.

"광기라고 해야겠죠. 그것도 기묘한 광기입니다! 요즘 같은 세상에 나폴레옹에게 원한을 품다 못해 나폴레옹 황제 석고상만 보면 박살을 내야 속이 후련한 사람이 있다는 게 상상이 되십니까?"

홈스가 의자에 편안하게 기대앉고는 말했다.

"제가 관여할 문제는 아니군요."

"그렇습니다. 제 말이 바로 그 말입니다. 하지만 그자가 남의 석고상을 박살내려고 불법 침입을 감행한다면 그때는 의사가 아니라 경찰에게 데려가야겠죠."

그 말에 홈스가 똑바로 앉았다.

"불법 침입이라! 흥미가 생기는군요. 어디 한번 자세하게 들어볼까요."

레스트레이드는 경찰수첩을 꺼내 기록을 살피며 기억을 되살렸다.

"첫 번째 사건은 나흘 전에 신고가 들어왔습니다. 사건 현장은 모스 허드슨의 가게였죠. 이 허드슨이라는 사람은 케닝턴 로드에서 그림과 조각상을 파는 가게를 하고 있습니다. 조수가 잠시 매장을 비우고 가게 뒤편으로 들어갔는데 밖에서 와장창하는 소리가 들렸습니다. 급히 매장으로 나가보니 다른 미술품들과 함께 계산대에 놓았던 나폴레옹 석고상이 박살나 있더랍니다. 직원은 허겁지겁 가게 밖으로 뛰어나갔습니다. 행인 몇 명이 가게에서 뛰쳐나가는 어떤 남자를 봤다고 했지만 이미 거리에 그런 사람은 없었고 그 불한당을 알아볼 수도 없었습니다. 결국 깡패들이 저지르는 의미 없는 소란 행위로 여기고 순찰중인 경관에게 신고했습니다. 박살난 석고상은 몇 실링짜리에 불과합니다. 피해가 대수롭지 않아서 본격적으로 수사하기는 애로가 있었죠.

그런데 두 번째 사건은 더 심각하고 이상합니다. 바로 지난밤에 일어났습니다.

케닝턴 로드에는 모스 허드슨의 가게에서 몇백 미터도 떨어지지 않은 곳에 바니콧 박사라는 유명한 의사가 삽니다. 바니콧 박사는 템스 강 남쪽에서는 규모 면에서 최고 수준인 병원을 운영하죠. 박사의 집과 주요 진료실은 케닝턴 로드에 있습니다만 삼 킬로미터가량 떨어진 로워브릭스턴 로드에도 외과 진료실과 약국이 있지요. 그런데 이 박사가 열렬한 나폴레옹 숭배자거든요. 집에 나폴레옹에 관한 책과 그림, 유물이 가득하죠. 얼마 전에 박사는 허드슨 씨의 가게에서 프랑스 조각가인 드빈의 유명한 나폴레옹 두상을 복제한 석고상 두 개를 구입했습니다. 하나는 케닝턴 로드에 있는 집에 뒀고 다른 하나는 로워브릭스턴 로드에 있는 외과 진료실의 벽난로 선반에 뒀습니다.

그런데 오늘 아침 박사가 아래층으로 내려가보니 깜짝 놀랄 일이 벌어졌더군요. 지난밤에 집에 강도가 든 거죠. 신기하게도 강도는 다른 것은 건드리지 않고 홀에 있던 석고상만 챙겼습니다. 석고상을 가지고 나가 정원 담벼락에 무자비하게 던져 박살을 내기까지 했습니다. 담 아래에서 사방팔방 파편이 흩어져 있었습니다."

홈스가 손을 마주 비비며 말했다.

"특이한 사건이군요."

"마음에 들어 하실 줄 알았습니다. 이게 다가 아닙니다. 바니콧 박사는 오늘 오후 12시에 외과 진료실로 출근하는 일정이 잡혀 있었습니다. 정시에 출근을 해보니 기절초풍할 일이 기다리고 있었습니다. 박사는 출근을 하자마자 지난밤에 누가 창문을 열었다는 사실을 알아차렸습니다. 그리고 진료실의 석고상도 박살이 나 파편이 사방에 널려 있었죠. 석고상을 벽난로 선반에 집어던져서 산산조각을 낸 겁니다. 세 건의 사건에서 이런 괴상한 짓을 저지른 미치광이랄지 범죄자에 대해서는 전혀 단서를 찾지 못했습니다. 자, 홈스 씨, 사건에 대한 설명은 여기까지입니다."

"확실히 특이하군요. 해괴망측한 것은 말할 것도 없고요. 바니콧 박사의 집과 진료실에서 박살난 석고상 두 개는 모스 허드슨의 가게에서 파괴된 석고상과 같은 것입니까?"

홈스가 물었다.

"모두 같은 틀로 만든 석고상입니다."

"그 사실을 보면 범인이 나폴레옹에 대한 증오심 때문에 석고상을 파괴한다는 가설은 맞지 않는군요. 런던에 나폴레옹 석고상이 얼마나 많겠습니까. 무차별적으로 파괴 행위를 벌이는 우상파괴자가 순전히 우연의 일치로 같은 틀에서 나온 석고상만 세 개를 파괴할 리 있겠습니까."

"저도 같은 생각입니다. 그런데 그 동네에서 석고상을 파는 가게는 모스 허드슨의 가게가 유일합니다. 이번에 파괴된 석고상 세 개는 가게에서 몇 년 동안 안 팔렸던 것들이고요. 그러니 말씀처럼, 런던에 나폴레옹 석고상이야 많겠지만 그 동네에는 세 개뿐이었을 가능성도 있습니다. 그래서 미친놈이 그것들부터 박살냈을지도 모르죠. 어떻게 생각하십니까, 왓슨 박사님?"

"편집광의 행동은 짐작할 수 없죠. 현대 프랑스 심리학자들이 강박관념이라고 부르는 증상이 있습니다. 하찮아 보이는 증상을 제외하면 다른 면에서는 더할 나위 없이 정상적으로 행동하죠. 나폴레옹에 심취해 있다거나 나폴레옹과의 전쟁에서 가문이 입은 위해를 유전적으로 물려받았다면 강박관념이 형성되었을 수 있습니다. 그로 인해서 기이한 폭력 행위를 저지르는 거죠."

"그건 말이 안 되네, 왓슨."

홈스가 고개를 가로저으며 제동을 걸었다.

"아무리 강박관념이 강력하다고 해도 자네가 말한 편집광이 석고상들의 위치를 어떻게 알겠나?"

"자네라면 사건을 어떻게 해석할 텐가?"

"나는 해석하지 않아. 이 사람의 기이한 행동에는 나름의 논리가 있네. 예를 들어 바니콧 박사의 집안에서 석고상을 깨뜨렸다면 그 소리에 식구들이 다 깼을 걸세. 그래서 정원으로 가지고 나가서 깨뜨렸지. 병원에서는 사람들을 깨울 걱정이 덜하니 그 자리에서 박살낸 거야. 터무니없을 정도로 시시껄렁한 사건처럼 보이지만 덮어놓고 시시하다고 할 사건은 아니라네. 지금까지 내가 다뤄 고전이 된 사건들이 처음에는 시시하게 시작되었다는 사실을 떠올려보게. 자네도 애버네티 가족의 무시무시한 짓거리에 내가 처음으로 관심을 가진 계기를 기억하겠지. 찌는 듯이 무더운 날 파슬리가 버터에 가라앉은 깊이를 본 것이 계기였네. 그러니 레스트레이드 형사님, 석고상이 세 개나 파괴된 사건을 그저 우스운 소동으로 생각할 수는 없군요. 이 기묘한 연쇄 사건이 어떤 전개로 이어지든 소식을 알려주시면 감사하겠습니다."

내 친구가 요청한 새로운 소식은 그의 예상보다 훨씬 일찍 들려왔다. 상상보다 더한 비극이기도 했다. 이튿날 아침, 방에서 옷을 갈아입는데 누가 문을 두드렸다. 잠시 후 홈스가 전보를 들고 들어와 소리 내어 읽었다.

켄싱턴, 피트 스트리트 131번지로 급히 와주기 바람.

레스트레이드

"무슨 일일까?"

내가 물었다.

"모르겠네. 무슨 일이 일어났겠지. 아무래도 지난번 석고상 사건과 관련된 일 아닐까. 그 경우라면 우상파괴자가 다른 동네에서 일을 벌인 모양이군. 탁자에 커피가 준비되어 있네, 왓슨. 마차를 집 앞에 대기시켜두었고."

우리는 삼십 분 만에 피트 스트리트에 도착했다. 활발한 삶이 흐르는 런던이라는 급류 곁에 오수가 고인 듯한 지역이었다. 하나같이 납작하고 평범한, 낭만적인 구석이라고는 조금도 없는 주택 사이에 131번지의 주택이 있었다. 마차로 그 집까지 가니 집 앞 울타리에 호기심 많은 구경꾼들이 달라붙어 있었다. 홈스가 그 모습을 보고 휘파람을 불었다.

"세상에! 최소한 살인미수는 일어났나 보군. 런던의 심부름꾼 꼬마들을 붙잡아두려면 적어도 그 정도는 되어야지. 구경꾼들이 어깨를 움츠리고 목을 쭉 뺀 모습을 보니 폭력 사건이 있었나 봐. 이게 뭘까, 왓슨? 맨 위 계단은 물로 씻어냈는데 나머지 계단은 물기가 없어. 어쨌든 발자국이 충분하군! 아하, 저기 앞쪽 창문으로 레스트레이드 형사가 보이는군. 무슨 일인지 금방 알게 되겠지."

형사는 침울한 표정으로 우리를 응접실로 안내했다. 플란넬 잠옷 차림에 머리가 헝클어진 노인이 불안한 표정으로 방안을 서성이고 있었다. 경찰은 노인이 《센트럴프레스 신디케이트》의 기자인 호레이스 하커이자 집주인이라고 소개했다.

"이번에도 나폴레옹 석고상입니다. 지난밤에 관심을 보이셨으니 이곳으로 부르면 좋아하실 것 같았죠. 사건이 중대한 전환점을 맞이했거든요."

레스트레이드가 말했다.

"어떻게 말입니까?"

"살인으로요. 하커 씨, 무슨 일이 있었는지 이분들에게 정확하게 들려주시겠습니까?"

잠옷 차림의 노인은 힘이 하나도 없는 표정으로 우리를 돌아보았다.

"희한한 일입니다. 평생 남들 소식을 전했는데 내가 사건 당사자가 되니 황당하고 꺼림칙해서 말도 제대로 안 나오는군요. 만약 기자로 취재를 왔다면 나를 인터뷰하고 석간신문마다 두 단짜리 기사를 올렸겠죠. 그런데 이게 뭐요, 온갖 사람들에게 겪은 일을 몇 번이고 들려주면서 귀한 기삿거리를 넘기고 있을 뿐 정작 나는 기사로 쓰지 못하다니. 어쨌든 셜록 홈스 씨, 명성은 익히 들었습니다. 당신이 내가 겪은 희한한 사건을 해결할 수 있다면 수고롭게 또 이야기를 해도 보람이 있겠죠."

홈스는 자리를 잡고 앉아 노인의 이야기를 들었다.

"사건의 중심에는 넉 달 전에 이 방에 두려고 산 나폴레옹 석고상이 있는 것 같군요. 하딩 브러더스라는 가게에서 헐값에 샀습니다. 하이스트리트 역에서 두 집 건너 있는 가게죠. 나는 대개 야간에 기사를 쓰는데 가끔 새벽까지도 씁니다. 오늘 새벽에도 서재에서 작업중이었죠. 서재는 위층 뒤쪽에 있어요. 새벽 3시쯤 아래층에서 무슨 소리가 들렸습니다. 잠시 귀를 기울이고 기척을 살폈을 때 더이상 소리가 나지 않기에 밖에서 난 소리인가 보다고 생각했습니다. 다시 일을 하는데 오 분쯤 지났을까 느닷없이 무시무시한 비명이 들렸습니다.

홈스 씨, 평생 그렇게 끔찍한 소리는 처음 들었습니다. 죽을 때까지 귓가를 떠나지 않을 것 같군요. 두려움에 그대로 얼어붙었다가 잠시 후 부지깽이를 들고 아래층으로 내려갔습니다. 이 방에 들어와보니 창문이 활짝 열려 있더군요. 그 순간 벽난로 선반에 올려둔 나폴레옹 석고상이 사라진 것을 알아차렸습니다. 강도가 왜 그걸 훔쳐갔는지 의아하더군요. 아무 가치 없는 평범한 석고상이거든요. 보면 이해하시겠지만, 누구라도 저 열려 있는 창문으로 방을 나가고자 한다면 창틀에 올라 훌쩍 뛰어 현관 계단까지 갈 수 있습니다. 강도도 분명 그랬을 거예요. 저는 방을 나가 현관문을 열었습니다. 어둠 속으로 한 발 내디뎠다가 시신에 발이 걸려 하마터면 넘어질 뻔했죠. 서둘러 등불을 가져와 살펴보니 불쌍하게도 한 남자가 쓰러져 있더군요. 목을 깊이 베였고 주위가 피바다였어요. 누운 자세로 무릎은 세운 채 입이 무시무시하게 벌어져 있더군요. 그 얼굴이 꿈에 나올 것 같아요. 가지고 있던 호루라기를 분 직후에 기절했나 봅니다. 나를 내려다보고 있는 경찰을 알아차리기 전까지 전혀 기억나는 게 없거든요."

"살해당한 사람은 누굽니까?"

레스트레이드가 대답했다.

"신원을 확인할 물건이 없습니다. 시신은 영안실로 옮겼는데 지금까지 알아낸 건 아무것도 없습니다. 키가 크고 피부가 많이 그을렸고 완력이 대단해 보입니다. 나이는 서른을 넘지 않은 것 같고요. 초라한 행색이지만 막일꾼으로 보이지는 않더군요. 시신에서 흘러나온 피 웅덩이에는 뿔 손잡이가 달린 접이식 칼이 떨어져 있었습니다. 피살자의 목을 그은 범인의 무기인지 피살자가 가지고 있던 칼인지는 확인되지 않았습니다. 옷에는 이름 표시가 없고 주머니에 든 소지품은 사과 한 알, 끈, 일 실링짜리 런던 지도, 사진 한 장이 전부입니다. 이 사진이죠."

소형 카메라로 찍은 스냅사진이었다. 날카로운 외모의 기민해 보이는 남자가 담겨 있었다. 원숭이 같은 생김새였다. 눈썹이 진하고 아래턱이 개코원숭이처럼 유난히 앞으로 튀어나왔다.

"석고상은 어떻게 되었습니까?"

홈스는 사진을 한참 동안 살펴보더니 마침내 물었다.

"오시기 직전에 행방을 알아냈죠. 캠던하우스 로드의 빈집 정원에서 발견되었습니다. 산산조각 나 있었고요. 지금 그곳으로 가려는데 같이 가시겠습니까?"

"그럼요, 가야죠. 그전에 현장을 둘러보고요."

홈스는 양탄자와 창문을 살폈다.

"이 집에 들어온 사람은 다리가 길거나 운동신경이 뛰어난 사람이겠군요. 안뜰을 밟지 않고 곧장 창틀로 손을 뻗어 창문을 여는 건 여간한 일이 아닙니다. 나갈 때는 비교적 쉬웠겠군요. 하커 씨, 석고상의 잔해를 보러 가시겠습니까?"

기자는 울적한 표정으로 책상 앞에 앉아 있었다.

"석간신문 첫 판에 모든 사실이 상세하게 실렸겠지만 저도 기사를 작성해야 합니다. 나도 참 운이 없지! 돈캐스터 경마장의 관중석이 무너진 사건 기억하십니까? 나는 관중석에 있었던 유일한 기자였지만 유일하게 그 사건을 싣지 못한 신문이 우리 신문이었죠. 너무 놀라서 기사를 못 썼거든요. 이번에는 우리집 앞에서 살인 사건이 났는데 기사를 쓸 기회를 놓치다니."

응접실을 나올 때 그가 풀스캡판 종이 위에 열심히 펜을 놀리는 소리가 들렸다.

석고상 파편들은 몇백 미터밖에 떨어지지 않은 곳에서 발견되었다. 우리는 광적이고 파괴적인 증오를 불러일으킨 나폴레옹 석고상의 잔해를 보았다. 파편이 풀밭 여기저기에 흩어져 있었다. 홈스는 파편 몇 개를 들어 꼼꼼하게 뜯어보았다. 나는 홈스의 진지한 표정과 의미심장한 태도에서 그가 마침내 실마리를 잡았나 보다고 생각했다.

"어떻습니까?"

레스트레이드가 묻자 홈스가 어깨를 으쓱하며 대답했다.

"갈 길이 멀군요. 음, 수사를 시작할 수 있는 사실 몇 가지는 확보했습니다. 하나는 범인에게 사람의 목숨보다 보잘것없는 석고상이 더 중요했다는 점입니다. 또 한 가지 특이한 사실도 있죠. 범인은 집안에서든 집에서 나오자마자든 석고상을 빨리 파괴하지 않았어요. 석고상 파괴에만 관심이 있는 사람 같은데 말입니다."

"다른 사람과 마주치는 바람에 당황해서 몸을 피한 게 아닐까요? 자신이 무슨 짓을 하는지도 잘 몰랐을 겁니다."

"물론 그랬을 가능성도 있습니다. 일단은 석고상이 파괴된 집의 위치를 한번 보십시오."

레스트레이드가 주위를 둘러보았다.

"이 집은 비었습니다. 정원에서 깨지는 소리가 나도 살펴보러 나올 사람이 없다는 사실을 알고 있었겠죠."

"맞습니다. 그런데 여기까지 오기 전에 빈집이 또 있어요. 범인은 분명히 그 집을 미련없이 지나쳤을 겁니다. 왜 그곳에서 석고상을 깨지 않았을까요? 석고상을 들고 다닐수록 다른 사람을 마주칠 위험만 커질 텐데 말입니다."

"도저히 모르겠습니다."

레스트레이드가 포기했다.

홈스는 머리 위에 달린 가로등을 가리켰다.

"여기서는 그자가 자기 행동의 결과를 볼 수 있었습니다. 하지만 저기서는 볼 수 없습니다. 그게 바로 이유입니다."

"그럴 수가! 정말 그렇군요. 그러고 보니 바니콧 박사의 석고상도 병원의 야간 등에서 멀지 않은 곳에 깨져 있었습니다. 그런데 이 사실로 무엇을 알 수 있습니까?"

"일단은 잘 기억해둬야겠죠. 관련지을 단서를 언제 마주칠지 모르지 않습니까. 형사님은 이제 뭘 하실 겁니까?"

"피살자의 신원부터 밝혀야죠. 사건의 수수께끼를 풀 열쇠를 얻는 방법이니까요. 신원은 쉽게 밝힐 수 있습니다. 신원과 주변 인물들만 알아내면 간밤에 그가 피트 스트리트에서 뭘 하고 있었는지도 밝혀지겠죠. 그걸 바탕으로 호레이스 하커 씨의 집 앞에서 피살자를 만나 목숨까지 앗아간 자를 알아낼 단서도 찾고요. 그렇게 생각하지 않으십니까?"

"동감입니다. 하지만 저는 다른 방식으로 접근해볼까 싶군요."

"어떻게 말입니까?"

"제 나름의 수사 방침이 형사님이 하시는 수사를 방해해서는 안 되죠. 저는 제 길을 가고 형사님도 형사님이 잡은 방향으로 수사를 진행하시죠. 나중에 만나서 알아낸 사실들을 비교해봅시다. 분명히 서로 보완이 될 겁니다."

"좋습니다."

레스트레이드가 대답했다.

"피트 스트리트로 가실 거면 호레이스 하커 씨에게 전해주십시오. 침입한 사람은 나폴레옹에 대한 환상을 품은, 살인도 불사하는 위험천만한 미치광이라고 제가 확신하고 있다고요. 이 정도면 기사에 도움이 될 겁니다."

홈스의 말에 레스트레이드가 터무니없다는 표정을 지었다.

"그렇게는 생각하지 않잖습니까?"

홈스가 미소를 지으며 말했다.

"제가요? 음, 그럴지도 모릅니다. 하지만 호레이스 하커 씨와 《센트럴 프레스 신디케이트》의 구독자들은 이 주장에 혹할 겁니다. 왓슨, 오늘 하루는 바쁘게 돌아다니며 조사를 해야 하네. 형사님, 바쁘시더라도 오늘 저녁 6시경에 베이커 스트리트를 찾아주시면 기쁘겠습니다. 그때까지 피살자 주머니에서 나온 사진은 제가 가지고 있겠습니다. 방향을 제대로 짚었다면 오늘 저녁에 형사님과 경관들의 지원을 요청할지도 모릅니다. 그럼 그때 보죠. 행운을 빕니다."

홈스와 나는 하이 스트리트까지 걸어갔다. 그곳에 도착하자 곧장 하딩 브러더스 상점으로 향했다. 하커 씨가 석고상을 산 가게 말이다. 젊은 점원 한 명이 가게를 보고 있었다. 점원은 하딩 씨는 오후나 되어야 나오고 자신은 신참이라 아는 게 없다고 했다. 홈스는 실망감과 짜증이 뒤섞인 표정을 지었다.

"이런, 이런, 모든 게 뜻대로 되기를 기대할 수야 없지, 왓슨. 하딩 씨가 나온다는 오후에나 다시 와야겠어. 지금쯤이면 자네도 알아차렸겠지만 나는 석고상들의 출처를 끝까지 추적해볼 생각이야. 그러다 보면 석고상들에 특이한 점이 있어서 이런 묘한 최후를 맞이하는 게 아닐까 하는 의문에 답이 밝혀질 수도 있으니까. 이참에 케닝턴 로드의 모스 허드슨부터 먼저 만나봐야겠군. 어떤 실마리를 던져줄지 궁금한걸."

우리는 마차를 타고 한 시간을 달린 끝에 미술품 거래상인 허드슨의 가게에 도착했다. 키가 작고 통통한 체격에 혈색이 좋은 허드슨은 성미가 급한 남자였다.

"맞습니다. 바로 이 계산대에 있었지요. 대낮에 웬 미친놈이 가게에 들어와서 물건을 박살냈습니다. 도대체 무얼 위해 세금을 내는지 모르겠다니까요. 맞습니다, 바로 제가 바니콧 박사님에게 석고상 두 개를 팔았습니다.

정말 낯부끄러운 일 아닙니까! 아무리 생각해도 무정부주의자들의 소행이 분명해요. 무정부주의자가 아니면 누가 그런 석고상을 박살내겠습니까. 저는 그런 무리를 붉은 공화당이라고 부르고 있죠. 석고상을 어디서 구입했느냐고요? 이 일과 무슨 상관인지 모르겠군요. 그래도 궁금하시다니 알려드리죠. 스테프니의 처치 스트리트에 있는 겔더사社에서 받은 물건입니다. 벌써 이십 년이나 된 회사로 이 바닥에서는 유명합니다. 몇 개나 샀느냐고요? 세 개요. 두 개 팔고 한 개 남았으니까요. 두 개는 바니콧 박사님에게 팔았고 남은 한 개는 벌건 대낮에 계산대에서 박살이 났네요.

사진 속 남자요? 아뇨, 모르겠네요. 아, 잠깐만요. 이건 베포입니다! 날품팔이를 하는 이탈리아인이죠. 우리 가게에서 잠시 일을 했는데, 솜씨가 좋았어요. 조각도 조금 할 줄 알고 액자 도금 작업도 했죠. 이런저런 잡일도 잘했고요. 지난주에 여기를 관뒀습니다. 그 후로는 소식을 못 들었어요. 아뇨, 어디에서 왔는지 어디로 갔는지 모릅니다. 여기서 일하는 동안은 문제없이 일을 잘해줬죠. 석고상이 박살나기 이틀 전에 관뒀군요."

홈스는 가게에서 나와 말문을 열었다.

"모스 허드슨에게 알아낼 수 있는 정보는 이게 다인 것 같군. 베포라는 남자가 케닝턴과 켄싱턴을 연결하는 공통 요소인 셈이야. 십오 킬로미터 넘게 마차를 타고 온 보람이 있어. 왓슨, 이제 석고상의 출처인 스테프니의 겔더사로 가볼까. 그곳에 가면 뭐든 쓸 만한 단서를 얻을 수 있을 걸세."

우리는 속도를 내서 런던의 패션가와 호텔가, 극장가, 문학가, 상업 지구, 해안 지구를 지나 인구 수십만 명이 사는 강가의 마을에 도착했다. 그곳에 들어선 수많은 공동주택에서는 유럽 각지에서 흘러들어와 부대끼며 사는 사람들 때문에 공기가 후텁지근하고 악취가 진동했다. 우리는 한때 부유한 상인들이 살았던 넓은 도로변의 거주 구역에서 공방을 찾았다. 작업장 밖의 넓은 마당에 돌이 어마어마하게 쌓여 있었다. 안으로 들어가니 넓은 작업실에서 오십 명은 되어 보이는 인부들이 뭔가를 깎거나 틀로 뭔가를 찍고 있었다. 덩치 큰 금발의 독일인 작업 감독이 우리를 정중하게 맞이하고는 홈스의 질문에 명쾌하게 대답해주었다. 그는 장부를 보고 드빈의 대리석 나폴레옹 두상을 석고로 떠서 수백 점이나 복제해낸 사실을 확인해주었다.

한 번에 여섯 개씩 한 벌로 찍어냈는데, 일 년쯤 전에 한 벌로 나온 여섯 개 중 세 개는 모스 허드슨 상점에 팔았고 나머지 세 개는 켄싱턴의 하딩 브러더스 상점에 팔았다고 했다. 작업 감독은 그 석고상들이 똑같이 제작한 다른 석고상들과 다르지 않다고 확인해주었다. 그는 누가 석고상을 박살내고 싶어 할 만한 이유를 짐작조차 못 했고 비웃기까지 했다. 작업장에서 파는 석고상의 도매가격은 개당 육 실링이었고 소매상에다가는 십이 실링이나 그보다 조금 더 받는다는 이야기를 들었다. 얼굴 양쪽을 본딴 두 개의 틀에서 나온 반쪽 얼굴 두 개를 합치면 하나의 석고상이 완성되었다. 이 작업은 대개 우리가 들어갔던 작업실에 있는 이탈리아인들이 담당했다. 두 조각을 붙여 석고상이 완성되면 통로의 탁자 위에 올려놓고 건조한 후에 창고에 보관했다.

작업 감독이 알려줄 수 있는 부분은 여기까지였다.

그런데 사진을 보여주자 방금 전까지 차분했던 작업 감독이 완전히 다른 반응을 보였다. 그의 얼굴은 분노로 벌겋게 달아올랐고 게르만족 특유의 푸른 눈동자 위로 눈썹이 꿈틀거렸다.

"아, 이 망할 놈! 그럼요. 잘 알다마다요. 우리 회사는 평판이 좋았습니다. 그런데 이 녀석 때문에 경찰이 여기까지 들이닥친 일이 있었죠. 일 년도 더 지난 일입니다. 거리에서 다른 이탈리아인을 칼로 찌르고 여기로 도망쳐 왔지 뭡니까. 뒤를 쫓아온 경찰이 연행해 갔죠. 이름은 베포입니다. 성은 모릅니다. 그런 면상을 한 인간을 고용했으니 저도 할말이 없죠. 하지만 솜씨 하나는 좋았습니다. 여기서 최고였죠."

"무슨 처벌을 받았습니까?"

"칼에 찔린 사람이 죽지는 않았어요. 그래서 일 년 형만 받았죠. 지금쯤 출소했을 겁니다. 그래도 우리 공장에는 얼씬도 못 합니다. 공장에서 일을 하는 사촌이 있으니 베포가 어디에 있는지 들을 수 있습니다."

"아니요, 괜찮습니다."

홈스가 목소리를 높였다.

"사촌에게는 말씀하지 마십시오. 아무 말씀도요. 부탁드립니다. 중요한 문제라서요. 조사하면 할수록 더 중요해 보이는군요. 아까 장부에서 그 석고상들을 판매한 기록을 보니 작년 6월 3일이더군요. 혹시 베포가 체포된 날짜를 기억하십니까?"

"급여 지불 기록을 보면 얼추 시기를 말씀드릴 수 있습니다."

작업 감독은 장부를 넘기며 기록을 찾았다.

"여기 있네요. 5월 20일에 마지막 월급을 받아갔습니다."

"고맙습니다. 더이상 시간을 빼앗지 않겠습니다."

홈스는 마지막으로 한 번 더 조사에 대해 비밀로 해줄 것을 신신당부한 후 서쪽으로 발길을 옮겼다.

점심이 한참 지난 후에야 식당에서 간단하게나마 요기를 할 짬이 났다. 식당 입구의 신문 가판대에는 "켄싱턴 참극, 범인은 미치광이"라고 요란한 기사 제목을 단 신문이 있었다. 호레이스 하커가 결국 기사를 실은 것이다. 두 단이나 할애한 기사는 꾸밈말을 남발하며 사건의 전말을 선정적으로 전했다. 홈스는 신문을 양념통에 기대 세워놓고 점심을 들며 읽었다. 읽으며 한두 번 껄껄 소리 내어 웃기까지 했다.

"기사 괜찮은데, 왓슨. 한번 들어보게."

홈스는 기사를 읽어주었다.

"'사건에 대해 이견이 있을 수 없다는 사실을 확인해 천만다행이다. 경찰 가운데 뛰어난 연륜을 자랑하는 레스트레이드 형사와 저명한 자문 탐정인 셜록 홈스 씨가 같은 결론에 도달했다. 비극적으로 막을 내린 일련의 기괴한 사건이 계획된 범죄가 아니라 미치광이의 소행이라고 말이다. 지금까지 드러난 사실들을 보면 정신착란이 온 사람의 짓이라는 것 외에 적당한 설명을 찾을 수 없다.'

왓슨, 신문사는 요령만 알면 요긴하게 쓸 수 있다네. 식사를 마쳤으면 서둘러서 켄싱턴으로 가보세. 하딩 브러더스의 주인 이야기를 들어봐야지."

하딩 브러더스처럼 큰 상점을 차린 사람이 어떤 사람인가 싶어 눈여겨보니 빠릿빠릿하고 사무적인 태도의 자그마한 남자였다. 그는 말쑥하고 행동이 재빨랐으며 머리가 잘 돌아가고 말솜씨도 보통이 아니었다.

"그럼요. 신문에 나온 기사들을 다 읽어봤습니다. 호레이스 하커 씨는 저희 상점의 고객이시죠. 몇 달 전에 그분에게 석고상을 판매했습니다. 우리는 그 석고상을 스테프니에 있는 겔더 사에서 세 개 주문해 받았습니다. 지금은 다 팔리고 없고요. 누구에게 팔았냐고요? 판매 장부를 확인해보면 금방 알려드릴 수 있습니다. 네, 저희는 다 기록을 해두거든요. 하나는 아시다시피 하커 씨에게 팔았고 또 하나는 치스윅, 러버넘 베일의 러버넘 빌라에 사는 조사이어 브라운 씨에게 판매했군요. 나머지 하나는 리딩의 로워그로브 로드에 사시는 샌드포드 씨가 사 가셨습니다. 아뇨, 사진 속 이 남자는 본 적이 없습니다. 이런 얼굴은 기억하지 못할 리가 없죠, 안 그렇습니까? 이렇게 못생긴 사람은 드무니까요. 직원 중에 이탈리아인이 있느냐고요? 네, 작업 인부와 청소부들 중에 몇 명 있습니다. 마음만 먹으면 판매 장부를 들춰볼 수도 있을 겁니다. 봐서는 안 되는 장부가 아니니까요. 그럼요, 이상한 사건이죠. 혹시 조사 결과가 나오면 알려주시기 바랍니다."

홈스는 하딩이 대답을 하는 동안 몇 가지 메모를 했다. 지금까지 알아낸 사실에 흡족해하는 것이 분명했다. 하지만 그는 서두르지 않으면 레스트레이드와 약속 시간에 늦을지도 모른다며 나를 재촉하기만 할 뿐 사건 이야기는 통 하지 않았다. 집에 도착해보니 레스트레이드는 이미 와 있었다. 기다리기 힘든지 방 안을 서성이는 중이었다. 거만한 표정을 보니 하루를 공친 것 같진 않았다.

"소득이 있으셨습니까, 홈스 씨?"

그가 다짜고짜 물었다.

"하루 종일 바쁘게 돌아다녔죠. 허탕을 치지는 않았어요. 석고상을 판매한 소매상점 두 곳을 찾아보고 도매로 판매하는 제작업자도 만나봤습니다. 석고상 제작 공방부터 시작해 최종 구매자까지 추적할 수 있게 되었습니다."

"석고상요! 아하, 홈스 씨는 나름대로 수사법이 있으시죠. 물론 그 수사법이 잘못되었다는 말을 하지는 않겠습니다. 하지만 오늘 수사는 탐정님보다 제가 더 소득을 올린 것 같군요. 저는 죽은 사람의 신원을 밝혀냈습니다."

레스트레이드가 말했다.

"설마요!"

"범죄 동기도 알아냈습니다."

"대단하십니다!"

"런던 경찰청에는 이탈리아인 거주 구역인 새프런힐과 그 외 이탈리아인들이 주로 다니는 구역을 따로 담당하는 경위가 있습니다. 피살자는 가톨릭과 관련 있어 보이는 목걸이를 하고 있더군요. 피부색을 보아 하니 남유럽 출신으로 짐작이 되었고요. 피살자의 이름은 피에트로 베누치, 나폴리에서 왔습니다. 런던의 흉악범 가운데 한 명으로 마피아와도 관계가 있는 자였죠. 홈스 씨도 아시겠지만 마피아는 자신들의 강령을 위해 살인도 불사하는 비밀 조직 아닙니까.

이제 사건의 윤곽이 뚜렷하게 보이시죠. 사진 속 남자도 이탈리아인이고 마피아의 일원이겠죠. 뭔지는 몰라도 규칙을 어겨서 피에트로가 그자를 추적했을 겁니다. 우리가 주머니에서 찾은 사진은 피에트로가 엉뚱한 사람을 죽이지 않으려고 직접 가지고 다녔을 것으로 생각됩니다. 그는 목표물을 미행하다 어느 집으로 들어가는 모습을 목격하고 문밖에서 기다린 겁니다. 그리고 몸싸움이 벌어져서 피에트로는 치명상을 입었습니다. 어떻습니까, 홈스 씨?"

홈스는 수긍하는 것처럼 박수를 쳤다.

"훌륭합니다, 레스트레이드 형사님! 훌륭해요! 하지만 여전히 석고상을 부순 이유는 모르겠군요."

"석고상요! 머릿속에서 도저히 석고상을 몰아내지 못하시는군요. 그건 아무것도 아닙니다. 좀도둑질이니 많이 받아봐야 반년 형이죠. 당장 우리가 풀어야 할 문제는 살인 사건입니다. 게다가 저는 사건의 모든 단서를 손에 쥐고 있습니다."

"이제 어떻게 하시겠습니까?"

"하고 말고 할 것도 없죠. 힐 지역 담당 경위와 이탈리아인 거주 구역에 가서 사진 속 남자를 찾아 살인죄로 체포할 겁니다. 함께 가시겠습니까?"

"아니요. 그보다 더 간단하게 목적을 달성할 수 있습니다. 물론 지금 당장은 장담할 수 없습니다. 우리가 통제할 수 없는 한 가지 요인에 모든 게 달려 있거든요. 큰 기대를 걸고 있긴 하지만 성공할 확률은 반반입니다. 오늘밤 함께 가시면 형사님이 범인을 잡아 감옥에 넣도록 도울 수 있습니다."

"이탈리아인 거주 구역요?"

"아닙니다. 그자를 잡으려면 치스윅 쪽이 가능성이 더 높습니다. 오늘밤에 함께 치스윅으로 가시죠, 형사님. 이탈리아인 거주 구역은 내일 가시고요. 하루 늦어도 별일 없을 겁니다. 그러면 잠시라도 눈을 붙여두는 게 좋겠습니다. 11시 넘어서나 출발할 생각이거든요. 그때 나가면 동트기 전에는 못 돌아올지도 모릅니다. 형사님, 같이 저녁을 드시고 출발할 때까지 소파에서 편하게 쉬십시오. 왓슨, 당장 종을 울려서 특급 배달부를 불러 주게나. 급히 보낼 중요한 편지가 있어. 바로 보내야 해."

그날 저녁 홈스는 창고 방에 쌓아둔 오래된 일간신문 더미를 뒤지며 시간을 보냈다. 마침내 내려온 그의 눈빛은 승리감에 도취된 기색이 역력했지만 신문에서 무엇을 조사하고 찾았는지는 털어놓지 않았다. 나는 홈스가 복잡한 사건을 풀기 위해 동분서주하며 추적해나간 과정을 함께했지만 무슨 성과를 거두었는지 감을 잡을 수 없었다. 하지만 남은 석고상 두 개를 괴상한 범인이 노릴 거라 예상한다는 사실은 똑똑하게 알 수 있었다. 남은 석고상 가운데 한 개가 치스윅에 있으니 말이다. 범인이 또다시 범행을 저지르는 현장을 덮쳐서 체포하려고 치스윅에 가는 게 분명했다. 생각해보니 범인이 잡힐 위험 없이 범행을 계속할 수 있다고 믿게 하려고 홈스가 석간신문에 엉터리 정보가 실리도록 손을 쓴 것이었다. 나는 홈스의 치밀함에 혀를 내둘렀다. 홈스가 권총을 챙기라고 했을 때, 나는 전혀 놀라지 않았다. 홈스도 가장 좋아하는 무기인 묵직한 수렵용 말채찍을 챙겼다.

밤 11시, 밖에는 사륜마차가 대기하고 있었다. 우리는 마차를 타고 해머스미스 브리지를 건너 얼마쯤 가서 멈췄다. 마부에게 그곳에서 대기하라고 지시해두었다. 마차에서 내려 잠시 걸으니 어느새 한적한 도로가 나왔다. 도로 가장자리에 늘어선 멋진 집들은 모두 정원이 딸린 단독주택이었다. 가로등 불빛에 어느 집의 대문 위에 붙은 '러버넘 빌라'라는 표지판이 보였다. 현관문 위에 난 부채 모양의 작은 채광창만 빼고 주위가 암흑 천지인 걸로 보아 그 집 식구들은 모두 잠자리에 든 것 같았다. 작은 창에서 새어 나온 빛이 정원 오솔길 위에 흐릿한 빛의 원을 그렸다. 우리는 정원과 도로를 구분하는 나무 울타리가 집을 향해 드리운 시커먼 그림자에 몸을 숨겼다.

"한참 기다려야겠군요. 그나마 비가 오지 않으니 하늘에 감사해야겠습니다. 아무리 따분해도 담배를 피우면 안 됩니다. 이렇게 고생해도 성공 확률은 반반이지만요."

홈스가 소곤거렸다.

우리의 야간 매복은 홈스가 겁을 준 것보다 훨씬 빨리 끝났다. 그것도 급작스럽고 기묘한 방식으로 말이다. 어느 순간 정원 문이 활짝 열리고 호리호리하고 시커먼 형체가 들어왔다. 전혀 소리를 듣지 못해 누가 나타날 줄은 꿈에도 몰랐는데 말이다. 원숭이처럼 민첩하게 정원의 오솔길을 잰걸음으로 걸어 들어온 그 형체는 채광창에서 떨어지는 동그란 빛을 홱 지나치더니 시커먼 집 그림자 속으로 스윽 사라졌다. 한참 동안 아무 일도 일어나지 않았다. 우리는 숨조차 제대로 쉬지 못한 채 벌어질 일을 기다렸다. 이윽고 삐거덕거리는 소리가 들렸다. 침입자가 창문을 연 것이다. 소리가 멎고 다시 기나긴 정적이 찾아왔다. 침입자가 집안을 돌아다니는 모양이었다. 갑자기 안쪽에서 각등 불빛이 번쩍했다. 그가 찾는 것이 없는 게 분명했다. 다른 방 창문에서도 커튼에 불이 번쩍 비치더니 또 다른 방 창문에서도 불빛이 새어 나왔다.

"열린 창문에 가서 대기합시다. 그자가 밖으로 빠져나올 때 붙잡아야 하니까요."

레스트레이드가 속삭였다.

하지만 미처 움직이기도 전에 침입자가 집을 빠져나왔다. 침입자가 채광창의 빛이 흐릿하게 비추는 곳을 지나갈 때 우리는 그가 겨드랑이에 끼고 있는 하얀색 물건을 똑똑히 보았다. 그는 소리 없이 주위를 돌아보았다. 인적이 끊긴 길이 쥐죽은듯 고요하다는 사실에 안심한 그는 우리에게 등을 돌리고 서서 집에서 들고 나온 물건을 손에서 떨어뜨렸다. 다음 순간 물건이 바닥에 날카롭게 부딪히는 소리에 이어 와장창거리는 소리가 연달아 들렸다. 그 남자는 석고상을 깨뜨리는 일에 열중한 나머지 우리가 살금살금 풀밭을 가로질러 다가가는 소리도 듣지 못했다. 호랑이가 먹이를 향해 뛰어오르듯 홈스가 남자의 등을 덮쳤다. 레스트레이드와 나도 양쪽에서 남자의 손목을 움켜쥐고 수갑을 채웠다. 남자를 돌려세우자 누르께한 흉악한 얼굴이 제일 먼저 눈에 들어왔다. 몸부림을 치며 무시무시한 표정으로 우리를 노려보는 사람은 바로 사진 속 남자 베포였다.

홈스는 방금 체포한 범인에게는 눈길도 주지 않았다. 대신 현관에 쭈그리고 앉아서 남자가 집에서 가지고 나온 물건을 세심하게 살폈다. 나폴레옹 석고상이 아침과 마찬가지로 산산조각이 나 있었다. 홈스는 부서진 파편을 조심스럽게 하나씩 불빛에 비춰 보았다. 어느 부분을 보아도 다른 파편들과 별반 달라 보이지 않았다. 그가 파편을 다 살펴보았을 즈음 집에 불이 켜지고 문이 열리더니 셔츠와 바지 차림의 통통하고 성격이 좋아 보이는 남자가 나왔다. 집의 주인이었다.

"조사이어 브라운 씨죠?"

홈스가 물었다.

"네, 그렇습니다. 당신이 셜록 홈스 씨인가요? 배달부가 전한 편지를 받고 지시하신 대로 했습니다. 문이란 문은 모두 안쪽에서 잠가놓고 어떤 일이 일어나는지 지켜봤습니다. 범인을 잡으신 걸 보니 마음이 푹 놓이네요. 신사 여러분, 괜찮으시다면 안으로 들어와서 가볍게 뭐라도 드시지요."

하지만 검거한 범인을 한시바삐 안전한 경찰청으로 호송하고 싶어 하는 레스트레이드 때문에 대기시켜놓은 마차를 바로 불렀다. 우리는 올 때와 달리 넷이 되어 런던으로 향했다. 붙잡힌 남자는 말없이 텁수룩한 머리 사이로 언뜻언뜻 보이는 눈으로 우리를 무섭게 노려보았다. 한번은 어쩌다가 그가 있는 쪽으로 손을 뻗었는데, 굶주린 늑대처럼 내 손을 물어뜯으려고 했다.

경찰청에서 대기하며 몸수색 결과를 들었다. 몇 실링과 칼집에 들어 있는 긴 칼이 소지품의 전부였다. 칼에는 최근 피가 묻었던 흔적이 잔뜩 남아 있었다.

레스트레이드는 집으로 돌아가는 우리에게 말했다.

"잘 끝났군요. 힐 지역 담당 경위가 이탈리아인들을 속속들이 알고 있으니 저자가 누구인지도 알려줄 겁니다. 저의 마피아 관련설이 딱 들어맞는다는 것 역시 곧 알게 되시겠죠. 어쨌든 놈을 검거한 뛰어난 솜씨에 대해서는 말할 수 없이 감사드립니다. 아직 어떻게 된 일인지 잘 모르겠지만요."

"전후 사정을 설명하기에는 시간이 늦었군요. 해결되지 않은 소소한 문제도 한두 가지 남아 있습니다. 이번 사건은 끝까지 파헤칠 가치가 있습니다. 내일 저녁 6시에 우리집에 한 번 더 들러주시면 경위님이 파악하지 못한 사건의 전모를 듣게 되실 겁니다. 이 사건에는 범죄 역사에 길이 남을 독특한 비밀이 숨어 있습니다. 왓슨, 내가 자네에게 소소한 모험 몇 가지를 더 기록하게 한다면 나폴레옹 석고상을 둘러싼 이 신기한 모험을 꼭 넣어야 하네. 생동감 넘치는 재미있는 기록이 될 테니까."

다음날 저녁 하숙집에 찾아온 레스트레이드는 범인에 대해 더 많은 정보를 파악한 상태였다. 이름은 역시 베포였고 성은 알 수 없었다. 그는 이탈리아인 구역에서도 천하의 몹쓸 놈으로 유명했다. 솜씨 좋은 조각가로 정직하게 일해서 먹고살던 때도 있었지만 나쁜 길로 접어들어 감옥에 두 번이나 다녀왔다. 한 번은 좀도둑질, 그다음은 우리가 들은 대로 동향인을 칼로 찌른 일 때문이었다. 그는 영어를 완벽하게 구사했으나 석고상을 파괴한 이유에 대해서는 침묵을 고수했다. 경찰은 부서진 석고상들을 만든 사람이 베포일 수도 있다는 사실을 알아냈다. 왜냐하면 그가 겔더사의 공방에서 일할 때 석고상 만드는 작업을 했기 때문이다.

대부분 아는 내용이었으나 홈스는 예의 바르게 이야기를 경청했다. 그를 잘 아는 내 눈에는 마음이 다른 곳에 가 있다는 사실이 빤히 보였다. 게다가 겉으로는 짐짓 아무렇지 않은 척하고 있지만 이면에 불안함과 기대감이 뒤섞여 요동치는 느낌마저 전해졌다. 그러다 의자에 앉아 있던 홈스가 흠칫하더니 눈을 반짝였다. 그때 초인종이 울렸다. 잠시 후 계단을 올라오는 소리가 들리더니 혈색이 좋고 구레나룻이 하얗게 센 중년 남자가 안내를 받아 들어왔다. 그는 오른손에 들고 있던 낡은 여행용 가

방을 탁자 위에 올려놓았다.

"여기 셜록 홈스 씨가 계십니까?"

홈스가 일어나 미소를 지으며 고개를 숙여 인사하고는 물었다.

"레딩에 사시는 샌드퍼드 씨죠?"

"그렇소이다. 내가 좀 늦었군요. 기차 타기가 익숙치 않아서 말이죠. 내가 가진 석고상에 대해서 편지를 쓰셨더군요."

"그렇습니다."

"받은 편지를 가지고 왔습니다. 이렇게 쓰셨죠. '드빈의 나폴레옹 두상을 복제한 석고상을 갖고자 희망합니다. 귀하가 소유하신 석고상을 십 파운드에 구입할 용의가 있습니다.' 맞습니까?"

"물론이죠."

"편지를 받고 얼마나 놀랐는지 모릅니다. 무엇보다 내가 이 석고상을 가지고 있는지 어떻게 알아낸 겁니까?"

"당연히 놀라셨겠지만 해답은 간단합니다. 하딩 브러더스 상점의 하딩 씨가 마지막 남은 석고상을 샌드포드 씨에게 팔았다고 하더군요. 주소도 알려줬고요."

"오, 그랬군요. 그렇다면 내가 얼마를 주고 석고상을 샀는지도 알려주던가요?"

"아뇨, 가격은 듣지 못했습니다."

“난 부자는 아니지만 정직하게 사는 사람입니다. 석고상을 단돈 십오 실링에 구입했어요. 십 파운드로 석고상을 사시기 전에 아셔야 할 것 같군요.”

“정직함 덕분에 복 받으실 겁니다. 어쨌든 이미 가격을 불렀으니 그대로 거래하고 싶습니다.”

“통이 크신 분이군요, 홈스 씨. 편지에 쓰신 대로 석고상을 가지고 왔습니다. 여기 있습니다!”

그는 가방을 열었다. 우리가 몇 번이나 산산조각 난 상태로 보았던 석고상이 마침내 탁자 위에 멀쩡한 모습으로 나타났다.

홈스는 주머니에서 서류를 한 장 꺼내 들고 십 파운드짜리 지폐를 탁자에 놓았다.

“샌드포드 씨, 증인들이 있는 자리에서 서류에 서명을 해주시면 감사하겠습니다. 간단히 말해서 석고상에 대한 권리를 모두 넘긴다는 내용입니다. 보시다시피 제가 꼼꼼한 성격입니다. 앞으로 어떤 일이 일어날지 알 수 없지 않습니까. 고맙습니다, 샌드포드 씨. 여기 돈 받으시죠. 그럼 조심히 돌아가시기 바랍니다.”

노인이 집을 나서자 홈스가 한 행동에 레스트레이드와 나는 아연실색하고 말았다. 그는 서랍에서 깨끗한 흰 천을 꺼내 탁자 위에 펼치고는 막 구입한 석고상을 한가운데 놓고 수렵용 말채찍으로 석고상을 내리쳤다. 석고상이 산산조각 나자 홈스는 곧장 조각들을 살폈다. 다음 순간 홈스는 승리의 환호성을 지르며 파편 하나를 들어올렸다. 거기에는 푸딩에 박힌 서양 자두처럼 둥글고 검은 물체가 박혀 있었다.

"신사 여러분! 보르자의 유명한 흑진주를 소개합니다!"

홈스가 소리쳤다.

레스트레이드와 나는 한동안 아무 말도 못하고 앉아만 있었다. 이윽고 누가 먼저랄 것도 없이 연극에서 잘 조성된 위기 순간이 지나갔을 때처럼 열렬하게 박수를 치기 시작했다. 홈스의 파리한 두 볼이 붉게 달아올랐다. 그러더니 청중의 환호에 답하는 극작가라도 된 듯 정중하게 절을 했다. 잠깐 동안이지만 그가 추리 기계의 모습을 벗어던지고 자신을 향한 존경과 찬탄을 순수하게 즐기는 인간적인 면모를 드러낸 것이다. 유난히 자존심이 세고 감정을 드러내지 않는 성격 때문에 대중의 평을 무시하고 멀리하는 그도 친구들이 진심으로 경의와 찬사를 보내자 마음 깊이 감동한 것 같았다.

"그렇습니다, 여러분. 세상에 존재하는 진주 가운데 가장 유명한 진주입니다. 데이커 호텔의 콜론나 왕자의 객실에서 사라져, 스테프니의 겔더사에서 제작한 나폴레옹 석고상 여섯 개 가운데 마지막 석고상에 숨겨진 이 진주의 이동 경로를 귀납적으로 추리할 수 있었던 건 순전히 행운이었습니다. 형사님은 기억하실 겁니다. 이 값비싼 보석이 사라지는 바람에 대단한 소동이 일지 않았습니까. 런던 경찰이 총력을 기울였지만 보석을 되찾을 수 없었죠. 그 사건이 일어났을 때 저도 자문에 응했습니다만 결정적인 단서는 끝내 못 찾았습니다. 그때 왕자비의 하녀가 의심을 받았습니다. 이탈리아인이고 런던에 오빠가 있다는 사실도 밝혀졌지만 둘 사이의 연결 고리는 찾지 못했죠. 하녀의 이름은 루크레치아 베누치, 이틀 전에 살해된 피에트로 베누치는 그 하녀의 오빠가 분명합니다. 옛 신문을 뒤져서 날짜를 확인했더니 진주가 도난당하고 딱 이틀 뒤에 베포가 폭력 사건을 일으켜 체포되었더군요. 나폴레옹 석고상을 한창 만들던 시기였죠. 제가 알아낸 순서와 반대로 설명했지만 어쨌든 사건이 어떻게 진행되었는지 아시겠죠. 베포는 진주를 가지고 있었습니다. 피에트로의 수중에 있던 걸 훔쳤겠죠. 두 사람이 공모했거나 베포가 피에트로 남매 사이의 연락책이었을지도 모릅니다. 이제 와서는 어떻든 중요하지 않죠.

무엇보다 그가 진주를 가지고 있었다는 사실이 중요합니다. 베포는 진주를 몸에 지니고 있을 때 하필 경찰에게 쫓기는 신세가 되었습니다. 그는 근무하는 공장으로 도망을 쳤고 어마어마한 가치를 지닌 보석을 숨길 여유가 몇 분밖에 없다는 사실을 잘 알았어요. 당장 숨기지 않으면 경찰이 몸수색을 할 때 발견될 게 뻔했죠. 마침 복도에는 건조중인 나폴레옹의 석고상들이 나와 있었습니다. 그 가운데 하나는 덜 말라서 몰랑몰랑했죠. 솜씨 좋은 장인인 베포는 아직 축축한 석고에 작은 구멍을 내고 진주를 집어넣었습니다. 그리고 솜씨를 발휘해 구멍을 막았죠. 석고상은 뭔가를 숨길 장소로 안성맞춤이었습니다. 아무도 찾을 수 없었죠. 하지만 베포가 감옥에 있는 일 년 동안 석고상 여섯 개는 런던 곳곳으로 팔려 나갔습니다. 어떤 석고상에 보석이 들었는지 알 수 없으니 다 깨뜨리는 수밖에요. 흔들어서는 알아낼 수가 없었습니다. 석고가 덜 말랐을 때 집어넣었기 때문에 마르면서 진주가 석고에 들러붙었을 테니까요. 보셨다시피 말입니다. 베포는 절망하지 않았습니다. 그는 꾀를 내서 끈기 있게 석고상들을 찾아다녔습니다. 일단 겔더사에서 일하고 있는 사촌을 통해 석고상을 구입해간 소매점을 알아냈습니다. 그리고 모스 허드슨 가게에 취직해 여섯 개 중에 세 개의 행방을 알아냈습니다만 진주는 없었죠. 그런 후에는 하딩 브러더스 가게의 이탈리아인 직원의 도움을 받아 나머지 세 개가 어디로 팔려 나갔는지 알아냈습니다. 첫 번째가 하커 씨의 집이었습니다. 그런데 그곳에서 과거의 공범과 마주친 겁니다. 공범은 베포더러 진주를 훔쳐갔다고 추궁했죠. 몸싸움이 벌어지자 베포는 공범을 베어버렸습니다."

"피살자가 공범이었다면 왜 베포의 사진을 들고 다녔을까?"

내가 물었다.

"그를 찾으러 다니면서 다른 사람에게 물어볼 일이 생기면 사진을 보여주려고 그랬겠지. 그게 아니라면 뭐겠나. 사람까지 죽인 마당에 베포는 계획을 늦추기보다 더 서두를 것 같더군요. 경찰이 진주의 존재를 알아차릴까 봐 마음이 급했겠죠. 그래서 경찰이 조치하기 전에 얼른 진주를 찾기로 한 겁니다. 물론 하커 씨의 석고상에서 진주가 나왔는지 저는 알 수 없었고 심지어 찾는 게 진주인지도 몰랐습니다만, 그가 뭔가를 찾고 있다는 것만은 확실했습니다. 왜냐하면 몇 집이나 지나쳐 가로등 근처의 정원까지 가서 석고상을 깨뜨렸으니까요. 하커 씨의 석고상에 진주가 없었다면 남은 기회는 아까 내가 말한 대로죠.

진주가 있을 확률은 반반이었습니다. 런던에 있는 것부터 노릴 거라 생각해서 저는 그 집 사람들에게 연락을 취해 미리 조심을 시켜두었습니다. 살인 사건이 또 일어나지 않도록 하기 위해서였죠. 그리고 우리 모두 행복한 결과를 얻었습니다. 그 무렵 저는 이미 우리가 보르자 진주를 추적하고 있다고 확신했습니다. 살해당한 남자의 이름이 두 사건을 이어주는 연결 고리였거든요. 이제 석고상은 단 한 개 남았습니다. 레딩에 있는 석고상이었죠. 진주가 거기 있을 게 분명했습니다. 그래서 나는 그 석고상을 여러분이 보는 앞에서 주인에게 구입했습니다. 그리고 진주가 나왔죠."

우리는 한동안 말없이 앉아 있었다.

마침내 레스트레이드가 말문을 열었다.

"지금껏 홈스 씨가 난제를 처리하는 모습을 숱하게 지켜보았지만 이번만큼 치밀하고 훌륭하게 처리한 사건은 없었던 것 같군요. 런던 경찰청에서는 아무도 당신을 질투하지 않습니다. 질투는커녕 자랑스럽게 생각합니다. 내일이라도 런던 경찰청으로 오십시오. 최고참 경위에서부터 가장 신참 순경에 이르기까지 앞다투어 당신과 악수를 하려고 몰려올 겁니다."

"고맙습니다! 정말 고맙습니다!"

홈스가 우리를 쳐다보며 인사했다. 홈스는 내가 본 그 어느 때보다 따뜻하고 인간적인 감정으로 마음이 가득찬 것 같았다. 잠시 후 그는 냉정하고 현실적인 사고가로 다시 돌아왔다.

"그 진주를 금고에 넣어주게, 왓슨. 그리고 콩크-싱글턴 위조 사건의 서류를 꺼내주고. 안녕히 가십시오, 레스트레이드 형사님. 앞으로도 형사님에게 사소한 문제가 생기면 저를 찾아주십시오. 기꺼이 결정적인 실마리 몇 가지를 알려드리겠습니다."

세 명의 대학생

1895년에 홈스와 나는 여기에서 굳이 밝힐 필요가 없는 사건들이 이리저리 꼬이는 바람에 유명한 대학 도시에서 몇 주를 보내게 되었다. 지금부터 털어놓으려는 사소하지만 교훈적인 사건도 그 시기에 일어났다. 이 사건에 관련된 대학과 범인을 짐작할 수 있는 사항들까지 기록한다면 당사자를 모욕하는 분별없는 짓이 된다. 당사자에게 고통만 주는 추문은 잊히도록 내버려두는 편이 낫지 않겠는가. 하지만 대학 이름과 관련인들의 실명을 숨긴다면 공개할 만하다. 셜록 홈스의 눈부신 재능이 돋보였던 사건이기 때문이다. 나는 이 글에서 사건의 무대를 짐작할 수 있거나 관련인의 신원을 짐작할 실마리가 될 표현은 되도록 피하려 한다.

그 무렵 우리는 도서관에서 가까운 하숙집에 묵었다. 홈스는 도서관에서 초기 잉글랜드 헌장들을 고생스럽게 연구하는 중이었다. 그 연구는 훗날 인상적인 결과를 낳기 때문에 언젠가 기록해도 좋겠다. 다시 이야기로 돌아가보겠다. 어느 저녁에 세인트루크 대학의 개인 지도교사이자 강사로 재직중인 힐턴 솜스가 찾아왔다. 이미 우리와 안면이 있는 그는 키가 크고 마른 체격에 흥분을 잘하고 신경질적인 사람이었는데, 평소에도 차분하지 못한 성격이기는 했지만 그날은 자제가 안 될 정도로 불안해했다. 묻지 않아도 무슨 일이 있다는 사실을 알 수 있었다.

"홈스 선생님, 귀중한 시간을 몇 시간만 할애해주시면 감사하겠습니다. 저희 세인트루크 대학에 불미스러운 일이 일어났습니다. 마침 선생님께서 이곳에 안 계셨다면 저는 지금쯤 뭘 어떻게 하면 좋을지 몰라 쩔쩔매고 있었을 겁니다."

"지금은 무척 바빠서 다른 일에 신경쓰고 싶지 않군요. 경찰의 도움을 받으시는 편이 낫지 않습니까?"

홈스가 단박에 거절했다.

"아뇨, 안 됩니다. 절대 안 됩니다. 경찰이 개입하면 사건이 외부에 공개되지 않습니까. 대학의 명예가 걸린 일이라 추문만은 피해야 합니다. 선생님은 능력도 뛰어나시지만 입도 그만큼 무겁지 않으십니까. 저를 도울 수 있는 사람은 선생님뿐입니다.

제발 도와주세요."

홈스는 베이커 스트리트의 익숙한 환경을 떠난 후로 도무지 기분이 좋아질 기미가 보이지 않았다. 스크랩북이며 화학 실험, 그에게 아늑함을 주는 어수선한 방을 떠나 있으니 심기가 불편한 것이 당연했다. 그가 마지못해 의뢰를 받아들인다는 의미로 무례하게 어깨를 으쓱하자 손님은 흥분해서 손짓 발짓을 해가며 허둥지둥 이야기를 쏟아냈다.

"홈스 씨, 먼저 알아두셔야 하는 사실이 있습니다. 내일은 포테스큐 장학생 선발 시험이 시작되는 날입니다. 저는 그리스어 과목 시험의 출제 위원입니다. 첫 번째 시험은 그리스어 번역으로, 응시자들은 처음 보는 그리스어 단락을 옮겨야 합니다. 시험지는 미리 인쇄를 해두었습니다. 뭐가 나올지 응시자가 알고 있다면 시험에 유리하다는 건 두말하면 잔소리죠. 그렇기 때문에 문제가 새어 나가지 않도록 각별히 조심했습니다.

오늘 오후 3시경에 시험지 교정쇄가 인쇄소에서 도착했습니다. 시험문제는 투키디데스의 저서에서 발췌한 글입니다. 저는 문제를 꼼꼼하게 읽었습니다. 지문에 오류가 있으면 큰일이니까요. 4시 30분에 저는 작업을 끝내지 못했지만 친구 방에서 차를 마시기로 약속한 시각이 되어 교정쇄를 책상에 두고 외출했습니다. 그리고 한 시간을 훌쩍 넘겨 방으로 돌아왔습니다. 학교에 있는 방마다 이중문이 달려 있다는 사실은 홈스 씨도 아시죠. 안쪽은 녹색 모직 천을 댄 문이고 바깥쪽은 육중한 떡갈나무 문이죠. 바깥문 앞에 섰는데 열쇠 구멍에 열쇠가 꽂혀 있었습니다. 그 순간 얼마나 놀랐는지 모릅니다. 처음에는 제가 열쇠를 꽂아두고 간 줄 알았습니다. 하지만 주머니를 더듬어보니 열쇠가 있더군요. 제가 알기로는 하나뿐인 복제 열쇠는 배니스터라는 하인이 보관하고 있죠. 지난 십 년간 제 방을 관리해온 배니스터의 성실함은 의심할 여지가 없습니다. 확인해보니 문에 꽂힌 열쇠는 역시나 배니스터가 보관중이던 복제 열쇠였습니다. 차를 마실지 물어보려고 방에 들어왔다가 나갈 때 부주의하게 열쇠를 그대로 꽂아두고 간 겁니다. 그는 제가 방을 나선지 몇 분 안 돼서 왔었다더군요. 다른 경우였다면 열쇠를 꽂아두고 가도 문제는 아니었을 겁니다. 하지만 이번만큼은 통탄스럽기 짝이 없는 실수였죠.

책상을 본 순간 누군가 시험지를 건드렸구나 싶더군요. 시험지 교정쇄는 긴 종이 석 장입니다. 나가기 전 종이를 한데 모아두었습니다. 그런데 시험지 한 장은 바닥에 떨어져 있고 다른 한 장은 창가의 작은 탁자 위에 있었습니다. 마지막 장은 원래 두고 간 자리에 그대로 있었고요."

이야기를 시작하고 홈스가 처음으로 반응을 보였다.

"첫 장은 바닥에, 두 번째 장은 창가에, 세 번째 장은 원래 있던 곳에 있었겠군요."

홈스가 확인했다.

"맞습니다, 홈스 선생님. 놀랐습니다. 어떻게 아셨습니까?"

"흥미롭군요. 계속 들려주시죠."

"배니스터가 시험지를 마음대로 살펴본 게 아닌가 싶었습니다. 하지만 절대 아니라고 부인하는 모습을 보니 도저히 의심할 수가 없더군요. 그렇다면 문 앞을 지나가던 사람이 꽂힌 열쇠를 보고 내가 외출을 했다는 걸 눈치챘다고밖에 생각할 수 없습니다. 그래서 방으로 들어가 시험지를 본 거죠. 이 시험에는 장학금이, 액수가 상당한 장학금이 걸려 있습니다. 그러니 양심적이지 않은 학생이라면 동급생보다 유리해지기 위해 위험을 무릅쓸 만도 하죠.

배니스터는 큰 충격을 받았습니다. 누가 시험지를 건드렸다는 말을 듣자마자 쓰러질 뻔했죠. 제가 준 브랜디를 조금 마신 그가 의자에 늘어져 있는 동안 저는 방을 샅샅이 조사했습니다. 흐트러진 시험지 외에도 침입자가 남긴 흔적이 금세 발견되었죠. 창가의 작은 탁자 위에 연필을 깎은 부스러기가 떨어져 있었습니다. 근처에는 부러진 연필심도 발견됐고요. 분명히 침입자가 허둥지둥 시험지를 베끼다가 연필심이 부러졌을 겁니다.

그래서 다시 깎았겠죠."

"훌륭합니다. 행운이 솜스 씨 편이었군요."

홈스가 말했다. 사건을 집중해서 듣던 그는 어느새 기분이 한결 좋아져 있었다.

"이게 전부가 아닙니다. 제 책상은 붉은색 가죽을 씌운 새 책상입니다. 가죽은 매끈하고 흠 하나 없었습니다. 저는 물론이고 배니스터까지 맹세할 수 있습니다. 그런데 십 센티미터가량 칼로 베인 자국이 생긴 게 아닙니까. 긁힌 게 아니라 칼로 그은 자국이었습니다. 이것뿐만이 아닙니다. 책상에는 밀가루 반죽인지 점토인지로 뭉친 작은 검은색 덩어리도 떨어져 있었습니다. 덩어리 표면에는 톱밥처럼 보이는 점들이 있었고요. 방에서 시험지를 훔쳐본 불한당이 남긴 흔적이 틀림없습니다만 불한당이 누구인지 짐작할 만한 발자국이나 흔적은 없었습니다.

어떻게 할지 몰라 쩔쩔매고 있는데 문득 이 도시에 계시는 선생님이 떠오르지 뭡니까. 그래서 사건을 의뢰하려고 달려온 겁니다. 저를 좀 도와주세요, 선생님! 제가 얼마나 난처한지 아시겠지요. 범인을 잡지 못하면 새 시험지가 준비될 때까지 시험을 연기해야 합니다. 사실을 밝히지 않고는 마음대로 연기할 수도 없으니 결국은 무시무시한 추문이 퍼지겠죠. 그러면 저희 학부만이 아니라 대학 전체의 명성에 먹칠을 하고 말 겁니다. 어떻게든 은밀하고 조용하게 처리하고 싶습니다."

"기꺼이 살펴서 유용한 조언을 드릴 수 있도록 애써보겠습니다."

홈스가 일어서서 코트를 걸치며 말했다.

"사건에 흥미가 이는군요. 혹시 시험지 교정쇄가 인쇄소에서 도착한 후에 찾아온 사람이 있었습니까?"

"네, 다울라트 라스라고 같은 건물에 사는 인도인 학생입니다. 시험에 대해 물어볼 게 있다면서 찾아왔습니다."

"그 학생도 이번 시험에 응시했습니까?"

"네, 그렇습니다."

"그때 시험지는 책상에 있었습니까?"

"돌돌 말려 있었습니다."

"교정쇄라는 건 알아볼 수 있었을까요?"

"아마도요."

"다른 사람은 없었습니까?"

"네."

"교정쇄가 그 방에 있다는 사실을 아는 사람이 또 있습니까?"

"인쇄업자만 알고 있습니다."

"하인은요?"

"배니스터가 알 리 없습니다. 정말 누구도 몰랐습니다."

"하인은 지금 어디에 있습니까?"

"앓아누웠습니다. 불쌍한 사람! 아까 의자에 늘어져 있었는데 아직 거기 있을 겁니다. 서둘러 선생님을 뵈려고 마음이 급했거든요."

"문은 열어두고 오셨겠군요?"

"시험지는 금고에 넣어두고 왔습니다."

"정리하자면 이렇게 된 거군요, 솜스 씨. 만약 인도인 학생이 종이 두루마리가 교정쇄라는 사실을 알아차리지 못했다면 범인은 시험지가 있는 줄 모르고 우연히 들어온 겁니다."

"그렇겠죠."

홈스는 수수께끼 같은 미소를 지었다.

"음, 일단 가봅시다. 왓슨, 자네까지 참여할 사건은 아닌 것 같네. 몸으로 뛰어다니는 수사가 아니라 머리를 써야 하는 일이니까. 뭐 좋네, 생각 있으면 같이 가지. 자, 솜스 씨, 안내해주시지요."

고딕 양식의 아치문으로 들어가니 오랜 세월 사람들이 다녀 반질반질해진 돌계단이 나왔다. 길고 야트막한 격자창이 달린 솜스의 응접실은 오래된 학부 건물의 이끼 낀 고색창연한 안뜰로 향해 있었다. 1층에 솜스의 방이 있었다. 2층부터 4층까지 학생 세 명이 층마다 한 명씩 살았다. 사건 현장에 도착하니 땅거미가 지고 있었다. 홈스는 멈춰서 안뜰로 난 격자창을 유심히 살폈다. 그러더니 창문으로 다가가 까치발을 하고 목을 빼서 안을 들여다보았다.

"범인은 분명히 문으로 들어갔습니다. 창문은 판유리 한 장 크기 외에는 열린 곳이 전혀 없거든요."

솜스가 말했다.

"그렇군요!"

홈스는 의뢰인을 힐끔 보며 묘한 미소를 지으며 말했다.

"음, 여기서 알아낼 게 더이상 없다면 안으로 들어가야겠습니다."

솜스가 방문을 열고 우리를 안으로 안내했다. 그와 내가 문간에 서 있는 동안 홈스는 양탄자를 살폈다.

"여기에는 아무런 흔적도 없군요. 이렇게 건조한 날씨에 뭐가 남았기를 기대하기는 무리겠죠. 하인은 회복된 모양입니다. 의자에 앉아 있었다고요. 어느 의자죠?"

"창가에 있는 의자입니다."

"알겠습니다. 탁자 근처군요. 이제 들어오셔도 됩니다. 양탄자는 다 조사했으니까요. 일단 탁자부터 살펴보죠. 무슨 일이 있었는지 한눈에 알겠습니다. 범인이 들어와서 방 한가운데 있는 책상에서 시험지를 집어 들었습니다. 한 장씩 말이죠. 그리고 창가의 탁자로 갔어요. 그곳에서는 건물 정문을 향해 안뜰을 가로질러 오는 사람이 잘 보이니까 여차하면 도망칠 수 있거든요."

"그러려고 했는지 모르겠지만 어차피 그럴 수 없었습니다. 제가 건물의 정문이 아니라 옆문으로 들어왔거든요."

솜스가 불쑥 끼어들었다.

"아, 그렇군요! 어쨌든 범인은 그렇게 계산했습니다. 이제 시험지를 볼까요. 지문이 남지 않았군요! 범인은 첫 장을 가져가서 베꼈습니다. 글자를 축약해서 쓴다면 베끼는 데 얼마나 걸릴까요? 적어도 십오 분은 걸리겠죠. 다 베낀 시험지를 던져버리고 다음 장을 집었습니다. 한창 베끼는 중에 교수님이 돌아오는 기척을 듣고 헐레벌떡 빠져나갔습니다. 어찌나 다급했던지 왔다 간 흔적을 지우기 위해 시험지를 원래 있었던 곳에 되돌려 놓을 시간도 없었죠. 들어오시는데 계단을 후다닥 올라가는 소리가 나지 않았습니까?"

"아뇨, 그런 소리는 못 들었습니다."

"음, 범인은 정신없이 베껴 쓰다가 그만 연필심을 부러뜨리고 말았습니다. 교수님이 말씀하신 대로 연필을 깎았죠. 연필이 흥미롭군요. 왓슨, 범인의 연필은 평범한 게 아닐세. 심이 부드럽고 보통 연필보다 더 굵어. 연필의 겉은 진청색이고 제작자의 이름이 은박으로 찍혀 있지. 오 센티미터가량 남은 몽당연필일 거야. 그런 연필을 찾으세요, 솜스 씨. 그러면 범인을 잡을 수 있습니다. 게다가 크고 날이 무딘 칼도 갖고 있다는 사실도 범인을 색출하는 데 도움이 될 겁니다."

솜스 씨는 술술 나오는 홈스의 설명에 넋이 나갔다.

"다른 점은 이해가 됩니다만 어떻게 연필의 길이를……?"

그가 놀라서 되물었다.

홈스가 작은 연필 부스러기를 내밀었다. 거기에는 N이 두 번 찍혀 있고 그 뒤로는 아무 글자가 없었다.

"아시겠습니까?"

"아뇨, 아직도 저는……."

"왓슨, 항상 자네에게 면박을 줬는데 자네 같은 사람이 또 있군. NN이 뭘까요? 어떤 단어의 끝부분입니다. 요한 파버Johann Faber라는 유명한 연필 제작자의 이름은 아시겠죠. 연필에 인쇄된 요한Johann이 다 깎여 나가면 연필이 어느 정도 남아 있을지 감이 오지 않습니까?"

그는 탁자를 옆으로 기울여서 전깃불에 비추어 보았다.

"범인이 얇은 종이에 문제를 옮겨 적었다면 반들거리는 표면에 자국이 남지 않았을까 했는데 없어요. 아무것도 안 보입니다. 여기서는 살펴봐야 나올 게 없겠군요. 이제 큰 책상을 한 번 볼까요. 아까 말씀하신 작은 덩어리가 있군요. 속이 빈 피라미드 같은 모양이네요. 말씀하신 것처럼 안에 톱밥 같은 점들이 보이고요. 이런, 이것참 재미있네요. 책상 가죽을 벤 것은 확실히 칼입니다. 긁히면서 시작해 절단면이 들쭉날쭉한 구멍으로 끝이 났어요. 이 사건을 제게 의뢰해주셔서 감사합니다, 솜스 씨. 저 문은 어디로 나 있습니까?"

"제 침실입니다."

"사건이 일어난 걸 안 후에 침실에 들어가신 적이 있습니까?"

"없습니다. 곧장 홈스 선생님께 갔으니까요."

"침실을 한번 둘러보고 싶습니다. 고풍스러운 근사한 방이군요! 제가 바닥을 조사하는 동안 거기서 잠시 기다려주십시오. 이런, 아무것도 안 보이는군요. 커튼을 보면 어떨까? 교수님은 커튼 뒤에 옷을 걸어두시는 모양입니다. 누군가 방에 몸을 숨겨야 하는 상황이 된다면 커튼 뒤에 숨으면 되겠습니다. 침대는 낮고 옷장은 납작하니까요. 지금 커튼 뒤에는 아무도 없겠죠?"

긴장되고 경직된 표정으로 커튼을 확 걷는 홈스의 모습에서 나는 그가 비상사태를 대비하고 있다고 느꼈다. 하지만 커튼 뒤에는 나란히 박힌 못에 걸린 옷 서너 벌 외에 아무것도 없었다. 홈스는 몸을 돌리더니 갑자기 침실 바닥을 살폈다.

"어랍쇼! 이게 뭐지?"

홈스가 말했다.

그가 발견한 물건은 서재의 책상 위에 떨어져 있던 것과 똑같은 작은 피라미드 모양의 검은 덩어리였다. 홈스는 그것을 손바닥에 놓고 전구의 불빛에 자세히 비춰 보았다.

"범인이 응접실은 물론 침실에도 흔적을 남겼습니다."

"침실에는 왜 들어왔을까요?"

"어떻게 된 일인지 알겠습니다. 솜스 씨가 느닷없이 돌아오셨죠. 범인은 솜스 씨가 문 앞에 도착할 때까지 그 사실을 꿈에도 몰랐어요. 그러니 어떻게 하겠습니까? 소지품을 챙겨서 침실에 숨은 거죠."

"그럴 수가. 그렇다면 제가 이 방에서 배니스터와 이야기를 하는 동안 범인을 가두고 있었던 겁니까?"

"증거를 보면 그렇게 추측할 수밖에 없습니다."

"그렇지 않을 수도 있습니다, 홈스 씨. 제 침실의 창문을 보셨는지 모르겠군요."

"격자 유리창에 납 창틀이죠. 그런 창문 세 개가 달려 있고요. 창틀마다 경첩이 있고 성인 남자가 드나들 수 있는 크기이지 않습니까."

"그렇습니다. 그리고 비스듬히 나 있는 창문이라 부분적으로 시야가 가려집니다. 범인은 그곳으로 들어와서 침실을 지나다가 흔적을 남겼고 열려 있는 방문으로 빠져나갔을지도 모릅니다."

홈스가 성마르게 고개를 가로저었다.

"현실적으로 생각해보죠. 교수님은 이 건물에 사는 학생이 세 명이라고 하셨죠. 그 학생들은 교수님의 방 앞을 자주 지나다닙니까?"

"네, 그렇습니다."

"모두 장학생 선발 시험에 응시했고요?"

"네."

"유난히 의심이 가는 학생이 있습니까?"

솜스 씨가 잠시 대답을 망설였다.

"민감한 질문이군요. 증거도 없이 의심을 할 수는 없지 않습니까."

그가 마침내 대답했다.

"의심 가는 점부터 들어봅시다. 증거는 제가 알아서 찾을 테니까요."

"그렇다면 이 건물에 사는 세 학생들에 대해서 간단히 말씀드리죠. 2층에 사는 길크리스트 군은 공부도 잘하고 운동에도 뛰어납니다. 대학의 럭비부와 크리켓부에서 활동하고 있죠. 허들과 멀리뛰기 종목의 대학 대표 선수에다 남자답고 훌륭한 학생입니다. 아버지인 제이베즈 길크리스트 경은 구설수에 오르내리더니 경마에 빠지는 바람에 가문을 몰락시키고 말았죠. 길크리스트 군은 경제적으로 어려운 상황이지만 근면하고 성실하죠. 장래가 유망한 학생입니다.

3층은 인도에서 온 다울라트 라스 군이 쓰고 있습니다. 인도인답게 말수가 없고 속을 알 수가 없어요. 그리스어 과목이 약한 편이지만 학업성적은 상위권입니다. 꾸준하고 꼼꼼한 성격이죠.

꼭대기 층은 마일스 매클래런 군이 쓰고 있습니다. 이 학생은 공부를 하기만 하면 좋은 성적을 낼 겁니다. 우리 대학에서 명석하기로는 누구 못지않은 학생이거든요. 하지만 고집이 세고 방탕한데다 방종하기까지 하죠. 신입생 때는 카드 게임 때문에 퇴학당할 뻔한 적도 있습니다. 그는 학기 내내 공부를 소홀히 했습니다. 그러니 이번 시험이 세 사람 중에서 가장 부담될 겁니다."

"그 학생이 의심스러우신가요?"

"그렇게까지는 생각하지 않습니다. 세 학생 중에서 그나마 의심이 간다는 거죠."

"알겠습니다. 그럼 하인인 배니스터 씨를 만나보죠."

쉰 살인 배니스터는 체구가 자그마한 사내였다. 하얀 얼굴은 깔끔하게 면도를 했고 머리가 희끗희끗했다. 그는 평온한 일상을 엉망으로 휘저어놓은 사건의 충격에서 아직 빠져나오지 못했다. 통통한 얼굴이 불안을 이기지 못해 경련하고 손이 잠시도 가만히 있지 않는 걸 보면 말이다.

"배니스터, 우리는 이 불행한 사건을 조사중이라네."

솜스가 말했다.

"알겠습니다."

"듣기로 응접실의 열쇠를 문에 꽂아두고 갔다고요?"

홈스가 질문했다.

"네, 그랬습니다."

"하필 시험지가 있는 날 열쇠를 그냥 꽂아두다니. 자주 있는 일입니까?"

"이번에는 너무나도 끔찍한 결과로 이어졌습니다만 다른 날에도 종종 했던 실수입니다."

"응접실에는 언제 들어왔습니까?"

"4시 30분 즈음이었습니다. 솜스 선생님이 차를 드시는 시각이죠."

"얼마나 계셨죠?"

"선생님이 안 계셔서 곧장 나왔습니다."

"책상 위의 시험지를 보셨습니까?"

"아뇨, 못 봤습니다."

"어쩌다가 문에 열쇠를 꽂아두셨습니까?"

"응접실에 들어갈 때 손에 쟁반을 들고 있었습니다. 그래서 열쇠는 나중에 빼자고 생각했죠. 그러다가 깜박 잊었습니다."

"바깥문은 자동으로 닫히나요?"

"아닙니다."

"그렇다면 줄곧 열려 있었나요?"

"그렇습니다."

"그때를 틈타서 누가 나갔을 수도 있나요?"

"네, 그랬을 수도 있습니다."

"솜스 씨가 돌아와서 누가 방을 뒤져 시험지를 훔쳐보았다고 이야기했을 때 당신은 충격을 받았다고 하더군요."

"그렇습니다. 제가 여기에서 일을 하는 동안 한 차례도 일어나지 않았던 일입니다. 이야기를 듣고 정신을 잃을 뻔했습니다."

"그렇게 들었습니다. 기절할 뻔했을 때 어디에 계셨습니까?"

"어디에 있었느냐고요? 여기였습니다. 문 근처였죠."

"그것참 신기하군요. 정작 앉은 의자는 저기 창가에 있는 의자였으니까요. 왜 다른 의자들을 두고 거기까지 갔습니까?"

"모르겠습니다. 어디에 앉든 상관이 없었습니다."

"홈스 씨, 배니스터가 뭘 알고 있을 것 같지는 않습니다. 그때도 충격을 받아 몸이 안 좋아 보였습니다. 흡사 유령 같았죠."

"솜스 씨가 이곳을 나가신 후에도 계속 있었습니까?"

"일이 분 정도 더 있었습니다. 그 후에 정신을 차리고 일어나 문을 잠그고 제 방으로 갔습니다."

"누가 범인일 것 같습니까?"

"누가 범인일 것 같냐니 제가 어떻게 그런 말을 하겠습니까. 그런 부정행위로 이득을 보는 신사가 이 학교에 있을 리 없습니다. 저는 믿을 수 없습니다."

"알겠습니다. 이 정도로 충분합니다. 아참, 한 가지 더요. 당신이 시중을 드는 세 학생 중 누가 물건을 분실했다는 말은 하지 않던가요?"

"전혀 하지 않았습니다."

"아무도 못 만났고요?"

"네."

"좋습니다. 자, 솜스 씨, 괜찮으시다면 안뜰을 산책할까요?"

산책을 하다 고개를 들어 건물을 바라보니 서서히 깔리는 어둠 속에서 노란색 사각형 세 개가 환하게 빛나고 있었다.

"교수님의 세 마리 작은 새들은 모두 각자의 둥지로 돌아갔군요."

홈스가 위를 쳐다보며 말했다.

"어이쿠! 왜 저러지? 학생 한 명이 초조해 보이는군요."

인도인 학생의 방이었는데, 그의 짙은 실루엣이 커튼에 어른거렸다. 그는 잰걸음으로 방을 서성거렸다.

"세 학생의 방을 살펴보면 좋겠는데요. 가능할까요?"

홈스가 물었다.

"어렵지 않습니다. 학생들이 쓰는 이 건물은 대학에서 가장 역사가 깊은 곳입니다. 고색창연한 건물을 보려고 방문객들이 자주 찾아오죠. 이리 오십시오. 제가 직접 안내해드리겠습니다."

길크리스트의 방에 노크를 하는 중 홈스가 불쑥 말했다.

"저희 이름은 말하지 마십시오."

금발머리의 키가 크고 날씬한 청년이 문을 열었다. 우리가 찾아온 이유를 듣자 흔쾌히 방안을 둘러보라고 했다. 안으로 들어가니 중세의 주택 건축을 보여주는 신기한 물건이 몇 가지 있었다. 홈스는 그중 하나에 매료된 나머지 수첩에 꼭 그려둬야 한다고 고집을 부리다가 그만 연필심을 부러뜨리고 말았다. 그는 길크리스트에게 연필을 한 자루 빌리고 칼도 빌려서 연필을 깎았다. 신기하게도 똑같은 사고가 인도인 학생의 방에서도 벌어졌다. 말수가 없고 매부리코에 체구가 자그마한 그 학생은 우리를 미심쩍은 눈빛으로 지켜보았다. 홈스가 실내를 살펴보고 나가려 하자 학생은 기쁜 기색을 숨기지 않았다. 나는 두 학생의 방에서 홈스가 원하는 실마리를 찾았는지 전혀 알 수 없었다. 세 번째는 방안으로 들어가보지도 못했다. 문을 두드렸지만 바깥문은 끝내 열리지 않았다. 대신 감정적이고 거친 말이 우리에게 쏟아졌다.

"당신이 누구든 상관없어. 지옥에나 떨어져! 내일이 시험이야. 누가 와도 안 나가!"

분노에 찬 목소리가 문 뒤에서 들렸다.

할 수 없이 계단으로 발길을 돌리자 솜스가 분노로 얼굴을 붉히며 말했다.

"무례하군. 물론 방문을 두드린 사람이 저라는 걸 모르고 한 소리겠지만 아무리 그렇다고 해도 버르장머리가 없군요. 상황이 상황이니만큼 더 의심스럽고요."

그런데 홈스의 반응이 영 엉뚱했다.

"저 학생의 키가 어느 정도인지 아십니까?"

"잘 모르겠습니다. 인도인 학생보다는 크지만 길크리스트만큼 크지는 않습니다. 165센티미터 정도 될 겁니다."

"키가 상당히 중요한 요소입니다. 자, 그럼 저는 이쯤에서 돌아가겠습니다. 안녕히 계십시오, 솜스 씨."

솜스는 갑작스러운 홈스의 인사에 당황하고 실망한 나머지 비명을 질렀다.

“선생님, 이렇게 급작스럽게 가시면 어떻게 합니까! 지금 상황을 잘 모르시나 봅니다. 내일이 당장 시험입니다. 오늘밤 안으로 조치를 취해야 합니다. 누가 시험지를 훔쳐보았다면 시험을 예정대로 치를 수가 없습니다. 어떻게든 이 상황을 해결해야 합니다.”

“일단 그냥 두세요. 내일 아침 일찍 다시 오겠습니다. 그때 이야기하도록 하죠. 내일 아침이면 어떤 조치를 취해야 할지 말씀드릴 수 있습니다. 그러니 그때까지 그대로 두십시오, 전부요.”

“잘 알겠습니다, 선생님.”

“마음 푹 놓고 쉬십시오. 이 난관을 뚫고 나갈 수 있는 방법을 반드시 찾아낼 테니까요. 그리고 검은 덩어리는 제가 가지고 있겠습니다. 연필 깎은 부스러기도요. 그럼 안녕히 계십시오.”

우리는 캄캄해진 안뜰로 나와 창문을 올려보았다. 인도인 학생은 여전히 방안을 서성거리는 중이었다. 다른 두 학생은 보이지 않았다.

“왓슨, 어떻게 생각하나?”

큰길로 나오는데 홈스가 불쑥 이렇게 물었다.

“꼭 카드 게임 같지 않은가? 이를테면 카드 석 장 중 특정 카드를 알아맞히는 게임 말일세. 여기 세 명의 용의자가 있어. 분명히 세 명 중 한 명이 범인이라네. 자네는 선택을 해야 하지. 자, 누구를 고를 텐가?"

"꼭대기 층의 입이 험한 친구. 평소 행실도 최악이잖아. 인도 학생도 음흉해 보이네. 왜 자꾸 서성거리는 걸까?"

"그건 별거 아냐. 뭔가를 외울 때 다들 방안을 왔다갔다하지 않나."

"눈빛도 심상치 않던데."

"당장 내일 볼 시험 준비에 한시가 급한데 낯선 사람들이 방으로 몰려온다면 자네라도 그러지 않을까? 아니야, 나는 그 학생의 행동이 이상하지 않았어. 연필도 칼도 문제없었네. 하지만 한 사람 때문에 당황스러워."

"누구?"

"그 하인, 배니스터 말이야. 이 사건과 무슨 관계가 있을까?"

"정직한 사람 같던데."

"나도 그랬네. 그게 이해가 안 되는 거야. 도대체 왜 그토록 정직한 사람이……. 아, 저기 대형 문구점이 있군. 여기서부터 조사를 하면 되겠어."

그 도시에서 조사해볼 만한 문구점은 네 곳이었다. 홈스는 문구점마다 연필 부스러기를 보여주면서 똑같은 연필을 비싼 값에 사겠다고 했다. 그러나 어느 문구점이나 주문은 할 수 있지만 연필의 크기가 보통 연필과 달라서 지금은 재고가 없다는 대답이 돌아왔다. 홈스는 연필을 손에 넣지 못했지만 실망하지 않았다. 장난스러운 태도로 어깨만 으쓱하고 포기했을 뿐이다.

"소득이 없군, 왓슨. 확실하고 유일한 실마리가 막다른 골목에 부딪혔어. 하지만 그게 없어도 만족할 만한 논거는 세울 수 있지. 이런, 벌써 9시가 다 되었잖아. 집주인이 7시 반에 완두콩 요리를 해주겠다고 했는데. 왓슨, 자네는 줄담배를 뻑뻑 피우고 식사 시간이 일정하지 않아서 조만간 그 집에서 쫓겨날 걸세. 그 통에 나도 같이 쫓겨나겠지. 하지만 그전에 신경질적인 교수와 부주의한 하인, 세 명의 야심만만한 대학생이 등장하는 사건을 풀 시간은 있을 거야."

홈스는 그날은 사건에 대해 더이상 이야기를 꺼내지 않았다. 대신 늦은 저녁을 먹은 후 생각에 푹 빠져 있었다. 다음날 아침 8시 내가 몸단장을 마쳤을 즈음 그가 내 침실로 들어왔다.

"왓슨. 세인트루크 대학에 가야 할 시간이야. 아침을 건너뛰어도 괜찮겠지?"

"괜찮고말고."

"우리한테 희망적인 말을 듣기 전까지 솜스는 걱정이 돼서 죽을 맛일 거야."

"솜스에게 해줄 희망적인 이야기가 있나?"

"있는 것 같아."

"해결한 건가?"

"그래, 왓슨. 수수께끼를 풀었네."

"다른 증거가 나오지 않았잖아?"

"아하! 내가 괜히 새벽 6시라는 말도 안 되는 시각에 일어난 게 아니라네. 두 시간 동안 무려 팔 킬로미터를 돌아다니면서 찾아 헤맨 덕분에 마침내 쓸 만한 걸 건졌어. 이걸 좀 보게."

홈스가 손을 내밀었다. 그의 손바닥에는 피라미드처럼 생긴 작은 검은색 덩어리가 세 개 있었다.

"세상에, 홈스! 어제는 이게 두 개밖에 없었잖아!"

"오늘 아침에는 하나 더 늘었지. 세 번째 증거가 나온 곳에서 첫 번째와 두 번째 증거도 나왔다고 보는 게 타당하겠지? 자, 어서 가세. 가서 우리 친구 솜스를 고통에서 꺼내주자고."

실의에 빠진 솜스는 불쌍할 정도로 안절부절못하고 있었다. 몇 시간 후면 시험이 시작될 텐데 전날 벌어진 사건을 공개해야 할지 범인이 거액의 장학금이 걸린 시험에 응시하도록 눈감아 줘야 할지 여전히 결정을 내릴 수 없었던 것이다. 그는 가만히 서 있지도 못할 정도로 정신적으로 엄청난 고통에 시달리고 있었다. 홈스를 보자마자 양손을 뻗으며 한달음에 달려왔다.

"이렇게 와주시다니, 하늘이 도우셨군요! 사건을 포기하셨나 싶어서 걱정했습니다. 이제 저는 어떻게 하면 됩니까? 시험을 진행해야 합니까?"

"네, 계획대로 진행하십시오."

"하지만 범인은요?"

"그자는 시험에 응시하지 않을 겁니다."

"누군지 아십니까?"

"알 것 같습니다. 이 사건을 공개할 수 없다면, 그 대신 우리가 스스로에게 특정한 권한을 부여해 일종의 재판을 여는 건 괜찮겠죠? 솜스 씨, 당신은 거기 계십시오. 왓슨, 자네는 여기에 서 있게! 저는 중앙의 안락의자에 앉겠습니다. 이 정도면 죄책감에 휩싸인 영혼에게 공포를 불어넣기 충분할 것 같군요. 자, 종을 울려 배니스터를 불러주십시오!"

종소리에 배니스터가 들어왔다. 그는 재판이라도 여는 것 같은 우리의 모습에 깜짝 놀라 움찔하며 뒤로 물러났다.

"문을 닫아주겠습니까. 자, 배니스터, 어제 사건에 대해서 사실대로 털어놓으십시오."

하인의 얼굴이 하얗게 질렸다.

"어제 다 말씀드렸습니다."

"덧붙일 말은 없습니까?"

"없습니다."

"음, 그렇다면 내 생각을 몇 가지 들려주죠. 어제 당신은 방에 있던 사람의 신원을 알려주는 물건을 감추려고 일부러 저 의자에 앉지 않았습니까?"

배니스터의 얼굴에는 핏기가 없었다.

"아닙니다. 결단코 아닙니다."

"가정일 뿐입니다."

홈스는 상냥한 투로 말했다.

"솔직히 말하죠. 어차피 증명할 방법은 없습니다. 하지만 가능성은 충분합니다. 솜스 씨가 등을 돌리고 있는 동안 당신이 침실에 숨어 있던 사람이 도망치도록 도왔을 수도 있잖습니까?"

배니스터는 바짝 마른 입술을 핥았다.

"침실에는 아무도 없었습니다."

"아, 참 딱하군요, 배니스터. 방금 전까지는 사실대로 말했을지 몰라도 지금은 거짓말을 했어요. 나는 압니다."

배니스터의 얼굴에 반항의 기미가 떠올랐다.

"아무도 없었습니다."

"이봐요. 털어놓아요, 배니스터."

하인이 발끈했다.

"정말 없었다니까요."

"그렇다면 당신은 우리에게 줄 정보가 없군요. 그래도 잠시 이곳에 남아주겠습니까? 저기 침실 문 근처에 서 계십시오. 자, 솜스 씨. 죄송하지만 위층에 올라가서 길크리스트 군을 여기로 데려와주시겠습니까?"

잠시 후 교수는 학생을 데리고 돌아왔다. 길크리스트는 큰 키에 유연하고 민첩한 육체를 가졌으며 체형 역시 훌륭했다. 발걸음은 가볍고 유쾌했으며 솔직해 보이는 표정이 인상적이었다. 그는 불안한 듯한 푸른 눈으로 우리를 번갈아 보더니 마침내 구석에 서 있는 배니스터를 멍하니 바라보았다.

"문을 닫게. 자, 길크리스트 군, 여기에는 우리밖에 없네. 우리 사이에 오고간 말을 다른 사람이 알 필요는 없지. 서로에게 숨김없이 털어놓을 수 있어. 길크리스트 군, 우리는 자네처럼 명예를 아는 남자가 어쩌다 어제와 같은 행동을 하게 되었는지 궁금하네."

절망한 청년은 비틀거리며 뒤로 물러났다. 그리고 공포와 비난에 찬 눈길로 배니스터를 쏘아보았다.

"아닙니다, 길크리스트 님, 저는 아무 말도 하지 않았습니다. 한마디도 안 했습니다!"

배니스터가 울부짖었다.

"안 했죠. 하지만 지금 해버렸군요. 자, 배니스터가 저렇게까지 말했으니 자네가 얼마나 절망적인 상황인지 직시하게. 솔직하게 털어놓는 것 외에는 달리 희망이 없어."

길크리스트는 한 손을 들어올린 채 얼굴에 드러난 고통스러운 표정을 지우려고 애를 썼다. 다음 순간 그는 책상 옆으로 무너지듯 무릎을 꿇더니 양손에 얼굴을 파묻고 오열했다.

"자, 자. 사람은 누구나 실수를 하는 법이네. 아무도 자네를 냉혹한 범죄자라고 비난하지 않아. 무슨 일이 일어났는지 솜스 씨에게 내가 대신 이야기를 하면 덜 힘들겠지. 혹시 내 이야기 중에 틀린 부분이 있으면 바로잡아주게나. 그럼 시작할까? 굳이 대답할 필요는 없네. 내가 제대로 알고 있는지 잘 들어보게.

솜스 씨, 배니스터까지 포함해서 아무도 당신 방에 시험지가 있다는 사실을 몰랐다고 증언하신 순간 내 머릿속에서는 사건의 그림이 그려졌습니다. 인쇄소 직원일 가능성은 지웠죠. 이미 인쇄소에서 실컷 봤을 테니까요. 인도인 학생도 의심할 이유가 없었습니다. 말려 있는 교정쇄가 뭔지 학생이 어떻게 알아봤겠습니까. 그렇다면 누군가 교수님의 방에 몰래 들어왔는데, 하필이면 그때 교정쇄가 책상에 펼쳐져 있었다는 말도 안 되는 우연의 일치가 일어난 걸까요? 나는 그 가설도 제외했습니다. 이곳에 들어왔던 사람은 시험지가 있다는 사실을 알고 들어왔습니다. 과연 그 사실을 어떻게 알았을까요?

제가 솜스 씨 방으로 오는 길에 창문을 조사한 걸 기억하시겠죠. 제가 침입자가 창문으로 들어갈 수 있는지 살펴보는 줄로 생각하시더군요. 한낮인데다 맞은편에도 건물이 있어서 다른 사람에게 들킬 가능성이 농후한 창문인데 말입니다. 그래서 속으로 웃었습니다. 어처구니없는 발상 아닙니까. 실은 그때 방 중앙 책상에 놓인 서류를 창밖을 지나가면서 보려면 키가 얼마나 커야 하는지 계산을 했던 겁니다. 내 키는 183센티미터입니다. 그런데도 발돋움을 해야 안이 보이더군요. 다시 말해서 나보다 작으면 방안을 볼 수가 없습니다. 이 사실을 바탕으로 세 학생들 중에 키가 유난히 큰 학생을 눈여겨보아야 했습니다.

방으로 들어와서는 솜스 씨에게 탁자 주변에서 있었던 일에 대한 추리를 들려드렸죠. 중앙의 책상만 가지고는 아무것도 알아낼 수 없었습니다. 그런데 솜스 씨가 길크리스트 군에 대해 이야기하면서 멀리뛰기 선수라고 하시는 순간 깨달았습니다. 그 순간에 모든 정황이 머릿속에 그려졌습니다. 그것을 뒷받침해줄 증거만 확보하면 끝이었고, 그런 증거를 순식간에 손에 넣었죠.

어제 이곳에서 있었던 일을 말씀드리죠. 이 학생은 오후 내내 운동장에 있었습니다. 그곳에서 도약 연습을 했죠. 그는 도약용 운동화를 가지고 돌아왔습니다. 그런 운동화에는 아시다시피 스파이크가 달려 있죠. 장신이었던 학생은 이 방의 창문을 지나가다가 책상 위의 교정쇄를 보았고 그것이 시험지라고 짐작했습니다. 그렇지만 조심성 없는 하인이 꽂아둔 열쇠를 못 봤다면 아무 일도 일어나지 않았겠죠. 그는 방으로 들어가서 그 종이가 시험지가 맞는지 확인해보고 싶은 충동을 누를 수가 없었습니다. 위험한 일도 아니었죠. 평소처럼 질문이 있어서 잠시 들른 척하면 될 테니까요.

그는 결국 안으로 들어와서 교정쇄를 확인했습니다. 바로 그때 유혹에 졌습니다. 그는 책상 위에 운동화를 내려놓았습니다. 창가 근처 의자에 내려놓은 건 뭐였나?"

"장갑입니다."

길크리스트가 대답했다.

홈스는 의기양양한 표정으로 배니스터를 바라보았다.

"장갑을 의자에 내려놓았습니다. 그리고 교정쇄를 한 장씩 베꼈죠. 길크리스트 군은 솜스 씨가 정문으로 돌아올 테고, 그러면 자기 눈에 띌 거라고 생각했습니다. 그런데 하필 솜스 씨가 옆문으로 오셨죠. 갑자기 문 쪽에서 소리가 들렸습니다. 도망칠 길이 없었죠. 그는 들고 온 장갑은 까맣게 잊어버렸지만 운동화는 잊지 않고 챙겨서 침실로 뛰어갔습니다. 보시다시피 책상 위의 긁힌 자국은 한쪽은 경미하지만 침실 쪽으로 갈수록 깊어지죠. 그것만 봐도 운동화를 침실 쪽으로 당겼으며 침실에 몸을 숨겼을 거라는 사실을 알 수 있습니다. 스파이크에 붙어 있던 흙덩어리 하나가 책상 위에 떨어졌습니다. 두 번째 덩어리는 침실에 떨어졌죠. 덧붙이자면 오늘 새벽에 운동장에 다녀왔습니다. 도약 연습장 바닥으로 검은 점토를 사용하고 있더군요. 견본도 하나 가져왔죠. 선수들이 미끄러지는 걸 방지하기 위해서 뿌리는 미세한 황갈색 가루나 톱밥 같은 것도 있습니다. 내 말이 맞나, 길크리스트 군?"

그는 마침내 일어섰다.

"네, 전부 사실입니다."

그가 시인했다.

"이럴 수가, 덧붙일 말은 없나?"

솜스가 비명을 지르듯 물었다.

"있습니다, 교수님. 제 비행이 이렇게 수치스럽게 밝혀진 게 충격적이라 어쩌면 좋을지 모르겠습니다. 교수님, 제가 쓴 편지입니다. 밤새 잠 못 이루고 고민한 끝에 새벽에 썼습니다. 제 잘못이 밝혀졌다는 사실을 알기도 전에 쓴 겁니다. 여기 있습니다. 보시다시피 이런 내용입니다.

'저는 시험을 응시하지 않기로 결심했습니다. 로디지아 경찰로부터 경찰직을 제안받았습니다. 이에 곧장 남아프리카공화국으로 떠나려고 합니다.'"

"자네가 부정행위로 이득을 취하지 않기로 했다니 천만다행이네. 그런데 왜 갑자기 경찰이 되겠다는 건가?"

솜스가 물었다.

길크리스트는 배니스터를 가리키며 말했다.

"배니스터가 저를 올바른 길로 인도해주었습니다."

"자, 배니스터. 지금까지 내가 한 말을 들었을 테니 젊은이를 도망가게 도와줄 수 있었던 사람은 당신밖에 없다는 사실을 똑똑히 알았겠죠. 당신은 솜스 씨가 나간 후에도 방에 남아 있었고 나가면서 문도 잠갔으니까요. 창문으로는 절대 나갈 수 없었어요. 수수께끼의 마지막 부분을 후련하게 털어놓고 그런 행동을 한 이유를 들려주지 않겠습니까?"

"이유를 아신다면 수수께끼라고 할 것도 아닙니다. 탐정님이 명석한 두뇌로 사건을 해결하셨지만 이것만큼은 알아내지 못하신 것 같군요. 저는 과거에 젊은 신사분의 부친되시는 제이베즈 길크리스트 경의 집사였습니다. 길크리스트 경이 몰락하신 후 저는 이 대학교에서 일을 하게 되었습니다. 하지만 옛 주인을 결코 잊지 않았습니다. 몰락하셨어도 말입니다. 저는 옛정을 생각해서 최선을 다해 도련님을 보살폈습니다. 그런데 어제 교수님의 다급한 호출을 받고 여기에 왔더니 의자 위에 도련님 장갑이 있는 게 아니겠습니다. 장갑의 주인을 잘 아는 것은 물론이고 왜 거기에 계시는지도 짐작이 갔죠. 교수님이 장갑을 봤다가는 끝장이었습니다. 저는 그대로 의자에 주저앉았습니다. 무슨 일이 있어도 의자에서 일어나지 않을 작정이었습니다. 교수님은 홈스 씨를 만나러 달려가셨죠. 그러자 침실에서 도련님이 뛰쳐나왔습니다. 옛날에 제가 무릎에서 키웠던 그분이요. 도련님은 제게 모든 사실을 고백하셨습니다. 그렇다면 도련님을 구해드리는 게 당연한 일 아닙니까? 돌아가신 아버님께서 하셨을 법한 말씀을 들려드리고 그런 행동으로 이득을 취해서는 안 된다는 사실을 깨닫게 만들어드리는 것도 응당 제가 할 도리였습니다. 이런 저를 비난하실 건가요?"

"그럴 수 없죠!"

홈스는 따뜻한 말투로 대답하며 자리에서 일어나 덧붙였다.

"솜스 씨의 사소한 문제는 해결된 것 같군요. 아침 식사가 기다리고 있으니 우리는 이만 가보겠습니다. 가지, 왓슨! 그리고 자네, 로디지아에서 밝은 미래가 기다리고 있을 거라 믿네. 이번에는 추락을 했어. 그러니 앞으로 자네가 얼마나 높이 올라갈지 기대해보겠네."

금테 코안경

1894년 한 해 동안 우리가 다룬 사건들은 세 권의 두툼한 원고 뭉치에 기록되어 있다. 그 가운데 흥미진진한 동시에 홈스에게 명성을 안겨다준 귀한 능력들을 돋보이게 해주는 사건을 고르기가 너무나 까다롭다는 사실을 통감한다. 원고를 여기저기 들춰보니 붉은 거머리에 관한 역겨운 이야기와 은행원 크로스비의 끔찍한 죽음에 대한 기록이 눈에 들어온다. 애들턴가家의 비극과 고분에서 출토된 신기한 부장품들에 대한 기록도 있었다. 그 유명한 스미스-모티머 상속 사건도 이 당시에 일어났으며 불바르 암살자 휴렛을 추적해 체포한 것도 바로 이 시기의 성과였다. 특히나 홈스는 휴렛 체포의 공을 인정받아 프랑스 대통령의 자필 감사 편지와 레지옹 도뇌르 훈장을 받았다. 어느 사건이

나 이야깃거리로는 뒤지지 않지만 이 가운데 욕슬리 올드 플레이스 사건만큼 흥미로운 사건도 없다. 젊은 윌러비 스미스가 억울하게 사망한 이후 연이어 일어난 기묘한 일들은 결국 사건이 일어난 원인을 밝히는 단서가 되었다.

폭풍우가 몰아치는 십일월 말의 밤이었다. 홈스와 나는 저녁 내내 말없이 각자의 일에 열중했다. 홈스는 팰림프세스트▪에서 지워진 글자들을 읽어내려고 고배율 돋보기를 붙들고 씨름중이었다. 나는 어떤 수술에 관한 최신 논문에 푹 빠져 있었다. 거센 바람이 울부짖으며 베이커 스트리트에 휘몰아쳤고 빗줄기가 요란하게 창문을 두드렸다. 주위 사방 이십 킬로미터가 건축물로 가득찬 도시 한가운데에 있으면서도 강력한 자연의 손아귀에 꼼짝없이 잡힌 꼴이었다. 막강한 자연의 힘 앞에서는 런던 같은 대도시도 두더지가 들판 여기저기 파놓은 둔덕이나 다름없다는 사실이 그 어느 때보다 실감이 나서 기분이 묘했다. 나는 창가로 다가가 인적이 끊긴 거리를 내려다보았다. 드문드문 서 있는 가로등이 흙탕물이 흐르는 도로와 물에 젖어 번들거리는 인도를 흐릿하게 비추었다. 그때 옥스퍼드 스트리트 쪽에서 마차 한 대가 흙탕물을 튀기며 달려왔다.

▪ 원래 적혀 있던 글을 지우고 그 위에 다시 글을 쓴 양피지.

"왓슨, 오늘 같은 날 외출할 일이 없으니 천만다행이군."

홈스는 돋보기를 내려놓고 양피지를 돌돌 말면서 불쑥 말문을 열었다.

"앉은 자리에서 할 만큼 했다네. 이런 작업은 눈이 너무 피로해. 지금까지 해석한 부분은 15세기 후반에 어느 대성당에서 쓴 흥미진진한 기록에 불과하고. 이런! 이런! 저 소리는 뭔가?"

거리에 휘몰아치는 요란한 바람 소리 사이로 말발굽 소리가 들리더니 마차 바퀴가 연석을 긁는 소리가 길게 이어졌다. 아까 봤던 마차가 우리집 앞에 선 것이다.

"저 사람은 왜 왔지?"

마차에서 한 남자가 내리자 내 입에서 이런 말이 불쑥 튀어나왔다.

"왜긴 왜겠어? 우리를 데리러 왔겠지. 코트와 목도리와 방수용 덧신은 물론 악천후와 싸우려고 만든 도구를 챙겨야겠군. 아, 잠깐! 마차가 그냥 가잖아! 그렇다면 희망이 있군. 우리를 데리러 왔다면 마차를 대기시켜뒀을 텐데. 친구, 어서 내려가서 문을 열어주게. 건실한 사람들은 오래전에 잠자리에 들었을 테니 말일세."

현관의 불빛이 한밤의 방문객을 비추자마자 나는 금세 그를 알아보았다. 방문객은 앞길이 창창한 형사인 스탠리 홉킨스였다. 홈스는 이 형사가 맡은 사건에 벌써 몇 차례나 유용한 도움을 준 적이 있었다.

"지금 계십니까?"

형사가 잔뜩 흥분한 목소리로 묻자 위에서 홈스가 대답했다.

"어서 올라오십시오. 이런 날씨에 어디론가 데리고 가려는 건 아니기 바랍니다."

그 소리에 형사가 얼른 계단을 올라갔다. 비에 젖은 방수 코트가 불빛에 번들거렸다. 나는 그가 코트를 벗도록 도와주었다. 그동안 홈스는 난롯불을 더 지폈다.

"형사님, 불 가까이로 와서 발부터 녹이시죠. 담배도 있습니다. 여기 의사 선생이 레몬을 넣은 뜨거운 물을 처방해줄 겁니다. 이런 밤에는 효과가 그만이죠. 궂은 날씨에 오신 걸 보면 분명 몹시 중요한 일이겠군요."

"말씀하신 대로입니다, 홈스 씨. 오후 내내 분주했습니다. 혹시 신문 최신판에서 욕슬리 사건에 대해 읽으셨습니까?"

"오늘은 15세기 이후에 발생한 사건에 대해서는 전혀 모릅니다."

"기사는 달랑 한 단락이었고 그나마도 엉터리였으니 안 보신 게 차라리 낫습니다. 오늘 발바닥에 땀이 나도록 돌아다녔습니다. 켄트 주에 다녀왔거든요. 욕슬리 올드 플레이스는 켄트 주의 채텀에서 십 킬로미터가량 떨어져 있고 기차역에서도 오 킬로미터는 떨어져 있는 곳입니다. 3시 15분에 전보를 받자마자 출발해서 도착하니 5시더군요. 곧장 수사를 시작했습니다. 그리고 마지막 런던행 기차를 잡아타고 채링크로스 역에 도착하자마자 마차를 타고 여기로 온 겁니다."

"그 말은 수사중인 사건이 석연치 않다는 뜻이겠군요."

"제가 전혀 갈피를 못 잡고 있다는 뜻이죠. 지금까지 수사 내용으로 봐서는 제가 이제껏 맡은 사건들 못지않게 복잡하게 꼬인 사건입니다. 그런데도 사건을 처음 맡았을 단계에서는 해결하기 쉽고 단순해 보였죠. 그런데 홈스 씨, 동기가 안 보입니다. 그게 마음에 걸려요. 도저히 동기를 찾을 수가 없어요. 한 남자가 죽었습니다. 그건 부정할 수 없는 사실이죠. 하지만 어느 모로 보나 피해자가 죽기를 바란 사람이 없습니다."

홈스가 담배에 불을 붙이고 의자에 편히 기대앉고는 마침내 입을 열었다.

"자세히 이야기해보세요."

"사건과 관련한 사실은 확실하게 파악했습니다."

홉킨스는 운을 뗐다.

"저는 그 사실들이 정확하게 무엇을 의미하는지 궁금합니다. 제가 파악한 사건의 정황은 이렇습니다. 몇 해 전 시골 고택 욕슬리 올드 플레이스에 코람 교수라는 노인이 이사를 왔습니다. 거동이 불편한 그는 하루 중 절반은 누워 있고 절반은 산책을 하며 지냅니다. 지팡이를 짚고 집 주위를 걷거나 바퀴 달린 의자에 타고 정원사에게 밀게 해 정원을 둘러보죠. 왕래하는 이웃은 몇 안 되지만 모두 교수를 좋아합니다. 주위로부터 학식이 있는 사람이라는 평판을 얻고 있고요. 집에는 교수 외에 중년의 가정부인 마커 부인과 하녀인 수전 탈턴이 삽니다. 두 사람은 노인이 이곳에 온 후로 죽 함께 살았습니다. 두 사람 다 좋은 사람들 같아요.

학술 서적을 집필중인 교수는 일 년 전에 비서를 고용해야겠다는 생각을 했습니다. 첫 번째와 두 번째로 고용한 사람은 일솜씨가 신통치 않았습니다. 세 번째로 고용된 윌러비 스미스 씨는 교수가 원하는 조건을 갖춘 젊은이였습니다. 대학을 갓 졸업한 이 풋풋한 청년이 비서로서 맡은 업무는, 오전에는 교수가 구술한 내용을 기록하고 저녁에는 다음날 작업할 내용과 관련된 참고 자료와 책의 구절을 찾아두는 겁니다. 윌러비 스미스라는 청년은 지금까지 다녔던 어핑엄 스쿨에서든 케임브리지 대학에서든 적이라고는 없었던 모범적인 인물이었습니다. 그가 제출한 추천서를 봤는데, 첫 줄부터 예의 바르고, 차분하고, 근면 성실하다는 칭찬 일색에 단점이라고는 찾아볼 수 없다고 기록되어 있더군요. 그런데 이 청년이 오늘 아침에 교수의 서재에 죽었습니다. 살해되었다고 생각할 수밖에 없는 정황에서요."

창밖에서 강풍이 비명을 지르며 휘몰아쳤다. 홈스와 나는 벽난로 쪽으로 가까이 다가갔고 젊은 형사는 느리고 조목조목하게 놀라운 이야기를 풀어놓았다.

"잉글랜드 어디를 찾아보신다고 해도 그 집만큼 자급자족하고 외부 영향을 받지 않고 사는 곳은 찾기 힘듭니다. 몇 주가 지나도 대문을 나가는 사람이 없어요. 교수는 연구에 파묻혀 지낼 뿐 다른 일은 아무것도 하지 않죠. 스미스 씨는 동네에 아는 사람이 한 명도 없었습니다. 그러니 고용주처럼 집에 틀어박힐 수밖에요. 가정부와 하녀도 집밖으로 나갈 일이 없었습니다. 바퀴 달린 의자를 미는 정원사 모티머는 크림전쟁에 참전한 퇴역 군인입니다. 성품이 훌륭한 사람이죠. 그는 저택에 같이 살지 않습니다. 정원 끝에 있는 방 세 칸짜리 별채에서 지내죠. 욕슬리 올드 플레이스 부지에서 마주칠 수 있는 사람은 이들이 다입니다. 정원 문은 런던과 채텀을 연결하는 큰길에서 백 미터가량 떨어져 있습니다. 문이라고 해봐야 빗장을 걸어두었을 뿐이라 들어오려고 마음을 먹으면 못 들어올 것도 없죠.

이제 수전 탈턴의 증언을 들려드리겠습니다. 사건에서 쓸 만한 증언을 한 사람은 이 하녀뿐입니다. 오전 11시에서 12시 사이였습니다. 그때 수전은 위층의 침실 창문에 커튼을 달고 있었습니다. 코람 교수는 여전히 침대였죠. 날씨가 나쁜 날은 정오 전에 일어나는 법이 거의 없다더군요. 가정부는 집안에서 일을 하느라 바빴고요. 윌러비 스미스는 응접실로도 쓰는 자기 침실에 있었습니다. 그런데 그 시각에 비서가 복도를 지나 서재로 들어가는 소리를 수전이 들었다고 합니다. 서재는 수전이 있던 방의 바로 아래층 방이죠. 직접 목격한 것은 아닙니다. 하지만 그는 항상 거침없고 힘있게 걷기 때문에 다른 사람의 발소리일 리 없다고 장담하더군요. 서재 문이 닫히는 소리는 듣지 못했답니다. 일이 분 후에 아래층 방에서 무시무시한 비명소리가 들렸습니다. 거칠고 쉰 듯한 목소리였는데 이상하고 부자연스러워서 비명을 지른 사람이 남자인지 여자인지도 알 수 없었습니다. 비명소리와 동시에 난 쿵하는 소리 때문에 온 집이 진동할 정도였습니다. 그리고 일순 주위가 조용해졌죠.

하녀는 온몸이 돌처럼 얼어붙어 꼼짝도 할 수 없었습니다. 하지만 이내 용기를 내서 아래층으로 달려갔죠. 닫힌 서재 문을 열어보니 스미스가 바닥에 쓰러져 있었답니다. 언뜻 보기엔 아무 상처도 보이지 않아 그를 일으키려고 부축하는데, 목의 측면에서 피가 쏟아졌다는군요. 작지만 경동맥이 절단될 만큼 깊은 상처가 났고 치명상을 만든 무기가 옆에 떨어져 있었습니다. 구식 책상 위에 있던 작은 봉랍 나이프였습니다. 손잡이가 상아로 만들어졌고 칼날이 단단하죠. 교수가 쓰는 책상에 늘 놓여 있던 물건이었습니다.

하녀는 처음에는 비서가 죽은 줄로만 알았습니다. 하지만 유리병의 물을 이마에 붓자 그가 눈을 떴죠.

'교수님, 그 여자였습니다.'

그가 간신히 말했습니다.

하녀는 비서가 틀림없이 그렇게 말했다고 맹세하더군요. 그는 필사적으로 무슨 말을 하려고 하면서 오른손을 허공으로 뻗다가 숨을 거두었죠.

가정부가 달려왔습니다만 너무 늦게 오는 바람에 비서의 마지막 말을 못 들었죠. 그녀는 수전더러 비서의 시신을 지키게 하고 교수의 방으로 달려갔습니다. 교수는 침대에서 일어나 앉아 있었는데, 불안해하는 기색이 역력했죠. 밖에서 나는 소리를 듣고 끔찍한 일을 직감했던 겁니다. 마커 부인은 교수가 그때 분명히 잠옷 차림이었다고 장담했습니다. 모티머가 도와주지 않으면 교수 혼자서는 옷을 갈아입을 수 없거든요. 모티머는 12시에 오도록 이야기가 되어 있었죠. 교수는 멀리서 비명소리가 들렸지만 그 외에는 아무것도 모른다고 증언했습니다. 비서가 죽기 직전에 한 '교수님, 그 여자였습니다'라는 말에 대해서도 짐작 가는 바가 없고 비서가 죽어가면서 의식이 혼미해져 한 헛소리가 아니겠느냐고 하더군요. 그는 죽은 비서에게 적이 될 만한 사람은 없다고 했습니다. 범죄에 휘말릴 이유가 없다고요. 그는 정원사인 모티머더러 경찰을 불러오라고 했습니다. 얼마 후 서장이 제게 지원을 요청했습니다. 저는 제가 도착할 때까지 아무것도 건드리거나 움직여서는 안 되고 그 집으로 향하는 진입로도 절대 밟지 말라는 지시를 내렸고요. 이 사건이야말로 홈스 씨의 이론을 적용할 다시 없을 기회입니다. 이보다 이상적인 조건은 없습니다."

"셜록 홈스가 현장에 없었다는 사실만 빼면요!"

홈스가 씁쓸한 미소를 지으며 내뱉었다.

"그럼 그 이후 상황에 대해 들어볼까요? 현장을 보신 후 어떤 조사를 하셨습니까?"

"먼저 도면부터 봐주십시오, 홈스 씨. 그러면 교수의 서재를 비롯해서 사건에 등장하는 장소의 위치가 파악될 겁니다. 그러면 제가 그 후에 한 조사를 이해하시는 데도 도움이 될 테고요."

형사는 간략히 그려진 도면을 펼쳤다. 그 도면이 바로 오른쪽 페이지의 그림이다. 그는 도면을 펼쳐 홈스의 무릎 위에 올려놓았다. 나는 일어나서 홈스의 뒤에서 도면을 살펴보았다.

"간략하게 그렸습니다. 사건과 관련해서 꼭 필요하다고 생각

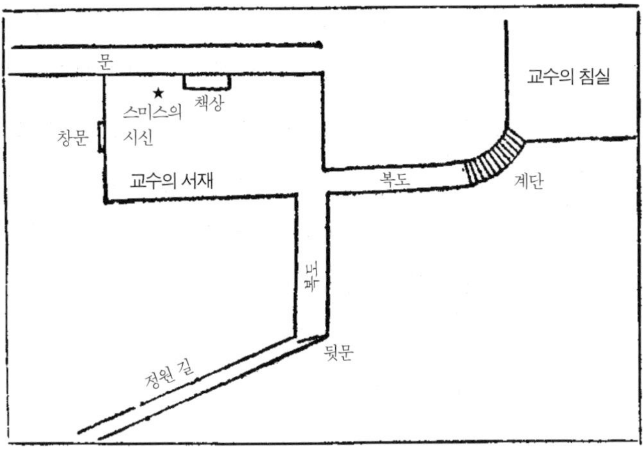

되는 곳만 표시했고요. 빠진 부분은 현장에 가서 직접 보시면 될 겁니다. 자, 우선 살인자가 외부에서 침입했다고 가정하겠습니다. 그자가 어떻게 들어왔을까요? 정원에 난 길을 통해 뒷문으로 들어왔을 겁니다. 그러면 곧장 서재로 갈 수 있거든요. 다른 출입구였다면 서재에 가기가 힘들었을 겁니다. 도주로도 동일했습니다. 왜냐하면 남은 문 두 개 중 하나는 위층에서 내려오는 수전에게 막혔고 다른 문은 곧장 교수의 침실로 이어지기 때문입니다. 그래서 정원의 길을 집중적으로 살폈습니다. 얼마 전에 비가 왔으니 발자국이 남아 있을 거라 생각했죠.

그 결과 주의깊고 노련한 범죄자를 상대하고 있다는 사실을 똑똑히 확인했습니다. 발자국이 하나도 남지 않았더군요. 하지만 길가의 풀밭에는 누가 지나간 흔적이 있었습니다. 발자국이 남지 않도록 풀밭으로 걸었겠지요. 형태가 또렷한 발자국은 못 찾았습니다만 밟힌 풀을 보면 누가 그곳을 지나간 것이 분명합니다. 그리고 그 사람은 살인자일 수밖에 없는 것이, 그날 아침 정원사든 다른 사람이든 아무도 그 길을 지나간 적이 없어요. 게다가 비는 전날 밤부터 내렸죠."

"잠깐만요. 정원 길은 어디로 연결됩니까?"

"큰길입니다."

"정원 길의 길이는 얼마 정도 됩니까?"

"백 미터입니다."

"그 길이 정원 문을 통과해 큰길로 뻗어 나가는 지점에도 발자국이 없나요?"

"아쉽게도 거기부터는 포장이 되어 있습니다."

"그럼 큰길은 어떻던가요?"

"없었습니다. 있다 한들 밟혀서 진창이 되었어요."

"쯧쯧, 그렇군요. 그렇다면 풀밭의 자국은 집으로 다가가는 자국입니까? 집에서 벗어나는 자국입니까?"

"잘 모르겠습니다. 윤곽이 뚜렷하지 않습니다."

"발의 크기는 큰가요? 작은가요?"

"명확하게 말씀드리기 어렵네요."

홈스는 짜증스럽다는 듯 혀를 차며 말했다.

"어젯밤 이후로 비가 억수같이 퍼붓고 강풍이 몰아치고 있으니. 이거 팰림프세스트보다 읽기 어렵겠군. 아무튼 그쪽은 도움이 안 되겠습니다. 형사님, 길에서 아무것도 알아낼 수 없겠다고 판단한 후 무엇을 하셨습니까?"

"이것저것 꽤 많은 사실을 확보했습니다, 홈스 씨. 일단 누가 외부에서 극히 조심스럽게 집을 침입했다는 사실을 알아내지 않았습니까. 다음으로 복도를 살펴봤습니다. 복도에는 코코넛 깔개가 깔려 있어서 아무 흔적이 없었습니다. 그 복도를 따라가면 나오는 서재는 가구가 별로 없는 휑한 방이더군요. 가장 눈에 띄는 가구는 고정된 서랍장이 달린 커다란 책상이었습니다. 이 서랍장은 중앙에 작은 일 단 서랍이 있고 양쪽에 서랍장이 붙은 구조입니다. 다른 서랍은 다 열리지만 중앙의 일 단 서랍은 잠겼더군요. 늘 열어두는 서랍장에 특별한 귀중품을 넣지는 않겠죠. 중요한 서류는 일 단 서랍에 있었지만 서류에 손을 댄 흔적은 없었습니다. 교수가 아무것도 없어지지 않았다고 확인해주었고요. 그러니 침입자가 도둑질을 하지는 않았음이 분명합니다.

다음으로 시신을 살펴보았습니다. 비서는 도면에 표시해놓은 것처럼 서랍 달린 책상 바로 왼편에 쓰러져 있었습니다. 목의 옆쪽에 난 상처는 뒤에서 앞으로 찔린 자국이더군요. 방향으로 봤을 때 자해는 결코 아닙니다."

"칼 위로 쓰러지지 않았다면 말이죠."

홈스가 끼어들었다.

"그렇죠. 저도 그 생각을 안 한 건 아니지만 범행에 사용된 칼이 시신에서 약간 떨어져 있더군요. 그러니 그건 불가능합니다. 비서가 죽어가면서 남긴 말도 있지 않습니까. 게다가 중요한 증거가 나왔습니다. 피살자가 오른손에 쥐고 있던 거죠."

홉킨스는 주머니에서 작은 종이봉투를 꺼냈다. 봉투를 열자 그 안에서 금테 코안경이 나왔다. 검은 비단 끈이 끊어져서 양쪽으로 늘어졌다.

"윌러비 스미스는 시력이 좋았습니다. 그러니 습격해 온 상대의 얼굴이나 몸에서 낚아챈 것이 분명합니다."

홉킨스가 말했다.

홈스는 코안경을 받아 꼼꼼하게 뜯어보았다. 안경을 코에 얹더니 글을 읽어보기도 하고 창가로 다가가 길을 내다보는가 하면 등불로 가져가 샅샅이 살펴보았다. 마침내 그는 껄껄 웃으며 책상에 앉아 종이에 뭔가 적어 홉킨스에게 내밀었다.

"제가 해드릴 수 있는 최선이군요. 쓸모가 있을 겁니다."

그가 말했다.

깜짝 놀란 경위가 종이에 적힌 내용을 소리 내어 읽었다. 종이에는 이렇게 적혀 있었다.

지명수배. 말솜씨가 뛰어나고 귀부인 차림의 여성. 코가 유난히 두툼하고 눈 사이가 좁음. 이마에 잔주름이 잡혀 있고 뭔가를 뚫어지게 보는 표정을 자주 지으며 어깨가 둥글게 굽었을 것으로 추정. 지난 몇 달 동안 적어도 두 차례 안경점을 찾았다고 짐작. 안경알 도수가 놀랄 정도로 높고 안경점은 그리 많지 않으므로 이 여자를 추적하기는 어렵지 않을 것임.

홈스는 깜짝 놀란 홉킨스를 향해 미소 지었다. 내 얼굴도 형사와 크게 다르지 않았을 것이다.

"추리 과정은 단순하기 짝이 없습니다. 세상에 안경만큼 세세하게 추리하기 좋은 물건이 또 있을까요. 특히나 이렇게 훌륭한 안경은 말할 필요가 없죠. 섬세하기도 하거니와 비서의 마지막 말을 생각해보면 여자용입니다. 게다가 순금으로 멋들어지게 만든 코안경을 보면 안경 주인이 품위 있는 태도를 가졌고 옷도 잘 차려입었으리라 짐작할 수 있죠. 이런 안경을 끼는 사람의 옷차림이나 태도가 너저분할 리는 없으니까요. 안경의 코

받침대 사이를 보면 형사님이 쓰기에는 너무 넓죠. 그걸 보면 여자의 코가 크고 평평하다는 사실을 알 수 있습니다. 이런 종류의 코는 대개 낮고 크죠. 하지만 예외도 많기 때문에 내 추측이 맞을 거라고 밀어붙일 수는 없군요. 또한 나도 얼굴이 긴 편이지만 이 안경을 쓰고 초점을 맞추려면 눈을 한가운데로 억지로 모아야 합니다. 그러므로 안경 주인은 눈 사이가 좁다는 사실을 알 수 있죠. 왓슨, 자네도 보았겠지만 안경알이 오목하고 도수가 높지. 이렇게 눈이 나쁜 사람은 시력 때문에 몸에 이런 저런 특징이 나타납니다. 이마와 눈꺼풀, 어깨에 나타나죠."

"그래, 나도 자네의 추리가 이해되네. 안경점에 두 번 갔을 거라는 추리는 어떻게 한 건가?"

내 말에 홈스는 안경을 집어 들었다.

"여기 코 받침대를 보게나. 코에 닿는 부분이 아프지 않도록 코르크를 붙여놓았지? 코 받침대 하나는 색이 바래고 닳았지만 나머지 하나는 새거야. 분명히 하나가 떨어져서 교체했겠지. 잘 보면 낡은 것도 새것에 비해 몇 달밖에 안 썼어. 코르크 받침이 똑같이 생겼고. 그래서 그 여자가 두 번째에도 같은 안경점에 갔다는 결론을 내렸지."

"세상에, 놀랍습니다! 이런 훌륭한 증거를 손에 넣고도 아무것도 알아차리지 못했다니. 런던의 안경점을 돌아다녀봐야겠다는 생각은 했습니다만."

홉킨스가 감탄해마지않으며 소리쳤다.

"물론 그러셨겠죠. 또 사건에 대해 이야기하실 내용이 있습니까?"

"더는 없습니다, 홈스 씨. 이제 제가 아는 건 다 아시리라 생각이 되는군요. 그 이상을 알아내셨는지도 모르겠군요. 경찰은 근처 도로나 기차역에서 낯선 사람을 목격한 사람이 없는지 탐문을 하고 있습니다. 낯선 사람을 봤다는 진술은 없었습니다. 저는 무엇보다 사건 동기가 뚜렷이 보이지 않아 답답합니다. 동기를 짐작하는 사람이 아무도 없습니다."

"아! 그 부분은 저도 어떻게 해드릴 수가 없군요. 어쨌든 우리가 내일 그곳에 가기를 바라십니까?"

"괜찮으시다면요, 홈스 씨. 아침 6시에 채링크로스 역에서 채텀으로 가는 기차가 있습니다. 그걸 타면 8시에서 9시 사이에 욕슬리 올드 플레이스에 도착합니다."

"그 기차를 타겠습니다. 이 사건에는 흥미로운 부분이 있어요. 직접 살펴볼 수 있다면 기쁘겠습니다. 이런, 벌써 1시군요. 몇 시간이라도 잠을 자둬야 합니다. 형사님은 난롯불 앞의 소파에서 주무십시오. 내일 아침에 알코올램프로 커피를 끓여드리죠. 커피 한 잔 마시고 출발합시다."

다음날 비바람은 잦아들었다. 새벽에 길을 나설 즈음에는 무척 추워졌다. 우리는 템스 강변의 음울한 습지와 완만하게 흐르는 하류 위로 떠오르는 차가운 겨울 해를 바라보았다. 그 모습을 보자니 예전에 안다만제도에서 온 사람을 추적했던 '네 사람의 서명' 사건이 저절로 떠올랐다. 길고 피곤한 기차 여행을 마치고 채텀에서 몇 킬로미터 떨어진 작은 기차역에 내렸다. 현지 여관에서 이륜마차에 말을 매는 동안 서둘러 아침을 먹었다. 마침내 욕슬리 올드 플레이스에 도착했을 때는 사건을 수사할 준비가 되어 있었다. 대문에서 경관이 우리를 맞이했다.

"아, 윌슨, 새로운 소식은 없나?"

"네. 아무것도 없습니다, 형사님."

"낯선 사람을 봤다는 신고도 없었나?"

"네, 형사님. 저 아래 역에서도 어제 역에 도착했거나 떠난 낯선 사람을 보지 못했다고 확인을 해줬습니다."

"여관과 하숙집도 다니면서 탐문 조사를 했나?"

"네, 형사님. 미심쩍은 사람은 없었습니다."

"음, 여기서 채텀까지는 걸어갈 만한 거리죠. 그러니 범인은 아무도 모르게 채텀에서 머무르거나 기차를 탈 수 있을 겁니다. 이 길이 제가 말씀드린 정원 길입니다, 홈스 씨. 어제 이 길에 발자국은 찍혀 있지 않았습니다. 확실합니다."

"어느 쪽 풀밭에 발자국이 남아 있었습니까?"

"이쪽입니다. 길과 화단 사이에 난 좁은 풀밭요. 지금은 발자국이 보이지 않네요. 하지만 어제는 분명히 있었습니다."

"그렇군요. 분명히 누군가 이 위로 지나갔어요."

홈스가 풀밭 가장자리로 몸을 구부렸다.

"우리가 찾는 여자는 신중하게 발을 내디뎠을 겁니다. 그러지 않을 수 없었겠죠. 한쪽은 길이라 발자국이 찍힐지도 모르고 다른 쪽은 흙이 고운 화단이라 또렷하게 발자국이 남을 테니까요."

"그렇습니다. 분명히 보통내기가 아닌 여자입니다."

그때 홈스의 얼굴 위로 흥미가 생긴 듯한 표정이 스쳐지나가는 것을 나는 놓치지 않았다.

"여자가 이 길로 되돌아 나갔다고 생각하십니까?"

"그렇습니다. 달리 길이 없지 않습니까."

"좁은 풀밭 위로요?"

"물론이죠."

"흠! 이런 길목을 잘도 지나갔군요. 신통합니다. 그나저나 이 길은 충분히 살펴본 것 같군요. 계속 가봅시다. 정원 문은 항상 이렇게 열어두나 봅니다? 침입자는 그저 몸만 들이면 되었겠어요. 애초에 누구를 죽일 생각은 없었을 겁니다. 살의를 품었다면 흉기를 준비했겠죠. 책상 위에서 아무 칼이나 집는 게 아니라요. 코코넛 깔개에 발자국을 전혀 남기지 않고 복도를 걸었습니다. 그렇게 와보니 서재가 나왔죠. 서재에 얼마나 있었을까요? 알아낼 방법이 없군요."

"고작 몇 분뿐이었을 겁니다. 깜박 잊고 말씀드리지 않은 게 있어요. 가정부인 마커 부인이 사건이 일어나기 전에 서재를 정리하느라 잠시 있었습니다. 십오 분 전쯤이라고 증언했습니다."

"시간대를 추정할 수 있겠군요. 그 여자는 서재로 들어왔습니다. 그런 후에 무엇을 했을까요? 책상으로 갔죠. 무엇 때문에? 열려 있는 서랍에 든 물건 때문은 아니었습니다. 애초에 범인이 훔칠 만한 물건이 있는 서랍이라면 자물쇠를 채워뒀겠죠. 그러니 목표물이 뭔지는 몰라도 잠긴 서랍에 있을 겁니다. 이런! 서랍 표면에 난 긁힌 자국은 뭐죠? 성냥을 들고 있어줘, 왓슨. 이걸 왜 말해주시지 않았습니까, 형사님?"

홈스가 꼼꼼히 들여다보는 곳을 보니 놋쇠 장식에서 열쇠 구멍 오른쪽까지 무슨 자국이 나 있었다. 십 센티미터가량 광택제가 벗겨진 자국이었다.

"저도 자국을 봤습니다. 하지만 열쇠 구멍 주위에는 늘 긁힌 자국이 있지 않습니까, 홈스 씨?"

“이 자국은 최근에 생겼습니다. 아주 최근에요. 광택제가 긁혀 드러난 놋쇠가 얼마나 반짝거리는지 보세요. 오래되었다면 다른 부분과 같은 색이겠죠. 제 돋보기로 보십시오. 긁힌 부분의 광택제도요. 마치 고랑 양쪽에 흙이 쌓인 것 같지 않습니까. 마커 부인 어디에 있습니까? 불러주십시오.”

비통한 표정을 한 중년 부인이 방으로 들어왔다.

“어제 아침에 서랍의 먼지를 털었나요?”

“네.”

“그때 긁힌 자국을 봤습니까?”

“아뇨, 저는 못 봤어요.”

“그랬을 겁니다. 먼지떨이가 스쳤으면 광택제 부스러기를 다 털어내버렸을 테니까요. 책상의 일 단 서랍 열쇠는 누가 보관하고 있습니까?”

“교수님이 시곗줄에 끼워 보관하세요.”

“평범한 열쇠인가요?”

“아뇨, 정교한 처브 자물쇠용 열쇠예요.”

“고맙습니다, 마커 부인. 가보셔도 좋습니다. 마침내 약간의 성공을 거뒀군요. 범인은 서재에 들어와서 서랍장으로 다가갔습니다. 일 단 서랍을 열려고 했겠죠. 열었을지도 모르고요. 바로 그때 윌러비 스미스가 방에 들어온 겁니다. 그녀는 다급하게 열쇠를 빼다가 서랍 표면에 자국을 남겼죠. 스미스에게 붙잡히자 빠져나올 생각에 근처에 있는 물건을 낚아채서 공격했습니다. 그게 하필 칼이었죠. 단 한 번의 공격이었지만 치명적이었습니다. 비서는 쓰러지고 여자는 도주했어요. 훔치려던 물건을 챙겼든 안 챙겼든 말이죠. 하녀인 수전을 불러주시겠습니까? 수전, 침입자가 당신이 들어왔던 그 문으로 나갈 수 있었을까요? 당신이 비명을 들은 후에 말입니다."

"아뇨, 그럴 리 없어요. 제가 계단을 다 내려갈 때까지 그쪽 복도를 지나간 사람은 없어요. 문은 한 번도 열리지 않았고요. 열렸다면 소리가 들렸을 거예요."

"도주로도 확실해졌군요. 그 여자는 분명 들어온 길을 되돌아 나갔습니다. 여자가 들어올 때 이용한 서재 문으로 나가면 정원과 교수의 방으로만 이어진다고 하던데, 그 복도에 다른 문은 없습니까?"

"네, 없습니다."

"이제 저 문으로 나가서 교수와 인사를 나눠봐야겠군요. 아니, 형사님! 이건 중요한 사실이군요. 정말 중요해요. 교수의 침실로 난 복도에도 코코넛 깔개가 깔려 있습니다."

"그렇습니다. 그게 뭐 어쨌다는 겁니까?"

"사건과 어떤 관계가 있을지 짐작이 안 되십니까? 이 이야기는 그만하죠. 내가 틀렸을 수도 있으니까요. 의미심장해 보이는군요. 어서 교수를 소개시켜주시죠."

우리는 복도로 나와 교수의 침실로 향했다. 복도의 길이는 뒷문에서 서재까지의 복도와 비슷했다. 복도 끝에는 짧은 계단이 있고 계단을 올라가면 문이 나왔다. 형사가 노크를 한 후 우리를 교수의 침실로 안내했다.

사방에 책이 줄줄이 늘어선 넓은 방이었다. 책꽂이가 가득차서 꽂을 수 없는 책이 구석마다 쌓여 있고 책꽂이 아래쪽까지도 줄지어 쌓였다. 방 한가운데에 있는 침대에 교수가 베개에 몸을 기대고 앉아 있었다. 나는 그렇게 독특하게 생긴 사람을 처음 보았다. 매부리코가 도드라진 야윈 얼굴이 우리를 향해 고개를 돌렸다. 툭 튀어나온 덥수룩한 눈썹 아래로 움푹 들어간 검은 눈 한 쌍이 우리를 매섭게 바라보았다. 머리카락과 턱수염은 하얗게 세었는데, 묘하게도 입 주위의 수염은 노랗게 물들어 있었다. 뒤엉킨 하얀 털 사이로 담뱃불이 발갛게 빛났다. 담배 연기에 찌든 방에서는 퀴퀴한 냄새가 진동을 했다. 교수가 홈스에게 손을 내밀 때 보니 손가락조차 니코틴으로 누렇게 변색되어 있었다.

"담배 피우시오, 홈스 씨? 한 대 피우시오. 그리고 거기 계신 분은? 피워보시오. 알렉산드리아의 이오니데스가 나를 위해서 특별히 만든 거지. 그 사람이 한 번에 천 개비씩 보내주지만 아쉽게도 보름마다 주문을 해야 한다오. 몸에 안 좋은 습관이죠. 안 좋아요. 하지만 노인에게 이만한 낙이 또 어디 있겠소. 이제 남은 거라곤 담배와 연구뿐이라오."

교수는 교양 있는 투로 말문을 열었다. 묘하게 고상한 척하는 말투였다.

홈스는 담배에 불을 붙이고는 방안을 날카롭게 둘러보았다.

"담배와 연구. 하지만 이제는 담배만 남았구려. 아! 이렇게 계획이 좌절되다니! 이 무시무시한 재앙을 감히 상상이라도 했겠소? 뛰어난 조수였소! 여기서 일한 지 고작 몇 개월이었지만 누구 못지않게 훌륭한 조수였다오. 사건을 어떻게 생각하시오, 홈스 씨?"

노인이 탄식을 했다.

"아직 아무런 결론을 내리지 않았습니다."

"암흑천지에 빠진 우리에게 한줄기 빛을 던져준다면 정말 고맙겠소이다. 책벌레에 몸까지 성치 않은 나 같은 불쌍한 사람이 이 정도로 큰 충격을 받으니 모든 게 마비되는 것 같다오. 사고하는 기능마저 사라진 것 같아요. 하지만 당신은 행동하는 사람이지. 사건이 있으면 어디든 달려가는 사람이고. 이런 사건들이 당신의 일상 아니오? 아무리 위급해도 당신이라면 균형 감각을 잃지 않겠지. 당신이 우리 편에서 움직여준다니 얼마나 다행스러운지."

홈스는 노인이 말을 하는 동안 방 한쪽에서 이쪽저쪽으로 걸어 다니며 엄청난 속도로 담배를 피웠다. 그도 집주인처럼 갓 만든 알렉산드리아산 담배가 마음에 든 것이 분명했다.

"그래요, 치명적인 타격이라오. 저게 나의 필생의 역작이지. 탁자에 쌓인 서류들 말이오. 시리아와 이집트의 콥트교 사원에서 발견된 문서 분석이라오. 계시종교의 토대를 깊게 파헤친 역작이 될 거요. 그런데 비서가 이 세상을 떠났으니 쇠약해진 몸뚱이로 책을 완성할 수 있을지 모르겠구려. 이보시오, 홈스 씨. 당신은 나보다도 담배를 빨리 피우는구려."

홈스가 미소를 지으며 말했다.

"제가 담배 맛을 좀 압니다."

그러더니 담배 상자에서 한 개비를 더 꺼냈다. 벌써 네 개비째였다. 그는 다 피운 담배로 새 담배에 불을 붙이며 말을 이었다.

"코람 교수님, 쓸데없는 질문으로 귀찮게 해드리지 않겠습니다. 어차피 사건이 발생했을 때 교수님은 침대에 계셨으니 아무것도 모르실 테니까요. 그러니 한 가지만 여쭙겠습니다. 불쌍한 청년이 죽어가면서 마지막으로 '교수님, 그 여자였습니다'라고 한 말이 무슨 뜻일까요?"

교수가 고개를 가로저었다.

"수전은 시골 아가씨지. 그런 아가씨들이 얼마나 어리석은지 잘 알잖소. 비서가 마지막 순간에 의식을 잃으며 한 헛소리를 끼워 맞춰 의미 불명의 문장을 만들었겠죠."

"알겠습니다. 비극적인 사건에 대해 짚이는 구석도 없으시고요?"

"사고겠죠. 우리끼리 하는 말이지만 자살일지도 모르오. 젊은 남자라면 고민거리가 있지 않소. 우리가 몰랐던 연애 사건이 있었을지도 모르고. 이쪽이 살인보다 가능성이 높죠."

"코안경은요?"

"아! 나야 일개 학자에 불과하지 않소. 공상에 파묻혀 사는 사람이란 말이오. 그러니 현실에서 벌어지는 다양한 문제에 딱 떨어지는 설명은 못 하오. 하지만 알다시피 사랑의 증표가 이상한 물건일 수도 있지 않습니까. 사양 말고 담배를 더 태우시오. 그 담배의 진가를 알아보는 사람이 있다니 기쁘기 짝이 없구려. 자신의 생을 마감하려는 남자가 증표나 귀중한 물건으로 무슨 물건을 몸에 지닐지 어떻게 알겠소? 부채일지, 장갑일지, 안경일지 알 수 없죠. 이 형사분은 풀밭에 난 발자국에 대해서 이야기를 하시더군. 하지만 그런 일은 쉽게 착각할 수 있는 것 아니오. 칼만 해도 그렇지. 비서가 쓰러지면서 던졌을지도 모르지 않소.

유치할 수도 있겠지만 나는 윌러비 스미스가 제 손으로 목숨을 끊었다는 생각밖에 들지 않소."

홈스는 교수가 내세운 가설에 허를 찔린 것 같았다. 그는 한동안 깊은 생각에 빠져 줄담배를 피우며 방안을 서성였다.

마침내 말문을 연 홈스가 물었다.

"코람 교수님. 책상의 일 단 서랍에는 뭐가 들어 있습니까?"

"도둑이 가져갈 만한 물건은 아무것도 없소이다. 집안 문서와 죽은 아내가 생전에 보낸 편지, 대학에서 받은 학위증 같은 게 들어 있죠. 여기 열쇠가 있소. 직접 가서 확인해보시오."

홈스가 열쇠를 받아들고 힐끔 보더니 다시 돌려주었다.

"괜찮습니다. 어차피 내용물을 봐도 도움이 되지는 않겠군요. 이제 조용히 정원으로 나가서 사건을 곰곰이 되짚어보아야겠습니다. 교수님이 제시하신 자살설도 일리가 있군요. 이렇게 불쑥 찾아뵈어 죄송합니다. 점심 식사를 마치실 때까지 방해하지 않겠습니다. 2시에 다시 오죠. 그때까지 새로운 소식이 있다면 알려드리겠습니다."

이상하게도 홈스는 얼이 빠져 보였다. 우리는 한동안 정원을 걸어 다녔다. 둘 다 선뜻 말문을 열지 않았다.

"실마리를 찾았는가?"

마침내 내가 물었다.

"내가 피운 담배에 달렸네. 완전히 착각했을 수도 있지. 어쨌든 담배가 알려줄 걸세."

홈스가 대답했다.

"홈스, 도대체 무슨……!"

내가 버럭 소리를 질렀다.

"곧 알게 될 거야. 밑져야 본전 아닌가. 담배로 안 되면 언제든지 안경점을 찾아보면 되니까. 하지만 이왕이면 지름길로 가고 싶다네. 아, 마커 부인이 저기 있군. 그녀와 오 분쯤 유익한 대화를 나눠볼까."

전에도 말했을 테지만 홈스는 마음만 먹으면 얼마든지 간단하게 여자의 환심을 사서 속내를 터놓는 사이로 발전할 수 있었다. 홈스는 자신이 말한 오 분에서 반밖에 지나지 않았는데 벌써 가정부의 마음을 사로잡았다. 그리고 그녀와 오래 알고 지낸 사람처럼 이야기를 나누기 시작했다.

"맞아요, 홈스 씨가 말씀하신 대로예요. 교수님은 담배를 엄청나게 피우세요. 낮에 줄담배는 물론이고 어떤 날은 밤새도록 피울 때도 있어요. 한번은 아침에 침실을 보았는데요. 흠, 홈스 씨가 봤다면 런던에 끼는 안개라고 생각하셨을 거예요. 불쌍한 스미스 씨도 담배를 좋아했지만 교수님만큼 끔찍한 정도는 아니었죠. 교수님의 건강은 뭐라고 말씀을 드려야 할지 모르겠네요. 담배를 피워서 안 좋다고 해야 할지 담배를 피우는 것치고 괜찮은 편이라고 해야 할지."

"그렇군요. 담배는 식욕을 떨어뜨리지 않습니까?"

홈스가 말했다.

"글쎄요, 그건 잘 모르겠어요."

"교수님은 식사를 제대로 하지 않는 것 같더군요."

"음, 그때그때 달라요. 거의 그러시긴 하죠."

"오늘 아침만큼은 거르셨겠군요. 아까도 담배를 잔뜩 피우시던데 점심도 드시지 않을 것 같고요."

"아뇨, 완전히 틀리셨어요. 유난히 오늘 아침을 든든하게 드셨거든요. 그렇게 잘 드신 날이 언제였는지 기억도 안 나네요. 게다가 점심으로 커틀릿을 잔뜩 달라고 하시더라고요. 깜짝 놀랐지 뭐예요. 그렇잖아요. 나는 어제 서재에 들어가서 바닥에 쓰러져 있는 스미스 씨를 본 후로는 음식을 쳐다보기만 해도 속이 안 좋거든요. 참 별별 사람들이 다 있죠. 교수님의 식욕은 아무 문제 없답니다."

우리는 정원을 어슬렁거리며 오전 시간을 보냈다. 홉킨스는 전날 아침에 채텀 로드에서 아이들이 목격했다는 낯선 여자 이야기를 자세히 들어보려고 마을로 갔다. 한편 홈스는 펄펄 넘치던 기운이 사라진 것 같았다. 나는 그가 건성건성 사건을 대하는 모습을 처음 보았다. 심지어 홉킨스가 가져온 새로운 소식에도 통 흥미를 보이지 않았다. 홉킨스가 찾아낸 아이들이 홈스의 묘사와 정확하게 일치하는 여자를 분명히 보았으며 심지어 그 여자가 안경인지 코안경인지를 끼고 있었다고 이야기했는데도 말이다. 홈스는 차라리 수전의 이야기에 더 관심을 보였다. 수전은 우리의 점심 시중을 들었는데, 스미스가 전날 아침 산책을 나갔다가 비극이 일어나기 고작 삼십 분 전에 돌아왔다며 묻지도 않은 이야기를 들려주었던 것이다. 나는 그 이야기가 사건과 무슨 관계가 있는지 알 수 없었지만 홈스는 머릿속에 세워놓은 전체적인 틀에 하녀의 증언을 끼워 넣었다. 얼마 후 홈스가 자리에서 벌떡 일어나더니 시계를 보며 말했다.

"여러분, 2시입니다. 어서 가서 교수와 매듭을 짓도록 합시다."

교수는 막 점심 식사를 마친 직후였다. 말끔하게 비운 접시를 보니 가정부가 장담한 것처럼 식욕이 왕성한 게 분명했다. 교수가 허옇게 센 덥수룩한 머리와 이글거리는 두 눈을 우리 쪽으로 돌렸는데, 정말 기묘한 분위기의 인물이었다. 입에 문 담배는 결코 꺼지지 않을 것처럼 타올랐다. 옷을 갈아입은 그는 난롯가의 안락의자에 앉아 있었다.

"홈스 씨, 사건의 해답을 벌써 찾으셨소?"

그는 옆에 있는 탁자 위의 커다란 담배 상자를 밀어서 홈스 쪽으로 보냈다. 그와 동시에 홈스도 손을 뻗었다. 두 사람의 손이 상자에 닿자 상자가 그만 바닥으로 떨어져버렸다. 일이 분 동안 우리는 방을 기어다니며 엉뚱한 곳까지 굴러간 담배를 찾아다녔다. 마침내 일어났을 때 나는 두 눈이 반짝거리고 두 볼이 붉게 상기된 홈스를 보았다. 전투 개시를 알리는 신호였다. 중요한 순간이 아니면 볼 수 없는 신호 말이다.

홈스가 대답했다.

"그렇습니다. 해답을 찾았습니다."

스탠리 홉킨스와 나는 화들짝 놀라 서로 마주보기만 할 뿐이었다. 교수의 야윈 얼굴 위로 조롱하는 듯한 표정이 지나갔다.

"정말이오! 정원에서 말이오?"

"아닙니다. 여기서 찾았습니다."

"여기라고! 언제?"

"바로 지금이죠."

"농담하시오? 이렇게 심각한 사건을 그런 식으로 대해서는 안 된다는 말을 하지 않을 수 없구려."

"코람 교수님, 저는 이 사건의 모든 연결 고리를 추리하고 검증해봤습니다. 때문에 타당한 추리라고 확신합니다. 교수님의 동기, 혹은 이 기묘한 사건에서 맡은 역할이 무엇인지는 당장 말씀드릴 수 없습니다. 잠시 후면 직접 말씀을 해주시겠죠. 일단 교수님을 위해서 무슨 일이 있었는지 재구성을 해보겠습니다. 제게 아직 빈칸으로 남아 있는 부분이 무엇인지 교수님이 아시도록요.

어제 어떤 여자가 교수님의 서재에 침입했습니다. 그녀의 목적은 책상 서랍장에 보관된 문서였습니다. 여자는 열쇠를 가지고 있었습니다. 아까 교수님의 열쇠를 살펴볼 기회가 있었죠. 열쇠에 광택제가 긁혔다면 색이 묻었을 텐데 그런 흔적은 없더군요. 그러므로 교수님은 종범이 아닙니다. 여러 증거로 추측해보건대 침입자는 교수님 몰래 뭔가를 훔치려고 왔습니다."

교수가 입에서 연기를 뿜어냈다.

"들어본 중 흥미롭고 유익한 이야기입니다. 뒤는 없소? 거기까지 그 여자를 추적했다면 어떻게 되었는지도 알겠구려."

"마침 이야기를 할 작정입니다. 일단 여자는 교수님의 비서에게 발각되어 잡혔습니다. 도망치기 위해 그를 칼로 찔렀죠. 제 생각에는 불행한 사고였습니다. 왜냐하면 그 여자는 누군가에게 해를 입히려는 생각이 전혀 없었기 때문입니다. 누구를 죽이려는 사람이 흉기도 없이 왔겠습니까. 자신이 저지른 짓에 기겁한 여자는 무작정 서재를 뛰쳐나갔습니다. 그런데 불행하게도 비서와 몸싸움을 벌이던 중 안경을 잃어버렸습니다. 그녀는 지독한 근시이기 때문에 안경이 없으면 장님이나 다름없죠. 복도로 뛰쳐나온 그녀는 좀전에 들어올 때 지나온 길을 되돌아가 밖으로 나가려고 했죠. 하지만 서재에서 이어지는 두 복도에 모두 코코넛 깔개가 깔려 있었기 때문에 엉뚱한 복도로 나왔을 뿐만 아니라 되돌아갈 길마저 차단되었습니다. 사실을 알아차렸을 때는 이미 늦었죠. 이제 어떻게 해야 할까요? 되돌아갈 수는 없었습니다. 그렇다고 가만히 있을 수도 없죠. 어쨌든 계속 걸었습니다. 계단을 올라가 문을 밀었습니다. 그렇게 이 방에 왔습니다."

교수는 입을 떡 벌린 채 눈을 부릅뜨고 홈스를 바라보았다. 감정이 쉬이 드러나는 얼굴에 놀라움과 공포가 스쳐지나갔다. 그러더니 애써 태연한 척 어깨를 으쓱하고는 과장되게 웃음을 터뜨렸다.

"모든 면에서 훌륭하군요, 홈스 씨. 하지만 뛰어난 가설에 아주 작은 흠이 하나 있소. 나는 이 방에 있었어요. 그날 한 번도 이곳에서 나가지 않았지."

"그 점은 잘 알고 있습니다, 코람 교수님."

"내가 침대에 누워 있으면서도 방으로 뛰어든 여자를 못 알아차렸다는 말이오?"

"저는 그렇게 말한 적이 없습니다. 교수님은 아셨습니다. 그녀와 이야기를 나눴죠. 그녀를 알아보셨고요. 도망치도록 돕기까지 하셨습니다."

교수는 새된 소리로 억지웃음을 터뜨리고 자리에서 일어섰다. 두 눈이 잉걸불처럼 이글거렸다.

"미쳤군! 헛소리야. 그 여자가 도망치도록 내가 도왔다고? 그렇다면 지금 여자는 어디에 있나?"

"바로 여기 있죠."

홈스는 방 한구석에 서 있는 키 높은 책장을 가리키며 말했다.

그 순간 가뜩이나 침울한 얼굴을 무시무시하게 일그러뜨린 노인은 양손을 번쩍 들었다가 의자에 다시 주저앉았다. 동시에 홈스가 가리킨 책장이 홱 돌아가더니 여자가 튀어나왔다.

"당신 말이 맞아요. 맞다고요! 나는 여기 있어요!"

여자는 묘한 외국 억양으로 소리를 질렀다.

그녀는 지금까지 숨어 있던 벽의 먼지와 거미줄을 뒤집어쓴 바람에 온통 지저분했다. 얼굴도 마찬가지였다. 아무리 잘 봐줘도 아름답다고 할 수 없는 얼굴이었다. 홈스가 예상했던 특징을 고스란히 갖고 있는데다가 턱이 길고 고집스럽게 생겼다. 워낙에 시력이 나쁜데 어두운 곳에서 느닷없이 환한 곳으로 나온 탓에 그녀는 멍하니 서서 방을 두리번거리고 우리를 살피면서 눈을 껌벅거렸다. 하지만 이런 상황에도 그녀의 태도는 어딘지 고귀한 느낌이 들었다. 고집스러운 턱과 빳빳하게 치켜든 고개에서 굽히지 않는 용기가 배어 나왔다. 그 모습에 절로 존경심과 감탄이 나왔다. 스탠리 홉킨스는 그녀의 팔에 손을 올리고 체포하겠다고 말했다. 그녀는 부드럽게 그의 팔을 뿌리쳤다. 그 모습에는 상대방의 복종을 부르고 모두를 압도하는 위엄이 깃들어 있었다. 교수는 험악한 표정을 한 채 의자에 기대앉고는 음울한 눈빛으로 그녀를 바라보았다.

"그래요, 내가 당신이 찾던 범인입니다. 숨어 있던 곳에서 여러분의 이야기를 모두 들었습니다. 여러분은 진상을 아시는 것 같군요. 자백하겠습니다. 젊은이는 내가 죽였습니다. 하지만 당신이 맞아요. 사고라는 점요. 무작정 움켜쥔 게 칼인 줄도 몰랐어요. 다급한 나머지 아무거나 집어서 찔렀거든요. 그 사람의 손아귀에서 빠져나오려고요. 내 말은 진실입니다."

"네, 저는 당신의 말씀을 믿습니다. 그런데 어디 많이 안 좋으십니까?"

홈스가 말했다.

그녀의 안색은 끔찍했다. 시커먼 먼지를 뒤집어써서 섬뜩하기까지 했다. 그녀는 침대 가장자리에 걸터앉더니 말을 계속했다.

"오래 있을 수 없겠군요. 하지만 모든 사실을 털어놓겠습니다. 나는 이 남자의 아내입니다. 이 사람은 영국인이 아니에요.

러시아인이죠. 성까지는 언급하지 않겠어요."

처음으로 노인이 동요했다.

"이런, 안나! 그만해!"

그녀는 남편을 벌레 보는 듯한 눈빛으로 바라보았다.

"만신창이가 된 삶에 왜 그렇게 매달리지, 세르기우스? 당신은 살면서 수많은 사람을 불행으로 몰아넣었어. 누구에게도 도움이 되지 않았지. 심지어 당신 자신에게도. 하지만 신이 주신 시간이 끝나기도 전에 내가 당신의 실낱같은 목숨을 끊어버리는 일은 없을 거야. 이 저주받은 집의 문턱을 넘은 뒤에 내 영혼은 크나큰 죄를 범했어. 늦기 전에 모든 사실을 밝히겠습니다.

아까도 말했다시피 나는 저 남자의 아내입니다. 우리가 결혼했을 당시 이 남자는 쉰 살이었고 나는 어리석은 스무 살 아가씨였죠. 이 이야기의 배경은 러시아의 어느 도시이고 우리가 대학에서 공부를 하던 시절입니다. 구체적인 장소는 밝히지 않겠습니다."

"제발, 안나!"

노인이 힘없이 말했다.

"우리는 개혁가였죠. 혁명가이자 허무주의자였습니다. 남편과 나 외에도 수많은 사람이 뜻을 같이했죠. 얼마 후 경찰관이 살해되면서 고난의 시기가 찾아왔습니다. 수많은 사람들이 체포되었지만 증거는 없었죠. 내 남편은 목숨을 부지하고 막대한 보상금을 받고자 자신의 아내와 동지들을 팔아넘겼습니다. 그래요. 우리는 저 사람의 자백으로 모두 체포되고 말았어요. 어떤 사람들은 교수대로 끌려갔고 어떤 사람들은 시베리아 유배형에 처해졌지요. 나도 시베리아로 보내졌습니다. 다행히 종신형은 아니었죠. 남편은 더러운 수단으로 모은 재산을 가지고 영국에 왔습니다. 그러고는 죽은듯이 조용하게 살았습니다. 동지들이 자신의 소재를 알아내면 일주일도 되지 않아 정의가 실현되리라는 사실을 알고 있으니까요."

노인은 떨리는 손을 내밀어 담배에 불을 붙였다.

"내 운명이 당신 손에 달렸군, 안나. 당신은 언제나 내게 잘해주었잖소."

"나는 아직 남편의 진짜 악행에 대해서는 입도 벙긋하지 않았습니다. 우리 비밀 조직의 동지들 가운데 내 영혼의 친구가 한 명 있었습니다. 그는 고귀하고 이타적이고 사랑이 넘치는 사람이었죠. 남편과는 정반대였어요. 그는 폭력을 싫어했습니다. 폭력을 지지하는 사상이 죄라면 우리는 유죄였지만 그는 결백했어요. 폭력을 지지하는 길을 걷지 말라고 편지를 써서 나를 설득했어요. 이 편지들만 있다면 그를 구할 수 있었을 겁니다. 그리고 내 일기. 당시 나는 일기에 매일 그를 향한 내 감정과 우리

각자가 가진 견해를 꼬박꼬박 기록했어요. 남편은 편지들과 일기를 찾아내서 보관했어요. 숨겨버린 겁니다. 그리고 그 남자의 목숨을 빼앗으려고 온갖 짓을 했어요. 하지만 목숨을 앗을 수는 없었죠. 대신 알렉시스는 시베리아 유형길에 올랐습니다. 지금 이 순간에도 소금 광산에서 일하고 있어요. 생각해봐, 악당! 이 악당! 지금, 바로 이 순간 당신은 감히 이름조차 입에 담지 못할 사람이 노예처럼 혹사당하며 살고 있어. 하지만 나는 당신 목숨을 더이상 틀어쥐지 않고 놓아줄 거야."

"당신은 언제나 고귀한 여자였지, 안나."

노인은 담배 연기를 뿜어내며 대꾸했다.

안나는 일어섰지만 고통스러운 비명을 지르며 주저앉았다.

"어서 이야기를 끝내야겠군요. 나는 형기가 끝나자 일기와 편지들을 되찾기로 마음을 먹었습니다. 그걸 러시아 정부에 보여주면 내 친구가 풀려날 테니까요. 남편이 영국으로 도주했다는 사실은 알았습니다. 몇 달 동안 행방을 수소문한 끝에 마침내 사는 곳을 알아냈죠. 일기장을 여전히 갖고 있다는 사실도 알았어요. 내가 시베리아에 유형을 가 있는 동안 남편에게서 편지를 한 통 받았는데, 나를 비난하며 일기장의 몇 단락을 인용했더군요. 남편은 복수심이 강해서 순순히 내줄 리 없었어요. 내 손으로 직접 되찾아야 했죠. 그럴 목적으로 고용한 탐정이 비서로 잠입했죠. 그 사람이 바로 두 번째 비서였어요, 세르기우스. 어느 날 갑자기 이곳을 관둔 그 사람 말이에요. 그는 일기와 편지가 서랍장에 보관되어 있다는 사실을 알아내고는 열쇠를 복사했어요. 하지만 그 이상은 관여하지 않으려 하더군요. 그는 이 집 도면을 그려주고 비서가 교수의 방에서 일하는 오전에는 서재가 빈다고 알려줬어요. 그래서 마침내 마음을 굳게 먹고 내 물건을 되찾으려고 여기까지 왔습니다. 원하는 것을 손에 넣었지만 그 대가를 보세요!

서류를 꺼내고 문을 다시 잠그려는데 젊은 남자에게 붙잡히고 말았습니다. 그날 아침에 보았던 남자였죠. 길에서 만나 코람 교수의 집을 물었었죠. 그 사람이 남편의 비서였을 줄이야!"

"그랬군요, 그랬어요! 비서는 산책에서 돌아와 교수에게 길에서 만난 여자 이야기를 했습니다. 그리고 생명이 꺼져가는 순간에 '그 여자'였다는 사실을 전하려고 했던 거예요. 방금 전에 교수에게 이야기했던 바로 그 여자라고 말이죠."

홈스가 말했다.

"제가 이야기를 끝내게 해주시죠."

그 여자의 어조에는 위엄이 있었지만 어쩐지 고통스러운 듯 얼굴을 찡그리고 있었다.

"그가 쓰러지자 나는 방에서 뛰쳐나갔어요. 그런데 엉뚱한 문을 골랐죠. 정신을 차려보니 남편 방에 와 있더군요. 그는 나를 경찰에 넘기겠다고 했습니다. 나는 그렇게 했다가는 목숨을 부지할 수 없을 거라고 단호하게 말했어요. 경찰에 나를 신고하면 나도 조직에 알리겠다고 말이죠. 한낱 목숨을 부지하려고 한 말이 아니에요. 어떻게든 목적을 이루고 싶었어요. 내 말이 헛소리가 아니라는 걸 남편은 잘 알았죠. 자기 운명이 내 손에 달렸다는 걸 말이에요. 오직 그 이유만으로 저 사람은 나를 숨겨줬습니다. 자신만 아는 오래되고 컴컴한 은신처에 날 숨겼어요. 방에서 식사를 하며 음식을 나눠줬고요. 난 경찰이 집에서 철수하면 이곳을 떠나 다시는 돌아오지 않기로 약속했죠. 하지만 당신은 내 계획을 이미 간파하신 모양이군요."

여자는 드레스의 가슴팍에서 작은 꾸러미를 꺼내며 말을 이었다.

"하고 싶은 말은 이것뿐이에요. 이것만 있으면 알렉시스를 구할 수 있습니다. 당신은 명예와 정의를 지키고자 하는 분이죠. 어서 받아요! 그걸 러시아 대사관에 전해주세요. 자, 이제 나는 의무를 다했군요. 그러니……."

"막아야 해!"

홈스는 소리치며 앞으로 달려가 그녀의 손에서 작은 유리병을 빼앗았다.

"늦었어요!"

그녀는 침대로 무너지듯 앉으며 말했다.

"늦었다고요! 나오기 전에 독약을 먹었습니다. 어지럽군요! 이제 끝이에요! 부탁이니 꾸러미를 절대 잊지 마세요."

런던으로 돌아가는 기차에서 홈스가 말했다.

"간단한 사건이었습니다. 어떤 면에서는 배울 점도 있었죠."

"처음부터 모든 건 코안경에 달려 있었습니다. 비서가 죽어가면서 요행히 코안경을 낚아채지 못했다면 과연 우리가 사건을 해결할 수나 있었을지 의문입니다. 도수를 보니 안경의 주인은 안경이 없으면 장님이나 다름없겠더군요. 경위님이 그 여자가 발을 한 번도 헛디디지 않고 좁은 풀밭을 따라 도주했을 거라고 말했을 때 내가 잘도 거길 지나갔다고 감탄한 것을 기억나시나요? 그때 나는 절대 그럴 리가 없다고 확신하고 있었습니다. 혹시라도 안경을 하나 더 갖고 있었다면 모를까요. 그러니 범인이 집안 어딘가에 있을 거라고 진지하게 고려하지 않을 수 없었죠. 똑같이 생긴 좌우의 복도를 보자 그녀가 복도를 헷갈렸을 가능성이 높아 보였습니다. 그랬다면 여자는 당연히 교수의 방으로 들어갔을 겁니다.

나는 정신을 바짝 차리고 뭐든 내 가정을 입증하는 증거가 있을지 살펴봤습니다. 사람이 숨을 만한 곳을 찾으려고 방을 빈틈없이 돌아보았죠. 양탄자는 하나가 죽 이어져 있는데다가 못으로 고정되어 있었어요. 바닥을 확인한 후 바닥에 비밀 문이 나 있을 가능성은 제외했습니다. 책꽂이 뒤에 비밀 공간이 있다는 쪽이 더 그럴듯해 보이더군요. 아시겠지만 오래된 서재에는 그런 장치가 있잖습니까. 바닥 여기저기에 책이 쌓여 있는데 책장 하나 앞에만 책이 쌓여 있지 않았습니다. 그게 은신처의 입구가 아닐까 싶었지만 그런 가정을 입증해줄 흔적이 전혀 보이지 않는 겁니다. 다행스럽게 양탄자가 모래색이라 내가 조사를 하는데 도움이 되었어요. 그때 내가 질 좋은 담배를 엄청나게 피워대지 않았습니까. 나는 의심이 가는 책꽂이 앞에 온통 담뱃재를 털었죠. 간단한 방법이지만 결과는 확실했어요.

작업을 끝낸 후 나는 아래층으로 내려갔습니다. 그리고 왓슨이 함께 있는 자리에서 코람 교수의 식사량이 늘어났다는 사실도 확인했죠. 왓슨 자네는 내가 그 문제에 관심을 갖는 이유를 깊이 생각하지 않는 눈치더군. 식사량이 늘었다는 건 다른 사람과 몰래 식사를 나눠먹고 있으리라는 추리에 힘을 실어줬습니다. 잠시 후에 우리는 다시 교수의 방으로 왔죠. 담배 상자를 뒤엎은 덕분에 방의 바닥을 잘 살펴볼 수 있었습니다. 뿌려놓은 담뱃재를 살펴보니 우리가 방을 떠난 후에 여자가 책꽂이에서 나왔다는 사실을 알겠더군요. 오, 형사님, 채링크로스 역에 도착했습니다. 사건을 성공적으로 해결하신 것을 축하드립니다. 곧장 런던 경찰청으로 가시겠군요. 왓슨, 이제 우리는 러시아 대사관으로 가야겠네."

스리쿼터백
실종 사건

Sherlock Holmes
THE RETURN OF SHERLOCK HOLMES

베이커 스트리트의 하숙집에서 기묘한 내용의 전보를 받는 일은 잦았지만 칠팔 년 전 이월의 어느 흐린 아침에 도착한 전보는 특별히 기억에 남는다. 셜록 홈스가 전보를 보더니 꼬박 십오 분 동안 어리둥절해했기 때문이다. 홈스 앞으로 온 전보는 이렇게 씌어 있었다.

갈 테니 기다려주시오. 끔찍한 불행. 라이트윙 스리쿼터백 실종. 내일 꼭 필요.

오버턴

홈스는 전보를 몇 번이고 읽더니 비로소 말문을 열었다.

"스트랜드 대로 소인이야. 10시 36분에 발송되었고, 오버턴 씨는 전보를 보낼 때 상당히 흥분했던 모양이군. 내용이 두서가 없잖아. 이런, 이런. 어쨌든 《타임스》를 다 읽을 즈음이면 당사자가 도착하겠지. 그러면 무슨 뜻인지 알게 될 거야. 오늘처럼 할 일 없이 축 처지는 날에는 아무리 시시한 사건이라도 대환영일세."

확실히 우리는 한없이 지루했다. 나는 이런 무기력한 시기가 두려웠다. 내 친구 홈스의 두뇌는 비정상적일 정도로 활동적이라 사용할 일이 없으면 위험한 상태로 넘어간다는 사실을 그간의 경험을 통해 배웠기 때문이다. 몇 년 동안 나는 언젠가는 눈부신 경력을 망가뜨릴 약물중독 상태에서 홈스가 서서히 빠져나오도록 도왔다. 나는 이제 홈스가 평범한 상황에서 약물 같은 인공적인 자극제를 갈망하지 않는다고 확신할 수 있었다. 하지만 약물중독이라는 악마는 죽은 게 아니라 잠들어 있을 뿐이었다. 언제든지 얕은 잠에서 깨어날 수 있었다. 특히 사건이 없는 시간이 길어지면서 홈스의 금욕적인 얼굴이 핼쑥해지고 속내를 짐작할 수 없는 푹 들어간 두 눈에 우울함이 깃들기 시작하면 위험했다. 이런 이유로 나는 오버턴이라는 사람이 누구건 일단 감사하는 마음부터 들었다. 그가 보낸 알쏭달쏭한 전보가 홈스의 격정적인 삶에 몰아쳤던 어떤 폭풍우보다 더 위험한 고요를 몰아내줄 것이기 때문이었다.

전보가 도착하고 얼마 후 예상대로 당사자가 도착했다. 케임브리지 대학 트리니티 칼리지의 시릴 오버턴이라고 적힌 명함이 덩치 큰 청년의 등장을 알렸다. 우리를 찾아온 청년은 백 킬로그램이 넘어 보이는 장대한 기골의 소유자였다. 어깨가 어찌나 넓은지 문을 꽉 채울 정도였다. 걱정과 불안으로 초췌해진 청년이 홈스와 나를 번갈아 바라보았다.

"셜록 홈스 씨?"

홈스가 인사했다.

"홈스 씨, 런던 경찰청에 다녀오는 길입니다. 스탠리 홉킨스 경위님을 만났는데 홈스 씨께 가보라고 조언해주시더군요. 그 분이 생각하기에 이번 사건은 경찰보다 홈스 씨께 적합할 것 같다고 했습니다."

"일단 앉아서 무슨 일인지 들려주십시오."

"큰일났습니다, 홈스 씨! 끔찍한 일이에요! 충격으로 머리가 하얗게 세어버릴 것 같습니다. 고드프리 스탠턴에 대해 들어보셨죠? 그는 팀을 하나로 모아주는 구심점입니다. 스리쿼터백 라인에서 고드프리를 빼느니 차라리 다른 선수 두 명을 빼겠다고 할 정도죠. 패스면 패스, 태클이면 태클, 드리블이면 드리블, 고드프리에 필적하는 선수가 없거든요. 게다가 머리도 좋고 팀의 단합에도 큰 도움이 되는 친구입니다. 제가 어떻게 해야 할지 홈스 씨께 여쭙고 싶습니다. 물론 보결선수로 무어하우스가 있죠. 하지만 무어하우스는 하프백 훈련을 받았거든요. 그래서 터치라인에는 관심이 없고 스크럼에 붙으려고만 합니다. 그래도 플레이스킥은 뛰어나요. 그건 저도 인정합니다. 하지만 혼자 판단할 줄 몰라요. 전력 질주도 못 하고요. 옥스퍼드의 모턴이나 존슨이라면 무어하우스를 손쉽게 제칠 겁니다. 스티븐슨도 괜찮은 준족이지만 이십오 야드 선에서 드롭킥을 못 해요. 펀트도 드롭킥도 못 하는데 발이 좀 빠르다는 이유로 스리쿼터백으로 쓸 수는 없지 않습니까. 홈스 씨, 고드프리 스탠턴을 찾도록 힘을 보태주십시오. 안 그러면 우리는 끝장입니다."

홈스는 얼떨떨한 채로 의뢰인의 장황한 연설을 들었다. 오버턴은 중요한 내용이 나올 때마다 두툼한 손으로 자기 무릎을 철썩 치면서 열변을 토했다. 마침내 이야기가 끝나자 홈스는 손을 뻗어서 인명록을 꺼내 S 항목을 펼쳤다. 정보의 광산 같은 책자를 열심히 뒤졌지만 이번만큼은 소득이 없었다.

"여기 아서 H. 스탠턴이 있군요. 신예 위조범이죠. 헨리 스탠턴은 교수형을 당했고요. 내가 한몫을 했죠. 그런데 고드프리 스탠턴은 처음 듣는 이름입니다."

이번에는 방문객이 놀랄 차례였다.

"이런, 홈스 씨도 당연히 아실 줄 알았습니다. 고드프리 스탠턴이라는 이름을 한 번도 못 들으셨다면 시릴 오버턴도 마찬가지입니까?"

홈스가 쾌활한 표정으로 고개를 끄덕였다.

"이럴 수가! 저는 웨일스 대 잉글랜드 국가 대항 경기에서 후보 선수였습니다. 올해는 모교 대표팀 주장을 맡고 있죠. 뭐, 이런 사실은 모르셔도 되지만 케임브리지, 블랙히스, 다섯 차례의 국제 대회에서 발군의 실력을 자랑한 스리쿼터백인 고드프리 스탠턴을 모르는 사람이 이 땅에 있다니. 맙소사! 홈스 씨, 이때까지 어디서 살다 오셨습니까?"

홈스는 덩치 큰 젊은이가 보인 순진하고 솔직한 반응에 그만 웃음을 터뜨렸다.

"오버턴 씨, 당신은 나와 다른 세상에 살고 있습니다. 당신의 세상은 행복하고 건강하죠. 나는 지금껏 사회의 다양한 분야에 개입해 사건을 해결했지만, 다행스럽게도 아마추어 스포츠 분야에는 발을 들인 적이 없습니다. 그 분야야말로 영국에서 가장 선하고 건전한 곳이니까요. 그런데 오늘 아침에 당신이 불쑥 찾아온 걸 보니 신선한 공기와 페어플레이의 세상에서조차 내가 할 일이 있나 봅니다. 자, 오버턴 씨. 다시 자리에 앉으십시오. 무슨 일이 있었는지 천천히, 차분하고 자세하게 설명해주세요. 또 어떤 도움을 원하는지도요."

오버턴의 얼굴에는 머리보다 몸을 즐겨 쓰는 남자가 지을 법한 곤란한 표정이 언뜻 지나갔다. 이윽고 그는 묘한 이야기를 풀어놓았다. 어찌나 표현이 모호하고 중언부언하는지 굳이 기록으로 남길 필요가 없는 부분은 삭제했음을 미리 밝혀둔다.

"이렇게 된 겁니다, 홈스 씨. 아까 말씀드렸듯이 저는 케임브리지 대학의 럭비팀 주장입니다. 고드프리 스탠턴은 우리 팀 최고의 선수죠. 우리는 내일 옥스퍼드 대학 럭비팀과의 경기를 앞두고 있습니다. 어제 선수 전원이 런던으로 올라와서 벤틀리에 있는 호텔에 여장을 풀었습니다. 저는 10시에 선수들을 둘러보고 전원이 잠자리에 든 것을 확인했습니다. 평소에 엄격하게 훈련하고 충분히 수면을 취해야 팀의 컨디션을 유지할 수 있다는 게 저의 지론이거든요. 고드프리와는 잠자리에 들기 전에 잠시 이야기를 나눴습니다. 그때 안색이 창백하고 걱정거리가 있어 보이더군요. 그래서 무슨 일이 있느냐고 물었죠. 그랬더니 별일 아니라고, 두통이 조금 있다고 했습니다. 저는 잘 자라고 한 후 그 방을 나왔습니다. 삼십 분 후 수위가 말하기를 턱수염을 기른 우락부락한 남자가 고드프리에게 편지를 전해달라고 했다더군요. 고드프리가 잠자리에 들기 전이라 방으로 갖다주었답니다. 편지를 읽은 고드프리가 망연자실한 표정으로 의자에 털썩 주저앉기에 놀란 수위는 저를 불러오려고 했지만 그가 말렸답니다. 고드프리는 물을 한 잔 마신 후 침착함을 되찾았다고 하더군요. 곧장 아래층으로 내려가 홀에서 대기중이던 남자와 짧게 이야기를 나눈 후 함께 나갔답니다. 수위는 두 사람이 달리다시피 스트랜드 대로 방향으로 사라지는 모습을 봤다고 했습니다. 오늘 아침 고드프리는 방에 없었습니다. 침대에서 잔 흔적도 없었고요. 소지품은 어젯밤에 제가 본 그대로였습니다. 그는 편지를 가지고 온 낯선 남자와 함께 가버린 겁니다. 그 후로 아무 소식도 없습니다. 아무래도 저는 고드프리가 영영 돌아오지 않을 것 같습니다. 그는, 고드프리는 뼛속까지 스포츠맨입니다. 어지간히 중요한 이유가 아니라면 훈련을 빼먹고 주장을 실망시키는 행동을 할 리 없어요. 그래요, 저는 그가 아주 사라져서 다시는 만나지 못할 것만 같습니다."

셜록 홈스는 오버턴의 기묘한 이야기를 그 어느 때보다 집중해서 들으며 물었다.

"그래서 어떻게 하셨습니까?"

"케임브리지에 전보를 쳐서 고드프리가 연락을 하지 않았는지 확인해봤습니다. 답신이 왔는데 그를 본 사람이 아무도 없다더군요."

"케임브리지로 돌아갔을 수도 있습니까?"

"네, 밤늦게 출발하는 기차가 하나 있습니다. 11시 15분발 기차가 있죠."

"확인하신 바로는 그 기차를 타지 않았고요?"

"네, 본 사람이 없습니다."

"전보를 친 후에는 어떻게 하셨습니까?"

"마운트제임스 경에게 전보를 쳤습니다."

"왜 그분에게 전보를 치셨습니까?"

"고드프리는 부모님이 안 계십니다. 마운트제임스 경이 가장 가까운 친척이죠. 아마 삼촌일 겁니다."

"그렇군요. 그 사실이 실마리가 될 수도 있겠습니다. 마운트제임스 경은 영국에서도 알아주는 부자죠."

"고드프리가 그렇게 말하는 것을 들은 적이 있습니다."

"친구분은 경과 가까운 사이입니까?"

"음, 고드프리는 마운트제임스 경의 상속자입니다. 그분은 연세가 여든에 가까운데다가 통풍도 심하시죠. 사람들 말로는 초크 대신 그분 관절로 당구 큐대를 칠할 수 있을 거라더군요. 그런데 그분은 지금까지 고드프리에게 단 일 실링도 주신 적이 없습니다. 지독한 구두쇠거든요. 하지만 언젠가는 고드프리가 재산을 전부 물려받겠죠."

"마운트제임스 경에게서 연락이 왔습니까?"

"아뇨."

"친구분이 삼촌을 찾아갈 일이 있다면 어떤 걸까요?"

"음, 어젯밤에 봤을 땐 걱정거리가 있는 것 같았습니다. 돈 문제라면 돈이 넘쳐나는 가까운 친척에게 도움을 청할 수도 있겠죠. 물론 제가 지금까지 들은 이야기로 볼 때 한푼도 얻어낼 가능성은 없어 보입니다만. 고드프리도 그 노인네를 별로 좋아하지 않기 때문에 가능하면 도움을 요청하지 않았을 겁니다."

"그 점은 금세 확인할 수 있겠죠. 친구분이 마운트제임스 경에게 갔다면, 늦은 시각에 험상궂은 남자가 찾아왔던 이유는 무엇이며 격렬하게 감정이 동요한 이유는 어떻게 설명할 수 있을지 모르겠군요."

시릴 오버턴은 양손으로 머리를 감쌌다.

"뭐가 뭔지 하나도 모르겠습니다!"

"자, 자. 나는 오늘 별다른 일정이 없습니다. 기꺼이 이 사건을 조사해보겠습니다. 오버턴 씨는 일단 고드프리 씨가 없더라도 경기에 나갈 수 있도록 대비하시기 바랍니다. 말씀대로 이렇게 모습을 감추고 나타나지 않는 데는 분명 그럴 수밖에 없는 이유가 있을 겁니다. 호텔로 함께 가보죠. 혹시라도 수위가 새로운 단서를 제공해줄지도 모르니까요."

셜록 홈스는 증언에 재주가 없는 목격자를 편안하게 만드는 기술의 대가였다. 그는 호텔에 도착하자마자 고드프리 스탠턴이 미련 없이 떠난 방에서 수위가 아는 것을 전부 털어놓게 만들었다. 전날 밤 고드프리를 찾아온 남자는 신사도 노동자도 아닌 것 같았다. 수위 말로는 단순히 '이런저런 심부름을 해주는 사람'처럼 보이는 오십 대의 남자에 불과했다. 턱수염이 희끗희끗했고 안색은 파리했으며 옷차림은 수수했다. 그는 동요한 듯 편지를 내미는 손이 떨리고 있었다. 수위는 그 사실을 눈치챘다. 고드프리는 편지를 다 읽은 후 주머니에 쑤셔넣었다. 홀로 나간 고드프리는 그 남자와 악수도 나누지 않고 몇 마디 말만 주고받았는데, 수위는 '시간'이라는 말밖에 못 알아들었다. 그리고 두 사람은 앞서 수위가 주장에게 말한 대로 서둘러서 그곳을 떠났다. 홀의 시곗바늘이 10시 반을 막 지난 시각이었다.

"어디 봅시다. 당신은 주간 근무죠, 그렇죠?"

홈스가 스탠턴의 침대에 걸터앉으며 물었다.

"네, 11시에 교대를 합니다."

"그렇다면 야간 수위는 아무것도 못 봤겠군요?"

"네, 밤늦게 도착한 극단 사람들을 제외하면 다른 손님은 없었습니다."

"어제는 하루 종일 근무를 했나요?"

"네."

"혹시 스탠턴 씨에게 온 전갈이 있었습니까?"

"있었습니다. 전보가 한 통 왔죠."

"아하! 그것참 흥미롭군요. 그게 몇 시였죠?"

"6시 무렵이었습니다."

"스탠턴 씨는 전보를 어디에서 받았습니까?"

"바로 이 방에서요."

"전보를 개봉할 때 같이 있었습니까?"

"네, 혹시 답신을 보낼까 봐 잠시 기다렸습니다."

"답신을 보냈습니까?"

"네, 답장을 썼습니다."

"답장을 당신이 부쳤습니까?"

"아뇨, 그분이 직접 보냈습니다."

"어쨌든 당신이 있는 데서 곧장 답장을 썼군요?"

"그렇죠. 저는 문가에 서 있었습니다. 손님은 등을 돌리고 탁자에 앉았습니다. 답장을 다 쓰더니 이렇게 말했습니다.

'되었네, 수위 양반. 이 전보는 내가 직접 부치지.'"

"뭘로 전보를 쓰던가요?"

"펜이었습니다."

"전보용지는 여기 탁자 위에 있던 걸 사용했습니까?"

"그렇습니다. 제일 위에 있는 용지에 작성했습니다."

홈스는 벌떡 일어섰다. 탁자 위의 전보용지를 가지고 창가로

가더니 윗장의 표면을 찬찬히 들여다보았다.

"연필로 쓰지 않아서 아쉽군."

홈스는 실망스러운 듯 어깨를 으쓱하며 전보용지를 털썩 내려놓으며 말했다.

"왓슨, 자네도 여러 번 봤겠지만 윗장에 글자를 쓰면 아랫장에 자국이 남는다네. 이것 때문에 행복한 결혼 생활이 파탄에 이른 경우가 얼마나 많은지. 여기에는 흔적이 남지 않았군. 그래도 촉이 납작한 깃펜으로 써서 다행이야. 분명히 압지철에 조금이라도 자국이 남았을 테니까. 아하, 역시 남았군!"

압지철에서 한 장을 찢어낸 홈스가 상형문자 같은 자국을 우리에게 보여주었다.

시릴 오버턴이 잔뜩 흥분해서 소리쳤다.

"거울에 비춰보죠!"

"그럴 필요 없습니다. 종이가 얇으니 뒤집으면 바로 보이겠죠. 자, 보십시오."

홈스가 종이를 뒤집었다. 우리는 종이에 남은 글씨를 읽었다.

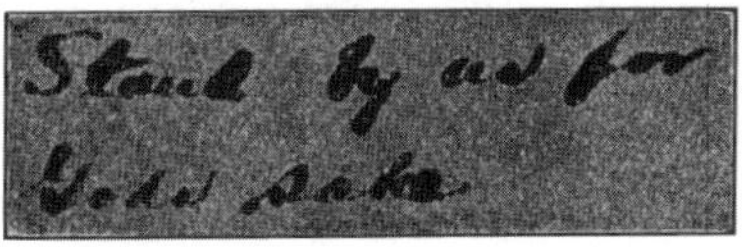

"고드프리 스탠턴이 모습을 감추기 몇 시간 전에 보낸 전보의 마지막 부분이군요. 우리가 놓친 단어가 적어도 여섯 개는 되겠어요. 하지만 남아 있는 '우리를 지켜주세요, 제발Stand by us for God's sake'을 보면 이 젊은이는 자신에게 무시무시한 위험이 다가온다는 사실과 위험으로부터 누가 자신을 지켜줄 수 있는지 알았던 게 분명합니다. '우리'에 주목하십시오! 여기에 개입된 사람이 또 있습니다. 불안한 상태로 호텔을 찾아온 사람, 창백하고 턱수염을 기른 남자가 아니면 누구겠습니까? 고드프리 스탠턴과 그 남자는 어떤 관계일까요? 두 사람이 시시각각 다가오는 위험으로부터 도움을 청하려고 하는 세 번째 인물은 누구일까요? 일단 이 방향으로 조사를 진행해야겠습니다."

내가 덧붙였다.

"전보를 누구에게 보냈는지만 알아내면 되겠군."

"바로 그거야, 왓슨. 예리하긴 하지만 나도 그 생각을 했다네. 그 생각을 떠올렸다면 자네가 우체국에 들어가서 다른 사람이 보낸 편지의 부본副本▪을 보여달라고 했을 때 직원들이 고분

고분 말을 들어줄 리 없다는 생각도 떠올랐겠지? 쓸데없는 관료주의 때문에 이럴 때 얼마나 골치가 아픈지! 하지만 요령껏 솜씨를 발휘하면 원하는 정보를 손에 넣을 수 있을 거야. 그전에 오버턴 씨, 당신이 보는 앞에서 탁자 위 서류를 조사해두고 싶군요."

탁자 위에는 편지 여러 통과 잡다한 영수증, 수첩이 있었다. 홈스는 재빠르고 신경질적인 손놀림으로 이것저것 들춰 보며 날카롭고 매서운 눈초리로 살펴보았다.

"대단한 건 없군. 그건 그렇고, 친구분은 건강하리라 생각합니다만 혹시 몸이 불편한 곳이 있었습니까?"

"팔팔했습니다."

"그가 아픈 걸 본 적이 있습니까?"

"한 번도 못 봤습니다. 예전에 정강이를 채인 적도 있고 미끄러지는 바람에 무릎을 다쳐 누워 있던 적이 있지만요. 그마저도 심하지 않았습니다."

"어쩌면 당신이 생각하는 것만큼 건강하지 않았을지도 모릅니다. 남에게 말하지 않은 비밀이 있었던 것 같군요. 허락하신다면 서류 한두 가지를 챙겨 가겠습니다. 수사에 필요할지 모르

■ 수표나 표에서 한쪽을 떼어 주고 남겨두는 다른 한쪽.

니까요."

"잠깐! 그거 내려놓게!"

어디선가 짜증에 찬 고함소리가 들려왔다. 우리는 고개를 들어 소리가 난 쪽을 쳐다보았다. 문가에는 괴상하게 생긴 자그마한 노인이 얼굴을 씰룩거리고 몸을 비비꼬며 서 있었다. 노인은 낡은 검은 옷에 챙이 넓은 실크해트를 쓰고 하얀 넥타이를 느슨하게 매고 있었다. 그 모습이 꼭 시골 목사나 장의사가 고용한 조문객 같았다. 추레하고 우스꽝스럽기까지 한 외양과 달리 노인의 목소리는 카랑카랑하고 태도에는 어쩐지 사람들의 이목을 잡아채는 힘이 있었다.

"당신들 누구요? 무슨 권리로 이 방 신사의 물건을 건드리는 거요?"

노인이 따져 물었다.

"저는 사설탐정입니다. 이 신사가 실종된 사건을 수사중입니다."

"아하, 탐정이라고? 그러쇼? 누가 당신을 고용했소?"

"스탠턴 씨의 친구인 이 신사분이 런던 경찰청에서 저를 소개받았습니다."

"당신은 누구시오?"

"저는 시릴 오버턴이라고 합니다."

"자네가 내게 전보를 보냈군. 나는 마운트제임스라오. 베이스워터 합승 마차를 타고 가능한 한 서둘러 달려왔지. 자네가 탐정을 고용했다고?"

"그렇습니다."

"비용도 책임질 건가?"

"제 친구인 고드프리를 찾아내면 그가 분명히 비용을 책임질 겁니다."

"만약에 못 찾으면? 어서 대답해보게!"

"그 경우에는 고드프리의 가족이……."

"꿈도 꾸지 말게!"

노인은 고래고래 고함을 치며 오버턴의 말을 뚝 잘랐다.

"내게서 일 페니도 기대하지 말게! 단 일 페니도! 탐정 양반, 당신도 상황 파악이 되셨겠지! 내가 그 아이의 유일한 가족이긴 하지만 이런 일을 책임질 생각이 없다는 사실을 못 박아두지. 그 아이가 유산을 물려받게 된다면 그건 내가 결코 돈을 허투루 쓰지 않았기 때문이오. 지금도 헛돈 쓸 생각은 없소. 지금 당신이 마음대로 만지고 있는 서류들 말인데, 그 가운데 뭐든 가치가 있는 게 나올지도 모르니 서류를 가져가려면 무슨 꿍꿍이인지 보고부터 해야 할 거요!"

"잘 알겠습니다. 그렇다면 조카분이 왜 행방불명이 되었는지 짚이는 구석이 있으십니까?"

홈스가 물었다.

"없소. 나는 아무것도 모르오. 그 아이는 몸집도 크고 자신을 보살필 수 있는 성인 아니오. 길이나 잃고 다닐 정도로 멍청한 녀석이라면 내가 나서서 찾을 생각은 눈곱만큼도 없소."

"경의 입장을 잘 알겠습니다."

대답하는 홈스의 눈이 장난스럽게 반짝였다.

"제 입장에서 말씀을 드리자면 이렇습니다. 고드프리 스탠턴 씨는 경제적으로 곤궁한 처지입니다. 누가 그를 납치했다면 스탠턴 씨의 재산을 노린 게 아니겠죠. 마운트제임스 경, 경의 재력은 해외에도 소문이 파다합니다. 어떤 강도단이 경의 저택과 습관, 귀중품에 대한 정보를 손에 넣기 위해서 조카분을 납치했을 가능성을 배제할 수 없습니다."

반갑지 않은 방문객의 안색이 목에 걸린 넥타이처럼 하얗게 질렸다.

"세상에, 그런 무서운 일이! 나는 그런 비열한 짓거리는 생각도 못 했소! 그런 막돼먹은 불한당들이 있다니! 고드프리는 착한 아이요. 심지가 굳은 아이지. 무슨 짓을 해도 그 애가 늙은 삼촌을 배신하게 만들 수는 없을 거요. 오늘 저녁에 은식기를 전부 은행 금고에 옮겨둬야겠군. 탐정 양반, 수고를 아끼지 마시오. 그 아이를 안전하게 데려올 수 있도록 최선을 다해주시오. 비용에 대해서라면 오 파운드, 아니, 십 파운드 한도 내에서는 언제든지 말하시오."

우리에 대한 태도가 한결 누그러지긴 했지만 구두쇠 귀족은 도움이 될 만한 정보를 주지 못했다. 조카의 사생활에 대해서 아는 게 없었기 때문이다. 유일한 실마리는 끄트머리만 남은 전보였다. 홈스는 전보 내용을 베껴 적은 후 추리의 두 번째 연결고리를 찾으러 나섰다. 우리는 마운트제임스 경과 헤어졌고 오버턴도 불쑥 들이닥친 불행에 대처할 방법을 의논하기 위해 서둘러 떠났다.

우체국은 호텔에서 멀지 않은 곳에 있었다. 우리는 바로 들어가지 않고 우체국 밖에서 잠시 발걸음을 멈췄다.

"시도할 가치는 있네, 왓슨. 물론 영장이 있으면 부본을 내놓으라고 떳떳하게 요구할 수 있겠지. 하지만 아직 그럴 수 있는 단계가 아니잖나. 이렇게 붐비고 바쁜 곳에서는 손님들의 얼굴을 일일이 기억하지는 못 할 거네. 거기에 운을 맡겨보세."

홈스는 창살 뒤에 앉은 젊은 아가씨에게 한껏 곰살맞게 말을 걸었다.

"실례합니다. 내가 어제 전보를 한 통 보냈는데, 무슨 실수를 했는지 아직까지 답신을 못 받았답니다. 혹시 끄트머리에 내 이름을 빠뜨리고 안 썼나 싶어서 걱정스럽군요. 이름을 썼는지 확인해줄 수 있습니까?"

홈스의 말에 그 아가씨는 부본 묶음을 넘기며 물었다.

"몇 시에 보내셨죠?"

"6시 약간 지나서요."

"수신인이 누구로 되어 있나요?"

홈스는 손가락을 자기 입술에 갖다 대더니 나를 힐끔 보며 대답했다.

"전보의 마지막 단어가 '제발'입니다."

홈스는 이렇게 말하고는 목소리를 낮춰서 덧붙였다.

"답장이 없어서 걱정스러워 죽겠어요."

아가씨는 부본 하나를 뽑았다.

"이거군요. 이름을 안 쓰셨네요."

그녀는 부본을 카운터에 놓고 구겨진 부분을 펴면서 말해주었다.

"그래서 내가 답장을 못 받았군요. 이렇게 바보 같을 수가! 고맙습니다. 덕분에 이제 속이 후련하네요."

홈스는 밖으로 나오는 길에 빙긋이 웃으며 손을 마주 비볐다.

"어떤가?"

내가 물었다.

"수확이 있다네, 왓슨, 수확이. 전보를 보려고 세워놓은 계획이 일곱 개나 되는데 이렇게 단번에 성공하다니."

"무슨 수확?"

"수사의 출발점을 알아냈지."

그는 여기까지 말한 후 마차를 불러 이렇게 말했다.

"킹스크로스 역으로 갑시다."

"어디 가야 하나?"

"그래, 일단 케임브리지로 가야 해. 모든 지표들이 그쪽을 가리키고 있는 것 같군."

나는 그레이스인 로드를 달그락거리며 달리는 마차 안에서 물었다.

"이야기 좀 해보게. 청년이 사라진 이유가 뭐라고 생각하나? 지금까지 수많은 사건을 다뤘지만 이번 사건처럼 동기가 불투명한 사건도 없는 것 같네. 설마 부자 삼촌에 대한 정보를 빼내려고 납치를 했다는 주장을 진지하게 생각하는 건 아니지?"

"왓슨, 솔직히 그건 내가 생각해도 헛소리라네. 하지만 그 불쾌한 노인네가 솔깃해할 이야기로 그만한 게 없겠다 싶더군."

"확실히 효과가 있었어. 그럼 어떤 동기를 염두에 두고 있는 건가?"

"몇 가지로 생각해볼 수 있지. 이 사건은 하필 중요한 시합을 앞두고 일어났어. 게다가 팀의 승리에 없어서는 안 될 핵심적인 선수가 사라졌지. 이 사실이 묘하고 의미심장하다고 생각하지 않나? 단순히 우연의 일치일지도 모르지만 어쨌든 흥미로운 대목이지. 아마추어 스포츠에는 공식적으로 돈을 걸거나 하지 않아. 하지만 사람들은 장외에서 여러 내기를 하고 있거든. 그러니 경마장의 불한당들이 경주마를 노리듯 누가 선수를 노려볼 만하다고 생각했을지도 몰라. 이런 동기부터 생각해볼 수 있겠지. 좀더 뻔한 동기도 있네. 청년은 지금은 무일푼이지만 언젠가는 막대한 유산을 물려받을 몸이지 않나. 그러니 몸값을 노린 자들에게 납치되었을 가능성을 배제할 수는 없어."

"그런 가설들로는 전보를 설명할 수가 없잖은가."

"맞아, 왓슨. 수사에 도움이 될 구체적인 증거는 여전히 전보뿐일세. 전보를 잊어서는 안 되지. 지금 케임브리지 대학으로 서둘러 내려가는 것도 전보를 보낸 목적을 알아낼 단서를 찾기 위해서라네. 아직도 수사를 어떤 식으로 진행할지 결정하지 못했네. 하지만 저녁까지는 진상을 알아내거나 상당한 진전을 거둘 수 있을 거야."

고풍스러운 대학 도시에 도착했을 때는 날이 어두워져 있었다. 홈스는 역에서 마차를 잡아 마부에게 레슬리 암스트롱 박사의 집으로 가자고 했다. 잠시 후 우리는 번화한 길가에 면한 으리으리한 저택에 도착했다. 금방 실내로 안내되었지만 한참을 기다린 후에야 진료실로 들어갈 수 있었다. 박사가 책상 앞에 앉아 있었다.

나는 레슬리 암스트롱이라는 이름을 그때 처음 들었는데, 이것만으로도 내가 그동안 의학계와 얼마나 담을 쌓고 살았는지 알 수 있을 것이다. 지금은 그가 그저 의과대학의 학과장 중 한 사람이 아니라 과학 분야에서도 유럽 전역에 널리 알려진 저명한 사상가라는 사실을 잘 안다. 이런 눈부신 경력을 모른다고 해도 일단 그를 만나면 깊은 인상을 받을 것이다. 각지고 육중한 얼굴, 덥수룩한 눈썹 아래 생각에 잠긴 두 눈, 화강암으로 깎은 듯한 강인한 턱은 시선을 끌기에 충분했다. 속내를 알 수 없는 인상에 명민하고, 단호하고, 금욕적이고, 자제력이 뛰어나며, 만만치 않은 인물. 내 눈에는 레슬리 암스트롱 박사가 그렇게 보였다. 그는 홈스의 명함을 들고 있었다. 고개를 들어 우리를 바라보는 시무룩한 얼굴에는 환영의 기색이 없었다.

"성함은 익히 들었습니다, 셜록 홈스 씨. 당신의 직업에 대해서도 알고 있습니다. 그런 직업이 존재한다는 사실은 도무지 받아들일 수 없지만요."

"그 점에 관해서라면 이 나라의 모든 범죄자들과 같은 마음이시군요, 박사님."

홈스가 차분하게 말했다.

"홈스 씨가 범죄를 억제하려고 노력을 기울이는 한, 사회의 분별력 있는 구성원이라면 누구든 당신을 지지할 겁니다. 그런 목적이라면 나라의 경찰력만으로도 충분하다는 생각이 들지만요. 당신이 탐정이랍시고 개개인의 사생활을 파헤치고, 밝히지 않았더라면 좋았을 가족사를 폭로하고, 당신보다 더 바쁜 사람들의 시간을 덩달아 허비하게 만든다면 사회적 비난을 면하기는 어려울 거요. 가령 지금만 해도 나는 당신과 대화나 나눌 시간에 논문을 써야 한단 말입니다."

"물론 그러시겠죠, 박사님. 하지만 이야기를 나눠보시면 논문보다 중요한 일이라고 인정하실 겁니다. 덧붙여 말씀드리자면 우리는 박사님이 방금 비난한 일과 정반대인 일을 하고 있습니다. 경찰이 수사에 착수하면 사생활 폭로는 막을 길이 없습니다만 그런 사태를 어떻게든 막으려고 하고 있지요. 박사님은 우리를 국가를 수호하는 정규군의 전선에 합류한 의용군 정도로 봐주시면 될 것 같군요. 실은 고드프리 스탠턴 씨에 대해 물어볼 게 있어서 왔습니다."

"그 젊은이는 왜요?"

"그를 아시죠, 그렇죠?"

"친하게 지내는 사이입니다."

"그가 사라졌다는 사실도 아시겠죠?"

"설마요!"

딱딱한 얼굴의 박사는 눈 하나도 깜짝하지 않았다.

"지난밤에 숙소를 나간 후 아무런 연락도 없습니다."

"곧 돌아오겠죠."

"내일은 대학 럭비팀의 경기가 있는 날이더군요."

"나는 그런 유치한 경기에는 관심 없습니다. 하지만 젊은이의 운명에 큰 관심이 있죠. 평소 잘 알고 아끼는 청년이니까요. 럭비 경기야 어찌되든 상관없습니다."

"그렇다면 스탠턴 씨의 운명을 추적하는 제 조사를 도와주십시오. 그가 지금 어디에 있는지 아십니까?"

"모릅니다."

"어제 이후로 그를 못 보셨습니까?"

"그렇습니다. 못 봤습니다."

"스탠턴 씨는 건강했습니까?"

"그럼요."

"그가 아픈 걸 본 적은 없습니까?"

"없습니다."

홈스는 주머니에서 종이 한 장을 꺼내 박사의 코앞에 들이댔다.

"그렇다면 지난 달 고드프리 스탠턴 씨가 케임브리지의 레슬리 암스트롱 박사에게 십삼 기니를 지불했다는 내용의 영수증은 어떻게 설명하시겠습니까? 나는 이 영수증을 그의 책상에서 발견했습니다."

의사는 분노로 얼굴이 시뻘게졌다.

"내가 그 영수증을 해명해야 하는 근거가 뭡니까, 홈스 씨."

홈스는 영수증을 수첩에 끼워 넣었다.

"공개적으로 해명하는 쪽을 선호하신다면 조만간 그렇게 되겠죠. 앞서 말씀드렸지만 경찰과는 다르게 나는 이런저런 일을 비밀리에 처리할 수 있습니다. 그러니 현명하게 판단해서 사실을 털어놓으시는 게 좋을 겁니다."

"나는 그 영수증에 대해 아무것도 모릅니다."

"스탠턴 씨가 런던에서 부친 전보를 받으셨죠?"

"그런 적 없습니다."

"이런, 이런! 우체국에 또 다녀와야겠군!"

홈스가 진력이 난다는 듯 한숨을 푹 쉬며 말을 이었다.

"고드프리 스탠턴은 어제 저녁 6시 15분에 런던에서 박사님에게 긴급하게 전보를 보냈습니다. 분명히 그가 사라진 정황과 관련된 전보겠죠. 그런데 박사님은 전보를 받지 않으셨다고요. 이건 심각한 문제입니다. 우체국에 당장 항의를 해야겠습니다."

그 말에 레슬리 암스트롱 박사가 자리에서 벌떡 일어났다. 그의 음울한 얼굴은 분노로 붉으락푸르락했다.

"내 집에서 당장 나가시오. 그리고 당신을 고용한 마운트제임스 경에게 가서 전하시오. 나는 그든 그가 고용한 사람이든 상대하지 않겠다고 말이오. 그만, 한마디도 말하지 마시오!"

여기까지 말한 박사는 종을 요란하게 울렸다.

"존, 이 신사분들을 배웅해드리게."

거만한 집사가 우리를 현관까지 거칠게 안내했다. 정신을 차려보니 거리로 나와 있었다. 홈스가 웃음을 터뜨렸다.

"레슬리 암스트롱 박사는 기운이 넘치는데다 한성격 하는군. 만약 박사가 자신의 재능을 다른 방향으로 쓴다면 걸출했던 모리아티가 떠난 자리를 이어받아도 손색이 없겠어. 왓슨, 우리는 불친절한 도시에 와서 졸지에 의지할 데도 갈 데도 없는 딱한 신세가 되고 말았다네. 하지만 사건을 내버려두고 돌아갈 수는 없어. 암스트롱 박사의 집 맞은편에 작은 여관이 있던데, 우리의 목적에 딱 맞는 숙소 같으이. 자네가 앞쪽 방을 잡고 오늘 여기서 묵을 때 필요한 물건들을 준비해주게. 나는 그동안 몇 가지 조사를 좀 하고 오겠네."

홈스가 말한 몇 가지 조사는 예상보다 길어졌는지 밤 9시가 다 되어서야 여관으로 돌아왔다. 얼굴에 핏기라고는 없고 기가 팍 죽은데다 온몸에 흙먼지를 뒤집어쓴 채로 먹지도 쉬지도 못해 꼴이 말이 아니었다. 탁자 위에서 차갑게 식은 저녁 식사로 요기를 하고 파이프 담배를 한 대 피운 홈스는 상황이 좋지 않을 때면 어김없이 나타나는 철학적이면서 우스꽝스럽기도 한 모습으로 앉아 있었다. 마차가 지나가는 소리가 나자 그는 벌떡 일어나 창밖을 내다보았다. 박사의 집 앞에는 가스등 불빛 아래 흰 말 두 필이 끄는 사륜마차 한 대가 서 있었다.

"세 시간 동안 외출을 했군. 6시 반에 출발을 했는데 지금 돌아왔어. 그렇다면 행선지는 반경 십오 킬로미터에서 이십 킬로미터 내에 있는 어딘가가 분명해. 게다가 박사는 하루에 한 번씩, 어떤 날은 두 번이나 저런 외출을 했어."

홈스가 창밖을 유심히 살피며 말했다.

"의사라면 왕진은 일상이 아니겠나."

"엄밀히 말해서 암스트롱 박사는 개업의가 아니야. 그는 교수이자 자문 의사야. 일반 진료는 하지 않지. 진료를 하면 그만큼 논문을 쓸 시간이 줄어드니까. 그런 박사가 이 정도로 시간을 잡아먹는 외출을 하다니. 분명 이 상황이 짜증스러울 법도 한데 말이야. 게다가 누굴 방문한 걸까?"

"박사의 마부라면……."

"왓슨, 내가 마부에게 가장 먼저 접근하지 않았을 것 같나? 마부라는 그 작자가 원래 그렇게 막되어먹은 인간인지 주인이 입단속을 단단히 시켰는지 모르겠지만 악랄하게도 다짜고짜 개를 풀지 뭔가. 하지만 개도 사람도 내 지팡이는 좋아하지 않지. 그래서 잘 구슬려보려던 계획이 엉망이 되고 말았네. 서로 한바탕 으르렁대고 나니 분위기가 살벌해져서 더이상 뭘 물어볼 수가 없더군. 그나마 여관 마당에 있던 친절한 동네 사람 덕분에 한 가지 정보를 건졌어. 의사의 평소 습관과 요즘 매일 외출한다는 사실을 알려준 사람이 바로 그 사람이야. 한참 그 이야기를 하고 있는데 증명이라도 하듯 박사의 마차가 대문으로 나오지 뭔가."

"마차를 미행했겠지?"

"훌륭해, 왓슨! 오늘 저녁은 머리가 잘 돌아가는군. 나도 그런 생각을 했어. 자네도 봤겠지만 우리 여관 바로 옆이 자전거 가게잖나. 그 가게에서 자전거를 한 대 빌렸다네. 마차가 시야에서 사라지기 전에 추적을 시작했지. 전속력으로 달려 바짝 따라붙은 후에 백 미터가량 거리를 유지했어. 마차의 불빛을 따라가다보니 어느새 마을을 벗어났다네. 시골길을 따라서 한참을 달렸는데 돌발 상황이 벌어져 망신만 당하고 말았지. 잘 달리던 마차가 갑작스레 서더니 박사가 내려서 내 자전거가 있는 곳까지 잰걸음으로 오더군. 박사는 내게 앞쪽은 길이 좁아서 마차가 자전거의 앞길을 방해하는 건 아닌지 모르겠다고 하는 거야.

어찌나 빈정거리는지 감탄이 나오더라고. 나는 마차를 추월해서 큰길로 들어갔어. 그리고 몇 킬로미터를 더 달린 후에 마차가 지나갔는지 확인하기 좋은 곳에 몸을 숨기고 한참을 기다렸네. 하지만 마차는 구경도 못했지. 오면서 봤던 여러 샛길 중 하나로 들어간 모양이더군. 할 수 없이 자전거를 몰고 돌아왔어. 오는 길에도 끝내 마차를 볼 수 없었다네. 그런데 방금 자네도 봤다시피 마차가 내 뒤를 따르듯 들어오지 않았나. 물론 미행을 처음 시작할 때는 박사의 외출과 고드프리 스탠턴의 실종을 연관 지을 뚜렷한 근거는 없었다네. 그저 암스트롱 박사에 관한 것이라면 뭐든 궁금하다는 생각에 외출을 조사해보고 싶었을 뿐이야. 하지만 그가 미행이 없는지 눈을 부릅뜨고 살피면서 외출한다는 사실을 알았으니 외출에 더 관심을 기울여야겠군. 수수께끼가 말끔하게 풀릴 때까지 그만둘 수 없어."

"내일 다시 미행하면 되잖아."

"미행? 자네 생각처럼 간단한 일이 아니야. 자네는 케임브리지의 지형을 잘 모르잖나, 안 그런가? 여기는 도무지 몸을 숨길 만한 곳이 없어. 오늘 저녁에 내가 미행을 하며 따라간 곳은 자네 손바닥처럼 평평하고 트인 지역이야. 게다가 우리가 미행하려는 이자는 결코 바보가 아니지. 오늘밤에 확실히 보여주지 않았나. 오버턴에게는 런던에서 무슨 소식이 있으면 여관 주소로 알려달라고 전보를 보냈다네. 그동안 우리는 암스트롱 박사에게 집중하는 수밖에 없어. 우체국의 친절한 아가씨 덕분에 훔쳐본 전보 부본에는 분명 그의 이름이 적혀 있었으니까. 박사는 젊은이의 행방을 알고 있어. 나는 그 사실에 맹세라도 할 수 있다네. 그가 아는 것을 우리는 알아내지 못한다면 그건 전적으로 우리가 못난 탓이지. 당장은 그가 중요한 패를 쥐고 있다는 사실을 인정할 수밖에 없어. 하지만 왓슨, 자네도 알잖나. 나는 게임을 이런 식으로 그만두고는 못 사는 사람이라네."

그러나 이튿날이 되어도 우리와 수수께끼 사이의 거리는 조금도 줄어들지 않았다. 아침을 먹은 후 홈스가 미소를 지으며 내게 편지를 건네주었다.

선생

나의 일거수일투족을 뒤쫓아봐야 시간 낭비일 뿐이라는 사실을 확실하게 말씀드리죠. 어제저녁에도 보셨겠지만 내 마차의 뒤쪽에는 창문이 있습니다. 그러니 자전거로 삼십 킬로미터를 달려서 출발점으로 돌아가고 싶다면 내 마차만 졸졸 따라오시오. 덧붙여서 나를 계속 감시한다면 고드프리 스탠턴 씨에게 아무 도움이 되지 않을 것임을 알려드리겠소. 그 청년을 돕고 싶다면 지금 당장 런던으로 돌아가 당신의 의뢰인에게 그를 못 찾겠다고 보고를 하는 게 최선일 거요. 케임브리지에서 버텨봐야 시간 낭비일 테니까.

레슬리 암스트롱

"우리가 상대하는 암스트롱 박사는 거침없고 솔직한 양반이군. 이런 편지를 보내봐야 내 호기심만 자극할 뿐인데 말이야. 좀더 많은 사실을 알아내기 전에는 조용히 내버려둘 수 없지."

홈스가 말했다.

"박사의 마차가 집 앞에 대기하고 있어. 방금 박사가 마차에 올라탔네. 마차에 타면서 우리 방 창문을 힐끔 보던데. 이번에는 내가 자전거로 운을 시험해볼까?"

내가 대꾸했다.

"아니야, 그러지 말게, 왓슨! 자네의 재능은 인정하지만 암스트롱 박사에게는 상대가 안 될 테니까. 나 혼자 얼마간 조사하면 행선지를 알아낼 수 있을 걸세. 미안하지만 오늘도 자네 혼자 지내야 할 것 같군. 이렇게 한적한 시골 마을에서 외지인 두 명이 함께 돌아다니면 필요 이상으로 시선을 끌 걸세. 자네라면 이 유서 깊은 도시에서 즐길 거리를 찾을 수 있을 거야. 오늘은 저녁 전에 돌아와 자네에게 희망적인 보고를 들려줄 수 있으면 좋겠군."

하지만 홈스는 또 헛된 하루를 보낼 운명이었다. 그는 아무 소득도 없이 지친 몸을 이끌고 밤늦게 돌아왔다.

"오늘도 공쳤어, 왓슨. 박사가 떠난 방향을 확인한 후 그쪽으로 늘어선 마을들을 죄다 찾아가봤다네. 가서는 술집 주인장들이며 지역신문 판매소 사람들에게 질문을 했지. 오늘 간 곳만 해도 체스터턴과 히스턴, 워터비치, 오킹턴이야. 샅샅이 뒤져봤지만 결과는 실망스럽기 짝이 없었다네. 이런 마을처럼 한적하고 조용한 곳에서 매일 같이 쌍두마차가 지나가면 이목을 끌지 않을 수 없을 텐데 말일세. 박사가 이번에도 보기 좋게 이겼군. 혹시 내 앞으로 온 전보는 없었나?"

"한 통 왔어. 내가 먼저 뜯어봤지. '트리니티 칼리지의 제러미 딕슨에게 폼피를 요청하기 바람.' 무슨 소리인지 모르겠군."

"아하, 나는 잘 알겠네. 오버턴이 보낸 거야. 내가 물어본 질문의 대답일세. 제러미 딕슨 씨에게 편지를 한 통 보내야겠군. 이번에야말로 행운의 여신이 우리를 향해 미소를 지을 거야. 그나저나 경기는 어떻게 되었나?"

"경기 말이지. 지역 석간신문 최신판에 자세한 기사가 실려 있어. 옥스퍼드 대학팀이 일 득점 이 트라이 차이로 승리했다네. 기사는 이렇게 끝이 나.

'라이트 블루스 팀의 패배는 전적으로 국가대표 선수 고드프리 스탠턴의 결장 탓이다. 경기 내내 매 순간 그의 결장이 뼈아팠다. 선수들이 분투했지만 손발이 맞지 않는 스리쿼터백 라인과 공수 양쪽에서 보인 약점을 극복하기에는 역부족이었다.'"

"역시 우리 친구 오버턴의 걱정이 기우가 아니었군. 개인적으로 나는 암스트롱 박사의 의견에 동의해. 럭비 경기엔 관심 없다네. 오늘은 일찍 잠자리에 들도록 하세, 왓슨. 내일은 꽤 바쁜 하루가 될 것 같은 예감이 드는군."

다음날 아침 나는 홈스를 보자마자 기겁을 하지 않을 수 없었다. 그도 그럴 것이 불가에 앉은 그의 손에 작은 피하주사기가 들려 있었기 때문이다. 주사기를 본 순간 나도 모르게 친구의 유일한 단점이 떠올랐다. 그러니 홈스의 손에서 번뜩이는 그 물건을 보자마자 최악의 상황이 떠올라 가슴이 철렁할 수밖에. 홈스는 나의 뜨악한 표정을 보더니 웃음을 터뜨리며 들고 있던 주사기를 탁자에 내려놓았다.

"아니야, 아니라고, 친구. 그렇게 놀랄 필요 없다네. 이번만큼은 주사기가 악의 도구가 아니라 우리의 수수께끼를 풀어줄 열쇠가 될지도 몰라. 나는 주사기에 모든 희망을 걸고 있어. 방금 정찰을 다녀왔는데 모든 점에서 희망적이야. 아침을 든든히 먹게나, 왓슨. 오늘은 기필코 암스트롱 박사의 꼬리를 확실하게 잡을 거니까. 일단 꼬리를 잡으면 박사가 목적지에 도착할 때까지 쉬지도 먹지도 않고 따라갈 거야."

"그렇다면 아침을 싸 가지고 가야겠군. 박사가 오늘은 일찍 출발하려나 본데. 마차가 벌써 대기하고 있어."

"걱정하지 말게. 출발하게 내버려둬. 내 추적을 따돌릴 수 있다면 박사는 정말 영리한 사람일 테니까. 아침을 다 들면 함께 아래층으로 내려가지. 거기서 추적에 일가견이 있는 탐정을 소개해줄 테니."

아래층으로 내려간 나는 홈스의 뒤를 따라 마구간이 있는 마당으로 들어섰다. 그곳에서 홈스는 마구간 한 칸의 문을 열어 개 한 마리를 풀어주었다. 땅딸막하고 귀가 축 늘어진 갈색 얼룩무늬의 개로 비글과 폭스하운드의 잡종 같았다.

"소개하지. 이 개가 폼피야. 폼피는 이 지역 드래그하운드 견종의 자랑거리지. 체형을 보면 알겠지만 발이 빠르지는 않다네. 하지만 냄새를 추적하는 능력이 탁월해. 폼피, 네가 발이 빠르지 않다고 해도 런던에서 온 이 중년의 신사들보다야 빠르지 않겠니? 그래서 내 마음대로 네 목걸이에 가죽끈을 달았단다. 자, 폼피. 이제 출발해. 능력을 보여다오!"

홈스는 개를 박사의 집 대문으로 데리고 갔다. 개는 잠시 킁킁거리며 주변의 냄새를 맡았다. 그러더니 흥분해서 낑낑대고 목줄을 잡아당기며 달리기 시작했다. 삼십 분 만에 우리는 마을을 벗어나 시골길로 접어들었다.

"뭘 어떻게 한 거야, 홈스?"

내가 물었다.

"뻔하고 고전적인 수법을 써봤어. 효과 만점이군. 오늘 아침에 박사의 마당으로 들어가서 마차의 뒷바퀴에 주사기로 아니스 씨 기름을 잔뜩 뿌렸다네. 폼피는 여기부터 잉글랜드 끝까지라도 마차를 따라갈 거야. 마차가 이 캠 강으로 들어가지 않는 한 암스트롱 박사는 폼피를 따돌릴 수 없어. 교활한 녀석! 지난번에는 이 방향으로 가서 나를 따돌렸군!"

개가 큰길에서 풀이 무성한 길로 들어갔다. 그대로 일 킬로미터를 못 가서 또 다른 대로가 나왔다. 폼피는 우리가 떠나온 마을을 향해 급격하게 방향을 틀었다. 길은 마을의 남쪽으로 홱 꺾어지더니 출발점의 맞은편으로 이어졌다.

"마차가 이렇게 뱅뱅 둘러가는 건 순전히 우리 때문이겠지? 근방의 마을들을 뒤지며 박사를 찾아봤자 허사였던 게 당연해. 박사는 분명히 이유가 있어서 전력을 기울여 이런 게임을 하고 있는 거야. 공을 들이는 이유가 궁금해 죽을 지경이군. 우리 오른쪽에 있는 마을이 트럼핑턴일 거야. 역시! 사륜마차가 저 모퉁이를 돌아 나오는군! 서두르게, 왓슨. 얼른. 안 그러면 들킬 거야!"

말을 끝낸 홈스는 버티는 폼피를 질질 끌며 들판으로 나가는 울타리 문으로 뛰어들어갔다. 울타리 뒤로 몸을 숨기자마자 마차가 덜컹거리며 앞을 지나갔다. 암스트롱 박사의 모습이 눈에 들어왔다. 그는 어깨를 구부정하게 숙인 채 두 손에 얼굴을 파묻고 있었다. 괴로워하는 기색이 역력했다. 홈스의 어두운 표정을 보니 그도 고뇌에 찬 박사를 본 모양이었다.

"어쩐지 우리의 추적이 우울하게 끝날 것 같아 두려워지는군. 조만간 알게 되겠지. 가자, 폼피! 아하, 저기 들판에 집이 한 채 있군!"

기나긴 추격전이 곧 끝날 게 분명했다. 폼피는 주위를 뛰어다니다가 문 밖에서 낑낑거렸다. 사륜마차의 바퀴 자국이 집 근처에 또렷하게 남았고 좁은 길이 외딴집으로 이어졌다. 홈스는 폼피를 울타리에 묶었다. 우리는 서둘러 그 집으로 향했다. 홈스가 투박한 나무문에 노크를 했다. 대답이 없자 잠시 후 다시 노크했다. 집에는 분명 사람이 있었다. 소리를 낮춘 말소리가 집에서 새어나왔으니 말이다. 절망과 불행과 형언할 수 없는 슬픔으로 가득찬 웅웅거림이었다. 홈스는 선뜻 마음을 정하지 못하고 가만히 서 있다가 고개를 돌려 우리가 걸어온 길을 바라보았다. 사륜마차가 다가오고 있었다. 백마 두 마리를 보니 다른 마차와 착각을 하려고 해도 할 수가 없었다.

"이런! 박사가 돌아오고 있어! 어쩔 수가 없군. 그가 오기 전에 어떻게 된 일인지 얼른 알아내야겠어."

홈스는 문을 열었고 우리는 홀로 들어섰다. 웅웅거리던 소리가 크게 들리더니 소리를 죽여 오열하는 울음소리로 바뀌었다. 소리는 위층에서 났다. 홈스가 먼저 계단을 올랐고 내가 뒤를 따랐다. 홈스가 반쯤 닫힌 문을 밀어 열었다. 우리는 눈앞에 펼쳐진 광경을 보고 어안이 벙벙했다.

침대에는 젊고 아름다운 여자가 누워 있었다. 이미 숨이 끊어진 채 말이다. 핏기 없는 얼굴 위로 금발머리가 헝클어졌고 머리카락 사이로 흐릿한 푸른 눈동자가 천장을 향해 있었다. 발치에는 무릎을 꿇은 젊은 남자가 이불에 얼굴을 파묻고 있었다. 흐느낄 때마다 몸이 흔들렸다. 슬픔을 가누지 못하고 오열하던 그는 홈스가 어깨에 손을 올리고서야 비로소 인기척을 느끼고 고개를 들어 우리를 보았다.

홈스가 물었다.

"고드프리 스탠턴 씨 되십니까?"

"네, 그렇습니다. 제가 스탠턴입니다. 너무 늦게 오셨군요. 그녀는 숨을 거뒀습니다."

슬픔으로 넋이 나간 청년은 우리가 도우려고 온 의사인 줄 안 모양이었다. 애도의 말을 몇 마디 건넨 홈스는 그가 갑자기 사라지는 바람에 친구들이 놀라고 걱정하고 있다는 말을 전하려고 했다. 바로 그때 계단을 올라오는 발소리가 들리더니 문가에 암스트롱 박사가 나타났다. 침통한 표정을 짓고 있던 박사는 눈앞의 광경에 의아한 표정을 지었다.

마침내 그가 말문을 열었다.

"결국 목적을 이루었군요. 참으로 절묘한 시간을 고르셨습니다. 고인 앞에서 큰소리는 내지 않겠습니다. 하지만 내가 젊었다면 당신의 혐오스러운 짓거리를 가만두지 않았을 거요."

홈스는 품위를 잃지 않고 대꾸했다.

"죄송합니다, 암스트롱 박사님. 아무래도 우리가 서로를 오해했군요. 함께 아래층으로 내려가서 이 비극적인 사건에 대한 서로의 입장을 확실하게 이해할 수 있으면 좋겠습니다."

잠시 후 침통한 표정의 의사와 우리는 아래층 응접실에 자리를 잡았다.

"그래서요? 어디 한번 말씀을 해보시죠."

의사가 말했다.

"우선 이 점부터 확실하게 말씀드리죠. 내 의뢰인은 마운트제임스 경이 아닙니다. 게다가 이 사건과 관련해서 나는 그분의 입장에 공감하지도 않습니다. 사라진 사람의 안전을 확인하는 것이 내 의무입니다. 방금 그 사실을 확인했으니 이번 건은 종료된 셈입니다. 더구나 범죄와 무관한 상황이라면 대중의 관심을 끌 사생활을 폭로하는 대신 그대로 묻어둘 생각입니다. 내 생각대로 이번 일은 법을 침해한 정황이 없는 것 같군요. 이 일이 언론에 공개되지 않도록 적극 협조하고 함구하겠습니다. 부디 내 약속을 믿어주십시오."

암스트롱 박사가 달려와서 홈스의 손을 덥석 잡았다.

"좋은 분이시군요. 내가 홈스 씨를 오해했습니다. 하늘에게 감사드려야겠군요. 스탠턴 군이 힘든 상황을 혼자 버티도록 두고 가는 게 마음에 걸려서 마차를 돌린 덕분에 홈스 씨를 만나 이야기를 할 수 있으니까요. 알 만큼 아실 테니 길게 설명하지 않아도 되겠죠. 일 년 전 런던에서 지내던 고드프리 스탠턴 군은 집주인의 딸과 깊은 사랑에 빠졌죠. 얼마 후 두 사람은 결혼식을 올렸습니다. 그녀는 아름다운 만큼 선했고, 선한 만큼 똑똑하기도 했죠. 어디에 내놓아도 부끄럽지 않을 좋은 아내였습니다. 하지만 고드프리는 그 빌어먹을 늙은 귀족의 상속자 아닙니까. 결혼을 했다는 소식을 들으면 유산이 물건너갈 게 뻔했습니다. 나는 스탠턴 군을 잘 압니다. 훌륭한 점이 많아 아끼는 청년이죠. 이 문제를 조용히 처리하기 위해 최선을 다해 그를 도왔습니다. 아무도 진실을 모르도록 갖은 애를 썼죠. 일단 이야기가 새어 나가면 순식간에 모두 알게 될 테니까요. 외진 곳에 집을 얻고 고드프리 군이 각별히 조심한 덕분에 지금까지 비밀은 잘 유지되었습니다. 두 사람의 비밀을 아는 사람은 나와 지금 트럼핑턴에 도움을 청하러 간 충직한 하인 한 명 뿐입니다. 그런데 두 사람에게 무시무시한 고통이 찾아왔습니다. 그의 아내가 몹쓸 병에 걸린 겁니다. 폐결핵 중에서도 악성이었죠. 스탠턴 군은 슬픔으로 제정신이 아니었습니다. 하지만 이번 경기를 위해 런던으로 가야만 했죠. 경기에 빠지려면 비밀을 밝혀야 했으니까요. 나는 그에게 기운을 내라며 전보를 보냈습니다. 그는 할 수 있는 일은 다 해달라고 부탁하는 답장을 보냈습니다. 그게 바로 홈스 씨가 말씀하신 전보입니다. 내용을 어떻게 알아내셨는지 짐작도 안 되는군요. 나는 상황이 얼마나 위급한지 군이 알리지 않았습니다. 여기에 있어봐야 할 수 있는 일도 없으니까요. 대신 환자의 아버지에게 소식을 전했습니다. 그런데 그 딱한 사람이 경솔하게도 스탠턴 군에게 연락을 취한 겁니다. 결국 스탠턴 군은 반미치광이가 되어 곧장 이곳으로 달려왔습니다. 그때부터 오늘 아침 죽음이 아내의 고통을 거둬가는 순간까지 저렇게 침대 옆에 무릎을 꿇고 앉아서 곁을 지켰습니다. 이게 답니다, 홈스 씨. 홈스 씨와 친구분이 비밀을 끝까지 지켜주시리라 믿습니다."

홈스는 말없이 박사의 손을 쥐었다가 놓았다.

"왓슨, 이만 가지."

홈스가 말했다. 우리는 슬픔으로 가득찬 집에서 나와 한겨울의 파리한 햇살 속으로 발을 내디뎠다.

애비 그레인지 저택 사건

Sherlock Holmes
The Return of Sherlock Holmes

추위가 매섭게 몰아치고 서리가 낀 1897년 겨울 어느 아침이었다. 누가 내 어깨를 흔들어 잠결에 눈을 떴다. 깨운 사람은 다름 아닌 홈스였다. 그의 손에 들린 촛불이 나를 내려다보는 상기된 얼굴을 비췄다. 한눈에도 무슨 일이 벌어졌다는 사실을 알 수 있었다.

"일어나게, 왓슨, 어서! 사건이 일어났어. 지금은 아무것도 묻지 말게! 옷부터 갈아입어!"

십 분 후 우리는 덜컹거리는 마차에 앉아 조용한 거리를 달려 채링크로스 역으로 향하고 있었다. 생기 없는 겨울 아침의 첫 햇살이 서서히 주위를 밝히기 시작했다. 마차 밖으로 안개 낀 런던의 희뿌연 풍경을 배경으로 하루를 시작하는 노동자의 모습이 흐릿하게 간간이 보였다. 홈스는 두꺼운 코트를 입은 채 말없이 앉아 있었고 나도 굳이 말을 걸지 않은 채 가만히 앉아 있었다. 그도 그럴 것이 어느 때보다 지독히 추운데다 우리 둘 다 아침도 먹지 못했기 때문이다. 역에 도착해서 뜨거운 차를 한잔 마시고 켄트 주로 향하는 기차에 앉아 몸을 녹인 후에야 홈스는 이야기를 시작했고 나는 차분히 들을 수 있었다. 홈스가 주머니에서 쪽지를 꺼내 소리 내어 읽었다.

켄트 주, 마셤, 애비 그레인지 저택 새벽 3시 30분

친애하는 홈스 씨

전대미문의 대사건이 될지도 모를 이번 일에 도움을 주시면 대단히 감사하겠습니다. 아무래도 홈스 씨에게 잘 맞을 사건 같군요. 부인을 방에서 내보낸 것만 빼고 제가 현장에 처음 도착했을 때 그대로 보존해두겠습니다. 어쨌든 한시바삐 이곳으로 와주십시오. 유스터스 경을 이대로 두기가 쉽지 않을 것 같으니까요.

스탠리 홉킨스

"이제껏 홉킨스가 나를 부른 게 모두 일곱 번일세. 내 도움이 없어서는 안 될 사건이었지. 자네가 그 사건들을 다 기록을 해두었으리라 생각하네. 솔직히 나는 자네의 서술 방식에 불만이

많지만 사건을 고르는 안목이 뛰어나니 참고 넘어가는 거지. 사건을 과학적으로 숙련된 시각으로 보는 게 아니라 사연이나 이야기로 풀어나간다는 게 자네의 치명적인 단점이지. 때문에 교훈적이고 고전적이기까지 한 추론의 연결 고리가 엉망이 되어버리곤 해. 자네는 자극적인 세부 묘사에 치중한 나머지 나의 정교하고 섬세한 추리를 놓치고 있어. 그래서야 독자의 흥을 돋울 수는 있어도 교훈이나 지식을 전달할 수는 없잖나."

"그럼 자네가 직접 쓰지 그러나?"

내가 뚱하게 쏘아붙였다.

"물론 쓸 거야, 왓슨. 자네도 알다시피 지금은 바쁘잖나. 전반적인 수사 기술을 한 권에 집대성한 교재를 쓰면서 말년을 보낼 생각일세. 그나저나 오늘 맡을 사건은 아무래도 살인 사건 같아."

"유스터스 경이라는 사람이 죽었다는 말인가?"

"그런 것 같네. 편지를 보니 홉킨스가 동요한 게 느껴져. 감정에 쉽게 휘둘리는 사람이 아닌데 말이야. 그래, 이 사건에는 폭력이 개입되었네. 그리고 시신은 우리가 살펴볼 수 있도록 그대로 둔 상태야. 자살이라면 굳이 나를 부를 필요는 없었겠지. 부인을 내보냈다는 말은 비극이 벌어지는 동안 그녀가 방에 있었다는 뜻이겠고. 게다가 사건이 벌어진 곳은 부유한 상류 계층의 가정이었어. 이 빳빳한 종이를 보게. 알파벳 E와 B로 만든 모노그램하며 대단한 가문일 듯한 문장紋章에 주소만 봐도 그림 같은 아름다운 풍경의 대저택이 있을 거라는 느낌이 들잖아. 홉킨스 경위가 이번에도 이름을 날리겠군. 그리고 우리는 흥미진진한 오전을 보낼 테고. 사건은 지난밤 12시 전에 일어났을 걸세."

"어떻게 그렇게 단정할 수 있나?"

"열차 시간을 확인하고 전후 관계를 짐작해서 파악했지. 일단 지역 경찰에게 신고가 들어갔을 거고 경찰들은 런던 경찰청으로 연락을 취했을 거야. 그래서 홉킨스 경위가 파견되었을 거고. 사건을 확인한 그는 나를 불렀어. 이 정도만 해도 꼬박 하룻밤이 걸리지 않겠나? 치즐허스트 역에 도착했군. 우리의 궁금증도 곧 해소되겠지."

마차를 타고 이삼 킬로미터가량 좁은 시골 도로를 달리니 영지의 정문이 나왔다. 늙은 문지기가 문을 열어주었는데 피곤이 덕지덕지 묻은 얼굴을 보니 간밤에 엄청난 사건이 벌어진 게 틀림없었다. 고풍스러운 영지로 진입한 마차는 나이 많은 떡갈나무들이 양쪽으로 늘어선 길을 따라 들어갔다. 길의 끝에 낮고 으리으리한 대저택이 서 있었다. 저택 전면에는 팔라디오 양식을 본딴 기둥이 늘어섰다. 중앙 건물은 오래되었는지 담쟁이덩굴로 뒤덮였지만 창문이 커다란 것을 보니 현대적인 구조로 개조한 모양이었다. 저택의 한쪽 부속 건물은 신축한 듯했다. 열린 문 앞에서 긴장한 표정의 젊은 남자가 우리를 반갑게 맞이했다. 스탠리 홉킨스 경위였다.

"와주셔서 감사합니다, 홈스 씨. 왓슨 박사님도요! 사실 어제로 시간을 돌릴 수 있다면 부르지 않았을 겁니다. 번거로우니까요. 의식을 회복한 부인이 지난밤 상황을 정확하게 진술해주었거든요. 덕분에 우리가 할 일이 별로 없습니다. 혹시 루이셤 강도단을 기억하십니까?"

"랜들 삼인조 말입니까?"

"그렇습니다. 아버지와 두 아들이었죠. 그자들의 소행이 분명합니다. 그자들이 두 주 전에 시드넘에서 크게 한탕했거든요. 목격자도 있고 증언도 나왔습니다. 얼마 되지도 않아서 멀지도 않은 곳에서 또 범행을 저지르다니 뻔뻔하다고 해야 할지. 어쨌든 범인은 그자들입니다. 의심의 여지가 없어요. 이번에는 교수형에 처해질 겁니다."

"그럼 유스터스 경은 돌아가셨군요?"

"네, 부지깽이에 머리를 강타당했습니다."

"유스터스 브래컨스톨 경이라고 마부에게 들었습니다."

"맞습니다. 켄트에서 둘째가라면 서러워할 부자죠. 레이디 브래컨스톨이 지금 거실에 계십니다. 딱하기도 하지. 상상조차 할 수 없을 정도로 무시무시한 밤을 보내셨더군요. 처음 뵈었을 때는 넋이 나가신 것 같았죠. 일단 부인부터 만나 무슨 일이 있었는지 직접 들어보시는 게 좋겠습니다. 그런 후에 같이 식당을 살펴보죠."

레이디 브래컨스톨은 평범한 여자가 아니었다. 나는 우아한 몸매와 여성스러운 자태, 아름다운 얼굴을 모두 갖춘 그녀와 같은 여성을 본 적이 없었다. 머리카락은 황금처럼 빛나고 눈동자는 푸른색이었다. 간밤의 비극으로 초췌하고 지치지 않았다면 평소에는 금발과 푸른 눈동자에 잘 어울리는 좋은 혈색일 게 분명했다. 그녀는 정신뿐만 아니라 육체적으로도 고통을 겪고 있었다. 한쪽 눈 위에 진한 자주색으로 멍이 심하게 들었다. 옆에서 키가 크고 근엄한 표정의 하녀가 식초물로 부은 곳을 연신 씻어 내리는 중이었다. 부인은 기진맥진한지 소파에 기대 누운 채였다. 하지만 방으로 들어서는 우리를 보던 예리한 눈빛이며 아름다운 얼굴에 드러난 총명함을 보니 무서운 일을 겪고도 그녀의 지혜와 용기는 건재한 모양이었다. 그녀는 푸른 실과 은실로 짠 헐렁한 실내복을 입고 있었다. 옆의 소파에는 스팽글로 장식된 검은색 야회복이 걸쳐져 있었다.

"지난밤에 일어난 일은 모두 말씀드렸는데요, 홉킨스 경위님."

레이디 브래컨스톨이 지친 기색으로 말을 이었다.

"경위님이 대신 설명하시면 안 되나요? 알겠습니다. 꼭 해야 한다니. 이분들께 어젯밤 일에 대해 말씀을 드리죠. 아직 식당에는 안 가보셨죠?"

"부인의 이야기를 먼저 듣는 게 좋을 것 같습니다."

"그 문제도 어서 조치를 취해주시면 좋겠습니다. 남편이 아직도 식당에 누워 있다고 생각하니 끔찍하군요."

레이디는 잠시 양손에 얼굴을 묻고 어깨를 들썩였다. 그때 헐렁한 실내복 소매가 흘러내려 팔뚝이 드러났다. 갑자기 홈스가 목소리를 높였다.

"부인, 다른 곳에도 상처를 입으셨군요. 이 상처는 어쩌다가 난 겁니까?"

그녀의 하얗고 부드러운 팔뚝에 붉은 반점 두 개가 나 있었다. 부인이 서둘러 상처를 옷으로 가렸다.

"아무것도 아니에요. 지난밤에 벌어진 무서운 사건과는 관계없습니다. 일단 두 분은 앉으세요. 제가 아는 걸 말씀드리죠.

저는 유스터스 브래컨스톨 경의 아내입니다. 결혼한 지 일 년 정도 되었죠. 우리의 결혼 생활이 그리 순탄치 않았다는 사실을 숨겨봐야 소용없겠죠. 설령 내가 부인해도 주위에서 이야기할 테니까요. 부부 관계가 틀어진 데는 제 잘못도 있을 거예요. 저는 오스트레일리아 남부에서 성장했습니다. 여기보다 더 자유롭고 관습에 덜 얽매이는 환경이었죠. 영국에서의 삶은 저와 안 맞더군요. 예의범절이며 깐깐하게 지켜야 할 것들이 많아요. 하지만 불화의 근본적인 원인은 유스터스 경의 못 말리는 술버릇이에요. 그이의 술버릇은 악명이 높죠. 예민하고 활기찬 여자가 그런 남자에게 밤낮으로 묶여 있는 삶이 어떨지 상상이 되시나요? 단 한 시간만 함께 있어도 지긋지긋하다고요. 그런 결혼을 계속 유지하는 것 자체가 이미 신성모독이고 범죄고 극악무도한 짓이에요. 당신네들이 만든 괴물 같은 법이 분명히 이 땅에 저주를 몰고 올 겁니다. 하늘이 이런 사악함을 두고 보실 리 없으니까요."

레이디가 일어나 앉았다. 두 볼이 붉게 달아오르고 이마에 난 흉측한 멍 아래로 두 눈이 활활 타올랐다. 근엄한 하녀가 엄하지만 달래는 듯한 손길로 그녀의 머리에 쿠션을 받쳐주었다. 순간 끓어올랐던 분노가 격렬한 흐느낌으로 변했다. 한참 후에 그녀가 말을 이었다.

"어젯밤 사건에 대해서 말씀드리죠. 아시겠지만, 이 집 하인들은 신축 건물에서 잡니다. 여기 중앙 건물에는 거실과 가족이 공동으로 쓰는 방 몇 개, 안쪽의 주방, 위층의 부부 침실이 있어요. 제 하녀인 테리사는 제 방 바로 윗방에서 자죠. 그 외에는 아무도 없어요. 중앙 건물에서 나는 소리로도 신축 건물의 사람들을 깨울 수 없고요. 강도단은 이 사실을 잘 알고 있었던 게 분명합니다. 몰랐다면 그런 행동을 했을 리 없습니다.

유스터스 경은 10시 반에 잠자리에 들었어요. 하인들은 일찌감치 자기들 방으로 물러갔고요. 깨어 있는 사람은 제 하녀뿐이었습니다. 그녀는 혹시 제가 부를 때를 대비해서 잠자리에 들지 않고 자기 방에 있었어요. 저는 이 방에서 11시까지 책을 읽었습니다. 위층에 올라가기 전에 집안을 둘러보고 문단속을 했어요. 집안 문단속은 늘 제 몫이었어요. 아까도 말했지만 유스터스 경은 가끔 미덥지 못했으니까요. 저는 주방과 집사의 식기 보관실, 총기실, 당구실, 응접실을 돌아보고 마지막으로 식당으로 갔습니다. 두꺼운 커튼이 쳐진 창문으로 다가갔는데 얼굴에 바람이 스치고 지나가는 거예요. 창문이 열렸구나 싶더군요. 커튼을 젖혔는데 마침 창문을 통해 방으로 들어오던 어깨가 넓은 중년 남자와 딱 마주쳤습니다. 풀밭에 면한 긴 프랑스식 창문이거든요. 저는 한 손에 초를 들고 있었는데 그 불빛에 먼저 들어온 남자 뒤로 다른 남자 두 명이 더 보였습니다. 그 남자들도 창문으로 들어오려 했고요. 전 뒤로 물러났지만 남자가 순식간에 다가와 손목을 잡아채더니 목을 틀어쥐었어요. 비명을 지르려고 입을 벌렸지만 그가 주먹으로 눈 부위를 무자비하게 때리는 바람에 그대로 쓰러졌습니다. 몇 분 동안 의식을 잃었나 봐요. 정신을 차리니 그들이 설렁줄을 뜯어서 절 식탁 상석의 떡갈나무 의자에 단단히 묶어놓은 거예요. 어찌나 꽉 묶었는지 꼼짝도 할 수 없었죠. 손수건으로 재갈을 물려놔서 아무 소리도 낼 수 없었고요. 그때 불쌍한 남편이 식당으로 들어왔습니다. 수상한 소리를 들었는지 불상사에 대비를 하고 왔더군요. 잠옷 셔츠와 바지 차림에 아끼는 자두나무 곤봉을 들고 말이에요. 남편은 강도 한 명에게 달려들었어요. 그런데 패거리 중 한 명, 중년 남자가 쇠살대에 있던 부지깽이를 집어 들어 남편을 내리쳤어요. 남편은 신음 소리조차 못 내고 쓰러지더니 그 후로 꼼짝도 하지 않았습니다. 저는 정신을 잃었죠. 정신을 잃은 시간은 몇 분밖에 되지 않았을 거예요. 눈을 떠보니 강도들이 서랍에서 은접시를 주워 담고 있었거든요. 그러더니 거기 있는 와인까지 꺼내더군요. 각자 와인잔을 하나씩 들고서요. 아까 말했다시피 강도들 가운데 한 명은 중년에 수염을 길렀고 나머지 둘은 젊고 수염이 없었어요. 어쩐지 부자지간 같았죠. 강도들은 소곤거리며 무슨 이야기를 주고받더니 내게 와서 결박이 단단한지 살폈죠. 마침내 그들은 창문으로 나가면서 창문을 닫았어요. 저는 십오 분 정도 끙끙대며 간신히 재갈을 푼 후에 비명을 질러 하녀를 불렀습니다. 다른 하인들도 잠에서 깨서 달려왔고요. 우리는 경찰에 사건을 신고했고 경찰은 런던으로 알렸어요. 제가 말씀드릴 수 있는 내용은 이게 답니다. 이렇게 고통스러운 이야기를 또다시 할 필요는 없으면 좋겠네요."

"질문 있으십니까, 홈스 씨?"

홉킨스 경위가 물었다.

"레이디 브래컨스톨의 인내와 시간을 더이상 요구하지 않겠습니다. 식당으로 가기 전에 당신의 이야기를 들어보고 싶군요."

홈스는 이렇게 말하며 하녀를 쳐다보았다.

"저는 그자들이 저택에 침입하기 전부터 보았습니다. 제 방 창가에 앉아 있는데 달빛에 남자 세 명이 보였어요. 저쪽 대문가에 서 있더군요. 그때는 대수롭지 않게 생각했습니다. 마님의 비명을 듣고 급히 내려온 때는 그로부터 한 시간도 더 지난 후였죠. 주인마님은 방금 말씀하신 것처럼 의자에 묶여 계셨고 바닥에는 주인님이 쓰러져 계셨습니다. 피와 으스러진 뇌가 흩어져 있었죠. 주인님의 피로 옷이 피투성이가 된 채 의자에 묶여 있으니 어느 여자라도 제정신이 아닐 상황이었습니다만 마님은 용감하게 버티셨습니다. 호주 애들레이드의 메리 프레이저 양이 늘 그랬던 것처럼요. 애비 그레인지의 레이디 브래컨스톨이 되셨어도 예전과 다름없이 용감하셨습니다. 여러분, 질문은 충분히 하셨지요? 이제 마님은 이 테리사와 함께 침실로 올라가셔서 지금 가장 필요한 휴식을 취하실 겁니다."

피곤해 보이는 하녀는 어머니가 아이를 보살피듯 안주인을 부축해서 거실에서 데리고 나갔다.

"부인을 어릴 때부터 계속 보살핀 하녀입니다. 처음에는 유모로서 보살피기 시작해서 십팔 개월 전에는 결혼하는 부인을 따라 난생처음 오스트레일리아를 떠나 영국으로 왔죠. 이름은 테리사 라이트라고 합니다. 요즘 세상에 저런 하녀는 없을 겁니다. 홈스 씨, 이쪽으로 오시죠."

홉킨스 경위가 말했다.

표정이 풍부한 홈스의 얼굴에서 흥미로워하는 기색은 더이상 보이지 않았다. 수수께끼가 풀리면서 사건에 기대했던 매력이 순식간에 사라진 모양이었다. 물론 범인을 체포하는 문제가 남아 있었다. 하지만 평범한 강도단이 뭐라고 천하의 홈스가 굳이 나서겠는가? 박식하고 심오한 지식을 갖춘 의사로서 호출을 받고 달려갔더니 고작 홍역이었을 때 느낄 법한 짜증을 친구의 눈에서 읽을 수 있었다. 그러나 애비 그레인지의 식당에 보존된 사건 현장은 그의 주의를 끌고 관심의 불씨를 되살릴 수 있을 만큼 기이했다.

식당은 넓고 천장이 높았다. 천장은 떡갈나무를 깎아 장식했고 벽도 떡갈나무 판자로 마감했다. 사방 벽마다 사슴 머리 박제며 과거의 무기들이 걸려 있었다. 문의 맞은편 벽에는 방금 들은 이야기의 프랑스식 창문이 있었다. 오른쪽의 작은 창문 세 개를 통해 쏟아져 들어온 차가운 겨울의 햇살이 실내를 밝혔다. 왼쪽에는 커다랗고 깊은 벽난로가 있고 그 위에 육중한 떡갈나무 선반이 자리했다. 벽난로 옆의 무거운 떡갈나무 의자는 팔걸이가 달렸고 아래쪽 다리에는 가로대가 붙어 있었다. 의자 등받이의 틈에 낀 진홍색 끈은 다리 아래쪽 가로대의 양쪽에 묶여 있었다. 결박된 부인을 구할 때 매듭을 풀지 않고 몸만 빠져나오게 한 덕에 매듭이 그대로 남아 있었다. 이런 소소한 사항들은 나중에야 우리의 관심을 끌었다. 왜냐하면 우리는 벽난로 앞에 펼쳐놓은 호랑이 가죽 깔개 위에 대자로 쓰러진 시신의 참혹한 모습에서 눈을 뗄 수 없었기 때문이다.

죽은 유스터스 경은 키가 크고 체격이 좋은 마흔 줄의 남자였다. 그는 바로 누워 천장을 보고 있었다. 짧고 검은 턱수염 사이로 미소를 짓듯 하얀 치아가 드러났다. 주먹을 쥔 두 손이 머리 위로 들렸고 육중한 자두나무 곤봉이 두 팔 위에 가로놓여 있었다. 까무잡잡하고 잘생긴 매부리코의 얼굴은 원한에 찬 증오로 일그러져 기괴해 보였다. 셔츠는 맵시 있고 수놓인 잠옷 셔츠 차림에 바지 아래로 맨발인 것을 보니 그는 강도단이 들어왔을 때 자고 있던 모양이었다. 머리의 상처는 끔찍했다. 얼마나 무자비한 공격을 받았는지 방안 곳곳에 증거가 흩어져 있었다. 시신 옆에 놓인 무거운 부지깽이는 충격으로 휘어진 채였다. 홈스는 부지깽이와 그것이 낸 무시무시한 상처를 자세히 살폈다.

"랜들 영감은 힘이 센 모양이군요."

홈스가 지적했다.

"그렇습니다. 그자에 대한 기록이 있습니다. 험상궂은 놈이더군요."

홉킨스가 대답했다.

"검거하는 데 큰 어려움은 없겠습니다."

"식은 죽 먹기죠. 안 그래도 그들의 행적을 계속 추적중이었습니다. 벌써 미국으로 도망쳤다는 의견도 있었습니다만 아직 이 나라에 있다는 사실을 알았으니 절대 빠져나가게 내버려두지 않을 겁니다. 이미 항구마다 수배령을 내렸습니다. 저녁도 되기 전에 보상금을 탈 사람이 나타나겠죠. 그런데 이해가 안 되는 게 있습니다. 그놈들은 부인이 범인의 인상착의를 진술할 거란 사실도, 진술을 들은 경찰이 범인의 정체를 알아차릴 거란 사실도 뻔히 알면서 왜 이런 미친 짓을 했을까요?"

"그렇죠. 레이디 브래컨스톨을 죽여 입막음을 했을 법한데 말입니다."

"혹시 레이디가 의식이 돌아왔다는 사실을 몰랐던 것 아닐까?"

내가 말했다.

"그럴지도 몰라. 레이디가 의식이 없으니 굳이 죽이지 않았을 수도 있지. 이 불쌍한 남자는 어떤 사람이었습니까, 경위님? 이 사람에 대해 몇 가지 묘한 이야기를 들은 기억이 나는군요."

"유스터스 경은 맨정신일 때는 괜찮은 사람이었습니다. 하지만 만취하는 날에는 악마가 따로 없었죠. 아니, 반쯤만 취했다고 해야 할까요. 사실 고주망태가 되는 날은 별로 없었다더군요. 술만 마시면 악마라도 씐 듯 무슨 짓을 할지 짐작도 할 수 없었답니다. 듣기로는 그렇게 막대한 재산과 작위를 가졌으면서 철창신세 직전까지 간 적도 두어 번 있답니다. 개에게 석유를 흠뻑 붓고 불을 지른 적도 있었습니다. 부인의 개였기 때문에 더 끔찍한 일이었죠. 그래도 어떻게든 추문을 가라앉혔습니다. 그 후에는 술병을 하녀 테리사에게 던진 적도 있고요. 이 일은 무마하기가 쉽지 않았다더군요. 우리끼리 얘기지만 솔직히 유스터스 경만 없으면 여기 분위기는 더 밝아질 겁니다. 뭘 그렇게 보십니까?"

홈스는 무릎을 꿇은 채 레이디를 묶어놓았던 진홍색 끈의 매듭을 주의깊게 살펴보고 있었다. 강도가 잡아당겨서 끊길 때 올이 풀어진 부분도 찬찬히 살폈다.

"이 설렁줄을 잡아당겼을 때 식당에서 종이 요란한 소리를 냈겠군요."

홈스가 말했다.

"지난밤에 종소리를 들은 사람이 아무도 없습니다. 게다가 식당은 집 안쪽에 있고요."

"강도는 아무도 못 들을 거라는 사실을 어떻게 알았을까요? 무슨 배짱으로 설렁줄을 겁없이 잡아당겼을까요?"

"그렇습니다, 홈스 씨. 바로 그겁니다. 방금 하신 질문을 저도 몇 번이나 자문했습니다. 강도단은 이 집과 집의 일과를 아는 게 틀림없습니다. 하인들이 비교적 이른 시간에 잠자리에 들어 식당에서 종이 울려도 들을 사람이 없다는 사실까지 속속들이 알았던 겁니다. 그렇게 생각하면 그와 긴밀하게 내통한 하인이 있었을 거라 추측할 수 있죠. 당연히 그렇지 않겠습니까. 그런데 이 집의 하인 여덟 명은 하나같이 좋은 사람들이란 말이죠."

"하나같이 좋은 사람들이라면 일단 주인이 던진 술병에 머리를 맞은 하녀를 의심해볼 수 있겠군요. 허나 강도단과 내통을 하면 자신이 헌신하는 안주인을 배신하는 셈이 되죠. 이제 와서 이런 문제는 중요하지 않겠군요. 어차피 랜들을 잡으면 공범을 검거하는 것도 그리 어렵지 않을 테니까요. 부인의 진술도 우리 앞에 있는 현장의 세부 사항과 잘 맞아떨어지는 것 같습니다. 굳이 확인을 해야 한다면요."

홈스는 프랑스식 창문으로 다가가 창문을 열며 말했다.

"여기에는 흔적이 없군요. 지면이 단단하니 발자국을 기대하기 어렵겠습니다. 벽난로 선반 위의 초들은 켜져 있었겠군요."

"그렇습니다. 강도들이 저 촛불과 부인이 있던 방에 켜놓은 촛불을 보고 이곳까지 왔을 겁니다."

"강도들은 뭘 가져갔습니까?"

"별거 없습니다. 서랍에 있던 은접시 여섯 장이 다입니다. 레이디 브래컨스톨은 놈들이 갑자기 나타난 유스터스 경을 죽여버리는 바람에 집안 곳곳을 뒤지지 못했을 거라고 생각하시더군요. 안 그랬다면 다 털렸을 거라고요."

"분명 그랬겠죠. 와인도 마셨다면서요?"

"마음을 진정시키려고 그랬겠죠."

"그럴 겁니다. 서랍 위의 잔 세 개는 아무도 손대지 않았겠죠?"

"그렇습니다. 술병도 그자들이 놓아둔 그대로 있습니다."

"여기 이걸 좀 보십시오. 어라, 이게 뭐지?"

함께 놓인 와인잔 세 개에는 모두 와인 흔적이 남아 있었다. 그중 하나에 비즈윙■ 찌꺼기가 있었다. 근처에 있는 와인병에

■ 오래된 와인의 표면에 생기는 얇은 막.

는 술이 3분의 2 이상 남았다. 와인 얼룩이 진 기다란 코르크 마개가 옆에 놓여 있었다. 마개의 모습이나 병에 앉은 먼지를 보니 살인범들이 즐긴 와인은 평범한 빈티지가 아닌 게 분명했다.

순간 홈스의 태도가 변했다. 그전까지 무기력하던 표정은 온데간데없이 사라지고 움푹 들어간 두 눈은 흥미로 반짝거렸다. 그는 코르크 마개를 집어 들어 자세히 살펴보았다.

"강도들은 이걸 어떻게 뽑았죠?"

홈스의 질문에 홉킨스가 반쯤 열린 서랍을 가리켰다. 안에는 식탁보 몇 장과 코르크 따개가 들어 있었다.

"레이디 브래컨스톨은 그자들이 이 따개를 썼다고 진술했습니까?"

"아뇨, 병을 따는 순간에는 의식이 없었다는 말씀을 들으셨잖습니까."

"그랬죠. 이 병따개엔 사용한 흔적이 없습니다. 휴대용 따개를 사용했겠군요. 아마도 주머니칼에 달린 따개일 테고 길이는 사 센티미터를 넘지 않을 겁니다. 코르크 마개의 윗부분을 보시면 따개를 세 번이나 꽂은 후에야 뽑을 수 있었습니다. 따개가 코르크를 관통하지 않은 거죠. 여기 있는 기다란 병따개라면 코르크 마개를 관통해서 한 번에 뽑을 수 있었을 텐데 말이죠. 범인을 잡으면 소지품에 이런 종류의 주머니칼이 있는지 꼭 알아보십시오.”

“훌륭합니다.”

홉킨스가 감탄했다.

“여기 이 잔들도 이상한 구석이 있군요. 레이디 브래컨스톨은 세 남자가 술을 마시는 장면을 실제로 목격한 거죠, 그렇죠?”

“네, 그렇다고 했죠.”

“더 생각할 것도 없군요. 또 뭐가 남았지? 아무튼 세 와인잔들은 눈여겨보십시오, 홉킨스 경위님. 뭐라고요? 뭐가 특별한지 모르겠다고요? 뭐 그럼 그냥 지나가죠. 나처럼 특별한 지식과 능력의 소유자는 눈앞의 단순한 해답이 아니라 복잡한 해답을 찾으려는 생각이 들곤 하죠. 물론 와인잔은 순전히 우연일지도 모릅니다. 자, 우리는 이만 가보겠습니다. 더 있어봐야 도와드릴 것도 없겠군요. 사건을 말끔하게 해결하시겠습니다. 랜들을 체포하면 알려주세요. 혹시 새로운 상황이 벌어져도 연락을 주시고요. 조만간 사건을 성공적으로 해결한 경위님에게 축하인사를 드리게 되겠군요. 가지, 왓슨. 집으로 가는 편이 우리에게 더 보탬이 될 거야.”

런던으로 돌아가는 길에 홈스의 얼굴을 보니 그는 미심쩍은 것을 알아차리고는 어리둥절해하고 있었다. 가끔 홈스는 슬그머니 찾아온 의심을 의식적으로 떨쳐버리고 모든 문제가 명확하다는 듯이 말했지만 한번 생긴 의심은 또 나타나 머릿속에 자리잡기 마련이었다. 찌푸린 눈썹과 멍한 눈빛을 보니 그의 생각은 지난밤 비극이 일어난 애비 그레인지 저택의 넓은 식당으로 돌아간 게 분명했다. 기차가 천천히 기차역을 빠져나가기 시작할 때 결국 충동에 이끌린 홈스는 나를 잡아끌며 승강장으로 뛰어내렸다.

"미안하네, 왓슨."

홈스는 모퉁이를 돌아 사라지는 기차의 꽁무니를 바라보며 사과했다.

"단순한 변덕일지도 모르는 일에 자네까지 끌어들여서 미안해. 그런데 왓슨, 나는 사건을 어정쩡하게 덮어버리는 건 도무지 천성에 맞지 않아. 내 안의 본능이 그러지 말라고 아우성 치거든. 그건 틀렸어, 전부 틀렸다고. 맹세컨대 분명히 그 결론은 틀렸어. 그런데 부인의 진술은 완벽해. 하녀의 증언도 그 진술에 맞아떨어지고. 세부적인 사항도 정확해. 여기에 맞서는 내 무기는 뭔가? 와인잔 세 개. 그게 다라네. 하지만 보이는 대로 받아들이지 않고 평소처럼 모든 증거를 꼼꼼하게 조사했다면 어땠을까? 그랬다면 사건에 다른 방식으로 접근했을 테고 미리 입을 맞춘 빤한 이야기에 말려드는 일은 피할 수 있지 않았을까? 조사의 시발점이 될 구체적인 단서를 찾아내지 않았을까? 두말하면 잔소리일세. 왓슨, 여기 벤치에 앉아보게나. 치즐허스트행 기차가 들어올 때까지 내가 제시하는 증거를 들어보게. 먼저 당부하는데, 하녀와 부인이 한 말이 사실일 거라는 생각을 머릿속에서 지워버리게. 부인의 아름다운 모습에 자네의 판단력이 영향을 받지 않도록 경계해야 해.

냉정하게 생각해보면 부인의 진술에서 의심스러운 구석이 몇 가지 있어. 강도들은 두 주 전에 시드넘에서 한탕 크게 했다네. 그자들의 생김새와 범행 수법이 신문에 실렸지. 그렇다면 누구나 가상의 강도단이 출연하는 이야기를 자연스럽게 지어낼 수 있지 않은가? 강도들은 한탕 크게 하고 나면 한동안 훔친 돈을 흥청망청 써대면서 쥐죽은듯 지내기 마련이야. 이렇게 빨리 일을 벌이는 경우는 드물지. 또한 강도들이 비명을 못 지르게 하려고 여자를 때리는 경우도 흔치 않아. 때리면 오히려 비명을 지를 것 같잖나. 수적으로 우세한 강도단이 남자 한 명을 제압 못 하고 죽인 것 역시 이해가 되지 않네. 손만 뻗으면 값나가는 것들이 잔뜩 있는데 고작 접시 몇 장만 훔쳐갔다는 말도 석연치 않고. 마지막으로 그런 자들이 술을 반 이상 남기다니 말도 안 되네. 이런 반증들을 들으니 어떤 생각이 드나, 왓슨?"

"자네의 지적을 듣다 보니 의심스러워지긴 하지만 하나씩 떼어놓고 보면 다 말이 되잖아. 내가 보기에는 부인이 의자에 결박되어 있었다는 사실이 제일 부자연스럽다네."

"음, 그 점에 대해서는 뭐라고 단정 지을 수가 없어, 왓슨. 놈들이 부인을 죽이지 않을 거라면 도주할 때 그녀가 소리를 쳐서 사람들에게 알릴 수 없도록 어떻게든 묶어둬야 했을 걸세. 어쨌든 내 설명으로 부인의 진술이 의심스럽다는 점은 입증되지 않았나? 이제 무엇보다 결정적인 증거인 와인잔이 등장할 차례라네."

"와인잔이 뭐 어떻다는 건가?"

"그 잔들을 머릿속에 떠올릴 수 있나?"

"또렷하게 떠오르는군."

"그 잔들로 세 명이 와인을 마셨다고 들었지. 자네 눈에도 그렇게 보였나?"

"못 믿을 이유가 있나? 잔마다 와인이 남아 있었는데."

"맞아, 하지만 비즈윙은 딱 한 잔에만 있었어. 자네도 그걸 봤을 거야. 그게 무슨 뜻이라고 생각하나?"

"마지막으로 와인을 따른 잔에 비즈윙이 있을 가능성이 가장 높다?"

"아니야. 와인병에는 비즈윙이 가득했어. 다른 두 잔은 개끗한데 한 잔에만 비즈윙이 있다니 말이 안 되네. 여기에는 두 가지 해석이 있을 수 있어. 두 가지뿐이지. 하나는 두 번째 잔을 채운 후 와인병을 격렬하게 흔들었다, 그래서 세 번째 잔에 비즈윙이 들어갔다. 이건 아닐 거야. 아니야, 아니야. 내 생각이 분명 옳다네."

"자네의 생각은 뭔가?"

"애초에 술잔은 두 개밖에 없었어. 두 잔에서 나온 찌꺼기를 세 번째 잔에 부은 걸세. 세 사람이 있었다는 인상을 주려고 말이야. 그러면 비즈윙은 한 잔에만 들어가게 되지않나, 안 그런가? 그래, 나는 이쪽이 정답이라고 확신하네. 이 사소한 현상에 대한 추측이 옳다면 사건은 평범한 살인 사건에서 놀랍도록 독특한 사건이 되는 거네. 왜냐하면 레이디 브래컨스톨과 하녀가 거짓말을 했다는 뜻이 되거든. 그들의 말은 단 한마디도 믿어서는 안 되며, 그들에게는 범죄를 은폐해야만 하는 이유가 있다는 뜻이고, 우리는 그들의 도움 없이 어떻게든 사건을 재구성해야 한다는 뜻이니까. 그게 우리 앞에 놓인 임무일세. 왓슨, 저기 치즐허스트행 기차가 들어오는군."

애비 그레인지 사람들은 되돌아온 우리를 보고 깜짝 놀랐다. 셜록 홈스는 그러거나 말거나 스탠리 홉킨스가 본부에 보고하기 위해 떠났다는 사실을 확인한 후 식당을 차지해 문을 걸어 잠갔다. 그로부터 장장 두 시간 동안 수고롭고 철저한 조사를 실시해 자신의 뛰어난 추리 체계가 설 단단한 토대를 구성했다. 나는 교수의 시범을 참관하는 열성적인 학생처럼 식당 한구석에 앉아서 그를 눈으로 좇으며 수준 높은 조사 과정을 낱낱이 지켜보았다. 홈스는 창문과 커튼, 양탄자, 의자, 밧줄에 이르기까지 모든 물건을 순서대로 꼼꼼하게 조사하며 충분한 시간을 들여 숙고했다. 불쌍한 유스터스 경의 시신은 내가고 없었지만 나머지는 우리가 아침에 본 그대로였다. 그런데 깜짝 놀랄 일이 벌어졌다. 홈스가 육중한 벽난로 선반으로 올라가는 것이 아닌가. 훌쩍 높아진 그의 머리 몇 센티미터 위에는 설렁줄과 끊어진 철사 끄트머리가 아직도 붙어 있었다. 그는 고개를 들어 한참 동안 끄트머리를 살피더니 더 가까이 가기 위해서 벽에 달린 목재 선반을 무릎으로 디뎠다. 덕분에 손을 몇 센티미터만 뻗으면 끊어진 줄을 잡아당길 수 있었다. 하지만 그의 관심은 끊어진 줄이 아니라 목재 선반에 있었다. 그는 잠시 후 벽난로 선반에서 뛰어내리며 흡족하게 말했다.

"좋았어, 왓슨. 수사에 소득이 있었네. 우리가 해결한 사건들 가운데 가장 독특한 사건이 될 거야. 내가 이런 멍청한 짓을 하다니. 하마터면 두고두고 후회할 실수를 할 뻔했군! 이제 빠진 고리 몇 개만 더 찾으면 내 추리는 완성될 거야."

"범인들을 알아냈나?"

"범인이야, 왓슨. 범인은 한 사람일세. 무시무시한 사람이지. 사자처럼 힘이 세다네. 부지깽이가 휘어질 정도로 내려친 걸 보게나. 신장은 백구십 센티미터고 몸놀림은 다람쥐처럼 민첩하고 손재주가 뛰어난 자야. 게다가 두뇌 회전까지 비상하지. 이 독창적이고 완전한 이야기는 그의 작품일 테니까. 그래, 왓슨. 우리는 대단히 뛰어난 누군가가 만들어놓은 작품과 마주친 거라네. 그런데 범인은 설렁줄에 의심의 여지가 없는 단서를 남기고 말았어."

"단서가 어디에 있는가?"

"자네가 줄을 잡아당겨서 뜯는다고 생각해보게, 왓슨. 그러면 어디가 끊어질까? 분명히 철사와 연결된 부분이겠지. 그런데 왜 줄은 연결 부분에서 거의 십 센티미터나 떨어진 곳에서 끊어졌을까?"

"그곳이 닳았기 때문 아닐까?"

"맞아. 우리가 볼 수 있는 이쪽 끄트머리는 닳았더군. 그자가 교묘하게 칼로 끈이 닳은 것처럼 만들었어. 하지만 다른 쪽 끝은 전혀 닳지 않았어. 여기서는 안 보이지만 벽난로 선반에 올라가서 보면 올이 풀린 흔적도 없이 깔끔하게 절단된 게 보인다네. 이제 어떻게 된 일인지 알겠지. 그자는 끈이 필요했어. 그런데 설렁줄을 당기면 종이 울릴 테니까 무작정 당길 수는 없었어. 그래서 어떻게 했을까? 벽난로에 올라갔지. 그렇게 해도 닿지 않자 목재 선반을 무릎으로 디딘 거라네. 자네도 먼지에 남은 자국을 볼 수 있을 걸세. 그리고 칼로 설렁줄을 잘랐지. 내 키로는 그곳까지 십 센티미터 정도 부족했어. 다시 말해서 범인은 나보다 십 센티미터는 크다고 추측했지. 떡갈나무 의자의 좌석 부분에 남은 얼룩을 보게! 무엇 같아 보이나?"

"피군."

"분명히 피야. 이 혈흔만 봐도 부인의 진술과 어긋나지. 만약 그녀가 범행이 벌어지는 동안 의자에 앉아 있었다면 어떻게 혈흔이 의자에 남았겠나? 그래, 그녀는 남편이 사망한 후에 의자에 결박된 걸세. 검은색 드레스에도 분명히 핏자국이 남았을 거라는데 돈을 걸 수도 있다네. 왓슨, 우리는 워털루에는 가지 못했지만 마렝고에는 도착했어. 패배로 시작해서 승리로 끝나는 마렝고 전투가 될 걸세. 지금 당장 하녀 테리사와 이야기를 나눠봐야겠어. 원하는 정보를 얻으려면 신중해야 할 거야."

오스트레일리아 출신의 엄격한 유모는 흥미로운 사람이었다. 어찌나 말수가 적고 의심이 많고 쌀쌀맞은지 홈스 특유의 유쾌하고 솔직한 태도에도 마음을 열고 대화를 나눌 만큼 상냥해지기까지 시간이 꽤나 걸렸다. 그녀는 죽은 고용주에 대한 증오를 숨기려고 하지도 않았다.

"네, 맞아요. 주인님이 제게 술병을 집어던졌어요. 마님께 욕을 하시기에 마님의 오라버니가 여기 계셨다면 감히 그러지 못하실 거라고 했죠. 그랬더니 냅다 술병을 던지더군요. 사랑스러운 마님만 가만히 내버려둔다면 열 병인들 못 맞을까요. 주인님은 마님을 끊임없이 학대했어요. 마님은 자존심 때문에 불평하지 않으셨죠. 주인님에게 당한 일을 저한테까지도 비밀로 하실 분이에요. 오늘 아침에 탐정님이 보셨던 팔의 상처도 제게 한마디도 않으신걸요. 하지만 척 보기에도 모자 핀에 찔린 상처가 분명하더군요. 비열한 악마 같으니. 주인님에게 이런 말을 하더라도 하늘이 용서해주시기를. 그분은 돌아가셨으니까요! 사실 이 땅에 악마가 있다면 그건 바로 주인님이었을 거예요. 처음 만났을 때만 해도 상냥하기 그지없었는데. 고작 십팔 개월 전이지만 마님과 제게는 십팔 년은 된 것처럼 느껴지네요. 마님이 갓 런던에 도착하셨을 때죠. 난생처음 해본 항해 여행이었답니다. 그래요, 마님은 그전에 한 번도 집을 떠나신 적이 없었어요. 주인님은 돈과 작위와 점잖은 런던 신사인 척하는 태도로 마님의 마음을 샀어요. 만약 주인님과의 결혼이 마님의 실수라고 해도 그 대가는 다 치렀어요. 우리가 몇 월에 주인님을 만났느냐고요? 영국에 도착한 직후였어요. 우리가 유월에 왔으니까 칠월이겠군요. 두 분은 작년 일월에 결혼하셨어요. 네, 지금은 거실에 계세요. 탐정님을 만나주실 거예요. 하지만 제발 질문을 많이 하지는 마세요. 끔찍한 살해 현장에서 벗어난 지 얼마 안 되었어요."

레이디 브래컨스톨은 아까처럼 소파에 비스듬히 기대 누워 있었다. 하지만 표정은 훨씬 밝아 보였다. 하녀는 우리와 함께 거실로 가서 안주인의 이마에 난 멍에 찜질을 하기 시작했다.

레이디 브래컨스톨이 물었다.

"나를 다시 신문하려고 오신 건 아니겠죠?"

"아닙니다."

홈스가 어느 때보다 상냥한 목소리로 대답했다.

"불필요한 고통을 드릴 생각은 없습니다, 레이디 브래컨스톨. 저는 상황을 편하게 만들어드리고 싶을 뿐입니다. 끔찍한 일을 당하셨으니까요. 부디 저를 친구라 생각하고 믿어주신다면 그 신뢰에 꼭 보답하겠습니다."

"내가 뭘 해드리면 좋을까요?"

"진실을 말씀해주십시오."

"홈스 씨!"

"아니요, 레이디 브래컨스톨. 그래봤자 소용없습니다. 제 하잘것없는 명성에 대해서 들으셨겠죠. 아까 하신 진술은 철저하게 날조되었다는 데에 제 명예를 걸겠습니다."

안주인과 하녀는 얼굴에 핏기가 가신 채 공포에 질린 눈빛으로 홈스를 바라볼 뿐이었다.

하녀가 따져 물었다.

"정말 무례한 분이군요. 마님이 거짓말이라도 하셨다는 건가요?"

홈스가 의자에서 일어났다.

"하실 말씀이 없으십니까?"

"전부 말했어요."

"다시 한번 생각해보시죠, 레이디 브래컨스톨. 솔직히 털어놓으시는 편이 더 낫지 않을까요?"

한순간 그녀의 아름다운 얼굴에 망설이는 기색이 지나갔다. 하지만 마음을 굳게 먹었는지 그녀의 얼굴이 가면을 쓴 것 같아졌다.

"아는 대로 다 말했습니다."

홈스는 모자를 집어 들고 어깨를 으쓱하며 말했다.

"유감이군요."

우리는 그대로 방을 나와 집을 떠났다. 홈스는 정원에 있는 연못 쪽으로 성큼성큼 앞서갔다. 연못은 꽁꽁 얼었지만 외로운 백조 한 마리를 위해 얼음을 뚫어놓은 곳이 한 군데 있었다. 홈스는 연못을 잠시 응시하더니 영지의 입구로 발걸음을 옮겼다.

그는 스탠리 홉킨스에게 보내는 메모를 간단하게 쓴 후 문지기에게 전해달라고 맡겼다.

"헛발질인지도 모르겠지만 우리 친구 홉킨스 경위를 위해서 뭔가 해야겠지. 두 번째 방문이 옳았다는 사실을 입증하기 위해서라도 말일세. 내가 아는 사실을 다 전해주지는 않을 거네. 이제부터 애들레이드-사우샘프턴 항로를 운행하는 여객선 사무실에 가봐야 해. 내 기억대로라면 사무실은 폴 몰 끝에 있지. 남오스트레일리아와 영국을 오가는 항로를 운항하는 작은 해운사들도 있지만 덩치 큰 회사부터 살펴보세."

홈스의 명함을 받은 사무실 매니저는 즉각 관심을 보였다. 그는 홈스가 알아봐달라고 부탁한 정보를 금세 모았다. 그 회사에서 1895년 6월에 입항한 정기 여객선은 한 척뿐이었다. 록 오브 지브롤터호라는 증기선으로 회사에서 가장 크고 훌륭한 배였다. 애들레이드의 프레이저 양과 하녀 테리사가 그 배로 영국에 도착한 것을 탑승객 명단으로 확인할 수 있었다. 여객선은 지금은 오스트레일리아로 돌아가는 중이라 수에즈운하의 남쪽 어딘가에 있었다. 선장과 승무원들은 1895년에 영국으로 올 때와 비교해서 한 사람만 빼고 동일했다. 당시 일등항해사였던 잭 크로커 씨가 선장으로 승진을 했기 때문이다. 그는 이 회사의 새 선박인 배스 록호의 선장으로 임명되어 이틀 후 사우샘프턴에서 출항할 예정이었다. 그의 집은 시드넘이었지만 그날 아침에는 지시를 받기 위해 사무실에 들를 예정이었으므로 우리가 원한다면 기다려서 만날 수 있었다.

하지만 홈스는 만날 생각은 없다며 그의 경력과 성격에 대해 물었다.

그의 경력은 완벽했다. 회사에서 그를 능가할 항해사는 없었다. 믿고 일을 맡길 수 있는 유능한 사람이었다. 하지만 배에서 내리기만 하면 거칠고 무모했으며 성급하고 쉽게 흥분했다. 한편으로는 충직하고, 정직하고, 마음이 따뜻한 남자였다. 홈스는 애들레이드-사우샘프턴 해운사에서 이런 정보를 잔뜩 모은 후에 런던 경찰청으로 향했다. 하지만 그는 안으로 들어가지 않고 마차에 앉아 미간을 찌푸린 채 깊은 생각에 잠겼다. 마침내 그는 채링 크로스 우체국으로 마차를 돌려 전보를 한 통 보냈다. 그런 후에야 우리는 베이커 스트리트의 집으로 돌아왔다.

홈스는 방으로 들어서며 말했다.

"그래, 이럴 순 없네, 왓슨. 일단 영장이 발부되면 무슨 짓을 해도 그 사람을 구할 수 없어. 지금껏 이 일을 하면서 범죄자가 범죄를 저지른 것보다 내가 범죄를 파헤친 일이 더 나빴다는 생각을 한 적이 한두 번 있었다네. 그런 경험을 통해 조심성이라는 걸 배웠다네. 내 양심을 속이느니 차라리 영국 법을 속이겠어. 본격적으로 움직이기 전에 좀더 조사를 해보자고."

저녁이 가까워지자 스탠리 홉킨스 경위가 우리를 찾아왔다. 상황이 좋아 보이지 않았다.

"홈스 씨는 마법사가 분명합니다. 가끔은 귀신같은 능력을 가지고 계신 것 같다니까요. 말씀해주세요. 도대체 어떻게 도둑맞은 은접시가 연못 바닥에 있는 줄 아셨습니까?"

"몰랐습니다."

"조사해보라고 하셨잖습니까?"

"거기에 있던가요?"

"네, 거기서 찾았습니다."

"도움이 되었다니 정말 기쁘군요."

"실은 전혀 도움이 되지 않습니다. 사건이 완전히 꼬였어요. 기껏 훔친 은접시를 저택 연못에 버리고 도주하는 강도단이 어디 있습니까?"

"확실히 기묘한 행동이죠. 나는 이렇게 생각했을 뿐입니다. 관심 없는 은접시를 눈가림용으로 가져갔다면 어떻게든 없애버리려고 하지 않을까."

"왜 그런 생각을 하신 겁니까?"

"음, 그럴 수 있을 것 같았거든요. 프랑스식 창문으로 나오면 바로 앞에 연못이 있죠. 유혹이라도 하듯 얼음이 깨진 연못 말입니다. 뭔가를 숨기기에 그보다 더 좋은 곳이 어디에 있겠습니까?"

"아하, 숨기는 곳이라고요. 이제 알겠군요. 그래요, 그런 거군요. 다 알겠습니다! 그때는 너무 이른 시각이었죠. 길에는 사람들이 다니고 있었고요. 은접시를 들고 가다가 사람들 눈에 띌까 봐 걱정한 겁니다. 그래서 붙잡힐 위험이 없을 때 돌아와서 챙길 요량으로 연못에 숨겨두었죠. 훌륭합니다, 홈스 씨. 눈가림보다 이쪽이 신빙성 있는데요."

"그렇기는 하죠. 경위님도 훌륭한 가설을 세우셨군요. 내 가설이 황당하다는 점은 인정합니다. 그래도 덕분에 은접시를 찾았다는 사실은 인정하셔야 할걸요."

"물론이죠. 홈스 씨 덕분입니다. 하지만 제 가설이 무너졌습니다."

"무너졌다고요?"

"네, 홈스 씨. 랜들 일당이 오늘 아침에 뉴욕에서 체포되었습니다."

"이런, 홉킨스 경위님. 지난밤에 켄트 주에서 살인을 저질렀다는 경위님의 가설과 전혀 들어맞지 않는군요."

"헛물만 들이켠 셈이죠. 가설이 와르르 무너졌습니다. 물론 랜들 일당이 아니어도 삼인조 강도는 또 있습니다. 아니면 경찰에 신고되지 않은 강도단일 수도 있죠."

"그렇습니다. 충분히 있을 수 있는 일이죠. 아니, 벌써 가십니까?"

"네, 사건의 진상을 파악하기 전에는 쉴 수 없습니다. 혹시 제게 주실 실마리라도 있으신가요?"

"벌써 하나 드렸습니다."

"뭘요?"

"눈가림용 말입니다."

"대체 왜 그랬겠습니까, 홈스 씨?"

"아하, 그게 문제죠. 아무튼 잘 생각해보십시오. 분명히 뭔가 있을 겁니다. 저녁도 안 들고 가신다고요? 그럼 안녕히 가십시오. 무언가 진전이 있다면 알려주시기 바랍니다."

저녁 식사 후 식탁 정리까지 마치고 나서야 홈스는 사건에 대해 말문을 열었다. 그는 파이프에 불을 붙인 후 슬리퍼를 신은 발을 활활 타오르는 난롯불 앞으로 뻗었다. 문득 그가 시계를 확인했다.

"왓슨, 사건이 새로운 국면으로 접어들 거라네."

"언제?"

"지금 당장. 적어도 몇 분 안에. 자네는 아까 내가 홉킨스 경위를 공정하지 않게 대했다고 생각하나?"

"나는 자네의 판단을 신뢰해."

"현명한 대답인데, 왓슨. 자네는 이 사건을 이런 식으로 봐야 해. 나는 비공식적인 사실을 알고 있어. 반면 홉킨스 경위가 알아낸 건 공식적인 사실이 되지. 나는 개인적인 판단을 내릴 권리가 있어. 하지만 그는 아니야. 그는 모든 사실을 밝혀내야 해. 안 그러면 공무원으로서 배임하는 행위가 될 테니까. 확실한 게 아무것도 없는 사건에서 그를 괜히 난처하게 만들고 싶지 않다네. 그래서 사건을 완전히 파악할 때까지 내가 아는 정보를 숨기는 거야."

"언제쯤 전부 파악할 수 있겠나?"

"곧. 이 놀라운 작은 연극의 마지막 장면을 보게 될 걸세."

바로 그때 계단을 올라오는 소리가 들렸다. 이내 방문을 통과한 사람들 가운데 용모로는 빠지지 않을 준수한 남자가 방에 들어왔다. 그는 키가 큰 젊은이로 황금색 콧수염과 푸른 눈동자가 인상적이었다. 열대의 태양 아래에 피부는 갈색으로 그을렸고 가벼운 발놀림을 보니 힘도 세고 활력이 넘친다는 사실을 알 수 있었다. 그는 방으로 들어오면서 문을 닫았다. 주먹을 꽉 쥔 그는 감정이 북받치는지 가슴까지 들썩거리며 애써 억눌렀다.

"앉으십시오, 크로커 선장님. 전보를 받으셨습니까?"

우리를 찾아온 남자는 안락의자에 앉은 후 의아한 눈빛으로 홈스와 나를 번갈아 바라보았다.

"보내신 전보를 잘 받았습니다. 말씀하신 시간에 맞춰 왔죠. 사무실에 다녀가셨다는 말도 들었습니다. 탐정님으로부터 벗어날 길이 없군요. 최악의 소식을 들어보죠. 저를 어떻게 하실 겁니까? 체포하실 건가요? 말 좀 해보십쇼! 쥐새끼를 가지고 노는 고양이처럼 앉아만 계실 겁니까!"

"왓슨, 손님께 담배 한 대 드리게. 크로커 선장님, 한 대 피우시죠. 무턱대고 흥분하지 마십시오. 당신을 그저 그런 범죄자로 생각했다면 이렇게 당신과 앉아 담배를 피우지도 않을 테니까요. 믿으셔도 좋습니다. 제게 아무것도 숨기지 마십시오. 그래야 일이 잘 풀릴 겁니다. 하지만 내게 장난을 치려 든다면 가만있지 않겠습니다."

"제가 뭘 어떻게 하기를 바라십니까?"

"지난밤 애비 그레인지에서 일어난 일에 대해 솔직하게 털어놓으시죠. 아무것도 더하거나 빼는 것 없이 있었던 일 그대로 말입니다. 무슨 일이 있었는지 대부분 파악하고 있으니 조금이라도 사실에서 벗어나면 즉시 창문에서 호루라기를 불어 경찰을 부르겠습니다. 그렇게 되면 이 사건은 영영 내 손을 떠나겠죠."

선장은 잠시 생각에 잠겼다. 그러더니 햇빛에 검게 그을린 손으로 자신의 허벅지를 툭 쳤다.

"모험을 해보겠습니다. 탐정님이 신의가 있고 정직한 분이라고 믿습니다. 털어놓겠습니다. 그전에 먼저 밝혀둘 게 있습니다. 저는 아무것도 후회하지 않습니다. 아무것도 두렵지 않아요. 필요하다면 또 똑같이 할 수도 있습니다. 그리고 자랑스럽게 여길 겁니다. 저는 그 짐승을 저주합니다. 그자가 고양이처럼 목숨이 여러 개라면 매번 그자를 끝장낼 겁니다! 하지만 문제는 그 숙녀입니다. 메리, 메리 프레이저 말이죠. 절대 빌어먹을 그 짐승의 성으로 바뀐 이름으로는 부르지 않을 겁니다. 저는 그녀의 사랑스러운 얼굴이 단 한 번만이라도 미소를 짓게 만들 수 있다면 목숨도 아깝지 않은 사람입니다. 그런 제가 그녀를 끔찍한 일에 끌어들였다니 생각만 해도 영혼이 허물어질 것 같습니다. 하지만 제가 뭘 할 수 있었겠습니까? 여러분께 모든 이야기를 들려드리겠습니다. 그러고 나서 남자 대 남자로 묻겠습니다. 제가 어떻게 하면 좋았을지 말입니다.

이야기를 시작하려면 과거로 거슬러 올라가야 합니다. 탐정님은 모든 사실을 아시는 것 같군요. 제가 일등항해사로 근무했던 록 오브 지브롤터호에서 그녀를 승객으로 만났다는 사실도 아시리라 믿습니다. 그녀를 본 순간 그녀가 제 여자라는 사실을 깨달았습니다. 항해를 하는 동안 그녀를 더 사랑하게 되었죠.

캄캄한 밤에 야경을 돌다가 셀 수도 없이 무릎을 꿇고 갑판에 입을 맞추었습니다. 그녀가 지나다녔던 갑판 아닙니까. 하지만 우리 사이에는 아무 일도 없었습니다. 그녀는 그저 여자가 남자를 대하듯 평범하게 대했습니다. 저는 아무런 불평도 하지 않았습니다. 저는 열렬히 사랑했지만 그녀는 저를 진실한 친구로만 여겼죠. 우리가 헤어질 때 그녀는 자유로운 여자였습니다. 하지만 저는 다시는 자유로운 남자가 될 수 없었죠.

다음 항해에서 돌아오니 그녀가 결혼을 했다더군요. 그녀가 좋아하는 상대가 생겼다면 결혼을 하지 않을 이유가 어디 있겠습니까? 높은 신분과 부유함이 그녀보다 잘 어울리는 사람이 있을까요? 그녀는 아름답고 고상한 것들을 누리기 위해 태어났습니다. 그녀의 결혼 소식에 아무 유감도 없었습니다. 저는 이기적인 놈이 아니니까요. 그녀가 행운을 거머쥐었다는 사실에 마냥 행복했습니다. 땡전 한푼 없는 뱃사람에게 인생을 맡기지 않았다는 사실에 기뻤죠. 그게 제가 메리 프레이저를 사랑했던 방식이었습니다.

그녀를 다시 볼 줄은 꿈에도 몰랐습니다. 지난 항해에서 저는 선장이 되었습니다. 아직 제가 탈 새 배는 진수식도 하지 않은 상태였죠. 그래서 선원들과 함께 시드넘에서 두세 달 동안 대기해야 했습니다. 그러던 어느 날 시골길에서 테리사 라이트를 만난 겁니다. 메리의 하녀 말입니다. 그녀는 메리가 어떻게 지내는지, 남편이 어떤 작자인지 전부 말해줬습니다. 저는 미칠 것 같았습니다. 그 술주정뱅이가 그녀에게 손찌검을 한다는 겁니다. 메리의 구두를 핥을 자격도 없는 놈이 말이죠! 저는 테리사를 다시 만났습니다. 그 후에 메리를 만났죠. 메리는 저를 한 번 더 만난 후로는 그 이상 만나려 하지 않았습니다. 그리고 며칠 전 일주일 안에 출항하라는 통지를 받은 저는 떠나기 전에 한 번 더 그녀를 만나기로 결심했죠. 테리사는 언제나 제 편이었습니다. 테리사는 메리를 너무나 아꼈고 악마 같은 남편을 저만큼이나 증오했으니까요. 테리사에게 저택의 일과에 대해 들었습니다. 메리는 아래층의 자그마한 자기 방에서 늦도록 책을 읽는다더군요. 어젯밤 저는 저택에 몰래 가서 그녀가 있는 방의 창문을 긁어 주의를 끌었습니다. 처음에 그녀는 창문을 열지 않으려고 하더군요. 하지만 우리는 서로 사랑하니 그녀가 저를 추운 밤에 내버려두지 않을 거라고 생각했습니다. 그녀는 앞쪽 방의 큰 창문으로 오라고 속삭였습니다. 그곳으로 가보니 창문이 열려 있었습니다. 식당이었죠. 또다시 그녀의 입술에서 피가 거꾸로 솟을 만한 이야기가 나왔습니다. 사랑하는 여인을 학대하는 짐승 같은 놈이 저주스러웠습니다. 그러던 중 남편이라는 미치광이가 식당으로 들어오더니 남자가 여자에게 할 수 있는 최악의 욕을 하더군요. 여러분, 저는 그녀와 창문 바로 앞에 서 있었습니다. 우리는 서서 이야기만 했습니다. 하늘이 진실을 아십니다. 그자가 가지고 있던 지팡이로 그녀의 얼굴을 갈겼습니다. 저는 부지깽이를 낚아채어 그와 격렬하게 몸싸움을 벌였죠. 그자가 먼저 가격한 제 팔을 보십시오. 다음은 제 차례였습니다. 저는 그자의 머리를 썩은 호박처럼 짓뭉개버렸습니다. 후회할 거라고 생각하십니까? 그럴 리가요! 둘 중 한 명은 어차피 죽을 목숨이었습니다. 아니, 그 악마나 메리가 죽을 운명이었다고 해야겠죠. 미친놈의 손에 그녀를 두고 떠날 수 없을 테니까요. 그렇게 저는 그자를 죽여버렸습니다. 제가 잘못한 겁니까? 두 분이 제 입장이었다면 어떻게 하셨을까요?

그녀는 지팡이에 맞을 때 비명을 질렀습니다. 그 소리를 듣고 위층에 있던 테리사가 내려왔죠. 서랍에 와인이 한 병 있기에 그걸 열어서 메리의 입에 흘려 넣었습니다. 충격으로 금방이라도 숨이 넘어갈 것 같았거든요. 저도 한 모금을 마셨습니다. 테리사는 얼음처럼 냉정하더군요. 그건 제 계획이기도 했지만 그녀의 계획이기도 했습니다. 우리는 전부 강도의 소행인 것처럼 꾸며야 했습니다. 테리사는 우리가 만들어낸 이야기를 메리에게 몇 번이고 들려주며 숙지시켰죠. 한편 저는 벽난로 위로 기어올라가 설렁줄을 잘랐습니다. 그 줄로 메리를 의자에 묶고 자연스럽게 보이려고 줄의 끝부분을 닳게 만들었습니다. 안 그러면 강도가 왜 그곳까지 올라가 밧줄을 잘라내야 했는지 경찰이 의문을 가질 테니까요. 그런 다음에 강도의 짓으로 보이게 하려고 은접시 몇 장을 챙겨서 그곳을 떴습니다. 테리사에게 제가 출발한 지 십오 분이 지나면 비명을 질러 사람들을 깨우라고 일렀죠. 저는 가지고 나온 그릇을 연못에 빠뜨린 후에 시드넘으로 향했습니다. 평생 그렇게 옳은 일을 한 밤은 없겠다 싶더군요. 목숨을 걸고 한 치의 거짓도 없는 사실입니다, 홈스 씨."

홈스는 한참을 말없이 담배만 피웠다. 그러더니 선장에게 다가가 손을 잡고 흔들었다.

"내가 생각한 대로군요. 사실대로 말씀하셨다는 걸 잘 압니다. 모르는 이야기는 전혀 나오지 않았으니까요. 곡예사나 선원이 아니라면 그 벽난로 선반에서 설렁줄까지 닿을 수 있는 사람이 없을 테죠. 게다가 선원이 아니라면 그런 매듭을 짓는 사람도 없을 테고요. 부인이 선원을 만날 수 있었던 기회는 단 한 번뿐이었습니다. 바로 오스트레일리아에서 영국으로 오는 항해였죠. 게다가 그 선원과 그녀는 비슷한 점이 많아 마음이 잘 맞았을 겁니다. 어떻게든 그 사람을 숨기려고 애를 썼고 그렇게 함으로써 그를 사랑하는 마음을 은연중에 드러냈으니까요. 그러니 제대로 된 단서를 잡는 순간 당신을 진범으로 지목하는 일은 간단했습니다."

"경찰은 우리의 계획을 간파하지 못할 줄 알았습니다."

"경찰은 못 했죠. 내가 보기에는 앞으로도 못 할 겁니다. 자, 이제 내 이야기를 들어보십시오, 크로커 선장님. 이건 심각한 문제입니다. 물론 선장님이 남자로서 무시하기 힘든 지독한 도발에 그런 짓을 저질렀다는 점은 인정합니다. 당신이 자기 목숨을 지키기 위해 범행을 저질렀다는 점에서 정당방위 선고를 받을 수도 있다고 생각하고요. 하지만 그 문제는 배심원이 판단할 일입니다. 사실 나는 당신의 처지에 공감합니다. 그러니 스물네 시간 안에 모습을 감춘다면 아무도 당신을 방해하지 않으리라 약속하죠."

"스물네 시간 후에 진상이 모두 공개됩니까?"

"공개됩니다."

선장은 분노로 얼굴이 벌겋게 달아올랐다.

"어떻게 그런 제안을 아무렇지 않게 하실 수 있습니까? 저도 법을 압니다. 사건이 공개되면 메리가 공범이 될 거라는 정도는 말이죠. 제가 저만 살겠다고 그녀 혼자 고초를 겪게 할 놈으로 보입니까? 안 됩니다, 홈스 씨. 모든 죄는 제가 짊어지겠습니다. 그러니 제발 부탁입니다. 무슨 수를 써서라도 가련한 메리가 법정에 서지 않도록 해주십시오."

홈스는 다시 한번 선장에게 손을 내밀었다.

"당신을 시험해본 겁니다. 이번에도 진심을 들려주셨군요. 이제부터 나는 엄청난 책임을 지게 되었습니다. 홉킨스 경위에게는 이미 단서를 주었지만 그걸 제대로 써먹지 못하면 나도 어쩔 수가 없습니다. 이렇게 해봅시다, 선장님. 이 문제를 법정에서처럼 풀어보는 겁니다. 당신은 피고입니다. 왓슨, 자네는 배심원이 되어주게. 나는 배심원을 대리할 만한 인물로 왓슨만 한 사람을 못 봤습니다. 나는 판사입니다. 자, 배심원단 여러분, 증언을 모두 들으셨습니다. 피고는 유죄입니까? 무죄입니까?"

"무죄입니다, 판사님."

내가 대답했다.

"'민중의 뜻이 곧 하늘의 뜻이다.' 크로커 선장님, 당신은 이제 자유입니다. 당신이 또 다른 범죄를 저지르지 않는다면 나를 볼 일은 없을 겁니다. 일 년 후 두 분이 보여주시는 미래로 오늘 밤 우리가 내린 판결이 정당했음을 확인하면 좋겠군요."

두 번째 얼룩

Sherlock Holmes
THE RETURN OF SHERLOCK HOLMES

나는 원래「애비 그레인지 저택 사건」을 끝으로 내 친구 셜록 홈스의 활약상을 대중에게 알리는 집필 작업을 그만둘 작정이었다. 기록할 만한 사건이 바닥을 드러냈기 때문은 아니다. 사실 내게는 한 번도 공개하지 않은 사건 기록이 수백 건은 된다. 우리 독자들이 이토록 뛰어난 사람의 특이한 사람됨과 독특한 수사 기법에 대해 흥미를 잃었기 때문도 아니다. 바로 홈스가 자신의 수사 내용이 공개되는 것을 꺼렸기 때문이다. 그가 탐정으로 활동하는 동안 성공을 보여주는 기록들은 그에게도 얼마간 실질적인 의미가 있었다. 그러나 런던을 완전히 떠나 서식스 주 다운스에 정착해 연구와 양봉에만 전념하게 된 후 그는 어떤 식으로든 이름이 언급되기를 원치 않았다. 급기야 이 문제에 대한 자기 입장을 존중해달라고 내게 단호히 요구하기에 이르렀다. 「두 번째 얼룩」은 적당한 때가 되면 공개하겠다고 약속한 적이 있는데다, 지금껏 수많은 활약상을 보여준 긴 여정을, 가장 중요한 국제적인 사건으로 마무리짓는 것이 제일 좋다고 설득하여 홈스의 승낙을 받아냈다. 다만 홈스는 대중에 공개하기 전에 사건의 주요 내용을 신중하게 보호해야 한다는 조건을 걸었다. 그러므로 독자 여러분은 이 이야기에서 군데군데 모호한 부분이 나오더라도 입조심할 수밖에 없는 내 처지를 이해해주기 바란다.

몇 년도인지 혹은 몇십 년대인지조차 입에 올릴 수 없는 어느 해 가을의 화요일 아침이었다. 그날 베이커 스트리트에 있는 소박한 우리 방으로 유럽에 명성이 자자한 두 사람이 찾아왔다. 한 사람은 근엄한 표정에 코가 높고 눈이 매서우며 좌중을 압도하는 듯한 분위기로, 영국 총리를 두 차례나 지냈던 저명한 벨린저 경이었다. 다른 한 사람은 피부가 까무잡잡하고 이목구비가 또렷하며 중년이 되지 않은 우아한 분위기의 남자였다. 그는 준수한 외모만큼 뛰어난 지성을 갖춘 유럽부 장관인 트릴로니 호프 경으로서 당시 영국에서 가장 촉망받는 정치가였다. 두 사람은 서류가 흩어진 긴 소파 양쪽에 자리를 잡고 앉았다. 피곤과 근심으로 어두워진 두 사람의 얼굴을 보니 촌각을 다투는 중대한 문제를 가지고 왔으리라 쉽사리 짐작할 수 있었다. 푸른 혈관이 툭 불거진 손에 상아로 만든 우산 손잡이를 움켜쥔 총리는 수척하고 차가운 얼굴로 나와 홈스를 침울하게 번갈아 바라보았다. 한편 장관은 초조하게 콧수염을 잡아당기며 시곗줄에 매단 도장을 만지작거리다가 말문을 열었다.

"홈스 씨, 나는 오늘 아침 8시에 그게 사라졌다는 사실을 알았습니다. 당장 총리님께 보고를 드렸고 총리님의 제안으로 여기에 찾아왔습니다."

"경찰에는 신고하셨습니까?"

총리는 특유의 기민하고 결연한 태도로 대답했다.

"아니오. 하지도 않았고 할 수도 없소. 경찰에 신고하면 이건은 세상에 공개되고 말 거요. 그 일만큼은 어떻게든지 피하고 싶소만."

"이유가 뭡니까, 총리님?"

"문제의 서류가 담고 있는 내용이 공개되면 유럽의 정세가 악화될 가능성이 높기 때문이오. 분명 그렇게 될 거요. 유럽의 평화가 그 서류에 달려 있다고 해도 과언이 아니오. 그 서류를 비밀리에 되찾지 못한다면 차라리 찾지 않는 편이 낫소. 문서를 가져간 자들도 그 안에 든 내용이 만천하에 공개되는 것을 노리고 있을 거라오."

"알겠습니다. 장관님, 문서가 사라진 정황을 정확하게 설명해주시겠습니까?"

"그에 대해서는 별로 드릴 말씀이 없군요, 홈스 씨. 그 문서는 편지입니다. 엿새 전에 받았고 발신인은 외국의 최고 통치권자입니다. 극비 문서라 사무실 금고에 두고 퇴근한 적도 없습니다. 저녁에 화이트홀 테라스에 있는 집으로 퇴근한 후엔 편지를 침실의 자물쇠 달린 서류함에 보관했습니다. 어젯밤에도 거기에 있는 걸 봤죠. 확실히 봤습니다. 저녁을 먹기 전에 옷을 갈아입으면서 서류함을 열어보았는데 그때는 분명히 잘 있었습니다. 그런데 오늘 아침에 보니 감쪽같이 사라진 겁니다. 서류함은 침실 화장대 거울 옆에 있습니다. 나는 잠귀가 밝은 사람이죠. 아내도 마찬가지고요. 지난밤 우리 침실에 침입한 사람이 없었다고 아내와 난 맹세라도 할 수 있습니다. 그런데 편지가 온데간데없이 사라졌습니다."

"저녁은 언제 드셨습니까?"

"7시 반이었습니다."

"잠자리에는 언제 드셨습니까?"

"어제 나는 극장에 간 아내가 귀가할 때까지 기다렸습니다. 우리는 11시 반에 잠자리에 들었습니다."

"네 시간 동안 서류함 근처에 아무도 없었다는 말씀입니까?"

"우리 부부의 침실에 들어올 수 있는 사람은 정해져 있습니다. 오전에는 하녀 한 명과 내 시종만 들어올 수 있죠. 오후에 아내의 몸종이 들어올 때도 있고요. 그들은 모두 우리집에서 오랫동안 일했고 믿을 수 있습니다. 게다가 그 세 명은 통상적인 업무 서류 외에 극비 문서가 서류함에 있었다는 사실을 알 리 없습니다."

"편지의 존재를 또 누가 알고 있습니까?"

"집에서는 아무도 모릅니다."

"부인은 아시겠죠?"

"아니요. 오늘 아침에 편지가 사라졌다는 사실을 알고 난 후에야 비로소 아내에게 털어놓았습니다."

총리는 당연히 그래야 한다는 듯 고개를 끄덕였다.

"장관의 책임감이야 오래전부터 잘 알고 있습니다. 이렇게 중요한 기밀문서라면 당연히 부부 사이보다 비밀 엄수를 우선해야겠죠."

총리의 말에 장관이 고개 숙여 답례를 했다.

"그렇게 말씀해주셔서 감사합니다, 총리님. 오늘 아침까지 아내에게 편지에 대해서는 한마디도 하지 않았습니다."

"부인께서는 혹시 짐작하고 계시지 않았을까요?"

"그럴 리가요, 홈스 씨. 아내는 전혀 짐작하지 못했습니다. 다른 사람들도 마찬가지고요."

"서류를 잘 잃어버리시는 편입니까?"

"아닙니다."

"영국에서 이 편지에 대해 또 누가 압니까?"

"어제 장관 전원에게 편지에 대해 알렸습니다. 각료 회의를 할 때마다 비밀 엄수를 맹세할뿐더러 이번에는 총리님의 엄중한 경고가 있었기에 각별히 입단속을 했습니다. 세상에, 그런데 다름 아닌 내가 몇 시간 만에 기밀문서를 분실하다니!"

장관의 잘생긴 얼굴은 절망감을 이기지 못해 일그러졌다. 그는 머리카락을 쥐어뜯기까지 했다. 장관의 인간적인 면모가 처음으로 드러났다. 장관은 충동적이고, 열정적이며, 예민한 사람이었다. 하지만 다음 순간 귀족적인 냉정한 모습을 되찾은 그는 다시 부드러운 목소리로 말했다.

"장관들 외에도 편지의 존재를 아는 직원이 두 명 있습니다. 어쩌면 세 명일 수도 있고요. 그 외에 영국 땅에서 편지의 존재를 아는 사람은 아무도 없습니다. 장담합니다, 홈스 씨."

"해외에는요?"

"해외에도 편지를 쓴 당사자 외에 아는 사람이 없을 겁니다. 담당 장관들조차 모르는, 그러니까 정식 절차를 거치지 않고 쓴 편지라고 알고 있습니다."

홈스는 잠시 생각에 잠겼다.

"좀더 구체적으로 말씀해주시죠. 편지가 무슨 내용인지, 사라질 경우 무시무시한 사태가 벌어지는 이유가 뭡니까?"

홈스의 말에 두 정치인이 재빨리 눈빛을 교환했다. 이윽고 총리가 텁수룩한 눈썹을 찡그리며 말문을 열었다.

"편지는 연한 하늘색의 길고 얇은 봉투에 들었소. 붉은색 밀랍으로 봉인됐고 그 위에 웅크리고 앉은 사자 문양이 찍혔소. 주소는 크고 시원시원한 필체로……."

홈스가 말허리를 잘랐다.

"총리님, 그런 내용도 흥미롭고 중요합니다만 수사를 하려면 핵심을 알아야 합니다. 도대체 무슨 내용입니까?"

"극도로 중요한 국가 기밀이오. 당신이라고 해도 말해줄 수 없소이다. 굳이 내용까지 이야기할 이유도 없지 않소? 세간에 알려진 능력을 발휘해 편지가 들어 있는 봉투를 찾아주기만 하면 국가적으로 큰 공을 세우는 거요. 물론 내 재량껏 보상금도 드리겠소."

홈스가 미소를 지으며 일어섰다.

"두 분은 이 나라에서 누구보다 바쁘신 분들입니다. 하지만 저 역시 미천하나마 찾는 사람들이 많은 몸이죠. 도와드릴 수 없어서 유감입니다만 이 이상 대화해봤자 시간 낭비일 것 같군요."

총리가 벌떡 일어났다. 내각의 장관들을 벌벌 떨게 만드는 깊은 두 눈이 분노로 이글거렸다.

"어떻게 내게 이런 대접을……."

총리는 이렇게 말문을 열었지만 이내 분노를 다스리며 자리에 앉았다. 잠시 우리는 말없이 앉아 있었다. 마침내 노정치가가 어깨를 으쓱하며 이야기를 시작했다.

"조건을 받아들여야겠군요, 홈스 씨. 당신 말이 맞소. 당신을 전적으로 신뢰하지 않으면서 우리 뜻대로 움직여주기를 기대하는 건 불합리한 일이니."

"저도 총리님의 의견에 동의합니다."

젊은 정치가가 맞장구쳤다.

"그럼 홈스 씨와 동료 왓슨 박사를 믿고 모두 말하겠소. 두 분의 애국심에도 호소하는 바요. 일이 밖으로 새어 나가는 것보다 이 나라에 더 큰 재앙은 없기 때문이오."

"저희 두 사람은 믿으셔도 됩니다."

"편지는 최근 우리의 식민지 개척 정책에 심기가 불편해진 외국의 통치권자가 보냈소. 급하게 쓴데다 전적으로 개인적인 의견을 담고 있지. 알아보니 그 나라의 내각은 편지에 대해 아는 바가 없었소. 유감스럽게도 편지는 어조와 일부 구절이 도발적이라 내용이 공개되면 그 어느 때보다 위험한 기류가 형성될 게 분명하오. 온 나라가 강경 여론으로 들끓어 일주일도 지나지 않아 양국이 대규모 전쟁에 휘말릴 게 틀림없소."

홈스는 종이에 어떤 이름을 적어서 총리에게 건넸다.

"맞소, 그분이오. 수억 파운드에 달하는 비용과 수십만 명의 목숨과 맞먹는 편지가 지금 오리무중으로 자취를 감춘 거요."

"편지를 보낸 분에게는 이 사실을 알리셨습니까?"

"그렇소. 암호 전보문을 발송했소."

"혹시 그분이 편지가 공개되길 바라시는 것 아닙니까."

"그건 아니오. 우리는 그분이 분별력을 잃고 흥분한 상태에서 이렇게 행동했다고 믿을 만한 근거가 있소. 만약 편지의 내용이 새어 나간다면 우리보다 그분과 그분의 나라가 심각한 타격을 입을 거요."

"편지가 공개된다면 누가 이익을 볼까요? 왜 그 편지를 훔치거나 공개하려고 하는 겁니까?"

"홈스 씨, 그 질문에 답하려면 국제정치에 대해 설명해야 하오. 유럽의 정세에 대해 잘 안다면 동기는 쉽게 짐작할 수 있겠죠. 지금 유럽 전역은 무장 군인들의 막사라 해도 과언이 아니오. 두 개의 동맹의 군사력이 팽팽한 균형을 이루고 있소. 영국은 여기서 균형추라고 할 수 있지. 영국이 어느 한쪽 동맹과 전쟁을 벌이면 다른 동맹은 참전 여부와 상관없이 상대 동맹의 우위에 서는 거요. 내 말을 이해하시겠소?"

"잘 알겠습니다. 그렇다면 국가원수의 정적들이 편지를 훔쳐서 공개하려고 하겠군요. 그 나라와 영국 사이에 반목을 조장하기 위해서 말입니다."

"그렇소."

"편지가 정적의 수중에 떨어지면 누구에게 갈까요?"

"유럽의 통치자라면 누구든 해당이 될 거요. 지금 증기선이 낼 수 있는 최고 속도로 대륙 어딘가로 가고 있는 중인지도 모르오."

트릴로니 호프가 고개를 떨구고 신음 소리를 냈다. 총리는 인자하게 그의 어깨에 손을 올렸다.

"장관, 운이 없었을 뿐이오. 아무도 당신을 비난하지 않아요. 장관은 모든 조치를 다 했잖소. 자, 홈스 씨. 이제 사실을 파악하셨죠. 우리는 어쩌면 좋겠소?"

홈스가 서글픈 표정으로 고개를 가로저었다.

"총리님은 편지를 되찾지 못하면 전쟁이 벌어지리라고 생각하십니까?"

"아마도 그렇게 될 거요."

"그렇다면 전쟁을 준비하십시오."

"가혹한 발언이군요, 홈스 씨."

"지금까지 밝혀진 사실을 잘 생각해보십시오. 편지가 밤 11시 30분 이후에 도둑맞았다고 보기는 어렵습니다. 그때부터 편지가 사라졌다는 사실이 밝혀질 때까지 장관님 부부가 그 방에 계셨으니까요. 그렇다면 편지는 분명히 어제저녁 7시 반에서 11시 반 사이에 사라진 겁니다. 아마도 7시 반에 가까운 시간이겠죠. 범인은 분명 편지 위치를 알았을 테고 가능한 한 빨리 편지를 손에 넣고 싶었을 테니까요. 그토록 중요한 서류가 그 시각에 도난을 당했다면 지금쯤 어디에 있겠습니까? 범인은 편지를 쥐고만 있진 않겠죠. 편지가 필요한 사람에게 서둘러 넘겼을 겁니다. 그러니 우리가 무슨 수로 편지를 되찾거나 추적할 수 있겠습니까? 편지는 이미 닿을 수 없는 곳에 있습니다."

총리는 소파에서 벌떡 일어섰다.

"논리적으로 옳은 말씀이오, 홈스 씨. 나도 이 문제는 우리 손을 떠났다는 생각이 든다오."

"만약 편지를 하녀나 시종이 가져갔다고 가정하면……."

"그들은 오랫동안 우리에게 봉사해왔습니다."

"아까 말씀대로라면 장관님의 방은 3층에 있습니다. 외부와 통하는 출입구가 없겠죠. 물론 집안에서도 누구에게 들키는 일

없이 방으로 올라갈 순 없을 겁니다. 그렇다면 집안 식구 중 누군가가 편지를 가져간 겁니다. 도둑은 편지를 누구에게 가져갈까요? 저도 여러 번 들은 적 있는 몇몇 국제 첩보원과 비밀 요원 가운데 한 명이겠죠. 그들 중 대표적인 세 명을 추릴 수 있습니다. 일단 그 세 명부터 조사를 시작해 지금 런던을 비운 사람이 있는지 알아보겠습니다. 누가 없어졌다면, 특히 지난밤부터 사라졌다면 편지가 어디로 갔는지 짐작할 수 있을 겁니다."

"그자가 왜 모습을 감추겠습니까? 런던에 있는 자국 대사관에 가져다주기만 하면 될 텐데요."

장관이 물었다.

"그럴 리는 없습니다. 이런 요원들은 독자적으로 활동하기 때문에 대사관과 관계가 껄끄러운 경우가 많거든요."

총리가 맞장구치듯 고개를 끄덕였다.

"그럴듯하군요, 홈스 씨. 요원이 그런 가치 있는 물건을 얻는다면 본부에 직접 전해주겠죠. 홈스 씨의 수사 방향이 타당한 것 같소. 장관, 홈스 씨가 수사를 하는 동안 우리도 우리 일을 합시다. 이런 불운 때문에 직무를 소홀히 할 수는 없지 않겠소. 앞으로 새로운 소식이 들어오는 대로 홈스 씨에게 알리겠소. 홈스 씨도 수사 결과를 알려주길 바라오."

두 정치가가 인사를 하고 무거운 걸음으로 방을 나갔다.

손님들이 나가자 홈스는 말없이 파이프 담배를 피우기 시작했다. 깊은 생각에 잠긴 채 한참을 앉아 있었다. 조간신문을 펼친 나는 간밤에 런던에서 발생한 흉악 범죄에 관한 기사에 푹 빠졌다. 이윽고 홈스가 탄성을 지르며 일어나더니 파이프를 벽난로 선반에 내려놓았다.

"좋았어. 이보다 더 훌륭한 접근법은 없겠군. 절망적인 상황이지만 희망이 전혀 없는 건 아닐세. 지금이라도 어느 쪽이 편지를 손에 넣었는지 알아낼 수만 있다면 희망이 있어. 아직 편지를 가지고 있다고 봐도 될 걸세. 결국 이들을 움직이는 것은 돈이거든. 내 뒤에는 영국 재무부가 있잖아. 시장에 나오면 사버리면 돼. 편지를 사고 소득세가 일 페니 오른다 해도 상관없네. 편지를 손에 넣은 자는 다른 쪽에 자신의 운을 시험해보기 전에 이쪽에서 얼마를 부를지 보려고 편지를 쥐고 있을 수도 있어. 그 정도로 대담하게 게임을 끌고 갈 수 있는 첩보원들은 단 세 사람뿐이지. 오버슈타인과 라로티에르, 에두아르도 루카스지. 우선 이자들부터 만나봐야겠군."

나는 조간신문을 힐끔 보며 물었다.

"혹시 고돌핀 스트리트에 사는 에두아르도 루카스?"

"그래."

"그 사람은 못 만날 걸세."

"무슨 말인가?"

"어젯밤 자택에서 살해당했거든."

홈스는 지금껏 함께 온갖 사건을 해결하면서 수도 없이 나를 놀라게 했다. 그래서 이번에야말로 내가 그를 확실히 놀라게 했다는 사실을 깨닫자 일종의 통쾌함마저 느껴졌다. 그는 놀라움을 감추지 못한 채 나를 빤히 보다가 신문을 빼앗듯 가져갔다. 다음은 그가 의자에서 벌떡 일어났을 때 내가 읽던 기사다.

웨스트민스터 살인 사건

템스 강과 웨스트민스터대성당 사이는 18세기에 주택들이 들어선 고풍스럽고 호젓한 주택가이다. 주택가에서도 국회의사당 시계탑에 거의 가려진 고돌핀 스트리트 16번지에서 지난밤 수수께끼의 살인 사건이 발생했다. 사건이 발생한 고급스러운 소형 주택에는 오래전부터 에두아르도 루카스 씨가 거주했다. 그는 유쾌한 성격으로 사교계에서 유명했으며 국내 최고의 아마추어 테너 중 한 사람으로도 명성이 자자했다. 삼십사 세의 미혼 남성인 루카스 씨는 나이든 가정부 프링글 부인과 시종 미튼 씨와 함께 살았다. 평소 가정부는 이른 저녁이면 물러나 꼭대기 층에 있는 방으로 자러 간다. 시종은 어제저녁에 외출을 해서 해머스미스에 있는 친구를 찾아갔다. 그런 연유로 10시부터 집에는 루카스 씨 혼자나 다름없었다. 그 시각에 정확히 무슨 일이 있었는지 아직 밝혀지지 않았으나 11시 45분에 고돌핀 스트리트를 지나가던 바렛 경관이 16번지의 주택 대문이 열린 것을 목격했다. 문을 두드렸지만 아무 대답도 없었다. 주택 전면의 방에 희미하게 불이 들어온 것이 보여 경관은 집안으로 들어가 방문을 두드렸다. 이번에도 대답이 없었다. 경관은 방문을 밀어서 열고 안으로 들어갔다. 방은 난장판이 되어 있었다. 가구는 한쪽으로 모두 밀어놓았고 방 중앙에는 의자 하나가 뒤로 넘어가 있었다. 의자 옆에 루카스 씨가 의자 다리 하나를 붙잡고 쓰러져 있었다. 그는 칼에 심장을 찔렸는데, 이 때문에 즉사한 것으로 보인다. 범행에 사용된 날이 굽은 인도 단검은 집주인의 수집품인 다른 동양 물건들과 함께 벽에 장식되어 있던 것이다. 현장의 상황으로 보아 강도는 아닌 듯싶다. 방에 있던 귀중품을 가져가려고 한 흔적은 없기 때문이다. 생전에 상당한 인기인이었던 에두아르도 루카스 씨는 알 수 없는 상황에서 잔인하게 목숨을 잃었다. 이번 사건은 그의 수많은 지인과 친구들 사이에 고통스러운 관심과 깊은 연민을 불러일으킬 것이다.

한참 후에 홈스가 불쑥 말했다.

"왓슨, 이 사건을 어떻게 생각하는가?"

"신기한 우연이로군."

"우연이라고! 루카스는 이 연극의 주연배우 세 사람 가운데 한 명일지 모른다고 손꼽은 자란 말일세. 연극이 한창 진행중이었으리라 짐작되는 시간에 잔인한 최후를 맞이한 거라네. 확언

할 수는 없지만 우연의 일치가 아닐 가능성이 높아. 흠, 친애하는 왓슨. 두 사건은 관련이 있어. 분명히 그럴 거야. 어떤 관련이 있는지 이제부터 우리가 알아내야 한다네."

"지금쯤이면 경찰이 진상을 파악했을 걸세."

"절대 그럴 리 없네. 그들은 고돌핀 스트리트에서 보이는 것만 알아. 화이트홀 테라스에 대해서는 전혀 모르지. 앞으로도 모를 거고. 오직 우리만 두 사건을 알고 있으니 두 사건 사이의 관계도 추적할 수 있을 거야. 진상이 뭐든 루카스를 의심할 만한 명백한 사실 하나가 있어. 웨스트민스터의 고돌핀 스트리트는 화이트홀 테라스에서 걸어서 몇 분 거리라네. 내가 거론했던 다른 비밀 요원들은 모두 반대편 끝인 웨스트엔드에 살거든. 그러니 다른 사람들보다 루카스가 장관의 하인 중 누군가와 안면을 트거나 편지를 주고받기가 쉬운 셈이지. 사소하긴 하지만 몇 시간 안에 모든 사건이 연이어 발생했으니 이 사소한 사항이 실은 아주 중요할지도 모른다네. 어라, 누구지?"

허드슨 부인이 쟁반에 숙녀의 명함을 담아 방으로 들어왔다. 홈스는 명함을 보더니 눈썹을 치켜 올리며 그걸 내게 건넸다.

홈스가 말했다.

"레이디 힐다 트릴로니 호프에게 올라오시라고 전해주세요."

잠시 후 아침에 이미 유명인의 세례를 받은 보잘것없는 우리

방이 런던 최고의 미인을 손님으로 맞이하는 영광을 안았다. 나는 벨민스터 공작의 막내딸이 얼마나 미인인지 소문으로 들어 알고 있었다. 그러나 어떤 묘사나 초상화도 그녀의 섬세한 매력과 눈부신 빛깔의 머리카락을 제대로 표현하지 못했다. 그러나 그 가을날 아침 우리의 시선이 처음으로 향한 곳은 그녀의 미모가 아니었다. 두 볼은 사랑스러웠지만 감정에 겨워 창백했고 두 눈은 밝게 빛났지만 열에 들뜬 기색이 역력했다. 섬세한 입매는 어떻게든 자제력을 발휘하려 굳게 다물려 있었다. 열린 문으로 손님이 들어오는 순간 우리는 그녀의 미모가 아니라 공포에 눈길이 쏠렸다.

"혹시 남편이 다녀갔나요, 홈스 씨?"

"그렇습니다. 방금 전까지 여기 계셨습니다."

"홈스 씨, 제발 내가 여기 왔다는 말은 남편에게 하지 마세요."

홈스는 차갑게 인사하며 의자를 가리켰다.

"부인께서는 제 입장을 곤란하게 만드시는군요. 일단 여기 앉아서 원하시는 바를 말씀해주시죠. 단, 부탁을 들어드린다는 장담은 못 합니다."

그녀는 방으로 들어와 창을 등지고 앉았다. 큰 키에 우아한 태도, 여성스러움이 조화를 이루어 마치 여왕이 자리한 듯했다.

마침내 그녀가 말문을 열었다. 그녀는 말하는 내내 하얀 장갑을 낀 손을 쥐었다 폈다 했다.

"홈스 씨. 당신이 내게 솔직히 대답해주기를 바라니 모든 것을 털어놓겠습니다. 남편과 나는 무슨 일이든 절대 비밀이 없어요. 한 가지만 제외하고요. 바로 정치입니다. 남편은 정치에 대해서는 입이 무거워요. 정말이지 내게는 아무 이야기도 해주지 않습니다. 그런데 지난밤 우리집에서 불미스러운 일이 벌어졌어요. 무슨 서류가 한 장 없어졌다더군요. 그런데도 정치적인 문제가 걸렸다면서 남편은 어떻게 된 일인지 제대로 말을 해주지 않아요. 나는 무슨 일이 벌어졌는지 전부 알아야 합니다. 내게는 정말 중요한 일이죠. 당신은 정치가들을 제외하면 유일하게 모든 사실을 아는 분입니다. 이렇게 간청할게요, 홈스 씨. 무슨 일이 있었는지, 앞으로 어떤 일이 벌어질지 말해주세요. 전부요, 홈스 씨. 의뢰인을 위해서 침묵을 지키겠다는 생각은 안 하셔도 됩니다. 남편이 뭐라고 생각하든 내가 사실을 알아야 남편을 도울 수 있기 때문이에요. 도난당한 서류가 도대체 뭐죠?"

"부인, 그 부탁은 들어드릴 수가 없습니다."

그녀는 앓는 소리를 내며 얼굴을 양손에 파묻었다.

"제 이야기를 들어보십시오. 장관님은 부인께 이 문제를 거론하지 않기로 하셨습니다. 그분의 비밀을 제가 말씀드려야 합니까? 저는 제 직업과 관련된 일이라 비밀 엄수 맹세를 한 후에 비밀에 대해 들었습니다. 그걸 털어놓으라고 하시는 건 적절한 행동이 아닙니다. 부인이 비밀을 털어놓으라고 설득해야 할 사람은 남편이신 장관님입니다."

"벌써 물어봤죠. 지푸라기라도 잡는 심정으로 여기에 온 거예요. 홈스 씨, 구체적인 이야기를 해주지 않겠다면 큰 호의를 베푸는 셈치고 한 가지만 가르쳐주세요."

"뭘 말입니까?"

"이번 사건으로 남편의 정치적 입지가 크게 흔들릴 수 있나요?"

"상황을 얼른 바로잡지 않으면 불행한 결과가 뒤따를 겁니다."

"아!"

그녀는 걱정이 기우가 아니었다는 사실을 확인하자 헉하고 숨을 들이쉬었다.

"한 가지만 더 물을게요. 서류가 사라진 걸 발견한 남편은 엄청난 충격을 받았답니다. 그때 남편이 무심결에 한 말에 무시무시한 일이 벌어질지도 모른다는 예감이 들더군요."

"장관님이 그렇게 말씀하셨다면 부정할 수는 없습니다."

"무슨 일이 일어난다는 거죠?"

"대답해드릴 수 없습니다. 이 역시 제가 대답할 수 있는 범위를 벗어났습니다."

"그렇다면 더이상 홈스 씨의 시간을 빼앗지 않겠습니다. 전부 말해주지 않는다고 당신을 원망할 수는 없죠. 남편의 불안을 덜어주려는 이유로 그이의 뜻에 반하는 행동을 한 나를 나쁘게 여기지 말아주세요. 다시 한번 부탁드립니다. 내가 여기 찾아온 일은 비밀로 해주세요."

그녀는 문가에서 우리를 돌아보았다. 덕분에 나는 아름답지만 수심에 찬 얼굴과 경악이 가득한 두 눈, 꼭 다문 입술을 마지막으로 한 번 더 볼 수 있었다. 마침내 그녀가 방을 나갔다.

치맛자락이 계단을 사락사락 스치는 소리가 멎고 건물 문이 닫히는 소리가 들리자 홈스가 미소를 지으며 내게 물었다.

"자, 왓슨. 여자는 자네 전문이잖은가. 저 아름다운 부인의 속셈이 뭘까? 정말로 원하는 게 뭘까?"

"방금 그녀가 한 말은 더하고 뺄 것도 없잖나. 저렇게 걱정을 하는 것도 당연한 일이고."

"흠, 왓슨. 그녀의 얼굴과 태도를 떠올려보게. 흥분을 억누르고 안절부절못하면서 집요하게 질문을 던졌어. 게다가 감정을 쉽사리 드러내지 않는 귀족 출신이라는 점도 기억하게."

"상당히 동요한 건 분명해."

"자기가 모든 사실을 아는 편이 남편에게 좋을 거라고 우리를 설득하려고 했다는 점도 잊지 말고. 그게 무슨 뜻일까? 왓슨 자네도 봤겠지만 그녀는 일부러 빛을 등지고 앉았네. 우리에게 표정을 보여주고 싶지 않았던 거지."

"그랬군. 그래서 저 의자를 택했군."

"여자들의 심리는 도무지 이해할 수가 없군. 내가 같은 이유로 의심했던 마게이트의 여자 기억나나? 여자가 콧잔등에만 분을 바르지 않았던 게 사건 해결의 열쇠였지. 그런 불확실한 근거로 어떻게 올바른 결론을 이끌어낼 수 있을까? 여자들의 사소해 보이는 행동은 매우 중요할 수 있어. 반대로 고작 모자 핀이나 고데기 때문에 희한한 행동을 할 수도 있지. 이따 보세, 왓슨."

"외출하려고?"

"그래, 오전에는 고돌핀 스트리트로 가서 경찰들과 좀 어울려봐야겠어. 에두아르도 루카스 곁에 이 수수께끼를 풀 열쇠가 있을 것 같네. 물론 그 열쇠가 어떤 모습일지 지금으로서는 감도 못 잡겠지만. 어차피 사실을 확보하기 전에 가설부터 세우는 건 심각한 실수로 이어질 수 있으니 이러쿵저러쿵해봐야 소용없겠지. 자네는 여기서 대기해주게. 혹시 손님이 오면 나 대신 상대하고. 가능하면 점심시간까지 돌아오지."

그날 하루 종일은 물론 다음날과 다다음 날까지, 홈스는 친구들의 표현에 따르면 말수가 없고 다른 사람들의 표현에 따르면 뚱하다고 하는 상태로 지냈다. 그는 외출했다 돌아오기를 반복했다. 쉬지 않고 담배를 뻑뻑 피우다가 가끔 바이올린을 켜기도 했다. 멍하니 생각에 빠졌다가 아무때나 샌드위치를 먹어치울 뿐 내가 던지는 질문에도 잘 대답해주지 않았다. 수사가 마음먹은 대로 되지 않는 게 분명했다. 그는 웨스트민스터 사건에 대해 일언반구도 없었다. 나는 검시 배심에서 밝혀진 사실이나 고인의 시종이었던 존 미튼이 체포되었다가 풀려났다는 소식 등을 신문 기사로 알게 되었다. 에두아르도 루카스의 죽음에 대해 검시 배심의 배심원단은 명백한 고의 살인이라는 평결을 내렸다.

하지만 범인은 여전히 오리무중이었다. 범행 동기도 마찬가지였다. 방에는 값비싼 물건들이 잔뜩 있었지만 범인은 무엇에도 손대지 않았다. 고인의 서류도 건드리지 않았는데, 서류를 면밀하게 조사한 결과 고인이 생전에 국제 정세를 열심히 공부했고 지칠 줄 모르는 수다쟁이에 외국어 실력도 출중해서 이곳저곳에 편지를 수없이 썼다는 사실이 밝혀졌다. 게다가 그는 각국의 주요 정치인들과 친밀한 관계였다. 그러나 그의 서랍을 가득채운 서류에서 요란한 추문을 일으킬 만한 내용은 없었다. 이 여자 저 여자 가리지 않고 만났지만 깊은 관계로 발전하지도 않았다. 아는 사람은 많았지만 친구는 드물고 사랑하는 사람도 없었다. 일과는 틀에 박힌 듯 일정했고 행동은 점잖았다. 그의 죽음은 하나부터 열까지 수수께끼인지라 그 해답은 미궁 속으로 사라진 것 같았다.

시종인 존 미튼의 체포는 수사가 답보 상태에 빠지자 경찰이 자포자기로 내놓은 타개책이었다. 하지만 혐의는 입증할 수 없었다. 그는 사건 당시 해머스미스의 친구들을 만나고 있었기에 알리바이는 완벽했다. 그가 집으로 출발한 시각이면 사건이 알려지기 전에 웨스트민스터에 도착할 수는 있었다. 하지만 그날 밤 날씨가 화창했기 때문에 걸어서 귀가했다는 그의 해명은 충분히 납득할 수 있었다. 자정에 집에 도착한 그는 예상치 못한 비극을 목격하고 기겁한 듯했다.

그는 주인과 사이도 좋았다. 고인의 소지품 가운데 특히 자그마한 면도날 갑을 포함해 몇 가지가 시종의 상자에서 발견되는데 고인으로부터 받은 선물이라고 밝혔다. 가정부의 증언이 그의 주장을 뒷받침해주었다. 루카스는 삼 년 전에 미튼을 고용했다. 루카스가 대륙으로 여행을 갈 때 미튼을 데리고 가지 않았다는 점은 주목할 만했다. 루카스는 가끔 석 달씩 파리에서 머물렀는데, 이때 미튼은 남아서 고돌핀 스트리트의 집을 관리했다. 가정부는 그날 밤 사건에 대해서 아무것도 몰랐다. 만약 손님이 왔다면 루카스가 직접 문을 열어줬을 것이다.

사흘째 아침까지도 사건은 여전히 답보 상태였다. 적어도 내가 신문에서 확인한 바로는 그랬다. 홈스는 좀더 알 테지만 통 입을 열지 않았다. 어쨌든 레스트레이드가 사건을 맡았다고 하니 수사 과정을 속속들이 알 수 있을 터였다. 나흘째 되는 날 모든 의문을 해소해줄 듯한 장문의 전보가 신문에 실렸다.

파리 경찰이(《데일리 텔레그래프》는 그렇게 썼다) 막 발견한 사실로 지난 월요일 밤 웨스트민스터 고돌핀 스트리트 자택에서 살해된 에두아르도 루카스 씨의 비극적인 최후를 둘러싼 베일이 마침내 걷혔다. 대중들은 고인이 자택에서 칼에 찔려 사망한 채 발견되었으며 이후 시종이 의심받았으나 알리바이 덕분에 혐의를 벗었다는 사실을 기억할 것이다. 어제 프랑스의 뒤 오스테를리츠의 작은 빌라에 사는 앙리 푸르네이 부인이 정신착란을 일으켰다고 그녀의 하인들이 당국에 신고했다. 검사 결과 그녀는 위험하고 영구적인 착란 증세를 일으키는 것으로 판명되었다. 프랑스 경찰은 앙리 푸르네이 부인이 지난 화요일에 런던에서 막 돌아왔다는 사실과 웨스트민스터 살인 사건과 관계가 있다는 증거도 확보했다. 사진을 비교한 결과 부인의 남편과 에두아르도 루카스는 동일 인물인데, 런던과 파리에서 이중생활을 했다는 사실이 밝혀졌다. 푸르네이 부인은 크리올 사람으로 곧잘 흥분하곤 했으며 과거에도 광적으로 질투를 한 적이 있었다고 한다. 아마 이번에도 미칠 듯한 질투심에 사로잡혀 런던에서 화제가 된 끔찍한 범행을 저지른 것으로 추정된다. 월요일 밤 그녀의 행적은 아직 밝혀지지 않았다. 화요일 아침 채링크로스 역에서 그녀와 인상착의가 일치하는 여성이 난폭한 태도와 무시무시한 표정으로 사람들의 시선을 끌었다는 점은 분명하다. 푸르네이 부인은 정신착란을 일으킨 상태에서 남편을 살해했거나 범행을 저지른 직후 그만 정신을 놓아버린 것 같다. 현재 그녀는 과거 행적에 대해 일관된 진술을 할 수 없는 상태이다. 의료진은 그녀가 제정신으로 돌아올 가망이 없다고 진단했다. 푸르네이 부인으로 추정되는 여자가 월요일 밤에 고돌핀 스트리트의 집을 몇 시간이나 지켜보고 있었다는 증언도 있다.

홈스가 아침을 먹는 동안 내가 기사를 읽어주었다.

"이 기사 내용을 어떻게 생각하나, 홈스?"

그는 자리에서 일어나 방안을 서성거리며 말했다.

"왓슨, 자네는 지난 사흘 동안 궁금해서 속이 타들어갔겠지. 나도 알고 있네. 그동안 내가 입을 꾹 다물고 있었던 건 정말 할 이야기가 없었기 때문이라네. 그 기사도 지금 내게 썩 도움이 되지는 않는군."

"남자의 죽음에 관해서는 의문이 풀린 것 같은데."

"그의 죽음은 단순한 사고였네. 이런 시시한 사건에 비하면 우리가 떠안고 있는 문제가 진짜 중요하지. 사라진 편지를 찾고 유럽을 대재앙으로부터 구해야 하잖은가. 지난 사흘 동안 수많은 일들이 일어났지만 정말로 중요한 의미가 있는 사건은 단 하나뿐이었네. 바로 아무 일도 일어나지 않았다는 거지. 나는 한 시간마다 정부로부터 보고를 듣고 있어. 지금까지 문제가 발생할 것 같은 징조는 유럽 어디에도 없다지 뭔가. 이 편지가 어딘가를 돌아다니고 있다면……. 아냐, 절대 그럴 리 없어. 그렇지만 돌아다니지 않는다면 지금 어디에 있을까? 누가 가지고 있을까? 왜 움켜쥐고 있기만 할까? 지금 내 머릿속을 때리고 있는 문제가 그거야. 루카스가 하필 편지가 사라진 날 밤에 죽은 건 정말 우연의 일치일까? 그 편지는 루카스의 수중에 들어갔을까? 그랬다면 왜 그의 서류를 샅샅이 뒤져도 나오지 않았을까? 미치광이 아내가 가지고 갔을까? 편지는 파리의 그녀 집에 있을까? 그렇다면 어떻게 하면 프랑스 경찰의 의심을 사지 않고 집을 뒤져 편지를 되찾을 수 있을까? 왓슨, 이번 사건에선 법이 범죄자와 우리에게 똑같이 위협적이야. 모든 게 우리 발목을 잡고 늘어지는 형국이지. 여기에 어마어마한 이해관계가 걸려 있다네. 사건을 성공적으로 마무리짓는다면 내 경력에서 가장 명예로운 순간으로 기억될 거야. 아, 여기 최전선에서 최신 소식이 왔군!"

그는 건네받은 메모를 서둘러 읽었다.

"이런! 레스트레이드가 뭔가 중요한 사실을 알아낸 모양이야. 모자를 쓰게, 왓슨. 당장 웨스트민스터로 가야 해."

나는 사건 발생 후 처음으로 현장을 직접 볼 수 있었다. 사건이 일어난 집은 높고 우중충하고 납작한 건물이었다. 단순하면서 균형이 잡혀 있고 견고하다는 점에서 18세기 건물다웠다. 불도그 같은 얼굴의 레스트레이드는 집의 앞쪽 창문으로 우리를 내다보았다. 덩치가 큰 경관이 우리를 들여보내주자 레스트레이드가 맞이해주었다. 안내받아 들어간 방이 바로 사건 현장이었다. 범죄의 흔적은 더이상 남아 있지 않았다. 다만 방 한가운데 깔린 양탄자 위에 삐뚤빼뚤 보기 흉한 얼룩이 남아 있을 뿐이었다. 작고 사각형인 인도산 양탄자가 깔린 바닥은 아름답고 고풍스러운 사각형 마룻널로 마감했고 손질을 잘해서 윤이 반들반들했다. 벽난로 위에는 으리으리한 무기들이 장식되어 있었는데, 그중 하나가 그날 밤 참사를 낸 것이다. 창가에 자리한 호화로운 책상이며 실내에 걸린 그림, 깔개, 벽걸이 장식품 등이 고인의 사치스럽고 여성적인 취향을 잘 보여주었다.

"파리 사건 기사를 읽어보셨습니까?"

레스트레이드가 불쑥 물었다.

홈스가 고개를 끄덕였다.

"프랑스 친구들이 이번에 성과를 올린 것 같군요. 그쪽 수사 결과가 맞을 겁니다. 여자가 여기 와서 문을 두드렸습니다. 깜짝 방문이었죠. 루카스는 런던의 삶을 아내에게 감췄으니까요. 그는 일단 아내를 안으로 들였습니다. 밖에 세워둘 수는 없었겠죠. 그녀는 남편이 있는 곳을 어떻게 알아냈는지 말하고 비난을 퍼부었습니다. 비난이 꼬리를 물고 이어지다가 결국 폭발한 겁니다. 그러다 근처에 있는 단검을 집어 들었고 그대로 끝장이 난 거죠. 순식간에 벌어진 일은 아닙니다. 의자들이 한쪽으로 밀려가 있고 루카스가 아내를 막으려는 것처럼 의자 하나를 쥐고 있었으니까요. 직접 본 것처럼 무슨 일이 있었을지 알겠더군요."

홈스가 눈썹을 치켜 올렸다.

"그런데 왜 저를 부르셨습니까?"

"아, 그렇죠. 다른 문제가 있습니다. 사소한 문제이긴 한데 어쩐지 관심이 있으실 것 같아서요. 아시죠, 괴상한 문제들요. 홈스 씨도 별나다고 하실지 모르겠군요. 사건과는 아무 관계도 없습니다. 없을 겁니다. 겉보기에는 말이죠."

"도대체 뭡니까?"

"아시다시피 이런 종류의 사건이 일어나면 경찰은 물건 위치가 바뀌지 않도록 세심히 주의를 기울입니다. 여기서 아무것도 움직이지 않았죠. 담당 경관이 밤낮으로 지켰고요. 오늘 아침에 고인의 장례식을 치렀고 수사는 종결되었습니다. 그러니 방 정도는 정리를 해도 되겠다고 생각을 했습니다. 양탄자를 보시겠습니까? 보시다시피 고정되어 있지 않습니다. 그냥 깔아만 놓았죠. 아무 생각 없이 양탄자를 들췄는데, 이런 걸 찾았……."

"뭐라고요? 찾았다고요?"

홈스의 얼굴이 걱정으로 딱딱하게 굳었다.

"우리가 뭘 찾았는지 죽었다 깨어나도 못 맞히실걸요. 양탄자의 얼룩이 보이시죠? 이 정도로 양탄자를 흠뻑 적실 정도니 피가 뒷면까지 배어 나오지 않았겠습니까?"

"보나마나겠죠."

"그런데 이 하얀 목재 바닥에는 얼룩이 전혀 없다는 얘길 들으면 놀라시겠죠?"

"얼룩이 없다고요! 하지만 저기에……."

"네, 말씀대로입니다. 하지만 정말로 바닥에는 얼룩이 없어요."

레스트레이드는 양탄자의 한쪽 모서리를 들어서 뒤집어 자신의 말이 사실임을 보여주었다.

"양탄자의 뒷면은 앞면처럼 얼룩이 져 있군요. 그렇다면 분명 바닥에도 얼룩이 생겼을 텐데."

레스트레이드는 저명한 탐정이 갈피를 못 잡고 어리둥절해하는 모습이 재미있는지 싱긋 웃었다.

“설명을 해드리죠. 두 번째 얼룩이 있긴 있지만 양탄자의 얼룩과 위치가 일치하지 않습니다. 직접 보시죠.”

레스트레이드는 다른 모서리를 집어 양탄자를 뒤집었다. 사각형의 고풍스러운 하얀 마룻널에는 커다란 핏자국이 선명했다.

“이걸 어떻게 생각하십니까, 홈스 씨?”

“단순한 이야기군요. 두 얼룩이 일치하지 않는다면 양탄자를 돌린 거겠죠. 이 양탄자는 고정되어 있지도 않으니 간단히 돌릴 수 있었겠군요.”

“경관도 양탄자를 돌린 게 아니겠느냐고 했습니다. 홈스 씨를 부를 필요도 없었죠. 그건 확실합니다. 왜냐하면 양탄자를 이렇게 돌리면 두 얼룩은 일치하거든요. 그런데 제가 궁금한 건 누가 왜 양탄자를 움직였냐는 겁니다.”

딱딱하게 굳은 홈스의 얼굴에서 흥분으로 인한 떨림이 보이는 것 같았다.

“레스트레이드 경위님, 잠깐만요! 복도에 있는 저 경관이 이 집을 계속 지켰습니까?”

“네, 그렇습니다.”

“그럼 이렇게 해보십시오. 그를 조심스럽게 신문하는 겁니다. 우리가 없는 곳에서요. 우리는 여기서 기다리겠습니다. 경관을 뒷방으로 데리고 가세요. 단둘이 있으면 자백을 받기 더

쉬울 겁니다. 무슨 생각으로 방에 외부인을 들여보내고 그 사람만 있게 했는지 물어보십시오. 그렇게 했는지 확인하지 말고, 당연히 그렇게 했다고 간주하는 거죠. 누가 이 방에 들어왔었다는 사실을 다 알고 있다고 하세요. 그를 압박하라는 말입니다. 모든 걸 실토하면 용서받을 수 있다고 하세요. 제 말 그대로 하셔야 합니다!"

"이런! 그가 아는 걸 몽땅 토해놓게 만들겠습니다!"

레스트레이드는 이렇게 소리치며 나갔다. 그가 나가고 잠시 후 뒷방에서 그의 고함소리가 쩌렁쩌렁 울렸다.

"서둘러, 왓슨, 어서!"

홈스는 갑자기 열의를 보였다. 피곤한 척하며 숨겨두었던 엄청난 힘이 폭발적으로 분출되었다. 바닥에서 양탄자를 걷어낸 그는 바닥을 기어다니며 마룻널 사이마다 손톱을 끼워 잡아당기기 시작했다. 그중 하나에 손톱을 끼워 당기자 마룻널이 옆으로 돌아가더니 상자의 뚜껑이 열리듯 홱 열렸다. 작고 캄캄한 공간이 눈앞에 나타났다. 홈스가 그곳에 손을 집어넣었지만 분노와 실망감에 짜증스러움으로 혀를 차며 손을 뺐다. 그곳에는 아무것도 없었다.

"서두르게, 왓슨. 어서 원래대로 해놓아야 해!"

마룻널을 덮고 양탄자를 원래대로 하자마자 복도에서 레스트레이드의 목소리가 들렸다. 그가 방으로 돌아왔을 때 홈스는 벽난로 선반에 노곤한 표정으로 기대 있었다. 터져 나오려는 하품을 애써 꾹 참으며 체념한 표정을 한 게 눈에 보였다.

“기다리게 해서 죄송합니다, 홈스 씨. 여기 일이 지겨워죽을 지경이신 것 같군요. 경관이 털어놓았습니다. 들어오게, 맥퍼슨. 이분들에게 자네의 명백한 실수에 대해 다 말하게.”

얼굴을 붉힌 덩치가 큰 남자가 후회하는 표정으로 방으로 들어왔다.

“나쁜 의도가 있어서 그런 게 아닙니다, 정말입니다. 어제 저녁에 젊은 여자가 찾아왔어요. 알고 보니 집을 착각했더군요. 그런 인연으로 우리는 잠시 이야기를 나누게 되었습니다. 혼자 하루 종일 집을 지키다보면 적적하기도 하니까요.”

“음, 그래서 어떻게 되었나?”

“그 여자가 살인 사건이 벌어진 장소를 한번 보고 싶다는 겁니다. 신문에서 읽었다고 했죠. 얌전하고 교양 있는 말씨의 아가씨였습니다. 그래서 안을 살짝 보게 해줘도 문제가 없을 줄 알았죠. 그런데 양탄자의 피를 보더니 그만 기절을 해버린 겁니다. 쓰러졌는데 정말 죽은 듯 안색이 창백해서 부엌에서 물을 떠다 먹였습니다. 그래도 정신을 못 차리더군요. 저는 모퉁이를 돌면 나오는 아이비 플랜트 술집으로 곧장 달려갔습니다. 거기서 브랜디를 조금 얻었죠. 그걸 가지고 와보니 아가씨는 벌써 가고 없었습니다. 기절을 한 게 부끄러워 제 얼굴을 차마 볼 수가 없었겠죠."

"양탄자는 왜 움직인 건가?"

"그게 말입니다. 돌아와보니 양탄자가 구겨지고 비뚤어져 있었습니다. 아마도 그 위로 쓰러진 게 아닐까요? 여기는 바닥이 미끄럽고 양탄자는 고정되어 있지 않았으니까요. 그래서 바로 해둔 것뿐입니다."

"이 일로 나를 속일 수 없다는 교훈을 얻었을 걸세, 맥퍼슨 순경."

레스트레이드가 목에 힘을 주며 말했다.

"근무 수칙을 어긴 사실이 들통이 나지 않을 줄 알았겠지? 하지만 양탄자를 보자마자 누가 이 방에 들어왔던 걸 바로 알겠더군. 가져간 물건이 없다는 사실에 감사하라고, 이 친구야. 안 그랬다면 지금쯤 자네는 혼쭐이 나고 있었을 테니까. 별것도 아닌 일로 오시라고 해서 죄송합니다, 홈스 씨. 하지만 양탄자와 마룻바닥의 얼룩이 일치하지 않는 상황이 흥미로우실 거라 생각했습니다."

"흥미로웠습니다. 그 여자는 지금까지 딱 한 번 왔나, 순경?"

"그렇습니다. 한 번뿐입니다."

"자기소개를 했나?"

"이름은 모릅니다. 타자수를 구한다는 광고를 보고 왔다는데 번지수를 잘못 알고 있었습니다. 성격이 좋고 고상해 보였습니다."

"키가 크고? 얼굴은 예쁘고?"

"그렇습니다. 가정교육을 잘 받은 것 같더군요. 예쁜 얼굴이었습니다. 혹자는 대단한 미인이라고도 할 미모였습니다.

'어머, 경관님, 한 번만 보게 해주세요!'

사람을 살살 구슬리는 듯한 태도로 이렇게 말하더군요. 잠깐 방안을 보여줘도 문제없을 줄 알았습니다."

"옷차림은 어땠나?"

"수수했습니다. 발까지 내려오는 망토를 걸치고 있었고요."

"그게 몇 시였지?"

"주위가 어둑어둑해질 무렵이었습니다. 제가 브랜디를 가지고 왔을 때 가로등지기가 가로등을 하나씩 켜고 있었으니까요."

우리가 집을 나설 때 레스트레이드는 방에 남았고 뉘우치는 기색이 역력한 경관이 배웅해주었다. 홈스는 계단으로 나오다가 돌아서서 손에 있는 것을 들어 경관에게 보여주었다. 경관은 홀린 듯 그것을 뚫어져라 쳐다보았다.

"세상에, 탐정님!"

경관이 깜짝 놀라 소리쳤다. 홈스는 손가락을 입술에 가져다 대더니 손에 들고 있던 것을 앞주머니에 넣었다. 거리로 나오던 홈스가 웃음을 터뜨렸다.

"훌륭해! 어서 가세, 왓슨. 마침내 대단원의 막이 오를 걸세. 전쟁은 일어나지 않을 거고, 트릴로니 호프 장관의 빛나는 경력에 아무 오점도 생기지 않을 테고, 경솔했던 통치권자는 자신이 저지른 행동에 대해 벌을 받지 않을 거고 총리는 얽히고 꼬인 유럽 정세를 풀려고 고생할 필요도 없어. 우리가 요령을 약간 발휘해 상황을 조율하면 최악의 상황까지 예상되었던 이 사건에서 피해를 보는 사람은 아무도 없을 거라네. 어때, 이제 안심이 되지?"

내 마음은 비범한 친구에 대한 찬탄으로 차올랐다.

"사건을 해결한 거로군!"

내가 소리를 질렀다.

"아직이야, 왓슨. 알아내지 못한 부분이 있다네. 하지만 많은 사실을 알아냈으니 나머지 사실을 밝히지 못한다면 그건 우리의 잘못일 걸세. 곧장 화이트홀 테라스로 가서 이 문제를 마무리하도록 하세."

장관의 집에 도착한 후 홈스가 찾은 사람은 장관이 아니라 레이디 힐다 트릴로니 호프였다. 우리는 거실로 안내되었다.

"홈스 씨!"

그녀는 분노로 얼굴을 붉게 물들이며 말했다.

"이렇게 직접 찾아오시다니 불공평하고 비열하시군요. 내가 찾아간 사실을 비밀로 해달라고 신신당부를 하지 않았습니까? 그 일이 알려지면 남편은 내가 그이의 일에 간섭한다고 오해할 거예요. 불쑥 찾아와서 우리가 안면이 있다고 표시 내면 내가 곤란해지지 않겠습니까?"

"부인, 안타깝지만 저도 뾰족한 수가 없었습니다. 저는 어마어마하게 중요한 편지를 되찾아달라는 의뢰를 받았습니다. 그러므로 부탁드립니다. 편지를 넘겨주시지요."

홈스의 말이 끝나자마자 그녀가 자리에서 벌떡 일어났다. 아름다운 얼굴에서 순식간에 핏기가 사라지고 두 눈이 불타오르듯 이글거렸다. 그러더니 다음 순간 기절이라도 할 듯이 비틀거렸다. 하지만 그것도 잠시였고 그녀는 간신히 충격에서 벗어났다. 엄청난 놀라움과 분노로 표정이 계속 변했다.

"지금 나를 모욕하는 건가요, 홈스 씨?"

"진정하세요. 잡아떼도 소용없습니다. 편지를 내놓으시죠."

그녀가 종을 울리려 달려갔다.

"집사가 배웅해드릴 겁니다."

"집사를 부르지 마세요, 레이디 힐다. 그랬다간 불필요한 추문을 피하고 싶은 제 진심 어린 노력이 물거품이 될 테니까요. 편지를 주세요. 모든 게 잘될 겁니다. 협조해주시죠. 문제를 말끔히 정리해놓겠습니다. 제 말대로 하지 않으시겠다면 사실을 밝히는 수밖에 없습니다."

그녀는 반항하듯 여왕처럼 당당하게 우뚝 섰다. 홈스의 영혼까지도 읽으려는듯 그의 눈을 노려보았다. 손은 종에 올라가 있었지만 끝내 그 종은 울리지 않았다.

"절 겁주시는군요. 이렇게 불쑥 나타나서 여자를 협박하다니 신사가 할 짓인가요, 홈스 씨? 뭘 알고 계신다고 하는데. 도대체 무엇이죠?"

"자, 앉으시죠, 부인. 쓰러지기라도 하면 다치십니다. 자리에 앉으세요. 그러면 다 말씀드리죠. 감사합니다."

"오 분 드리겠습니다, 홈스 씨."

"일 분이면 충분합니다, 레이디 힐다. 부인이 에두아르도 루카스 집으로 찾아가 편지를 넘긴 사실을 압니다. 어젯밤 부인이 편지를 되찾을 꾀를 내어 그 집을 다시 찾았다는 사실도, 양탄자 밑의 비밀 장소에서 편지를 무사히 되찾은 사실도요."

사색이 된 그녀는 홈스를 뚫어지게 바라보더니 침을 두 번이나 꿀꺽 삼키고 나서야 비로소 말문을 열었다.

"미쳤군요, 홈스 씨. 당신 미쳤어!"

그는 주머니에서 작은 종잇조각을 꺼냈다. 그것은 초상화에서 오린 여자 얼굴이었다.

"어쩐지 쓸모가 있을 것 같아서 가지고 갔죠. 거기 있던 경관이 보고 확인해줬습니다."

홈스가 말했다.

그녀는 헉하고 숨을 들이쉬더니 의자 등받이에 머리를 기댔다.

"어서요, 레이디 힐다. 편지를 가지고 계시지 않습니까. 그렇다면 상황을 바로잡을 수 있습니다. 저는 부인에게 고통을 드리려는 게 아닙니다. 제 의무는 사라진 편지를 부군께 가져다드리는 거죠. 제 이야기대로 해주세요. 그리고 솔직하게 말씀해주시죠. 이게 유일한 기회입니다."

그녀의 용기는 감탄할 만했다. 홈스가 이렇게까지 나오는데도 패배를 완강히 거부했으니 말이다.

"아무래도 홈스 씨는 뭔가 단단히 착각을 하고 계신 것 같군요."

홈스가 의자에서 일어났다.

"유감입니다, 레이디 힐다. 저는 부인을 위해서 최선을 다했지만 헛수고를 했군요."

그가 종을 울리자 집사가 방으로 들어왔다.

"트릴로니 호프 장관님이 집에 계십니까?"

"곧 도착하십니다. 12시 45분에요."

홈스가 시계를 힐끔 보았다.

"십오 분 남았군. 좋습니다. 기다리죠."

홈스가 말했다.

집사가 문을 닫고 나가자마자 레이디 힐다가 홈스의 발치에 무릎을 꿇고 그를 향해 두 팔을 뻗었다. 아름다운 얼굴은 눈물로 얼룩져 있었다. 그녀는 미친듯이 그에게 간청하고 애원했다.

"오, 홈스 씨, 나를 용서해주세요. 나를 구해주세요! 무슨 일이 있어도 남편에게만은 비밀입니다! 나는 남편을 너무나 사랑해요! 그의 인생에 작은 오점도 남길 수 없어요. 그랬다가는 고귀한 그이가 실망할 거예요."

홈스가 부인을 일으켜 세우며 말했다.

"마지막 순간에 분별력을 되찾으시니 다행입니다. 우물쭈물할 시간이 없습니다. 편지는 어디에 있습니까?"

그녀는 재빨리 책상으로 가서 자물쇠를 열고 기다랗고 파란 봉투를 꺼냈다.

"여기 있어요, 홈스 씨. 처음부터 이걸 보지 않았으면 좋았을 걸."

"이제 이걸 어떻게 되돌려놓는담. 어서 뭔가 방법을 찾아내야 해! 서류함은 어디에 있습니까?"

"아직 침실에 있어요."

"다행이군요! 어서 그걸 이리로 가지고 오십시오."

잠시 후 그녀가 납작한 붉은 상자를 가지고 돌아왔다.

"전에는 서류함을 어떻게 여셨습니까? 복제한 열쇠가 있습니까? 오호, 물론 있겠죠. 어서 여세요!"

레이디 힐다는 가슴팍에서 작은 열쇠를 꺼냈다. 이윽고 서류함이 열렸다. 서류가 잔뜩 들어 있었다. 홈스는 푸른색 봉투를 서류 사이에 깊숙이 끼워 넣고 상자를 닫고 열쇠로 잠근 후 침실에 도로 가져다놓았다.

"자, 이제 장관님을 맞이할 준비는 끝났습니다. 아직 십 분이나 남았군요. 레이디 힐다, 저는 부인의 행동을 은폐하는 일까지 하게 되었습니다. 그러니 이게 어떻게 된 일인지 남은 시간 동안 솔직하게 털어놓으시죠."

"홈스 씨, 다 말씀드릴게요. 오, 홈스 씨. 남편에게 이 이상 고통의 시간을 안기느니 내 오른손을 자르고 말겠어요. 런던을 전부 뒤져도 나만큼 남편을 사랑하는 여자는 없을 거랍니다. 아무리 그래도 내가 어떤 짓을 했는지, 아니 어떤 짓을 할 수밖에 없었는지 알면 남편은 절대 용서하지 않겠죠. 명예를 중시하는 사람이라 다른 사람의 허물을 잊거나 용서할 수 없으니까요. 나를 도와주세요, 홈스 씨! 내 행복과 남편의 행복, 우리의 인생이 걸려 있어요."

"어서요, 시간이 별로 없습니다!"

"모든 일의 발단은 예전에 내가 쓴 편지 한 통이었습니다. 결혼 전에 쓴 경솔한 내용의 편지였죠. 충동적으로 쓴 어리석은 편지였어요. 사랑에 빠진 소녀였으니까요. 별 내용도 아니지만 남편은 그것만으로도 죄악이라고 여길 테고 편지를 읽기라도 하면 저를 향한 신뢰가 깨져버리겠죠. 그 편지를 쓴 후로 많은 시간이 흘러 썼다는 사실조차 잊고 살았죠. 그런데 루카스라는 자로부터 연락을 받았어요. 편지가 자신의 손에 들어왔다고요. 그는 남편에게 그 편지를 보내겠다고 했어요. 나는 자비를 베풀어달라고 애원했습니다. 그러자 편지를 돌려받는 대신 남편 서류함에서 어떤 서류를 가지고 오라고 하더군요. 그가 정부에 스파이를 심어놓았는데, 그 스파이가 서류의 존재를 알려줬다고 했죠. 남편은 아무런 해도 입지 않을 거라고 장담했어요. 제 입장이 되어보세요, 홈스 씨! 뭘 어떻게 할 수 있었겠어요?"

"남편에게 사실대로 말씀하셨어야죠."

"말할 수 없었어요, 홈스 씨! 그럴 수는 없었다고요! 한쪽에는 이 결혼의 몰락이 기다리고 있었어요. 다른 쪽을 보면 남편의 서류를 훔쳐야 하는 상상만으로도 끔찍한 현실이 있었죠. 정치라면 결과가 어떨지 감이 안 와도 사랑과 신뢰의 문제라면 빤히 보이더군요. 그래서 시키는 대로 했어요! 남편 열쇠의 본을 떠서 루카스에게 줬고 루카스가 복제 열쇠를 준비해줬어요. 나는 서류함을 열고 서류를 꺼낸 후 고돌핀 스트리트로 가지고 갔습니다."

"그곳에서 무슨 일이 있었습니까?"

"약속한 대로 문을 두드리자 루카스가 문을 열어줬죠. 그를 따라 방으로 들어가면서 현관문을 살짝 열어뒀어요. 그 남자와 단둘이 있기가 무서웠거든요. 내가 들어갈 때 길에 서 있는 여자를 본 기억이 나요. 그자와 나의 용무는 금방 끝났어요. 그의 책상 위에 내 편지가 있는 걸 보고 나는 남편의 서류를 건넸죠. 그는 내 편지를 돌려줬고요. 바로 그 순간 문 쪽에서 복도를 걸어오는 소리가 나더군요. 루카스가 재빨리 양탄자를 뒤집더니 그 아래 비밀 장소에 서류를 숨기고 다시 원래대로 양탄자를 덮었어요.

후에 일어난 일은 지금 생각해도 악몽 같아요. 광분한 것 같은 까무잡잡한 여자 얼굴을 본 것 같고 프랑스어로 뭐라 소리치는 소리가 들리더군요.

'그렇게 기다린 보람이 있군. 마침내, 마침내 여자와 있는 현장을 잡았어!'

다음 순간 무시무시한 몸싸움이 벌어졌어요. 루카스가 의자를 들고 있었고 여자의 손에는 번득이는 칼이 들려 있었고요. 나는 그 무서운 집을 빠져나와서 미친듯이 달렸어요. 마구 달렸죠. 그날 밤엔 편지를 되찾아 행복하기만 해서 내 행동이 어떤 결과를 몰고 올지 전혀 생각 못 했어요. 이튿날 아침에 신문을 보고 나서야 간밤에 끔찍한 일이 벌어졌다는 사실을 알았죠.

그리고 지금까지의 고통 대신 또다른 고통이 왔다는 사실을 깨달았어요. 편지가 사라진 걸 안 남편이 괴로워하는 모습에 미칠 것 같았죠. 당장 무릎을 꿇고 내가 저지른 짓을 털어놓으려고 했어지만 그랬다가는 과거까지 털어놓아야 했어요. 그날 아침 당신을 찾아간 건 내 잘못의 여파가 얼만큼일지 제대로 알고 싶어서였어요. 사실을 깨닫는 순간 편지를 되찾아와야겠다는 생각만 들더군요. 편지는 루카스가 둔 곳에 있을 게 분명했어요. 무서운 여자가 쳐들어오기 전에 숨겼으니까요. 만약 그 여자가 불쑥 찾아오지 않았다면 나도 비밀 장소가 어딘지 몰랐을 거예요. 하지만 그 방에 들어갈 방법이 없었어요. 이틀 동안 그곳을 살폈지만 절대 문을 열어두지 않더군요. 지난밤에 마지막 시도를 해봤어요. 내가 어떤 행동으로 성공했는지 이미 아시죠. 편지를 가지고 와서 처음에는 그냥 없애버리려고 했어요. 아무리 생각해도 남편에게 잘못을 고백하지 않고 몰래 되돌려놓는 방법이 떠오르지 않았거든요. 어머나, 그이가 계단을 올라오는 소리예요!"

잔뜩 흥분한 장관이 방으로 들어왔다.

"무슨 소식이라도 있습니까, 홈스 씨? 아무 소식도 없습니까?"

"희망이 어렴풋이 보입니다."

"아, 하느님, 고맙습니다."

얼굴이 환하게 빛내며 그가 말을 이었다.

"총리님과 곧 점심을 들 예정입니다. 혹시 그분에게도 희망을 보여드릴 수 있을까요? 그분은 강철 같은 의지를 지니셨지만 이 끔찍한 사태가 일어난 후로 잠도 제대로 못 이루시며 노심초사하고 계십니다. 제이컵스, 총리님에게 위층으로 올라오시라고 전해주겠나? 아, 여보, 이건 정치 일이야. 잠시 후 식당에서 만나."

잠시 후 올라온 총리의 태도는 차분하고 가라앉아 있었다. 하지만 눈이 매섭게 빛나고 뼈가 앙상한 손을 비트는 것을 보니 젊은 동료의 흥분에 전염이 된 것이 분명했다.

"보고할 일이 있다고요, 홈스 씨?"

"아직은 부정적인 소식뿐입니다. 있을 만한 곳을 모두 조사했습니다. 조사 결과를 바탕으로 편지가 불쑥 나타날 위험은 없다는 결론을 내렸습니다."

"그런 결론으로는 충분하지 않소, 홈스 씨. 화산 위에서 편히 지낼 수는 없지 않소. 구체적인 증거가 있어야 합니다."

"가능성이 보입니다. 그래서 여기에 왔습니다. 이 문제를 놓고 고민을 하면 할수록 저는 편지는 절대 이 집 밖으로 나간 적이 없다는 생각을 떨칠 수가 없습니다."

"홈스 씨!"

"만약 외부로 유출되었다면 지금쯤 공개가 되었지 않겠습니까?"

"이 집에 두려면 굳이 왜 훔쳐가겠습니까?"

"과연 편지를 도둑맞기나 했는지 의심스럽습니다."

"그럼 어떻게 서류함에서 편지가 사라진 겁니까?"

"애초에 편지가 서류함에서 사라지긴 했던 걸까요?"

"홈스 씨, 지금은 농담을 할 때가 아닙니다. 편지는 서류함에 없다고 장담할 수 있습니다."

"혹시 화요일 아침 이후로 서류함을 살펴보셨습니까?"

"아뇨, 그럴 필요가 없지 않습니까?"

"편지를 못 봤을 수도 있지 않을까요?"

"그건 말도 안 됩니다."

"저는 도무지 확신이 서지 않습니다. 그런 경우를 워낙 많이 봤거든요. 서류함에는 다른 서류들도 많겠죠. 혹시 다른 서류와 뒤섞여 있지 않을까요?"

"그 편지가 제일 위에 놓여 있었습니다."

"누가 상자를 흔드는 바람에 뒤섞였을 수도 있죠."

"아뇨, 그럴 리 없습니다. 안에 있는 걸 전부 꺼내봤어요."

"이 문제는 쉽게 해결할 수 있소, 장관! 서류함을 가져오게 합시다."

총리의 말에 장관이 종을 울렸다.

"제이컵스, 내 서류함을 가지고 내려오게. 이건 시간 낭비일 뿐입니다. 하지만 무슨 말로도 납득할 수 없다면 이렇게라도 해야죠. 고맙네, 제이컵스. 여기 놓아두게. 열쇠는 항상 여기 내 시곗줄에 달려 있습니다. 서류들을 한번 보시죠. 메로 경이 보낸 편지, 찰스 하디 경의 보고서, 벨그레이드에서 온 외교 각서, 러시아-독일 곡물세에 관한 문서, 마드리드에서 온 편지, 플라워스 경의 쪽지. 아니, 이럴 수가! 이게 뭐지? 총리님! 총리님!"

총리가 장관의 손에서 푸른 편지 봉투를 빼앗듯 가져갔다.

"그래, 여기 있군. 개봉하지도 않았어. 장관, 축하하네!"

"고맙습니다! 고맙습니다! 그동안 얼마나 마음이 무거웠던지! 이게 어떻게 된 일인가요. 말도 안 돼요! 홈스 씨, 당신은 마법사인가요! 어떻게 여기에 있다는 걸 아셨습니까?"

"아무데도 없다는 걸 알았거든요."

"직접 보고도 믿을 수가 없군요."

그는 문으로 달려가며 소리쳤다.

"아내는 어디에 있지! 모든 게 잘 해결되었다고 말해야 해요. 힐다! 힐다!"

잠시 후 계단에서 그의 목소리가 들렸다.

총리가 눈을 반짝이며 홈스를 바라보았다.

"홈스 씨, 보이는 게 다가 아니겠죠? 편지가 어떻게 서류함으로 되돌아왔습니까?"

홈스는 미소를 지으며 총리의 예리한 눈빛을 슬그머니 피했다.

"우리에게도 외교상의 비밀이 있습니다."

홈스는 모자를 집어 들고 몸을 돌려 문으로 향했다.

*

트리비아

TRIVIA

149쪽 | 홀로 자전거 타는 아가씨

1895년 4월, 홈스와 왓슨에게 바이얼릿 스미스라는 여성이 찾아와 고민을 상담한다. 자전거를 타고 주말마다 집에서 역을 오갈 때 한 남자가 자전거로 뒤쫓는다는 것. 홀로 자전거를 타고 다니는 그녀는 정체불명의 남자를 상대하기 위해 중간에 자전거를 멈추고 그자를 기다리는 재기와 용기까지 보인다.

빅토리아시대에 태어난 여성들은 삶의 방식이 몇 가지 밖에 없었다. 중상류층 여성들은 바르게 커서 결혼하고 남자 아이를 낳고, 집에 찾아오는 손님들을 즐겁게 하고 남부럽지 않은 가정을 꾸리는 삶밖에 허락되지 않았다. 그녀들은 허리를 조이는 코르셋 위에 긴 드레스를 입었다. 심신을 단련하거나 기분 전환을 위한 운동은 할 수 없었다. 자전거의 발명은 빅토리아시대 여성들의 삶에 대단한 변화를 가져온다. 1896년 발행된 《먼지스 매거진Munsey's Magazine》의 기사는 "남자들에게 자전거는 새로운 장난감에 불과하다. 그들의 작업과 놀이에 놀이 기구가 더 추가되었을 뿐이다. 반면 여자들에게는 새로운 세계로 갈 수 있게 하는 탈것이다"라고 자전거를 소개하고 있다. 자전거는 지루하고 판에 박힌 삶을 살았던 가정주부나 그들의 딸들이 가정이라는 감옥을 탈출할 수 있는 안전하고 점잖은 방도를 제안한다. 자전거를 타는 여성의 편의를 위한 새로운 하의가 개발되는 등 자전거는 당대 여성들에게 큰 인기를 끌었다.

195쪽 | 예비 학교

「프라이어리 학교」에 나오는 프라이어리 학교는 예비 진학 학교이다. 이 학교에는 귀족 자제들이 다수 재학하고 있다. 이 학교에 다니던 한 공작의 자제가 실종되고, 홈스는 교장의 의뢰를 받아 사건을 수사한다.

빅토리아시대 영국의 예비 학교는 선발된 열세 살 이하의 남학생들을 가르치는 사립학교다. 예비 학교는 영국의 지배계급과 관계가 있다. 역사적으로 영국의 상류층, 중상류층의 자녀들이 예비 학교에서 교육을 받았다. 영국이 식민지를 건설하던 때에 부모가 고위 관료로 식민지에 거주하게 되면 그들의 아들은 예비 학교에서 지내는 것이 일반적이었다. 예비 학교 등록금은 과거에도 높은 편이었고 지금도 그렇다. 예비 학교 학생들은 더 좋은 수준의 상위 교육기관에 진학하기 위해 준비한다. 19세기 초 잉글랜드와 웨일스에서 처음 나타난 예비학교는 남학생들을 위한 기숙학교로 시작했다. 우리나라에도 잘 알려진 이튼 칼리지, 윈체스터 칼리지, 차터하우스 스쿨 등이 그것이다. 현재는 영국에 500여 개의 다양한 예비 학교가 있으며, 130,000여 명의 학생들이 다니고 있다.

296쪽 | 명함

찰스 오거스터스 밀버턴이라는 악당은 홈스의 집에 방문했으나 집주인이 집에 없자 이름, 주소, 직업이 간략하게 기재된 명함만 남기고 가버린다. 빅토리아시대를 배경으로 하는 소설을 읽은 독자들이라면 방문객이 집사나 하인에게 명함을 먼저 준다거나, 집주인이 집을 비워서 명함을 두고 오는 장면에 익숙할 것이다.

18세기 유럽에서는 귀족이나 왕족의 시종이 주인이 방문할 집에 먼저 가서 명함을 전달하는 것이 에티켓이었다. 명함을 전달하면서 명함 주인의 방문을 알리는 것이다. 명함은 대개 주인의 이름이 적힌 작은 종이였다. 소유주의 품격을 높이기도 위해 종이에 디자인을 하기도 했다. 19세기에는 명함이 널리 퍼지면서 귀족이나 왕족이 아닌 사람도 가지고 다니며 스스로 방문할 집에 찾아가 전달했다. 처음에는 명함에 이름만 적고 다른 정보는 노출하지 않는 것이 품위 있다고 여겨졌지만 명함을 사용하는 사람들의 신분이 점차 넓어지면서 본인이 속한 사교 클럽 등의 정보를 밝혀 적었다. 후에는 주소, 연락처, 직업 등을 명함에 기재했고 지금의 형태에 이르렀다.

499쪽 | 애비 그레인지 저택의 레이디

홈스에게는 귀족들도 여럿 도움을 청하러 온다. 작품에는 귀족 여성을 가리키는 '레이디'라는 어휘도 종종 등장한다. 『셜록 홈스의 귀환』에 수록된 「찰스 오거스터스 밀버턴」에도 레이디 이바 블랙웰이, 「애비 그레인지 저택 사건」에는 레이디 브래컨스톨이 등장하는데 두 사람에게 쓰인 '레이디' 호칭의 용법이 다르다.

레이디는 영국에서 높은 계급의 여성을 가리킬 때 이름 앞에 붙이는 호칭이다. 중세시대에는 왕족의 공주들의 이름 앞에 호칭인 레이디가 붙었다. 남성 귀족에게는 공작, 백작, 남작 등 다양한 작위가 부여되었으나 여성 귀족에게는 오직 레이디뿐이었다. 귀족의 딸은 성명 앞에 레이디가 붙는다. 레이디 이바 블랙웰처럼 말이다. 이들은 평민과 결혼을 해도 남편 성 대신 원래의 성명 앞에 레이디가 붙는다. 남편의 성을 따르고 레이디를 붙이는 경우는 남작이나 기사의 부인이거나 여성의 신분이 결혼 전 평민이었던 경우다. 아마 레이디 브래컨스톨이 이런 경우이지 않을까. 그녀는 호주에서 온 평민 여성이었을 가능성이 높다.

트리비아 참고 문헌

Arthur Conan Doyle, 『The Return of Sherlock Holmes』, Oxford University Press, 1993
Jack Tracy, 『The Ultimate Sherlock Holmes Encyclopedia』, Doubleday & co., 1977
Nick Utechin, 『Amazing & Extraordinary facts–Sherlock Holmes』, David & Charles, 2012
데이비드 스튜어트 데이비스 외, 이시은 · 최윤희 옮김, 『셜록 홈즈의 책』, 지식갤러리, 2015
아서 코넌 도일, 레슬리 S. 클링거, 승영조 옮김, '주석 달린 셜록 홈즈' 시리즈, 현대문학, 2013

*

해설

런던 경찰청의 탄생과 발전

셜록 홈스와 경찰들

'셜록 홈스' 시리즈에는 런던 경찰청 소속의 경찰들이 많이 등장한다. 『바스커빌 가문의 사냥개』에서는 홈스가 레스트레이드 형사에게 도움을 청하면서 '뛰어난 형사'라고 평가했지만, 다른 작품에서 경찰은 사건 수사에서 아쉬운 모습으로 홈스를 돋보이게 하는 역할에 그치곤 했다. 홈스는 경찰에 대해 대체로 '상상력이 부족하지만, 용감하고 끈기 있다'고 평가한다. 그러나 그들의 수사 방식을 칭찬한 경우는 찾아보기 어렵다. 홈스는 「얼룩 띠」(『셜록 홈스의 모험』에 수록)에서 그라임즈비 로일럿 박사가 "경찰 나부랭이the Scotland Yard Jack-in-office!"라고 부르자, 자기를 '경찰Official detective force'과 혼동한다면서 불쾌하게 여겼을 정도로 경찰의 능력을 낮게 보고 있다.

영국 경찰의 발전

그렇다면 빅토리아시대의 런던 경찰청은 어떤 곳이었을까. 영국의 수도 런던에 소재한 런던 경찰청MPS: Metropolitan Police Service은 그 본부 건물을 의미하는 스코틀랜드 야드라는 별명으로 영국 추리소설을 읽은 사람에게 익숙한 기관이다. 현대의 런던 경찰청은 홈스가 활약하던 무렵과 비교하면 그 형태가 크게 달라졌다.

경찰이라는 공권력이 창설되기 전 영국의 치안은 시민 스스로 지켰다. 5세기 경 영국에 정착한 앵글로색슨족은 '십인조 제도'라는 치안 유지 제도를 실시했다. 이는 스무 살 이상 남자 열 명이 한 개조를 이루어 거주지의 치안을 유지하고 경비 의무를 맡는 제도로, 자경대를 지휘하는 대장은 귀족이 임명했다. 자경대장은 범죄자를 추적, 체포하고 마을의 말과 무기 관리를 담당했다. 자경대장이 영국 경찰의 원조라고 할 수 있다.

'십인조 제도'는 1285년 에드워드 1세가 반포한 윈체스터법을 통해 명문화되었다. 시민들은 거주하는 지역의 경비를 직접 담당했으며, 병이 들거나 기타 이유로 나갈 수 없게 되면 타인에게 대가를 지불하고 근무를 맡기기도 했는데, 젊은이보다 나이든 사람이 대신 경비를 서는 경우가 많았기 때문에 안정적인 치안을 유지하기 어려웠다. '십인조 제도'는 무려 오백 년 이상 이어졌다.

식민지 개척 시대가 열리며 영국은 '해가 지지 않는 나라'로 최강의 자리에 군림하기 시작했다. 특히 영국 산업의 중심지인 런던은 급속하게 발전하며 확장되었는데, 이와 함께 필연적으로 범죄가 증가했다. 농촌에서 대도시 런던으로 이주하는 사람들이 늘며 인구가 급격히 늘어나 실업과 빈민 문제가 발생했다. 가로등도 없는 어두운 밤과 짙은 안개에 싸인 런던의 거리는 수많은 범죄의 배경이 되었으며 치안 능력의 부재로 모리아티 일당과 같은 범죄 집단이 성장할 수 있는 환경이 조성되었다. 사회적 불안감이 커지자 런던에는 새로운 치안 조직의 필요성이 대두했다.

1749년, 런던 치안판사였던 헨리 필딩(소설가로도 잘 알려져 있다)은 보 스트리트 러너스Bow Street Runners라는 소규모 직업 경찰 조직을 창설한다. 시골보다 런던에서 더욱 많이 발생하는 범죄를 어떻게든 줄여보자는 것이 목적이었다. 그러나 런던 주민들은 맹렬하게 반대했다. 윈체스터법을 통해 오백 년 가까이 지역 사회를 지켜왔다는 자부심도 있었고, 경찰 조직을 유지하기 위해 세금을 많이 걷을 것이라는 예측도 이유 중 하나였지만, 돈을 주고 고용한 사람이 치안을 맡길 만큼 신용할 수 있는지에 대한 우려가 컸다.

1780년 런던에서 일어난 고든 폭동 사건■ 등은 군대가 동원되고서야 진압되면서 도시 치안 조직이 절실하게 필요해지도록 만들었다. 이후 런던 전체를 관할하는 정식 경찰 조직을 도입하기 위한 위원회가 여섯 차례(1812년, 1816년, 1817년 두 차례, 1818년, 1822년)에 걸쳐 설치되었으나 모두 경찰 조직 창설에 실패했다.

1829년, 내무부 장관인 로버트 필 경은 훈련을 받고 체계적으로 조직된 경찰을 만들어 수도의 치안을 유지해야 한다고 주장했다. 전임 장관 시드마우스 경이 입안한 계획을 바탕으로 하여 필 장관이 제안한 '수도 경찰청법The Metropolitan Police Act'이 제정되면서 런던에 최초로 경찰청이 세워졌다. 이것이 근대적 경찰 제도의 출발점이다. 창설 당시의 런던 경찰청은 런던만 담당하는 게 아니라 의회의 관할 기구로서 국가 치안을 유지하는 조직이었으며 지방자치 기구의 통제를 받지 않았다.

'스코틀랜드 야드'라는 별칭은 창설 당시 웨스트민스터의 옛 스코틀랜드 궁전 터(색슨 시대 이후 스코틀랜드 왕이 런던을 방문했을

■ 1778년 가톨릭 해방법 통과 후 영국 국교도인 조지 고든 경이 이끄는 프로테스탄트 연합이 반대 운동을 벌이면서 일어난 폭동이다. 확인된 사망자만 285명에 달한다.

때 머무르던 궁전 자리)에 본부 건물이 세워졌기 때문이며, 경찰들은 '필러Peeler' 혹은 '바비Bobbie'(모두 로버트 필 장관의 이름에서 유래)라는 별명으로 불렸다. 창설 당시 경찰은 약 천 명, 관할 인구는 약 이백만 명이었다.

많은 사람들이 경찰은 사회 안정보다는 자유를 억압하기 위해 존재한다고 간주했다. 지역을 넘나드는 범죄가 일어나도 지역끼리의 협력이 이루어지지 않았다. 그러나 경찰 채용에 윤리적 기강 수준이 높아지고, 인력이 계속해서 충원되며 경찰은 점진적으로 발전했다.

필 경이 임명한 두 명의 경찰청장인 군인 장교 출신 찰스 로언과 전직 변호사 리처드 메인은 경찰의 급여, 경찰서 소재지, 훈련 교본, 정규 훈련 과정 등을 포함하며 경찰 업무 전반을 체계화했다. 그리고 경찰 활동의 실질적이고 영속적인 목표, 즉 '범죄 예방'이 가장 중요한 목표임을 명확하게 규정하여 경찰은 이를 위해 모든 노력을 해야 한다고 강조했다. 새로운 경찰 조직은 영국 사회에 많은 공헌을 했다. 시민의 당초 우려와는 달리 노동계급과 가난한 사람에게 도움이 되었다. 자경단을 구성할 능력이 없어서 범죄로부터 보호받을 수 없었던 빈민층이 경찰의 보호를 받을 수 있게 되었다. 사실 당시의 범죄 다수는 빈민층이 저질렀지만, 경찰의 범죄 예방 활동은 빈민층 스스로가 범죄를 저지르지 않도록 예방하는 효과까지 불러일으켰다.

1835년, 도시 의회의 공안 위원회가 임명하고 지휘 감독까지 받는 유급 경찰이 지방마다 창설되도록 강제하는 규정이 만들어졌다. 1856년에는 각 지역에 같은 형태의 경찰을 창설하는 것이 치안판사의 의무가 되었다. 이 같은 흐름에 따라 웨일스 등에도 경찰 조직이 만들어진다. 1888년에는 지역 경찰에 대한 감독권이 지역 치안판사에서 정기 순회심판의 대표자와 지역 의회의 대표자로 구성된 상임 합동 위원회로 바뀌었으며, 이전까지 경찰과 같은 성격도 지녔던 치안판사는 순수한 사법기관으로 전환되었다.

1842년 5월, 마차를 타고 가던 빅토리아 여왕의 암살 미수 사건을 계기로 같은 해 6월 런던 경찰청에 형사과Detective Department가 창설되었다. 당시 경찰은 민간인과 구분되도록 제복을 입었으나 형사과의 수사관들은 제복을 입지 않고 사복 차림으로 근무했다. 창설 당시의 인원은 단 두 명이었으며 1868년에 이르기까지 열다섯 명으로 유지되었다. 형사의 업무는 제복 경찰과 차이가 없어서 급격하게 증가하는 범죄를 막기에는 역부족이었다. 또한 급여가 낮고 업무가 고된 탓에 경찰의 파업으로 이어졌다.

1860년대에는 범죄자를 해외로 유형 보내는 제도가 폐지되고 가석방 제도가 시작되었다. 이로 인해 런던에 범죄자들이 넘쳐나기 시작했다. 대낮에도 강도가 출몰했고, 시민들은 야간 외출을 피했다.

1877년, 형사과가 범죄 수사과CID: Criminal Investigation Department로 개편되면서 런던 경찰청이 급속도로 발전하기 시작했다. 형사와 제복 경찰의 업무는 확실히 구분되었으며, 형사들의 수가 늘어나며 수사 기술도 발전했다. 경찰 수사 체계나 조직은 차츰 모습을 갖추었고, 특히 범죄 수사과는 런던 시민들 사이에서 평판이 좋았다. 경찰은 중류층에게 인기 있는 직업 중 하나가 되었다. 그러나 여전히 보수는 많은 편이 아니어서, 『네 사람의 서명』에 등장한 경위가 보물이 사라지는 바람에 십 파운드(현재 한화 가치로 약 백사십만 원)의 보상금을 못 받아 아쉬워하는 모습을 볼 수 있다.

에드먼드 헨더슨이 경찰총장이던 1868년부터 1886년 사이에 경찰의 수는 크게 증가했다. 제복 경찰 중에서 선발하여 범죄 수사과 형사로 채용하던 방식도 변화했다. 형사의 필요 인원이 증가했기 때문에 현직 경찰이 아닌 민간인 중에서 범죄 수사과 형사를 채용했다.

1884년 5월, 테러리스트가 설치한 폭탄이 범죄 수사과 사무실을 파괴하고 주변 건물까지 무너뜨리는 사건이 발생한 뒤,

1890년 런던 경찰청은 조직을 확대하고 템스 강변 웨스트민스터 근교에 앤 여왕 양식의 붉은 벽돌 건물로 자리를 옮긴다. '뉴 스코틀랜드 야드'라는 명칭이 붙은 새 청사 건물은 홈스 이야기를 비롯한 수많은 영국 추리소설에 등장했다. 경찰 본부가 1967년 브로드웨이로 이전한 뒤 이 건물은 의원 관사로 사용되고 있다. 현재의 뉴 스코틀랜드 야드(세 번째 청사)는 웨스트민스터의 브로드웨이 거리에 위치한 고층 빌딩이다.

홈스가 활동하던 시절 런던 경찰청의 관할 지역은 에식스 주, 하트퍼드 주, 켄트 주, 서리 주 일부와 런던, 미들섹스 주 전역 등 약 칠백 평방 마일의 지역으로, 인구수에 따라 스물두 개의 행정구역으로 나뉘어 있었다.

런던 경찰청의 본부 인원이 담당하는 사건은 영국 전체가 관련된 사건(「해군 조약문」,「브루스파팅턴호 설계도」, 「마자랭 보석」 등), 수사 지역이 여러 지역에 걸친 사건(「그리스어 통역사」, 「입술이 비뚤어진 남자」, 「레이디 프랜시스 카팩스 실종 사건」, 「독신 귀족」, 「여섯 개의 나폴레옹 석고상」), 런던 경찰청이 담당했을 때 최대의 효과를 거둘 수 있으리라 여겨지는 사건(「빨간 머리 연맹」, 「빈집의 모험」, 「기술자의 엄지손가락」) 등이며, 지역 경찰의 요청이 있을 경우(「위스테리아 로지의 비밀」)나 외국인과 관련된 사건(「레드 서클」)도 포함된다. 그 외에 살인 사건과 같은 전문적 수사 기술이 필요한 경우에도 본부의 형사가 출동하는 경우가 많다(「애비 그레인지 저택 사건」, 「은퇴한 물감 제조업자」, 「찰스 오거스터스 밀버턴」, 「노우드의 건축업자」, 「소포 상자」, 「죽어가는 탐정」, 『주홍색 연구』, 『네 사람의 서명』). 형사는 런던 경찰청에만 있는 것이 아니라 각 지역에도 배치되어 있다(「푸른 카벙클」, 「유명한 의뢰인 사건」, 「스리 게이블스 저택 사건」, 「장기 입원 환자」).

1886년 창설된 특수부Special Branch는 처음엔 아일랜드 민족주의자의 테러에 대처하기 위해 만들어졌지만, 나중엔 왕족, 정부 요인, 외국인 고관의 경호 등의 업무를 맡았다.

범죄 수사과는 런던 경찰청 관할구역 이외 지역의 수사권은 없으나, 지방 경찰이 특정 범죄 수사에 런던 경찰청의 경험과 기동력을 이용하고 싶을 경우 지역 경찰서장이 협조를 요청하는 경우도 있다. 보통 살인 등 강력 사건인 경우가 대부분이다(「춤추는 사람들」, 「실버 블레이즈 실종 사건」, 「블랙 피터」, 『공포의 계곡』 등). 그러나 런던 경찰청이 개입할 경우, "런던 경찰청이 개입해서 사건을 해결하면 모든 공을 빼앗기고, 사건을 해결하지 못하면 지역 경찰이 욕을 바가지로 먹으니까요"(「소어 브리지 사건」)는 불만도 있었다.

경찰의 부업

현대의 경찰과는 달리 홈스 시대의 경찰은 사적으로 수사를 의뢰받는 것이 가능했고, 반대로 수사 과정에서 경찰이 민간인을 고용하는 것도 가능했다. 1839년 제정된 경찰청 법에 의하면 민간단체나 개인이 경찰관을 사적인 목적으로 고용하는 행위는 필요 경비를 전액 부담하는 조건으로 허용할 수 있다고 되어 있다(「보스컴밸리 사건」에서는 사건을 해결하기 위해 런던 경찰청 소속의 레스트레이드 형사를 '고용(retained)'한다는 표현이 등장한다). 이러한 상황은 경찰이 정규 급여 외의 수입을 올리는 통로였던 것으로 여겨진다. 또한 레스트레이드 형사는 『바스커빌 가문의 사냥개』에서 홈스의 연락을 받고 찾아오는데, 이 역시 민간인의 '경찰 고용'으로 볼 수 있다.

한편 홈스의 모험담에서 가장 많이 등장(열세 차례)한 레스트레이드는 런던 경찰청과 베이커 스트리트 221B번지 하숙집을 잇는 역할을 하며 홈스에게 사건의 자료를 제공한다. 언론 보도도 되지 않은 대외비 자료를 홈스에게 제공하는 것은 아마도 일종의 상부상조, 즉 그가 도움을 얻는 대가를 지불하는 것이 아닐까. 작품 속에서 표현된 바는 없지만, 홈스를 찾아온 수많은 런던 경찰청의 경찰들은 그에게 자문하면서 '민간인 고용'이라는 명분으로 일정 비용을 지불했으리라고 추측할 수 있다.

런던 경찰청은 수많은 영국 추리소설에 등장하는 형사, 경찰의 상징으로 세계적으로 유명한 존재가 되었으며, 수사관들의 실력과 규모는 창설 당시와는 비교할 수 없을 정도로 발전했다. 현재 런던 경찰청은 상업 중심지인 시티 오브 런던을 제외(시티 경찰이 담당)한 런던 전 지역을 관할하고 있다. 오만 명에 가까운 상근 직원으로 구성되어 있으며 런던 시내에 140개의 경찰서 및 팔천 대 이상의 차량과 선박을 보유, 관리하는 영국 최대 규모이자 세계 최대 규모의 경찰 조직으로 성장했다. 영국의 권위 있는 여론 기관MORI가 1980년 실시한 직업 선호도 조사에서, 영국 경찰은 정직성과 윤리성에서 가장 높은 평가를 받았다. 또한 영국인의 약 구십칠 퍼센트가 "경찰을 존경"하고 있으며 자녀가 경찰을 지망한다면 찬성할 것이라는 비율은 육십사 퍼센트였다. 그리고 무엇보다 영국 경찰을 '세계 제일'로 보느냐는 물음에 동의한 비율은 팔십삼 퍼센트라는 높은 수치였다. 이처럼 높은 영국 경찰의 위상은 이백여 년 동안 수많은 변화와 갈등 끝에 얻어졌다. 21세기의 런던 경찰청을 만약 홈스가 보았다면, 두 세기 전처럼 조소의 대상으로만 보지 않고 틀림없이 어느 정도 인정했으리라.

박광규(추리소설 해설가, 전 《계간 미스터리》 편집장)

해설 참고 문헌

Tracy, Jack W. 『The Encyclopedia Sherlockiana』, Avon, 1977

小林司, 東山あかね, 『詳説シャーロック · ホームズ』, 東京図書, 1987

小林司, 東山あかね, 『探究シャーロック · ホームズ』, 東京図書, 1987

신현기, 「영국 경찰제도의 구조와 특징에 관한 연구」, 『한국유럽행정학회보』, 제7권 제1호, 2010

최선우, 「영국 근대경찰의 형성에 관한 연구–전통주의와 수정주의 관점」, 『경찰학논총』, 제10권 제3호, 2015

셜록 홈스의 귀환

The Return of Sherlock Holmes

초판 발행 2016년 12월 9일

지은이 아서 코넌 도일 | **옮긴이** 이경아 | **펴낸이** 염현숙

책임편집 이현 | **편집** 임지호 김세화 이송
아트디렉팅 이혜경 | **본문조판** 백주영 이정민 | **일러스트 및 캐릭터디자인** 박해랑
저작권 한문숙 김지영 | **마케팅** 정민호 나해진 박보람 이동엽
홍보 김희숙 김상만 이천희
제작 강신은 김동욱 임현식 | **인쇄** 한영문화사 | **제본** 신안제책사

펴낸곳 (주)문학동네
출판등록 1993년 10월 22일 제406-2003-000045호
임프린트 엘릭시르

주소 10881 경기도 파주시 회동길 210
문의 031-955-1906(편집) 031-955-3576(마케팅) 031-955-8855(팩스)
전자우편 editor@elmys.co.kr | **홈페이지** www.elmys.co.kr

ISBN 978-89-546-4313-9 04840
978-89-546-4306-1(SET)

엘릭시르는 출판그룹 문학동네의 임프린트입니다.